SUTTON
VERLAG

Seit langem wurde kein solch vortrefflicher Wein erzielt, als wie im Jahre des Kometen; am May waren die Weinstöcke in völliger Blüthe und die Trauben an Mariä Geburt völlig reif.

Andreas Jordan, 1811

Uwe Schreiber

Das Bouquet der Leidenschaft

Ein historischer Weinroman
aus der Pfalz

SUTTON VERLAG

Sutton Verlag GmbH
Hochheimer Straße 59
99094 Erfurt
http://www.sutton-belletristik.de

ISBN: 978-3-86680-439-5

Gestaltung: Markus Drapatz
Titelbild: Johann Jakob Serr „Herbstfest bei Rhodt“,
© Historisches Museum der Pfalz Speyer, 2009,
Fotograf: Peter Haag-Kirchner
Druck: Antony Rowe, CPI Group, Chippenham/Wiltshire, United Kingdom

Inhalt

Prolog

Der Kometenwein

Es waren die Weine von Kellermeister Louis Buché, die an diesem Abend in den Olymp der Unsterblichkeit aufgestiegen waren, doch in seiner grenzenlosen Demut behielt er die Freude darüber tief in seinem Herzen verschlossen.

Die Weinversteigerung war schon lange vorüber, als Buché selig wankend das Rathaus verließ. Den Kragen des Winzerhemdes über die Wangen gezogen, blinzelte er aus seinen müden Augen in die Kälte hinaus. Wie Jahrgangsringe an einem Rebstock erzählten die kleinen Falten in seinem Gesicht vom entbehrungsreichen Leben eines Winzers.

Buché hielt einen Moment inne und beobachtete die Girlanden, die an den Torbögen der umliegenden Winzerhöfe zu bunten Schleifen gebunden waren. Selbst die armen Winzer, die den Lebensunterhalt ihrer Familien oft nur mit wenigen Rebzeilen bestritten und die unter den Fehlernten der vergangenen Jahre besonders litten, hatten es sich nicht nehmen lassen, ihre Eingänge für die geschätzten Gäste zu schmücken.

Weinhändler aus allen Teilen des Kontinents waren in die Pfalz gereist, und auch der drohende Russlandfeldzug hatte sie von der gefährlichen Reise nicht abhalten können, wollten sie es doch nicht versäumen, die edelsten Pfälzer Tropfen zu verkosten. Wie ein Lauffeuer hatte es sich herumgesprochen, welch grandioser Jahrgang auf diesem idyllischen Fleckchen Erde herangewachsen war.

Der Kellermeister starrte noch immer in die dunkle Nacht hinaus, als er seinen Namen aus dem Rathaussaal schallen hörte. Ein dankbares Lächeln umspielte seine Lippen. Die Deidesheimer

Winzer ließen ihn hochleben, feierten einen der Ihren, weil er die versammelte Weinwelt in Staunen versetzt hatte. Buché hatte seinem Herrn einen Wein beschert, wie ihn die Welt noch nie gesehen hatte. Jetzt aber hatte er nur noch einen Wunsch: Er wollte nach Hause, um den Triumph der Nacht in der Stille seiner Kammer nachzuschmecken.

Buché ging die Sandsteinstufen zum Marktplatz hinunter, dann bog er in eine mit unzähligen Schlaglöchern gespickte Gasse ein. Noch einmal ging ihm das letzte Gebot des Auktionators durch den Kopf. Es waren fünfundfünfzig Gulden, die das Weingut Bassermann für ein Fass allerfeinsten Rieslings erzielt hatte, und er konnte sich nicht daran erinnern, dass jemals ein höherer Preis bezahlt worden wäre. Und er, Louis Buché, Kellermeister des ältesten Weinguts von Deidesheim und – schenkte man kundigen Weinzechern Glauben – eines der renommiertesten in der ganzen Pfalz, war sein Schöpfer.

Das von Fackeln beleuchtete Weingut kam in Sicht, da hörte Buché schwere Stiefel auf das Kopfsteinpflaster schlagen. Vorsichtig ging er weiter, als auch schon zwei französische Soldaten auftauchten, die Gewehre mit aufgepflanzten Bajonetten geschultert hatten. Zum Schutz gegen die Kälte trugen sie schwarze Pelzmützen und hatten Decken aus verfilztem Pferdehaar über die Schultern geworfen. Zwei Jahre zuvor war es noch eine ganze Armee gewesen, die ihr Quartier unterhalb von Deidesheim aufgeschlagen hatte. Dann waren die Soldaten weiter nach Osten gezogen, und zurück blieben nur die Alten und Verletzten, die zu schwach waren für den beschwerlichen Marsch der Grande Armée.

„Verdammte Giggel“, fluchte Buché leise. Selbst im Hochgefühl seines Triumphes mochte er die Franzosen nicht leiden. Mit eigenen Augen hatte er erleben müssen, wie unmenschlich sie gegen die Winzer vorgegangen waren. Um ihre armseligen Zeltlager zu befeuern, hatten sie Weingüter geplündert und reihenweise Rebstöcke aus dem Boden gerissen.

Buché hasste die Franzosen und war doch selbst einer von ihnen. Er stammte aus einer alteingesessenen Weinbaufamilie aus dem Burgund, die viele Generationen dem gräflichen Weingut gedient hatte. An seine Heimat konnte er sich jedoch kaum noch erinnern. Er war zu jung gewesen, um zu begreifen, was sich dort abgespielt hatte. Später sollte er erfahren, dass es die Französische Revolution war, die sein Leben durcheinandergewirbelt hatte. Er hatte mit ansehen müssen, wie seine Eltern und seine beiden geliebten Schwestern vom blutgierigen Mob ermordet wurden. Dann war er selbst um sein Leben gerannt.

Die beiden Franzosen waren jetzt nur noch wenige Schritte von ihm entfernt und der Kellermeister wechselte behutsam die Straßenseite. Soldaten waren gefährlich, wenn ihnen langweilig war, und unberechenbar, wenn sie zu viel getrunken hatten.

„Bonsoir, Monsieur le Commandant", grüßte er artig zu ihnen hinüber, doch die beiden liefen einfach weiter und würdigten ihn keines Blickes.

„Alors ca. Hoffentlich frieren euch in Russland die Gewehre ein. Und Napoleon soll an der Krätze sterben", zischte ihnen Buché hinterher.

Als er wenig später den Gutshof erreicht hatte, tauchte just in diesem Moment der Große Komet am Horizont auf. Der Blick des Kellermeisters verklärte sich, denn er wusste nur zu gut, wem er diesen Triumph zu verdanken hatte. Bei allem Stolz auf seine Fertigkeiten als Winzer – dieser Wein war das Werk Gottes.

Dabei hatte er anfangs jene Leichtgläubigen belächelt, die den Großen Kometen als göttliches Zeichen verstehen wollten. Ein französischer Astronom namens Honoré Flaugergues aus Viviers hatte ihn im Frühjahr mit seinem Teleskop in den Weiten des Weltalls aufgespürt. Ehrfurchtsvoll hatten sie ihn den Großen Kometen genannt, denn der Himmelskörper strahlte heller als alle Sterne zuvor. Nach Flaugergues' Berechnungen sollte der Komet viele Monate lang die Erde begleiten und sich in den Nächten den Menschen zeigen.

Buché war sich nicht sicher, was die Ankunft des Himmelsboten zu bedeuten hatte, doch die Antwort ließ nicht lange auf sich warten. Seit jener Nacht, in der der Große Komet zum ersten Mal am Himmel erschien, war das Wetter wie verzaubert. Doch Buché war misstrauisch geblieben. Zu oft schon war ihm in letzter

Minute der Lohn für ein ganzes Jahr harter Arbeit aus der Hand gerissen worden, hatten Hagelschauer die Trauben innerhalb weniger Augenblicke vernichtet. Doch dann war die Ernte eingefahren, und er musste sich eingestehen, den großartigsten Jahrgang der Geschichte in seinen Fässern zu haben. Aus diesem Jahrgang war ein Wein entstanden, der voller Anmut und Reinheit war. Fortan nannten sie ihn ehrfürchtig den „Kometenwein".

Noch immer stand Buché andächtig auf dem Gutshof und starrte auf das Stückchen Himmel, hinter dem der Stern verschwunden war. Er konnte nicht ahnen, dass der Große Komet ein weiteres Mal schicksalhaft in sein Leben eingreifen würde.

Buché konnte noch nicht lange geschlafen haben, als er aufwachte. Sein Kopf schmerzte, und die Schläfen pochten fürchterlich. Es dauerte einen Augenblick, bis er einen ersten Gedanken fassen konnte. Fünfundfünfzig Gulden, ging es ihm durch den Kopf. Fünfundfünfzig Gulden für ein Fass allerfeinsten Rieslings!

Im Dorf schlug die Kirchenglocke zur dritten Stunde. Buché tastete nach dem Steinkrug, den er in weiser Voraussicht neben das Bett gestellt hatte. Sein Hals fühlte sich trocken an, und er trank in großen Schlucken. Dann versuchte er sich zu erinnern, was ihn geweckt hatte.

Es war ein dumpfer Laut gewesen, der ihn hochschrecken ließ. Er horchte in die dunkle Nacht hinaus. Vielleicht war es ein Fensterladen, der nicht arretiert war, dachte er sich noch und presste tapfer das Kopfkissen gegen das Ohr. Dann hörte er das Geräusch erneut.

„Verdammt!", brummte Buché verärgert und richtete sich auf. Ein stechender Schmerz zog von der Stirn bis zur Schädeldecke. Es dröhnte und knirschte und kam ihm wie eine kleine Ewigkeit vor, bis sein Kopf endlich wieder zur Ruhe gekommen war. Dann stand er auf und schlurfte mürrisch zum Fenster.

Schnee lag auf dem Gutshof, der von einer Gaslaterne in gelbliches Licht getaucht wurde. Es musste bis vor Kurzem geschneit haben, denn noch fielen vereinzelt Schneeflocken. Dann bemerkte er die Kelterei. Sie stand offen, und gerade als er nach unten schaute, wurde das Tor vom Wind gegen die Mauer geschlagen, von wo es zitternd zurückfederte.

In der Kelterei lagerten die Traubenrispen, mit denen sie im Frühjahr die Weinberge düngten. Wer hatte dort etwas zu suchen? Dann erinnerte ihn ein Pochen an seine Kopfschmerzen, und Buché beschloss, bis morgen zu warten, um nach dem Tor zu schauen. Er freute sich schon wieder auf sein warmes Bett, da entdeckte er die Fußspuren im Schnee. Sie waren noch ganz frisch und führten vom Gesindehaus hinüber zur Kelterei. Buché seufzte. An Schlafen war jetzt nicht mehr zu denken.

Wenig später war er draußen auf dem Gutshof und schaute ungläubig auf eine große, dunkelrote Blutlache, in der seine klobigen Lederstiefel standen. Die Blutspur führte vom Gesindehaus zur Kelterei. Einen Moment lang überlegte er, ob er um Hilfe rufen sollte, aber aus irgendeinem unerfindlichen Grund verwarf er den Gedanken.

Das Mädchen lag schweißüberströmt im Bett. Ihr Atem ging flach, und der Bauch war gespannt, als würde er jeden Moment reißen wollen. Plötzlich öffnete sich ihr Mund, und ein spitzer Schrei durchdrang die Schlafkammer. Dann war es wieder still, und nur das laute Atmen der Arbeiterinnen war zu hören.

Spät in der Nacht waren die Frauen von der Weinversteigerung nach Hause gekommen und hatten noch gesungen, als sie schon in ihren Betten lagen. Keine hatte sich das große Ereignis entgehen lassen wollen. Allein das Mädchen war zu Hause geblieben, froh, ein wenig Ruhe zu finden.

Mit zitternden Händen umklammerte sie ihren Bauch. Nur nicht noch einmal schreien nach all den Monaten, in denen sie ihr Geheimnis gehütet hatte wie ein Juwel. Von zierlicher Statur, hatte sie ihre Schwangerschaft noch geleugnet, als es ihr schon schwergefallen war, die harte Arbeit in den Weinbergen zu verrichten. Besonders während der Weinlese hatte sie ihrem Körper alles abverlangen müssen.

Die Schmerzen wurden wieder stärker. Irgendetwas lief ihr warm die Beine hinunter. Ich muss weg von hier, dachte sie ängstlich. Lange konnte sie es nicht mehr aushalten. Sie würde wieder schreien und sich am Ende noch verraten.

Vorsichtig richtete sie sich auf, bis ihre zierlichen Füße den kalten Steinboden berührten. Ihr Blick ging zum Nachttisch hinüber, wo sie die Andenken an ihren Geliebten aufbewahrte. Erst am Tag seines Abmarsches hatte sie ihm anvertraut, dass sie schwanger war.

„Mon trésor, mon petit trésor", hatte er in ihr Ohr geflüstert und sie liebevoll geküsst. Sie verstand kein Französisch, aber seine sanfte Stimme hatte ihr Herz erbeben lassen. „Ich warte auf dich", versprach sie ihm. Dann war er gegangen.

Sie öffnete die Nachttischschublade und griff nach einem silbernen Amulett. Es war sein Abschiedsgeschenk. Auf der Vorderseite war die Jungfrau Maria eingraviert, innen standen ihre Namen. Wie sehr hätte sie ihren Geliebten in dieser Nacht gebraucht!

Mit gebeugtem Oberkörper schleppte sich das Mädchen durch den Schlafsaal. Draußen im Hof funkelte der Schnee im Licht der Gaslaterne wie tausend Diamanten. Sie trug nur ein leichtes Nachthemd und fror. Furchtsam schaute sie sich um. Jederzeit konnte eine der Arbeiterinnen wach werden und sie verraten.

Wenig später öffnete das Mädchen das schwere Holztor zur Kelterei. In der Ecke entdeckte sie einen Berg mit Traubenrispen. Matt und zitternd vor Kälte ließ sie sich dort nieder. Die Schmerzen kamen nun nicht mehr schubweise, es war ein lang anhaltendes Ziehen. Sie streckte die Arme gen Himmel, stöhnte und klagte, aber das Einzige, was ihr Halt gab, war das kleine, silberne Amulett in ihren Händen. Sie begriff, dass das Kind nun herausmusste. Sie presste und jammerte, aber irgendwann ließen ihre Kräfte nach, und ihr wurde schwarz vor Augen.

Louis Buché stand vor dem geöffneten Tor und schaute auf einen riesigen Galgen, den die Gaslaterne vom Kelterbaum als Schatten an die Wand gezeichnet hatte.

Einen Moment zögerte er, ob er nicht doch um Hilfe rufen sollte, aber dann trat er in die Kelterei ein und wurde von der Dunkelheit verschluckt. Aus der Ecke, wo die Traubenrispen mannshoch aufgeschüttet lagen, war ein schwaches Wimmern zu hören. Wer sollte bei dieser Kälte Zuflucht in der Kelterei suchen, ging es ihm noch durch den Kopf. Er erinnerte sich an ein Liebespärchen, das sich hier vor einem Jahr vergnügt hatte, aber das war im Sommer gewesen und nicht in diesem gottverdammten Winter.

Vorsichtig ging Buché weiter, bis er wie angewurzelt stehen blieb. Erst glaubte er, es wäre ein Stück Vieh, das vor ihm lag, doch dann sah er im Schein der Gaslaterne ein Mädchen in einem weißen, nass geschwitzten Nachthemd. Mit aufgerissenen Augen starrte sie ihn an.

Buché kannte das Mädchen. Sie hieß Clara und war als Fünfjährige ins Weingut gekommen, nachdem arme Wandersleute sie am Dorfbrunnen ausgesetzt hatten. Anders als die eher stämmigen Arbeiterinnen aus dem Dorf, war Clara von graziler Gestalt. Sie zitterte, und ihre Zähne schlugen hell aufeinander.

„Schon gut, mein Kind“, sprach er beruhigend auf sie ein. „Ich bin bei dir. Hab keine Angst.“

Buché wusste nicht so recht, was er tun sollte. Das Wichtigste war erst einmal, das Mädchen ins Warme zu bringen. Er beugte sich über sie, um sie an den Schultern hochzuziehen, da schrie sie gellend auf.

„Clara, kannst du mich verstehen?“

Das Mädchen wimmerte nur, Schweißperlen standen auf ihrer Stirn. Das waren keine gewöhnlichen Schmerzen, die Clara litt, ging es Buché durch den Kopf. Sein Blick glitt an ihrem Körper herunter, und dann entdeckte er es.

„Mein Gott!“, entfuhr es ihm.

Niemals wieder würde er diesen Anblick vergessen. Er stürzte auf den Gutshof hinaus, dann lief er zum Gesindehaus, wo er an Annas Tür pochte. Anna war die Einzige, die ihm in dieser Lage helfen konnte. Sie war Küchenmagd und arbeitete im Weingut, seit er denken konnte.

Er musste nicht lange warten, und Anna erschien in einem weißen Nachthemd in der Tür. Bei jedem Atemzug hob sich ihr runder Busen, und das Haar fiel ihr offen über die Schultern, was Buché ein wenig irritierte, denn er kannte sie nur mit einem strengen Dutt.

„Clara hat ein Kind bekommen", presste er hervor. Ohne etwas zu erwidern, warf sich Anna ein wollenes Tuch über und folgte ihm in die Kelterei.

„Hol heißes Wasser", rief sie, als sie das Mädchen entdeckt hatte. „Und Tücher. Lauf, beeil dich."

Buché war froh, dass er etwas zu tun hatte. Er legte dünne Holzscheite auf den Herd, doch Clara ging ihm nicht aus dem Sinn. Er kannte sie als ruhiges, fast schüchternes Wesen. Was hatte das zu bedeuten? Wer war der Vater des Kindes?

Kurze Zeit später war er mit dem heißen Wasser wieder zurück. Anna kniete neben Clara und hatte das Neugeborene im Arm. „Hast du ein Messer bei dir?", flüsterte sie, ohne den Blick von dem Kleinen zu lassen. Buché fingerte in den Taschen seines Mantels herum, bis er die Sesel in der Hand hielt, mit der er noch am Vortag Reben geschnitten hatte.

„Trenn die Nabelschnur vorsichtig durch", befahl Anna und hielt ihm den kleinen Körper hin.

„Eine Handbreit vom Bauch weg. Hier!" Buché zögerte.

„Es tut nicht weh. Schneid es durch, als wäre es ein Trieb." Vorsichtig packte er die Nabelschnur und trennte sie mit einem kurzen Schnitt durch.

„Kümmere dich um Clara", befahl Anna ihm weiter. „Sie muss ins Warme, am besten in meine Kammer". Dann wickelte sie das Neugeborene in ihr Wolltuch und eilte davon.

Buché zog das völlig entkräftete Mädchen nach oben, als sie gellend aufschrie. Er verharrte einen Moment, bis sie sich wieder beruhigt hatte, dann trug er sie auf den Gutshof hinaus. Es hatte wieder zu schneien begonnen, und Buché war darüber nicht unglücklich, denn der Schnee würde die Blutspuren im Hof bedecken. Kurz darauf stand er in Annas Stube und entdeckte ein weißgetünchtes Holzbett, mit einem geschnitzten Engel am Kopfende. Dort legte er Clara vorsichtig ab.

„Wird es überleben?“, fragte Buché besorgt.

„Es atmet, aber es sieht nicht gut aus. Seine Haut ist ganz blau vor Kälte“, antwortete Anna, die beruhigend auf den Kleinen einsprach.

„Setz dich dort hinten hin, ich muss mich um Clara kümmern“, forderte sie Buché auf und deutete auf einen Stuhl. Als er sich gesetzt hatte, legte sie ihm das Kind in die Arme.

„Reib es schön kräftig mit Weinessig ab. Das stärkt seine Atmung und weckt die Geister.“

Louis Buché hielt den Kleinen in den Armen und betrachtete ihn aufmerksam. Ein Junge, dachte er sich und lächelte versonnen. Wie hübsch er aussieht! Doch der schien von all dem, was um ihn herum passierte, nichts mitzubekommen. Er lächelte und streckte seine Ärmchen nach Buché aus. Seine Augen waren geschlossen, und doch hatte Buché das unbestimmte Gefühl, der Kleine würde genau wissen, wo er war. Erst viel später sollte er begreifen, wie recht er mit dieser Vermutung hatte.

Es war noch früh am nächsten Morgen, als Louis Buché das Weingut verließ. Schnee funkelte in der frühen Morgensonne und es kündigte sich ein schöner, milder Tag an.

Die Nacht hatte Buché stark mitgenommen, und er würde seinem gewöhnlichen Tagwerk kaum nachgehen können. Viel zu sehr war er in Gedanken mit Clara und dem Jungen beschäftigt. Er ging durch die verschneiten Weinberge von Deidesheim, bis er schließlich zur Michaeliskapelle kam. Dort betete er den ganzen Tag, und als er am Abend die Kapelle verließ, war es bereits dunkel.

Auf dem Weg ins Tal hörte Buché die Kirchenglocken läuten und schaute versonnen in den Sternenhimmel. Es war die Zeit des Großen Kometen, und er dachte an den Abend zuvor. Nur wenige Stunden waren seither vergangen, und doch hatte sich sein beschauliches Leben verändert. Welche Botschaft würde der Komet wohl heute für ihn bereithalten, dachte sich Buché noch, da erschien er auch schon am Horizont. Er war größer und mächtiger als je zuvor. Sein riesiger Feuerschweif brannte sich in die tiefschwarze Nacht, und die Bäume leuchteten in silbergrauem Licht. Buché war, als würde der Himmelskörper geradewegs auf ihn zufliegen, und faltete andächtig die Hände. Schon einmal hatte der Komet seine Bitten erfüllt, und gerade heute brauchte er seine Kraft ganz besonders. Lieber Gott, lass den Jungen und seine Mutter nicht sterben, betete Buché. Als er die Augen wieder öffnete, war der Große Komet am Horizont verschwunden.

Es war die letzte Nacht, in der er den Menschen erschien. Danach verschwand er in den Weiten des Weltalls und ward nie wieder gesehen.

I. Buch

Département du Mont-Tonnerre

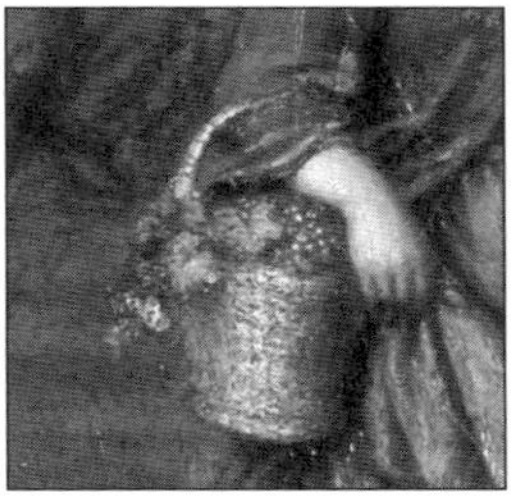

1. Das Jahrgangscuvée

Wer als Reisender die Rheinebene von den Höhen der Haardt aus erblickte, dem erschienen die kleinen, pfälzischen Weindörfer wie Perlen aneinandergereiht in einem ewiggrünen Rebenmeer. Eine dieser Perlen war Deidesheim. Stattliche Herrenhäuser stellten schon von Weitem den Reichtum des Dorfes zur Schau, lagen doch einige der besten pfälzischen Lagen in seiner Gemarkung.

Das Weingut Bassermann war das größte in Deidesheim. Unter einem hochgewölbten Rundbogen hindurch, der mit dem Wappen der Familie und dem vergoldeten Schriftzug „Bassermann" verziert war, gelangte man in einen Park, in dessen Mitte ein kleiner Springbrunnen während der heißen Sommermonate für Abkühlung sorgte. Eine Allee von Pinien säumte die Zufahrt, und sogar Palmen hatten den Weg über die Alpen in die Pfalz gefunden. Weil das Weingut so groß und mächtig war, wurde es nur das Weinschloss genannt.

Das ursprüngliche Weingut aber lag neben dem Weinschloss. Es war noch von Jakob Bassermann, dem Gründer des Weinguts, erbaut worden. Im Gesindehaus waren die Schlafsäle der einfachen Arbeiter, schräg gegenüber lag die Kelterei, die größte von ganz Deidesheim. Man hatte die Kelteranlage kurz nach dem Kometenjahrgang angeschafft. Nie wieder sollte es vorkommen, dass man auf einen Teil der Ernte verzichten musste, weil die Kelter den großen Traubenmengen nicht mehr standhielt.

Neben der Kelterei lag das ehemalige Gutshaus, in dem die Stuben von Louis und Anna untergebracht waren. Dazwischen war eine Kammer, die gerade mal groß genug war für ein schmales Bett, und die in diesem Moment von den letzten Strahlen der aufgehenden Sonne in ein goldfarbenes Lichtermeer getaucht wurde. Es war der siebzehnjährige Emil Jordan, der hier lebte, und mit keinem Menschen auf dieser Erde hätte er für sein Glück tauschen wollen.

Gerade saß er am Fenster und bestaunte die Weinberge, die bis in die Rheinebene reichten, wo sie als silberner Streifen mit dem

Horizont verschmolzen. Obwohl es Sonntag war und Emil frei hatte, war er zu Hause geblieben. Zu groß war die Vorfreude auf den heutigen Tag gewesen, würde er doch mit seinem Vater das Jahrgangscuvée zubereiten. Die Winzer waren zwar mit dem Jahrgang nicht wirklich zufrieden, und schon gar nicht konnte er an den des Großen Kometen heranreichen, doch sie waren froh, nach den vielen Fehlherbsten überhaupt etwas Brauchbares geerntet zu haben.

Das Cuvéetieren war eine Kunst, die sein Vater aus dem Burgund mit in die Pfalz gebracht hatte. So wie die Baumeister beim Errichten eines Hauses unterschiedliche Baustoffe zusammenfügten, verbanden die Winzer die Vorzüge verschiedener Rebsorten zu einer völlig neuen Architektur. Ein Cuvée war gelungen, wenn es mehr war als nur die Summe seiner Grundweine. Ein Schluck zu viel von diesem oder jenem Wein, und das Cuvée war ruiniert. Gelang es aber, dann rissen sich die Händler darum, waren ihre Kunden doch bereit, Unsummen für die aufwendigen Kreationen zu zahlen. So wie für den Kometenwein, der noch immer der Maßstab aller Jahrgänge war.

Emil erinnerte sich noch gut an jenen Abend, als ihm Louis das erste Mal vom Kometenjahrgang erzählt hatte. Mit offenem Mund hatte er vor dem Kamin seinem Vater gelauscht, der noch immer dem Zauber des Kometen erlegen war. Seit jenem Abend hegte Emil nur noch einen Traum: Er wollte mit eigenen Händen einen großen, unvergänglichen Jahrhundertwein kreieren.

Während Emil noch seinen Gedanken nachhing, hörte er im Treppenhaus eine Tür schlagen, und kurz darauf polterten schwere Lederstiefel die Treppe hinunter. Ein erlöstes Lächeln legte sich auf sein Gesicht. So schnell er konnte, zog er seine Leinenhosen und das Winzerhemd über.

Als er unten an der Küche vorbeikam, sah er durch den Türspalt Anna am Herd stehen. Mit einem mächtigen Schöpflöffel rührte sie in einem Suppentrog. Es duftete verführerisch, aber das Verlangen, mit Louis die Weine zu verkosten, war größer. Emil sprang zum Herd, drückte Anna herzlich, und ehe sie etwas erwidern konnte, war er auch schon wieder zur Tür hinaus.

Auf dem Gutshof herrschte normalerweise ein reges Treiben, doch heute war Sonntag, und so saßen nur wenige Arbeiter auf den Bänken und schmauchten ihr Pfeifchen. Vergnügt grüßte Emil zu ihnen hinüber, dann ging er die breite Steintreppe ins Kellergewölbe hinunter, das noch von Heinrich Bassermanns Großvater angelegt worden war. Die halbrunden Fenster ließen nur gedämpftes Tageslicht ins Innere, und so brauchte er einen Moment, bis sich seine Augen an die Dunkelheit gewöhnt hatten. Rechts und links ragten große Gärfässer wie Säulen eines Tempels empor. Eine kleine Treppe führte in den eigentlichen Fasskeller, wo über achtzig Fünfhundert-Liter-Fässer standen. Hier reiften die Weine der vergangenen Jahrgänge und warteten darauf, abgefüllt zu werden.

Über einen kleinen Rundbogen ging es in den Flaschenkeller. Anfangs hatte Louis gar nichts davon gehalten, den Wein in Flaschen abzufüllen. Er wollte partout nicht einsehen, warum der Wein erst vom Fass in eine Flasche gefüllt werden sollte, um ihn dann in einen Becher zu gießen. Warum nicht gleich den Wein vom Fass in den Becher füllen – fasste ein Fass doch gerade mal fünfzig Liter?

Emil bog um das letzte Flaschenregal, als er auch schon ein großes, in der Mitte durchtrenntes Fass vor sich sah. Das Fass diente als Tisch, und hier saß Louis beim lodernden Schein von Fackeln und bereitete das Cuvéetieren vor.

Wie jeden Tag trug er eine blau-weiß gestreifte Winzerjacke, die mit unzähligen Flicken übersät war und deren Kragen bis zum Baumwollstoff abgewetzt war. Seinen Kopf bedeckte eine alte Schildmütze aus braunem Leder, von der er behauptete, dass sie einmal cremefarben gewesen sei. Aber das musste schon viele Jahre her sein, denn seit Emil sich daran erinnern konnte, glänzte Louis' Kopfschmuck in speckigem Braun. Anna behauptete sogar, er würde die Mütze noch nicht einmal beim Schlafen abnehmen. Vor Louis standen allerlei Flaschen und Gläser, und in der Mitte waren die großen Glaskaraffen mit den sortenreinen Grundweinen in Reih und Glied aufgestellt.

Louis hatte Emil bereits bemerkt und winkte ihn vergnügt zu sich heran. Er wusste, dass der Junge lange auf diesen Moment gewartet hatte. Er kannte diese Ungeduld, denn er war als junger Mann nicht anders gewesen.

„Komm zu mir, mein Sohn", begrüßte er ihn herzlich. „Setz dich. Ich habe schon alles vorbereitet."

Louis beobachtete Emil, wie er erwartungsvoll vor ihm saß, und es kam ihm vor, als wäre es erst gestern gewesen, dass er den Neugeborenen in den Armen gehalten hatte. Damals, als der Kometenwein die Menschheit entzückt hatte. Und nun war aus dem Jungen selbst ein Winzer geworden …

Dass die Geburt des Jungen im Jahrgang des Großen Kometen etwas bedeuten würde, hatte Louis sofort gespürt. Emil war anders als die anderen Kinder. Während diese durch Rasseln oder Schellen zu beruhigen waren, zeigte das bei Emil keinerlei Wirkung. Doch der Junge war empfindsam wie kein anderer, sobald es um Gerüche ging. Spazierte Anna mit ihm durch den Pfälzer Wald, reckte er sein Näschen von einer Seite zur anderen, seine Nasenflügel bebten, und er gluckste vor Freude.

Als Emil später mit in die Weinberge durfte, da zeigte sich sein wahres Können. Niemand verstand die Reben so gut wie er. Er beurteilte sie nicht nur nach ihrem Aussehen, nein, er konnte auch an ihrem Geruch erkennen, an was es den Rebstöcken fehlte. Und irgendwann hatte sich Louis eingestehen müssen, dass er seinem Sohn schon lange nichts mehr beibringen konnte. Was er dem Jungen an Erfahrung voraushatte, glich dieser durch seinen Geruchssinn aus.

Dabei sah Emil noch nicht einmal aus wie einer der jungen Winzer aus dem Dorf, die schon in jungen Jahren ein kleines Bäuchlein vor sich hertrugen. Emil war spindeldürr, und sein blonder Lockenschopf war so widerspenstig, dass er sich nur durch ein Band bändigen ließ.

„Als Erstes nehmen wir einen Grundwein des letzten Jahrgangs", sprach Louis mehr zu sich selbst als zu Emil. „Das sollte immer ein ausgewogener Wein sein, denn nur dann können wir ihn mit anderen Weinen verfeinern. Du musst eine Vorstellung davon haben, was am Ende dabei herauskommen soll. Man kann nicht zwei schlanke Weine mischen und hoffen, dass ein Wein mit Tiefe entsteht. Du musst den Jahrgang lesen. Denn wie ein Mensch hat jeder Wein einen ganz individuellen Charakter. Und diesen Charakter gilt es zu formen. Die guten Seiten müssen stärker hervortreten und die schlechten Seiten dürfen möglichst nicht auffallen. Erinnerst du dich noch an den letzten Jahrgang? Wir hatten einen langen Sommer. Das Frühjahr begann bereits Mitte März, aber Ende April hatten wir eine ganze Frostwoche zu überstehen. Einige Trauben waren sogar abgestorben. Der Wein ist weit entfernt vom Kometenwein, und trotzdem bin ich mit dem Jahrgang zufrieden. Er hat einen guten Extrakt und viel Säure. Besonders der vom Kirchenstück ist prächtig gelungen."

Das Kirchenstück war der erste Weinberg gewesen, den Louis sortenrein anpflanzen ließ. Es war nicht einfach gewesen, Geheimrat Bassermann vom Sinn dieses Vorgehens zu überzeugen, denn bis dahin war der sortenreine Anbau in der Pfalz gänzlich unbekannt. Rebstöcke, die zu alt oder beschädigt waren, wurden einfach durch neue ersetzt. Welche Rebsorten gepflanzt wurden, war unerheblich. Es gab sogar Weinberge, in denen rote und weiße Trauben einträchtig nebeneinander wuchsen.

Von seinen Winzerkollegen war Louis nur belächelt worden. Warum sollten sie die Weinberge sortenrein anbauen, wenn der Wein hinterher doch wieder zusammengeschüttet wurde? Doch genau das tat Louis nicht. Er ließ den Wein nicht nur sortenrein ernten, er baute ihn im Keller auch sortenrein aus. Das Ergebnis gab ihm recht. Mit nur einer Rebsorte bepflanzt, erntete er die Weinberge genau zu dem Zeitpunkt ab, in dem ihre Reife auf dem Höhepunkt stand. So erzielten die Bassermann'schen Weine bei den Auktionen erheblich höhere Preise, und mittlerweile pflanzten auch die anderen Winzer ihre Weinberge sortenrein an.

Louis hatte die Grundweine miteinander vermischt, und nachdem er einen Schluck davon getrunken hatte, lächelte er versonnen und reichte den Krug zu Emil hinüber. Der schnupperte daran, und eine Wolke von Beerenaromen strömte ihm entgegen. Der Wein war lebendig und von wunderbarer Samtigkeit.

„Ein schönes Cuvée, ausgewogen in der Säure und mit einer ganz feinen Note", sagte er und probierte davon. „Ein grandioser

Wein ganz in der Tradition unseres Hauses. Geheimrat Bassermann wird stolz auf dieses Cuvée sein."

Louis erwiderte nichts. Stattdessen schob er einen leeren Mischkrug zu Emil hinüber. „Jetzt du. Zeig mir, was ich dir beigebracht habe".

Emil hatte von Louis gelernt, dass man erst einen Grundwein bestimmen musste, der die Basis für das Cuvée bilden sollte. Doch Emil ging einen anderen Weg. Er musste die Weine nicht noch einmal verkosten, um sie zu verstehen, er hatte ihre einzigartigen Duftnuancen bereits abgespeichert. Ihre Charaktere waren ihm derart präsent, als hätten sie ihn sein Leben lang begleitet. Da war der Traminer, der voll und kräftig war, ohne schwer zu wirken. Dagegen besaß der Riesling des letzten Jahrgangs gar etwas Florales, wie die Aromen von roten Rosen nach einem warmen Gewitterregen. In einer anderen Karaffe schlummerte der Grauburgunder. Seine Frische, der delikate Duft und die Saftigkeit lockten verführerisch.

Die unterschiedlichen Charaktere waren in Emils Kopf bereits zu einem Bouquet vereint. Nun musste er nur noch beweisen, dass sie auch tatsächlich miteinander harmonierten. Scheinbar beliebig mischte er die Grundweine zusammen, um dann und wann von der einen oder anderen Karaffe noch einen kleinen Schluck hinzuzufügen. Schließlich stellte er die Grundweine auf ihren Platz zurück. Würde das Cuvée so sein, wie er es sich ausgemalt hatte?

Fast beschwörend schwenkte Emil den Wein, bis er die Nase tief ins Glas hielt, wollte er doch die kleinsten Duftnuancen erhaschen, die in den Tiefen des Gemenges versteckt waren. Seine Nasenflügel bebten vor Aufregung, während er sich durch ein schier endloses Labyrinth von Aromen vortastete. Mit jedem Einatmen spürte er eine neue Duftnote auf.

Doch die eigentliche Prüfung stand noch bevor. Vorsichtig setzte er den Krug an die Lippen, und als er gekostet hatte, schien das Cuvée jede einzelne Geschmacksknospe gleichzeitig zu liebkosen. Andächtig stellte er den Krug zur Seite. Alles war gut. Und doch … Irgendetwas hatte er sich anders vorgestellt.

„Na, nun sag schon. Wie ist das Cuvée?"

Emil neigte den Kopf und schaute mit kritischer Miene auf das Weinglas.

„Ich weiß nicht, irgendwie ist es immer noch nicht rund."

Noch einmal kostete er von dem Wein. Die Auswahl der Grundweine stimmte, daran gab es keinen Zweifel, und doch hatte er ein anderes Ergebnis erwartet. Konnte es sein, dass nicht nur die Auswahl der Weine die Güte des Cuvées bestimmte, sondern womöglich auch die Reihenfolge, in der die Weine vermengt wurden?

Während es Louis vor Anspannung kaum noch aushalten konnte, nahm Emil einen neuen Krug zur Hand.

„Warum beginnst du wieder von vorne? Warst du mit dem Cuvée nicht zufrieden?"

Aber Emil war schon wieder in seiner eigenen Welt, und dieses Mal mischte er die Weine in der umgekehrten Reihenfolge. Als es endlich soweit war, schwenkte er das Glas unter der Nase. Wie schon zuvor roch er die wohlige Wärme duftender Aromen. Dann kostete er von dem Wein und wurde mit der Kraft eines Orkans getroffen. Wie bei einem hochkarätigen Brillianten, dessen geschliffene Facetten erst beim Drehen in der Sonne erstrahlten, kamen bei dem Cuvée Duftnoten zum Vorschein, die noch vielfältiger waren als zuvor.

Erleichtert schob er den Krug zu Louis hinüber. Der schaute ihn neugierig an und konnte ein Zittern in seiner Stimme nicht unterrücken.

„Na sag schon. Wie ist es?"

Ohne auf eine Antwort zu warten, hob er das Glas. Seine Augen weiteten sich und er roch eine Aromenlandschaft, die trotz der ungeheuren Intensität so wunderbar aufeinander abgestimmt war, dass ihm beinahe schwindlig wurde. Als Louis dann von dem Wein trank, spürte er ein Verlangen nach mehr. Je nachdem, auf welche Aromen er achtete, veränderte sich der Geschmack des Weins. Benommen setzte er das Glas ab.

Der Wein war zwar noch weit entfernt von einem Kometenwein, aber er besaß eine Grandeur, die überwältigend war. Und es gab nur einen Menschen auf dieser Welt, der einen solchen

Sinnenrausch herbeizuführen vermochte, und das war sein Sohn. Mit dem Handrücken wischte sich Louis unbeholfen die Tränen aus den Augen. Er wollte nicht, dass Emil sah, wie sehr ihn der Wein berührte.

„Weißt du, was der alte Werle gestern Abend gesagt hat?“, hörte er plötzlich seinen Sohn sprechen. Louis erwachte wie aus einem Traum. Er wusste, was jetzt kommen würde, trotzdem ließ er sich nichts anmerken.

„Was hat er denn gesagt, der alte Werle?“

„Er glaubt, wir werden in diesem Jahr einen fantastischen Jahrgang haben, vielleicht sogar einen besseren als im Jahr des Großen Kometen“.

„Wenn der alte Werle das sagt, dann wird schon was Wahres dran sein“, erwiderte Louis und blickte auf das Cuvée, das vor ihm stand.

Der alte Werle war bekannt dafür, dass er die Jahrgänge recht zuverlässig vorhersagen konnte. Und mit seinen siebzig Jahren hatte er schon mehr Jahrgänge erlebt als alle anderen im Dorf. Wenn er also so etwas sagte, dann war das mehr als ein gutes Zeichen.

„Was meinst du? Hat der alte Werle recht?“ Louis räusperte sich und nickte zuversichtlich, bevor er fortfuhr. „Weißt du, ein großer Wein ist ein Geschenk des Himmels. Du kannst das Wunder nicht erzwingen, aber du kannst dafür sorgen, dass du die göttlichen Zeichen nicht übersiehst.“

Emil war mit dieser Antwort scheinbar nicht zufrieden. „Ist dieser Frühling nicht schon ein erstes göttliches Zeichen?“

„Kann schon sein“, antwortete Louis vorsichtig. „Aber das Wetter muss noch bis zur Weinlese halten.“

Emil wusste, was Louis damit sagen wollte. Wie oft schon hatten sie sich auf einen Jahrgang gefreut, bis ein Hagelschauer oder ein Sturm die Ernte innerhalb von Sekunden vernichtet hatte. Würden sie in diesem Jahr mehr Glück haben? Durften sie endlich den lang ersehnten Jahrgang ernten, der es vielleicht sogar mit dem Kometenwein aufnehmen konnte? Doch die größte Hürde auf dem Weg in den Sommer waren die Eisheiligen. Wie eine große Schleuse stellten sie sich den verletzlichen Trieben in den Weg.

„Du meinst die Eisheiligen?“

Louis nickte. „Hat dir der alte Werle auch gesagt, dass sie in diesem Jahr besonders hart sein sollen?“

Emil schüttelte verzagt den Kopf. Seit er denken konnte, hatte er bei jedem Jahrgang gehofft und gebetet, es möge ein großer Jahrgang werden. Doch immer wieder war er enttäuscht worden, und sie hatten bestenfalls durchschnittliche Weine geerntet. Ein Wein vom Potenzial eines Kometenweins war nie darunter. Doch in diesem Jahr war er so zuversichtlich wie nie zuvor. Er spürte tief in seinem Inneren, dass der lang ersehnte Jahrgang endlich bevorstand. Würde er dieses Mal recht behalten?

Anna stand in der Küche und knetete den Hefeteig in einem blauen Steinguttopf. Geduldig drehten ihre kräftigen Finger die Masse von einer Seite zur anderen. Am Nachmittag hatte sie eine Kartoffelsuppe für die Arbeiter zubereitet, und nun war sie dabei, einen Hefezopf zu backen.

Sie warf einen Blick zu Mariechen hinüber, die vor einem großen Bottich stand und das Geschirr abwusch.

„Wenn du damit fertig bist, kannst du gehen“, rief sie zu ihr hinüber, doch Mariechen stand noch immer reglos vor dem Wassertrog, den Blick starr an die Wand gerichtet.

„Herrgott, Mariechen! Wie oft habe ich dir schon gesagt, du sollst nicht träumen. Bring den Abwasch zu Ende, dann kannst du gehen.“

Mariechen schrak zusammen und begann aufgeregt einen Teller abzuwaschen, dass das Wasser nur so spritzte. Anna seufzte. Sie wusste, wie schwer und undankbar es war, tagein, tagaus die schweren Küchenarbeiten zu verrichten, den Herd zu befeuern, Wasser aus dem Brunnen herbeizuschleppen und das Geschirr abzuwaschen. Sie selbst hatte sich über das harte Tagwerk nie beschwert, denn sie kannte es nicht anders. Schon ihre Mutter hatte bei Bassermann in den Weinbergen gearbeitet. Nachdem die Stelle der Küchengehilfin frei geworden war, hatte sie sich für sie eingesetzt. In der Küche ist es immer trocken und warm, hatte sie damals zu ihr gesagt, und Anna musste sich häufig an diese Worte erinnern, wenn ihre Mutter mit klammen Gliedern vom Feld kam und sich am Küchenherd wärmte.

Von Anfang an hatte Anna ein Händchen für die Küchenarbeiten gehabt. Sie liebte es, zu kochen und zu backen und hatte die Rezepte ihrer Vorgängerinnen immer weiter verfeinert. Nach der Hochzeit von Geheimrat Bassermann war sie für einen Monat in das elterliche Weingut der Braut nach Straßburg gefahren und hatte neue Rezepte mitgebracht. Und Charlotte Bassermann schwor, dass die Gerichte genauso gut, wenn nicht sogar noch besser schmeckten als zu Hause im Elsass.

Mariechen war noch immer mit dem Abwasch beschäftigt, als Anna verärgert zu ihr hinüberrief: „Lass gut sein, Mariechen, den Rest mach ich schon."

Anna sagte das nicht ohne Grund. Bald würden Louis und Emil aus den Weinbergen kommen, und dann wollte sie mit ihrer Familie alleine sein. Sie lächelte, als wäre sie dabei ertappt worden, von einer eigenen Familie zu träumen.

Oft schon war sie gefragt worden, warum Louis und sie nie geheiratet hatten, obwohl sie fast die ganze Zeit miteinander verbrachten. Eine Antwort hatte sie auf die Frage nie gegeben, obwohl sie den eigentlichen Grund dafür wusste. Louis lebte für seine Weine und nur dafür. Für Frauen war da kein Platz. Und doch war Anna zufrieden mit ihrem Leben, denn spätestens seit der Junge bei ihnen war, lebten sie wie eine richtige Familie zusammen.

Seitdem waren viele Jahre ins Land gegangen, und niemals hatte sie diese dunkle, kalte Winternacht vergessen, als sie Clara in der Kelterei gefunden hatten. Anna hatte versucht, die Blutungen in Claras Unterleib zu stillen, aber jedes Mal, wenn sie die Tücher wechselte, war der Stoff schwerer von all dem Blut.

Am frühen Morgen hatte sie dann das Neugeborene in die Arme seiner Mutter gelegt, in der Hoffnung, es würde Clara helfen, wenn sie das Kind bei sich spürte. Aber ihr Stöhnen war immer schwächer geworden. Als die Sonne aufging und Annas Kammer durchflutete, war Clara plötzlich unruhig geworden. Mit letzter Kraft hatte sie sich zu ihrem Sohn gedreht, und für einen Augenblick war sie ganz wach. Sie lächelte ihr Kind liebevoll an. Dann starb sie.

Clara hatte sich in einen französischen Offizier verliebt, der in Deidesheim stationiert war. Anna fand Briefe und mehrere Kohlezeichnungen. Eines der Bilder zeigte Clara vor der Michaeliskapelle, ein anderes ein Porträt von ihr, und ein drittes einen jungen Mann mit schönen, weichen Augen und regelmäßigen Gesichtszügen. Der Blick war verträumt in die Ferne gerichtet. Der letzte Brief, den Clara von ihm erhalten hatte, war in der Nähe von Moskau aufgegeben worden.

Anna wischte sich die Tränen aus den Augen. Sie hatte sich vom ersten Tag an um den Säugling gekümmert, als wäre er ihr eigenes Kind. Sie liebte den Jungen und empfand seine Gegenwart als ein Geschenk Gottes. Dass sie ihn nicht selbst zur Welt gebracht hatte, minderte ihr Gefühl nicht. Sie zog ihn auf wie ihren eigenen Sohn, teilte mit ihm ihr Bett, und wenn er nachts aufwachte, weil er schlecht geschlafen hatte, tröstete sie ihn.

Auch Louis lernte sie von einer anderen Seite kennen. Bis zur Geburt des Jungen interessierte sich der schweigsame Franzose ausschließlich für die Reben in seinen Weinbergen. Obwohl sie ihn schon viele Jahre kannte, war es ihr doch nie gelungen, ihm näherzukommen. Mit der Geburt des Jungen änderte sich das. Natürlich hätte Louis im Beisein der Arbeiter niemals zugegeben, wie sehr ihm der Junge fehlte, wenn er draußen in den Weinbergen war. Doch wenn sie alleine waren, spürte Anna an seinen Fragen, wie sehr er den Kleinen liebte. Emil war sein Ein und Alles. Für ihn ließ er sogar die Reben warten.

Plötzlich hörte Anna draußen im Hof Schritte, und wenig später stand Louis im Raum.

„Oh, wie das hier duftet. Was hast du denn heute Leckeres gebacken?“, begrüßte er sie und tätschelte ihr auf den Hintern. Anna schlug ihm dafür tadelnd auf die Finger.

„Wo hast du den Jungen gelassen?“

„Er ist noch mal zur Kapelle hoch“, antwortete Louis wenig begeistert. Anna wusste, dass es nur einen Grund gab, warum ihr Sohn zu dieser späten Stunde zur Michaeliskapelle gegangen war.

„Nun sei nicht so mürrisch. Die beiden sind doch fast noch Kinder, und Josefine sieht aus wie eine richtige Prinzessin.“

„Aber die Prinzessin ist die Tochter von Heinrich Bassermann, und das macht die Sache nicht einfacher“, antwortete Louis und nahm sich ein großes Stück Hefezopf.

„Und wenn schon. Sie ist ein liebreizendes Mädchen, und ich freue mich von ganzem Herzen für den Jungen“, antwortete Anna und setzte sich zu Louis an den Tisch.

„Und was wird der Geheimrat sagen, wenn er erfährt, dass seine Tochter mit Emil eine Liebelei hat?“

„Liebelei? Louis! Was du auch immer gleich denkst. Die beiden sind doch noch viel zu jung.“

„Zu jung? Es gehört sich einfach nicht, mit der Tochter seines Herrn anzubandeln“, erwiderte Louis leicht gereizt. Als Anna nichts darauf antwortete, schüttelte er nur den Kopf.

„Ich geb's auf. Es scheint wohl niemand zu verstehen, dass es durchaus einen Unterschied macht, ob das Mädchen, mit dem man jede freie Sekunde verbringt, aus dem Hause Bassermann stammt oder ob es ein Mädchen aus dem Dorf ist. Warum will das niemand begreifen?“

„Glaube mir, irgendwann werden die beiden ihre eigenen Wege gehen. Josefine wird einen Mann ihres Standes heiraten, und Emil wird eine Frau aus dem Dorf finden. Lass ihnen doch ihre Jugend.“

„Ihre Jugend“, wiederholte Louis kopfschüttelnd. „Immerhin sind die beiden in einem Alter, in dem Gott weiß was passieren kann.“

„Du siehst in allem immer gleich das Schlechte“, antwortete Anna, doch tief in ihrem Inneren war sie sich nicht sicher, ob Louis nicht doch recht hatte.

2. Josefine

Josefine war ganz außer Atem, als sie endlich vor der Michaeliskapelle stand. Vorsichtig schlich sie um das Gotteshaus herum, bis sie sich vergewissert hatte, dass sie von niemandem beobachtet wurde. Dann öffnete sie die mit dem heiligen Bacchus versehene hölzerne Pforte und trat ein.

Die Kapelle war winzig. Gerade einmal ein halbes Dutzend Bankreihen fand darin Platz, sodass der Pfarrer den Gottesdienst bei gutem Wetter regelmäßig im Freien abhielt. Josefine ging am Altar vorbei und sah, dass die Leiter noch immer an die Säule gelehnt war. Sie schob damit zwei Holzdielen aus der Decke zur Seite, und es entstand eine Öffnung, die gerade groß genug war, dass sie sich mit ihrem zierlichen Körper hindurchzwängen konnte. Dann kletterte sie nach oben und verschloss den Zugang wieder sorgfältig.

Der Ausblick aus dem kleinen Fenster der Kammer war atemberaubend, doch Josefine war viel zu aufgeregt, um die Aussicht zu genießen. Sie sehnte sich nach nichts anderem, als endlich von ihrem Liebsten in die Arme genommen zu werden. Meist war es Emil, der in der Kapelle auf sie wartete, doch an diesem Tag war sie es gewesen, die es nicht mehr länger zu Hause ausgehalten hatte.

Josefines Blick fiel auf einen getrockneten Blumenstrauß, der an der Wand hing. Es waren die ersten Blumen, die Emil ihr geschenkt hatte, und noch immer begann ihr Herz zu pochen, wenn sie an jenen Tag dachte. Es war an einem strahlend schönen Sonntagmorgen im letzten Sommer gewesen, als sie auf dem Nachhauseweg von der Kirche war. Sie war ausnahmsweise nicht mit ihren Eltern in der Kutsche gefahren, sondern hatte noch ein wenig spazieren gehen wollen, als sie plötzlich einen Jungen bemerkte, der auf der Friedhofsmauer saß. Sie hatte ihn noch nie zuvor gesehen, doch als sie an ihm vorbeiging, lächelte er sie an, und mit diesem Lächeln sollte er für immer ihr Herz erobern.

In den folgenden Wochen freute sich Josefine auf nichts so sehr, wie auf das Lächeln dieses Jungen. Eines Sonntags aber war er verschwunden. Möglichst unauffällig suchte sie die Umgebung nach ihm ab. Vergeblich. Der Junge war nirgends zu sehen. Doch als sie an der Mauer vorüberging, an der er bisher auf sie gewartet hatte, da regnete es Hunderte von Gänseblümchen auf sie herab.

Am folgenden Sonntag war der Junge wieder nicht da. Dieses Mal jedoch schlich sich Josefine von hinten an den Friedhof an und sah ihn auf einem kleinen Holzfass stehen, mit einem großen Sack Blumen in den Armen. Er hatte Josefine nicht bemerkt und hielt angestrengt nach ihr Ausschau. Sie zog an seinem Ärmel, und dabei erschrak er sich so sehr, dass er wie vom Blitz getroffen vom Fass fiel. Mit rudernden Armen landete er auf dem Boden, während zahllose Rosenblüten auf sie beide herabregneten.

Aus dem Sechzehnjährigen, den Josefine kennengelernt hatte, war nun ein junger Mann geworden, und auch sie war erwachsen genug um zu begreifen, dass Emil der Mann ihres Lebens war.

Plötzlich sah Josefine, wie Emil zwischen den Rebzeilen zum Waldrand gelaufen kam. Er trug ein weißes Hemd, das im warmen Frühlingswind flatterte. In ihrem Bauch begann es zu kribbeln wie ein Schwarm kleiner Schmetterlinge. Noch einmal flocht sie ihr kastanienbraunes Haar, dann hörte sie ihn auch schon die Leiter hinaufhasten, und kurz darauf erschien sein wuscheliger Schopf am Kammerboden.

„Endlich bist du bei mir“, rief sie, als er sie in seine Arme schloss. „Ich habe dich so vermisst. Wo warst du?“

„Ich habe mit meinem Vater die neuen Cuvées abgeschmeckt.“

„Schwindelst du auch nicht? Oder steckt da vielleicht ein anderes Mädchen dahinter?“, erwiderte Josefine keck.

„Du weißt doch, dass es nur dich gibt.“

Ihre Lippen berührten sich. Sie sah in seine leuchtenden Augen und tauchte in eine Welt ein, in der es nur sie beide gab. Sie schmiegte sich an seine Brust und schaute auf die Weinberge hinab, die sich wie ein Meer im sanften Frühlingswind wiegten.

„Der alte Werle glaubt, dass wir einen Jahrgang haben werden wie schon lange nicht mehr. Der Jahrgang könnte sogar besser werden als der Kometenjahrgang.“ Emil zögerte, bevor er fortfuhr. „Das Einzige, was mir Sorgen macht, sind die Eisheiligen. Mein Vater sagt, sie würden in diesem Jahr besonders hinterhältig sein.“

„Dann wäre es aus mit dem Traumjahrgang“, stellte Josefine mit leiser Stimme fest.

„Sogar dein Bruder Carl scheint sich für den Jahrgang zu interessieren, und das hat schon was zu sagen“, meinte Emil, doch als er in Josefines Gesicht sah, wusste er, dass es ein Fehler war, davon zu sprechen. Josefine mochte es nicht, wenn sie Emil mit ihrem Bruder teilen musste. Sogar richtig eifersüchtig konnte sie werden, und Emil musste ihr dann immer wieder erklären, dass Carl ja nur für wenige Wochen in Deidesheim war und er dann wieder nur für sie alleine da sei. Carl hatte ihm einen Brief geschrieben und ihm angekündigt, dass er am nächsten Tag von der Weinbauschule nach Deidesheim kommen würde, um für zwei Wochen zu Hause zu bleiben.

Carl hasste die Weinbauschule. Er wollte zum Militär und Offizier werden. Schon als Kind war er in selbst gemachten Uniformen und mit Säbeln und Holzgewehren bewaffnet im Weingut herumgerannt. Dass Carl auf Druck seines Vaters die Weinbauschule besuchen musste und keine Militärlaufbahn einschlagen durfte, hatte ihn getroffen.

Carl liebte alles, was mit Soldaten zu tun hatte, und so hatte er sich in Straßburg eine weitere Waffe gekauft, die er mit Emil ausprobieren wollte. Carl unterhielt mittlerweile ein ganzes Waffenarsenal in einem Steinbruch in der Nähe von Deidesheim. Wenn er zu Hause war, verbrachten sie ihre Tage damit, auf Büchsen zu schießen. Josefine mochte das nicht und konnte nicht verstehen, dass Emil daran Gefallen fand. Aber so war es nun einmal. Die beiden Freunde standen stundenlang auf dem Schießstand und schossen, bis die Munition aufgebraucht war.

Emil nahm Josefine liebevoll in den Arm und drückte sie zärtlich an sich. Ihre Lippen öffneten sich, und alles war eins. Dann streichelte er über ihre Wangen und war der glücklichste Mensch auf Erden. Er liebte sie, und daraus schöpfte er die Kraft für die tägliche Arbeit in den Weinbergen. War er eben noch im Weingut bei der Arbeit gewesen, lebte er nun in einer anderen Welt. In einer Welt voller Wärme und Geborgenheit. Es gab niemanden, der so sinnlich war wie Josefine. Ihr sanft geschwungener Mund, ihre langen, in sich gedrehten braunen Haare, ihre Augen und dann dieser Duft. Gab es etwas Schöneres, als neben ihr zu liegen und ihren lieblichen, süßen Duft zu schnuppern? Dann erinnerte er sich an das Geschenk, das er bei sich trug.

„Mach die Augen zu, ich hab was für dich“, flüsterte Emil in ihr Ohr, und als Josefine ihre Augen wieder öffnete, sah sie den Ring an ihrem Finger.

„Mein Gott, wie schön“, bewunderte sie den dunkel geölten Ring, der aussah wie aus schwarzem Tropenholz.

„Das Holz, aus dem der Ring geschnitzt ist, hat schon viele Jahrgänge erlebt. Stürmische und schöne, warme und kalte. Genauso soll unsere Liebe sein. Ich möchte mit dir gute wie schlechte Zeiten durchstehen, schöne Momente und traurige, Streit und Versöhnung teilen. Ich möchte, dass wir immer füreinander da sind.“ Dann nahm Emil Josefines Hände und schaute ihr tief in die Augen. „Ich möchte, dass du meine Frau wirst.“

Josefine wusste gar nicht, was sie antworten sollte. Tränen stiegen ihr in die Augen. Sie saß da und begann einfach nur zu weinen.

„Ich liebe dich auch, und es gibt niemanden, den ich mir mehr zu meinem Mann wünsche als dich“, schluchzte sie. Wie sehr hatte sie auf diesen Moment gewartet. Immer wieder hatte sie sich ausgemalt, wie es wäre, mit Emil eine Familie zu gründen, eigene Kinder zu haben. Und doch waren es bisher nur Träume gewesen.

„Wie willst du meinen Vater von unserer Heirat überzeugen?“, fragte sie schüchtern.

„Wenn wir tatsächlich in diesem Jahr einen großen Jahrgang ernten, dann wird dein Vater einer Heirat zustimmen. Und die Zeichen stehen gut. Ich verspreche dir: Aus diesem Jahrgang werde ich einen Wein kreieren, der einzigartig sein wird. Ich werde deinem Vater beweisen, dass ich eures Standes würdig bin. Dieser Wein wird ihn davon überzeugen, dass ich seine Tochter als Frau verdient habe.“

Ihr Vater hielt viel von Emil, das wusste Josefine. Er hatte schon häufiger vor Gästen Emils feine Nase gelobt, und es kam nicht selten vor, dass er ihn rufen ließ, um ihn mit verbunden Augen

Weine aus aller Welt erriechen zu lassen. Aber würde er auch einer Heirat zustimmen?

Mit einer Stimme, die keinen Zweifel zuließ, wie ernst sie es meinte, sagte Josefine: „Ich werde diesen Ring als Zeichen unserer Liebe tragen, solange wir leben. Es gibt keinen anderen Mann, den ich mir mehr zum Gatten wünsche als dich."

3. Die Eisheiligen

Schenkt man berufenen Connaisseuren jener Zeit Glauben, dann gehörte das Weingut Bassermann aus Deidesheim zu den wahrhaft großen Namen der noch kleinen, kontinentalen Weinwelt. Jedenfalls zierten seine Kreationen die erlauchtesten Weinkeller und lagen dort ebenbürtig neben nicht minder kostbaren Gewächsen aus dem Burgund und dem Bordeaux.

Geheimrat Heinrich Bassermann führte das Weingut nun schon in der vierten Generation, und es hätte ihm durchaus zugestanden, mit seinem bisherigen Lebenswerk zufrieden zu sein. Unter seiner Ägide war Bassermann zum bekanntesten Weingut der Pfalz aufgestiegen. Trotzdem lag eine Last auf ihm, die so schwer wog, dass sie ihm den wohlverdienten Schlaf raubte.

Die Schmerzen in der Brust waren ihm durchaus vertraut, stellten sie sich doch immer dann ein, wenn seine Sorgen und Nöte besonders groß waren. In der Hoffnung auf steigende Preise hatte er mit den Krediten von Banken die Weinberge von all jenen unglücklichen Weinbauern aufgekauft, die nach den verheerenden Fehlherbsten ihr Hab und Gut hatten aufgeben müssen. Viele von ihnen verließen die Pfalz für immer und suchten ihr Heil in Übersee, andere starben an den Folgen von Hunger und Krankheiten.

Das Weingut Bassermann wuchs, bis ausgerechnet das bayerische Königshaus, dem sich Geheimrat Bassermann Zeit seines Lebens loyal verpflichtet fühlte, Zölle auf die Pfälzer Weine verhängte. Auf jedes Fass Wein, dass seinen Weinkeller verließ, wurde noch einmal die Hälfte des Kaufpreises an Zöllen fällig.

Mit den günstigeren Rheinländer und Moselweinen konnten die Weine aus der Pfalz nun nicht mehr konkurrieren. Um sie überhaupt verkaufen zu können, war Heinrich Bassermann gezwungen, die Preise drastisch zu senken. Die Einnahmen aber reichten schon lange nicht mehr aus, seine Bankschulden zurückzuzahlen. Bassermann hatte schließlich nicht nur die Weinberge als Sicherheit geben müssen, er hatte auch die kommenden Ernten verpfändet, um die Bankiers ruhigzustellen. Doch das war ein Spiel auf Zeit. Noch ein Fehlherbst, und der Ruin des Weingutes wäre besiegelt.

Heinrich Bassermann drehte sich zur Seite und blinzelte mit müden Augen aus dem Fenster. Funkelnde Eiskristalle hatten sich auf dem Fensterglas festbissen. Die Eisheiligen hielten die Weinreben mit eisernem Griff in ihren Klauen, und wenn nicht bald etwas geschähe, würden die zarten Blüten erfrieren und das Schicksal eines ganzen Jahrgangs wäre schon im Mai unwiderruflich besiegelt.

Der letzte große Jahrgang, den sie in der Pfalz gefeiert hatten, war der Kometenwein von 1811. Nie zuvor hatten sie einen derartigen Wein geerntet, und noch lange Jahre hatte das Weingut von diesem Wein gezehrt. Aber seither war ein Jahrgang schlechter als der andere, sodass es sich manchmal nicht einmal gelohnt hatte, die Kelteranlage zur Pressung einzurichten, so miserabel waren die gelesenen Trauben.

Vorsichtig richtete sich Heinrich Bassermann im Bett auf und zog seinen Morgenmantel über. Meistens gingen die Schmerzen schon nach kurzer Zeit vorüber, und er konnte seinen Schlaf fortsetzten, doch in dieser Nacht war es anders. Liebevoll betrachtete er seine Gattin. Ohne Charlotte hätte er sicherlich schon längst aufgegeben. Ihr gutes Zureden und ihr unerschütterlicher Optimismus waren ansteckend. Sie hatte ihm Kraft gegeben, selbst wenn er häufig hatte einsehen müssen, dass die Hoffnung trog.

Er erhob sich aus seinem Bett und ging schweren Schrittes ins Arbeitszimmer, das im Ostturm des Weinschlosses lag. Mehrfach musste er auf der Treppe pausieren, bis er endlich hoch über Deidesheim in seinem Ledersessel saß und gequält aus dem Fenster schaute. Wenn nicht bald die Sonne aufginge und die Kälte aus den Weinbergen vertreiben würde, dann wäre auch dieser Jahrgang verloren.

Sein Blick ging hinüber zur Wand, an der auf großen, goldgerahmten Gemälden die Vorfahren seiner Familie zu sehen waren. Sie gaben Zeugnis von der langen Tradition des Weinguts. In dieser Nacht jedoch empfand Heinrich Bassermann die Gegenwart seiner Ahnen als Bürde. Was hätte ihm wohl sein geliebter Großvater in diesem Moment geraten? Er hätte sich sicherlich erkundigt, wie es um seine Nachfolge bestellt sei. Schließlich war der Geheimrat in einem Alter, in dem seine Vorväter schon längst das Zeitliche gesegnet hatten. Doch damit begann auch schon das Problem. Bisher hatte nämlich der jeweilige Stammhalter das Weingut übernommen, und demnach wäre sein Sohn Carl der Nächste in der Erbfolge gewesen. Aber musste das immer so sein?

Carl hatte weder das Talent zum Weinbau noch den Willen, das elterliche Weingut zu übernehmen. Erst kürzlich war Heinrich Bassermann von ihm mit der Tatsache konfrontiert worden, dass er Offizier der bayerischen Armee werden wolle.

Dabei konnte er sich durchaus in die Lage seines Sohnes hineinversetzen. Auch er hatte von einem anderen Leben geträumt, hatte Advokat werden wollen, denn er liebte die Jurisprudenz und glaubte, ein Gefühl für komplexe Sachverhalte zu haben. Aber als sein Vater starb, war es für ihn eine Ehrensache, dessen Nachfolge anzutreten. Schließlich hatte das Wohl der Familie Vorrang vor eigenen Ambitionen.

Sein Großvater hätte ihm vielleicht auch vorgeworfen, dass er nicht streng genug mit seinem Sohn gewesen sei, aber das würde er nicht gelten lassen. Selbst Strenge und körperliche Züchtigung hatten seinen Sohn nicht dazu bringen können, sich seiner Verantwortung für das Weingut zu stellen.

Doch wer sollte seine Nachfolge antreten, wenn nicht Carl? Ein verschmitztes Lächeln legte sich auf Heinrich Bassermanns Gesicht. Zugegeben, der junge Mann war nicht standesgemäß, ein Waisenknabe gar, der unter höchst traurigen Umständen im Kelterhaus zur Welt gekommen war. Und doch gab es da etwas, das den Jungen einzigartig machte. Selbst wenn er nicht abergläubisch war, so wusste er doch, dass es mehr sein musste als nur eine zufällige Fügung, dass der Junge im Zeichen des Großen Kometen geboren war. Konnte es sein, dass das größte Geschenk des Kometen nicht der Kometenwein war, sondern die Geburt des Jungen? Jedenfalls hätte es seiner Familie gut angestanden, einen Winzer aufzunehmen, der mehr vom Wein verstand als die meisten seiner Vorfahren.

Der nachdenkliche Blick des Geheimrats blieb an einer kleinen Karaffe hängen. Unzählige Male hatte er von dem Wein getrunken und war immer wieder erstaunt, mit wie viel Feingefühl das Cuvée entstanden war. Es war das Werk des Jungen, und spätestens seit er von diesem Cuvée getrunken hatte …

Er nahm die Karaffe in die Hand und wollte sich gerade ein Glas von dem Cuvée einschenken, da spürte er erneut das Stechen in seiner Brust. Erschöpft ließ er sich in den Sessel zurückfallen und starrte auf den Wein, als Merkwürdiges mit ihm geschah: Sein massiger Körper wurde leicht wie eine Feder, und es schien ihm, als würde er vom Boden abheben. Sanft schwebte er zur Decke. Er lächelte glücklich, und doch war da etwas, das anders war als sonst. Wie ein Kind, das etwas Unbekanntes erlebte und nicht wusste, ob es gut oder schlecht war, wartete er gespannt auf die Lösung des Rätsels. Aber je länger er nachsann, desto befremdlicher wurde es ihm.

Bilder von seiner Gemahlin zogen an ihm vorüber. Artig bedankte er sich bei ihr für die Fürsorge und ihren Beistand in all den Jahren, die sie miteinander verbracht hatten. Dann erschien seine Tochter, die er so sehr liebte, und schließlich bemerkte er Carl. Er öffnete den Mund, wollte sich ihm erklären, wollte ihm verständlich machen, warum er sich so entschieden hatte. Aber dann verschwanden die Bilder und alles war eins. Das Herz von Heinrich Bassermann stand still.

Emil Jordan saß mit der unbeugsamen Zuversicht eines Besessenen vor dem letzten glimmenden Holzscheit und kämpfte um das Überleben eines Weinberges. Selbst der dicke Mantel, den sein Vater ihm geborgt hatte, vermochte nicht zu verhindern, dass die Kälte bis zu seiner Haut vorkroch.

Trotzig schaute Emil gen Himmel. Dunkelgraue Eiswolken türmten sich über den Höhen des Haardtgebirges auf. Wie die Mähne eines jungen Löwen wehte sein blondes Haar im Wind. Dabei hatte Louis ihn gewarnt: „Junge, unterschätz' die Kälte nicht! Du darfst nicht einschlafen! Das wäre dein sicherer Tod." Doch auf den wohlmeinenden Rat seines Vaters hatte Emil nicht hören wollen, und so saß er einsam und verlassen im Weinberg – und bei dem Gedanken, er könnte in dieser Nacht zusammen mit seinen Reben erfrieren, war ihm gar nicht wohl zumute.

„Verdammt", schimpfte er und schlug mit den Armen auf die Schenkel, um sein Blut in Bewegung zu halten. „Das hat man davon, wenn man nicht auf seine Eltern hört." Wie hatte er nur glauben können, er allein könne etwas gegen diese mörderische Kälte ausrichten?

Er hatte in seinem Leben schon einige Jahrgänge gesehen, aber noch nie waren die Eisheiligen so ungelegen gekommen wie in diesem Jahr. Die einzige Waffe gegen die Kälte war das Feuer, und so hatte er in den Rebzeilen kleine Holzhaufen aufgeschichtet. Dutzende kleiner Feuer brannten und erleuchteten die Weinberge.

„Nicht einschlafen! Nur nicht einschlafen!" Erschrocken fuhr Emil in die Höhe. Gegen die Kälte konnte er sich schützen, dem Schlaf aber war er hilflos ausgesetzt. Aus rotgeränderten Augen schaute er auf die Rebzeilen hinab. Die meisten Feuer waren bereits erloschen, bei anderen züngelten nur noch kleine Flammen. Was konnte er jetzt noch tun? Das Holz war aufgebraucht, und Reisig war nicht mehr da.

Emil seufzte. Den Paradiesgarten verehrte er wie keinen anderen Weinberg. Die Trauben dieses Weinbergs gaben den Cuvées einen unverwechselbaren Charakter. Der Wein war von gefälligem Charme, so voller Lebenslust und Elan. Bei Frost war die Parzelle besonders gefährdet, lag sie doch auf einem Hügel unter dem Waldrand, sodass der Nordwind ungehindert die Kälte in die Rebzeilen tragen konnte.

Mit steif gefrorenen Fingern suchte er nach dem Amulett seiner verstorbenen Mutter. Immer wenn er nicht mehr weiter wusste und ihren Beistand brauchte, drückte er es ganz fest an sich. Er musste etwas unternehmen, aber was? Emil versuchte aufzustehen, doch seine Beine hingen wie taub am Körper. Mit aller Kraft klammerte er sich an einen Rebstock und zog sich nach oben. In seinen Füßen brannte es, als würden Tausende von Ameisen unter seiner Haut kriechen.

Es schien eine Ewigkeit zu dauern, bis er fähig war, den Schürhaken vom Boden aufzuheben. Wenn er schon kein Holz mehr zum Verfeuern hatte, dann wollte er wenigstens die verbliebene Glut anfachen. Die Wärme würde vielleicht genügen, den Frost von den Reben fernzuhalten. Emil ging zum ersten Feuer und schob das noch nicht verbrannte Holz in die Glut. Er fächelte Luft hinein, bis die Funken stoben. Beißender Qualm stieg auf und in seine Nase und Augen, doch Emil gab nicht auf. Er schürte so lange, bis kleine Flammen aus der Glut aufloderten.

Es war nicht viel, was er tun konnte, aber es musste reichen. Er schleppte sich von Feuer zu Feuer, schürte die Glut und fächelte Luft hinein. Dann stolperte er die Rebzeilen hangabwärts, um sich wieder den Berg hinaufzukämpfen. Rebzeile für Rebzeile, Feuer für Feuer.

Schließlich kniete er erschöpft nieder. Was in seiner Macht stand, hatte er getan. Wenn die Flammen auch klein waren, sie waren seine letzte Hoffnung, wollte er den Paradiesgarten vor dem Erfrieren retten.

Die Sonne war bereits aufgegangen, als Emil aufwachte. Raureif glitzerte wie Millionen funkelnder Brillanten auf den Blättern. Emils Blick fiel auf eine alte, betagte Rebe, die neben ihm stand. Er griff nach ihrem Stamm und lächelte erleichtert. Unter seinen Händen spürte er den unbeugsamen Lebenswillen der Rebe. Ihre Rispen leuchteten in zartem Grün. Die Rebe hatte die Nacht unbeschadet überstanden. Der Paradiesgarten war gerettet.

4. Carls Erbe

Emil stieg bedächtig die Treppen zum Ostturm des Schlosses empor und musste mehrfach stehenbleiben, um zu verschnaufen. Die Lungenentzündung hatte ihn über Wochen ans Bett gefesselt, und erst als er wieder einigermaßen zu Kräften gekommen war, hatte er sein Bett verlassen können.

Es war Juni und schwer zu glauben, dass wenige Wochen zuvor das Überleben des gesamten Jahrgangs an einem seidenen Faden gehangen hatte. Besonders die Winzer in Niederkirchen hatte es hart getroffen. Über die Hälfte ihrer Weinreben war erfroren. Das Weingut Bassermann aber war verschont geblieben.

In den vergangenen Wochen war viel geschehen, und manchmal glaubte Emil, in einer anderen Zeit aufgewacht zu sein. Heinrich Bassermann war tot, und statt seiner führte nun dessen Sohn Carl die Geschicke des Weinguts. Ausgerechnet sein bester Freund, der sich doch nie für den Weinbau interessiert hatte.

Noch vor vier Wochen wäre es für Emil das Selbstverständlichste der Welt gewesen, sich mit Carl zu treffen, doch heute hatte ihre Begegnung etwas Eigenartiges.

Zaghaft klopfte er an die Tür, als er auch schon ein barsches „Herein!“ hörte. Er betrat das Zimmer und blieb überrascht stehen. Nicht nur, dass es ungewohnt war, seinen Freund hinter dem Schreibtisch von Geheimrat Bassermann zu sehen, Carl selbst schien um Jahre gealtert. Statt einem dicken Baumwollhemd und derben Hosen trug er einen grauen Gehrock. Die Haare waren mit Pomade streng nach hinten gekämmt, und Emil bemerkte zu seiner Überraschung, dass er sich einen Schnauzbart hatte wachsen lassen.

Carl war noch immer in ein Dokument vertieft, und selbst nachdem sich Emil unbeholfen geräuspert hatte, dauerte es noch eine ganze Weile, bis er schließlich aufsah. Ohne eine sichtbare Regung zu zeigen, faltete er das Dokument zusammen und legte es in einen schwarzen Ledereinband.

„Hab gehört, du warst krank“, sagte Carl mit kalter Stimme. Emil zögerte. Das war nicht die Herzlichkeit, mit der sich die

Freunde ansonsten begrüßten. Ihm fiel ein, dass Carl ihn nicht ein einziges Mal an seinem Krankenbett besucht hatte.

„Carl, es tut mir leid, was mit deinem Vater geschehen ist."

„Schon gut", entgegnete Carl schroff. „Du weißt am allerbesten, dass ich den Alten gehasst habe. Kurz bevor er gestorben ist, habe ich ihm erzählt, dass ich zur bayerischen Armee gehe. Der Alte dachte, ich mache einen Scherz, aber es war mir ernst – todernst sogar."

„Was hat dein Vater dazu gesagt?"

„Erst war er völlig außer sich und hat mich daran erinnert, dass mein Platz hier in Deidesheim sei. Doch dann war er eigenartig ruhig. Fast so, als wäre es ihm recht, dass ich das Weingut verlasse", antwortete er und betrachtete Emil mit durchdringendem Blick. „Scheint so, als habe mein Vater durch seinen Tod seinen Willen doch noch durchgesetzt."

Emil war überrascht, wie wenig Carl der Tod seines Vaters zu berühren schien. Auf ihn hatte die Nachricht dagegen wie ein Schock gewirkt. Er verdankte Geheimrat Bassermann viel. Ohne ihn hätte er nicht bei Louis und Anna leben dürfen, und das allein war schon Grund genug, ihm dankbar zu sein.

Doch was Emil nicht wusste, war, was Carl kurz nach der Beerdigung erfahren hatte. Das Weingut Bassermann stand kurz vor dem Bankrott. Sein Vater hatte die Kreditlinien immer mehr ausgeweitet und als Sicherheit die kommenden Jahrgänge verpfändet. Der Erlös der nächsten Ernten reichte gerade aus, um die Zinsen zu zahlen.

Für Carl war diese Nachricht ein Schlag ins Gesicht. Sein Vater hatte immer davon gesprochen, dass das Weingut grundsolide sei und es in der Pfalz kein Weingut gäbe, das wirtschaftlich besser dastehe. Sicher, sein Vater hatte hie und da über die Weinzölle geschimpft, aber er hätte nie geahnt, dass es so schlecht um das Weingut stand! Er war außer sich vor Wut. Sein Vater hatte nicht einmal den Mut gehabt, ihm die Wahrheit zu sagen.

„Carl, was ist mit dir?"

Emil hatte seinen Freund besorgt beobachtet. Gab es etwas, was er sich vorzuwerfen hatte? War es die ungewohnte Verantwortung auf den Schultern seines Freundes, die ihn so verändert hatte? Carl blickte auf, als käme er aus einer anderen Welt.

„Was soll mit mir sein, außer dass ich nun bis zu meinem Lebensende in diesem verdammten Weinschloss sitze – und ein überschuldetes Weingut geerbt habe.“ Carl holte tief Luft, und auf sein Gesicht legte sich eine eisige Maske, als er an das Unfassbare dachte, das ihn seit dem Tod seines Vaters umtrieb. Warum hatte sein Vater bei all den Misslichkeiten, in denen sich das Weingut befand, nur eine Lösung gesehen, das Weingut zu retten? Nämlich ihn, Carl Bassermann, von der Erbschaft auszuschließen?

Verbittert presste Carl die Lippen aufeinander. Er hatte seinen Vater gehasst, weil er nie der sein durfte, der er eigentlich gerne gewesen wäre – ein Offizier der Armee. Er hatte ihn gehasst, weil er ihm nie das Recht zugestanden hatte, seinen eigenen Weg zu gehen. Und nun hatte er auch noch versucht, ihm das Weingut zu nehmen.

Dabei hätte er mit der Entscheidung seines Vaters eigentlich zufrieden sein können. Einer Laufbahn beim Militär stand nun nichts mehr im Wege. Doch seit Carl den Plan seines Vaters kannte, war nichts mehr so wie früher. Er fühlte sich gedemütigt und in seinem Stolz verletzt. Denn nicht er hatte das Weingut an den Rand des Ruins getrieben, nein, sein Vater hatte sich diese Schmach zuzuschreiben.

Es war für ihn eine Frage der Ehre, gerade nicht dem Wunsch seines Vaters zu folgen. Nein, er würde das Erbe seiner Vorväter antreten. Er würde um das Erbe seiner Familie kämpfen. Plötzlich hörte er Emils Stimme.

„Es tut mir leid, dass …“

„Ach, hör mir auf“, unterbrach Carl ihn rüde und rückte seinen Stuhl angriffslustig nach vorne. Es war unerträglich, dass Emil in gespielter Unschuld vor ihm saß, als hätte er von den Absichten seines Vaters nichts gewusst.

Was für ein frecher Plan! Es war Emil, den sein Vater dazu auserkoren hatte, das Weingut zu führen. Ausgerechnet sein Freund sollte statt seiner das Weingut retten. Emil, dem er bedingungslos vertraut hatte, dem er offen sein Leid geklagt hatte, wenn er zauderte, und den er im Stillen dafür bewunderte, wie geradlinig er seinen Weg ging. Ja, vielleicht war es gerade diese Zufriedenheit, die er Emil neidete.

Aber konnte sein Freund wirklich ahnungslos sein? Mittlerweile erschien ihm Emil in einem ganz anderen Licht. Seit Langem schien er darauf hingearbeitet zu haben, das Weingut an sich zu reißen. War das Verhältnis zu seiner Schwester gar ein Teil seines heimtückischen Planes? Wie gut sich alles zusammenfügte! Sein Vater übergab das Weingut an Emil, der heiratete Josefine, und plötzlich war er Teil der Familie. Und wo blieb er? Nein, er würde niemals akzeptieren, dass das Weingut in fremde Hände käme. Eher würde er es untergehen lassen. Und dass sich Emil das Weingut durch die Heirat seiner Schwester unter den Nagel riss, auch das käme nicht in Frage, da würde er schon vorsorgen.

Seit sein Vater gestorben war, hatte Carl nur einen Gedanken: Wie konnte er das Weingut aus den Klauen der Bankiers befreien? Er hatte lange gegrübelt, doch dann spielte der Zufall eine bedeutende Rolle. Kurz nach der Beerdigung von Geheimrat Bassermann hatte er einen Händler in Frankfurt aufgesucht, der vorwiegend amerikanische Kunden belieferte und dafür bekannt war, dass er ausgezeichnete Preise zahlte. Noch immer hatte er die schneidende Stimme des Weinhändlers im Ohr.

„Ich habe viel Gutes über Ihr Weingut erfahren. Wenn ich mich recht entsinne, haben Sie jedes Jahr von der Weinhandelskammer eine Prämierung für Ihre Cuvées erhalten."

Carl hatte die Worte des Händlers wie warmen Sonnenschein genossen.

„Unsere amerikanischen Kunden wissen das zu schätzen und sind gewillt, weitaus höhere Preise zu zahlen als die Kunden hierzulande. Aber dafür wollen sie auch nur die allerbesten Weine."

Dessen war sich Carl durchaus bewusst. Er musste mit seinen Weinen dringend höhere Preise erzielen, sonst würde er ewig auf seinem Schuldenberg sitzen. Denn was nützten die höchsten Prämierungen, wenn der Erlös der Weine gerade mal für Zins und Tilgung ausreichte?

„Ich habe hier unseren 26er Riesling, den ich Ihren Kunden auf das Allerwärmste empfehlen möchte."

Der Weinhändler hatte verzückt die Augen geschlossen, als er davon gekostet hatte. „Der Wein ist exquisit. Man spürt, dass hier eine feine Zunge am Werk war."

Carl hatte zufrieden gelächelt und sich schon die ersten Weinkisten ausliefern gesehen.

„Aber der Wein ist nicht lieblich genug für den Geschmack meiner Kunden in Übersee."

Carl glaubte erst, sich verhört zu haben. Er hatte den besten Riesling geöffnet, den das Weingut zu bieten hatte, und dem Weinhändler war der Wein nicht lieblich genug?

„Ich würde gerne ein paar Flaschen für meinen Hausgebrauch bestellen, aber für den Handel mit Amerika ist der Wein ungeeignet. Dort wünscht man süße Weine."

Fast schon mitleidig hatte ihn der Weinhändler angeschaut. „Ich weiß, dass das jeden Weinliebhaber ins Mark treffen muss, und Sie dürfen mir glauben, dass ich selbst den trockenen Pfälzer ungemein schätze. Aber ich kann nun einmal nichts für den Geschmack meiner Kunden."

Carl war enttäuscht gewesen. Er hatte sich seinem Ziel schon so nahe gewähnt, und nun war alles wieder infrage gestellt.

„Warum machen Sie es nicht wie andere Winzer auch?", hatte der Weinhändler plötzlich gefragt und ihm aufmunternd zugezwinkert. „Wenn die Natur nicht weiterweiß, muss der Winzer den rechten Weg weisen."

Carl hatte aufgehorcht. „Wie meinen Sie das?"

Der Weinhändler hatte ein Blatt Papier genommen und einen Namen daraufgeschrieben. „Die Antwort finden Sie hier. Der Mann kennt sich mit allem aus, was mit dem Wein zusammenhängt. Wenn Ihr Kellermeister nicht mehr weiterweiß, dann finden Sie hier Hilfe."

Der Händler hatte jovial gelächelt und gesagt: „Meine Kunden in Übersee würden sich um Ihren Wein reißen. Wäre dieser Riesling lieblicher, dann kämen wir ins Geschäft. Sie dürfen eines nicht vergessen: Die Amerikaner sind weitaus spendabler, wenn die

Weine süß sind. Im Augenblick werden Höchstpreise bezahlt. Junger Mann", und dabei hatte er Carl freundschaftlich auf die Schulter geklopft, „ich kann Sie nur ermutigen. Wenn Sie mir einen Riesling von diesem Format in einer lieblicheren Geschmacksnote anbieten, werde ich Ihnen bei der nächsten Weinversteigerung den Wein mit Golddollars aufwiegen."

Als Carl das Büro des Händlers verlassen hatte, hatte er sich geschworen, fortan nur noch süße Weine herzustellen. Er wollte endlich Geld verdienen, und dabei sollte ihm der Mann helfen, dessen Name auf dem Zettelchen geschrieben stand. Nur dann hätte er eine Chance, mit dem Weinhändler ins Geschäft zu kommen.

Carl bemerkte plötzlich, dass Emil noch immer wartend vor ihm stand. Er erhob sich langsam und ging zum Tisch, auf dem eine gefüllte Karaffe stand. „Ist es das?"

Ohne auf eine Antwort zu warten, hatte er sich auch schon ein Glas des Cuvées eingeschenkt und mit einem Ruck hinuntergestürzt.

„Zu trocken", zischte er und zog verächtlich die Mundwinkel hoch.

„Wie meinst du das?" Es war das erste Mal, dass Emil seinen Freund über einen Wein sprechen hörte, und er war sich nicht ganz sicher, ob er es ernst meinte.

„Zu trocken", wiederholte Carl. „So ein Cuvée will heute kein Mensch mehr trinken."

„Aber mehr Restsüße gibt der Wein nicht her. Du weißt selbst, dass wir im letzten Jahr keinen guten Jahrgang hatten. Das Cuvée ist nicht trockener als in den vergangenen Jahren."

„Das ist ja das Problem. Unsere Weine sind allesamt zu trocken."

„Wie kannst du das behaupten? Unsere Cuvées erzielen die höchsten Prämierungen."

„Prämierungen!" Carl schnaufte böse. „Ich kann das Gerede nicht mehr hören. Was haben uns denn deine Prämierungen gebracht? Keinen Heller haben die Händler mehr gezahlt."

„Aber dafür kann ich doch nichts", wandte Emil leise ein. „Die Preise …"

„Nein, dafür kannst du nichts und für alles andere auch nicht. Aber wie wäre es, wenn du Weine ausbauen würdest, die wir auch zu ordentlichen Preisen verkaufen können?"

„Aber unsere Weine erzielen doch schon Höchstpreise!"

„Ach ja? Etwa so hoch wie die Moselaner oder die Rheingauer?"

Emil wusste darauf nichts zu antworten.

„Die nächsten Weine werden lieblicher, haben wir uns da verstanden?", herrschte ihn Carl plötzlich an.

„Carl, wir haben dazu nicht die geeigneten Lagen."

„Ich kann dieses Geschwätz nicht mehr hören", schrie Carl aufgebracht. „Warum haben andere solche Weine, nur wir nicht?"

„Dein Vater …"

„Hör mir auf mit meinem Vater. Ich bestimme, welche Weine wir anbieten. Und du wirst dich daran halten."

Emil schaute bedrückt zu Boden. Warum sollten sie lieblichere Weine ausbauen, die nicht zum Charakter des Weinguts passten?

„Carl, was ist los mit dir? Seit dein Vater gestorben ist, kommt es mir so vor, als stünde eine Wand zwischen uns. Wir sind doch Freunde! Sag mir, was dich so bedrückt, ich möchte dich doch einfach nur verstehen."

„Was ist daran schwer zu verstehen, dass wir zukünftig liebliche Weine brauchen?"

„Aber du weißt doch so gut wie ich, dass …"

„Das ist genau die Art und Weise, die ich nicht akzeptieren werde", unterbrach ihn Carl unwirsch. „Nur weil mein Vater keine lieblichen Weine angebaut hat, heißt das noch lange nicht, dass es die nächsten Jahre so weitergehen wird. Du wirst das Cuvée noch einmal überarbeiten. Und was den nächsten Jahrgang angeht, so gilt das Gleiche: liebliche Weine!"

„Aber wie soll das gehen?"

Plötzlich huschte ein Lächeln über Carls Gesicht. „Vielleicht müssen wir der Natur ja ein bisschen nachhelfen?"

„Wie meinst du das?"

Das Lächeln auf Carls Lippen verschwand. „Das geht dich vorerst nichts an, das ist ganz allein meine Angelegenheit."

Emil hatte das Arbeitszimmer längst verlassen, als Carl an den Schreibtisch zurückging. Dort holte er noch einmal das Schriftstück aus dem schwarzen Lederordner hervor. Er hatte es bereits viele Male gelesen und immer von Neuem gehofft, er hätte etwas übersehen. Noch einmal las er das Dokument – Zeile für Zeile, Wort für Wort. Doch als er es aus der Hand legte, war er genauso erschüttert wie beim ersten Mal, als er es in der abgeschlossenen Schreibtischschublade seines Vaters gefunden hatte. Tränen füllten seine Augen. Er faltete das Dokument vorsichtig zusammen, schob es in den schwarzen Lederordner zurück und legte es in den Schreibtisch. Dort, wo das Testament von Geheimrat Bassermann niemals gefunden würde.

5. Der Ungeheuersee

Josefine lag in ihrem Bett und schaute aus dem geöffneten Fenster ihres Zimmers in den Park hinaus. Der Vollmond tauchte die Kastanienbäume im Park in silbernes Licht. Sie drehte gedankenversunken den Ring an ihrem Finger und dachte an Emil.

Die letzten Monate waren die schönsten ihres Lebens gewesen. Sie liebte Emil seit dem Tag, als er sie nach dem Kirchgang angelächelt hatte, und sie war mittlerweile alt genug, um zu verstehen, dass ihre Gefühle wahrhaftig waren. Waren sie früher noch Kinder gewesen, die das Leben gemeinsam entdeckten, so waren sie heute zwei Menschen, die einander liebten und begehrten.

Doch bald würde die Weinlese beginnen, und dann wäre es auch mit ihrer Zweisamkeit vorbei. Emil hätte keine Zeit mehr, sich abends mit ihr bei der Michaeliskapelle zu treffen, um bis früh am Morgen die Sterne zu bewundern. Aber noch war es nicht so weit. Eine letzte Nacht würde ihnen gehören.

Die Turmuhr schlug zur zweiten Stunde. Josefine schlüpfte aus dem Bett, zog ein leichtes Sommerkleid an und verließ das Weinschloss.

„Hier bin ich", hörte sie auch schon seine Stimme, als sie im Park stand. Sie schaute sich um und entdeckte Emil hinter einem

Mauervorsprung. Er nahm ihre Hand, und dann gingen sie in die Weinberge hinein.

„Nicht mehr lange, und wir werden den schönsten aller Jahrgänge ernten, den das Weingut je hervorgebracht hat", meinte Emil freudestrahlend, als sie sich weit genug vom Weingut entfernt hatten.

Josefine verstand ihn nur zu gut. Seit Monaten hatte er auf die Ernte hingefiebert. Alles war geradeso, wie die Winzer es sich wünschten. Beständig warmes Wetter hatte den Trauben genug Sonne gegeben, um sich zu entwickeln. Wenn ihnen das Wetter keinen Streich mehr spielen würde, dann sollten sie den besten Jahrgang nach dem Kometenwein ernten.

„Sogar Louis glaubt, dass der Jahrgang den Kometenwein übertreffen könnte."

„Es freut mich, dass du so glücklich bist", antwortete Josefine zaghaft. „Du hast dir den Jahrgang wie kein anderer verdient."

Emil zögerte. „Ich weiß nur nicht, ob mir der Jahrgang auch das Glück bringen wird, das ich mir erhoffe."

„Wie meinst du das? Ist es wegen Carl?"

Emil nickte schüchtern. „Er war unzufrieden mit dem Cuvée. Es war ihm nicht lieblich genug."

„Dann überarbeitest du das Cuvée eben noch einmal."

„Dein Bruder will, dass wir liebliche Weine ausbauen."

„Und? Wäre das schlimm?"

„Ob das schlimm wäre? Wir haben noch nie liebliche Weine angebaut. Pfälzer Weine sind trocken, und gerade deshalb werden sie in der ganzen Welt geschätzt."

„Aber warum will er den Stil unserer Weine ändern? Wir erzielen doch immer die höchsten Prämierungen."

„Das hab ich ihm auch gesagt, doch er hat nur gelacht. Seit dein Vater gestorben ist, ist nichts mehr, wie es einmal war. Alles steht kopf. Ich soll liebliche Weine produzieren statt trockene, die Prämierungen sind auf einmal nichts mehr wert, und alles, was wir in der Vergangenheit getan haben, ist schlecht. Und nun kündigt sich ein Jahrgang an, der alles bisher Dagewesene in den Schatten stellt, und selbst das ist deinem Bruder nicht gut genug."

Sie hatten den Haardtrand erreicht und liefen auf einem breiten Weg in den Wald hinein.

„Wir dürfen nicht aufgeben, Emil. Im Augenblick ist Carl noch zu sehr mit dem Weingut beschäftigt. Er hat Sorgen, aber bald wird es wieder bergauf gehen."

„Wenn es nur so wäre", antwortete Emil unsicher. Sie erreichten eine Lichtung und er deutete auf eine Bank. „Bleib einen Moment hier sitzen und folge mir dann", sagte er und verschwand hinter den Bäumen.

Dann war es still, und nur die Blätter der Bäume raschelten leise im Wind. Josefine dachte an die bevorstehende Ernte und an die Hoffnungen, die sie damit verbanden. Ihre Mutter würde einer Verbindung mit Emil niemals zustimmen, für sie kam nur eine standesgemäße Heirat in Betracht. Sie hätte sicherlich nichts gegen eine Liebelei einzuwenden, dazu war sie eine viel zu praktisch veranlagte Frau. Aber wenn es um etwas Ernsthaftes ging, dann obsiegte die Familienräson. Und ihr Bruder?

Plötzlich sah sie ein Licht zwischen den Bäumen. Sie stand auf und ging zögerlich darauf zu. Als sie näherkam, sah sie eine Fackel im Waldboden stecken. Josefine schaute sich um und entdeckte eine zweite Fackel auf einer kleinen Anhöhe und dahinter eine weitere. Nachdem sie den Fackeln einige Zeit gefolgt war, versperrte ihr dichtes Gebüsch den Weg. Sie ging um das Dickicht herum, und plötzlich glaubte sie, in einem Märchen aufzuwachen. Vor ihr lag ein kleiner See mit Dutzenden kleiner Schilfboote, und auf jedem brannte eine Kerze. Josefine schaute fasziniert auf das Schauspiel. Dann hörte sie Emil hinter sich.

„Komm", sagte er und führte sie zu einem umgefallenen Baumstamm. Sie setzten sich, und Josefine beobachtete, wie die Kerzen auf den Wellen tanzten. Sie ergriff Emils Hand und drückte sie fest. „Es ist wunderschön."

Sie spürte seine weichen Lippen an ihrem Hals und dachte an ihr Gespräch von vorhin. Warum musste alles nur so kompliziert sein? Warum konnten sie einander nicht einfach nur lieben?

„Mach die Augen zu", sagte sie, und nach einer Weile sah Emil sie winkend im Wasser schwimmen. Ihr Kleid lag abgestreift am Ufer.

„Komm ins Wasser, es ist schön warm. Zier dich nicht so", rief Josefine und schwamm auf den See hinaus. So schnell Emil konnte, streifte er die Hosen ab und sprang ihr hinterher.

„Komm zu mir, du Seeungeheuer", rief sie lachend. Sie küssten sich, und sie schrie spitz auf, als er sie kitzelte.

„Komm, da drüben ist ein kleiner Steg. Lass uns dorthin schwimmen", schlug sie vor. Als sie später auf dem Steg lagen, kuschelte sie sich dicht an Emil.

„Wärme mich, mir ist kalt."

Emil schloss sie in die Arme, und in diesem Augenblick war Josefine, als würde sich die ganze Welt nur um sie drehen.

„Ich möchte, dass du für immer mein Mann bist, Emil, verstehst du? Ich möchte, dass du mein Mann wirst und dass wir Kinder haben." Sie nahm seine Hand. „Emil, wirst du mich immer lieben und zu mir halten, egal, was auch geschehen mag?"

„Ja, das will ich. Ich werde immer für dich da sein."

„Sag, dass ich deine Frau bin. Sag, dass du mir immer treu sein wirst. Sag es, Emil." Sie drückte ihr Becken fest an ihn.

„Ja, du bist meine Frau, und ich werde dir immer treu sein."

„Und ich möchte deine Frau sein", flüsterte sie. „Mach mich zu deiner Frau, Emil, bitte, mach mich zu deiner Frau."

Für einen Augenblick dachte Emil an Carl. Doch dann sah er Josefine mit nach hinten gebeugtem Kopf. Ihr Mund war halb geöffnet, und sie zitterte. „Verlass mich nie, Emil, hörst du, bleib bei mir und beschütze mich."

Als Josefine früh am Morgen in ihrem Bett lag, war alles um sie herum noch wie am Abend zuvor. Nur sie selbst war eine andere geworden.

Sie hatte sich für Emil entschieden und wusste, dass ihre Entscheidung unumkehrbar war. Sie hatte Emil alle ihre Verletzlichkeit offenbart. Würde er verstehen, was das bedeutete? Würde er verstehen, welche Verantwortung er für ihre Liebe übernommen hatte? Sie war nun eine Frau. Die Frau von Emil Jordan. Für immer und ewig.

6. Die Weinlese

„Es geht los, sofort", rief Louis, als er von draußen hereinkam. Auf dem Küchenboden bildete sich rings um ihn herum schnell eine Pfütze. Emil saß vor dem Kamin und aß missmutig ein Stück Zwiebelkuchen.

„Was geht los?"

„Was wohl? Die Weinlese natürlich."

Emil sprang auf und ließ fast den Teller aus der Hand fallen. „Die Weinlese? Ausgerechnet heute?"

Louis nickte.

„Aber um Gottes Willen, warum heute? Es schüttet wie aus Kübeln, und der Boden ist völlig aufgeweicht."

„Ich glaube, dem jungen Bassermann ist der Mut abhandengekommen. Er hat mich eben zu sich gerufen und gefragt, wie das Wetter die nächsten Tage werden würde."

„Und? Was hast du geantwortet?"

„Ich habe ihm gesagt, dass das Wetter schlechter wird."

„Und was hat er darauf gesagt?"

„Dann fangt an."

„Dann fangt an?"

„Genau das waren seine Worte. Dann fangt eben an."

Emil schüttelte ungläubig den Kopf. Draußen unter der Veranda lungerten die Arbeiter gelangweilt auf den Bänken herum. Sie verbrachten seit Tagen ihre Zeit damit, Karten zu spielen. Die Frauen strickten und unterhielten sich mit gedämpften Stimmen. Sie alle sehnten die Weinlese herbei.

Es war Oktober, und die anderen Weingüter hatten die Weinlese fast beendet. Auf der Weinstraße hörte man ihre Gespanne vorbeifahren, und die knirschenden Achsen verrieten, dass die Bottiche randvoll mit Trauben gefüllt waren. Es war eine Weinlese, wie sie die Pfalz noch nie gesehen hatte. Nur im Weingut Bassermann hatte man noch nicht geerntet.

Louis und Emil hatten den jungen Bassermann in den letzten Tagen inständig angefleht, man möge doch mit der Weinlese beginnen. Doch Carl hatte sie immer wieder abgewiesen. Er wolle noch warten, schließlich würde den Reben jeder Tag an der Sonne nützen. Irgendwann hatten sie es aufgegeben, nachzufragen. Und dann war der Regen gekommen.

„Geh zu den Arbeitern rüber. Wir legen noch heute Morgen los."

„Wollen wir nicht noch eine Nacht warten? Wir haben schon so lange gewartet, da kommt es doch auf einen Tag auch nicht mehr an. Vielleicht hört es ja doch noch auf zu regnen."

„Daran glaube ich nicht, ich befürchte viel eher, der Regen wird noch stärker werden. Je schneller wir die Ernte unter Dach und Fach haben, desto besser. Wer weiß, was noch alles auf uns zukommt?"

Emil stand auf und lief durch den kalten Regen zum Gesindehaus hinüber. Die Männer spielten Karten und schauten nur kurz auf, als Emil zur Tür hereinstürzte, dann widmeten sie sich wieder dem Spiel.

„Ah, Meister Jordan besucht uns. Was gibt uns die Ehre?", rief einer von ihnen.

„Wollt ihr's wirklich wissen?"

Die Arbeiter schauten ihn neugierig an. „Vielleicht ernten wir ja in diesem Jahr zwischen Weihnachten und Neujahr."

Die Männer grölten und ließen das Schoppenglas kreisen. Nur Emil lachte nicht. „Wir fangen heute mit der Lese an."

Die Männer spielten weiter, als hätten sie nichts gehört. Aber dann schaute ein älterer Arbeiter doch auf. „Hast du schon mal rausgeschaut? Wir warten seit Wochen auf die Lese, und ausgerechnet heute sollen wir anfangen?"

Er hatte den Satz noch nicht beendet, da flog auch schon die Tür auf und Louis erschien. „Ihr habt richtig gehört, Männer. Rein in die Regenklamotten. Es geht los, jetzt, sofort."

Einer der Arbeiter stand auf und wollte etwas erwidern, aber Louis winkte ab. „Vergiss es, Heinrich. Es nützt nichts. Der Befehl kommt von oben. Wir sollen heute mit der Lese beginnen."

Dann entdeckte er einen der Vorarbeiter. „Gib auch den Frauen Bescheid. Wir treffen uns in einer Viertelstunde draußen auf dem Hof. Und beeilt euch. Je schneller wir anfangen, desto früher sind wir fertig. Wer weiß, wie das Wetter morgen wird?"

Es war Vormittag, als die Arbeiter in schweren Regenmänteln in die Weinberge hinauszogen. Ihnen hatten sich einige Erntehelferinnen angeschlossen, die erfahren hatten, dass bei Bassermann geerntet würde. Sie kamen gerne, trotz des Regens, denn das Weingut Bassermann zahlte gut, und außerdem wurden sie bestens versorgt. Die meisten arbeiteten schon von Kindesbeinen an für Bassermann und waren mit der harten Arbeit bestens vertraut. Kleinere Weingüter hatten es da schwerer, gute Leserinnen zu bekommen, denn zur Erntezeit waren alle Hände im Dorf in Arbeit, und wer nicht über eine große Familie verfügte, die mithalf, kam in Nöte.

Louis schaute zum Himmel und fluchte. Alles war Grau in Grau, und nirgends riss die Wolkendecke auf. Die erste Kolonne zog aus dem Gutshof hinaus, und nachdem sie das Tor verlassen hatte, hörte Louis, wie die Arbeiter das Lied von der armen Traubenleserin anstimmten. Sie sollten in Wachenheim mit den unteren Lagen beginnen, hatte Louis ihnen mit auf den Weg gegeben. Die Hoffnung, dass der Regen nur von kurzer Dauer sein würde, hatte er längst aufgegeben, und als er am Nachmittag mit Emil in die Weinberge hinausfuhr, wurden seine schlimmsten Befürchtungen bestätigt. Bis zu den Knöcheln standen die Leser im Schlamm.

Aus einer der Logeln holte er ein paar Trauben heraus und gab auch Emil davon. „Hier, probier mal."

„Es wird ein fabelhafter Jahrgang", antwortete Emil, nachdem er die Trauben zerquetscht hatte und den süßlichen Mostgeruch wahrnahm. „Den Trauben haben die letzten Tage Sonne noch einmal richtig gut getan. Es war zwar unverantwortlich, was Carl getan hat, aber geschadet hat es nicht."

„Noch sind wir nicht fertig mit der Ernte. Wer weiß, was da noch auf uns zukommt."

Carl Bassermann war durch den Bedienstetengang in Annas Küche geschlichen und von dort aus in den Weinkeller. Er wusste, dass Louis in der Kirche war und ihn nicht stören konnte bei dem, was er jetzt tun musste.

Es war der erste Jahrgang unter seiner Führung, und es sollte ein Wein werden, der ihm nicht nur die Tür nach Amerika öffnen sollte – auch gegenüber seinen Weinbrüdern sollte er ihm den gebührenden Respekt verschaffen. Bis zu seinem Tod war sein Vater Vorsitzender der Weinbruderschaft gewesen, und davor war es dessen Vater. Nun würde er aufgenommen werden, und er zweifelte nicht einen Augenblick daran, dass auch er einen bedeutenden Platz darin einnehmen würde.

In der Weinbruderschaft gab es viele hochrangige Persönlichkeiten, aber nicht alle waren Winzer, und nicht immer waren es Männer mit Vermögen. Eines aber einte sie alle: ihre Liebe zum Wein. Wer Mitglied werden wollte, musste etwas vom Wein verstehen und wurde einer strengen Prüfung unterzogen.

Der Prüfungsabend begann mit einer fachlichen Befragung des künftigen Weinbruders durch den Kommissionspräsidenten. Hatte der Anwärter diese Prüfung bestanden, folgte der schwierigere Teil. Das Präsidium bestimmte ein geeignetes Mitglied aus seinen Reihen zum sogenannten Weinsaufen. Die Regeln hierfür waren denkbar einfach: Der Aspirant durfte nicht eher mit dem Trinken aufhören, als bis sich sein Gegenüber geschlagen gab.

Nicht alle bestanden diese Hürden. Diejenigen aber, die in den erlauchten Kreis der Weinbruderschaft aufgenommen wurden, konnten sich glücklich schätzen. Nirgends wurde mehr über Wein gesprochen und davon getrunken als hier.

Dann dachte Carl wieder an Louis und Emil. Wie sie sich doch abmühten in ihrer kleinen, beschaulichen Welt, in der es doch nur darum ging, Prämierungen für ihre Weine zu erzielen. Was hatte er ehrfürchtig Emils Reden gelauscht, als der von seinen Weinen geschwärmt hatte. Hoch prämiert waren sie, ja, und doch hatte sein Vater sie wie billigen Fusel verramschen müssen.

Die beiden würden sich noch wundern. Er würde allen zeigen, dass ein neues Zeitalter angebrochen war. Wie hatte der Händler doch gleich gesagt? Man müsste der Natur nur ein wenig nachhelfen … Sollten die beiden doch ihren Prämierungen hinterherweinen, für ihn zählte vor allem der finanzielle Erfolg.

Carl hatte das gusseiserne Tor geöffnet, das in den Privatkeller seiner Familie führte. In einer Mauernische fand er, wonach er suchte. Schon Wochen zuvor hatte er die Säcke dort versteckt.

Carl nahm den ersten Sack und schleppte ihn nach oben in den Fasskeller. Dort machte er sich an die Arbeit. Mit einer Leiter stieg er auf ein Fass und schüttete den ganzen Inhalt des Sackes hinein. Wie Schnee fiel das Puder auf den Wein, um kurz darauf unterzugehen. Der Händler hatte empfohlen, ein halber Sack würde für ein Fass dieser Größe ausreichen, aber Carl wollte sichergehen. Vorsichtig verschloss er das Fass wieder und ging zum nächsten, wo er die gleiche Prozedur wiederholte, bis alle Säcke leer waren. Carl war zufrieden. Nun würde es niemanden mehr geben, der ihm den Triumph streitig machen konnte.

7. Die späte Lese

„Ich kann es immer noch nicht glauben. Um ein Haar wäre der ganze Jahrgang vernichtet worden." Emil schüttelte den Kopf.

„Carl sieht das nicht so", antwortete Josefine.

„Stimmt. Carl glaubt, er wäre es gewesen, der durch die späte Ernte erst den Grundstein für diesen Jahrgang gelegt hätte."

„Stört dich das?"

„Nein, aber es hätte auch danebengehen können. Immerhin haben wir einen ganzen Weinberg durch das Unwetter verloren."

„Hast du nach der Ernte schon mit Carl gesprochen?"

„Ja. Ich habe ihm gratuliert. Ich meine, es ist sein erster Jahrgang, und wir ernten einen fantastischen Wein. Dein Bruder scheint ein glückliches Händchen zu haben."

„Und was hat er darauf geantwortet?"

„Gar nichts. Es war fast so, als sei ihm das egal."

Die beiden waren am Morgen in Deidesheim aufgebrochen und wollten am Haardtrand in Richtung Neustadt spazieren. Es war bereits Mittag, als sie durch das Mußbacher Tal gingen. Auf einer Lichtung deutete Josefine plötzlich auf einen Weinberg im Seitental. „Gehört der Weinberg nicht auch zu uns?"

Emil warf einen kurzen Blick nach unten. „Ja, er gehört zur Mußbacher Gemarkung. Es ist der Weinberg, der am weitesten vom Weingut entfernt ist."

Doch dann blieb er wie angewurzelt stehen. „Siehst du die Rebstöcke?"

„Natürlich sehe ich die Rebstöcke."

„Und fällt dir nichts auf?"

Josefine schaute angestrengt nach unten. „Was soll mir auffallen?"

„Na was wohl? Der Weinberg ist noch nicht abgeerntet."

„Aber wie kann so etwas sein?"

„Ich weiß es nicht. Offenbar haben wir nach dem Unwetter den Weinberg vergessen. Komm mit!", rief Emil und lief bereits los.

„Was willst du denn da unten?", rief Josefine ihm hinterher und war offensichtlich wenig begeistert, den felsigen Hang nach unten zu klettern.

„Mir die Trauben anschauen."

„Aber warum? Die Trauben sind doch längst verdorrt. Wollen wir nicht nach Hause gehen? Es ist schon spät."

Aber Emil ließ sich nicht mehr aufhalten, und so blieb Josefine nichts anderes übrig, als ihm zu folgen.

Emil hatte den Weinberg fast erreicht, und hätte er die Trauben allein nach ihrem Aussehen beurteilt, dann wäre er längst wieder umgekehrt. Sie hingen vertrocknet an den Rispen, und an manchen war so viel Schimmel, dass sie zu einem großen weißen Klumpen zusammengewachsen waren. Weil er aber seiner Nase mehr traute als seinen Augen, nahm er noch etwas anderes wahr: Die Trauben verströmten ein wundervolles Aroma.

Emil griff in einen verfaulten Traubenhenkel hinein. Als er ihn zerquetschte, rann ihm honiggelber Traubensaft über die Hände. Nicht eine Spur roch der Most nach Fäulnis!

„Es ist wunderbar, einfach wunderbar", rief er glücklich, als Josefine neben ihm stand.

„Aber wie kannst du so etwas sagen! Die Trauben sind ja völlig verfault."

„Mag sein, dass sie unansehnlich sind, aber noch nie zuvor habe ich einen solchen Most gerochen!"

Sie waren längst auf dem Weg zurück ins Weingut, doch Emil ging immer noch nicht aus dem Sinn, was er soeben entdeckt hatte. Wie kam es, dass die Trauben verschimmelt waren und trotzdem einen Geruch verströmten, der ihn ganz gefangen nahm?

Zu Hause im Weingut erzählte er Louis von seiner Entdeckung. Der hörte ihm aufmerksam zu und lächelte wissend. „Mein Vater hat mir als Kind von einem Mann erzählt, der im Rheingau einen Weinberg besaß. Im Herbst, als er ihn abernten wollte, wurde er plötzlich krank und lag viele Wochen im Bett. Er konnte nicht arbeiten und war froh, dass er von den Nachbarn versorgt wurde. Als der Winzer schließlich wieder gesund wurde, war es bereits spät im November. Er ging zu seinem Weinberg und sah, dass die Trauben verschimmelt waren. Er war verzweifelt und wusste nicht, wie es weitergehen sollte. Doch in der Nacht erschien ihm ein Engel, der ihm auftrug, die Trauben zu Ehren Gottes abzuernten. Der alte Winzer tat, wie ihn der Engel geheißen hatte, und begann mit der Weinernte. Die Leute glaubten schon, er sei durch die Krankheit verrückt geworden, denn die Trauben waren stark verschimmelt. Eines Tages aber kam der Alte ins Dorf und hatte ein Fass bei sich, in dem der Wein war, dessen Trauben er zuvor geerntet hatte. Es war ein Wein, wie ihn zuvor noch niemand gekostet hatte, so lieblich und süß war er. Die Menschen waren ganz verrückt danach, und der alte Mann verkaufte das Fass für Unsummen Geld."

„Und hat der alte Winzer im nächsten Jahr seinen Weinberg wieder erst im November geerntet?"

„Er hat es versucht. Er ließ den Wein bis in den November stehen. Aber als er die Trauben erntete, da waren sie nicht lieblich und schon gar nicht süß, sondern schmeckten einfach nur noch schimmelig. Die Trauben wollten einfach nicht vergären, und der Winzer starb an Hunger, denn er konnte keine einzige Flasche Wein verkaufen."

Emil dachte nach. „Warum war der Wein in einem Jahr gut und im nächsten schlecht?"

Louis lachte. „Das ist das große Geheimnis. Ich weiß es nicht. Viele Winzer haben versucht, es dem alten Mann gleich zu tun. Sie haben die Trauben stehen lassen, aber ich habe nie wieder davon gehört, dass es jemandem geglückt wäre, noch einmal einen solchen Wein zu ernten."

Emil versuchte sich an den Geruch der Trauben zu erinnern. Der Schimmel war anders als derjenige, den er bisher kannte. Konnte es sein, dass es unterschiedliche Arten von Schimmel gab, so wie eben auch unterschiedliche Arten von Blumen, Vögeln oder Bäumen? Er musste dem Geheimnis auf den Grund gehen.

„Ich möchte die Trauben abernten", rief er plötzlich, doch Louis war wenig begeistert. „Du weißt, dass das nicht geht. Wir haben die Kelter schon eingemottet."

Doch dann schien Louis etwas einzufallen, denn er zwinkerte Emil vielsagend zu. „Aber wir haben noch die Fasskelter. Sie ist zwar alt, doch ich denke, sie versieht ihren Dienst noch. Lass dich nicht dabei erwischen, wenn du die Trauben holst. Und die Kelter reinigst du auch selbst."

Emil war aufgesprungen und hüpfte vor Freude in die Luft. „Niemand wird es entdecken, das schwöre ich dir." Dann war er auch schon gegangen.

8. Familienangelegenheiten

Es klopfte an der Tür, und Josefine überlegte, ob sie dies einfach ignorieren sollte. Sie fühlte sich unwohl, wie so häufig in den letzten Tagen, und hatte sich nach dem Mittagessen bei ihrer Mutter entschuldigt.

Seit sie mit Emil den Weinberg entdeckt hatte, musste sie das Bett hüten. Sie vermisste ihn, daran konnten auch die Bücher nichts ändern, mit denen sie sich abzulenken versuchte. Es klopfte wieder, und das Hausmädchen erschien im Zimmer.

„Ihre Mutter wünscht Sie in der Bibliothek zu sprechen."

Josefine verzog das Gesicht zu einer deutlichen Grimasse. Warum wollte ihre Mutter sie zu dieser Stunde sprechen? Normalerweise verbrachte sie den Nachmittag bei der Lektüre ihrer Post und schrieb Briefe.

„Sag ihr, ich fühle mich nicht wohl", trug sie dem Hausmädchen auf, doch dieses erwiderte sichtlich unwohl: „Die gnädige Frau besteht darauf."

Als Josefine wenig später die Bibliothek betrat, hatte es sich ihre Mutter bereits auf der Chaiselongue bequem gemacht.

„Josefine, meine Liebste, komm zu mir", begrüßte sie ihre Tochter und deutete auf einen Ohrensessel neben sich. „Nimm Platz, ich möchte mit dir reden. Möchtest du Kuchen?"

Auf dem Tisch stand ein Stück Apfeltarte mit einem Tupfen Schlagsahne obendrauf. Obwohl Josefine Annas Kuchen über alles liebte, hatte sie doch keinen Appetit. Nachdem das Hausmädchen den Tee serviert hatte, räusperte sich ihre Mutter.

„Meine liebe Tochter", fing Charlotte Bassermann an, und Josefine wurde hellhörig. So sprach ihre Mutter nur, wenn es ihr wirklich ernst war.

„Wie du weißt, ist die Familie Sternloff eingetroffen." Josefine war beruhigt. Sicherlich erwartete ihre Mutter, dass sie den Abend mit den Gästen verbrachte und artig Konversation pflegte.

„Sternloffs gehören zu den bekanntesten Weinhändlern in Straßburg. Sie sind vermögend und für ihre Herzlichkeit bekannt."

Ihre Mutter machte eine kleine Pause.

„Sternloffs sind nicht alleine gekommen. Sie werden von ihrem Sohn Philippe begleitet. Er ist etwa in deinem Alter. Ein netter junger Mann."

Josefine wusste, was kommen würde. Ihre Mutter brachte immer mal wieder unverbindlich den einen oder anderen Mann ins Gespräch, so als wollte sie in Erfahrung bringen, in welche Richtung der Geschmack ihrer Tochter ging. Aber warum bestellte ihre Mutter sie dann so förmlich ein?

„Dass der junge Sternloff bei uns ist, hat einen Grund. Wir können uns gut vorstellen, dass er eine gute Partie für dich ist."

„Wie meinst du das?“

Ihre Mutter schien sich sichtlich unwohl zu fühlen. „Nun, wir möchten, dass du Philippe Sternloff heiratest. Wir geben dir natürlich genug Zeit, um deinen zukünftigen Mann kennenzulernen“, fügte sie geflissentlich hinzu. „Aber heute Abend soll ein erster Schritt getan werden.“

Josefine war sprachlos. Sie hatte mit allem gerechnet, nur nicht damit. Verwirrt schaute sie zu ihrer Mutter, aber diese wagte nicht, ihr in die Augen zu schauen, und nippte nervös an ihrer Tasse.

„Aber du kannst mich doch nicht einfach verheiraten!“

„Josefine, wir möchten, dass du glücklich wirst. Und deshalb haben wir einen jungen Mann für dich ausgewählt, der aus einer der besten elsässischen Familien kommt. Du hast doch selbst immer wieder gesagt, wie wohl du dich bei deiner Großmutter in Straßburg fühlst.“

„Nur weil ich gerne zu Besuch bei Großmutter bin, heißt das noch lange nicht, dass ich den erstbesten Mann aus dem Elsass heiraten will.“

„Töchterlein, ich möchte doch nur, dass du dem jungen Mann eine Chance gibst und dein Herz öffnest. Mehr wollen wir doch gar nicht. Die Sternloffs sind eine reizende Familie. Sie würden dich in ihrem Haus aufnehmen wie ihre eigene Tochter.“

Josefine war ratlos. Was sollte sie ihrer Mutter nur antworten? Es gab nur einen Mann, den sie heiraten wollte, und das war Emil. Er war der Mann ihres Lebens. Sie waren füreinander bestimmt, und für einen anderen Mann war kein Platz.

„Ich werde Philippe Sternloff nicht heiraten“, antwortete sie schließlich in ruhigem Ton. „Wenn es einen Mann gibt, den ich mir an meiner Seite wünsche, dann ist das nicht Philippe Sternloff, sondern …“

„Josefine, halt ein. Sage nichts, was du später bereuen könntest.“

„Ich werde nichts bereuen, denn es gibt nur einen Mann, den ich liebe und dem mein Herz gehört, und das ist Emil.“

„Josefine, was fällt dir ein, deine Mutter derart zu brüskieren? Wie kannst du auch nur daran denken, mit einem Mann zu verkehren, den wir als Waise in unser Gut aufgenommen haben und dessen Mutter eine Magd war – vom Vater ganz zu schweigen?“

„Ich liebe ihn, und niemand kann mich jemals davon abbringen.“

„Josefine!“

Charlotte Bassermann hatte den Namen ihrer Tochter schrill herausgeschrien.

„Augenblicklich hörst du auf, diesen Namen in den Mund zu nehmen. Das ist kein Umgang für eine Tochter dieses Hauses. Hast du das verstanden? Dein Vater wäre mehr als verärgert, wenn er …“

„Das ist nicht wahr. Vater würde mich sehr gut verstehen und hätte bestimmt auch etwas gegen die Heirat mit Sternloff.“

„Er hat davon gewusst. Ich habe mit deinem Vater noch vor seinem Tod darüber gesprochen.“

„Du lügst! Das ist nicht wahr.“

„Josefine! Du wagst es, mich der Lüge zu bezichtigen?“

Josefine antwortete nicht und war einfach nur noch wütend. Niemals hätte ihr Vater es zugelassen, dass sie gegen ihren Willen mit einem Mann verheiratet worden wäre. Dann dachte sie wieder an Emil. Sollte sie aussprechen, was sie schon seit Tagen mit sich trug? Schließlich hörte sie sich mit fester Stimme sagen. „Ich erwarte ein Kind.“

Dann war es still. Mit offenem Mund und weit aufgerissenen Augen saß ihre Mutter vor ihr und rang um Fassung. „Oh Gott, das ist nicht wahr. Josefine! Bist du von allen guten Geistern verlassen? Du bist schwanger? Josefine, schau mich an. Sag mir, dass das nicht wahr ist.“

Aber Josefine antwortete nicht.

„Ich kann es nicht glauben. Meine Tochter ist von einem unserer Arbeiter geschwängert worden.“

Charlotte Bassermann stand auf, und mit einer Schnelligkeit, die Josefine nicht für möglich gehalten hätte, schlug sie ihrer Tochter ins Gesicht, dass es schallte.

„Du schamlose Mätresse! Wie kannst du es wagen, dich so einem Mann hinzugeben?“

Charlotte ging zum Fenster und zitterte vor Aufregung. Dann drehte sie sich um, kam zurück und schlug noch einmal zu. „Das ist für deine Herzlosigkeit gegenüber deiner Mutter, die du so maßlos enttäuscht hast."

Sie wandte sich ab und wollte schon zur Bibliothek hinaus, als sie sich noch einmal umdrehte. „Ich erwarte, dass du dich in dein Zimmer zurückziehst und mit niemandem über den Vorfall sprichst. Hast du verstanden? Mit niemandem!"

9. Die Fälschung

Emil lag in seinem Bett und dachte wehmütig an Josefine. Sie hatten sich nun schon seit vier Wochen nicht mehr gesehen, und er machte sich Sorgen. Er hatte versucht, über Anna herausfinden, was mit ihr war, aber die wusste nur, dass sich Josefine unwohl fühlte und ihr Zimmer seit Tagen nicht mehr verlassen hatte. Anna hatte ihm auch von dem Arzt erzählt, der bei ihr gewesen war. Nach der Untersuchung hatte er nur gemeint, dass Mädchen manchmal so etwas hätten und es nicht weiter schlimm sei.

Und so musste Emil alleine den Weinberg abernten. Am schlimmsten war für ihn der Weg zurück ins Weingut. Emils Rücken schmerzte unter der Last der gefüllten Logeln, und es kam ihm immer wie eine halbe Ewigkeit vor, bis er endlich im Weingut war und die Trauben ins Kelterfass schütten konnte.

Das Fass stand unten im Weinkeller und war seit Jahrzehnten nicht mehr gebraucht worden. Josefines Großvater hatte mit diesem Fass die ersten Weine gekeltert. Nach jeder Fuhre, die Emil in das Weingut brachte, stand er unter dem Schein von Fackeln barfuss im Fass und zerquetschte die Trauben mit seinen Füßen. Meist dauerte es bis zum Morgengrauen, bis die Flüssigkeit aus den Trauben getreten war. Heraus kam ein Eimer Maische, die er in ein kleines Gärfass füllte.

Emil war aufgestanden und schaute aus dem Fenster. Es dämmerte bereits. Alles war ruhig, nur die Gaslaterne im Hof brannte noch. Heute war der Tag, an dem er zum ersten Mal den Wein verkosten wollte, und so stand er wenig später mit einer Kerze in der Hand im Keller.

Friedlich schlummerte der Wein im Fass. Emil ließ die Schöpfkelle ins Fass hinab und füllte einen Schluck Wein ins Glas. Im Schein der Kerze prüfte er seine Farbe. Es war ein kräftiges, volles Gelb. Eine Wolke intensiver Honig- und Blumenaromen strömte ihm entgegen. Zuerst roch er eine Spur von Rosen, und als er das Glas ein wenig länger schwenkte, trat daneben ein Beet von Herbstblumen, so als habe er einen verwunschenen Garten betreten.

Emil nahm einen Schluck und spürte die Kraft einer unendlich strahlenden Sonne. Nirgendwo konnte er etwas Hartes spüren, ihm war, als streichle ihm der liebe Gott höchstpersönlich über den Gaumen.

Benommen stellte er das Glas zur Seite. Noch nie zuvor war es ihm gelungen, einen solchen Wein zu schaffen. War dies der Wein, von dem er immer geträumt hatte? Mochten die anderen Weingüter auch gute Weine in ihren Kellern gelagert haben, in diesem Fass reifte ein Unikat heran, das es nirgendwo sonst auf dieser Welt gab. Die Händler würden ein Vermögen dafür ausgeben.

Emil hatte das Fass wieder verschlossen, als der Kerzenschein auf glitzernde Kristalle fiel, die unter einem der großen Gärfässer funkelten. Emil bückte sich, roch erst daran, dann befeuchtete er den Finger und tauchte ihn in das Pulver ein. Es war Zucker.

Am Fass stand eine Leiter angelehnt, und Emil kletterte nach oben. Am Spundloch entdeckte er weitere Spuren des Zuckers. Er öffnete das Fass und holte eine Probe mit der Schöpfkelle heraus. Als er getrunken hatte, verzog er angewidert den Mund. Kein Zweifel, hier war Zucker beigemischt worden. Emil verschloss das Fass und ging zum nächsten. Er probierte alle Fässer durch, bis er schließlich Gewissheit hatte: Sämtliche Fässer waren mit Zucker behandelt worden, und es gab nur einen, der dazu fähig war. Einen Augenblick dachte Emil noch an Josefine, aber dann wusste er, dass es sein musste – selbst wenn er dafür einen hohen Preis zahlen würde.

„Warum hast du den Wein gepanscht?“ fragte Emil erregt.

Carl zog genüsslich an einer Zigarre, in der anderen Hand hielt er ein Schoppenglas, das randvoll gefüllt war.

„Gepanscht?“, erwiderte er und lachte laut auf. „Nimm doch nicht so harte Worte in den Mund. Ich habe dem Wein etwas nachgeholfen. Das hört sich doch viel besser an, oder?“

„Nachgeholfen? Du bist ein Betrüger, ein gemeiner Betrüger“, schrie Emil, bis Carl mit der flachen Hand auf den Tisch schlug.

„Nenn mich nie wieder einen Betrüger, hast du verstanden? Mir liegt das Wohl des Weinguts genauso am Herzen wie dir. Nur muss ich im Gegensatz zu dir auch darauf schauen, dass wir mit unseren Weinen auch Geld verdienen. Die Kunden wollen lieblichere Weine, und die werden sie von mir auch bekommen.“

Emil war fassungslos. „Carl, ich versteh dich nicht. Wir haben den besten Jahrgang seit dem großen Kometen geerntet und hätten allen Grund, zufrieden zu sein, und du machst alles kaputt.“

„Kaputt? Du Narr! Dir ist wohl immer noch nicht klar, um was es hier geht? Wir müssen endlich wieder Geld verdienen. Aber dich interessieren doch nur deine Prämierungen. Ob die Weine auch verkauft werden, ist dir gleichgültig.“

Emil schüttelte gequält den Kopf. „Was ist, wenn das auffliegt? Was glaubst du, was dann passiert?“

„Warum soll das auffliegen? Unsere Weine sind wie bisher, nur halt etwas lieblicher.“

„Das ist nicht wahr. Du hast den Weinen so viel Zucker zugesetzt, dass es einem den Mund verklebt.“

„Ich wollte sichergehen, dass …“

„Sichergehen? Du hast alles zerstört.“

„Was behauptest du da für Frechheiten!“, schrie Carl aufgebracht.

„Und wie würdest du das nennen, wenn du sackweise Zucker in den Wein schüttest?“

„Wenn ich einen Kellermeister hätte, der Weine produzieren würde, die auch gekauft werden, hätte ich nicht selbst Hand anlegen müssen."

„Warum hast du vorher nicht mit mir gesprochen?" Beide schwiegen eine Weile, dann sagte Emil mit leiser Stimme: „Wir sind doch Freunde."

„Was hättest du schon daran ändern können? Du hast ja selbst gesagt, wir könnten keine lieblichen Weine herstellen."

Emil presste die Lippen aufeinander. Sollte er Carl von dem Weinberg berichten? Sollte er ihm von seiner Entdeckung erzählen? „Es gibt einen Weg, liebliche Weine auf völlig natürlichem Weg anzubauen", begann er vorsichtig.

Aber Carl winkte bereits ab. „Genug jetzt. Ich möchte nichts mehr davon hören. Und noch etwas." Bei diesen Worten stand er auf und ging drohend auf Emil zu. „Du wirst künftig die Finger von meiner Schwester lassen. Sie ist eine Bassermann und wird einen Mann ihres Standes heiraten."

„Deine Schwester liebt mich, das weißt du, und ich liebe sie. Und es gibt nichts, was uns auseinanderbringen kann."

„Ach ja?"

Carl griff in sein Jackett und legte einen Ring auf den Schreibtisch. Als Emil den Ring sah, schien sein Herz für einen Moment stillzustehen.

„Ich denke, du kennst ihn."

Emil trat näher, und es kostete ihn unendliche Überwindung, den Ring zu berühren. Er fühlte sich noch ganz warm an, so als hätte ihn Josefine noch vor Kurzem getragen. Was hatte das zu bedeuten?

„Josefine wird heiraten", hörte er Carls Stimme. „Und zwar schon bald. Und sie möchte, dass du ihren Willen respektierst."

„Das kann nicht sein. Sie würde niemals einen anderen heiraten."

Aber dann spürte er den Ring in seiner Hand. Was hatte Josefine damals gesagt? Sie würde ihn als Zeichen ihrer Liebe immer tragen.

„Warum sagt Josefine mir das nicht selbst?"

„Weil sie nicht mehr hier ist. Sie ist abgereist."

„Abgereist?"

„Ich habe dir doch gesagt, sie wird heiraten. In eine der besten elsässischen Familien."

„Das kann ich nicht glauben. Du lügst."

„Warum sollte ich lügen? Sie ist heute Morgen abgefahren."

Aber Emil hörte schon nicht mehr zu. Er stürzte aus dem Zimmer und rannte die Treppen hinunter, als könnte er seinem Schicksal davonrennen.

Es war bereits Mittag, als Emil den Marktplatz von Neustadt erreicht hatte. Seine Füße schmerzten, doch er durfte nicht ruhen. Er musste sie finden, er musste sie zurückholen. An der Poststation sah Emil, wie ein Postkutscher dabei war, ein Pferd einzuschirren.

„Habt Ihr heute Morgen eine Kutsche gesehen mit einer jungen Frau darin?", rief er zu ihm hinüber. Der Postkutscher dachte einen Moment nach.

„Hier ist niemand vorbeigekommen. Möglich, dass sie auf der Straße nach Kaiserslautern gefahren sind, dann haben sie in Lambrecht Rast gemacht und nicht hier."

Emil senkte enttäuscht den Blick. Er hatte gehofft, Josefine noch einmal zu sehen. Erschöpft ging er zum Brunnen. Das Wasser war kühl und tat ihm gut.

„Du suchst ein junges Mädchen, stimmt's?"

Emil bemerkte einen Stallburschen, der hinter ihm stand und den Hof kehrte.

„Die Kutsche ist ganz früh hier angekommen, noch vor Sonnenaufgang. Sie haben kurz Rast gemacht und sind dann weitergefahren. Nur die Mutter ist ausgestiegen. Das Mädchen ist in der Kutsche geblieben."

„Wo sind sie hingefahren?"

„Der Kutscher hat gesagt, sie müssten sich beeilen, sie hätten noch einen weiten Weg vor sich. Er hat gefragt, wie die Schweigener Allee aussehe, ob sie passierbar sei nach dem schweren Regen von gestern."

„Die Schweigener Allee? Wohin führt die Schweigener Allee?", fragte Emil mit erstickter Stimme, obwohl er die Antwort bereits kannte.

„Nach Straßburg."

10. Die Weinversteigerung

„Du denkst noch immer an sie, richtig?"

Emil und Louis waren auf der Weinstraße unterwegs und sahen, wie die Menschen aus den Weingütern herausströmten. Es war Weinversteigerung, und alle waren gespannt, welchen Preis die Weine nach diesem famosen Jahrgang erzielen würden.

Doch zum Feiern war Emil nicht zumute. Es waren fünf Monate vergangen, seit er Josefine nicht mehr gesehen hatte, und er konnte gar nicht mehr verstehen, wie er einen um den anderen Tag überlebt hatte. Morgens war er aufgestanden und hatte nur einen Gedanken gehabt: Wann kommt sie endlich zurück? Irgendwann hatte er sich dabei ertappt, wie er bei jeder Kutsche, die durchs Dorf fuhr, die Ohren spitzte, nur um zu hören, ob es der Landauer der Familie Bassermann war. Mit Louis war er in dieser Zeit kein einziges Mal in den Weinbergen gewesen. Er hätte es nicht ertragen, auf dessen Fragen antworten zu müssen, und so schloss er sich jeden Morgen den Arbeitern an, um möglichst weit weg von zu Hause zu sein.

„Du musst sie vergessen, Emil. Eine andere Wahl hast du nicht."

Louis schaute traurig auf seinen Sohn. Seit Josefine das Weingut verlassen hatte, war Emil nicht wiederzuerkennen. Er sprach nicht mehr, verließ frühmorgens das Weingut, und selbst Anna hatte es nicht geschafft, an den Jungen heranzukommen.

„Wenn ihr einmal älter seid, dann werdet ihr miteinander reden und feststellen, dass es gut war, wie alles gekommen ist.

Emil schüttelte verzweifelt den Kopf. „Ich versteh nur nicht, warum sie mich belogen hat. Sie hätte mir doch sagen können, dass sie sich für einen anderen entschieden hat. Warum belügt sie mich?“

„Vielleicht hat sie dich nicht verletzen wollen. Sie wird einen anderen Mann heiraten, den sie erst noch kennenlernen muss. Ihr Vater ist vor Kurzem gestorben. Das alles ist auch für Josefine nicht einfach.“

„Trotzdem hätte sie es mir sagen können. Wir hatten doch noch nie Geheimnisse voreinander. Sie hat mich verraten, und das ist es, was ich ihr vorwerfe.“

„Emil. Es tut mir schrecklich weh, dich so zu sehen, aber ich glaube wirklich, dass es das Beste für euch beide ist. Es gibt Dinge, die können nicht gut gehen. Du bist Arbeiter im Weingut Bassermann, und sie ist die Tochter des Hauses. So schwer es ist, aber das ist eine Tatsache, an der weder du noch Josefine etwas ändern könnt. Ihre Mutter will nur das Beste für ihre Tochter. Du musst jetzt nach vorne schauen, in die Zukunft. Wir haben den besten Jahrgang seit dem Kometenwein geerntet, und das wird Carl sehr gut tun.“

„Du glaubst doch selbst nicht, dass wir diesen Wein noch verkaufen können.“

Louis wusste einen Moment nicht, was er antworten sollte. Sie hatten alles versucht, den Wein halbwegs wieder trinkbar zu machen. Aber am Ende war dennoch ein Wein herausgekommen, der zuckersüß war. Wie ihn die Händler annehmen würden, war völlig ungewiss. Auf jeden Fall war das kein Wein, wie man ihn von Bassermann kannte.

Die beiden hatten das Rathaus fast erreicht, als Louis stehen blieb und seinen Sohn fest an sich drückte.

„Emil, ich wollte es dir nicht früher sagen, weil ich Angst hatte, du könntest unüberlegt handeln, aber Josefine ist heute Abend bei der Weinversteigerung.“

Als Emil ihren Namen hörte, begann sein Herz heftig zu pochen.

„Mach bitte keine Dummheiten“, mahnte ihn Louis. „Ihre Mutter ist bei ihr und auch ihr Bruder Carl.“

„Aber warum hat mir das niemand gesagt?"

„Sie ist erst heute Mittag angekommen."

Emil schüttelte den Kopf. Alles brach auf einmal auf ihn ein. Sie war zurück. Ausgerechnet heute bei der Weinversteigerung. Was hatte das zu bedeuten? Wollte sie ein Zeichen setzen, dass Sie zugegen sein wollte, wenn der Wein versteigert wurde, den sie gemeinsam entdeckt hatten? Fragen über Fragen stürzten auf Emil ein, und er wusste gar nicht, wie ihm geschah. Mit leeren Augen schaute er seinen Vater an.

„Geh schon mal rein", sagte er schließlich. „Ich brauche noch einen Augenblick."

„Und ich kann dich wirklich alleine lassen?", fragte Louis besorgt. Emil nickte nur und ging mit hängendem Kopf zum Brunnen. Was war nur geschehen, dass sich alles gegen ihn wandte? Sie hatten einen Jahrhundertwein geerntet, aber anstatt dass er seine Liebste gewann, war Josefine abgereist und würde einen anderen Mann heiraten. Der Jahrgang, auf den er so sehnlich gewartet hatte, war nun endlich da, aber anstatt sich darauf zu freuen, musste er befürchten, von den Händlern ausgebuht zu werden. Sie würden zum ersten Mal in ihrer Geschichte einen gefälschten Wein verkaufen. Und die Auslese? Es war der Wein von Josefine und ihm, doch seit sie gegangen war, konnte er sich auch darüber nicht mehr freuen. Was war nur aus seinem Leben geworden?

Emil seufzte und schüttelte ratlos den Kopf. Dann hörte er die Menschen im Rathaus klatschen. Die Weinversteigerung hatte begonnen. Wie sollte er sich verhalten, wenn er Josefine sah? Emil blieb wie angewurzelt stehen. Was war, wenn ihr neuer Mann dabei war? Es half nichts. Es würde der schwerste Gang seines Lebens werden, aber vielleicht würde sich dadurch auch einiges klären.

Das Deidesheimer Rathaus war bis zum Bersten voll. Die Menschen lachten und kreischten, als Emil den Saal über den Hintereingang betrat. Er konnte gerade noch einen Platz an der Wand ergattern, wo er sich auf die Zehenspitzen stellen musste, um auch etwas zu sehen.

Die Weinversteigerung war bereits in vollem Gange, und um ihn herum kreisten die mit Rieslingschorle gefüllten Dubbegläser. Als das Glas bei ihm vorbeikam, nahm er einen Schluck und dann noch einen und noch einen, bis das Glas leer war, was die Umstehenden mit einem kleinen Applaus quittierten.

Plötzlich schien sein Herz stillzustehen. Da war sie.

Josefine saß zwischen ihrer Mutter und Carl und war kaum wiederzuerkennen. Sie war so dünn geworden, dass man unter ihrem blauen Kleid den abgemagerten Körper erkennen konnte. Emil versuchte sich zu zwingen, woanders hinzuschauen. Vergebens. Er konnte seinen Blick nicht von ihr lassen. Ihr Gesicht war blass, und die einst so lebhaften, strahlenden Augen waren traurig und leer. Kein Lächeln lag auf ihren Lippen, scheu war ihr Blick zu Boden gerichtet.

Hatte Josefine etwas zu verheimlichen? Schämte sie sich? Dass ihr Wiedersehen so ernüchternd sein würde, damit hatte Emil nicht gerechnet. Nur wenig erinnerte ihn an das Mädchen, das er vor nicht einmal fünf Monaten noch ganz anders erlebt hatte. Das Weinglas kam erneut zu ihm, und nun trank er so lange, bis ihm jemand erbost das Glas aus den Händen riss.

Dann wurde es still. Der Auktionator hatte den ersten Wein aus dem Hause Bassermann aufgerufen, der wegen seiner noblen Schlichtheit verehrt wurde. Die Weine der anderen Weingüter hatten erstklassige Preise erzielt, und die des Weingutes Bassermann sollten der Höhepunkt der Versteigerung werden.

Emil beobachtete, wie der erste Händler den Wein verkostete. Angewidert verzog er den Mund. Der Händler drehte sich erbost um, bis er Louis in den Reihen entdeckte.

„Was hast du mit dem Wein gemacht?“, rief er so laut, dass es sogar noch Emil hören konnte. Doch bevor Louis etwas erwidern konnte, erhob Carl seine Stimme. „Liebliche Weine sind gefragt und nicht mehr die trockenen“, schrie er den Händler an.

Doch der schüttelte nur den Kopf. „Der Wein schmeckt nicht nach Bassermann. Schmeckt, als hätte man nachgeholfen.“

Carl sprang wutentbrannt auf. „Was willst du damit sagen?“

Doch es war bereits zu spät. Die Händler steckten ihre Köpfe zusammen und tuschelten.

Die Versteigerung begann, und die folgenden Minuten sollten quälend lang werden. Die Gebote fielen spärlich aus, und die langen Pausen dazwischen zogen sich endlos hin. Viele Händler kauften offensichtlich nur deshalb, weil sie bereits Vorbestellungen von ihren Kunden hatten. Als der Auktionator die Versteigerung beendete, war ihm die Enttäuschung anzusehen. Die Weine waren allesamt durchgefallen.

Carl saß in sich zusammengesunken auf dem Stuhl. Keiner am Tisch der Familie sprach ein Wort, aber jeder wusste, was geschehen war. Carl hatte verloren. Er hatte das Weingut erst vor Kurzem übernommen, aber nun war die Arbeit von Generationen vernichtet. An einem einzigen Tag. Plötzlich brach am Tisch der Händler ein Tumult aus.

Zunächst begriff Emil gar nicht, was da vor sich ging. Dann sah er auf dem Tisch eine kleine Karaffe mit einem tiefgelben Wein stehen. Es war die Auslese. Die Händler hatten von dem Wein probiert und konnten gar nicht genug davon bekommen. Sie schubsten und drückten sich zur Seite.

Der Auktionator musste sich lange gedulden, bis er endlich mit der Versteigerung beginnen konnte. Eine Hand nach der anderen schnellte in die Höhe, Zahlen schwirrten in der Luft, und er kam gar nicht mehr nach, die Gebote anzunehmen, so schnell trieben die Händler die Preise nach oben.

Die Gebote hatten bereits sensationelle Höhen erklommen, und noch immer gab es Händler, die weiter bieten wollten. Dann endlich war es soweit. Der Auktionator schaute sich im Saal um, und als der Hammer fiel, brachen die Menschen in Jubel aus. Der Wein hatte den zehnfachen Preis des Cuvées erbracht. Emil stand in der Menge, reckte die Arme in den Himmel und schrie begeistert auf. Sie hatten es geschafft. Sie hatten erreicht, wovon er immer geträumt hatte. Die Auslese war ein Wein, wie es ihn noch nie gegeben hatte, und er war sein Schöpfer.

Die Menge im Saal klatschte und jubelte. Emil versuchte einen Blick von Josefine zu erhaschen. Es war ihr Wein. Ihre Auslese. Doch dann hörte er, wie die Menge den Namen von Carl rief. Die Zuschauer tobten, und immer wieder riefen sie „Carl, Carl,

Carl". Emil verstand erst gar nicht, wie ihm geschah, doch dann sah er, wie Carl auf dem Podium stand und die Arme nach oben streckte. Was war das? Warum ließ sich Carl feiern? Er versuchte seinen Vater zu finden, aber Louis schaute nur fassungslos auf das Treiben.

„Es ist mein Wein", rief er einem jungen Winzer zu, der neben ihm stand. Aber im allgemeinen Trubel gingen seine Worte unter, und der Winzer klatschte begeistert.

„Es ist mein Wein." Emil hatte den Satz nach vorne geschrien, aber niemand hörte ihn. Die Menschen applaudierten, und vorne stand Carl und ließ sich feiern. Emil schaute verzweifelt zu Josefine. Warum schwieg sie? Da sah er, wie Carl sich zu seiner Schwester umdrehte. Josefine schien zu merken, dass der Blick ihres Bruders auf sie gerichtet war. Langsam hob sich ihr Kopf, und dann musste Emil zusehen, wie sie ihrem Bruder Beifall gab.

Mit leeren Augen lehnte Emil am Brunnen, in der Hand eine Flasche Wein. Er nahm einen tiefen Schluck, und plötzlich schrie er voller Zorn: „Ihr gemeinen Diebe, ihr habt meinen Wein gestohlen!"

Seine Worte verhallten in den Gassen des schlafenden Dorfes, dann war es wieder still. Wie ausgestorben lag der Marktplatz da.

„Diebe. Gemeine Diebe", klagte er, bis er das Gleichgewicht verlor und beinahe in den Brunnen gefallen wäre. Dann wurde er an den Schultern gepackt und nach oben gezogen.

„Was soll das?", zischte er erbost, und als er sah, dass es Martha, eine Feldarbeiterin aus dem Weingut war, rief er: „Verschwinde, du Drecksweib. Sie haben meinen Wein gestohlen, meinen Wein, verstehst du?"

Sie setzte sich vor Emil und hielt ihn an den Schultern fest, sodass er nicht umkippen konnte. Er starrte sie an, und als er ihre großen Brüste unter ihrem Umhang hin- und herschwingen sah, atmete er schneller.

Martha schien bemerkt zu haben, was Emil begehrte. Sie nahm seine Hand, bis er eine ihrer großen, warmen Brüste in den Händen hielt. Er drückte zu, bis sie vor Schmerzen das Gesicht verzog. Dann griff er ihr mit der anderen Hand unter den Rock. Unvermittelt stand sie auf. Sie legte den Arm um seine Schulter und zog ihn nach oben. Als sie endlich das Weingut erreicht hatten, führte sie ihn in die Kelterei.

Emil fluchte und wollte sie wegstoßen, doch dann war er auch schon ins Stroh gefallen und lag auf Martha. Ungeduldig riss er ihren Mantel auf und zog am Hemd, bis ihre schweren Brüste nackt vor ihm lagen. Martha richtete ihren Oberkörper auf und rollte Emil zur Seite. Sie saß jetzt auf ihm, und ihre schweren Brüste hingen bis zu seinem Bauch.

Mit geschickten Händen öffnete sie seine Hose. Ihre Finger krallten sich in seine Schulter, und bei jedem Stoß schlugen ihre Brüste auf und ab. Immer schneller bewegte sie sich, und dann wurde es Emil plötzlich ganz heiß.

Martha rollte sich zur Seite, und wenig später hörte er auch schon ihr Schnarchen. Ihm war übel. Er konnte sich gerade noch abwenden, bevor er sich ins Stroh übergab.

Als Emil Stunden später aufwachte, war es noch immer dunkel. Martha lag schnarchend neben ihm, und er sah ihren nackten Hintern. Emil stand auf, und als er sein Erbrochenes roch, wurde ihm wieder übel.

Ohne sich noch einmal nach Martha umzudrehen, wankte er auf den Hof hinaus. Als er in seiner Kammer war, roch er den fremden Schweiß an sich, und es hätte nicht viel gefehlt, und er hätte sich erneut übergeben. Bilder von Martha gingen ihm durch den Kopf, und plötzlich dachte er an Josefine. Warum hatte er sie nur verraten? Wie konnte er ihr jemals wieder in die Augen schauen?

Dann fielen Emil wieder die Worte seines Vaters ein. Er würde Josefine niemals wiedersehen. Ihre Liebe war Vergangenheit, und weshalb? Weil er ein Waisenjunge war, dessen Mutter bei seiner Geburt gestorben und dessen Vater wohl irgendwo in Russland gefallen war. Weil er arm war und Josefine nicht das bieten konnte, was eine Tochter aus besserem Hause von ihrem Gatten erwarten durfte. Weil er ihr nur das geben konnte, was er in sich trug, sein Herz und seine Seele. Doch die hatte er in dieser Nacht verloren.

Er hatte mit Josefine eine Familie gründen wollen, aber damit war es jetzt vorbei. Niemals würde er sie wiedersehen. Doch was war ein Leben ohne sie? Wie konnte er tagaus, tagein in diesem Weingut leben, so nah bei ihr und doch so fern?

Emil stand er auf und nahm seinen Rucksack aus dem Schrank. Mit wenigen Handgriffen hatte er seine Sachen zusammengepackt. Obenauf legte er die silberne Schatulle, die einst seiner Mutter gehört hatte. Zu den Kohlezeichnungen, die Clara und seinen Vater zeigten, legte er ein Bild von Josefine. Emil hatte es gemalt, als sie an einem Frühlingstag zur Hardenburg gewandert waren. Sein Rucksack war geschnürt. Er war bereit zum Abschied. Ein letztes Mal schaute er auf den Hof des Weingutes hinaus. Hier hatte er mit Anna und Louis gelebt. Hier war er glücklich gewesen, bis auf die eine Nacht, die sein Leben für immer zerstört hatte. Tränen rannen über sein Gesicht. Dann verließ er seine Kammer.

„Willst du uns verlassen?“, hörte er plötzlich die Stimme von Louis im Treppenhaus. Ein Schatten stand vor ihm. Emil nickte, und schließlich schluchzte er: „Ich kann nicht bleiben. Ich muss gehen.“

„Ich möchte, dass du weißt, dass du immer zu deinen Eltern zurückkehren kannst. Wir sind für dich da, egal, was du auch tust.“

Emil war ganz elend zumute. Er hätte sich am liebsten seinem Vater in die Arme geworfen.

„Hier, nimm das“, sagte Louis und gab ihm ein ledernes Säckchen. „Es ist alles, was ich gespart habe. Wenn du deinen ersten Weinberg kaufen willst, dann hilft es dir vielleicht weiter.“

Emil konnte seine Tränen nicht mehr länger zurückhalten, da umarmte ihn Louis und drückte ihn fest an sich.

„Du wirst uns fehlen. Du warst uns ein guter Sohn, und wir danken Gott für die Zeit, die er uns mit dir geschenkt hat. Ich weiß, wie dir jetzt zumute ist. Ich war selbst in deinem Alter, als ich mein Zuhause verlassen musste. Pass auf dich auf, und lass was von dir hören. Du weißt ja, wie sehr sich Anna um dich sorgt.“

Louis drückte Emil noch einmal fest an sich, dann wandte er sich wortlos ab.

Als Emil an der Kammer seiner Mutter vorbeikam, blieb er wie angewurzelt stehen. Er wischte sich die Tränen aus den Augen, dann trat er ein. Anna lag auf dem Rücken und hatte im Schlaf einen Arm aus dem Bett gestreckt. Er nahm ihre Hand und legte seinen Kopf hinein. Wie sehr genoss er den lieblichen Duft ihrer Haut! Er küsste seine Mutter zärtlich auf die Stirn und streichelte sanft ihre Wangen. Dann verließ er das Weingut.

11. Die Flucht

Emil wusste nicht, wohin er gehen sollte, er wusste nur, dass er wegmusste. Weg von Marthas süßlichem Schweißgeruch, der sich in seinen Haaren und Kleidern festgesogen hatte, weg von ihrem Stöhnen, das in seinen Ohren widerhallte, und weg von den Menschen, die ihn seines größten Triumphes beraubt hatten.

Emil lief die Weinstraße entlang in Richtung Westen. Raureif lag auf den Feldern, die Vögel zirpten fröhlich, doch für die erwachende Natur hatte er keinen Sinn. Bilder der letzten Nacht schossen ihm wieder und wieder durch den Kopf: Martha, wie sie mit ihren großen Brüsten auf ihm ritt, Josefine, die blass und teilnahmslos im Rathaussaal saß, Carl, der sich für die Auslese feiern ließ. Ihm wurde übel. Er stolperte ins Gebüsch und übergab sich. Dann wankte er wieder auf die Straße zurück und setzte seinen Weg fort. Der Geschmack in seinem Mund war ekelhaft. Wieder wurde ihm schlecht, dieses Mal jedoch blieb er einfach auf der Straße stehen und beugte sich breitbeinig über das Pflaster.

Kurz vor Mußbach verließ Emil die Weinstraße und ging bergauf bis zum Rand des Haardtgebirges. Er stolperte mehr, als dass er lief, und oft fehlte nicht viel und er wäre gestürzt. Als er endlich in Neustadt ankam, stand bereits die Sonne über den Dächern. Am Brunnen spülte er den üblen Geschmack aus dem Mund, wusch sich sein Gesicht und säuberte die Kleidung vom Staub der Straße.

Er hatte erst am Morgen das Weingut verlassen, doch schon jetzt spürte er, was Einsamkeit bedeutete. Die Vorstellung, dass seine Eltern ohne ihn am Küchentisch saßen, ihren Kaffee tranken und nicht wussten, wo er war, schmerzte ihn. Er setzte sich auf den Rand des Brunnens, und als er sein Spiegelbild sah, ekelte er sich vor sich selbst. Warum hatte er auch so viel getrunken? Er dachte an Josefine. Wusste sie von der letzten Nacht?

Emil schaute auf und entdeckte an der gegenüberliegenden Wand ein Plakat mit einem Schiff. Mit mächtigem Bug durchschnitt es die schäumenden Wogen des Meeres. „Amerika braucht Dich", prangte in großer Schrift darüber. Das Plakat hing offensichtlich schon einige Zeit an der Hauswand, denn das vergilbte Papier war an den Seiten ausgefranst.

Neugierig ging er auf das Schiff zu. Vergnügte Menschen tanzten auf dem Deck zur Musik eines Geigers, kleine Kinder vertrieben sich die Zeit mit Hüpfspielen. Hinter dem Schiff lag eine Küstenlandschaft, an der sich endlos Weinberge hinzogen. Auf einem dieser Weinberge thronte ein stattliches Haus mit römischen Säulen, auf dessen Balkon eine hübsche Frau stand und winkte.

Wie schön wäre es gewesen, wenn ihm Josefine von dort aus zugewinkt hätte! Wie oft hatte Emil davon geträumt, mit ihr gemeinsam in einem Weingut zu leben. Er wollte sie glücklich machen, wollte, dass sie stolz auf ihn war. Doch jetzt? In einer einzigen Nacht war sein Traum wie eine Seifenblase zerplatzt.

„Na, mein Junge. Schau nur gut hin. So einen wie dich können die da drüben gut gebrauchen. Die suchen tüchtige Männer."

Ein älterer Herr mit weißgelocktem Haar kam auf Emil zu. Er trug einen schwarzen Frack, und über der Weste spannte eine breite, goldene Kette, an der eine Taschenuhr hing. Auf seinem Kopf saß ein schwarzer Hut mit breiter Borte, wie ihn Emil noch nie gesehen hatte. Mit der einen Hand stützte er sich auf einen schwarzen Stock, der von einem silbernen Schwanenschnabel verziert wurde, in der anderen hielt er eine lang geschwungene Pfeife, deren Schaft aus Elfenbein war.

Plötzlich fiel es Emil wieder ein, wo er den Mann schon einmal gesehen hatte. Bei einer Weinprämierung hatte der ganze Saal hinter vorgehaltener Hand über ihn getuschelt. Sein Name war Jacques Hellmann. Er war Agent aus dem Auswanderungsbüro. Man erzählte sich, dass er die Auswanderer ins sichere Verderben schicke, dass er Passagen auf alten, zusammengeflickten Schiffen verkaufe, die bereits beim kleinsten Wellengang sanken.

„Was bist du von Beruf?", fragte der Agent freundlich.

„Weinbauer bin ich", antwortete Emil mit leiser Stimme.

„Das ist gut. Du musst wissen, in Amerika reißen sie sich um Pfälzer Weinbauern. Sind ganz scharf drauf. Pfälzer Weinbauern haben in Amerika den besten Ruf."

Emil schaute ungläubig.

„Glaub mir. Die suchen junge tüchtige Pfälzer und zahlen gut."

Jacques Hellmann lächelte sanft. Er hatte den Jungen schon längere Zeit beobachtet. Ein junger Mann in einem erbärmlichen Zustand, zu dieser Morgenstunde, fiel einem Mann wie ihm auf. Schließlich war er schon seit Jahren Agent im Auswanderungsbüro der Schifffahrtsgesellschaft zu Bremen und füllte die riesigen Bäuche der großen Atlantikschiffe mit zahlenden Auswanderern. Fünf Meilen gegen den Wind konnte er die Verzweifelten riechen.

Jacques Hellmann hatte seine Pfeife gestopft und zündete sie paffend an. „Den besten Boden gibt es in Pennsylvania. Dort bringt der Boden doppelt so viel Ertrag ein wie hier in der Pfalz. Die Auswanderer berichten alle das Gleiche. Der Boden dort ist pures Gold wert."

Und als wäre das noch nicht genug, fügte er nach einer Pause hinzu: „Wenn du tüchtig bist, kaufst du dir vom Staat so viel Land, wie du bestellen kannst, und mit ein wenig Glück bringst du es zu einem Vermögen."

Emil hörte dem Agenten aufmerksam zu und spürte, wie sein Lebensmut zurückkehrte. Er hatte schon viel über Amerika gehört, denn es gab kein Dorf in der Pfalz, aus dem nicht wenigstens eine Familie über den Teich ausgewandert war. Gegenüber von Bassermann stand ein Weingut leer, in dem früher eine ganze Familie gelebt hatte. Erst war der Älteste ausgewandert, weil ihm sein Erbteil zu klein war, um davon leben zu können, dann waren seine Brüder nachgezogen und hatten das Gebäude einfach leer stehen lassen. Man erzählte sich, dass ihr Weingut in Amerika eine Fläche hatte, die größer war als die ganze Gemarkung von Deidesheim.

„Du bist Louis' Sohn, stimmt's?"

Emil nickte unsicher.

„Hast du was verbrochen?"

Emil schüttelt traurig den Kopf. Verbrochen hatte er nichts, er hatte nur alles zerstört, was ihm wichtig und teuer war.

„Das ist gut so, mein Junge", nickte Jacques Hellmann zufrieden, „denn mit Verbrechern will der alte Hellmann nichts zu schaffen haben. Der Hellmann verkauft Passagen nur an ehrbare Leut'. Seit über zwanzig Jahren habe ich Tausenden von Pfälzern zur Reise in die Freiheit verholfen", versicherte der Agent und musste dabei schmunzeln. Wie viele traurige Schicksale er in dieser Zeit kennengelernt hatte, darüber sprach er nicht. Die meisten Familien traten die Flucht in die Fremde an, weil sie sich nicht mehr anders zu helfen wussten. Sie hatten bereits alle Habseligkeiten versetzt, die nur irgendwie von Wert waren. In ihren kleinen, dunklen Häusern stand meist nicht einmal mehr ein Stuhl oder ein Tisch. Zum Schluss verpfändeten die Unglücklichen auch noch die zukünftigen Ernten ihrer Äcker und gaben den Spekulanten dafür den Grund und Boden als Sicherheit. Kam dann ein Fehlherbst und die Ernte reichte nicht aus, um die Zinsen zu zahlen, hielten sich die Spekulanten an deren Äckern schadlos. Die einzige Hoffnung, die den Unglücklichen dann noch blieb, war auszuwandern. Hellmann wusste sehr gut, dass die Wirklichkeit in den amerikanischen Staaten oft anders aussah als auf den bunten Plakaten. Das Leben in der Fremde war hart, und nur die Stärksten überlebten.

Oft wurde er von seinen Kunden gefragt, ob er glaube, dass sie es in den amerikanischen Staaten zu Wohlstand bringen würden. Eine Antwort auf diese Frage hatte er sich schon lange abgewöhnt. Die Erfahrung hatte ihn gelehrt, dass es für das Glück einfach kein Rezept gab. Er hatte Landsleuten Passagen nach Amerika verkauft und dabei ein schlechtes Gewissen gehabt, weil er glaubte, die Menschen ins sichere Verderben zu schicken. Jahre später erhielt er von ihnen die Nachricht, die Familie sei wohlauf und zu einigem Vermögen gekommen. Andere dagegen starteten mit großem Elan, waren gesund und voller Tatendrang und versoffen ihre Passage, weil sie die Einsamkeit nicht ertrugen. Neugierig schaute Hellmann auf den Jungen. Welches Schicksal würde ihn wohl erwarten?

Emils Blick war noch immer vom Plakat gefesselt. „Was muss ich tun, um nach Amerika zu kommen?", rief er und folgte dem Agenten, der ihm bereits den Weg in sein Büro wies.

„Hereinspaziert, junger Mann, hereinspaziert", öffnete er lächelnd die Tür. „Wer in die amerikanischen Staaten will, der ist beim alten Hellmann genau richtig. Nach Christoph Columbus hat der Jacques Hellmann die meisten Auswanderer nach Amerika verschifft, so wahr ich hier sitze. Niemand hat es bereut, und wer anderes behauptet, der lügt."

Im Büro des Agenten nahm Emil in einem breiten Ledersessel Platz und staunte über all die fremdartigen Dinge um ihn herum. Streitäxte, mit bunten Federn geschmückt, Schilde und Speere hingen an der Wand. Emil wurde unruhig. Das Schiff, der Ozean, die Weinberge und schließlich die Frau, die winkend auf dem Balkon stand – all das war aufregend und neu. Warum sollte er nicht tun, was andere vor ihm auch schon gewagt hatten? Was hielt ihn davon ab, sein Glück in den amerikanischen Staaten zu suchen? Dann wäre nur er allein seines Glückes Schmied. Niemand würde ihn um seinen gerechten Lohn prellen, und er könnte endlich sein eigenes Weingut gründen. Auf jeder Flasche würde sein Name prangen: Emil Jordan. Seine Eltern wären stolz auf ihn. In Amerika könnte tatsächlich sein Traum von einem eigenen Weingut und einem großen Wein wahr werden. Er allein hatte es in der Hand.

Mittlerweile hatte es sich der Agent gemütlich gemacht. Ein dickes Holzscheit flackerte im Ofen, und kurze Zeit später war es wohlig warm.

„Mein junger Freund, so schön die Freiheit ist, billig ist sie nicht, wenn du verstehst, was ich meine."

Jacques Hellmann sah Emil an, dass dieser offensichtlich nicht verstand. Geduldig fuhr er fort: „Die Passage nach Amerika kostet Geld, viel Geld sogar, aber ich verspreche dir, beim alten Hellmann bekommst du für dein Geld auch allerbeste Qualität. Gute, seetüchtige Schiffe, eine erfahrene Seemannschaft und die Abwicklung der Dokumente – alles aus einer Hand“, sagte er und lehnte sich zufrieden in seinem Schreibtischstuhl zurück.

„Ich habe kein Geld“, antwortete Emil, ohne zu zögern. Der Blick des Agenten verfinsterte sich.

„Hm, mein junger Freund. Das ist gar nicht gut. Was glaubst du, wie viel allein die ganzen Dokumente kosten, die du für die Passage benötigst? Glaubst du, der alte Hellmann bekommt die umsonst?“

Emil schaute den Agenten mit bangem Blick an. Dieser hatte seine Pfeife aus dem Mund genommen und drückte die Glut mit einem kleinen Messer nach unten.

„Die Freiheit kostet Geld, mein Junge. Schlag dir das Schiff aus dem Kopf und vergiss, was ich dir über Amerika erzählt habe.“

Emil blickte traurig zu Boden. Eben noch war ein Stück Hoffnung in seinem Herzen aufgekeimt, und schon war sein Traum zu Ende. Das Geld, das er von seinem Vater bekommen hatte, war für seinen ersten Weinberg gedacht. Wenn er es schon jetzt für die Reise ausgeben würde, dann hätte er gar keins mehr. Eindringlich wandte er sich an den Agenten. „Sie müssen mir helfen, Herr Hellmann. Es muss einen Weg geben.“ Dabei verschränkte er seine Finger wie zum Gebet. „Ich muss nach Amerika. Ich werde dort hart arbeiten und fleißig sein für zwei. Helfen sie mir, bitte.“

Hellmann schaute Emil überrascht an. Er hätte nicht vermutet, dass der Junge so verzweifelt war.

„Ist es die Liebe?“

Emil versuchte zu antworten, aber stattdessen nickte er nur traurig.

„Ist sie es wert, dass du ans andere Ende der Welt ziehst?“

„Sie müssen mir helfen, bitte, ich muss gehen.“

Jacques Hellmann war aufgestanden und rückte nachdenklich die brennenden Holzscheite im Ofen zurecht.

„Dein Vater ist ein guter Mensch“, antwortete er schließlich. „Er hat mir einmal einen großen Dienst erwiesen, als es mir nicht so gut ging und die Franzosen über mich hergefallen sind.“

Dann gab er sich kämpferisch: „Für Louis' Sohn finden wir einen Weg nach Amerika – auch ohne Geld. Dem alten Franzosen bin ich noch was schuldig. Aber wenn du zu Reichtum kommst, dann denkst du an den alten Jacques Hellmann aus Neustadt, gell?“

Emil beobachtete den Agenten dabei, wie er mit großen Buchstaben einen Namen auf einen Zettel schrieb.

„Hier, steck das ein. In ungefähr sechs Wochen fährt die ‚New Breeze‘ von Le Havre nach New York. Auf dem Schiff werden immer wieder Matrosen gesucht. Das weiß ich. Melde Dich bei Tom Lance und richte ihm einen schönen Gruß vom alten Hellmann aus. Sag ihm, dass du anheuern willst. Und wenn er Geld dafür will, dann richte ihm aus, der alte Hellmann würde ihn verfluchen bis in alle Ewigkeit.“

Mit offenem Mund starrte Emil den Agenten an. Er hatte noch nie das Meer gesehen, geschweige denn ein Schiff, und in sechs Wochen sollte er als Matrose über das Meer fahren?

„Wo liegt Le Havre?“

„Am Meer, du Dussel“, antwortete Hellmann kopfschüttelnd.

„Und wie komme ich da hin?“

Der Agent lachte laut auf. „Wie Tausende andere vor dir auch. Komm her“, winkte er Emil zu sich.

„Siehst du die Wagen da drüben an der Poststation? Fahren alle nach Le Havre. Wollen wie du nach Amerika. Wenn du dabei sein willst, musst du dich beeilen. Sie brechen noch heute Vormittag auf.“

Emil sah mehrere Ochsengespanne auf dem Marktplatz stehen, voll beladen mit Hausrat. Unter einer Zeltplane konnte er sogar einen Pflug erkennen. Sollte er es wagen und wirklich gehen? Emil war hin- und hergerissen von dem Wunsch, die Vergangenheit hinter sich zu lassen, und der Angst vor der Fremde. In ihm tobte ein Kampf, der sekündlich umschlug von Zuversicht und Freude in Angst und Mutlosigkeit. Der Griff auf seinen Schultern wurde fester.

„Hör zu, mein Junge. Wenn du in Amerika ankommst, dann wirst du ganz auf dich alleine gestellt sein. Du musst mir eines versprechen: Lass die Finger von den Frauen und vom Whiskey. Beides bekommt dir nicht gut und bringt dir Unglück. Denk an den alten Hellmann aus der Pfalz. Keine Frauen und kein Whiskey!"

Wenig später stand Emil wieder auf dem Marktplatz vor dem Plakat. Es war nur eine Stunde vergangen, seit er in Neustadt angekommen war, und doch hatte sich alles verändert. Er hatte seinen Lebensmut wieder gefunden. Plötzlich gab es etwas, für das es sich zu kämpfen lohnte. Er hatte es in der Hand.

Das Knallen einer Peitsche ließ ihn aufschrecken. Ruckend setzte sich der erste Wagen in Bewegung, und nach und nach folgten ihm die anderen. Emil ballte die Fäuste und atmete tief durch. Er musste sich entscheiden. Ein letzter banger Blick ging zurück zum Büro von Jacques Hellmann. Dann warf er seinen Rucksack über und lief los.

12. Le Havre

Als Emil zwei Wochen später Le Havre erreichte, war er überwältigt vom Trubel in den Gassen der quirligen Hafenstadt. Überall waren fremde Sprachen und Dialekte zu hören. Die ganze Stadt schien ein einziger großer Markt zu sein, und wo noch Platz war, saßen die Menschen auf dem Boden, um ihre Habseligkeiten zu verkaufen.

Emil wollte keine Zeit verlieren und machte sich sogleich auf den Weg zum Büro des Agenten. Immer, wenn er einen Pfälzer Dialekt hörte, fragte er nach dem Büro von Tom Lance. Der Mann schien stadtbekannt zu sein, denn die meisten wussten mit dem Namen etwas anzufangen. Endlich stand Emil vor dem Büro, das sich in einer niedrigen Baracke befand. Aus einem dünnen Ofenrohr stieg dichter Qualm über dem Dach empor. Schnurstracks ging Emil auf die Tür zu, da hörte er einen schrillen Pfiff hinter sich. In letzter Sekunde konnte er sich zur Seite wegducken, denn schon flog ein Holzschemel an seinem Kopf vorbei und krachte polternd gegen die Barackenwand.

„Wenn du nicht deine verdammte Hand von der Tür lässt, werde ich dir jeden einzelnen Finger mit meinem Stumpf brechen, so wahr ich der einarmige William bin“, hörte er einen Mann in gebrochenem Deutsch schreien. Emil drehte sich erschrocken um.

„Was willst du, verdreckter Pfälzer?“, brüllte ihn ein einarmiger Mann an.

„Ich will zu Tom Lance.“

„Hört, hört, da will also unser kleiner, verdreckter Pfälzer zu Tom Lance“, schrie der Mann in Richtung einer Menschenschlange, die neben der Baracke stand. Erst jetzt fiel Emil auf, dass neben dem Büro ein schmaler Durchgang war, in dem sich Menschen drängten, die offensichtlich alle darauf warteten, an dem Einarmigen vorbei in das Büro des Agenten vorgelassen zu werden.

„Verschwinde, du verdammter Pfälzer, oder ich spalte dir deinen verdammten Bauernschädel.“

Emil wollte etwas erwidern, aber schon bückte sich der Einarmige nach einem Holzscheit, und Emil rannte, so schnell ihn seine Beine trugen, davon. Als er außer Reichweite des Mannes war, drehte er sich noch einmal um und sah, dass der Einarmige immer noch wild fuchtelnd vor der Baracke stand.

„Musst dir nichts dabei denken, meen Jung“, sagte eine Stimme hinter Emil. Er drehte sich um und blickte in das lächelnde Gesicht eines Mannes. „Hast gerade Bekanntschaft mit dem einarmigen William gemacht“, fuhr dieser fort. „Den kennt hier jeder in der Stadt. Scheint kein Freund von dir zu sein, hmm? Wenn du in die Baracke zu Tom Lance willst, musst du frühmorgens herkommen und dich in die Schlange stellen. Wenn Du Glück hast, kommst Du am gleichen Tag dran. Wenn nicht, musst du den nächsten Tag wiederkommen. Komm also am besten, wenn es noch dunkel ist. Tom Lance ist ein gefragter Mann.“

„Wo kann ich hier übernachten?“, fragte Emil ein wenig entmutigt.

„Da, wo alle Neuankömmlinge übernachten, im Passagehaus. Du findest es, wenn du auf dieser Straße noch eine Viertelmeile weitergehst."

Der Mann klopfte Emil aufmunternd auf die Schulter. „Kopf hoch, hast heute noch mal Glück gehabt. Du könntest jetzt auch mit zerschmettertem Kopf vor der Baracke liegen."

Schon von Weitem war das Passagehaus zu erkennen. An den Fenstern des mehrstöckigen Gebäudes waren Wäscheleinen gespannt, auf denen bunte Kleidungsstücke zum Trocknen hingen. Durch eine schmale Eingangstür betrat Emil das Haus.

Drinnen war es stockdunkel, und es dauerte eine Weile, bis er sich an die Dunkelheit gewöhnte. Was er aber sofort wahrnahm, war der unglaubliche Gestank von Fäkalien und verdorbenem Essen, der ihm entgegenschlug. Wie betäubt blieb er stehen und war sich unschlüssig, ob er das Haus wieder verlassen sollte, da erschien eine ältere Frau in einem Schlafrock, der irgendwann einmal weiß gewesen war.

„Pelzer?", fragte sie und ging, ohne eine Antwort abzuwarten, an Emil vorbei in ein kleines Büro.

„Deux francs la nuit – un semaine en avance!", forderte die Frau und streckte die Hand aus.

Zwei Franc pro Nacht, und dann auch noch eine Woche im Voraus? Emil hatte noch ein paar Fragen auf den Lippen, aber es sah nicht so aus, als würde ihm die Frau diese beantworten wollen. Er kramte ein paar Münzen aus seinem Beutel und gab sie der Frau.

„Pelzer. Troisième etage", sagte sie und zeigte dabei mit drei verknöcherten Fingern in die Luft.

Im dritten Stock lag ein schlauchartiger Schlafsaal, der durch einen schmalen Gang geteilt wurde. Links und rechts davon waren jeweils drei Holzpritschen übereinandergestellt. Überall standen und lagen Koffer, Wäsche und Kisten herum. Emil war müde und suchte nach einer freien Koje, aber auch im hinteren Teil des dämmrigen Schlafraumes war keine freie Pritsche zu entdecken. Schließlich legte er sich auf eine löchrige Strohmatratze und benutzte seinen Rucksack als Kopfkissen.

Es war noch früh am nächsten Morgen, als Emil aufstand. Ihm war es während der Nacht gelungen, ein schmales Stück der Matratze gegen die nachrückenden Schlafgänger zu verteidigen, aber es war so eng gewesen, dass er nur auf einer Seite hatte schlafen können. Er spürte jeden Knochen und war froh, endlich dem Gestank zu entkommen. Die Baracke von Tom Lance fand er sogleich wieder, aber zu seinem Schrecken warteten bereits so viele Menschen auf Einlass wie am Vortag.

Geduldig stellte sich Emil hinten an. Der Einarmige schien sich nicht mehr an ihn zu erinnern, denn er würdigte Emil keines Blickes. Noch bis zum Mittag stand er auf derselben Stelle, dann ging auf einmal alles sehr schnell, und schließlich deutete der Einarmige mit einem Nicken zur Tür und Emil trat in das Büro. Innen empfing ihn eine behagliche Wärme. Dicke Holzscheite brannten im Kamin, auf dem eine alte, zerbeulte Kupferkanne stand und einen angenehmen Duft von Kaffee verströmte.

Gleich daneben standen zwei Holzböcke, über denen ein Brett lag, das offensichtlich als Schreibpult diente. Dahinter sah Emil ein von tiefen Narben zerfurchtes Gesicht, und er wusste sofort, dass er Tom Lance vor sich hatte. Wie Hellmann zog auch Lance an einer lang geschwungenen Pfeife und paffte vor sich hin. Der Agent sagte kein Wort, aber seine Augen waren aufmerksam auf Emil gerichtet.

„Ich bin Emil Jordan aus Deidesheim", begann dieser zögerlich. „Ich soll Ihnen die besten Grüße vom alten Hellmann aus der Pfalz ausrichten."

„Soll zur Hölle fahren, der alte Gauner", erwiderte Tom Lance in bemerkenswert klarem Deutsch, sodass sich Emil nicht mehr sicher war, ob der Agent ein Engländer war. Emil wusste nicht, was er darauf antworten sollte, und beschloss so zu tun, als hätte er die Bemerkung nicht gehört. Er erzählte von dem Treffen mit Hellmann und dass er als Matrose auf der „New Breeze" anheuern wolle.

„Vergiss es."

Die Antwort traf ihn wie eine Faust ins Gesicht.

„Mister Lance, wie soll ich das verstehen?", fragte Emil und sprach mit dem Mut des Verzweifelten und mit flehender Stimme: „Hellmann sagte, ich könnte mich bei Ihnen als Matrose einschreiben. Es hat über zwei Wochen gedauert, um hierher zu reisen, und beinahe wäre ich von dem Einarmigen an der Tür erschlagen worden."

Tom Lance paffte weiter an seine Pfeife und schaute ihn teilnahmslos an. „Gib mir einen Grund, weshalb dir Tom Lance eine Heuer als Matrose schenken sollte, ohne daran auch nur einen Sou zu verdienen. Weißt du, wie viele Menschen mich jede Woche anflehen, sie als Matrose einzuschreiben? Hunderte. Und jeder will den guten Tom Lance dafür bezahlen. Und nun kommst du und hast keinen Sou in der Tasche. Sag, weshalb soll dir Tom Lance eine Passage über den Atlantik schenken? Und verschone mich mit irgendwelchen Goldgräbergeschichten."

Emil wusste nicht, was er darauf antworteten sollte, und je länger er schwieg, desto mehr musste er sich eingestehen, dass es eigentlich auch keinen Grund gab. Der Agent hatte recht. Wie konnte er nur so naiv gewesen sein, zu glauben, er könne ohne Geld nach Amerika auswandern? Der alte Hellmann hatte ihn hinters Licht geführt. Seine Reise war zu Ende, noch bevor er einen Fuß auf ein Schiff gesetzt hatte.

Mit gebeugtem Kopf verließ er das Büro von Lance und ging zum Hafen hinunter. Damit hatte er nicht gerechnet. Er hatte Hellmann vertraut, aber hier galten ganz offensichtlich andere Gesetze, das hatte er jetzt begriffen.

In der Nacht schlief Emil unruhig. Er träumte von der Frau auf dem Balkon, die ihm lächelnd zuwinkte. Was wollte sie ihm mit ihrem Lächeln bedeuten? Er beobachtete aufmerksam ihre Gesichtszüge und sah den Stolz in ihren Augen. Schweißgebadet erwachte er am frühen Morgen und machte sich auf den Weg. Es war noch dunkel und die ersten Fischerboote ruderten auf die offene See hinaus, als er das Büro von Tom Lance erreichte. Gerade ging die Tür auf, und ein Mann verließ die Baracke. Ohne seine Schritte zu verlangsamen, ging Emil auf die Tür zu. Aus seinen Augenwinkeln heraus sah er, wie der Einarmige aufgestanden war und ihm den Weg abzuschneiden versuchte. Aber Emil war schneller. Noch bevor der Einarmige bei ihm war, schlüpfte er auch schon ins Büro von Tom Lance.

Er wusste, wie irrwitzig die Idee war, wiederzukommen. Im selben Augenblick flog auch schon die Tür auf, und er rechnete jeden Moment damit, dass sich der Einarmige auf ihn stürzen würde. Doch dann hörte er die Stimme des Agenten. „Lass gut sein, William."

„Dieser verdammte Hurensohn …", zischte der Einarmige wütend.

„Ist gut, William", erwiderte Tom Lance mit ruhiger Stimme. „Lass uns alleine."

Emil spürte, dass der Einarmige nur widerwillig dem Befehl folgte. Er schnaufte wie ein wilder Stier, aber schließlich ging er zur Tür und verließ den Raum.

„Nun? Warum bist du zurückgekommen?", fragte der Agent und zündete sich eine Pfeife an.

„Ich weiß den Grund", antwortete Emil aufgeregt. Und als er merkte, dass Tom Lance nicht gleich wusste, wovon er sprach, fügte er hinzu: „Den Grund, warum Sie mich fahren lassen sollen."

Der Agent hob die Augenbrauen und paffte mehrmals an der Pfeife. „Ich höre."

Emil nahm all seinen Mut zusammen. „Mein Vater hat mir zum Einschlafen immer eine Geschichte von einem Weinbauer erzählt, der einen Wein anbaute, wie ihn die Welt noch nie gesehen hatte. Ich werde auch solch einen Wein anbauen. Sie müssen mir glauben. Ich werde einen Wein anbauen, wie ihn die Welt noch nie gesehen hat."

Der Agent lachte laut auf. „Weißt du, wie viele Landsleute von dir hier jeden Tag stehen, um ihr Glück in den Staaten zu suchen. Und alle sind sie Winzer."

„Aber niemand versteht den Wein besser als ich", entgegnete Emil trotzig.

Tom Lance schüttelte den Kopf, und Emil befürchtete bereits, vergebens gekommen zu sein. „Ich will dir was sagen, junger Mann. Ob du den besten Wein der Welt anbauen wirst oder nicht, das werde ich niemals erfahren. Aber ich weiß, dass du der Erste bist, der es geschafft hat, lebend an dem einarmigen William vorbeizukommen. Das heißt, du bist mutig, und mutige Menschen gefallen mir."

Als Emil die Baracke verließ, war er der glücklichste Mann der Welt. Am liebsten hätte er sogar den Einarmigen umarmt. Er riss die Arme in den Himmel und jauchzte laut auf. Er hatte es geschafft. Er war als Matrose auf der „New Breeze“ eingeschrieben, und schon in drei Wochen würde er in See stechen.

Unten am Hafen entdeckte er das Schiff. Der Zweieinhalbmaster lag majestätisch und mit gehisster Signalflagge weit draußen in der ruhigen See vor Le Havre vor Anker. Sanft schaukelten seine Mastspitzen. Am Topmast erkannte Emil die Flagge der Hansestadt Bremen, und am Bug prangte in goldenen, geschwungenen Lettern „New Breeze“.

„Emil! Ich kann es nicht fassen. Der Emil vom Bassermann!“ Emil hörte seinen Namen, und ehe er sich versah, wurde er so fest umarmt, dass ihm beinahe die Luft wegblieb. Dann sah er in ein mit Sommersprossen übersätes Gesicht, und nun war er es, der losbrüllte: „Der Max, ja gibt's denn das?“

Sie wollten einander gar nicht mehr loslassen, so sehr freuten sich beide über ihr Wiedersehen. Max fand als Erster seine Worte wieder. „Isses wahr? Der Emil aus Deidesheim. Und ich dachte, ich wär hier ganz allein in diesem gottverdammten Kaff.“

Max nahm Emil bei der Hand und zog ihn hinter sich her. „Komm, Emil, komm! Du musst mir unbedingt erzählen, wie du hierhergekommen bist. Mein Gott, der Emil vom Bassermann wandert aus. Ich kann es nicht fassen!“

Max war Küfergeselle aus Wachenheim, und sein Meister belieferte das Weingut Bassermann regelmäßig mit Eichenfässern. Daher hatte er schon einige Male Ausbesserungen an den Fässern bei Bassermann vorgenommen. Emil hatte ihn zwar nur zwei- oder dreimal gesehen, aber was machte das schon in der Fremde. In einer Ecke des Schlafsaals fanden sie ein ruhiges Plätzchen, und dort erzählte Emil von seiner Reise nach Le Havre. Max hörte aufmerksam zu, und als Emil von Tom Lance sprach, kam er aus dem Staunen nicht mehr heraus.

„Mein Gott. Das hätte auch ganz anders ausgehen können. Wie konntest du nur auf die Idee kommen, Lance ließe sich umstimmen?“

Emil war froh, endlich jemanden gefunden zu haben, mit dem er reden konnte. Es war ein seltsames Gefühl, einen Landsmann, den man aus der Heimat kannte, plötzlich in einem Haus für Auswanderer wiederzusehen. Er hatte Max als braven, ordentlichen Küfergesellen in Erinnerung. Und nun saß ein Abenteurer mit zerfransten roten Haaren vor ihm, in dessen schwarzen Augen es vor Tatendrang nur so blitzte.

Die beiden beschlossen ihr Wiedersehen zu feiern. Max war schon seit einem Monat in Le Havre und kannte die Stadt wie seine eigene Westentasche. Er führte Emil in das Hafenviertel, wo sie eine schummrige Bar betraten.

„Brauchst keine Angst zu haben“, erklärte Max, „ich kenne den Wirt. Der ist mir noch was schuldig“ und wies Emil einen Platz an der Bar zu. Kaum saßen sie, als auch schon eine Holzschüssel mit allerlei gedünstetem Fisch vor ihnen stand. Für Emil war es das erste warme Essen, seit er Deidesheim verlassen hatte, und er schaufelte die duftenden Brocken mit einem großen Holzlöffel schweigend in sich hinein.

Doch dann wäre ihm beinahe vor Schreck der Löffel aus der Hand gefallen, als er schräg gegenüber den Einarmigen entdeckte. Im Dunkel sah er noch gespenstischer aus als bei Tage. Wild gestikulierte er mit seinem Armstumpf. Aber der Fisch schmeckte Emil so köstlich, dass er sich nicht weiter um den Einarmigen kümmerte.

Im Gegensatz zu Emil hatte Max den Seeweg gewählt und war über den Rhein nach Rotterdam gefahren. Von dort aus war er mit einem kleinen Zweimaster weiter bis nach Le Havre gesegelt. Das war jetzt über einen Monat her, und seitdem wartete er in Le Havre auf eine Passage nach Amerika.

„Und wie willst du an das Geld kommen? Arbeitest du?“, fragte Emil und sah sich schon alleine nach Amerika fahren.

„So ähnlich“, antwortete Max verschmitzt und zwinkerte Emil vieldeutig zu.

„Ich habe schon als Kind gerne mit Karten gespielt und Kartentricks geübt. Ich scheine über eine gewisse Fingerfertigkeit zu verfügen. Später habe ich dann das Pokerspiel entdeckt. Ich habe in einem Wirtshaus in Wachenheim gespielt. Am Anfang aus reiner Freude, später spielte ich auch um Geld. Ich zockte nächtelang, und manchmal ging ich im frühen Morgengrauen vom Spieltisch direkt in die Werkstatt meines Meisters."

Emil war nicht entgangen, dass die Stimme von Max trauriger geworden war. „Und warum hast du deine Heimat verlassen?", fragte er vorsichtig.

Max zögerte. „Ist keine schöne Geschichte. Eines Tages kam ein Fremder nach Wachenheim und übernachtete in der Gaststube, in der wir gerade Poker spielten. Er fragte, ob er mitspielen dürfe. Wenig später saß er am Tisch, und die Einsätze gingen immer höher. Schließlich waren nur noch er und ich im Spiel. Er setzte sein gesamtes Geld – und verlor. Als ich das Geld einstecken wollte, hat er sein Messer gezogen und behauptet, die Karten seien gezinkt. Meine Freunde haben auf ihn eingeredet, er solle die Ruhe bewahren, aber der Fremde wurde immer wilder. Ehe ich mich versah, stieß er mit dem Messer nach mir. Doch ich war schneller. Ich traf ihn mit der Faust im Gesicht, er stürzte und blieb reglos auf dem Boden liegen. Er hatte sich sein eigenes Messer in die Brust gebohrt. Wir waren alle sehr aufgeregt und hatten Angst vor den Fragen der Gendarmerie. Wer hätte mir geglaubt? Noch in derselben Nacht habe ich Wachenheim verlassen."

„Und mit dem Pokerspiel willst du dir die Passage erkaufen?"

Max' Augen begannen zu glänzen. „Ich muss nur einmal richtig Glück haben, dann habe ich genug Geld, um mir ein Ticket bei einem Agenten zu kaufen."

Emil war von dem vielen Wein müde geworden und wollte zurück ins Passagehaus. Sie brachen auf, aber schon wenig später verabschiedete sich Max von ihm. Er wollte noch ein wenig um die Häuser ziehen.

In den nächsten drei Wochen verbrachten die beiden noch viele Abende im Hafen. Sie saßen am Kai, aßen Brot und Speck, und ab und zu brachte Max eine Flasche Wein mit. Wenn Emil sich abends schlafen legte, zog Max noch weiter und kam erst im Morgengrauen zurück, um dann bis zum Nachmittag zu schlafen. Emil ging täglich hinunter zum Hafen. Es waren noch zwei Tage bis zur Abfahrt des Schiffes, und die Mannschaft hatte damit begonnen, die „New Breeze“ zu beladen. Emil sollte sich erst am Tag vor der Abfahrt einschiffen, und so konnte er zusehen, wie jeden Tag neue Passagiere zum Schiff hinübergebracht wurden. Die Ruderboote schaukelten dabei bedrohlich in den Wellen, so schwer waren sie beladen. Emil hoffte noch immer, dass er die Reise gemeinsam mit Max antreten würde.

In der Nacht vor der Abfahrt schlief er sehr unruhig, und als er am Morgen aufwachte, fehlte Max. Für gewöhnlich kam er immer vor Sonnenaufgang zurück ins Quartier. Nachdenklich packte Emil sein Bündel zusammen. Auf der Suche nach seinem Freund lief er durch die Gassen der Stadt, fragte in jeder Kneipe und Bar nach, doch von Max fehlte jede Spur. Emil machte sich zunehmend Sorgen. Noch einmal kämmte er alle Kneipen durch, aber niemand hatte Max gesehen. Schließlich stand er am Kai.

Es war ein sonniger Vormittag, und das Wetter war ideal für eine Schiffsreise, doch bei Emil wollte keine rechte Freude aufkommen. Wieder musste er Abschied nehmen. Von dem Passagehaus, in dem er sich trotz des Gestanks mittlerweile heimisch fühlte, und von Max, seinem Freund, mit dem er über seine Heimat und sein Heimweh sprechen konnte.

Er war schon auf dem Weg zur Barkasse, die ihn zur „New Breeze“ bringen sollte, als er ihn plötzlich im dichten Gedränge der Reisenden entdeckte. Emil rannte ihm entgegen, aber wie sehr erschrak er, als er vor ihm stand. Max sah noch dünner aus als sonst. Er torkelte, und seine Augen waren blutunterlaufen. Er war unrasiert und stank nach Whiskey.

„Komm her, Emil, hilf mir“, sagte er mit gepresster Stimme. „Hab Glück gehabt, viel Glück gehabt. Hab den beiden Belgiern gezeigt, dass sich ein Pfälzer nicht unterkriegen lässt.“

Max verzog vor Schmerz das Gesicht, als Emil den Arm um ihn legte, um ihn zu stützen.

„Vorsichtig, du musst vorsichtig sein", keuchte er. „Die Belgier wollten nicht begreifen, dass der Max aus der Pfalz besser ist als sie."

Mit fahrigen Fingern griff Max in die Innentasche seiner Jacke und holte einen Umschlag heraus. Sein Grinsen verrutschte zu einer schmerzverzerrten Grimasse. „Hier isses, Emil. Ich hab's geschafft. Jetzt fahren wir beide nach Amerika."

Emil schaute auf den Umschlag mit den Dokumenten und entdeckte die blutverschmierte Hand von Max.

„Verdammter Mist, was haben die mit dir gemacht, Max?"

„Wollten einfach nicht einsehen, dass ich besser bin, die Belgier."

Emil geleitete Max zu einem Poller am Kai und ließ ihn vorsichtig hinsetzen. Max presste die Hand auf seinen Bauch und stöhnte auf. Emil öffnete seine Jacke, und als er das Hemd hochschob, quoll Blut aus dem Bauch.

„Verdammt, du blutest ja wie ein abgestochenes Schwein!"

„Du musst mir helfen, Emil. Ich will mit dir nach Amerika."

Emil überlegte. Er musste unbedingt Hilfe für seinen Freund holen, sonst würde Max sterben. Panik ergriff ihn. Müsste er am Ende gar seinen Freund tot zurücklassen? „Warte hier, ich bin gleich zurück", sagte er zu Max und rannte los. Zwei Straßen weiter fand er schließlich einen Apotheker, der sogar ein wenig Deutsch verstand.

„Kennen Sie einen Arzt hier in der Gegend?", fragte Emil aufgeregt, doch der Apotheker schüttelte nur den Kopf.

„Der nächste Arzt wohnt eine Meile von hier entfernt", erklärte er. „Aber der ist sonntags nie zu Hause, geht meistens fischen. Und außerdem ist er teuer, sehr teuer sogar."

„Mein Freund hat eine Stichwunde. Ich brauche Hilfe."

Der Apotheker verschwand in einen Nebenraum, und als er wenig später wiederkam, gab er Emil eine Binde und eine Flasche mit dunkelbraunem Antiseptikum. Damit rannte Emil zurück zum Kai. Max hatte die Augen halb geöffnet und atmete schwach. „Danke, mein Freund. Ohne dich würde ich hier jämmerlich krepieren."

Emil zog Max die Jacke und das Hemd aus. Der Stich war tief ins Fleisch gegangen, und noch immer quoll Blut aus der Wunde. Emil tat, wie ihm der Apotheker geraten hatte, und wusch sie mit der übelriechenden, dunkelbraunen Tinktur aus. Danach verband er sie mit der Binde.

„Glaubst du, wir können auf das Schiff übersetzen?", fragte er Max besorgt.

„Meinst du, ich gebe jetzt auf, nachdem die mich beinahe abgestochen haben? Ich bin bei dir."

Die beiden setzten mit dem letzten Ruderboot zur „New Breeze" über. Max ließ sich nichts anmerken und scherzte sogar. Schlimm war nur die Strickleiter, mit der er an Bord klettern musste. Emil stützte ihn, so gut er konnte.

An Bord wurden die beiden vom Quartiermeister in Empfang genommen, der ihre Passagescheine kontrollierte und Max eindringlich beäugte.

„Deinem Freund scheint es nicht so gut zu gehen", meinte er zu Emil.

„Ach was, der wird nur sehr schnell seekrank."

„Seekrank? So, so. Mal sehen, wie es deinem Freund geht, wenn wir erst lossegeln", lachte der Quartiermeister und hieb mit seiner Pranke auf Max' Schulter. Der zuckte zusammen, und Emil fürchtete schon, er würde jeden Augenblick aufschreien, doch Max lächelte nur gequält.

„Dein Freund kann sich einen Platz im Zwischendeck suchen, und du meldest dich beim Ersten Offizier."

Emil ging mit Max zur Öffnung des Zwischendecks und half ihm die steile Leiter hinunter. Als sie das Bootsinnere erreicht hatten, verschlug es Emil fast den Atem. Das Zwischendeck war ein dunkler Raum, und verglichen mit dem Passagehaus waren dort die Schlafräume geradezu üppig und komfortabel gewesen.

Hier unten gab es nur Hängematten und Schlafstellen aus Stroh. Die Menschen lagen durcheinandergewürfelt auf dem Boden und hatten ihre Kisten und Koffer an den Balken und den Seitenwänden festgemacht. Es stank entsetzlich, und dabei hatte das Schiff noch nicht einmal abgelegt. Wie musste es hier unten erst zugehen, wenn das Schiff zu schaukeln und zu wälzen begann und das Gepäck umherflog? An den Wänden bemerkte Emil große Zinnbottiche, die eigens für die Seekranken aufgehängt waren.

Emil schleppte Max mitten durch die zusammengepferchten Passagiere und steckte mehr als einmal einen Tritt ein, wenn er aus Versehen auf ein Bein oder einen Arm trat. Endlich entdeckte er eine Strohmatte, auf der Platz war für seinen Freund. Im Dunkeln sah er eine ältere Frau neben sich. Sie hatte es sich auf der Strohmatte gemütlich gemacht und schaute ihnen neugierig zu.

„Gibt es hier einen Arzt?", fragte Emil. Die Frau öffnete ihren zahnlosen Mund, aber dann deutete sie nur zur anderen Seite hinüber. Dort sah Emil einen älteren Herrn in sauberem Hemd und schwarzem Gehrock an der Schiffswand lehnen.

„Entschuldigen Sie bitte", sprach er den Herrn an. „Ich habe gehört, Sie sind Arzt. Dürfte ich Sie bitten, sich um meinen Freund zu kümmern? Er ist verletzt, und ich habe ihn nur notdürftig versorgt."

Der Arzt war ein freundlicher, warmherziger Mann und folgte Emil ohne viel Aufhebens. Nachdem er Max' blutdurchtränkten Verband entfernt hatte, schüttelte er nur den Kopf. „Das sieht nicht gut aus, junger Mann. Sie haben Glück, dass keine Organe getroffen wurden. Aber der Stich ist tief, und wenn sich die Wunde entzündet, dann werden Sie die Überfahrt nicht überleben."

Er wandte sich an Emil. „Wir müssen als Erstes die Wunde reinigen und wohl auch einiges von dem Gewebe entfernen. Danach muss die Wunde sauber verbunden werden. Ich habe zum Glück einige saubere Verbandtücher mitgenommen. Mehr kann ich jedoch nicht für Ihren Freund tun."

„Das ist großartig", meinte Emil erleichtert. „Ich werde selbstverständlich für Ihre Dienste zahlen."

„Jetzt lassen Sie uns ihren Kameraden erst einmal wiederherstellen."

Der Arzt behandelte Max sehr umsichtig, doch als er das Fleisch um die Wunde wegschnitt, schrie Max laut auf. Der Arzt holte frische Verbandtücher und eine Tinktur und verband die Wunde. Max bekam davon schon nichts mehr mit. Er war erschöpft eingeschlafen.

„Ihr Freund braucht jetzt viel Ruhe und vor allem kräftiges Essen."

„Ich bin auf dem Schiff als Matrose eingeteilt und werde mich um ihn kümmern, so oft ich kann."

Sie deckten Max vorsichtig mit einer Decke zu. Dann ging Emil nach oben, um sich beim Ersten Offizier zu melden.

An Deck herrschte bereits großes Durcheinander. Überall wurden Kisten und Koffer verstaut. Menschen liefen aufgeregt durcheinander. Überhaupt war Emil erstaunt, wie viele Passagiere an Bord waren. Die „New Breeze" war 120 Fuß lang, 240 Passagiere waren an Bord, hinzu kamen 25 Mann Besatzung.

Emil meldete sich bei Peter Ayle, dem Bootsmeister, der ihm eine Koje zuwies. Jetzt, nachdem er wusste, wie die Passagiere auf dem Zwischendeck untergebracht waren, war Emil froh, dass er sich die Koje nur mit zwei anderen Matrosen teilen musste. Er verstaute gerade seine wenigen Habseligkeiten an einem Haken unter der Decke, als er auch schon eine kräftige Stimme rufen hörte: „Fassen!"

An Deck hatte sich eine lange Menschenschlange vor der Kombüse gebildet. Essen wurde verteilt, und Emil verstand, dass mit „Fassen!" das Essenfassen gemeint war. Die Matrosen bekamen das gleiche Essen wie die Passagiere. Es gab Pökelfleisch mit schwarzen Bohnen. Emil konnte bei einem Passagier noch einen Apfel auftreiben und ging nach unten ins Zwischendeck. Max ging es nicht gut. Seine Augen waren geschlossen, und er wimmerte vor Schmerzen.

„Na, mein Alter, wie fühlst du dich?", fragte Emil besorgt. Statt einer Antwort begann Max kräftig zu husten.

„Ist verdammt kalt hier unten", antwortete er leise.

„Du musst jetzt viel essen, Max, das hilft gegen die Kälte. Du brauchst Kraft."

„Ich schätze, ich brauche vor allem einen Schutzengel."

Emil richtete seinen Freund auf und fütterte ihn. Plötzlich legte Max die Hand auf Emils Arm. „Ohne dich wär' ich noch immer in einer dieser Zockerhöhlen und vielleicht schon längst tot. Ich wollte dir noch danken für das, was du für mich getan hast."

„Hör mal, wenn du dich bedanken willst, dann mach das mit einem guten Essen und einer Flasche Wein in New York. Aber bis dahin möchte ich nichts mehr davon hören. Oder willst du mich alleine nach Amerika fahren lassen? Du musst stark sein, Max. Wenn du daran glaubst, dann wirst du überleben. Hast du mich verstanden? Du musst es wollen. Du musst wollen, dass wir gemeinsam in Amerika ankommen."

Als Emil das Zwischendeck verließ, sah er den Arzt an der Reling stehen.

„Ihrem Freund geht es nicht gut", gestand der Arzt ein. „Die Wunde ist tief und ich befürchte, wenn wir auf See sind, wird sich sein Zustand noch verschlechtern. Ich werde alles tun, um Ihrem Freund zu helfen, aber ich kann Ihnen nicht versprechen, dass er lebend in New York ankommen wird."

Als Emil abends in seiner Koje lag, fühlte er sich sehr einsam. Wenn nun auch noch Max nicht mehr wäre, dann würde er ganz alleine sein. Er dachte an seine Eltern, und Tränen rannen ihm über die Wangen. Er vergrub seinen Kopf unter der Decke, damit die anderen Matrosen sein Schluchzen nicht hören konnten.

Am nächsten Morgen verzögerte sich die Abfahrt der „New Breeze", denn es war windstill und das Meer spiegelglatt. Für Emil und die anderen Matrosen gab es nicht viel zu tun. Sie gossen Pech in die Fugen zwischen den Schiffsplanken und besserten die Reling aus. Am Nachmittag frischte der Wind endlich auf, und die Männer setzten die Segel. Das Abenteuer begann.

2. Buch

Die amerikanischen Staaten

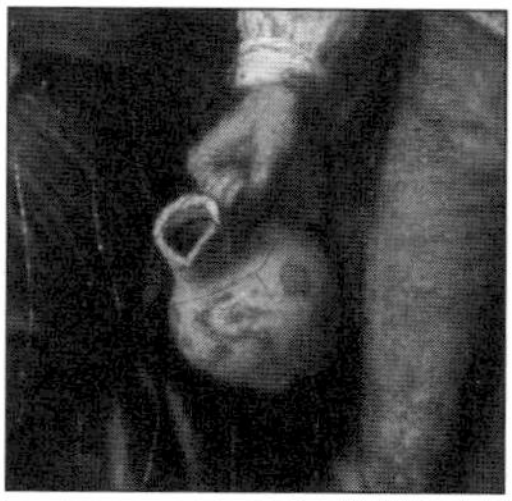

1. New York

Emil saß im Ausguck der „New Breeze“, und wohin sein Blick auch fiel, überall um ihn herum funkelte das tiefe Blau des Atlantiks in der hellen Frühlingssonne.

Schaute er nur lange genug auf den Horizont, verschwamm der schmale Silberstreifen, und die Krümmung der Erde gab ihm ein Gefühl dafür, wie klein das Schiff war, auf dem sie fuhren, und wie groß die Welt sein musste, in die er ausgezogen war.

Als einfacher Schiffsjunge, der zudem noch nie Wasser gesehen hatte, saß er oft im Ausguck. Der Wachposten war bei der Mannschaft nicht sonderlich beliebt. Besonders bei schlechtem Wetter, wenn es empfindlich kalt war und der Wind zwischen den schmalen Latten des Ausgucks hindurchpfiff, konnte sich die Wache endlos hinziehen.

Emil störte das nicht, er genoss die Einsamkeit. Stundenlang saß er hoch über dem Deck in einem Bretterverschlag, der nicht größer war als der Deckel eines Holzfasses, und oft schien es, als würde er mit offenen Augen schlafen. Tatsächlich aber brodelte es in seinem Kopf mit einer solchen Lebendigkeit, die ihn völlig gefangen nahm.

Geradeso wie eben, als sich ein sanftes Lächeln auf seine Lippen legte und er davon träumte, auf einem prächtigen Pferd durch endlose Weinberge zu reiten. Knorrige, mit saftigen Beeren behangen Rebstöcke warteten auf die Weinlese. Die Erde duftete wie nach einem Sommergewitter, und das saftige Grün der Blätter glitzerte im Sonnenlicht. Das Pferd schien zu fliegen, so schnell rasten die Rebzeilen an Emil vorüber, bis schließlich ein großes, stattliches Haus in der Ferne auftauchte. Als er näher heranritt, bemerkte er ein Mädchen auf der Veranda, dessen weißes Kleid leicht vom Wind gebauscht wurde. Mit großen Augen schaute sie Emil an, und in diesem Moment begriff er, warum er sich auf diese Reise begeben hatte.

Millionen feiner Schaumweinperlen schienen in seiner Nase zu kribbeln, und als er die salzige Frische des Meeres einsog, durchfuhr ihn ein wohliger Schauer. Emil war, als wären plötzlich sämtliche Geruchsspuren seiner Heimat aus dem Gedächtnis gelöscht. Zurück blieb eine Leere, die danach dürstete, mit neuen Düften gefüllt zu werden. Mit jeder Meile, die die „New Breeze" zurücklegte, brachte sie Emil seinem Ziel näher. Dorthin, wo sein Traum zur Wirklichkeit werden sollte.

Seit die „New Breeze" die Küste von Frankreich zwei Wochen zuvor verlassen hatte, lief das Schiff unter Vollzeug mit über acht Knoten gen Westen. Wie von Geisterhand gezogen, pflügte es stampfend durch die See.

Das Leben auf der „New Breeze" war eine ganz eigene Welt, deren Regeln sich Emil erst nach und nach erschlossen. Jedes Tau hatte einen eigenen Namen und einen festgelegten Platz, und noch mühevoller war es, die verschiedenen Bezeichnungen der Segel zu erlernen, zumal die Matrosen eine eigenartige Mischung aus verschiedenen Sprachen, darunter auch deutsche Dialekte, benutzten.

Mit den Sommersprossen auf der von der Wintersonne gebräunten Haut sah Emil mittlerweile aus, als würde er schon sein ganzes Leben zur See fahren. Sein Haar reichte ihm bis zu den Schultern. Nach allen Seiten standen die widerspenstigen Locken ab und waren nur mit einem groben Lederriemen zu einem Zopf zu bändigen.

Die schneidende Stimme des Rudergängers ließ Emil aufschrecken. Der Wind hatte gedreht, und er beobachtete die Matrosen dabei, wie sie in die Wanten stiegen, um die Stagsegel zu fieren. Es dauerte nicht lange, und die „New Breeze" steuerte härter an den Wind.

Emil hatte es sich wieder bequem gemacht, als der Mast leicht zu beben begann. Ein Matrose war in die Seile gestiegen und kletterte zum Ausguck. An der rasierten Kopfhaut und dem langen schwarzen Zopf erkannte Emil, dass es Tatiki war. Der Matrose hieß bei der Mannschaft so, weil er aussah wie ein Indianer – oder wenigstens so, wie sich die Seeleute einen Indianer vorstellten. Er war groß und muskulös, und seine Haut glänzte rötlich, wenn er schwitzte. Unzählige Tätowierungen zierten seine mächtigen Oberarme, darunter feuerspeiende Drachen und Seejungfrauen, und auf seinem Rücken prangte ein großes Schiff mit einer Totenkopffahne.

Tatiki sprach nicht. Niemals. Er verständigte sich bloß mit seinen strahlend blauen Augen. Seitdem Emil ihm zugeteilt worden war, folgte er ihm auf Schritt und Tritt, und die Seeleute spöttelten oft über das ungleiche Paar. Doch Emil störte das nicht. Er mochte Tatiki und hatte schnell gelernt, seine Augen zu lesen. Wenn die beiden hoch über dem Deck in den Querrahen standen und ihnen der Wind um die Ohren blies, dann genügte ein Blick Tatikis, und Emil wusste, was zu tun war.

Tatiki war am Ausguck angekommen und lächelte Emil an. Die Sonne strahlte am blauen Himmel, und nur am Horizont zeigten sich vereinzelt weiße Kumuluswolken. Noch wusste Emil die trügerischen Zeichen des Wetters nicht zu deuten, und so hatte er nur Augen für eine Horde von Delfinen, die sich einen Spaß daraus machte, mit dem Schiff zu spielen. Wie auf ein geheimes Zeichen hin sprangen sie in einem eleganten Bogen aus dem Wasser, um dann wieder lautlos in die See zu gleiten. Manchmal schwammen sie der „New Breeze" voraus, als wollten sie das Schiff locken, dass es ihnen folge.

Tatiki und Emil saßen schon eine ganze Weile schweigend beisammen, als Tatiki hinunter auf Max zeigte, der munter auf dem Vorschiff umherspazierte. Emils Freund war sichtlich guter Laune. Und wenn sich sein Zustand weiter verbesserte, dann würde er in Amerika vollkommen gesundet landen.

Emil konnte sich noch gut daran erinnern, als es noch nicht so gut um ihn stand. Kurz nachdem sie aus Le Havre ausgelaufen waren, hatte sich die Bauchwunde fürchterlich entzündet, und dem Arzt war nichts anderes übrig geblieben, als den Eiter mit groben Schnitten aus dem Gewebe zu entfernen. Max hatte Fieber bekommen und in den Nächten fantasiert. Der Arzt hatte schon gar nicht mehr damit gerechnet, dass er die Überfahrt überleben würde, doch dann verbesserte sich sein Zustand, und eines Tages durfte er die beklemmende Enge des Schiffbauches verlassen.

„Er ist ein zäher Hund", meinte Emil anerkennend und folgte Max mit den Augen, der auf einen Stock gestützt zum Vorderdeck humpelte, wo sich bereits eine Gruppe von Reisenden versammelt hatte. Wie jeden Mittag lauschten die Passagiere dem Englischunterricht von Leszek Szjem und hatten sichtlichen Spaß daran.

Leszek war ein Lehrer aus Polen und hatte Englisch aus einem Wörterbuch gelernt. Doch sein Unterricht gestaltete sich schwierig, denn er selbst sprach kein Deutsch, und so musste sein Landsmann Wassili vom Polnischen ins Deutsche übersetzen.

Leszek stand auf der Brücke und schlug mit einer dünnen Weidenrute bei jedem Wort auf die Reling, worauf es Wassili vom Polnischen ins Deutsche übersetzte. Die Passagiere wiederholten die Wörter so lange im Chor, bis Leszek mit der Aussprache zufrieden war. Aber nicht immer war die Übersetzung durch Wassili fehlerfrei, und wenn die Passagiere herausfanden, dass die übersetzten Wörter in der Kombination keinen Sinn ergaben, entwickelte sich schnell ein Streit zwischen den beiden Polen. Und so konnte durchaus ein ganzer Vormittag vorübergehen, bis sich Leszek und Wassili auf eine gemeinsame Sprachregelung geeinigt hatten. Meist aber endete der Unterricht damit, dass sich die beiden Polen heillos zerstritten und Leszek den armen Wassili schließlich mit seiner Rute züchtigte.

Mindestens ebenso unterhaltsam für die Passagiere war Fritz, der Diplomat. Sein Dialekt war eine Mischung aus Wienerisch, Bayrisch, Hessisch und Schlesisch. Er erzählte, dass er am Hofe der Habsburger aufgewachsen sei und bereits halb Europa bereist habe. Jedenfalls war er nie ohne seinen Frack zu sehen. Selbst wenn er in der Hängematte lag, legte er ihn nicht ab. Fritz gab vor, ein enger Berater des englischen Gesandten in Amerika zu sein. Einmal im Jahr würde er von diesem in den Heimaturlaub entlassen, wozu ihm eine englische Fregatte zur Verfügung gestellt würde. Beim letzten Landurlaub sei ihm allerdings ein Malheur passiert: Er habe die Fregatte verpasst, weshalb er nun mit dem gemeinen Volk auf einem seinem Stande völlig unangemessenen Passagierschiff reisen müsse.

Wenn Fritz einige Gläser Rum zuviel getrunken hatte, lief er zur Hochform auf und erklärte den Mitreisenden eindringlich, worauf sie zu achten hätten, wollten sie in Amerika nicht unangenehm auffallen. Besonders amüsant war es, wenn der Diplomat die Sitten der Indianer zum Besten gab. Dazu wurde einer der Passagiere rot angemalt und mit einem Lendenschurz aus Schilf versehen. Meist fiel die Wahl auf einen jungen Italiener, weil dieser lange schwarze Haare hatte. Erst bekam er einige Becher „Feuerwasser" eingeflößt, dann wurde er von Fritz angewiesen, um die Kombüse zu tanzen. Als Kopfschmuck dienten ihm die Federn vom Papagei des Kapitäns. Manchmal hatte der Arme so viel Rum trinken müssen, dass er selbst beinahe glaubte, ein Eingeborener zu sein. Dann kletterte er die Masten hinauf und tat, als würde er gleich wie ein Affe durch die Lüfte springen.

Leider war es für den Genesungsprozess von Max nicht gerade förderlich, dass es an Bord nichts anderes zu essen gab als Schiffszwieback, graue Erbsen und Speck. Die Erbsen gab es immer, lediglich die Zutaten änderten sich. Mal gab es sie mit Zwieback, mal mit Speck, und sonntags gab es als Festessen die Erbsen, den Speck und den Schiffszwieback auf einen Schlag.

Doch Max beschwerte sich nicht. Immer wenn der Koch zum „Fassen" rief, stand er geduldig in der Menschenschlange vor der Kombüse an und wartete mit einem Zinnbecher und einem Blechnapf auf seine Tagesration. Aufgebessert wurde der eintönige Speiseplan nur, wenn die Männer Fische fingen. An selbst gebastelten Haken befestigten sie kleine Köder und ließen sie hinter dem Schiff herziehen. Stundenlang standen die Angler am Heck. Biss ein Fisch an, nahmen sie ihn sogleich aus und grillten ihn auf dem Ofen der Kombüse.

Max verkürzte seinerseits den Passagieren die endlosen Stunden an Bord mit Kartentricks. Wenn er seine Spielkarten auspackte, bildete sich sogleich eine Gruppe Schaulustiger um ihn. Sein beliebtester Trick war, einen Passagier aus einem scheinbar wahllosen Haufen von Karten eine bestimmte herausziehen zu lassen. Die Karte steckte er in den Stapel zurück, mischte ihn, und dann zog er unter dem Jubel der Zuschauer genau die Karte heraus, die zuvor gezogen worden war.

Besonders groß war das Staunen, wenn er die Karte unter dem Hut eines Mitreisenden oder im Koffer eines Passagiers wiederfand. Einmal hatte er die Karte sogar vom Schiffsjungen aus dem Ausguck holen lassen. Daraufhin ließ ihn die Menge hochleben, und das ganze Schiff sprach tagelang nur noch darüber, wie Max die Karte in die Höhe gezaubert hatte.

Die jüngeren Passagiere trafen sich allabendlich auf dem Vorschiff und tanzten zu den Klängen von Geige und Klarinette. Je später der Abend wurde, und je mehr Rum in die Kehlen der Tanzenden floss, desto ungehemmter wurden die Lieder und Tänze. Besonders beliebt war die Polka. Wie ein großer Bandwurm tanzten die Menschen über das Deck und sangen die Refrains aus vollen Kehlen.

Spannend wurde es, wenn die „New Breeze" einem anderen Schiff begegnete. Bis auf fünfzig Fuß hatten sie sich einmal einem Zweimaster genähert, und Emil hatte sogar die Gesichter der Passagiere erkennen können. Das Schiff fuhr unter amerikanischer Flagge und war auf dem Weg nach Europa. Die Kapitäne riefen sich die jeweils berechneten Längen- und Breitengrade zu, bis die Schiffe wieder außer Sichtweite waren.

Emil schreckte plötzlich aus seinen Gedanken auf, als Tatiki ihn am Arm zupfte und mit dem Kopf nach Nordwesten deutete. Emil lächelte.

„Ein schöner Sonnenuntergang."

Doch Tatiki schüttelte heftig den Kopf, und als Emil genauer hinsah, entdeckte er große, weiße Wolken am Horizont, die von der untergehenden Sonne in ein feuriges Rot getaucht wurden. Tatiki schlug sich mit der Faust in die geöffnete Hand, dass es laut knallte.

„Du meinst, es kommt ein Gewitter?"

Tatiki blähte die Backen auf und blies Luft aus, sodass ein lautes Heulen zu hören war.

„Ein Sturm?"

Tatiki nickte ehrfürchtig. Emil sah, wie der Kapitän auf der Brücke erschien und Anweisungen gab. Plötzlich schien es, als wären alle Matrosen auf einmal an Deck. Sie stiegen in die Wanten, begannen die Segel zu bergen, und selbst der Koch sicherte seine Kombüse mit schweren Seilen.

Es war bereits spät in der Nacht, und bislang hatte sich außer einigen Windböen, die das Schiff in den Wellen stampfen ließen, nichts Auffälliges ereignet. Emil lag in seiner Koje und schlief, als die „New Breeze“ plötzlich einen gewaltigen Schlag gegen den Bug bekam. Emil wurde gegen die Wand geschleudert und blieb benommen auf dem Boden liegen. Der Rumpf des Schiffes bebte, und die Balken knarrten, als würden sie jeden Moment auseinanderbrechen. Emil rappelte sich auf und torkelte nach draußen.

An Deck empfing ihn pechschwarze Nacht. Gewaltige Wellenberge liefen gegen die „New Breeze“ an. Der Wind drang heulend in jede Ritze des Schiffes und pfiff so durchdringend durch die Takelage, dass es Emil in den Ohren schmerzte.

Emil versuchte sich zu orientieren, doch der peitschende Regen und die weiße Gischt des schäumenden Meeres schienen eins geworden zu sein. Selbst das Atemholen fiel ihm schwer. Am liebsten wäre er wieder unter Deck in seine Koje gekrochen, aber die Vorstellung, im Bauch des Schiffes seinem Schicksal ausgeliefert zu sein, ängstigte ihn noch mehr.

In diesem Moment begriff er, weshalb die Reise über den Atlantik so gefährlich war und warum viele Schiffe mit Mann und Maus in den eisigen Fluten versanken. Emil war auf der Suche nach Tatiki, als eine Welle über dem Achterdeck zusammenschlug. Wie eine Puppe wurde er von den tosenden Wassermassen über das Deck geschleudert. Die Planken waren glitschig wie Schmierseife, und Emil fürchtete schon, über die Verschanzung gespült zu werden, doch im letzten Moment gelang es ihm, sich an einer Trosse festzuhalten.

Er rappelt sich auf und hangelte sich weiter nach achtern, bis er endlich Tatiki auf der Kommandobrücke entdeckte. Mit unmissverständlichem Blick deutete Tatiki nach unten, doch zum ersten Mal, seit Emil an Bord des Schiffes war, missachtete er seinen Befehl.

Plötzlich schrie der Kapitän etwas, und Emil begriff, dass sie die Bramsegel reffen sollten. In den Tüchern war noch immer zuviel Druck, und wenn sie die Segelfläche nicht verkleinern würden, könnte das bereits bedenklich schräg im Wasser liegende Schiff kentern. Tatiki kletterte zusammen mit vier Matrosen in den Großmast, und Emil folgte ihnen. Es dauerte eine halbe Ewigkeit, bis er endlich bei ihnen war. Doch weiter kam er nicht. Er klammerte sich am Mast fest, denn das Schiff bockte wie ein wütender Bulle. Riesige Wasserberge, auf deren Wellenkämmen weiße Schaumkronen gurgelten, rollten auf die „New Breeze" zu. Doch die Matrosen hatten die Leinen des Bramsegels bereits gelöst, und zu Emils Erleichterung richtete sich die „New Breeze" wieder auf.

Die Männer waren gerade dabei, das Segel aufzuholen, da kam auch schon die nächste Böe und riss den Männern das Tuch aus den Händen, sodass es umherwirbelte, bis es sich schließlich an einer Rah verfing. Erneut blähte sich das Segel auf und ließ das Schiff so sehr zur Seite krängen, dass die Rahen in die Wellenberge tauchten. Emil schrie vor Todesangst, und schon im nächsten Augenblick waren zwei seiner Kameraden in der grauen See verschwunden. Die „New Breeze" tanzte auf dem Wasser wie ein Korken. Wenn es ihnen nicht gelänge, das Segel zu bergen, würde das Schiff kentern.

Tatiki war mit einem Messer in der Hand zu der Stelle geklettert, an der sich das Segel am Mast verheddert hatte. Er war gerade dabei, das Leinen durchzuschneiden, da traf die nächste Böe das Schiff. Mit Händen und Füßen klammerte sich Emil am Mast fest und war sich schon sicher, dass das Schiff untergehen würde. Doch plötzlich hörte er einen lauten Knall, und die „New Breeze" richtete sich schlagartig wieder auf. Da, wo Tatiki eben noch am Mast zu sehen war, schlug nun das Segel lose im Wind.

„Tatiki!", schrie Emil verzweifelt, aber seine Worte verloren sich im Heulen des Windes.

„Tatiki!"

Es war sinnlos. Gegen das Brüllen des Sturmes kam er nicht an. Emil rutschte auf allen Vieren die Querrahe entlang. Da sah er Tatiki plötzlich kopfüber am Mast baumeln, die Füße im Segel verfangen. Sobald das Schiff zur Seite krängte, wurde Tatiki übers Deck aufs Meer hinausgeschleudert, bis sich der Rumpf wieder aufrichtete und es ihn mit einem dumpfen Knall gegen den Mast schlug.

Emil sah, dass sich Tatiki aus dieser Lage alleine nicht befreien konnte. Es war nur noch eine Frage der Zeit, bis er am Mast zerschmettert würde. Da entdeckte Emil ein loses Seil neben sich. Er band eine Schlaufe und stieg damit den Großmast nach oben, wo er so lange wartete, bis das Schiff einen weiteren Wellenberg erklommen hatte und einen Moment still stand. Er warf die Schlaufe um Tatikis Beine und kletterte, so schnell er konnte, mit dem anderen Ende zurück an Deck, wo er es an einer Spule sicherte. Nun müsste er seinen Kameraden nur noch sicher an Deck bringen.

Als Emil wieder bei Tatiki war, befreite er ihn aus dem Segel und ließ ihn, so schnell es ging, hinunter. Seine Hände brannten wie Feuer, als das Seil über seine Haut lief. Er hatte seinen Kameraden fast an Deck, da wurde das Schiff von einer weiteren Windböe zur Seite geworfen. Emil konnte gerade noch rechtzeitig das Seil sichern, da verschwand Tatiki auch schon in der aufgepeitschten See. Es kam ihm wie eine Ewigkeit vor, bis sich das Schiff wieder aufrichtete und Tatiki aus den Fluten auftauchte.

Als er wenig später an Deck lag, konnte Emil kaum glauben, dass er noch lebte.

„Du musst aufwachen, Tatiki. Aufwachen!“, schrie Emil und schlug ihm kräftig ins Gesicht. Doch Tatiki lag leblos da. Emil schlug immer wieder zu, bis er irgendwann die Augen öffnete einen Schwall Wasser erbrach. Tatiki spuckte und würgte fürchterlich, und immer wenn Emil dachte, alles Wasser wäre heraus, schüttelte ihn der nächste Hustenanfall.

Der Sturm wütete noch die ganze Nacht, aber am nächsten Morgen hatte sich die See wieder beruhigt. So schnell wie das Unwetter gekommen war, hatte es sich auch wieder verzogen, und ein wunderschöner Tag brach an.

Tatiki lag allein in seiner Koje, als Emil ihn besuchte. Das Licht der Petroleumfunzel ließ seine Haut noch rötlicher erscheinen, als sie ohnehin schon war. Tatiki griff in seinen Rucksack und holte ein großes Bowiemesser hervor. Das Messer steckte in einer kunstvoll verzierten Lederscheide, die mit Ornamenten versehen war, wie sie Emil zuvor nur im Büro von Jacques Hellmann gesehen hatte. Tatiki legte das Messer lächelnd in Emils Hände und nickte ihm zu.

„Das kann ich nicht annehmen, Tatiki. Das Messer ist viel zu wertvoll“, entgegnete Emil gerührt. Er wollte das Messer wieder an ihn zurückgeben, als Tatiki plötzlich den Mund öffnete und zu sprechen begann.

„Es ist von einem alten Häuptling, dem ich das Leben gerettet habe. Er hat es mir geschenkt. Das Messer hat einen magischen Zauber. Es schützt denjenigen, der es trägt, vor dem Tod.“

Emil starrte Tatiki mit großen Augen an. Noch nie zuvor hatte er auch nur ein Wort aus dem Mund seines Kameraden vernommen. Seine Stimme klang weich und sanft, und nur an der langsamen Aussprache war zu erkennen, dass er das Reden nicht gewohnt war. Tatiki schien zu erraten, was in Emil vorging.

„Ich habe vor vielen Jahren unter den Indianern gelebt. Sie waren für mich wie Brüder und Schwestern. Ich lebte in ihrem Stamm und hatte eine Squaw als Frau. Doch dann vertrieben die weißen Männer unseren Stamm. Wir waren im Winterlager, als sie uns angriffen und meine Familie töteten. Mich verschonten sie, weil sie merkten, dass ich ein Weißer war. Sie nahmen mich mit in ihre Städte, aber ihre Häuser und Siedlungen waren mir zu eng. Dann heuerte ich auf diesem Schiff an, und seitdem befahre ich die weiten Meere und bin meinen Toten ganz nah. Seit dem Tag, als sie unser Lager angriffen und meine Frau und meine Brüder töteten, habe ich nicht mehr gesprochen.“

Tatikis riesige Hand legte sich auf Emils Schulter. „Das Messer hat einen großen Zauber. Es wird dich beschützen vor dem Bösen dieser Welt.“

Es war der 28. Juni des Jahres 1830, als die „New Breeze“ nach sechs Wochen Überfahrt die amerikanische Ostküste schwer beschädigt, aber manövrierfähig erreichte. Von den fünfundzwanzig Besatzungsmitgliedern hatte sie acht Männer verloren.

Die folgenden Tage segelte sie an der Küste entlang nach Norden, bis sie schließlich vor der Bucht von New York festmachte. Emil und Max saßen im Bugspriet und beobachteten fasziniert die Lichter der Stadt. Es war ihre letzte Nacht an Bord des Schiffes.

„Ist es nicht unglaublich“, unterbrach Max schließlich das Schweigen, „noch vor zwölf Wochen haben wir in einem kleinem pfälzischen Dorf gelebt, in dem jeder jeden kannte, und heute sitzen wir auf einem mächtigen Zweieinhalbmaster, während vor uns eine der größten Städte der Welt liegt?“

„Ja, das ist es“, pflichtete ihm Emil bei. „Le Havre liegt erst sechs Wochen zurück, und doch scheint es Jahre her zu sein.“

Max räusperte sich.

„Emil, ich wollte dir noch danken für alles, was du für mich getan hast. Ohne dich würde ich immer noch in Le Havre im Passagehaus sitzen und mir die Nächte um die Ohren schlagen. Irgendwann hätte ich womöglich gar nicht mehr gewusst, warum ich überhaupt in Le Havre bin.“

„Und ich bin froh, dass du bei mir bist. Ich könnte mir keinen besseren Kameraden wünschen als dich. Wer weiß, ob ich alleine die Reise über den Atlantik gewagt hätte.“

Max griff in seinen Rucksack und holte eine Flasche hervor. „Hier, ein Riesling aus unserer Heimat.“

„Wo hast du den denn her?“

„Hatte gute Karten“, antwortete Max augenzwinkernd.

Sie öffneten die Flasche, und nachdem Emil einen tiefen Schluck genommen hatte, fühlte er eine wohlige Wärme in sich aufsteigen. Doch dann wurde er wieder von einer Unruhe gepackt, wie er sie schon seit Tagen fühlte, und schaute verdrossen aufs Meer hinaus.

„Was werden wir tun, wenn wir in Amerika sind?“, fragte Emil schließlich mit unsicherer Stimme und warf seinem Freund einen scheuen Blick zu.

„Ich weiß es nicht, aber uns wird schon was einfallen“, antwortete Max sorglos. Dann beugte er sich verschwörerisch zu Emil hinüber.

„Hab gehört, die amerikanischen Mädels sind ganz scharf auf uns Pfälzer Jungs.“

Emil schaute erstaunt.

„Weil wir Pfälzer so klein und niedlich sind. Die Amerikaner sind nämlich viel größer als wir. Die haben riesige Füße, und ihre Hüte sind so hoch, dass sie beinahe an die Wolken stoßen. Das ist natürlich enorm unpraktisch. Die Amerikaner brauchen riesige Betten und überall stoßen sie mit den Knien an, wenn sie sitzen. Deshalb finden die Amerikanerinnen uns knuddelige Pfälzer auch so süß. Wirst sehen! Die werden hinter uns her sein wie die Teufel."

Emil lachte. Die Vorstellung, wie er und Max von lüsternen Amerikanerinnen durch die Straßen von New York getrieben wurden, war doch zu komisch.

Am nächsten Morgen passierte die „New Breeze" die Einfahrt von New York. Seemöwen begleiteten das Schiff, bis sich zu beiden Seiten der Einfahrt das Fort majestätisch erhob. Dann sahen sie das riesige Häusermeer von New York. Hunderte von Schiffen umlagerten die Insel. Bei ihrem Anblick schnürte sich Emil die Kehle zu.

Es war Mittagszeit, als ein kleiner Schoner auf die „New Breeze" zusteuerte und den Lotsen an Bord brachte. Emil hatte noch nie einen Amerikaner gesehen, und er staunte nicht schlecht, als der Lotse in Frack, Fliege und Zylinder erschien. Sicher geleitete er das Schiff in den Hafen. Dann setzte ein kleiner Kahn mit gelber Flagge über und brachte einen Arzt an Bord. Er untersuchte die Passagiere und die Matrosen eingehend und hatte nichts auszusetzen. Selbst die Verletzung von Max war so gut verheilt, dass sie unentdeckt blieb.

Eine Verordnung der amerikanischen Regierung besagte, dass alle Einwanderer zehn Tage lang in der Quarantänestation auf Staten Island verbringen mussten, bevor sie aufs Festland übersetzen durften. Die meisten Passagiere waren schon von Bord gegangen, und schließlich war es auch für Emil soweit, Abschied zu nehmen. Seinen Kameraden hatte er bereits Lebwohl gesagt, nun war er noch auf der Suche nach Tatiki, den er schließlich hoch oben im Mast entdeckte. Mit traurigen Augen schaute er zu Emil hinab und winkte zaghaft.

Emil spürte plötzlich, wie viel Heimat ihm dieses Schiff und seine Kameraden gegeben hatten. Er schloss die Augen und sog den Geruch der „New Breeze“ in sich auf. Er roch die schweren Leinentücher der Segel, die von der Sonne gebleicht waren, und das Teer in den Schiffsplanken. Wie sehr würde er das alles vermissen! Emil winkte Tatiki ein letztes Mal zu, dann verließ er das Schiff.

Die Quarantänestation auf Staten Island erinnerte Emil sehr an das Passagehaus in Le Havre. Überall standen mannshohe Reisekoffer und sonstiger Hausrat in den Gängen herum, aber im Gegensatz zu Frankreich waren die Auswanderer hier nicht mehr auf der Flucht – sie waren angekommen. Und noch etwas war anders. Man behandelte sie wie Menschen.

Die Quarantänestation bestand aus mehreren geräumigen Blockhäusern, und jeder Neuankömmling hatte ein eigenes Bett, sodass es den Insassen nicht schwerfallen würde, zehn Tage hier zu verbringen, zumal die Soldaten es mit der Wache nicht sonderlich genau nahmen. So verließen Emil und Max schon in der ersten Nacht die Insel und fuhren mit einem kleinen Boot, das sie im Schilf gefunden hatten, hinüber nach New York.

Noch nie in seinem Leben hatte Emil solche Menschenmassen gesehen. Obwohl es Abend war, schoben sich Tausende von Menschen durch die Straßen, und mehr als einmal musste Max ihn von der Straße ziehen, weil ein Einspänner an ihnen vorbeischoss. Die Häuser ringsum waren schmal, und manche zählten bis zu sechs Stockwerke.

Die beiden Freunde liefen durch die Viertel der Stadt. In jeder Ecke wurde anders gesprochen, doch als sie im Hafenviertel ankamen, fühlten sie sich wie zu Hause, denn es war fast ausschließlich von Deutschen bevölkert. Was Emil am meisten beeindruckte, war die Geschäftigkeit auf den Straßen. Anscheinend gab es in New York keine Sperrstunde wie in seiner Heimat. Obwohl es mitten in der Nacht war, standen in den Straßen Fuhrwagen voller Ananas, Orangen und Kokosnüsse.

Mit dem sicheren Instinkt eines Spielers lief Max durch die Menschenmengen, bis sie schließlich in einer dunklen, verrauchten Bar landeten, in der vier Männer Poker spielten. Einer der Spieler war ein dicker Mann mit Melone auf dem Kopf, dessen wulstige

Finger unglaublich viele Ringe zierten. Ihm gegenüber saß ein hagerer Mann mit einem Zigarrenstummel im Mund. Die beiden anderen Spieler waren anscheinend Iren, denn sie sprachen einen eigenartigen englischen Akzent. Max gesellte sich zu ihnen und verfolgte jeden ihrer Spielzüge mit der Akribie eines Kenners. Dabei ließ er die Hände der Spieler nie aus den Augen.

„Los, lass uns gehen", schlug Max endlich vor und schob Emil nach draußen auf die Straße. „Hier wird falsch gespielt wie bei uns zu Hause, nur sind die Methoden etwas raffinierter", erklärte er augenzwinkernd.

Und als Emil nicht gleich verstand, fügte er hinzu: „Der Dicke und der Lange mit der Zigarre im Mund haben zusammengespielt. Der Lange hat mit der Zigarre Zeichen gemacht, und der Dicke hat die Ringe seltsam umständlich gedreht."

Emil war von alldem nichts aufgefallen, außer dass die beiden die entscheidenden Spiele immer gewonnen hatten. Sie gingen zurück zum Boot, und als sie wieder auf Staten Island waren, versteckten sie das Boot im Schilf und gingen zu Bett.

Die Tage in der Quarantänestation waren eintönig und langweilig. Die Freunde lagen auf den Pritschen und schliefen, und nur wenn neue Auswanderer eintrafen, kam Bewegung ins Lager. Es hatte sich schnell herumgesprochen, dass man mit dem Unglück der Neuankömmlinge gute Geschäfte machen konnte. Meistens waren es die eigenen Landsleute, die deren Unerfahrenheit ausnutzten und wertlose Dollars tauschten oder sich anboten, beim Verkauf von Wertsachen behilflich zu sein, um sich dann damit aus dem Staub zu machen.

Sobald es dunkel wurde, holten die beiden Freunde das Boot aus dem Versteck und ruderten hinüber zum Festland. Emil war noch immer sehr müde und wollte lieber im Boot auf Max warten. So gut es ging, machte er es sich darin bequem und sah zu, wie Frauen im Schein der Gaslaternen am Kai ihren Körper feilboten. Betrunkene fielen durch die Gassen und lärmten, Schiffe machten am Kai fest und entluden ihre Waren. Erschöpft fiel Emil in einen unruhigen Schlaf, der immer wieder unterbrochen wurde, wenn größere Wellen gegen das Boot schlugen. Es dämmerte bereits, als

Max zurückkam. Emil war sofort hellwach und machte das Boot am Kai los.

„Nun, wie ist's gelaufen? Hast du gespielt?"

Max grinste und zog statt einer Antwort ein Bündel mit Dollarnoten unter seinem Hemd hervor.

„Mein Gott! Wie hast du das denn geschafft? Jetzt erzähl schon, sonst werfe ich dich augenblicklich ins Wasser", drohte Emil ungeduldig. Er hatte bereits die Ruder angelegt, während Max es sich im Boot bequem machte und genüsslich an einer Whiskeyflasche nippte.

„In der Bar waren die beiden Gauner gerade dabei, einen Franzosen auszunehmen. Geschah ihm ganz recht. Hat alles Geld verloren, was er über den Teich mitgenommen hat. Dann hab ich Kalle kennengelernt. Kommt aus Hamburg. Wir unterhielten uns, und es stellte sich heraus, dass Kalle auch ein Auge auf die beiden Betrüger geworfen hatte. Er hatte deren Spiel schon länger verfolgt und kannte ihre Zeichen. Da beschlossen wir, die beiden zu knacken."

Max legte den Kopf auf den Bootsrand und nahm einen tiefen Schluck Whiskey.

„Und dann? Erzähl schon", zischte Emil aufgeregt.

Max nippte genüsslich an seiner Flasche und hatte sichtlich Spaß daran, ihn zappeln zu lassen.

„Wir mussten lange auf unser erstes Spiel warten. Der Dicke und der Lange nahmen nacheinander mehrere unerfahrene Spieler aus. Dann waren Kalle und ich an der Reihe. Anfangs lief es wie gehabt. Ich gewann ein Spiel nach dem anderen. Aber dann nahte die entscheidende Runde. Dieses Mal war der Lange derjenige, der als Erster ausstieg. Der Dicke setzte weiter. Plötzlich kam das Unvorstellbare: Ich stieg aus, und im Spiel waren nur noch Kalle und der Dicke. Kalle hatten die beiden Gauner überhaupt nicht auf ihrer Rechnung gehabt, und prompt verlor der Dicke auch das Spiel. Die beiden glaubten noch an einen Zufall und verdoppelten im nächsten Spiel den Einsatz. Wir aber wiederholten unseren Trick. Ich stieg aus, und Kalle gewann."

„Und dann, wie ist es dann weitergegangen?", keuchte Emil. Er hing schwer in den Rudern und kämpfte gegen die Strömung an.

„Irgendwann sind die beiden wutentbrannt aufgestanden und haben Anstalten gemacht, ihre Revolver zu ziehen. Aber Kalle war schneller und hat dem Langen in den Arm geschossen."

Emil ließ erschrocken die Ruder los und starrte Max mit großen Augen an.

„Er hat dem Langen in den Arm geschossen? Aber Max, vielleicht sucht die Polizei schon nach euch!"

„I wo. Die beiden Gauner haben selbst zu viel auf dem Kerbholz, als dass sie zur Polizei gehen würden."

Max nahm wieder einen langen Schluck aus der Flasche. Dann beugte er sich zu Emil vor und schaute ihn mit durchdringenden Augen an.

„Emil, lass uns in New York bleiben. Hier können wir ein Vermögen machen. Glaub mir. Die Stadt bringt uns Glück", sprudelte er hervor, und seine Stimme überschlug sich vor Begeisterung.

„Und was ist, wenn das Glück dich morgen verlässt?", erwiderte Emil unsicher. Das Boot drohte in der Strömung wegzudrehen, und Emil legte sich erneut in die Riemen.

„Warum sollte es? Hier liegt das Geld auf der Straße. Wir müssen es nur aufheben", antwortete Max unbeirrt.

Emil schaute an ihm vorbei auf die Häuser an der Kaianlage, die im Feuerschein der Fackeln zu brennen schienen. Der Lärm der Menschen waberte über das Wasser und umschloss den Kahn wie ein riesiger Krake. Für einen Moment schwand sein ganzer Mut dahin. Er war nach Amerika gekommen, um ein eigenes Weingut aufzubauen. Aber wie sollte er das anstellen – ohne Geld und ohne die Sprache zu verstehen?

Hier in New York hatte er wenigstens einen Freund an seiner Seite, mit dem er das Heimweh teilen konnte. Aber ohne Max? Plötzlich tauchten wieder Bilder aus seinem Traum auf. Blühende Weinberge erstreckten sich bis zum Horizont, und in seiner Nase kribbelte es, wie wenn ein Sommergewitter auf einen blühenden Weinberg niedergeht. Eine Frau erschien. Sie war zum Greifen nah und lächelte ihn zuversichtlich an.

„Hab keine Angst! Folge mir!", schien sie ihm sagen zu wollen. Emils Augen leuchteten auf. Hatte sie wirklich ihn gemeint? War es doch einfacher, als er dachte? Der Nebel zerriss, und plötzlich saß er wieder in dem kleinen Boot.

Auf einmal wünschte er sich das Leben auf der „New Breeze" zurück. Dort hatte er sich keine Gedanken um seine Zukunft machen müssen. Der Wind hatte das Leben an Bord bestimmt, und die schwere Arbeit hatte ihn davon abgehalten, über sich nachzudenken. Aber jetzt? Zum ersten Mal müsste er sein Leben selbst in die Hände nehmen.

2. Mista Emi

„Nase von Mista Emi sooo guuut", gurrte Nelson. Die weißen Augen erschienen in seinem rabenschwarzen Gesicht noch größer und blickten Emil ehrfürchtig an.

„Nelson auch gerne feine Nase, dann Mista Jenkin auch gut zu Nelson und nich imma schlage."

Plötzlich waren Schritte auf der Treppe zu hören. Nelson wollte eine Kiste packen, die vor Emil stand, aber der konnte ihn gerade noch davon abhalten.

„Bist du verrückt, nicht die", zischte er. „Nimm die Kisten da hinten und trag sie in die Ecke."

Emil schaute auf die Kiste vor sich und atmete erleichtert auf. Nelson war bekannt dafür, dass er alles fallen ließ, und Mister Jenkins pflegte ihn dafür mit harter Hand zu bestrafen.

Emil öffnete die unscheinbare Holzkiste, und nachdem er die Holzwolle zur Seite geschoben hatte, machte sich ein genüssliches Grinsen in seinem Gesicht breit. In der Holzkiste befanden sich mehrere Flaschen Grand Crus aus dem Bordeaux. Mister Jenkins musste ein Vermögen für den Wein ausgegeben haben. Allein letzte Woche waren von diesem Wein zehn Kisten im Hafen angekommen, und alle waren sie für die Weinverkostung im Hotel „Valdere" bestimmt, die an diesem Abend stattfinden sollte.

Wie froh war Emil, dass er Arbeit bei Mister Jenkins gefunden hatte. Dessen Weinhandlung war unbestritten die größte in New

York, und jeder, der etwas auf sich hielt, kaufte die Weine in Mr. Jenkins' Store. Die einflussreiche und reiche Gesellschaft New Yorks schätzte den Sachverstand des Weinhändlers und die sagenumwobene Fülle seines Weinkellers.

Es war die reine Neugierde gewesen, die Emil kurz nach seiner Ankunft in New York zu Mister Jenkins geführt hatte. Der Store lag in einem Stadtviertel, in das er nicht ohne Begleitung gegangen wäre, hätte er nicht gewusst, dass dort der berühmte Mister Jenkins residierte. Eine schmale Tür und ein Schaufenster, in das gerade mal ein paar Holzkisten passten, waren alles, was der Kunde von außen zu sehen bekam, und so war Emil fast ein wenig enttäuscht gewesen.

Aber als er den Laden betrat, begriff er sofort, warum Mister Jenkins' Ruf so einzigartig war. Bis zur Decke stapelten sich die Holzfässer und Kisten mit Weinen aus aller Welt. Der vordere Raum des Ladens war ausschließlich französischen Rotweinen vorbehalten. Im nächsten Raum lagerten die französischen Champagner der großen Chateaus. Es waren die teuersten Champagner, die es in Frankreich überhaupt nur gab, und manche behaupteten, in Mister Jenkins' Keller würde ein größeres Vermögen gehütet, als die Vereinigten Staaten Goldreserven hatten.

Unter den Verkaufsräumen befand sich der eigentliche Weinkeller. Mister Jenkins hatte als junger Mann angefangen, mit Weinen zu handeln, doch irgendwann hatte sein Keller nicht mehr ausgereicht, um all die kostbaren Schätze aufzubewahren. Daher hatte er kurzerhand die Keller der umliegenden Häuser angemietet und mit Durchbrüchen zu einem unübersichtlichen Labyrinth aus Gängen verbunden. Wünschte ein Kunde eine bestimmte Flasche Rotwein, dann steuerte Mister Jenkins mit dem genauen Ziel vor Augen durch die zahllosen Räume, um nach wenigen Minuten mit der gewünschten Flasche zurückzukommen.

Emil hatte Mister Jenkins gefragt, ob er Arbeit für ihn hätte. Und als dieser meinte, dass sie gerade einen Jungen hinausgeworfen hätten, weil er eine ganze Kiste besten französischen

Rotweins die Kellertreppe hinuntergekippt hatte, war er noch am gleichen Tag eingestellt worden. Zuvor jedoch hatte Emil versprechen müssen, seine an einen Seeräuber erinnernde Matrosenkleidung abzulegen, und so trug er nun wieder das dunkelblaue Hemd der Winzer und derbe Holzgaloschen, wie er es aus seiner pfälzischen Heimat her gewohnt war. Nur seine blonden Locken waren noch immer schulterlang, denn ihm war nicht entgangen, dass auch die Herren der besseren Gesellschaft New Yorks die Haare lang trugen.

Mister Jenkins war ein freundlicher, älterer Herr mit Anzug und goldener Uhr über dem Jackett. Man sah ihm an, dass er den weltlichen Genüssen nicht abgeneigt war. Unter seiner Weste trug er einen stattlichen Bauch, und in seinem Gesicht prangte eine mit feinen Adern durchzogene Nase, die immer röter wurde, je mehr Wein er trank.

Emil arbeitete von früh morgens bis spät in der Nacht in der Weinhandlung, und nur am Sonntag hatte er frei. Sein Lohn war kläglich, und der Weg von der kleinen Wohnung, in die er sich zusammen mit Max eingemietet hatten, zum Store von Mister Jenkins war lang und anstrengend. Trotzdem war er zufrieden, denn Mister Jenkins war ein gutmütiger Mensch, und wirklich böse wurde er nur, wenn seine Weine nicht mit der Umsicht behandelt wurden, die er erwarten durfte.

Mister Jenkins hatte schnell erkannt, dass Emil nicht nur ein williger Arbeiter war, der stundenlang Flaschen und Kisten durch die niedrigen Kellergänge schleppen konnte, sondern auch ein exzellenter Kenner von Weinen. Und so hatte es nicht lange gedauert, bis Emil die Kunden mit deutschem Akzent beraten durfte.

Außerdem durfte er Mister Jenkins begleiten, wenn der die reichen Herrschaften New Yorks zu Weinverkostungen in die vornehmen Hotels einlud. Emils Aufgabe war es, dafür zu sorgen, dass die Weine sorgfältig ausgewählt wurden und die richtige Temperatur hatten. Auf keinen Fall durften sie korkig sein. Und so war er an diesem Morgen damit beschäftigt, jene Rotweine zu richten, die am Abend verkostet werden sollten.

„Na, mein Junge, kommst du gut voran?“, fragte Mister Jenkins freundlich und beäugte mit seinen kleinen Augen aufmerksam die Kiste, die vor Emil stand.

„Ein Bordeaux von 1811. In dem Jahr bin ich geboren“, antwortete Emil und hielt Mister Jenkins die gesäuberte Flasche entgegen.

„Na, da bist du ja in einem besonders guten Jahr geboren. Wenn ich mich nicht irre, habt ihr damals in der Pfalz einen ausgezeichneten Wein geerntet“, sagte Mister Jenkins und schlug Emil anerkennend auf die Schulter.

„Dann sollte ich nichts dagegen haben, wenn du heute Abend einen kleinen Schluck davon nimmst, aber nur einen kleinen Schluck, hörst du?“

Mister Jenkins drehte sich um und bemerkte, wie Nelson eine Kiste Wein auf einen Stapel hob, der schon bedenklich schwankte.

„Verdammt, Nelson, wie oft habe ich dir schon gesagt, dass du die Weine nicht so hoch stapeln sollst!“

„Nelson versuche nur, guta Arbeita zu sein“, antwortete Nelson eingeschnappt, aber Mister Jenkins winkte nur ab und wandte sich Emil zu.

„Pass ein bisschen auf Nelson auf, nicht dass er wieder Türme mit den Kisten baut. Ach! Fast hätte ich's vergessen. Heute Morgen ist ein Schiff mit einer neuen Lieferung aus Frankreich angekommen. Der Bursche vom Hafenmeister war gerade hier. Ich würde mich gerne persönlich vom Wohlbefinden der Weine überzeugen. Mach die Kiste hier noch fertig, und komm dann hoch, damit wir losfahren können.“

„Ja, natürlich, Mister Jenkins, ich bin gleich bei Ihnen“, antwortete Emil eilfertig und beeilte sich, die Weine umzustapeln. Kaum war Mister Jenkins gegangen, kam auch schon Nelson mit traurigem Gesicht angelaufen.

„Imma sein Mista Jenkin böse auf Nelson, aba nie auf Mista Emi. Das sein ungerecht. Dabei baue Nelson ganz hohe Türme. Höha als Mista Emi.“

Emil klopfte ihm mitfühlend auf die Schulter.

„Ist schon gut, Nelson, ich glaube, Mister Jenkins weiß, dass du es nur gut meinst.“

„Warum Mista Jenkin dann sein so böse?"

„Ich glaube, er ist einfach nur sehr besorgt um seinen Wein. Vielleicht hat er Angst, dass dem Wein die Luft nicht bekommt, wenn du so hohe Türme baust."

Nelson schaute Emil erst mit seinen großen Augen an, doch dann begann er eifrig zu nicken.

„Oh, jetzt verstehe! Wein bekomme Angst, wenn so hoch in die Luft."

Nelson schlug sich mit der flachen Hand auf die Brust.

„Nelson nie wieda mache Wein Angst."

Emil lächelte gutmütig und beobachtete Nelson, wie er die Weinkisten wieder herunterholte. Dann dachte er an Mister Jenkins. Normalerweise holte Emil die Weine alleine von den Schiffen ab, denn Mister Jenkins hatte sich schon nach kurzer Zeit davon überzeugt, dass es niemanden gab, der die Güte der Weine besser beurteilen konnte als er. Wenn sich aber an diesem Tag Mister Jenkins selbst die Mühe machte, die Lieferung zu inspizieren, dann musste mit dem Schiff eine besondere Lieferung gekommen sein.

Der Weg hinunter in den Hafen von New York führte durch die schlimmsten Viertel der Stadt. Emil hatte sich mittlerweile an den regen Verkehr auf den Straßen gewöhnt, was ihn aber immer noch abschreckte, waren der Lärm und der Gestank, der von den zusammengepferchten Menschen ausging.

Mister Jenkins saß auf dem Einspänner neben dem Kutscher, und Emil hatte es sich hinten auf der kleinen Ladepritsche bequem gemacht. An diesem warmen Frühlingstag konnte er sogar die Sonne zwischen den Häuserschluchten erspähen. Hatte in der Pfalz vor allem das Wetter sein Leben bestimmt, so war es nun völlig belanglos, ob es regnete oder ob die Sonne schien. Den ganzen Tag über war er im Weinkeller beschäftigt, und nur die Fahrten hinunter zum Hafen brachten ihn ans Tageslicht zurück.

Emil mochte den Hafen von New York. Hier spürte er die Weite wieder, die ihn während der Überfahrt so fasziniert hatte.

Bis ans andere Ufer der Hudson Bay konnte er blicken und die salzige Frische des Atlantiks riechen.

Wenn er Zeit hatte, nahm er sich gerne ein Viertelstündchen, um sich an den Kai zu setzen und dem munteren Treiben zuzuschauen. Hunderte von Booten machten täglich im Hafen fest, um mit ihren Waren und den ankommenden Menschen die hungrige Stadt zu füttern.

Doch an diesem Morgen blieb ihm zum Verweilen keine Zeit. Der Einspänner hielt unmittelbar am Kai neben einem großen Überseeschiff. Es war eine englische Bark, wie Emil an der Takelung erkennen konnte. Der Kapitän erwartete sie schon an Bord. Er war ein mürrischer Mann, dem man ansah, dass er sein Leben auf der See zugebracht hatte. Eine große Narbe zog sich über seine rechte Wange.

Sein Schiff war offenbar in schwere See geraten, denn ein Teil der Aufbauten war beschädigt, und auch das rollende Gut war noch nicht wieder repariert worden. Mister Jenkins hatte Emil zuvor erzählt, dass er fünf Fässer besten französischen Weins erwarten würde, außerdem sollte endlich der Champagner eintreffen, auf den er schon so lange gewartet hatte.

Als der Kapitän mit Mister Jenkins und Emil in den Bauch des Schiffes hinabstieg, roch Emil sogleich, dass etwas nicht stimmte. Neben den üblichen Gerüchen von Schweiß, Teer und verdorbenem Essen nahm er auch den süßlichen Geruch von vergorenem Wein wahr. Die Fässer standen säuberlich aufgereiht in der Mitte des Schiffes, und daneben waren die Kisten mit den Champagnern gestapelt.

Der Kapitän war mit Mister Jenkins in ein Gespräch vertieft, sodass Emil in aller Ruhe die Lieferung untersuchen konnte. Er öffnete die erste Kiste Champagner und überprüfte Flasche für Flasche. Schon bald entdeckte er die ersten Auffälligkeiten. In drei der Flaschen fehlte die Kohlensäure, und auch die Farbe war heller als die der anderen Champagnerflaschen.

Dann untersuchte Emil die Fässer, und bald wusste er, warum es im Frachtraum so seltsam roch. Offenbar war eines der Fässer angezapft worden. Weil dabei Wein ausgelaufen war, hatte man versucht, die Spuren zu beseitigen. Auf den Holzplanken waren noch die Flecken zu sehen, die mit Seife weggewaschen worden waren. Schnell hatte er das Fass, aus dem der Wein gestohlen worden war, entdeckt. Zwischen den Dauben war ein kleines Loch gebohrt worden, das die Diebe dann später mit feinen Holzspänen abgedichtet hatten. Das Loch war kaum sichtbar, doch Emils Nase ließ sich nicht täuschen.

Mister Jenkins schaute ihn fragend an, und Emil deutete nur auf die drei Flaschen.

„Ist gestreckter Wein drinnen."

Der Kapitän fuhr wütend herum.

„Was behauptet der Bursche da?", schrie er und wollte sich schon auf Emil stürzen. Doch Mister Jenkins war schneller und stellte sich schützend vor Emil.

„Was halten Sie von folgendem Vorschlag, Kapitän?", meinte er in freundlichem, aber bestimmtem Ton. „Wir öffnen eine Flasche dieses unglaublich feinen Champagners, der mich ein Vermögen gekostet hat. Wenn tatsächlich Champagner drinnen ist, dann geht die Flasche auf meine Rechnung. Ist aber nur Wasser drinnen, dann gnade Euch Gott."

Der Kapitän schaute Mister Jenkins verdutzt an. Ohne auf eine Antwort zu warten, ließ sich Mister Jenkins von Emil eine der drei fehlerhaften Flaschen geben. Er öffnete den Verschluss und zog den Kork heraus. Aber anstatt eines satten Plopps zischte es nur fade. Ohne die Flasche eines weiteren Blickes zu würdigen, reichte er sie an den Kapitän weiter.

„Bitte sehr. Wohl bekomm's."

Man spürte, wie unangenehm dem Kapitän das Ganze war, aber notgedrungen musste er mitspielen. Er setzt die Flasche an die Lippen und trank.

„Nicht schlecht, der Tropfen", urteilte er, als er die Flasche abgesetzt hatte. Dann trank er noch gut die Hälfte der Flasche aus, bevor er sie wieder an Mister Jenkins zurückreichte.

Der roch nur kurz daran und verzog angewidert die Mundwinkel.

„Der Wein ist an sich schon ein echter Fusel, aber den auch noch mit Pisse zu strecken, ist dann doch zu viel."

Der Kapitän schaute erst erschrocken auf Mister Jenkins und dann auf die Flasche.

„Und was die Fässer angeht", meinte Mister Jenkins und hob dabei die Augenbrauen, „ist das Fass hier in der Mitte angebohrt worden. Aber das brauche ich Euch wohl nicht zu erzählen, oder?"

Der Kapitän schnaufte wütend.

„Wollt Ihr mir unterstellen, dass ich Euren Wein gestohlen habe?"

Der Kapitän ging drohend einen Schritt auf Mister Jenkins zu, und Emil befürchtete schon, er würde ihm eine Ohrfeige verpassen. Doch Mister Jenkins ließ sich nicht beirren.

„Genau das will ich damit sagen. Wir werden deshalb die drei Flaschen Champagner von der Rechnung abziehen und ebenso dieses Fass Wein."

Mister Jenkins zog die Dokumente aus seinem Jackett und überprüfte die Positionen, während der Kapitän weiter versuchte, sich herauszureden.

„Aber das waren nicht meine Leute."

„Ach ja? Und wer soll es sonst gewesen sein?"

„Vielleicht hat sich der Winzer ja einen Scherz erlaubt?", brachte der Kapitän vor.

„Ausgeschlossen", erwiderte Mister Jenkins. „Die Fässer und Flaschen wurden vor dem Beladen von einem meiner Leute überprüft."

Der Kapitän schaute unwirsch.

„Was geht mich das an? Meine Leute waren das jedenfalls nicht."

Plötzlich hörten sie Schritte, und ein Matrose verschwand in der Kajüte des Kapitäns. In seinen Händen trug er ein Tablett mit Brot, Käse, Wurst und einem Krug. Emil roch sofort, dass in dem Krug genau der Wein war, den der Kapitän aus dem Fass gestohlen hatte.

„Wir haben Euren Wein nicht gestohlen", wiederholte dieser trotzig.

„Und was ist in dem Krug, den der Matrose gerade in Eure Kammer getragen hat?", meinte Emil mutig.

„Was hat der Bursche jetzt schon wieder zu melden?"

„Der Junge meint, dass in dem Krug, der eben in Euer Büro getragen worden ist, genau der Wein ist, der aus dem Fass abgezapft worden ist."

Der Kapitän lief bleich an.

„Woher will er das wissen? Wie kommt er darauf, so etwas zu behaupten?"

„Woher er das wissen will?", erwiderte Mister Jenkins und schaute plötzlich gar nicht mehr so freundlich. „Weil er eine Nase hat, die in jeden verdammten Winkel dieses Schiffes hineinriechen kann. Eure Männer haben das Fass angezapft und den Wein anschließend mit Wasser gestreckt, und die drei Flaschen Champagner gehen ebenfalls auf Euer Konto. Der Schiffseigner jedenfalls wird nicht erfreut sein, wenn er von seinem Schaden erfährt."

Sie waren bereits wieder auf der Fahrt zurück zur Weinhandlung, als Emil Mister Jenkins fragte, woher er gewusst hatte, dass mit der Lieferung etwas nicht in Ordnung war und sie daher persönlich in Augenschein nehmen wollte. Mister Jenkins lächelte verschmitzt.

„Mein Agent hat mir geschrieben, dass ihm der Kapitän nicht geheuer vorkomme."

„Aber wie hat Euch der Brief noch vor der Lieferung erreicht?"

„Das war Zufall", antwortete Mister Jenkins augenzwinkernd. „Der Brief ging mit einem holländischen Klipper, dessen Kapitän den Sturm anscheinend umfahren hat."

Dann fügte er noch hinzu: „Aber ohne deine feine Nase wäre es mit Sicherheit schwerer gewesen, dem Kapitän etwas nachzuweisen. Und vielleicht wären wir auf dem Schaden doch noch sitzengeblieben."

Mister Jenkins griff in seine Jacketttasche und holte eine Dollarmünze hervor.

„Hier, die ist für dich, Emil. Mach dir einen schönen Abend auf meine Kosten. Aber nicht heute, da müssen wir dafür sorgen, dass sich unser Lager wieder etwas leert", meinte er augenzwinkernd.

„Wo kommst du denn her?“

Emil starrte fassungslos auf Max.

„Willst du deinem Gast nicht erst einmal ein Glas Champagner zur Begrüßung einschenken?“

„Hör auf, Max!“ Emil schaute sich ängstlich um.

„Wenn Mister Jenkins dich hier erwischt, wird er dich grün und blau schlagen.“

„Seit wann verprügelt Mister Jenkins seine Gäste?“

„Aber du bist kein Gast.“

„Ach ja, und was ist das?“ Max zog ein Billett hervor und wedelte damit vor Emils Gesicht herum.

„Wie bist du denn an das gekommen?“

„Einer der feinen Herren hatte gestern etwas Pech im Spiel, und da ich mein Glück auch in den besseren Kreisen suchen will, dachte ich mir, es wäre ein guter Start, hier die ersten Kontakte zu knüpfen.“

Emil schüttelte missbilligend den Kopf. „Du bist total übergeschnappt.“

Er schenkte Champagner in ein Glas und reichte es Max, der es in einem Zug austrank

„Weißt du, Emil, wenn ich mir vorstelle, dass unsere stinkende Bude im Monat so viel kostet wie dieses kleine Kristallglas, dann spüre ich die Versuchung, es einfach mal fallen zu lassen.“

„Max …“, schrie Emil noch, aber da schwebte das Glas schon wie in Zeitlupe dem Marmorboden entgegen, bis Max es kurz vor dem Aufschlag blitzschnell wieder auffing.

„Mach das nicht noch einmal“, schnaubte Emil verärgert. Dann fiel ihm auf, wie Max gekleidet war. Er sah aus wie einer dieser Gentlemen, die sich in ihren schwarz lackierten Kutschen durch die Straßen von New York fahren ließen. Er trug einen mokkafarbenen Dreiteiler, und in der Jacketttasche steckte ein cremefarbenes Einstecktuch. Der Anzug war sehr elegant, nur viel zu groß für Max. Die Ärmel waren nach innen geschlagen, und auch die Hosenbeine waren zu lang. Max schien seine Gedanken erraten zu haben.

„Hab doch gesagt, der Mann hatte kein Glück gestern Abend. Er musste sich in seiner Kutsche umziehen und mir den Anzug und die Schuhe nach draußen reichen, während sein Kutscher peinlich berührt weggeschaut hat. Dann ist er in Unterhosen nach Hause gefahren."

Nun musste auch Emil lachen, bis er plötzlich Mister Jenkins kommen sah.

„Emil, geh nach vorne zu den Herrschaften in der Ecke. Sind Deutsche. Denk an den Champagner", meinte Mister Jenkins augenzwinkernd. Emil nahm ein Tablett und stellte die gefüllten Kelche darauf. Als er schon gehen wollte, kam Max noch einmal zu ihm.

„Lass uns heute Abend losziehen", flüsterte er ihm zu. „Ich hab im Hotel eine süße Bedienung kennengelernt. Sie arbeitet bis Mitternacht. Ein tolles Mädchen. Danach wollen wir tanzen gehen. Um die Ecke wird Musik gespielt. Sie bringt auch ihre Freundin mit. Ein ganz feines Ding."

Emil verzog gelangweilt die Mundwinkel.

„Komm schon, lass mich nicht hängen."

„Ich weiß nicht, ob ich schon so früh loskomme. Ich muss die ganzen Flaschen und Kisten noch in die Kutsche laden."

„Komm schon, du schaffst das. Wir holen dich um Mitternacht ab."

Es war kurz nach Mitternacht, und Emil hatte die letzte Kiste auf die Kutsche geladen, als er neben sich ein Zischen hörte.

„Hier sind wir, Emil, hier."

Er schaute zur Seite und entdeckte Max, der sich mit zwei Mädchen hinter einer Tür versteckt hielt. Er wartete noch einen Augenblick ab, bis die Kutsche außer Sichtweite war, dann kam er näher.

„Das ist Laurine", stellte Max ein Mädchen vor, das er im Arm hielt. Dann wandte er sich zur anderen Seite. „Und das ist Selina."

Emils Blick glitt über einen zarten, filigranen Hals zu einem strahlend weißen Sommerkleid, das mit violetten Blüten verziert war. Das Mädchen war groß und schlank und trug in ihren blonden, lockigen Haaren bunte Schleifchen. Er lächelte verlegen, aber ehe er so richtig wusste, wie ihm geschah, hatte sich Selina auch schon bei ihm untergehakt.

„Lass uns rübergehen in die Bar und was trinken", schlug Max gutgelaunt vor.

„Ich kenne die Wirtin, die ist mir noch was schuldig."

Als Emil etwas erwidern wollte, kam ihm Max zuvor.

„Keine Ausreden, Emil, du hast genug gearbeitet, jetzt lass uns tanzen."

Die Bar war eine dunkle Kaschemme, wie es sie zu Hunderten in New York gab. Tagsüber lebten hier arme Auswandererfamilien, nachts trafen sich dunkle Gestalten aus den umliegenden Straßen und tranken billigen Whiskey. Hinter einem lang gezogenen Tresen stand eine hagere Alte, die nicht mehr trug als ein zerschlissenes Nachthemd. Max steuerte auf eine Ecke zu, in der noch ein Tisch frei war, und wenig später kam er mit einer Flasche und vier Gläsern zurück.

Als Emil an dem Whiskey nippte, verzog er angewidert das Gesicht. Was sich hier Whiskey nannte, war billigster Fusel, der bei jedem Schluck in der Kehle brannte. Aber kaum hatte er das Glas geleert, war es auch schon wieder gefüllt. Zu seinem Erstaunen waren die Mädchen dem Whiskey offenbar nicht abgeneigt. Ein Glas nach dem anderen stürzten sie hinunter, und kurze Zeit später war die Flasche leer.

Emil war von dem Whiskey schon ganz schwindelig, da hörten sie aus dem hinteren Teil der Bar wildes Gefiedel. Selina nahm Emil bei der Hand, und schon waren sie in der Menge untergetaucht und drehten sich vergnügt im Kreis. Auf einmal schien die ganze Bar auf den Beinen zu sein. Alles sang und kreischte.

Emil und Selina tanzten eng umschlungen. Ihre kleinen, festen Brüste waren dicht an ihn gepresst. Irgendwann lag ihr Kopf auf seinen Schultern, und wie zufällig berührten ihre Lippen seinen Hals.

Emil durchfuhr ein wohliger Schauer. Selina schien das zu bemerken, und wie um ihn weiter zu verwirren, schaute sie ihm erwartungsvoll in die Augen. Er spürte, dass er mutiger werden durfte. Ihr Mund mit den hübschen weißen Zähnen lächelte ihn an. Zaghaft beugte sich Emil zu ihr und küsste Selina. Doch kaum hatte er ihre Lippen berührt, erwiderte sie seinen Kuss mit einem solch ungestümen Verlangen, wie er es noch nie zuvor erlebt hatte. Fordernd drang ihre Zunge in seinen Mund, während sie eng aneinandergeschmiegt im Kreis tanzten. Irgendwann einmal legte Emil seine Hände auf ihren Hintern, aber anstatt zu protestieren, drückte Selina ihre Hüften noch fester an ihn. Die beiden drehten sich immer wilder zur Musik, bis Emil stolperte. Selina kicherte vergnügt, als sie zwischen den tanzenden Beinen herumkullerten. Ohne weiter darüber nachzudenken, zog Emil sie unter einen Tisch, der gerade neben ihnen stand. Auf einmal waren sie ganz alleine inmitten der johlenden Menschen.

Emil suchte aufgeregt nach den Knöpfen ihres Kleides, bis er endlich ihre kleinen, wohlgeformten Brüste in seinen Händen hielt. Dann lösten sich seine Lippen von ihrem Mund, und er glitt über ihren schlanken, weichen Hals zu den Rundungen ihrer Brüste. Als er an ihren Brustwarzen sog, stöhnte sie lustvoll auf.

Emil spürte, wie sehr er erregt war. Er packte Selina an den Schultern, drückte sie zu Boden und schob ihren Rock hoch. Ungeduldig zerrte er an seiner Hose. Endlich lag er zwischen ihren kreisenden Hüften, und Selinas Schenkel wiesen ihm den Weg. Sein Körper vibrierte, und er spürte eine nie gekannte Hitze feuriger Begierde in sich. Doch plötzlich verharrte er jäh in seinem Verlangen. Im Bruchteil einer Sekunde schoss ihm ein Bild durch den Kopf, das ihn so unvorbereitet traf, dass er fassungslos ins Leere starrte. Emil wich von Selina zurück, während sich auf seinem Gesicht ungläubiges Erstaunen malte.

Es war Josefine, die in seinen Gedanken aufgetaucht war. Sie hatte ihn mit ihren braunen Augen angeschaut, und keine einzige Silbe war ihr über die Lippen gekommen, doch ihr Blick traf Emil härter als tausend Worte. Und was eben noch seine Fantasie beflügelt hatte, kam ihm nun schmutzig und unrein vor. Selina keuchte noch immer lustvoll, aber es erregte ihn nicht länger, er fühlte sich nun niederträchtig und schäbig. Die sinnliche Gier war verflogen, und auf einmal roch Emil nur noch den ranzigen Schweiß und billigen Fusel der Bar.

Ohne Selina weiter zu beachten, stand er auf und knöpfte sich mit zitternden Fingern seine Hose zu. Dann war er auch schon im Gewühl der Tanzenden verschwunden.

„Max, ich muss gehen", schrie er Max zu, der engumschlungen mit Laurine in einer Ecke tanzte.

„Du willst was? Bist du verrückt?"

„Lass uns bitte gehen. Ich kann nicht mehr."

„Aber Emil, die Nacht fängt doch erst an. Warum kümmerst du dich nicht um Selina? Sie mag dich."

Max wollte weiter tanzen, aber Emil blieb hartnäckig.

„Ich mein's ernst. Ich gehe", sagte Emil und ging zum Ausgang.

„Verdammt!"

Max schob Laurine verärgert von sich und folgte Emil nach draußen.

„Emil, was ist los mit dir? Ich organisiere die hübschesten Mädchen der Stadt, und du hast nichts Besseres zu tun, als gerade dann zu gehen, wenn es am besten läuft. Was ist mit dir? Gefällt dir Selina nicht? Ist es das?"

Emil schüttelte traurig den Kopf.

„Was ist es dann? Was ist mit dir?"

Emil antwortete nicht.

„Es ist Josefine, stimmt's? Verdammt! Das kann doch nicht wahr sein. Emil! Wir sind hier Tausende von Meilen von der Pfalz entfernt, uns trennt ein riesiges Meer von unserer Heimat, und du weinst einem Mädchen nach, das dich nicht mehr liebt und deren Familie dich ausgenutzt hat. Deshalb lässt du dir einen solchen Abend verderben? Da drinnen wartet das schönste Mädchen New Yorks auf dich, und du willst nach Hause? Emil! Das kann doch nicht wahr sein."

Emil hatte seinem Freund zugehört und wusste, dass er recht hatte. Aber wie sollte er Max begreiflich machen, dass er Josefine noch immer liebte? Wie sollte er ihm begreiflich machen, dass er immer häufiger an sie dachte, je länger er von zu Hause weg war?

„Es tut mir leid, Max. Es ist nun einmal so."

„Emil, hör mir zu", sagte Max, während er Emil an den Schultern packte und ihn zu sich heranzog.

„Wir sind doch Freunde, und deshalb tut es mir selbst weh, dich so zu sehen. Aber irgendwann ist es genug. Du musst jetzt einfach aufhören, an diese Frau zu denken. Streich sie aus deinem Gedächtnis. Du wirst sie nie wieder im Leben sehen. Es ist aus. Schluss und vorbei. Verstehst du?"

Emil nickte, aber irgendetwas tief in seinem Inneren wollte nicht daran glauben, dass er Josefine nie wieder sehen würde. Als er wenig später in seinem Bett lag, holte er die Schatulle seiner Mutter aus seinem Rucksack, worin er neben den Kohlezeichnungen seines Vaters auch das Bild von Josefine aufbewahrte. Im Schein des Mondes betrachtete er ihr Antlitz und erinnerte sich an den Tag, an dem er mit ihr zur Hardenburg gewandert war und dieses Bild gemalt hatte. Es war an einem warmen Frühlingstag gewesen, und alles schien damals so leicht zu sein.

Warum hatte alles so kommen müssen? Warum hatten sie nicht zusammen glücklich sein dürfen, wie sie es sich so oft ausgemalt hatten? Er hatte Josefine ein guter Mann sein wollen. Er wollte, dass sie auf ihn stolz war. Er hätte alles für sie gegeben. Was hatte er nur verkehrt gemacht? Nun war er weiter von ihr entfernt denn je, und doch gelang es ihm nicht, von ihr loszukommen. War das sein Schicksal? Emil schaute auf das Bild seiner Geliebten, und dann begann er bitterlich zu weinen.

„Mista Emi imma so traurig. Wege Frau?"

Nelson saß auf einer großen Kiste und schaute Emil mitfühlend an. Der tat so, als würde er Nelson nicht hören und holte eine Flasche nach der anderen aus der Weinkiste, um sie vorsichtig im Regal zu verstauen.

„Warum habe Mista Emi so weh? Warum nicht suche neue Frau? Schwarze Mann dürfe das."

„Ich bin aber kein schwarzer Mann", antwortete Emil einsilbig und ging in die andere Ecke des Kellers, wo weitere Weinkisten standen. Doch Nelson ließ sich nicht abschütteln.

„Wenn Mista Emi krank vor Liebe, warum nicht gehe zurück zu Frau?"

Emil schluckte und spürte, wie es ihm den Hals zuschnürte. Was hielt ihn in einer Stadt, in der er sich immer noch fremd fühlte? In einem lauten, stinkenden Moloch, weit weg von der Natur, die er so liebte? Was hielt ihn hier auf einem Kontinent, der ihn durch ein Meer von der Frau trennte, nach der er sich so sehr verzehrte? Emil sah die großen, weißen Augen, die fragend auf ihn gerichtet waren.

„Das ist nicht so einfach, wie du dir das vorstellst, Nelson", antwortete er mit belegter Stimme.

„Aber warum Mista Emi gegange, wenn Frau zu Hause bleibe?"

„Weil ich einen Fehler gemacht habe", antwortete Emil gereizt.

„Mista Emi habe andere Mann tot gemacht wege Frau?", fragte Nelson ehrfürchtig und wartete mit großen Augen gespannt auf Emils Antwort.

„Nein, Nelson, ich hab keinen anderen Mann getötet. Aber ich habe die Frau, die ich liebe, verraten."

„Und Frau böse?"

Emil zuckte mit den Achseln.

„Aber woher wisse Mista Emi, dass Frau böse?"

Emil drehte sich unwirsch um. „Weil ich es eben weiß."

„Vielleicht Frau auch traurig sein und wünsche zurück Mista Emi?"

„Das glaube ich nicht. Außerdem könnte ich ihr nicht mehr in die Augen schauen. Ich habe sie verraten, verstehst du? Wenn man eine Frau liebt, dann hat man sie zu achten und zu respektieren. Das ist eine Frage der Ehre. Und ich habe sie verraten."

Emil schaute beschämt zu Boden.

„Ich habe sie mit einer anderen Frau betrogen."

„Ah, sein nicht schlimm, Mista Emi", kicherte Nelson plötzlich los und klopfte Emil fröhlich auf die Schulter. „Bei Nelson das oft passiere, und Nelson bekomme deswegen imma von Frau auf Kopf geschlage. Wie bei Mista Jenkin. Aber nächste Tag alles wieda gut."

Emil konnte sich ein Grinsen nicht verkneifen. Warum konnte sein Leben nicht so einfach sein wie das von Nelson?

„Nich gut, dass Mista Emi so weit weg von Frau. Warum Mista Emi über große Wasser nach Amerika gefahre?"

Emil schaute nachdenklich auf die Flasche Wein und staubte sie gründlich ab. Plötzlich tauchte vor ihm das Plakat auf, das er bei seiner Abfahrt in Neustadt gesehen hatte. Da waren die Villa mit den großen römischen Säulen aus Marmor und die unendlich großen Weinberge, und dann war da diese Frau auf der Veranda, die ihm zugewinkt hatte.

„Seit meiner Kindheit habe ich von einem eigenen Weingut geträumt und von einem Wein, groß wie der Kometenwein, in dessen Jahr ich geboren wurde", begann er zögerlich.

„Mein Vater hat mir oft von diesem Wein erzählt, und jedes Kind kannte die Geschichte vom Großen Kometen. Ich habe mir damals geschworen, dass ich auch einmal einen solchen Wein schaffen würde. Einen Wein, der größer ist als alle Weine, die es zuvor auf dieser Erde gab."

Und dann sprach er so leise, als wäre es nur für ihn bestimmt: „Und diesen Wein wollte ich ihr schenken."

Emil war ganz in sich gekehrt, als er die Stimme von Nelson hörte.

„Mista Emi sein gute Mensch. Wenn Götter wolle, dann Mista Emi werde auch große Wein mache. Aba Mista Emi brauche Hilfe von große Götter."

Emil war froh, als er die Schritte von Mister Jenkins auf der Treppe hörte. Nelson sprang schnell von der Kiste auf und konnte gerade noch hinter einem Regal verschwinden, da stand auch schon Mister Jenkins im Keller.

„Emil, hast du die Lieferung aus Kalifornien gesehen?", fragte Mister Jenkins aufgeregt. Emil schaute sich um. In der Ecke standen mehrere ungeöffnete Kisten, die erst am Morgen angekommen waren.

„Die hier vielleicht", erwiderte er und ging zu einer der Kisten. Mit einem langen Eisenstab öffnete er den Holzdeckel und sah, dass Rotweinflaschen darin lagen, sorgsam in Holzwolle gelegt. Emil nahm eine der Flaschen heraus und reichte sie Mister Jenkins.

Der schnalzte erfreut mit der Zunge.

„Komm doch mal nach oben. Wir müssen unbedingt diesen Wein hier probieren."

„Jetzt schon? Aber es ist doch erst Mittag", erwiderte Emil überrascht.

„Ja, komm Junge. Es ist der erste Wein aus Kalifornien, und nach allem, was ich über den Westen gehört habe, scheint dort eine Sensation auf uns zu warten."

„Ist der Wein nicht ein bisschen jung?", gab Emil zu bedenken und schaute skeptisch auf den Jahrgang.

„Nein, nein", antwortete Mister Jenkins. „Ein Wein muss nicht immer jahrelang im Keller liegen, bis er trinkfertig ist. Komm, überzeuge dich selbst davon."

Als sie wenig später oben im Büro von Mister Jenkins saßen, öffnete Emil ehrfürchtig die erste Flasche Rotwein. Mit einem satten Plopp gab sie ihr Geheimnis preis, und sogleich umströmten verführerische Brombeer- und Vanillearomen seine Nase. Er füllte die Gläser und konnte es kaum erwarten, von dem Wein zu kosten.

Er führte die Nase dicht über das Glas, um auch ja nicht die kleinste Duftnote zu verpassen. Wie in einem Nebel, der sich in der Morgensonne lichtete, öffnete sich plötzlich eine wundersame Landschaft von feinen und delikaten Düften vor ihm. Ein Strauß tropischer Blüten, filigran und mächtig zugleich, zog an ihm vorüber. Emil berührte das Glas mit seinen Lippen, und ein kleiner Schluck genügte, um ihn begreifen zu lassen, dass sich hier etwas Großes ankündigte.

Der Wein glitt über seinen Gaumen. Emil konnte die sonnige Erde des kalifornischen Bodens und die frische Brise des Pazifiks schmecken. Es war ein Wunder, ein heiliger Schrein, der sich seinem Gaumen offenbarte. Der Wein war trotz seiner Jugend erstaunlich reif, so als wollte er das Ungestüme seiner Kindheit möglichst schnell abstreifen.

Es war ganz still im Raum, als die beiden den Wein kosteten, nur ab und zu ließ Mister Jenkins ein genüssliches „mmmh“ erklingen. Er hatte Emil nicht zu viel versprochen. Dieser kalifornische Wein hatte Potenzial.

Als Emil abends am Hafen entlangschlenderte, dachte er noch immer an den kalifornischen Wein. Es gab ihn also doch. Den Boden, das Klima und die Sonne für einen ganz großen Wein. Er sah draußen die Auswandererschiffe auf Reede liegen.

Vor einem Jahr war er nach New York gekommen und hatte gehofft, hier seinen Traum zu verwirklichen. Doch wie weit war er mittlerweile davon entfernt? Er lebte mit Max in einer kleinen, stinkenden Bude, aus der er sich frühmorgens zu seiner Arbeit auf den Weg machte, um spätabends todmüde ins Bett zu fallen. Das Geld, das er verdiente, reichte gerade so für sein kärgliches Leben. Wie sollte er unter diesen Umständen seinem Ziel auch nur einen Schritt näherkommen?

Emil lief gerade an dem Kai entlang, wo wenige Tage zuvor noch die englische Bark gelegen hatte. Nun hatte dort ein Schiff unter Bremer Flagge festgemacht. Plötzlich hörte er seinen Namen.

Überrascht schaute er sich um, aber konnte niemanden entdecken. Wieder hörte er seinen Namen, und dieses Mal bemerkte er, dass die Stimme von oben aus dem Mast des Schiffes kam. Ein Mann saß auf einer Querrahe und winkte Emil eifrig zu. Flink wie ein Affe kletterte der Matrose die Wanten hinunter, und als er schließlich mit einem großen Sprung auf dem Kai landete, erkannte Emil, dass es Ionell war, mit dem er auf der Überfahrt eine Koje geteilt hatte.

„Emil, wie siehst du denn aus? Wie eine verdammte Landratte“, begrüßte ihn Ionell lachend und klopfte ihm freundlich auf die Schulter. Emil freute sich, ihn zu treffen. Die beiden hatten sich auf der Überfahrt zwar selten gesehen, denn wenn der eine geschlafen hatte, arbeitete der andere und umgekehrt, aber trotzdem erinnerte er sich gerne an den lebensfrohen Rumänen.

„Warum fährst du nicht mehr auf der ‚New Breeze'?"

„Ist auf der letzten Rückfahrt nach Le Havre untergegangen. Wir sind in schweres Wetter geraten, kurz vor der französischen Küste, und haben den Sturm gerade noch überlebt. Das Schiff konnten wir dennoch nicht retten. Es sank kurz vor dem Hafen."

Emil war eigenartig berührt. Er hätte nicht gedacht, dass ihm ein Schiff einmal so sehr ans Herz wachsen würde.

„Und was ist mit Tatiki?"

Ionell lachte. „Der ist in Le Havre geblieben. Hat sich dort in eine Frau verliebt. Eine spindeldürre und ganz kleine dazu. Neben Tatiki sieht sie aus, als wäre sie sein Kind, aber Tatiki ist wie verwandelt, seit er mit ihr zusammen ist. Er wollte unbedingt bei ihr bleiben, obwohl ihm der Kapitän sogar eine höhere Heuer geboten hat."

Emil nickte stumm. Tatiki. Er hatte oft an seinen Kameraden gedacht. Offenbar hatte Tatiki genau das Richtige getan, nämlich bei der Frau zu bleiben, die er liebte.

„Und was ist mit dir?", hörte er Ionell fragen.

„Ich arbeite hier bei einem Weinhändler."

„Bei einem Weinhändler? Womöglich noch im Keller? Du hast doch immer das frische Meer geliebt?"

„Ja, das stimmt. Das Meer vermisse ich sehr."

„Warum fährst du nicht mit uns zurück nach Le Havre? Tatiki würde sich riesig freuen, dich wiederzusehen. Heute Abend soll's losgehen."

Emil bemerkte, wie Schauerleute den Proviant unter Deck verstauten. Bald würde das Schiff klar sein zum Auslaufen. Als Ionell von Le Havre sprach und von Tatiki, hatte es heftig in seinem Herz gezuckt. Was hielt ihn noch in dieser Stadt?

Ionell schien seine Gedanken erraten zu haben.

„Du bist nicht glücklich hier, stimmt's? Komm, hol deine Sachen und fahr mit uns. Der Kapitän sucht noch Männer."

Emil dachte an Josefine. Er war gegangen, weil er etwas schaffen wollte, worauf sie stolz sein konnte, etwas, das sie dazu bewegen würde, ihm zu verzeihen. Aber nun? Was hätte er ihr bieten können? Er würde in die Pfalz zurückkehren, gescheitert und gedemütigt. Und alle würden sagen, dass er ein Nichts sei.

Was würde Josefine über ihn denken? Für sie wäre er nur ein Feigling, der fortgelaufen war, weil er sie mit einer anderen Frau betrogen und nicht um sie gekämpft hatte. Nein! So sehr er sich auch nach ihr verzehrte, er durfte jetzt nicht aufgeben.

„Emil! Denk nicht so lange drüber nach, komm mit uns."

Emil sah zum Schiff, das unruhig in der Dünung stampfte. In einem Monat könnte er wieder zu Hause sein bei seinen Eltern und bei Josefine. Pünktlich zur Weinernte. Aber was war mit seinem Traum?

3. Abschied

Graue Nebelschleier lagen über der Bucht von New York. In der Ferne dröhnten dumpf die Nebelhörner der Dampfboote, die über die Hudson Bay fuhren. Emil saß nach einer schlaflosen Nacht am Fenster der kleinen Mansardenwohnung und schaute hinaus in den trostlosen Sonntag.

Eine Horde Kinder spielte im knöcheltiefen Morast. Ihre Kleider waren aus unzähligen Flicken genäht, und die wenigsten von ihnen trugen Schuhe. Überall lagen Holzsplitter und Nägel, und wenn die Kinder in sie hineintraten, hatten sie danach oft wochenlang eiternde Wunden.

Die meisten der Kinder kannte Emil. Immer wenn er Geld übrig hatte, besorgte er ihnen etwas zu essen. Ein besonderes Fest war es, wenn er nach einer Weinverkostung jene Essensreste aus der Hotelküche mitbrachte, die für die feine Gesellschaft nicht mehr gut genug waren, für die Kinder aber Überleben bedeuteten.

Nicht selten wurden die Kinder Zeugen, wie eine der Dirnen von ihren Zuhältern misshandelt wurde, weil sie nicht genug Geld eingenommen hatte. Weiter stadteinwärts waren die Spielhöllen und Kneipen, und schon frühmorgens torkelten die Betrunkenen durch die Straßen. Nicht selten kam es vor, dass einer von ihnen hinfiel und liegenblieb, bis er irgendwann von einem Leichenbestatter aufgelesen wurde.

Emil presste die Stirn gegen das kalte Glas und spürte, wie seine Schläfen pochten. Am Abend zuvor hatte er Max wie schon so oft auf seiner Pokertour durch die Kneipen begleitet. Emil interessierte sich nicht wirklich für das Pokerspiel seines Freundes. Er trank aus Zeitvertreib billigen Whiskey, und wenn Max gewonnen hatte, leisteten sie sich ein Essen und Wein. Meistens aber blieb es beim Whiskey. Spät in der Nacht ging er dann todmüde ins Bett, um morgens in aller Frühe zur Arbeit aufzustehen, während Max bis in den Abend hinein schlief.

Emil dachte schon lange nicht mehr über sein Leben nach. Woher sich sein Körper den notwendigen Schlaf holte, war ihm ebenfalls gleichgültig, solange es ihm nur gelang, nicht an Josefine zu denken. Sie war es, die ihn quälte und ihm jeden Tag zur Hölle machte. Ständig kreisten seine Gedanken um sie, doch es gab nichts, was seine Sehnsucht hätte trösten können.

Er hatte versagt! Warum konnte er sich das nicht einfach eingestehen? Er war losgezogen, um Josefine zu beweisen, dass er etwas wert war. Dass er nicht nur der Sohn eines französischen Soldaten war, ein Waisenknabe, den man aus Mildtätigkeit aufgenommen hatte. Und jetzt? Er saß in einer stinkenden Mansarde, sein Kopf dröhnte, weil er sich jeden Tag stärker betäuben musste, um sie zu vergessen. Emil spürte seinen Körper nur noch, weil dieser ihm seine Grenzen aufzeigte. Als er am Hafen auf Ionell getroffen war, hätte er die Möglichkeit gehabt, nach Hause zu fahren. Warum hatte er sie nicht genutzt? War es vernünftiger, in der Fremde zu bleiben und immer tiefer zu sinken? Was würde mit ihm geschehen, wenn er sich gar nicht mehr selbst befreien konnte aus diesem unglückseligen Kreislauf?

Plötzlich raschelte es hinter ihm, dann kam Max' Kopf unter der Decke hervorgekrochen. Max rieb sich seine verschlafenen Augen, das Tageslicht blendete ihn, und er musste blinzeln.

„Das kann doch nicht wahr sein. Warum kannst du nicht mal am Sonntag ausschlafen?“, brummten er missmutig.

„Keine Ahnung“, antwortete Emil schließlich gelangweilt, ohne sich nach seinem Freund umzudrehen. „Ich bin einfach wach geworden.“

„Aber das ist doch nicht normal. Jeder Mensch muss doch irgendwann einmal schlafen.“

„Ich hab’s versucht.“

„Du hast es versucht?“

Max warf wütend die Decke zur Seite.

„Warum tust du es dann nicht einfach mal? Immer versuchst du etwas. Mach es doch einfach. Wenn Nacht ist, dann schlaf, und wenn Tag ist, dann lebe. Aber versuche nicht ständig das eine oder das andere – und hinterher machst du nichts wirklich richtig.“

Max richtete sich auf und schaute verärgert zu Emil hinüber.

„Emil, was ist eigentlich los mit dir? Soll das die nächsten Jahre so weitergehen? Willst du wirklich bis zu deinem Lebensende mit diesem Gesicht herumlaufen?“

„Ich weiß, ich …“, antwortete Emil mit schwacher Stimme, bis ihn Max unterbrach.

„Nichts weißt du, und genau das ist dein Problem. Aber es wird langsam Zeit, es dir zu sagen. Du bist ein Langweiler, Emil, und ein Miesmacher. Ständig läufst du mit einem Gesicht herum, als hätte sich die ganze Welt gegen dich verschworen. Sogar die Mädchen haben Angst vor dir. Sie meinen, du bist übergeschnappt.“

Max schaute seinen Freund eindringlich an.

„Emil, begreifst du, was das bedeutet? Übergeschnappt!“

Emil stierte weiter unbeteiligt aus dem Fenster. Er wusste, wie die Mädchen über ihn dachten, aber das war ihm egal. Und eigentlich war ihm auch egal, was Max über ihn dachte.

Doch dieser ließ nicht locker.

„Sag mir nur eins: Wie lange soll das so weitergehen? Sag! Wie lange noch?“

Emil holte Luft, um zu antworten, doch dann ließ er es.

„Was sagt denn dein Weinhändler dazu, wenn du den ganzen Tag mit diesem Gesicht rumläufst? He? Dem muss das doch auch auffallen?“

Emil dachte an Mister Jenkins. Wenn er ehrlich war, dann hatte es durchaus schon einige Momente gegeben, in denen sein Arbeitgeber unzufrieden mit ihm war. Dass Mister Jenkins ihn noch nicht verprügelt hatte wie Nelson oder die anderen Burschen, lag nur daran, dass er großen Respekt vor Emils feiner Nase hatte. Trotzdem war Emil nicht entgangen, dass sich die Stimmung gegen ihn wandte.

Emil schaute hinaus in das nasse Grau und fühlte sich einsamer denn je. Er lebte schon lange nicht mehr im Hier und Jetzt, er lebte vor allem in den Erinnerungen an seine Heimat, die ihm immer mehr fehlte, und in den Träumen an Josefine, nach der er sich immer mehr verzehrte. Max war inzwischen aufgestanden und hatte sich seine Kleider übergezogen.

„Emil, es muss etwas geschehen. So kann das nicht weitergehen."

Plötzlich hörten sie einen schrillen Pfiff, und Emil sah Laurine und Selina auf der Straße stehen. Sie winkten nach oben, und Emil fand, dass Selina in ihrem bunten Kleid sehr hübsch aussah.

„Magst du nicht mit uns kommen? Wir wollen in den Park gehen. Die Mädchen sind ganz verrückt auf das Konfekt von der dritten Straße."

„Das ist nett von dir. Aber ich bleibe lieber hier. Ich würde euch nur zur Last fallen."

„Emil, komm schon. So war das vorhin nicht gemeint."

„Ist schon gut", erwiderter Emil gefasst. „Du hast ja recht."

„Du meinst, ich kann dich wirklich alleine lassen?"

„Ja, schon gut. Amüsiere dich. Bis später."

Als sein Freund gegangen war, sah Emil, wie die drei Arm in Arm zum Hafen schlenderten. Die Mädchen steckten ihre Köpfe zusammen und kicherten. Er war froh, alleine zu sein. So musste er niemandem Rede und Antwort stehen. Er legte sich aufs Bett und irgendwann schlief er ein.

Spät am Abend, als er aufwachte, hatte sich der Nebel noch immer nicht gelichtet. Als Emil draußen auf der Straße stand, fiel ihm auf, dass er schon lange nichts mehr gegessen hatte. Er ging durch die kleinen, engen Straßen vorbei an grell geschminkten

Frauen, bis er schließlich in einer Bar landete, in der er zuvor schon einmal mit Max gewesen war.

Als die Barfrau kam, wollte er etwas zu essen bestellen, aber dann nahm er doch einen Whiskey, und kurze Zeit später standen ein leeres Glas und eine Flasche vor ihm auf dem Tresen. Gelangweilt beobachtete er die Pokerspieler, aber eigentlich dachte er daran, was Max ihm gesagt hatte. Wie trostlos war doch sein Leben!

Emil stierte auf das Glas und dachte an Josefine. Das Licht war gedämpft, und die Stimmen der Menschen verschwammen. An diesem Abend vor vier Jahren war er in New York angekommen. Vier Jahre ohne Josefine, vier Jahre, die an ihm vorbeigegangen waren, als hätte er nicht gelebt. Neben ihm saß eine Dirne und lächelte ihn mit einem verquollenen Mund an. Widerwillig hob Emil das Glas und trank. Wie in den Nächten zuvor würde er auch diesem Abend die Flasche leeren und am Tresen einschlafen, um bei Tagesanbruch von der Wirtin hinausgeworfen zu werden.

„Mista Emi müsse schlafe. Sein noch sooo müde."

Nelson war vor Emil durch den Gang gesprungen und blieb neben einem Weinregal stehen.

„Habe Mista Emi schöne Bett gebaut."

Als Emil näher kam, sah er, dass Nelson hinter einem Weinregal ein paar Decken ausgelegt hatte.

„Lass das", erwiderte er barsch. „Du weißt doch, dass ich gleich runter zum Hafen muss."

„Aber Mista Emi sein so müde. Sehe nicht gut aus. Sehe aus wie Leiche im Winter. Wenn Mista Emi durch Keller laufe, Nelson bekomme Angst, weil denke, Gespenst sein da."

Emil machte eine abwehrende Handbewegung. Er hatte keine Lust, sich mit dem Schwarzen weiter zu unterhalten. Am Nachmittag sollte er zum Hafen, um eine Lieferung abzuholen, und am morgigen Abend war eine große Weinverkostung geplant, für die er noch die Weine zu richten hatte.

Er ging nach vorne in den Keller, in dem die Burgunder lagerten, und begann einige Flaschen aus dem Regal zu holen und in großen Holzkisten zu verstauen. Galle stieß ihm auf, und er wusste, dass er kurz davor war, sich zu übergeben. Wie immer hatte er in der Nacht zuvor zu viel getrunken und dazu noch auf leeren Magen. Er setzte sich auf eine Weinkiste in der Hoffnung, sein Magen würde sich etwas beruhigen.

Eine Flasche nach der anderen putzte Emil, bis er spürte, wie seine Augen schwerer wurden. Vergeblich versuchte er sich noch gegen die Müdigkeit zu wehren, dann neigte sich auch schon sein Kopf zur Seite und er verlor das Gleichgewicht. Er kippte nach vorne, bis er schließlich in das Weinregal schlug. Flaschen zerschellten, und Rotwein lief wie Blut über den Kellerboden. Mühsam rappelte sich Emil auf, als auch schon Mister Jenkins vor ihm stand.

„Verdammt noch mal, Emil, das darf doch nicht wahr sein!“, schrie er wütend und starrte auf die zerbrochenen Flaschen.

„Ich hatte geglaubt, ich hätte endlich einen Jungen gefunden, dem ich vertrauen kann – und dann das. Ich habe dir letzte Woche schon gesagt, du sollst nicht so viel trinken.“

„Entschuldigung, Mister Jenkins. Es soll nicht wieder vorkommen.“

„Das hast du letzte Woche auch schon gesagt.“

Mister Jenkins brummte böse, und plötzlich schlug er mit der flachen Hand zu. Der Schlag traf Emil so unvermittelt am Kopf, dass er ihn gar nicht hatte kommen sehen.

„Hör auf zu trinken, und mach deine Arbeit ordentlich, verstanden?“, hörte er Mister Jenkins.

„Und wenn das noch einmal passiert, dann werfe ich dich raus, ist das klar? Kehr die Scherben zusammen und fahr hinunter zum Hafen, die neue Lieferung abholen. Und die Flaschen hier ziehe ich dir von deinem Lohn ab, verstanden?“

„Ja, Mister Jenkins.“

Die Fahrt zum Hafen tat Emil gut. Er lag auf der Pritsche des Einspänners, und der kühle Herbstwind strich ihm durch die Haare. Menschen eilten über die Straßen, und irgendwann war Emil eingeschlafen. Er wachte erst auf, als der Einspänner bereits angehalten hatte und der Kutscher ihm unsanft den Peitschenstiel in die Seite stieß.

Das holländische Schiff hatte ganz hinten am Kai festgemacht, und nachdem sich Emil davon überzeugt hatte, dass der Wein die Überfahrt unbeschadet überstanden hatte, stapelte er die Kisten draußen vor dem Schiff, bis er plötzlich ein Wort hörte, das ihn mitten ins Herz traf: Deidesheim.

Er drehte sich um und sah mehrere Familien in der Nähe auf ihren Kleiderbündeln sitzen. Dann entdeckte er einen Jungen, der ein Liedchen trällerte, das die pfälzischen Winzer häufig sangen, wenn sie in die Weinberge zogen.

„He, Junge, komm mal her“, rief Emi zu dem Jungen hinüber, doch anstatt eine Antwort zu geben, lief dieser zu einem älteren Mann, der auf einem Kleidersack saß und an seiner Pfeife schmauchte.

„Sind sie der Vater des Jungen“, fragte Emil, doch der Mann schüttelte nur den Kopf.

„Ich bin sein Großvater. Sein Vater ist gestorben.“

„Oh. Das tut mir leid. War sein Vater nicht der Schuster, der bei Bassermann in Deidesheim die Schuhe repariert hat?“

„Ja, das ist richtig. Als mein Sohn gestorben ist, hat die Familie ihr Auskommen verloren. Nun sind wir mit der Familie meines Zweitältesten nach Amerika gereist und hoffen hier auf ein besseres Leben.“

Emil wusste, wovon der Alte sprach. Er hatte viele Auswanderer kennengelernt, und nicht wenige von ihnen waren gescheitert.

„Halten Sie sich fern von Ihren Landsleuten“, riet er ihm ernst. „Die meinen es oft nicht gut mit Ihnen. Sie geben vor, Ihnen helfen zu wollen, aber in Wirklichkeit nehmen sie Ihnen alles ab.“

„Das ist lieb, dass du uns warnst. Eben war gerade einer bei uns und hat sich angeboten, uns beim Verkauf unserer Habseligkeiten zu helfen. Ich werde gleich mit meinem Sohn sprechen.“

Der Alte zog an seiner Pfeife und beobachtete Emil prüfend. „Sag, bist du nicht der Sohn von Louis und Anna, der vor ein paar Jahren aus Deidesheim weggegangen ist?"

Emil nickte verlegen. „Ja, der bin ich."

Und nach einer Weile traute er sich die Frage zu stellen, die ihm schon die ganze Zeit auf der Seele brannte: „Haben Sie Neuigkeiten aus dem Weingut Bassermann?"

Der Alte wiegte seinen Kopf. „Alles geht dort seinen Weg. Ich bin kein Winzer, aber ich glaube, der letzte Jahrgang war nicht der schlechteste. Vor vier Jahren hat der junge Carl Bassermann die Leitung des Weinguts übernommen, nachdem sein Vater gestorben war."

Emil nickte und dachte an den alten Geheimrat Bassermann. Mit seinem Tod hatte sich das Schicksal gegen ihn gewandt. Er war auf der Flucht, ausgestoßen. Tausende von Meilen von dem Flecken Erde entfernt, der ihm so viel bedeutete. Emil wollte sich schon abwenden, da hörte er noch einmal die Stimme des Alten.

„Ach, da fällt mir doch noch eine Neuigkeit ein. Die Tochter des Hauses hat damals auch geheiratet."

Emil fuhr herum und musste dabei ein so entsetztes Gesicht gemacht haben, dass sein Gegenüber erschrocken zurückwich.

„Josefine hat was?"

„Ich kann dir nur sagen, was ich gehört habe", antwortete der Alte vorsichtig.

„Wissen Sie das ganz sicher?"

„Eigentlich schon. Aber warte, meine Frau ist in solchen Dingen besser bewandert."

Der Alte drehte sich zu einer Gruppe von Frauen um und rief hinüber: „Ist es nicht so, dass die Tochter vom Bassermann vor vier Jahren geheiratet hat?"

Eine ältere Frau nickte ihm zu und sagte: „Ja, einen Offizier hat sie geheiratet, und ein Kind haben sie auch. Einen Sohn."

Emil lief zu der Alten und packte sie verzweifelt am Arm.

„Sind Sie da sicher?"

Die Alte schaute ihn überrascht an und nickte nur.

Emil bemerkte erst jetzt, dass er immer noch die Frau festhielt. Er ließ sie los und trat einen Schritt zurück.

„Entschuldigen Sie bitte", sagte er tonlos und wie benommen. „Entschuldigung."

Sein Kopf war wie leer. Erst später auf dem Rückweg, als er den Hafen schon längst verlassen hatte, wurde ihm bewusst, was er soeben gehört hatte. Josefine hatte geheiratet und einen Sohn geboren. Die Frau, die er so sehr liebte, hatte sich einem anderen Mann hingegeben. Sie, die ihm ewige Treue geschworen hatte, war nun in den Armen eines Anderen.

Emil heulte laut auf, sodass sich der Kutscher vor Schreck ängstlich nach ihm umdrehte. Schneller als der Kutscher den Wagen stoppen konnte, sprang Emil ab und lief auch schon davon.

„Entschuldige mich bei Mister Jenkins. Sage ihm, dass ich mich nicht wohl fühle", schrie er noch, dann verschwand er im Getümmel. Wenig später stand er vor Max, der noch immer in seinem Bett lag und schlief.

„Sie hat geheiratet!", platzte Emil keuchend hervor.

Max drehte sich schläfrig um und brauchte einen Augenblick bis er wusste, wer vor ihm stand.

„Wer hat geheiratet?"

„Josefine!"

„Na prima, dann ist das Kapitel ja endlich abgeschlossen."

Max wollte sich wieder umdrehen und weiterschlafen, doch Emil riss ihm wütend die Bettdecke weg.

„Verstehst du nicht? Sie hat geheiratet und ein Kind bekommen."

Max rieb sich die Augen und stützte sich auf die Ellenbogen.

„Emil! Du hast vor vier Jahren die Pfalz verlassen. Warum sollte sie nicht heiraten und kein Kind bekommen?"

„Warum? Weil ich sie liebe! Deshalb!"

„Und was willst du jetzt tun? Willst du zu ihr gehen und sie zurückgewinnen?"

Emil fühlte sich auf einmal furchtbar schwach. Seine Beine zitterten, und er ließ sich neben dem Bett auf den Boden fallen.

„Warum hat sie mir das angetan?“, klagte er mit erstickter Stimme. „Sie ist doch meine Frau. Ich liebe sie, und wir hatten uns ewige Liebe geschworen! Ich kann das alles einfach nicht begreifen.“

Max rückte näher und legte tröstend die Hand auf Emils Arm.

„Es tut mir so leid für dich, Emil. Aber vielleicht ist sie ja von ihrer Familie zur Heirat gezwungen worden?“

„Nein, das glaube ich nicht. Josefine lässt sich zu nichts zwingen. Sie ist eine starke Frau. Sie hat mich betrogen“, murmelte er tonlos.

„Und was ist mit ihrem Bruder? Vielleicht hat er das Ganze arrangiert?“

Doch Emil schüttelte nur den Kopf.

„Sie hat es selbst so gewählt. Sie wollte einen anderen Mann heiraten, und sie wollte auch ein Kind von ihm. Sie hat mich verraten“, schloss er verbittert. „Alle haben mich verraten. Erst haben sie meine Auslese gestohlen, und jetzt behandeln sie mich wie ein Stück Dreck und beschmutzen meine Ehre.“

„Emil, vielleicht hatte sie ja wirklich keine andere Wahl!“

„Nein, sie hat mich betrogen – und ich hasse sie dafür. Ich hasse Josefine und die ganze Familie Bassermann!“

Emil ballte die Fäuste, schlug wütend auf den Boden und schrie aus vollem Halse: „Ich hasse sie! Ich hasse sie!“

Unvermittelt stand er auf und zog sich die Jacke über.

„Emil, wohin willst du?“

„Ich will feiern. Feiern, dass ich diesen verdammten Namen Bassermann endlich aus meinem Gedächtnis streichen kann. Ich werde ihr diesen Triumph nicht gönnen, mich zu demütigen. Sie soll wissen, dass ich sie verhöhne. Wenn sie glaubt, einen Offizier heiraten zu müssen, bitteschön. Sie ist es nicht wert, dass ich weiter an sie denke.“

Emil lief in den Treppenflur, und Max, der aus dem Bett gesprungen war, rief ihm hinterher: „Emil, so warte doch auf mich.“

In der Bar ging es bereits hoch her, obwohl es erst Nachmittag war. Eine Alte stand gelangweilt am Tresen.

„Gib uns eine Flasche Whiskey, aber nicht den üblichen Fusel. Einen guten Whiskey. Wir wollen feiern."

„Hat der junge Herr Geburtstag?", erkundigte sich die Alte und lächelte Emil mit ihrem zahnlosen Mund an.

„Zumindest fühle ich mich so, als wäre ich ein zweites Mal geboren worden", knurrte Emil missmutig.

Die beiden Freunde setzten sich an den Tresen, und Emil schenkte die Gläser randvoll ein.

„Auf die nächste Frau!"

Sie prosteten sich zu und tranken. Dann füllte Emil die Gläser nach und sagte entschlossen: „Wenn sie glaubt, sie kann mich damit treffen, dann hat sie sich getäuscht. Ich habe nur noch Verachtung und Hass für sie übrig. Sie will mich demütigen, aber das wird ihr nicht gelingen. Ich bin stärker. Jetzt werde ich ihr erst recht beweisen, dass ich mehr kann!"

Es war schon spät am Abend und die erste Flasche Whiskey längst geleert. Max konnte sich gerade noch so auf dem Stuhl halten.

„Emil, ich muss jetzt nach Hause", sagte er mit schwerer Zunge, „Laurine wartet auf mich."

„Was? Uns du willst ein Freund sein? Bleib hier und feiere mit mir."

„Ich muss, los. Wirklich. Es geht nicht mehr."

Max rutschte vom Barhocker und konnte sich gerade noch am Tresen festhalten, um nicht zu fallen.

„Mach's gut, mein Freund", salutierte Emil und rief laut in die Bar: „Ein Hoch auf den besten Freund, den es hier in diesem verdammten Nest gibt!"

Als Max die Bar verlassen hatte, nahm er die nächste Flasche und trank so lange, bis er irgendwann vom Stuhl fiel und sich auf dem Boden übergab. Er bekam noch mit, wie er von zwei Männern hochgehoben wurde. Dann landete er unsanft auf dem Straßenpflaster.

Es musste schon eine Weile vergangen sein, denn auf den Straßen war bereits Ruhe eingekehrt, als sich Emil aufrappelte und nach Hause torkelte. Die frische Luft tat ihm gut, und nachdem er sich noch einmal übergeben hatte, konnte er wieder halbwegs gerade laufen. Obwohl die Wohnung nur wenige hundert Schritte von der Bar entfernt war, hatte er sich schon bald verlaufen.

Emil stolperte durch die engen Gassen des Hafenviertels, bis er auf eine Dirne zusteuerte, die einsam unter dem faden Licht einer Laterne stand. Sie trug hoch geschnürte Stiefel, die bis zu ihrem Rock reichten, und als er vor ihr stand, hob sie den Rock, und er sah, dass sie nichts darunter trug.

„Na, mein kleiner Mann, willst du dir nicht ein bisschen die Zeit mit mir vertreiben?“, hauchte sie und zwinkerte ihm zu. Emil fiel auf, dass ihr die untere Zahnreihe fehlte. Ihr Gesicht war bleich, und ihre Augen waren gerötet. Emil blieb stehen und stierte sie dumpf an. Die Dirne kam auf ihn zu, und als er keine Anstalten machte, sie abzuwehren, schob sie ihn in einen dunklen Hofeingang. Emil legte seinen Kopf auf ihre Schultern und roch ihr billiges Parfüm und den Schweiß fremder Männer.

„Sie hat mich betrogen, dieses feige Weib“, stammelte er und versuchte die Dirne am Hals zu küssen.

„Lass das!“, bellte sie kalt.

„Ich hasse sie, für immer.“

„Recht hast du. Bei mir darfst du gleich zeigen, dass du ein richtiger Mann bist.“

Sie führte ihn in einen Keller, in den durch ein kleines Fenster diffuses Mondlicht fiel. Es roch nach kaltem Schweiß und Vergorenem. Zusammengekauerte Menschen lagen schlafend auf dem Boden.

„Hier leg dich auf die Decke“, sagte die Dirne zu Emil, kniete sich neben ihn und durchsuchte seine Taschen. Schließlich wurde sie fündig und zog eine Münze hervor.

„Na, das ist doch ganz ordentlich für den Anfang.“

Sie schob ihren Rock nach oben und zog Emil zu sich, bis er auf ihr lag. Er drückte ihre schlaffen Brüste und begann an den Brustwarzen zu saugen.

„He, nicht einschlafen, Junge. Du willst doch Spaß haben, oder?“

Die Dirne hantierte an seinem Gürtel, und als sie ihn nicht gleich aufbekam, zerrte sie ungeduldig an den Hosen. Endlich lag Emil mit entblößtem Hintern auf ihr.

„Komm endlich. Du musst schon ein bisschen mitmachen, Junge. Komm!"

Emil hatte die Augen geschlossen.

„Josefine."

„Hör auf zu reden und fang an. Ich hab nicht ewig Zeit."

Emil spürte, wie sich ihr Arm nach unten tastete und ihm schließlich den Weg zeigte.

„Ja, so ist's gut. Braver Junge. Gut machst du das", lobte die Dirne ihn, als er in sie hineinstieß. Wie in Trance bewegte sich Emil auf ihr. Der Whiskey dämpfte die Härte seiner Erregung, aber schließlich entlud er sich in ihr.

„Das hast du gut gemacht", lobte die Dirne, noch bevor Emil selbst begriffen hatte, was geschehen war. Sie schob ihn zur Seite und wollte aufstehen.

„Bleib bei mir. Bitte nicht gehen."

„Hör zu, Junge, wenn du willst, dass ich noch ein bisschen Zeit für dich habe, dann musst du bezahlen."

Wieder fingerte die Dirne in Emils Taschen herum und fand eine weitere Münze, die sie aber verächtlich auf die Seite warf.

„Ist das alles, was du hast, oder versteckst du noch irgendwo Geld?"

Emil wollte sich wieder an die Dirne schmiegen, aber die stieß ihn zurück.

„He? Hörst du nicht? Hast du noch Geld oder nicht? Ich bin nicht zum Vergnügen hier."

Emil versuchte wieder, die Dirne zu küssen.

„Verdammt, jetzt reicht's mir aber!", sagte sie und stieß Emil grob zurück. „Wenn du nicht zahlen kannst, musst du gehen, verstehst du?"

Sie wollte aufstehen, aber Emil klammerte sich weiter an ihr fest.

„Verdammt, Junge, hör auf. Lass mich gehen", fauchte sie und blickte mit offensichtlicher Ungeduld im Zimmer umher.

„Josefine, bitte Josefine."

„Verdammter Idiot."

Die Dirne versuchte sich loszureißen, aber da traf sie schon eine Faust mitten ins Gesicht. Sie flog an die Wand, und im selben Augenblick wurde Emil von zwei kräftigen Armen gepackt. Wie Schraubstöcke drückten sie auf seinen Brustkorb.

„Tu ihm nicht weh", rief die Dirne ängstlich. „Der Kleine meint es doch nicht böse."

Emil wurde nach draußen getragen und landete wie ein nasser Sack im Dreck.

„Verschwinde, wenn du nicht willst, dass ich dir sämtliche Knochen breche", hörte er eine tiefe Stimme hinter sich.

So schnell er konnte, rappelte sich Emil auf und rannte davon, bis er irgendwann stolperte und mit dem Kopf gegen etwas Hartes schlug. Dann wurde es still um ihn.

Als er wieder zu sich kam, stand die Sonne schon hoch am Himmel. Mit geschlossenen Augen lag er im Morast, und in seinem Schädel hämmerte es. Ihm war schwindlig, und er griff an seinen Kopf, wo er eine Beule unter den verklebten Haaren ertastete. Emil fluchte. Vorsichtig begann er seine Gliedmaßen zu bewegen. Dumpf erinnerte er sich an die letzte Nacht und an den Mann, der ihn auf das Pflaster geschleudert hatte.

Plötzlich hörte er es neben sich rascheln, und irgendetwas Spitzes stach ihn in den Rücken. Er öffnete die Augen, aber alles um ihn herum verschwamm. Dann pikste es ihn erneut, und er hörte Gekicher. Emil hob mühsam den Kopf ein wenig an. Nach einer Weile erkannte er ein großes Wagenrad und daneben dünne Kinderbeine. Es pikste wieder, und er hörte Kinderstimmen singen: „Hi, ha, toter Mann, wir fahr'n nach Kalifornien, und ernten dort 'nen schönen Wein und feiern dann mit Freunden."

Im Hintergrund ertönte die Stimme eines Mannes. „He, ihr beiden, bleibt weg von dem Mann. Der ist vielleicht schon tot."

„I wo", antwortete eine Jungenstimme, „der hat sich eben bewegt. Sieh nur."

Wieder stach es in Emils Rücken, und er zuckte zusammen.

„Bleibt ihm trotzdem fern und geht in den Wagen zurück. Wir fahren bald los."

Die Schritte des Mannes entfernten sich, und die Kinder sangen wieder ihr Lied: „Hi, ha, toter Mann, wir fahr'n nach Kalifornien, und ernten dort 'nen schönen Wein und feiern dann mit Freunden."

Emil lag da und lauschte den Kindern. Dann dachte er plötzlich an den Wein, den er vor Monaten bei Mister Jenkins gekostet hatte.

Emil hob vorsichtig den schmerzenden Kopf und stützte sich auf den Ellenbogen. Dann rieb er sich die Augen, bis er einen Jungen und ein Mädchen erkannte, die in einigem Abstand neben ihm standen und neugierig ansahen. Emil ging langsam auf die Knie. Als er an sich heruntersah, bemerkte er, dass er voller Schlamm war. Das Wagenrad gehörte zu einem Planwagen, der über und über beladen war mit Hausratsgegenständen, wie Emil es von seiner Fahrt nach Le Havre kannte. Dann sah er die anderen Wagen und wusste, dass er neben einem Treck von Siedlern genächtigt hatte.

„Fahrt ihr bald los?", fragte er mit belegter Zunge.

Der Junge nickte.

„Und wohin soll es gehen?"

„Nach Kalifornien, hat Papa gesagt. Kennst du Kalifornien?"

„Nein, Kalifornien kenne ich nicht, aber ich habe viel Gutes über Kalifornien gehört. Vor allem soll dort ein guter Wein wachsen."

Der Junge schaute Emil neugierig an und fragte dann: „Bist du auch Winzer?"

Emil überlegte einen Moment und sagte nachdenklich: „Ich war mal Winzer, aber was ich jetzt bin, weiß ich gar nicht so genau."

„Mein Papa sagt, wenn man einmal Winzer war, dann ist man das sein ganzes Leben lang."

„Da hat dein Vater vollkommen recht."

„Und was ist mit dir? Warum bist du kein Winzer mehr?"

„Das ist eine lange Geschichte", antwortete Emil zögerlich. „Manchmal läuft das Leben eben nicht so wie man es sich erträumt hat."

„Und wovon hast du geträumt?“, fragte der Junge neugierig.

„Von einem eigenen Weingut habe ich geträumt und von einem Wein, der besser ist als alle Weine, die es bisher auf der Welt gab. Von einem Wein, der nur für die Engel im Himmel bestimmt ist.“

„Dann musst du mit uns nach Kalifornien kommen. Papa sagt, dort gibt es den besten Boden für große Weine.“

Emil lächelte sanft und schaute an sich herab. Eine dicke Schmutzschicht klebte auf seiner Haut und seinen Kleidern, und er stank. Doch zum ersten Mal seit seiner Überfahrt nach Amerika war er mit sich selbst im Reinen. Er atmete tief durch und schaute den Kleinen an.

„Wie recht du hast, mein Junge.“

4. Walholla Valley

Es war eine wunderschöne, sternenklare Nacht gewesen, und Emil hatte es gar nicht abwarten können, bis der neue Tag endlich anbrach. Das saftige Grün der Hügel und Täler erstrahlte in der frühen Morgensonne noch heller als sonst, und nur im Tal lag noch vereinzelt Nebel.

Wie jeden Morgen band er sich als erstes den breiten Gürtel um, in dem er das Geld aufbewahrte, das er von Max bei ihrem Abschied in New York bekommen hatte. Max war mit ihm in die Küche gegangen und hatte dort eine Diele gelöst. Emil hatte bis dahin gar nichts von dem Versteck gewusst und war daher nicht wenig erstaunt, als dahinter eine kleine Holzschachtel zum Vorschein gekommen war, in der ein Stapel Dollarnoten lag. Max hatte großzügig hineingegriffen und wollte nichts davon wissen, als Emil zuerst abgelehnt hatte. Es sei ihm eine Herzenssache, hatte Max erklärt, dass Emil das Geld annehme, und es gäbe für ihn kein schöneres Geschenk, als wenn Emil damit den Grundstock für sein eigenes Weingut legen würde.

Und nun saß Emil hier am Feuer, über dem noch die Reste einer Hirschkeule schmorten, und der Gedanke an den bevorstehenden Abschied von Old Jack bedrückte ihn. Teilnahmslos biss er auf einem Stück Fleisch herum, während Old Jack neben ihm lustvoll schmatzte. Emil holte tief Luft und wollte schon sagen, was ihn so quälte, aber dann verließ ihn der Mut wieder. Schließlich warf er den Knochen seiner Hirschkeule ins Feuer und sprang ungeduldig auf.

„Ich werde hierbleiben", begann er schnell, bevor er es sich noch einmal anders überlegen konnte. Er ging zu seiner Schlafdecke, rollte sie noch ordentlicher zusammen als zuvor und kontrollierte den Inhalt seiner Satteltasche.

„Muss ich also doch alleine mein Glück suchen", entgegnete Old Jack in gebrochenem Deutsch. Er stand gemächlich auf, stellte sich breitbeinig über das Feuer, öffnete den Latz seiner Lederhose und löschte sorgfältig die Flammen. Dann schaute er verschmitzt zu Emil. „Dabei hätte ich mir keinen besseren Partner vorstellen können als dich."

Emil war erleichtert. Er kannte Old Jack, seit sie zusammen den amerikanischen Kontinent in Richtung Westen durchquert hatten. Kurz nachdem der Treck der Siedler New York verlassen hatte, war Old Jack zu ihnen gestoßen.

Old Jack hieß eigentlich Jakob und stammte aus einem kleinen Dorf im Schwarzwald, doch seine Heimat hatte er schon früh verlassen. Er war viel herumgereist, und sogar in der Pfalz war er schon gewesen. Er sprach ein seltsames Kauderwelsch, und hätte Emil nicht gewusst, dass er ein Landsmann von ihm war, hätte er ihn für einen Engländer gehalten.

Am liebsten erzählte Old Jack von dem Gold, das es im Westen und hoch im Norden Amerikas geben sollte und das er schürfen wollte. Er konnte stundenlang davon träumen, was er alles mit dem Gold anstellen würde, und oft erzählte er von einem Mädchen, das in seiner Heimat auf ihn wartete.

Emil mochte Old Jack, dessen Augen in seinem wettergegerbten Gesicht stets hellwach in die Gegend blinzelten. Seine zerzausten Haare standen ihm wirr vom Kopf, und immerfort kaute er auf einem Klumpen Kautabak herum, dessen Saft ihm als bräunliches Rinnsal aus dem Mundwinkel lief. Er hatte ständig einen Fluch auf den Lippen, dabei war er ein herzensguter Mensch, der keiner Fliege etwas zuleide tat.

Zu Beginn der Reise waren sie noch mit dem Treck gereist. Später dann, als Emil für wenig Geld an einem Handelsposten ein altes Pferd erstanden hatte, waren sie auf eigene Faust weitergezogen. Die lange, entbehrungsreiche Reise hatte die beiden zusammengeschweißt. Sie konnten sich aufeinander verlassen, und Old Jack hatte Emil mit seinen vielen bunten Geschichten die langen Tage in den schier endlosen Great Plains verkürzt, bis sie schließlich die Pazifikküste erreicht hatten.

„Du könntest doch erst einmal mit mir in den Norden reiten, und wenn es dir dort nicht gefällt, kannst du ja immer noch hierher zurückkommen, he?"

Emil schmunzelte. Offensichtlich fiel es auch Old Jack nicht leicht, sich von seinem Reisegefährten zu trennen.

„Du wirst mein Partner, und wir schürfen im Norden so viel Gold, dass du bis ans Ende deiner Tage in Wein baden kannst."

„Lass gut sein, Old Jack. Ich fühle mich über der Erde einfach wohler, als wie ein Maulwurf darin herumzuwühlen."

„Ich verstehe nicht, was dir hier in dieser Ödnis gefällt. Im Norden soll es Bäume geben, die so groß sind, dass sie in den Himmel wachsen. Aber hier? Nur Büsche und Gestrüpp!"

„Wir Winzer sehen die Landschaft eben mit anderen Augen", erklärte Emil.

Am Vortag hatte er das Tal sorgfältig erkundet und vom ersten Moment an gewusst, dass dies der Boden war, auf dem er seinen Wein anbauen wollte. Obwohl das Tal viel weiter nördlicher lag als San Francisco, war es hier um einiges milder, wofür er die schwächere Meeresbrise verantwortlich machte.

„Wer weiß, vielleicht sehen wir uns bald wieder, und ich kaufe dein verdammtes Weingut auf und lasse dich dann für mich schuften", knurrte Old Jack gutmütig.

Als Emil nicht antwortete, ging er mit hängenden Schultern auf ihn zu. „Mir liegen diese langen Abschiede nicht. Also komm, lass dich drücken, Junge. Pass auf dich auf, und halt die Ohren steif."

Sie umarmten sich, und Emil sah, dass Old Jack mit den Tränen kämpfte.

„Jetzt wird der alte Trottel auch noch sentimental", fluchte Old Jack und fügte hinzu: „Denk ab und zu mal an den alten Jack."

Wenig später ritt Emil nach San Francisco, und obwohl nicht eine Krume Boden sein Eigen war, hatte er das Gefühl, das Land gehöre bereits ihm. Etliche Hügel und Täler durchquerte er auf seinem Weg, aber keines war so anmutig und schön wie das Tal, dessen Grund und Boden er erwerben wollte.

Gegen Mittag kam Emil in San Francisco an. Der auf einer Halbinsel gelegene Ort war nicht viel mehr als ein kleines, verschlafenes Dorf, unterhalb von steilen Hängen an einer großen Bucht gelegen. Niedrige, ein- bis zweistöckige Holzhäuser und Lagerhallen flankierten die breite, unbefestigte Main Street, die hinunter zu einem kleinen Hafen und der spanischen Mission führte. Was für ein Gegensatz zum quirligen New York mit seinen hohen Häusern und den Unmengen von Menschen, dachte Emil, als er die Straße entlangritt. Zahlreiche Planwagen standen vor den Geschäften, und an der Ausrüstung konnte er erkennen, dass es sich bei den meisten Reisenden wohl um Goldgräber handelte, die hofften, in Kalifornien ihr Glück zu finden.

Am Ende der Main Street fand Emil schließlich, wonach er suchte. Am Hafen, direkt gegenüber einem Saloon, entdeckte er das Schild „General Land Office". Emil band sein Pferd vor dem Gebäude an, und als er eintrat, pochte sein Blut in den Ohren, so aufgeregt war er. Ein älterer, akkurat gekleideter Herr empfing ihn in einem nüchtern eingerichteten Büro.

„Ich möchte mein Recht auf freie Landnahme geltend machen", sagte Emil bestimmt.

„Na, dann wollen wir mal sehen, ob wir etwas für Sie tun können, Mister", meinte der Beamte und rollte eine große Karte der Umgebung von San Francisco auf seinem Pult aus.

„Wissen Sie schon, auf welches Stück Land Sie Ansprüche erheben möchten?"

Als Emil die Namen einiger anderer Siedler auf der Karte sah, spürte er plötzlich einen Kloß im Hals.

„Ich weiß nicht, wie es heißt, aber das Tal liegt im Norden, es ist das vierte nach der Bay."

Der Beamte beugte sich tief über die Karte. „Das ist das Walholla Valley. Bislang hat noch kein Siedler Ansprüche geltend gemacht, weil es völlig wertloses Land ist", sagte er schließlich. „Sind Sie sicher, dass ich Ihren Anspruch eintragen soll, Mister?"

Emil nickte.

„Aber ich muss Sie warnen. In dieser Gegend waren bisher noch keine Landvermesser. Wenn Sie das Land in Besitz nehmen, dann werde ich es in die Karte einzeichnen und Ihren Namen darauf vermerken. Es kann allerdings sein, dass Sie nach der offiziellen Landvermessung ein paar Acres mehr oder weniger haben werden."

Emil hatte nichts dagegen einzuwenden, und so nahm der Beamte einen Stift in die Hand und sah Emil fragend an. „Ihren Namen brauche ich noch."

Emil zögerte. Schließlich antwortete er mit fester Stimme: „Jordan, Emil Jordan."

Der Beamte schrieb den Namen auf die Karte, und als Emil ihn dort stehen sah, stiegen ihm Tränen in die Augen. Er dachte an seine Eltern und dass er sie jetzt gerne bei sich gehabt hätte. Wie schön wäre es gewesen, wenn sie sich mit ihm hätten freuen können, wenn er ihnen hätte zeigen können, wie stolz er war. Im Geiste sah er bereits sein eigenes Weingut vor sich.

Emil wurde aus seinen Gedanken gerissen, als der Beamte ihm ein Papier vorlegte. „In diesem Vertrag verpflichten Sie sich, das Land mindestens fünf Jahre lang zu bearbeiten. Danach geht es dann endgültig in ihren Besitz über."

Emil schaute unbeholfen auf das Blatt, und schließlich deutete der Beamte auf die Stelle, wo er unterschreiben sollte.

„Herzlichen Glückwunsch, Mister Jordan. Und willkommen in San Francisco."

Nachdem Emil noch zehn Dollar Gebühr für die Eintragung bezahlt hatte, stand er wieder auf der Main Street und war ganz durcheinander. Hatte er tatsächlich eben ein ganzes Tal erworben? Er, der Junge aus Deidesheim? Noch vor neun Monaten hatte er mit Max in den Bars von New York herumgelungert und seinen

Schmerz mit Whiskey ertränkt, und jetzt war er der Eigentümer von so viel Grund und Boden, der größer war als die gesamte Gemarkung Deidesheim.

Emil band sein Pferd los, als er auf einen Schwarzen aufmerksam wurde. Obwohl der Mann auf dem erhöhten Holzsteg saß, der sich vor den Gebäuden der Main Street entlangzog, war sein muskulöser Körperbau nicht zu übersehen. Der Schwarze nickte freundlich zu Emil hinüber, und als dieser seinen Blick erwiderte, stand er auf und kam näher.

„Ihr seid Winzer?“, fragte er und überraschte Emil durch seine gewählte Aussprache.

„Pfälzer?“

„Woher weißt du das?“

„Habe lange Zeit in einem Weingut hier ganz in der Nähe gearbeitet. War ein Landsmann von Euch. Nette Leute“, erklärte der Schwarze und nickte ernsthaft.

„Was ist aus ihm geworden?“

„Hat sich verletzt. Schwer verletzt. Und irgendwann war er weg.“

„Du verstehst dich auf Weinbau?“

Der Schwarze zögerte keinen Moment.

„Seit ich denken kann, mache ich nichts anderes.“

„Wie heißt du?“

„Samuel, Herr.“

Emil nickte und wollte schon aufsitzen, doch der Mann wich nicht zur Seite.

„Ich suche Arbeit, Herr. Ich bin bereit, hart zu arbeiten. Meine Frau heißt Rose und ist die beste Köchin weit und breit.“

„Ich glaube dir, dass du hart arbeitest, aber ich kann dir nicht weiterhelfen. Ich habe gerade eben erst Land erworben. Ich werde im Walholla Valley Wein anbauen, aber ich habe noch nicht einmal Geld, um die Reben zu pflanzen, schon gar nicht, um mir Personal zu leisten.“

„Nehmt uns auf, bitte“, flehte der Mann ihn an, „meine Frau und ich werden gerne für Euch arbeiten, wenn Ihr uns nur einen Platz zum Leben gebt.“

„Aber könnt ihr damit zufrieden sein, wenn ihr kein Geld bekommt?"

„Macht Euch darum keine Sorgen."

Emil dachte nach. Das riesige Land konnte er auf keinen Fall alleine bearbeiten, aber er wollte auch keine Verantwortung für fremde Menschen übernehmen. Andererseits konnte es nicht schaden, wenn er jemanden bei sich hatte, der ihm bei der Feldarbeit half.

„Gut. Dann soll es so sein. Ihr dürft auf meinem Land leben und arbeitet für mich. Und sobald das Weingut Profite abwirft, werde ich euch für eure Arbeit gerecht bezahlen."

„Ich danke Euch, Herr!" Samuel strahlte.

„Weißt du, ob es in der Stadt einen Händler gibt, der Setzlinge verkauft?"

Samuel musste nicht lange überlegen.

„Geht zu Bloomingdale. Den findet Ihr oben am Ende der Main Street. Bloomingdale beliefert die Siedler mit Saatgut, und soviel ich weiß, handelt er auch mit Setzlingen."

„Gut, dann werde ich jetzt zum Händler reiten, und dich treffe ich mit deiner Frau morgen im Walholla Valley. Weißt du, wo das ist?"

„Ja, Herr. Und danke, Ihr werdet Eure Entscheidung nicht bereuen, das verspreche ich Euch."

Emil musste nicht lange nach dem Händler suchen, denn das riesige Lagerhaus am Ende der Main Street war nicht zu übersehen. Das Gebäude war etwa dreihundert Fuß lang und mindestens einhundert Fuß breit. Lediglich in New York hatte Emil Lagerhäuser von dieser Größe gesehen. Ochsengespanne und Pferdewagen konnten bequem in das Lager hineinfahren, dort wenden und es mit den Waren wieder verlassen. Auf dem Dach stand in großen Lettern „Bloomingdale".

Draußen vor dem Lager standen Werkzeuge und Maschinen, die gerade von einem Verkäufer einigen Siedlern angepriesen wurden. Die Setzlinge befanden sich hinter dem Lagerhaus in einem eingezäunten Feld in langen Reihen nebeneinander. Emil war gerade dabei, nach den Rebsorten zu suchen, als er eine Stimme hörte.

„Kann ich ihnen behilflich sein, Mister?“

Als er sich umgedreht hatte, begann sein Herz plötzlich wie wild zu schlagen. Er starrte auf ein zierliches Mädchen, das ihn mit großen, braunen Augen anlächelte.

„Verstehen Sie meine Sprache nicht?“, erkundigte es sich freundlich.

Emil versuchte etwas zu erwidern, aber außer einigem Gestotter brachte er nichts hervor. Er schaute auf das volle, schwarzgelockte Haar, das offen auf die Schultern des Mädchens fiel. Ein hochgeschlossenes, ockerfarbenes Leinenkleid ließ ihr sonnengebräuntes Gesicht noch dunkler erscheinen. Doch das Verwirrendste war, dass sie einem Menschen zum Verwechseln ähnlich sah, den Emil eigentlich schon lange vergessen wollte: Josefine.

Emil räusperte sich, und seine Stimme klang wie von einem anderen Stern, als er sagte: „Ich wollte mich nur erkundigen, welche Setzlinge Sie haben und wie viel die Pflanzen kosten.“

„Wenn es um Preise geht, müssen Sie meinen Vater fragen. Ich bin nur für die Pflege der Pflanzen zuständig.“

Das Mädchen ging zu einem Beet, wo sie die Erde vorsichtig mit einer Hacke auflockerte. Emil konnte den Blick nicht von ihr lassen. Trotz ihrer zarten Gestalt besaß die junge Frau kräftige Muskeln, die darauf schließen ließen, dass sie harte körperliche Arbeit gewohnt war.

Emil schloss die Augen. In seiner Nase kribbelte es. Ihr Duft war von lebendiger Sanftmut und rein wie das Licht des Himmels.

„Haben Sie noch nie eine Frau bei der Gartenarbeit gesehen?“, meinte das Mädchen, nachdem sie sich unvermittelt umgedreht und Emil dabei ertappt hatte, wie er sie ungeniert anstarrte.

„Die Setzlinge sind in ausgezeichnetem Zustand“, erwiderte Emil schnell. „Sie scheinen ein Händchen für Pflanzen zu haben.“

„Danke“, antwortete das Mädchen lächelnd. Plötzlich hob sie den Kopf. „Da kommt mein Vater, gleich können Sie selbst mit ihm über die Preise sprechen.“

„Nein. Halt. Bitte nicht. Ich habe das Land doch eben erst erworben.“

Die Frau musterte ihn neugierig. „Wo liegt Ihr Land?"

„Oben in den Bergen, es ist das Walholla Valley."

„Das kenne ich. Ich bin mit meinem Vater schon einmal durchgeritten. Mein Vater jagt leidenschaftlich gerne, und manchmal begleite ich ihn dabei. Aber jetzt müssen wir wohl einen anderen Weg wählen", meinte sie lächelnd. „Was wollen Sie dort denn anpflanzen?"

„Ich bin Winzer."

„Oh, da haben Sie aber eine gute Wahl getroffen. Vater meint, dort wächst so ziemlich alles, was grün ist, so gut ist der Boden. Haben Sie denn schon Werkzeuge?"

„Nein, habe ich nicht, und ich fürchte, ich habe auch nicht genug Geld, um mir Werkzeuge zu leisten."

„Aber wie wollen Sie denn den Boden bestellen, wenn Sie keine Werkzeuge haben?"

„Ich weiß es noch nicht. Ich habe gehört, dass die meisten Siedler erst einmal jagen würden, um Tierfelle verkaufen zu können."

„Und verstehen Sie sich aufs Jagen?"

„Nein, eigentlich nicht", sagte Emil hilflos. „Ich habe ja noch nicht einmal eine Waffe."

Das Mädchen hob überrascht die Augenbrauen. „Ich glaube, Sie sollten besser doch mit meinem Vater sprechen. Er ist nicht nur ein guter Geschäftsmann, er hat sein Herz auch am rechten Fleck, und ich bin mir sicher, er kann Ihnen weiterhelfen."

Mister Bloomingdale war ein freundlicher älterer Herr, dessen Gemütlichkeit leicht darüber hinwegtäuschen konnte, dass seinen wachsamen Augen nichts entging. Als er hörte, dass Emil das Walholla Valley erworben hatte, meinte er anerkennend: „Da hast du eine gute Wahl getroffen, Junge. Ich habe mich schon seit einiger Zeit gewundert, warum das Land noch unbebaut ist. Und jetzt willst du also dort Weinreben anbauen?"

Emil nickte.

„Und wie willst du die Jahre bis zur ersten Ernte überstehen?", erkundigte sich Mister Bloomingdale gutmütig lächelnd.

„Ich dachte, ich könnte Tierfelle verkaufen", sagte Emil zaghaft.

„Verstehst du dich aufs Jagen?“

Emil wusste nicht, was er antworten sollte und schaute beschämt zur Seite.

„Na, wie dem auch sei. Du brauchst ein paar Werkzeuge und ein Gewehr, denn ohne eine Waffe solltest du nicht alleine da draußen rumlaufen. Es gibt dort nicht nur wilde Tiere, sondern auch allerlei Gesindel. Und wenn die merken, dass du keine Waffe hast, werden sie schnell kurzen Prozess mit dir machen. Wenn du willst, werde ich dir einen kleinen Kredit gewähren. Sobald du die ersten Felle erbeutet hast, zahlst du mir das Geld zurück, einverstanden?“

„Ja, natürlich. Vielen Dank, Mister Bloomingdale.“

„Bedank dich bei meiner Tochter. Für die Tochter eines Händlers hat sie ungewöhnlich viel Herz“, antwortete er und zwinkerte dem Mädchen liebevoll zu.

Als Emil später mit einem Gewehr und Werkzeugen das Lager von Bloomingdale verließ, sah er das Mädchen immer noch bei der Gartenarbeit.

„Ich wollte mich noch für Ihre Hilfe bedanken. Ich weiß gar nicht, was ich gemacht hätte, wenn ich Sie nicht getroffen hätte“, gab Emil offenherzig zu.

„Schon gut. Was haben Sie jetzt vor?“

„Ich werde mit dem Roden des Tals beginnen“, antwortete Emil ernst.

„Na, da haben Sie sich ja einiges vorgenommen. Vielleicht sehen wir uns ja noch einmal, bevor Sie ihren ersten Wein ernten.“

Emil sah in ihre wunderschönen Augen, und er spürte, wie sich seine Wangen röteten. „Ja, das möchte ich auch, sehr gerne sogar.“

Emil wollte schon gehen, als er sich noch einmal umdrehte. „Wie heißen Sie eigentlich?“

„Louise“, antwortete sie.

Emil lächelte sie an. „Louise ist ein schöner Name für einen Engel.“

Dieses Mal war es Louise, die errötete. „Und wie heißen Sie?“

„Ich heiße Emil. Emil Jordan.“

„Bis bald, Mister Jordan, und passen Sie auf sich auf.“

Als Emil die Stadt verließ, war er ganz durcheinander. Vor noch nicht einmal zwei Stunden hatte er ein Stück Land erworben, und dann eine Frau getroffen, die nicht nur wunderschön war, sondern auch noch Josefine wie ein Abbild glich.

Aber anstatt sich zu freuen, fühlte er sich plötzlich einsam. All die schmerzlichen Erinnerungen kamen zurück, die er nach seiner Abfahrt aus New York hatte hinter sich lassen wollen und die ihn in den langen Nächten so sehr quälten. Er stellte sich Josefine vor, wie sie in den Armen ihres Mannes lag und ihr Kind friedlich an ihrem Busen nährte. Tränen liefen über Emils Wangen, und der Weg verschwamm vor seinen Augen. Die Frau, die er so sehr liebte, war nun die Gemahlin eines anderen. Für wen tat er das alles, wenn nicht für Josefine?

Dann tauchte auf einmal Louise in seinem Kopf auf. Ihre kecke Art hatte ihn verwirrt. Sie war so ganz anders als die Mädchen, denen er bisher begegnet war. Er dachte an das Lächeln auf ihren Lippen und ertappte sich dabei, wie er sich vorstellte, sie zu küssen.

Als er am Mittag im Walholla Valley ankam und das endlose Tal vor sich sah, fühlte er sich auf einmal ganz klein. Was hätte ihm sein Vater wohl in dieser Situation geraten? Wahrscheinlich hätte er ihn für verrückt erklärt. Allein das Roden des Tals würde mehrere Jahre dauern.

Dann dachte er an Samuel. Konnte der ihm eine Hilfe sein? Emil spürte die Verantwortung, die auf ihm lastete. Was würde aus ihm, wenn es ihm am Ende nicht gelänge, das Tal zu roden und die Weinberge anzulegen? Er hatte so viele Fragen, aber was half das?

Zum ersten Mal in seinem Leben hatte er Angst vor dem, was kommen würde.

5. Max

Emil Jordan sprang mit der Peitsche in der Hand vom Pferd und lief wütend auf den Arbeiter zu.

„Verdammt! Du sollst den Trieb nicht so kurz schneiden", schrie er, sodass sich seine Stimme fast überschlug. Der Arbeiter klammerte sich erschrocken am Rebstock fest und schien jeden Moment damit zu rechnen, von seinem Herrn geschlagen zu werden. Emil stand vor ihm, und seine Lippen zitterten vor Wut. Er nahm einen Trieb in die Hand und trennte ihn mit flinkem Schnitt durch. Dann reichte er dem Arbeiter die Rebschere.

„So geht das, verstehst du?"

Der Mann nahm den Trieb ungelenk in die Hände und hätte ihn beim Schneiden fast abgebrochen.

„Oh Gott, das kann doch nicht wahr sein! Samuel!?"

Emil schrie den Namen seines Vorarbeiters, als er ihn auch schon zwischen den Reben entdeckte. „Samuel! Was machen die Leute hier? Warum hast du ihnen nicht beigebracht, wie sie die Reben schneiden müssen?"

Samuel senkte seinen Blick und sprach zögerlich. „Herr, die Männer können Reben schneiden. Sie sind einfach nur erschöpft. Sie arbeiten seit Wochen von früh morgens bis spät in die Nacht."

„Erschöpft? Was soll ich da sagen! Beklage ich mich? Arbeite ich nicht auch von morgens bis abends?"

„Doch, Herr. Natürlich. Ich fürchte nur, dass wir zu wenige Arbeiter haben, um die vielen Weinberge zu schneiden."

„Samuel! Du weißt, dass ich das nicht akzeptiere. Wenn die Männer weiter in diesem Schneckentempo schneiden, werden wir die Reben bis zum nächsten Jahr noch nicht geschnitten haben."

Dann wurde Emil ruhiger und schaute eindringlich seinen Vorarbeiter an. „Unsere Arbeiter müssen verstehen, dass wir im Herbst die erste Ernte im Walholla Valley einfahren!"

Er ließ seinen Blick über die endlosen Weinberge schweifen, die sich bis zum Pazifik zu erstrecken schienen. Fünf Jahre waren vergangen, seit er das Land gekauft hatte. Fünf Jahre voller Entbehrungen lagen hinter ihm, und in dieser Zeit war aus dem unbedarften Jungen ein Mann geworden.

Seine langen, blonden Locken waren kurz geschoren, und zum Schutz gegen die Sonne trug er einen schwarzen Hut wie die Cowboys. Die Anstrengungen hatten an Emil gezehrt, und sein

Körper war noch asketischer geworden. Unter der dünnen, sonnengebräunten Haut spannten sich sehnige Muskeln.

Ohne Samuel hätte er vielleicht schon längst aufgegeben. Mit stoischer Ruhe hatte sein Vorarbeiter Tag und Nacht geschuftet, und wenn Emil morgens mit müden Knochen ins Feld zurückging, wartete Samuel meist schon auf ihn. Sie hatten Bäume gefällt und die Baumstümpfe angezündet, sodass viele Wochen lang das ganze Tal mit Rauchschwaden verhangen war.

Über ein Dutzend Männer arbeiteten mittlerweile im Walholla Valley für ihn. Ihre Köpfe wirkten wie kleine Punkte in einem riesigen Rebenmeer. Emil hatte beim Anlegen der Weinberge sorgsam darauf geachtet, dass er Sorten anpflanzte, die am besten zu den Böden passten. Die kieselreichen Hügel im Westen und Osten des Tals hatte er in jeweils vier große Weinberge aufgeteilt. Hier hatte er Riesling und den Gewürztraminer pflanzen lassen. Im Tal, zu beiden Seiten des Walholla Creeks, waren es noch einmal jeweils fünf Weinberge. Dort war der Boden lehmig und fest und bestens für den Anbau von Rotweinen geeignet. Insgesamt verfügte das Walholla Valley also über achtzehn Weinberge, und zwischen den Reihen war so viel Abstand, dass man mit Pferdewagen hindurchfahren konnte.

All das hatte viel Geld gekostet. Geld, das Emil durch den Verkauf von Pelzen einnahm. Er hatte noch nie zuvor mit einem Gewehr auf ein Tier geschossen, und die ersten Schüsse verfehlten weit ihr Ziel. Doch nach einigen Versuchen hatte er tatsächlich seinen ersten Hirsch erlegt. Seitdem war er viel besser geworden, und seine Nase war ihm auch bei der Jagd eine große Hilfe, denn er roch den Schweiß der Tiere, schon lange bevor sie ihn erspäht hatten.

Je mehr Arbeiter auf dem Weingut arbeiteten, desto häufiger musste Emil auf die Jagd gehen, und ihm war nicht entgangen, dass das Wild mittlerweile das Walholla Valley mied. Immer weitere Strecken musste er zurücklegen, um neues aufzustöbern. Und irgendwann einmal hatte er ausgerechnet, dass seine Ersparnisse und die Erlöse aus dem Verkauf der Felle nur noch bis zum Jahresende reichen würden.

Samuel stand noch immer unschlüssig neben ihm. „Wisst Ihr schon, wie Ihr die Kelter bauen wollt?“, fragte der Vorarbeiter mit leiser Stimme.

Emil schüttelte ratlos den Kopf. Er hatte zwar einen großen Lagerschuppen fertiggestellt, denn die ursprüngliche Hütte hatte sich schnell als zu klein erwiesen und diente ihm nun als Wohnhaus. Und das Weingut verfügte auch über ein Kelterhaus, in dem die Fässer lagerten, die er vor einiger Zeit für wenig Geld von einem Holzhändler erworben hatte. Was ihm aber immer noch fehlte, war eine Kelter, um den Most zu pressen, und ein Weinkeller, in dem er den Wein bis zum Verkauf lagern konnte.

„Ich habe noch nicht einmal einen Plan, wie die Kelter aussehen soll“, erwiderte Emil kleinlaut. Geschweige denn habe ich einen Mann, der mir die Kelteranlage baut, dachte er insgeheim. Sie hatten Mai. Wenn sie wirklich noch in diesem Jahr den ersten Jahrgang ernten wollten, musste die Kelteranlage im Herbst stehen. Hatte er sich nicht doch zu viel vorgenommen? Sollte er am Ende scheitern wie manch andere Siedler vor ihm auch, die nach wenigen Jahren ihren Grund aufgeben mussten, weil sie nicht mehr genug Geld hatten aufbringen können, um weiterzumachen?

„Und was ist, wenn Ihr die Weinlese noch einmal um ein Jahr verschiebt? Das täte auch den Weinreben …“

Emil packte Samuel energisch an den Schultern. „Wir müssen dieses Jahr ernten, ob wir wollen oder nicht. Ohne das Geld aus dem Verkauf der Weinernte kann ich die Arbeiter nicht mehr bezahlen, und du weißt, was das bedeutet.“

Als Emil wenig später wieder in seiner Hütte war, fand er eine Nachricht vor. Sie war von Mister Bloomingdale. Er schrieb, dass ein Betrunkener in der Stadt herumlungern würde, der behauptete, Emil zu kennen. Vergeblich habe er versucht, dem Fremden seinen Namen zu entlocken. Emil rätselte eine Weile herum, wer der Unbekannte sein könnte, doch dann sah er ein, dass ihm wohl nichts anderes übrig bleiben würde, als sich selbst auf den Weg in die Stadt zu machen.

Emil kam die Nachricht nicht ungelegen. Denn ein Ritt nach San Francisco bedeutete auch, dass er Louise wiedersehen würde.

Seit ihrer ersten Begegnung im Lagerhaus ihres Vaters besuchte er sie regelmäßig. Es war die einzige Zerstreuung, die er sich gönnte, und er spürte, wie sehr er sich nach ihr sehnte, wenn er sie längere Zeit nicht gesehen hatte.

Emil konnte sich noch gut an ihr erstes Treffen erinnern, als er mit Herzklopfen vor der Tür ihres Hauses stand. Sie waren damals zusammen am Ufer der Bay spazieren gegangen und hatten die Boote beobachtet, die nach San Francisco hinauffuhren, um ihre Ladungen im Hafen zu löschen. Es tat ihm gut, Louise sein Herz ausschütten zu können.

Emil erzählte ihr von der Überfahrt und von seiner Zeit in New York. Als Louise wissen wollte, warum er die Pfalz verlassen hatte, hatte er ihr seinen großen Traum gestanden. Zuerst erzählte er ihr von seinem Vater und dann vom Kometenwein, und dass er als Kind immer von einem eigenen Weingut geträumt hatte. Was er aber verschwieg, war Josefine.

Obwohl Emil alles getan hatte, um sie aus seinen Gedanken zu verbannen, tauchte sie doch immer wieder in seinem Kopf auf. Wenn Louise ihn manchmal mit ihren tiefen, braunen Augen anschaute, musste er sich immer wieder in Erinnerung rufen, dass es sie war, die da neben ihm saß, und nicht Josefine.

Um die Mittagszeit hatte Emil San Francisco erreicht. Als er wenig später Louise bei den Treibhäusern von Bloomingdale entdeckte, war die Anspannung der vergangenen Tage wie verflogen. Allein ihr Anblick reichte aus, um seine Laune zu bessern. Sie trug Hosen aus einem dunkelblauen Baumwollstoff und eine karierte Bluse. Ihr Haar hatte sie zu zwei frechen Zöpfen gebunden. Er beobachtete sie schon eine ganze Weile, als sie sich plötzlich umdrehte.

„Na, mein einsamer Winzer, haben Sie genug von Ihren Reben? Zum Glück gibt es noch keine Rebstöcke, die sprechen können, sonst bräuchten Sie Ihr Tal gar nicht mehr zu verlassen", fügte sie hinzu und versuchte böse zu schauen.

„Aber selbst wenn Sie sprechen könnten, würde ich immer noch Ihre schönen Augen vermissen."

Louise wandte sich schmollend ab. „Sie sollten so etwas nicht sagen, Mister Jordan, wenn Sie es nicht meinen."

„Aber ich meine es genau so, wie ich es eben gesagt habe", erwiderte Emil ernst.

Louise schaute ihn mit ihren schönen braunen Augen an, und er wusste wieder, was ihn an ihr so faszinierte. Er hatte noch nie einen Menschen erlebt, der so frohgemut und liebreizend war wie sie, und er konnte sich gar nicht vorstellen, dass sie richtig böse sein konnte.

„Sind Sie hier wegen der Setzlinge, oder wollen wir heute Nachmittag etwas unternehmen?"

Emil zögerte. Der Unterton in Louises Stimme war nicht zu überhören.

„Ihr Vater hat mir ausrichten lassen, dass ein Mann nach mir sucht. Er hat behauptet, er würde mich kennen." Dann zögerte er. „Und außerdem wollte ich mich mal wieder nach einem Küfer umschauen."

„Also doch der Wein. Sie sind wirklich unverbesserlich. Wollen wir noch zur Bay gehen, oder haben Sie auch dafür keine Zeit mehr?"

„Doch, natürlich."

„Soll das heißen, Sie sind auch meinetwegen gekommen?"

Louise drehte ihren Kopf kokett zur Seite.

„Natürlich bin ich Ihretwegen gekommen. Das wissen Sie doch."

„So? Weiß ich das?"

Weniger später lagen die beiden auf einer Decke am Ufer der Bay, und neben ihnen stand ein Picknickkorb, den Louise mit allerlei Leckereien gefüllt hatte. Es wehte ein kräftiger Wind, und ein paar kleinere Boote fuhren dem Hafen von San Francisco entgegen.

„Mein Vater hat mit Ihnen gesprochen, stimmt's?"

Emil schaute auf die Bay hinaus und tat so, als hätte er die Frage nicht gehört. Er hatte Mister Bloomingdale versprechen müssen, über das Gespräch zu schweigen. Es war bei seinem letzten Besuch gewesen, als ihn der Händler darauf angesprochen hatte, wie es denn nun weiterginge mit ihm und seiner Tochter. Er hatte ihn gefragt, warum er Louise nicht heiraten wolle. Emil hatte ausweichend geantwortet und war froh gewesen, als Louise plötzlich erschien und das Gespräch ebenso abrupt beendet war, wie es begonnen hatte.

Seitdem hatte sich sein Verhältnis zu Louise verändert. Wenn er mit ihr zusammen war, fühlte er sich beobachtet, und er vermied es, ihren Vater zu sehen. Es stimmte ihn nachdenklich, warum er nicht selbst auf den Gedanken gekommen war, Louise zu heiraten. Sie war nicht nur eine wunderschöne Frau, sie gab ihm auch in all den Jahren den Halt, den er brauchte, um abgeschottet im Walholla Valley zu arbeiten. Er konnte sich ihr anvertrauen, und sie hörte ihm geduldig zu, wenn er sein Innerstes preisgab. Und doch blieb eine Tür zu seinem Herzen verschlossen, und hinter dieser Tür stand Josefine.

Emil hatte alles versucht, sie zu vergessen, aber es war ein sinnloser Kampf. Sobald seine Gedanken frei waren, tauchte sie wieder in seinem Kopf auf, und irgendwann hatte er sich damit abgefunden, dass er Josefine vielleicht niemals würde vergessen können.

„Sie dürfen meinem Vater nicht böse sein, er hat es nur gut gemeint“, antwortete Louise, als hätte sie seine Gedanken erraten.

„Hat er es Ihnen erzählt?“, fragte Emil vorsichtig.

„Nein, ich hab es mir gedacht, und irgendwann hat er es zugegeben. Ich war sehr böse auf ihn, und wir haben seit langem mal wieder Streit gehabt.“

„Warum waren Sie böse? Als Ihr Vater hat er das Recht, mich darauf anzusprechen.“

„Das ist richtig. Aber er hätte mich erst fragen sollen, ob ich Sie überhaupt heiraten will.“

Emil runzelte die Stirn. „Und was hätten Sie ihm geantwortet?“

Louises Antwort kam prompt. „Dass ich Sie nicht heiraten will.“

Emil schaute sie verdutzt an. „Nicht heiraten?“, fragte er verunsichert.

„Genau", bekräftigte sie ungerührt. „Wenn Sie nicht alleine darauf kommen, dass wir zusammengehören, dann möchte ich auch nicht Ihre Frau werden."

Es entstand eine Pause. Je länger Emil darüber nachdachte, was Louise da gesagt hatte, desto peinlicher wurde es ihm. Natürlich hätte er selbst darauf kommen können, Mister Bloomingdale um ihre Hand zu bitten, aber wie hätte er ihr erklären können, dass er wegen einer Frau die Pfalz verlassen hatte und dass es ebendiese Frau war, die ihm einfach nicht aus dem Kopf ging?

„Es tut mir leid", unterbrach Emil mit kraftloser Stimme das Schweigen. Schon als er den Satz gesprochen hatte, wusste er, wie dumm er war.

„Es braucht Ihnen nicht leidtun", antwortete Louise ungerührt. „Wenn, dann muss ich mich darüber ärgern, dass mein Vater hinter meinem Rücken mit Ihnen gesprochen hat."

Emil schaute betroffen auf die Bay. „Ist das der einzige Grund, weshalb Sie mich nicht heiraten wollen?"

„Nein", antwortete Louise ohne zu zögern.

„Nein?" Emil spürte, wie sein Mund trocken wurde.

„Ich mag keinen Mann heiraten, der eine andere Frau im Kopf hat", erklärte sie mit fester Stimme.

Emil starrte Louise überrascht an. Ohne ihn weiter zu beachten, nahm sie ihr Sandwich und legte es in den kleinen Picknickkorb zurück. Dann faltete sie die Tischdecke zusammen und stand auf.

„So. Und jetzt möchte ich gehen. Es ist schon spät, und mein Vater sorgt sich womöglich um mich."

Nachdem Emil Louise nach Hause gebracht hatte und nachdenklich die Main Street hinunterging, hallten ihre Worte immer noch durch seinen Kopf. Es hatte wie ein Abschied geklungen, und er spürte, dass es ihn sehr schmerzen würde, wenn er Louise verlieren sollte. Am meisten überraschte ihn aber, wie sie herausgefunden hatte, dass eine andere Frau zwischen ihnen stand. Er hatte mit ihr noch nie über Josefine gesprochen, und doch hatte sie so sicher geklungen, dass er keinen Widerspruch gewagt hatte. Was hätte er auch sagen sollen? Jedes Leugnen wäre eine Lüge gewesen.

Mister Bloomingdale hatte Emil erzählt, dass der Fremde, der ihn zu kennen vorgab, meist unten am Hafen herumlungere. Und so führte Emil sein Weg zum Saloon, wo früher oder später alle Gestrandeten landeten. Er brauchte nicht lange zu suchen. Unmittelbar neben dem Saloon lag eine Gestalt am Straßenrand und schlief. Der Mann musste dort schon längere Zeit gelegen haben, denn sein langer Mantel war über und über mit dem Kot der umherstreunenden Hunden bedeckt. Als Emil näher kam, konnte er erst gar nicht erkennen, wo der Kopf und wo die Füße des Mannes waren. Was er aber sofort wahrnahm, war der unglaubliche Gestank, der von dem Mann ausging.

Emil hielt sich den Mantelkragen vor die Nase und rollte das Bündel mit dem Stiefel zur Seite. Dann ging er ein paar Schritte zurück und holte zuerst tief Luft, bevor er sich zu dem Mann hinabbeugte und den Mantel von dessen Gesicht zog.

Nachdenklich betrachtete Emil das schmutzverkrustete Gesicht des Schlafenden. Dann bückte er sich und schälte mehrere Lagen von Lumpen zur Seite, bis der Bauch des Mannes freilag. Die Haut war mit Schwären und Schmutz bedeckt, doch dann entdeckte Emil sie: die lange Narbe an der Seite, die mit vielen Stichen genäht worden war und nur von einem Messer stammen konnte.

Der Mann hatte nicht gelogen. Emil kannte ihn. Es war Max.

6. Die Ernte

„Du bist noch immer der Alte“, schmunzelte Max und lehnte seinen Kopf an die Wand der kleinen Holzhütte, die Emil als Schlafstätte und zum Lagern von allerlei Gerätschaften diente. Die beiden Freunde saßen auf einer Holzbank und genossen die letzten Strahlen der untergehenden Sonne. Max setzte die Flasche an die

Lippen und verzog angewidert das Gesicht, als der Whiskey seine Kehle hinunterlief.

„Ich meine mit deinem Wein und so“, fügte er nach einer Weile hinzu. „Wenn du dir etwas in den Kopf gesetzt hast, dann ziehst du das auch durch.“

„Bist du denn anders?“

Max grinste breit. „Nein, wahrscheinlich nicht. Ich habe mir in den Kopf gesetzt, das Leben zu genießen, und das scheint mir wohl so gut gelungen zu sein, dass meine Uhr bald abgelaufen ist.“

„Du solltest nicht so reden“, ermahnte Emil ihn. Max glich zwar nach einer Woche im Walholla Valley wieder einem Menschen, doch die Kleider schlotterten noch immer an seinem ausgemergelten Körper, als würde ein Geist darin stecken. Häufig griff er sich mit schmerzverzerrtem Gesicht an die Seite.

Max' Pechsträhne hatte begonnen, als Emil New York verlassen hatte. In einer einzigen Nacht hatte er sich beim Poker so hoch verschuldet, dass er fortan nur noch dafür spielte, seine Schulden abzutragen. Dann kam der Alkohol. Erst trank er nur in der Nacht, um sich Mut beim Spielen zu machen, aber als er immer häufiger verlor, trank er auch tagsüber.

Irgendwann war er zum Hafen gegangen und hatte sich ins Wasser stürzen wollen, doch dann war er vor seinen Gläubigern geflohen und hatte sich bis nach San Francisco durchgeschlagen.

„Du kannst stolz auf dich sein“, meinte Max anerkennend und klopfte Emil auf die Schulter „Schon bewundernswert, wie du das alles hinbekommen hast in diesen wenigen Jahren.“

Emil schaute ins Tal hinab. Tausende von Weinreben glitzerten in der Morgensonne. Doch rechte Freude wollte bei ihm nicht aufkommen. Noch drei Monate, dann würden große runde Beeren an den Reben hängen und darauf warten, geerntet zu werden. Aber wie sollte er das bewerkstelligen? Ohne eine Kelter und einen Weinkeller war die Ernte zwecklos.

„Vielleicht ist alles schneller vorbei, als mancher denkt“, murmelte Emil leise und rutschte nervös auf der Bank hin und her.

„Hast du eigentlich die letzten Jahre noch irgendetwas anderes gemacht, außer Land umzubuddeln?“

„Du meinst, das Leben so genossen wie du?“, erwiderte Emil verärgert. Doch dann wurde seine Stimme wieder weicher. „Entschuldige, so war das nicht gemeint.“

„Schon gut, vielleicht gäben wir beide ja ein gutes Paar ab, ich meine, du mit deiner Arbeit und ich mit meinem Leben.“

Emil hing seinen Gedanken nach, bis Max schließlich das Schweigen brach. „Und Frauen? Ich meine, warst du die ganze Zeit ohne Frauen?“, platzte er heraus.

Emil zögerte mit einer Antwort.

„Komm schon, erzähl“, hakte Max nach. Emil überlegte, ob er von Louise berichten sollte, aber dann tat er es doch nicht. Vielleicht hatte sie sich ja schon einen anderen gesucht. Emil schüttelte schließlich den Kopf, worauf Max die Flasche erneut an die Lippen setzte und einen tiefen Schluck nahm, als wollte er die Enttäuschung über Emils Antwort gleich mit hinunterspülen.

„Du solltest nicht so viel trinken“, riet ihm Emil besorgt.

„Ist eh schon zu spät“, winkte Max ab. „So, und jetzt zeig mir mal das Kelterhaus. Vielleicht kann ja ein heruntergekommener Pokerspieler doch noch was Gutes tun, bevor er zu den Göttern gerufen wird.“

Emil hatte seinen Freund bisher nur als Lebemann kennengelernt und war nicht wenig erstaunt, dass er sein Interesse am Küferhandwerk offenbar nicht verloren hatte. Wenig später standen sie im Kelterhaus, und Emil erklärte Max, wie er sich die Kelter vorstellte.

Max blickte Emil skeptisch an. „Das Kelterhaus ist zu klein für eine Spindel, die genug Druck ausüben soll, um diese großen Mengen Wein zu keltern.“

Dann fielen Max die große 500-Liter Fässer an der Wand des Kelterhauses auf.

„Wo sollen die Fässer aufgestellt werden?“, fragte Max erstaunt. „Ich habe bis jetzt noch keinen Weinkeller entdeckt.“

„Einen Keller gibt es ja auch noch nicht“, sagte Emil zaghaft. „Ich dachte, ich hätte mehr Zeit bis zur ersten Ernte.“

„Na, dann hast du dir ja für die nächsten Monate noch was vorgenommen.“

Emil verzog sein Gesicht zu einem gequälten Lächeln. Wie recht Max doch hatte! War es nicht albern, auf die Ernte im Herbst hinzuarbeiten? Aber was blieb ihm denn anderes übrig? Entweder sie würden im Herbst ernten und den ersten Wein verkaufen, oder aber er könnte seine Arbeiter nicht mehr bezahlen. Und ohne Arbeiter würde es im nächsten Jahr keine Ernte geben.

Am Abend saßen die beiden Freunde am Lagerfeuer. Max sah im Schein des Feuers aus, als wäre er ein Gespenst. Schatten lagen auf seinem Gesicht, und er stierte schweigsam vor sich hin. Emil glaubte schon, er wäre eingeschlafen, als Max unvermittelt sagte: „Wichtiger als die Kelter ist der Weinkeller. Zur Not können die Arbeiter die Reben auch in der Bütte mit Füßen austreten, aber sobald die Maische in der Sonne liegt, ist die Ernte verloren."

„Was schlägst du vor?"

„Wenn ich das nur wüsste! Aber irgendetwas muss uns einfallen, sonst wird das nichts mit deiner Ernte."

Max stand langsam auf. „Ich muss ins Bett. Mir ist in letzter Zeit immer so kalt."

Er schlurfte zur Hütte, in der ihm Emil eine Schlafstätte eingerichtet hatte. In den Nächten konnte Emil hören, wie schlecht es um Max stand. Dieser wälzte sich die ganze Nacht im Bett und stöhnte vor Schmerzen. Erst am Morgen kam er zur Ruhe und schlief ein.

Emil saß immer noch am Feuer, und ihm ging das Gespräch mit Max durch den Kopf. Ohne einen Weinkeller konnte er unmöglich die Ernte lagern. Doch wie sollten sie innerhalb von so kurzer Zeit einen Keller bauen?

Es war früh am Morgen, als Emil unsanft geweckt wurde.

„Emil, wach auf. Ich hab's."

Emil war noch viel zu müde, um seine Augen zu öffnen. „Was hast du?", fragte er schlaftrunken.

„Ich hab die Lösung für deinen Weinkeller."

Emil stützte sich auf seine Ellenbogen und konnte nur mühsam die Augen öffnen.

„Wir sprengen einen Schacht in den Felsen."

Emil schaute Max entgeistert an. Dann drehte er sich wieder zur anderen Seite und brummte: „Lass mich schlafen. Du hast zu viel getrunken."

„Emil, das ist kein Scherz."

Nun richtete sich Emil doch auf. „Was willst du? Einen Schacht in den Felsen sprengen?"

„Genau."

„Und warum, um Gottes Willen, willst du das tun?"

„Um den Wein zu lagern. Es gibt keine besseren Lagerbedingungen für einen Wein, als einen kühlen Felsen. Ich kann mich an einen Winzer aus Bad Dürkheim erinnern, der hatte einen langen Stollen in den Berg gesprengt. Der sagte mir, er würde nie wieder mit einem Kellergewölbe tauschen wollen. Der Fels sei beständig kühl, im Sommer wie im Winter. Die besten Lagerbedingungen für einen Wein!"

Emil blickte Max noch immer an, als hätte er es mit einem Verrückten zu tun. „Und woher bekommen wir den Sprengstoff?"

„Den kaufen wir billig in der Stadt. Die Goldsucher verwenden doch alle Sprengstoff."

„Hast du denn schon einmal mit Sprengstoff gearbeitet?"

„Nein. Aber ich wollte schon immer mal einen Berg in die Luft sprengen."

Ein paar Tage später erschütterte eine gewaltige Detonation das Tal. Sie war so heftig, dass es das Dach des Kelterhauses anhob und auf die Seite warf. Als der Staub verflogen war und Emil das Dach auf dem Boden liegen sah, war er außer sich vor Wut. Er tobte und schrie, nur Max stand seelenruhig daneben, und zum ersten Mal, seit er im Walholla Valley war, lachte er aus vollem Herzen. Die Sprengungen dauerten noch eine ganze Woche, dann stießen die Männer auf eine Höhle, die mit Wasser gefüllt war. Emil war zufrieden. Der Stollen war groß genug, um die Fässer zu lagern.

Doch je mehr Zeit ins Land ging, desto unruhiger wurde er. Zwar saß Max den ganzen Tag über den Plänen, aber mit dem Bau der Kelter waren sie noch kein Stück vorangekommen. Und noch etwas bereitete Emil Sorgen: Der Lohn für die Arbeiter hatte seine gesamten Ersparnisse aufgefressen. Er war in den letzten Monaten häufiger als sonst auf Jagd gegangen, aber er musste immer mehr Tiere erlegen, um die Arbeiter ausbezahlen zu können. Woher sollte er jetzt auch noch das Geld für die Kelter nehmen?

Emil machte sich schließlich auf den Weg nach San Francisco. Als Erstes ging er zur Bank, um dort um ein Darlehen zu bitten, doch als der Angestellte hörte, dass Emil noch nie zuvor einen Wein im Walholla Valley geerntet hatte, winkte er ab und würdigte Emil nicht einmal mehr eines Blickes. Niedergeschlagen ging Emil in den Saloon am Hafen und bestellte sich, ganz entgegen seiner Gewohnheit, einen Whiskey.

„Sie sehen nicht sehr glücklich aus, Mister", stellte der Barkeeper fest.

„Bin ich auch nicht", antwortete Emil gequält und kippte den Whiskey in einem Zug hinunter.

„Es gibt nur drei Gründe, weshalb ein Mann unglücklich sein kann: seine jetzige Frau, die neue Frau oder Geld. Was ist es bei Ihnen?"

Emil seufzte und erzählte, dass er dringend Geld brauche für die Kelter. Der Barkeeper hörte ihm aufmerksam zu und gab ihm schließlich einen Rat: „Ich kenne nur einen, der Ihnen helfen kann: Mister Stone. Er ist der reichste Mann in San Francisco und macht Geschäft aller Art. Wenn es einen gibt, der Ihnen einen Kredit gibt, dann ist er es. Aber passen Sie auf, er ist ein gerissener Hund, und was Geld anbelangt, macht ihm keiner was vor. Sie finden ihn um diese Zeit garantiert in seinem Büro in der Main Street, etwa auf halbem Weg zu Harringtons Schmiede."

Nur ein paar Minuten später stand Emil vor dem Gebäude, das sich von außen in nichts von den anderen zweistöckigen Holzhäusern der Main Street unterschied. „Mr. Emmett L. Stone – Trader" stand auf einem großen Schild über der Tür. Emil hatte gerade erst zaghaft angeklopft, als auch schon ein bestimmtes „Herein!" ertönte.

Emil betrat das Büro und staunte. So gewöhnlich das Haus auch von außen aussah, so ungewöhnlich war es eingerichtet. Hinter der schlichten Fassade verbarg sich ein Büro, wie es Emil so ähnlich bislang nur bei Mister Jenkins und dessen reichen New

Yorker Kunden gesehen hatte: Der Boden war mit dickem Teppich ausgelegt, an den Wänden hingen Gemälde in üppigen Goldrahmen und an der Decke ein Lüster aus Kristall. In der Mitte des beeindruckenden Raumes stand ein schwerer Mahagoni-Schreibtisch, hinter dem Mister Stone in einem breiten Ledersessel thronte und eine dicke Zigarre rauchte.

Emil fühlte sich in seinem schlichten blau-weiß gestreiften Winzeranzug in dieser Umgebung sichtlich unwohl, doch Mister Stone stand auf, reichte ihm freundlich die Hand und wies auf einen Stuhl vor seinem Schreibtisch. „Setzen Sie sich doch, Mister …?“

„Jordan. Emil Jordan“, antwortete Emil beklommen und nahm auf dem Stuhl Platz, während ihm Mister Stone mit einer einladenden Geste ein Holzkistchen mit feinsten Zigarren entgegenstreckte.

„Kommen Sie, junger Mann, greifen Sie zu“, sagte er jovial. „Zwei Dollar das Stück. Dafür muss ein Tagelöhner eine ganze Woche arbeiten.“

„Vielen Dank für das Angebot, aber ich rauche nicht“, antwortete Emil seltsam angespannt. Mister Stone nickte, setzte sich in seinen Sessel und zog einige Male in sich gekehrt an seiner Zigarre.

„Wissen Sie, es gibt Menschen, die rauchen, nicht weil es ihnen schmeckt, sondern weil sie glauben, die Zigarre sei ein Attribut der Macht“, sagte er. „Es ehrt Sie, dass Sie nicht zu diesen Menschen gehören. Aber erzählen Sie, was haben Sie auf dem Herzen, Mister Jordan?“

Emil berichtete Mister Stone vom Walholla Valley und wie alles begonnen hatte, dann kam er schließlich auf seine finanziellen Nöte zu sprechen. Mister Stone nickte immer wieder verständnisvoll und legte schließlich die Zigarre beiseite.

„Selbst wenn ich Ihnen einen Kredit gebe, was können Sie mir als Sicherheit bieten, Mister Jordan?“, fragte er und blickte Emil durchdringend an.

„Na ja, ich habe nur mein Land und die Weinberge. Darauf stehen ein Kelterhaus, ein Lagerschuppen und die Hütte, in der ich wohne. Ich könnte Ihnen die Ernte als Sicherheit anbieten", schlug Emil vor.

„Aber wenn ich Sie recht verstanden habe, dann ist das der erste Jahrgang, den sie ernten. Wer sagt mir, dass daraus Wein wird und kein Essig?"

„Ich habe die besten Reben gesetzt, die es in Amerika gibt. Ich werde daraus einen Wein keltern, wie ihn noch niemand auf dem Neuen Kontinent gesehen hat. Das verspreche ich Ihnen."

Mister Stone paffte sichtlich amüsiert an seiner Zigarre und musterte Emil so eindringlich, dass es diesem bereits unangenehm wurde.

„Gut, Sie bekommen das Geld zum Bau der Kelter", antwortete er schließlich. „Und wenn Sie geerntet haben, gehen die ersten Einnahmen an mich, bis Sie die doppelte Höhe des Kredits zurückgezahlt haben."

Emil war erleichtert. Er wollte schon antworten, aber Mister Stone hob die Hand. „Moment, ich bin noch nicht fertig. Außerdem bekomme ich auf alle Ihre Weine 25 Prozent Nachlass – lebenslang."

„Einverstanden", erwiderte Emil erfreut und wollte bereits aufspringen.

„Langsam, junger Mann! Ich bin immer noch nicht fertig. Wenn die Ernte schlecht ausfällt und ich mein Geld nicht pünktlich zurückbekomme, dann bekomme ich das Land mitsamt den Weinbergen und allem, was sich sonst noch darauf befindet, von Ihnen übertragen."

Emil schluckte. Die Vorstellung, dass er sein Weingut verlieren könnte, machte ihm Angst. Aber er hatte keine andere Wahl, er musste im Herbst die Trauben ernten, und ohne eine Kelter würde er den Wein nicht verarbeiten können. Dann wäre alles umsonst gewesen. Er überlegte sich, ob er noch einmal mit Louise und Mister Bloomingdale über das Angebot von Mister Stone sprechen sollte, aber dann verwarf er diesen Gedanken. Die Zeit drängte, und je früher er mit dem Bau der Kelter anfangen konnte, desto besser.

Mister Stone reichte Emil die Hand. „Kommen Sie morgen um die gleiche Zeit wieder, dann machen wir den Vertrag und

Sie kriegen Ihr Geld. Und das nächste Mal, wenn wir uns sehen, werden wir eine Flasche Wein aus Ihrem Weingut trinken", schloss er und verließ das Zimmer, ohne sich noch einmal nach Emil umzusehen.

Max hatte die Pläne mittlerweile zu Ende gezeichnet, und danach hatten die Männer eine Kelterwanne aus dem Stein gemeißelt, den sie aus dem Fels gesprengt hatten. Am aufwendigsten jedoch war der Bau des Kelterbaumes. Stabile Stützen waren notwendig, um das Gewicht des Baumes zu halten und den erforderlichen Druck auf die Kelterwanne zu bringen.

Nach Wochen des Experimentierens war der große Augenblick endlich gekommen. Die Männer setzten zwei massive Holzstangen in die Spindel und banden Pferde davor. Ächzend drehte sich die Spindel, und die Kelterplatte senkte sich Zentimeter für Zentimeter nach unten, bis sie satt auf der Wanne saß. Die Pferde zogen weiter, doch anstatt den Druck nach unten an die Kelterwanne weiterzugeben, hoben sich die seitlichen Stützen mitsamt dem Kelterbaum vom Boden ab, sodass beinahe der ganze Kelterbaum umgefallen wäre.

„Verdammt! Die Stützen sind zu leicht gebaut. Sie halten das Gewicht der Kelterplatte nicht aus", fluchte Emil und stampfte enttäuscht auf den Boden. Es blieben noch vier Wochen bis zur Weinlese, und die Kelteranlage war immer noch nicht fertig.

Doch Max blieb ganz ruhig. „Wir schaffen das, Emil, keine Angst. Ich habe dir doch versprochen, dass wir bis zur Ernte fertig sein werden. Vertrau mir, okay?"

„Vertrauen? Weißt du überhaupt, was für mich auf dem Spiel steht? Wenn wir in diesem Jahr nicht ernten, dann kann ich mein Weingut für immer vergessen. Aber dir kann das ja egal sein. Hauptsache, du hast dein Leben genossen. Nur im Gegensatz zu dir hab ich noch einiges vor, und deshalb kann ich das alles nicht so gelassen sehen wie du."

„Ach was?", schrie Max, und seine Stimme überschlug sich fast. „Wie kommst du denn darauf, dass nur du dich für das Weingut aufopferst? Siehst du nicht, wie hart deine Arbeiter schuften? Glaubst du, du bist alleine auf der Welt? Dir ist doch alles vollkommen egal,

Hauptsache, deine Reben wachsen und du kannst am Ende deine wertvollen Weine ernten. Und was ist mit den Menschen um dich herum? Die sind dir doch vollkommen gleichgültig!“

Emil fuhr herum und packte Max mit beiden Fäusten am Kragen. „Wie kannst du so etwas behaupten?“, zischte er wütend.

„Du kannst es wohl nicht ertragen, wenn man dir die Wahrheit sagt, was?“, antwortete Max seelenruhig. „Aber ich sag’s dir gerne noch mal: Du denkst nur an dich, lebst nur für deine Weine, und alles andere ist dir egal.“

Emil packte Max noch fester, sodass dieser mühsam Luft holen musste.

„Mir kannst du damit keine Angst machen. Ich sterbe eh bald. Ob ein bisschen früher oder später, ist egal. Aber du hast noch ein paar Jahre vor dir, mein Freund, und solltest dir überlegen, was dir wirklich wichtig ist.“

Zwei Tage später unternahmen sie den nächsten Kelterversuch. Max hatte dieses Mal die Stützen fest im Boden verankert und mit Steinen beschwert. Die Spindel ächzte, je größer der Druck auf die Kelterwanne wurde, doch jetzt hielt der Kelterbaum dem Gewicht stand. Zur Probe legten sie Früchte vom Beerbaum in die Kelter und machten einen weiteren Versuch. Der Fruchtsaft lief aus der Kelter in einen Bottich, und zurück blieben die zermalmten Schalen.

Emil war zufrieden. Die Kelter stand bereit, der Schacht im Berg war kühl und trocken, nun müssten sie nur noch die Fässer in den Schacht transportieren. Er ging hinter den Schuppen, wo die Fässer lagerten. Sie standen immer noch so, wie er sie zwei Jahre zuvor untergestellt hatte. Es waren große Gärfässer, und er hatte damals sein Glück kaum fassen können, als er sie bei der Poststation ausgelöst hatte.

Er ging zu einem der Fässer und öffnete das Spundloch. Er konnte nicht weit in das Fass hineinsehen, doch was er roch, genügte. Modrig schlug es ihm entgegen. Er streckte seinen Arm ins Fass und fuhr innen am Holz entlang. Als er seinen Arm zurückzog, wusste er, warum das Fass so roch. Seine Hand war voller Schimmel.

„Max! Max!"

Emil schrie verzweifelt nach seinem Freund. Was hatte der Schimmel nur zu bedeuten?

„Hier", sagte Emil, als Max keuchend neben ihm stand, und zeigte ihm seine Handfläche.

Max ging mit dem Kopf ins erste Fass hinein, und Emil hörte das Schaben von Fingernägeln am Holz. Als Max wieder auftauchte, schüttelte er nur den Kopf.

„Hast du dir die Fässer damals nicht von innen angeschaut, als du sie abgeholt hast?"

Emil dachte nach. Er wusste noch, wie erleichtert er war, die Fässer gefunden zu haben, und konnte sich daran erinnern, dass er flüchtig in eines der Fässer hineingeschaut hatte. Aber mehr als ein kurzer Blick war das nicht gewesen.

„Zumindest weißt du jetzt, warum du die Fässer so günstig bekommen hast."

Max untersuchte die anderen Fässer, doch auch die waren verschimmelt.

„Und was machen wir jetzt?", fragte Emil niedergeschlagen.

Max zuckte mit den Schultern. „Die Fässer sind jedenfalls zu nichts mehr zu gebrauchen."

Emil konnte es nicht fassen. Es waren noch vier Wochen bis zur Ernte, sie hatten ein Kelterhaus, eine Kelter und einen Stollen zum Lagern des Weins, und nun fehlte ihnen das Wichtigste, nämlich die Fässer. Immer wenn er glaubte, er wäre endlich am Ziel, kam ein neuer Rückschlag.

„Verdammt", schrie Emil und trat gegen eines der Fässer. Ein dumpfer Ton war zu hören.

„Dann ernten wir eben erst nächstes Jahr", meinte Max.

Emil fuhr wild herum. „Nächstes Jahr? Hast du es denn immer noch nicht begriffen? Wir müssen dieses Jahr ernten, sonst verliere ich mein Weingut! So sieht es aus. Was glaubst du, woher das Geld kommt für die Kelter? Das ist geliehenes Geld, und wenn ich es nicht pünktlich zurückzahle, dann ist alles aus."

Emils Augen funkelten vor Zorn und Wut. „Und du hast von alledem natürlich nichts gewusst, was?", schrie er Max an.

„Natürlich habe ich von dem Schimmel nichts gewusst. Wie kommst du denn darauf?"

„Weil du mir nichts sehnlicher zu wünschen scheinst, als dass ich keinen Erfolg mit der Ernte habe. Und wenn das so weitergeht, dann wirst du sogar recht damit haben."

„Emil, wie kommst du nur auf so was? Ich bin dein Freund. Hast du das vergessen?"

Aber Emil hörte nicht mehr zu. Wütend trat er erneut gegen das Fass und fluchte.

„Verdammt!"

Plötzlich tippte ihm Max auf die Schulter. „Ich hab eine Idee. Komm mal mit!"

„Wohin willst du?", fragte Emil und folgte ihm nur zögerlich. Max verließ das Kelterhaus und lief auf den aus dem Fels gesprengten Stollen zu. Am Eingang zündete er eine Kerze an.

„Was willst du hier?", fragte Emil verärgert.

„Komm!"

Max lief mit der Kerze in den Stollen voraus, bis sie in der Höhle mit dem Wasserloch standen.

„Fällt dir nichts auf?"

Emil blickte Max ratlos an. „Was soll mir auffallen?"

„Na hier."

Max deutete auf das Wasserloch im Boden.

„Max, ich bin jetzt nicht aufgelegt für deine Späße."

„Dann mach doch die Augen auf. Was siehst du?"

„Was soll ich sehen? Eine Höhle voller Wasser."

„Richtig. Und wo Wasser drinnen ist, kann auch Wein drinnen sein, oder?"

„Max, ich weiß nicht, auf was du hinauswillst."

„Wir stehen vor einem riesigen Fass."

Emil verstand noch immer nicht.

„Wir haben in wenigen Wochen große Mengen Wein, die gelagert werden müssen, richtig?", fragte Max.

Emil nickte.

„Und der Wein muss ruhig und kühl lagern, auch richtig?"

„Ja, ja, aber was willst du damit sagen?", fragte Emil ungeduldig.

„Und wir werden es kaum schaffen, genügend Fässer für den geernteten Wein zu bauen, oder?“

Emil nickte erneut.

„Gut“, sagte Max befriedigt, „dann haben wir hier einen idealen Lagerplatz für deinen Wein gefunden. Hier ist es kühl und ruhig zugleich.“

„Du willst den Wein in diesem Loch lagern? Hast du dir komplett deinen Verstand versoffen?“, fragte Emil gereizt.

Doch Max gab nicht auf. „Wenn wir das Wasser herausschöpfen, dann haben wir ein ideales Lager für den Wein.“

Emil schüttelte ungläubig den Kopf. „Max, du bist verrückt. So etwas hat es noch nie gegeben. Wein lagert in Fässern. Wie kommst du nur darauf, dass wir hier unseren Wein lagern können?“

„Wir könnten es zumindest versuchen. Das Wasserloch ist ungefähr zehn auf zehn Fuß breit und zwanzig Fuß tief. Wenn wir das Wasser herausschöpfen ...“

„Hör mir auf mit diesem Loch“, schrie Emil. „Was ist, wenn die Höhle undicht ist? Was ist, wenn das Wasserloch nur ein Teil eines unterirdischen Flusses ist? Was dann?“

Max schwieg für einen Moment.

„Du hast recht. Vermutlich ist es eine alberne Idee. Aber wenn es uns gelänge, den Wein hier zu lagern, dann wären wir mit einem Schlag all unsere Sorgen los.“

Emil blickte auf das Wasser, dessen spiegelglatte Oberfläche das Kerzenlicht an die Wände und Decke der Höhle reflektierte. Es war so kristallklar, dass man bis auf den Boden des Lochs schauen konnte.

„Du bist verrückt, Max“, antwortete Emil kopfschüttelnd, „einfach nur verrückt.“

Am nächsten Tag begannen sie das Wasser mit Eimern aus dem Loch zu schöpfen. Emil hatte dazu ein dreibeiniges Holzgerüst über der Öffnung aufgestellt und eine Seilrolle daran befestigt. Den ganzen Tag stand er auf einer Leiter in dem Wasserloch und füllte unermüdlich die Eimer, die von zwei Männern nach oben gezogen und nach draußen getragen wurden.

Sie brauchten drei Tage, bis das Wasserloch fast bis zur Hälfte geleert war. Immer wenn sie morgens mit der Arbeit begannen, schauten sie nach, ob der Wasserstand gestiegen war. Doch sie hatten Glück. Der Pegel blieb konstant. Nach zwei weiteren Tagen war das Loch nur noch kniehoch mit Wasser gefüllt, aber am nächsten Morgen wartete eine böse Überraschung auf Emil und Max: Das Wasser war in der Nacht um einen halben Fuß gestiegen. Schnell war die Ursache für den Wassereinbruch gefunden: In der Wand hatte sich über Nacht ein Spalt geöffnet, aus dem Wasser sickerte. Der Spalt war an der breitesten Stelle fingerdick und zwei Fuß lang.

„Wir müssen den Spalt abdichten, und zwar so, dass er dem Druck des Wassers standhält", meinte Emil. Sie beendeten die Arbeit früher als gewohnt, und Emil und Max überlegten den ganzen Abend, wie sie die Höhle abdichten könnten. Doch dann war Max plötzlich erschöpft und klagte über Fieber.

Am nächsten Morgen erschien Samuel mit einer Pflanzenfaser. Es war das Mark einer Hanfpflanze.

„Damit dichten die Indianer ihre Kanus ab. Wenn der Hanf mit Wasser in Berührung kommt, quillt er auf und dichtet ab. Kein Wassertropfen geht hindurch."

Emil wusste nicht, was er davon halten sollte. „Und wie sollen wir den Hanf in den Spalt bekommen?"

„Man formt die Fasern zu kleinen Kugeln und drückt sie mit einem Messer tief in den Spalt hinein."

Die beiden machten sich sogleich an die Arbeit, und kurze Zeit später konnte Emil erleichtert feststellen, dass Samuel recht hatte. Der Hanf war zu einer steinharten Masse aufgequollen. Die Höhle war dicht. Emil stand auf und umarmte Samuel dankbar.

„Mein guter, alter Samuel. Was würde ich ohne dich nur machen!" Emil konnte sein Glück kaum fassen. Max hatte also doch recht behalten. Die Höhle würde ihnen als großes Fass dienen. Emil schaute sich nach Max um, aber dann fiel ihm auf, dass er ihn den ganzen Tag noch nicht gesehen hatte. Als er später zur Hütte kam, lag Max immer noch auf seinem Lager.

„Wir haben es geschafft, Max. Die Höhle ist dicht", meinte Emil fröhlich, doch Max lächelte nur matt. „Das freut mich. Jetzt können wir also ernten."

Emil war ganz euphorisch. „Du bleibst jetzt erst einmal hier liegen, und wenn es dir heute Abend besser geht, dann zeig ich dir die Höhle."

„Immer noch der Unermüdliche. Du kannst wohl gar nicht glauben, dass es bei einem Menschen irgendwann einmal einfach vorbei ist?"

Emil blickte seinen Freund erschrocken an. „Bist du mir immer noch böse?", fragte er unsicher.

Max lächelte gutmütig. „Warum sollte ich dir böse sein? Du kannst dich doch nicht den ganzen Tag um mich kümmern."

Emil schüttelte den Kopf. „Das meine ich nicht. Ich habe von den letzten Tagen gesprochen. Es tut mir leid, wenn ich dich so angegiftet habe. Ich habe dir Unrecht getan, Max. Ohne dich sähe es hier immer noch ziemlich trostlos aus, und die Ernte könnten wir auch vergessen."

„Ich habe das getan, weil du mein Freund bist. Und das ist auch der Grund, warum ich mir Sorgen um dich mache. Du musst auf dich achten, Emil. Du trägst Verantwortung, auch für deine Arbeiter. Alle wollen dir helfen, aber nicht jeder hat so viel Kraft und Ausdauer wie du."

Die Ernte begann mit einem großen Gewitter, das über dem Walholla Valley niederging. Sintflutartige Wassermassen ergossen sich in das Tal und ließen den kleinen Walholla Creek zu einem breiten Strom anschwellen. Emil musste den Beginn der Weinlese erst einmal verschieben, und so saßen die Männer im Kelterhaus und vertrieben sich die Zeit mit Kartenspielen oder lagen einfach nur auf dem Boden herum und schliefen. Emil hatte zusätzlich zu seinen Männern zwei Dutzend Wanderarbeiter angeheuert. Sie bekamen Essen, Unterkunft und pro Tag fünf Cent. Jeder Tag, den das Unwetter anhielt, kostete Emil Geld, und nach der ersten Woche befürchtete er schon, es würde nie wieder aufhören zu regnen. Aber dann zogen die Regenwolken weiter, und nach einem sonnigen Tag, der den Boden getrocknet hatte, begannen die Männer mit der Weinernte.

Emil hatte beschlossen, als Erstes den Cabernet Sauvignon abzuernten. Er war der kostbarste Wein, und Emil war begeistert von der Güte der Trauben. Dann sollte der Merlot folgen. Erst danach würden sie die Weißweine an den Hängen ernten.

Max ging es immer noch nicht besser. Er fieberte zwar nicht mehr so stark wie in den letzten Tagen, trotzdem war Emil besorgt. Er hatte Max gefragt, ob er während der Ernte neben der Kelter liegen wolle, und Max hatte erfreut zugestimmt. Seitdem stand sein Bett im Kelterhaus, wo er den Männern beim Pressen der Trauben zuschaute.

Nach einer Woche hatten sie drei Weinberge abgeerntet, und das Loch in der Höhle war bereits zur Hälfte mit Wein gefüllt.

„Wir werden nur den Cabernet Sauvignon und den Merlot abernten. Für die Weißweine haben wir keinen Platz mehr", meinte Emil eines Abends enttäuscht.

„Dann werden wir dieses Jahr eben nicht die volle Ernte einbringen. Wir sollten froh sein, dass wir überhaupt so viel Wein geerntet haben", antwortete Max sichtlich erschöpft.

Emil antwortete nicht. Er schien nachzudenken, bis sich irgendwann seine Mundwinkel zu einem Lächeln verzogen.

„Ich hab da eine Idee. Wir werden den Riesling als Auslese ernten", meinte Emil plötzlich froh gelaunt.

„Wie meinst du das?", fragte Max leise.

„Wir werden die Trauben erst im November abernten. Bis dahin können wir vielleicht mit etwas Glück ein weiteres Fass kaufen."

„Im November?", fragte Max. „Da hängen an den Rebstöcken doch nur noch verfaulte und vertrocknete Trauben."

Emil lachte. „Recht hast du, Max. Aber wer sagt dir, dass diese unansehnlichen Trauben nicht auch einen guten Wein ergeben?"

Max schüttelte wieder den Kopf. „Du willst mir doch nicht etwa sagen, dass wir darauf warten, bis die Trauben verschrumpelt sind?", fragte er mit großen Augen.

„Doch, genau das will ich damit sagen. Nun musst du mir mal vertrauen", meinte Emil augenzwinkernd.

„Du bist schon ein seltsamer Hund", antwortete Max, und nach einer Weile fügte er ernsthaft hinzu: „Weißt du Emil, ich wollte mich bei dir noch einmal bedanken für alles, was du getan hast."

Emil wollte etwas erwidern, aber Max winkte ab. „Nein, es ist wichtig, dass du das hörst. Du bist ein toller Kerl und warst mir immer ein guter Freund."

„Das hört sich an wie eine Abschiedsrede", erwiderte Emil beklommen.

„Vielleicht ist es das auch", antwortete Max. „Ich spüre, dass meine Zeit bald gekommen ist. Und weißt du, was ich am wenigsten auf dieser Erde bereue? Die letzten Jahre. Es mag seltsam klingen, aber ich habe es nie bereut, die Pfalz verlassen zu haben, und auch die Jahre in New York, so schwer und hart sie auch waren, haben mir gezeigt, wer ich bin. Ich habe meinen Frieden mit mir gemacht – auch mit den Fehlern und schlechten Seiten. Denn sie gehören zu mir, und hätte es sie nicht gegeben, dann wäre es nicht mein Leben gewesen."

Er machte eine Pause. Emil sah ihm an, wie sehr ihn das Sprechen anstrengte. Dann fuhr Max fort: „Es wäre gut, wenn du auch deinen Frieden mit dir schließen würdest, Emil. Und wenn du auch einmal auf andere achten würdest. Je früher du das tust, desto glücklicher wirst du sein. Es tut dir nicht gut, wie ein Gehetzter einem Traum hinterherzujagen. Du brauchst niemandem etwas zu beweisen, denn du bist ein guter Mensch", meinte er lächelnd. Dann wurde er wieder ernst.

„Gib ihr eine Chance, Emil. Es tut nicht gut, in der Vergangenheit zu leben."

Es war der letzte Tag der Weinernte. Die Männer schütteten die Trauben aus den verbliebenen Körben in die Kelterwanne. Dann zogen die Pferde die Spindel ächzend nach unten. Emil stand neben der Kelter und betrachtete zufrieden das Pressen des Weines. Sie hatten es also geschafft! Der Wein war geerntet und reifte in einer riesigen Höhle. Vor noch nicht einmal drei Monaten hätte er nicht einen Cent darauf verwettet, dass er überhaupt einen Wein ernten würde. Da hatte er weder eine Kelter noch einen Weinkeller. Ein dankbares Lächeln huschte über sein Gesicht. Das alles hatte er Max zu verdanken. Sein Freund, der eigentlich selbst Hilfe gebraucht hätte, hatte sich für ihn aufgeopfert. Wie konnte er ihm das jemals danken?

Emil schaute zu Max hinüber, der auf seiner Liege ausruhte und an die Decke sah. Ihm schienen ähnliche Gedanken durch den Kopf zu gehen, denn er lächelte mit einem Gesichtsausdruck, als wäre das Glück auf Erden zu ihm gekommen. Emil wollte sich schon wieder der Kelter zuwenden, als er plötzlich die starren Augen von Max bemerkte.

Emil ging langsam auf ihn zu und schaute seinen Freund fassungslos an. Dann setzte er sich neben ihn und berührte dessen Hand. Sie war leblos. Sein Freund, dem er so viel zu verdanken hatte, war gestorben. Emil strich Max mit der Hand über das Gesicht und schloss seine Augen. Eben noch hätte sein Herz zerspringen können vor Freude über den Wein, und jetzt war sein bester Freund tot. In der Stunde seines größten Triumphes war er wieder alleine.

Emil schaute auf die Presse, aus der roter Beerensaft rann. Für wen tat er das alles, wenn es niemanden gab, mit dem er seine Freude teilen konnte? Was tat er hier weit weg von den Menschen, die ihm etwas bedeuteten? Emil atmete tief durch und roch den Duft des Mostes. Es würde ein guter Wein werden, das wusste er. Aber würde ihn der Wein auch glücklich machen?

Emil erinnerte sich an die letzten Worte von Max. Was hatte sein Freund ihm geraten? Er solle auch auf andere achten? Emil verstand nun auf einmal, was Max damit gemeint hatte. Was nützte ihm sein größter Triumph, wenn er ihn alleine feiern musste? Doch dann fiel Emil ein, was Max noch gesagt hatte, und plötzlich hellten sich seine Gesichtszüge auf.

7. Phylloxera vastatrix

Es dämmerte bereits, als Emil auf der Holzbank unter der Linde saß und im Mondlicht gedankenverloren das Grab von Max betrachtete.

Hier war er oft, wenn er nachdachte und ihm die Meinung seines Freundes wichtig war. Er hatte den Grabstein nicht weit weg von der Villa setzen lassen und sogar eine Treppe von der Veranda zum Grab bauen lassen, sodass er es immer besuchen konnte, wenn ihm danach war. Das Mondlicht schimmerte sanft durch die Wolken, bald würde die Sonne aufgehen und ein weiterer warmer Frühlingstag Einzug halten.

Vier Jahre waren seit dem Tod von Max vergangen, und es erfüllte Emil immer noch mit großer Trauer, dass sein Freund nicht mehr erleben konnte, wie sehr sich das Weingut verändert hatte. Der erste Jahrgang, den sie im Walholla Valley geerntet hatten, war eine Sensation gewesen. Er hätte es selbst nicht für möglich gehalten, dass die jungen Reben solch einen vielfältigen Wein hervorbringen würden.

Er wusste, was Max in diesem Augenblick gesagt hätte: Das Weingut sei nicht das Wichtigste auf Erden. Und Emil dürfe nicht vergessen, an sich selbst zu denken. Emil lächelte zufrieden. Schon kurz nach dem Tod von Max hatte er bei Mister Bloomingdale um die Hand von Louise angehalten, und seither gab es keinen Tag, an dem er diesen Schritt bereut hätte. Er liebte Louise, ihre liebreizende Art, ihre Fröhlichkeit und diese Unbekümmertheit, die ihn manchmal an ein kleines Kind erinnerte. Bei ihr fühlte er zum ersten Mal, seit er in Amerika angekommen war, so etwas wie Heimat. Wie weit schienen die Pfalz und New York bereits hinter ihm zu liegen. Emil fühlte sich frei. Frei von seiner Sehnsucht nach der Pfalz – und frei von Josefine.

Und doch war seit einer Woche nichts mehr so, wie es einmal war. Anfangs hatte nur der kümmerliche Wuchs gezeigt, dass die Reben litten. Emil hatte geglaubt, es würde an den neuen Rebsorten liegen, die er gepflanzt und mit denen er noch keine Erfahrung hatte, aber dann war er doch stutzig geworden. Lange hatte er sich keinen Reim darauf machen können, was es mit den kranken Rebstöcken auf sich hatte, denn schließlich war an den Pflanzen selbst nichts zu erkennen, bis er eines Tages einen Rebstock ausgrub und plötzlich verstand, woher das Übel rührte.

Die Wurzeln der Rebstöcke waren von einem Schädling befallen, wie er ihn noch nie zuvor gesehen hatte. Es war eine kleine, rötliche Laus, die sich in das Holz der Wurzeln fraß. Sie mussten den Schädling mit den Setzlingen aus dem Osten eingeschleppt haben.

Nächtelang hatte Emil mit Samuel im Keller gestanden und mit allen möglichen Mixturen experimentiert, aber nichts hatte im Kampf gegen den Schädling geholfen. Sie hatten die Läuse erst mit einer Brühe von eingeweichtem Kautabak besprüht und danach mit Schwefel bestäubt. Doch alles, was sie damit erreicht hatten, war, dass die Reben noch mehr geschädigt waren. Die Läuse dagegen überlebten.

Schließlich hatte Emil seinen Arbeitern befohlen, die Wurzeln der Rebstöcke von Hand zu reinigen. Wenn er schon die Läuse nicht töten konnte, wollte er wenigstens seine Reben von den Schädlingen befreien. Aber schnell merkte er, wie sinnlos das war. Die Männer brauchten manchmal einen ganzen Tag, um eine Rebzeile zu reinigen, doch kurze Zeit später war sie schon wieder mit Läusen befallen. Emil musste sich etwas einfallen lassen. Und zwar schnell.

Louise lag mit geschlossenen Augen im Bett und spürte das Ziehen in ihrem Bauch. Sie lächelte verschlafen und streichelte mit ihrer Hand über die kleine Wölbung, die sich unter ihrem Schlafrock abzeichnete. Dann drehte sie sich zur Seite und streckte schlaftrunken die Hand aus, bis sie bemerkte, dass Emil nicht mehr im Bett lag.

„Guten Morgen, mein Liebling“, hörte sie ihn hinter sich flüstern. Sie drehte sich um und sah ihn auf der Bettkante sitzen. Er hatte ein weißes Handtuch um seine Hüfte gebunden und lächelte sie liebevoll an. Dann beugte er sich zu ihr und küsste sie zärtlich auf die Lippen.

„Na, wie geht es meinem Liebling?“

Louise streckte und räkelte sich. „Ich fühle mich schon wieder viel besser“, antwortete sie, und Emil war die Erleichterung anzusehen.

„Das ist gut so. Nicht dass ich mir noch Sorgen machen muss.“

Louise schüttelte den Kopf.

„Vielleicht war es ja einfach nur das Wetter?“

„Ja, vielleicht“, antwortete sie kurz, ohne Emils Blick zu erwidern.

„Auf jeden Fall sollten wir darauf achten, was dir der Arzt geraten hat. Du musst dich schonen.“

Emil streichelte Louise sanft über die Wange. „Du bist eine wunderbare Frau.“

Sie bedankte sich mit einem Lächeln. „Denkst du daran, dass mein Vater zum Dinner kommt?“

„Bis dahin bin ich längst wieder zurück.“

Emil ging ins Badezimmer, während Louise im Bett blieb und ihn durch die geöffnete Tür des Badezimmers beobachtete. Ihr Mann stand in der Blüte seines Lebens, und sie mochte die Kraft und Eleganz, die in seinen Bewegungen lagen. Sein Körper war durch die jahrelange harte Arbeit in den Weinbergen gestählt. Obwohl er von schlanker Statur war, konnte man jeden einzelnen Muskel erkennen.

Oft erinnerte sich Louise an den jungen Mann zurück, der vor neun Jahren im Geschäft ihres Vaters aufgetaucht war. Wie fasziniert war sie damals von Emils schüchternem, zurückhaltendem Wesen, doch gleichzeitig hatte sie die Tatkraft und den Willen gespürt, die in seiner Stimme lagen. Besonders seine Augen hatten sie in ihren Bann gezogen. Wenn Emil sie anlächelte, funkelten sie unergründlich, und eine seltsame Mischung von Trauer und Melancholie schwang mit.

Vorsichtig richtete sich Louise auf und ging durch die geöffnete Schlafzimmertür auf die Veranda hinaus. Als sie spürte, wie der Wind über ihr Kleid strich, hielt sie erst einmal inne – so schön war der Anblick, der sich ihr bot. Die Sonne ging als glutroter Ball hinter den Bergen auf und verwandelte mit ihren Strahlen das Grau der Nacht in ein farbenprächtiges Bild. Bis zum Horizont erstreckten sich die leuchtend grünen Weinreben, und der Tau auf ihren Blättern glitzerte wie Millionen kleiner

Diamanten. Leichter Nebel hüllte den Walholla Creek im Tal in milchiges Weiß.

Seit ihrer Hochzeit vor vier Jahren lebten sie in der Villa. Louise war von Emil gebeten worden, ihm bei der Planung des Hauses und der Einrichtung der Räume zu helfen. Er hatte offensichtlich schon lange sein Traumhaus im Kopf gehabt, denn er konnte dem Architekten genau sagen, wie das Haus aussehen sollte. Römische Säulen zierten die Fassade, und eine große Veranda zog sich um die Villa herum.

Erst war Louise erschrocken über die Ausmaße gewesen, die das Anwesen haben sollte, und auch heute noch kam sie sich ein wenig verloren vor in den vielen Räumen. Doch Emil hatte keinen Zweifel daran gelassen, wie das Gebäude sein sollte. Schon von Weitem sollte der Besucher erkennen, dass hier das größte kalifornische Weingut seinen Sitz hatte.

Louise hatte damals nicht lange überlegen müssen, als Emil bei ihrem Vater um ihre Hand angehalten hatte. Für sie war Emil schon immer der Mann ihrer Träume gewesen. Ein Mann mit viel Gefühl auch für die kleinen Dinge des Lebens, selbst wenn er ihr seine Liebe selten einzugestehen vermochte. Sie hatte von Anfang an gewusst, dass sie Emil niemals für sich haben würde. Der Wein war sein Leben, und sie war bereit, dies zu akzeptieren.

Schritte kamen näher, und dann wurde sie von zwei kräftigen Armen umschlungen. „Du solltest wieder ins Haus gehen, mein Engel, es ist doch viel zu kalt hier draußen." Louise spürte Emils weiche Lippen in ihrem Nacken.

„Warum bist du schon so früh aufgestanden?", fragte sie plötzlich, drehte sich um und beobachtete Emil aufmerksam.

„Ich muss noch einmal im Mathussi Valley nach dem Rechten sehen."

„Jetzt schon?"

Emil räusperte sich. „Ja, die Männer brauchen Hilfe."

Louise schien mit der Antwort nicht zufrieden zu sein. „Ist wirklich alles in Ordnung?", fragte sie besorgt.

Einen Moment zögerte Emil und überlegte, ob er ihr von dem Schädling berichten sollte, aber dann erinnerte er sich daran, was der Arzt geraten hatte, nämlich dass Louise vor allem Ruhe brauchte.

„Es ist einfach nur so viel zu tun", antwortete er mit schwacher Stimme. „Ich bin froh, wenn wir die Ernte hinter uns haben."

Louise quittierte seine Antwort mit einem Nicken. Dann ging sie schweigend ins Schlafzimmer zurück.

„Ihr Herr Vater ist eingetroffen", rief Rosa aufgeregt und wischte sich die feuchten Hände an der Schürze ab. „Er sitzt draußen auf der Veranda."

„Danke Rosa. Ich komme gleich."

Louise zupfte noch einmal ihre Haare zurecht und folgte Rosa mit den Augen, als sie davonstürmte. Sie kannte Rosa, seit sie in die Villa eingezogen war, und schon damals hatte die Köchin einen außerordentlich fülligen Körperbau gehabt. Doch seither hatte sie noch mehr zugenommen, und es fiel ihr sichtlich schwer, sich in dem weitläufigen Haus zu bewegen.

Louise ging an dem goldgerahmten Spiegel vorbei, der über dem Kamin hing, und blieb für einen Moment stehen. Sie drehte sich zur Seite und strich sich mit der Hand über ihren kleinen Bauchansatz. Das Lächeln auf ihren Lippen verriet, dass sie zufrieden war mit dem, was sie sah.

Als sie wenig später die breiten Treppenstufen zur Veranda hinunterging, hatte es sich ihr Vater bereits gemütlich gemacht. Er saß auf einem breiten Sofa und genoss das sanfte Licht der Mittagssonne.

„Meine kleine Louise. Wie hübsch du aussiehst", begrüßte Mister Bloomingdale seine Tochter und erhob sich dabei schwerfällig aus dem Sitz. „Wie eine kleine Burgprinzessin."

Sie umarmten sich herzlich und küssten sich auf die Wangen.

„Es ist schön, dass du uns wieder einmal besuchst. Warst du auf der Jagd?"

„Ja, unten am Cherou Creek. Als ich das letzte Mal dort vorbeigekommen bin, habe ich noch ein ganzes Rudel Hirsche entdeckt, aber heute hat sich dort kein einziges Stück Rotwild gezeigt."

Dann begannen Mister Bloomingdales Augen zu strahlen. „Dafür habe ich nun mehr Zeit für meine geliebte Tochter."

Die beiden setzten sich an den runden Bambustisch und schauten ins Tal hinab. Von der Veranda aus hatten sie einen wunderschönen Blick über das gesamte Walholla Valley, und in der Ferne schimmerte grünlichblau der Pazifik.

„Ein überwältigender Anblick", meinte Mister Bloomingdale anerkennend. „Wenn ich mir überlege, dass ich noch vor gar nicht allzu langer Zeit mit dir durch das Tal geritten bin und es hier nichts anderes gab als Gräser und Sträucher, dann ist es unvorstellbar, wie sich alles verändert hat. Emil hat wirklich Großes geleistet."

Louise musste lachen. „Weißt du noch, als er das erste Mal zu uns kam? Er hatte noch nicht einmal eine Schaufel bei sich. Und jetzt hat er das größte Weingut im Westen geschaffen. Es ist schade, dass Mutter das nicht mehr erleben kann."

Für einen Moment hielt Mister Bloomingdale innen und nickte traurig. Dann richtete er seinen Blick wieder auf Louise. „Und wie geht es dir?"

„Ich freue mich natürlich für Emil. Er hat sich seinen großen Traum von einem eigenen Weingut erfüllt."

Mister Bloomingdale sah seine Tochter schmunzelnd an und sagte: „Du weißt, dass ich das nicht meine. Ich fragte, wie es dir geht?"

Louise dachte an die vielen einsamen Stunden, die sie in der Villa verbrachte. Von frühmorgens bis spät in der Nacht war Emil außer Haus, und sogar am Wochenende war er in den Weinbergen. Es fiel ihr nicht leicht, in dem riesigen Haus zu leben. Mister Bloomingdale schien zu erraten, was in seiner Tochter vorging.

„Du siehst aus, als hättest du Sorgen. Möchtest du mit deinem Vater darüber sprechen?"

Louise legte die Hand auf ihren Bauch. Sie wollte es Emil schon so oft sagen, aber immer wieder hatte sie es sich verkniffen, aus Angst, er könnte sich nicht mit ihr freuen. Und seit letzter Woche hatte sie auch noch dieses unbestimmte Gefühl, dass er ihr etwas verheimlichte. Aber nun war es fast nicht mehr zu verbergen, dass sie schwanger war.

„Im Herbst kommt die Weinlese, und danach hat Emil auch wieder mehr Zeit für mich“, meinte sie schließlich und lächelte tapfer. „Magst du ein Glas Wein?“

„Da sage ich nicht nein. So eine Jagd macht durstig, selbst wenn man keinen einzigen Schuss abgegeben hat.“ Als Mister Bloomingdale wenig später an seinem Glas Rotwein nippte, spitzte er schwärmerisch die Lippen. „Herrlich! Was für ein Wein. Selten habe ich einen solch guten Tropfen gekostet.“

„Der Wein wurde damals in New York prämiert. Es war das erste Mal, dass ein Wein aus Kalifornien eine Goldmedaille gewonnen hat. Seitdem beliefern wir die renommiertesten Weinhändler der Welt, sogar Mister Jenkins aus New York ist darunter, bei dem Emil einst gearbeitet hat.“

Gedankenverloren schaute Louise auf die Rotweinflasche, auf deren Etikett groß die Jahreszahl 1840 prangte. Mit diesem Jahrgang hatte der kometenhafte Aufstieg des Weinguts begonnen. Seitdem Emil die Goldmedaille gewonnen hatte, wollte alle Welt plötzlich Wein aus dem Walholla Valley. Die Preise seiner Weine waren ins schier Unermessliche gestiegen.

„Der neue Jahrgang soll noch besser werden als dieser hier. Mister Stone wird uns morgen Abend besuchen, um den Wein zu verkosten.“

Mister Bloomingdale horchte auf. „Mister Stone? Seit wann hat der etwas mit Wein zu tun?“

„Er hat Emil vor vier Jahren bei der Finanzierung der Kelter und des Weinkellers geholfen. Und außerdem war er der Geldgeber für das Mathussi Valley.“

„Hmm. Da hat er ja sicher mächtig tief in die Taschen greifen müssen. Allein schon die Bepflanzung des Tals muss eine stattliche Summe gekostet haben.“

Es war kurz nach der Fertigstellung der Villa gewesen, als Mister Stone das erste Mal zu Besuch im Walholla Valley war. An diesem Abend wollte Emil mit ihm über seine Pläne, das Weingut zu vergrößern, sprechen. Mittags war Louise mit Emil im Park spazieren gegangen, und sie hatte gespürt, wie viel ihm das Mathussi Valley bedeutete.

„Bist du nervös?", hatte sie ihn gefragt.

„Nicht, wenn du bei mir bist. Morgen früh wirst du neben dem größten Weingutbesitzer Amerikas aufwachen."

Louise hatte lachen müssen. „Es reicht mir schon, wenn ich überhaupt neben dir aufwache und du nicht schon draußen in den Weinbergen bei deinen Reben bist."

Dann hatte sie Emil mit sorgenvollem Gesicht angeschaut und gefragt: „Bist du sicher, dass du das Tal kaufen willst?"

Emil hatte sie in den Arm genommen und gedrückt. „Mein Liebling, ich habe schon so oft darüber nachgedacht und bin immer wieder zu dem Ergebnis gekommen, dass es das Beste wäre. Ich könnte endlich die Rebsorten anbauen, die mir für den ganz großen Wein noch fehlen."

„Aber wäre es nicht besser, noch ein wenig zu warten, bis die Reben im Walholla Valley reifer sind?", hatte sie zu bedenken gegeben.

„Louise, ich muss das Tal jetzt kaufen", hatte Emil erwidert. „Wer weiß, ob es in ein paar Jahren noch so günstig zu haben ist. Das Tal passt wunderbar zu unserem Land. Es wäre töricht, es nicht zu kaufen. Oder glaubst du, Mister Stone würde sein Geld in ein unsicheres Projekt investieren? Er hatte bislang noch immer das richtige Gespür für ein gutes Geschäft."

Doch Louises Sorgen waren noch immer nicht ausgeräumt. „Aber müssen wir uns dafür so hoch verschulden? Wir werden Jahre brauchen, um Mister Stone den Kredit zurückzahlen zu können."

Emil war ungeduldig geworden. „Louise, wenn ich jemals meinen Traum erfüllen will, dann brauche ich jetzt die neuen Rebsorten. Du weißt, wie lange es gedauert hat, bis die Setzlinge hier im Walholla Valley aufgegangen sind. Vertraust du mir denn nicht?"

„Doch, ich vertraue dir, sehr sogar. Aber es ängstigt mich, dass du eine Unbedachtsamkeit begehen könntest, anstatt geduldig abzuwarten."

Kurz darauf hatte Emil mit dem Geld von Mister Stone das Mathussi Valley gekauft und mit den neuen Reben bepflanzt, und seitdem zierten endlose Rebzeilen das Tal.

Mister Bloomingdale hatte aufmerksam zugehört. Dann nahm er Louise in den Arm. „Pass auf dich auf, mein Mädchen. Ob die Ernte ein Jahr früher oder später kommt, ob Emils Weine prämiert werden oder nicht, ist nicht wirklich wichtig. Wichtig ist, dass du glücklich und gesund bist. Lass dir das gesagt sein von einem alten Mann."

Dankbar küsste Louise ihren Vater auf die Wange und hätte am liebsten losgeheult. Wie recht ihr Vater doch hatte. Aber dachte Emil genauso?

„Danke Rosa. Das haben Sie gut gemacht."

Louise schaute ihrer Köchin dabei zu, wie sie ihrem Vater noch ein Stück Truthahn servierte. Das Fleisch war zartrosa und von einer knusprigbraunen Haut umschlossen, so wie er es sich gewünscht hatte.

„Ausgezeichnet Rosa, Sie sind wirklich eine fabelhafte Köchin", meinte Mister Bloomingdale anerkennend.

„Möchtest du auch noch ein Stück Fleisch?", fragte Louise zu Emil hinüber, aber dieser starrte auf seinen Teller und schien mit seinen Gedanken weit weg zu sein.

„Schatz?"

Sie legte ihre Hand auf seinen Unterarm, als er aufschreckte.

„Ja?"

Mit großen Augen schaute Emil sie an. „Nein, danke. Ich bin es einfach nicht mehr gewohnt, abends so viel zu essen."

„Das liegt vielleicht auch daran, dass du deine Nächte vorzugsweise im Keller verbringst", meinte Louise spitz. Emil antwortete nicht.

Mister Bloomingdale schmunzelte. „Frauen können manchmal richtig eifersüchtig werden, sogar auf Rebstöcke und Weinfässer, lass dir das gesagt sein."

Emil lächelte zu Louise hinüber. „Louise weiß ganz genau, dass ihr keine Gefahr droht. Es gibt keinen Mann in ganz Kalifornien, der glücklicher ist als ich."

„Dann darf ich dir einen Tipp von Mann zu Mann geben", sagte Mister Bloomingdale. „Lass sie das ab und zu auch wissen, das ist förderlich für die häusliche Stimmung. Ich weiß, wie es ist, jemanden zu verlieren, den man liebt und dem man noch so viel zu sagen gehabt hätte."

Es wurde still am Tisch, als Mister Bloomingdale fortfuhr: „Wie geht es mit dem Weingut? Hast du schon von dem Schädling gehört?"

Emil musste sich zusammenreißen, um sich die Überraschung nicht anmerken zu lassen. „Welcher Schädling?", fragte er so beiläufig wie möglich.

„Ein Geschäftsfreund aus dem Osten der Staaten hat von einer Laus berichtet, die sich in die Wurzeln der Rebstöcke frisst und ganze Weinberge vernichtet."

Emil hörte aufmerksam zu, während sein Herz hämmerte. Er zögerte ein wenig, und plötzlich merkte er, wie Louise ihn nachdenklich anschaute.

„Nein, davon habe ich noch nichts gehört", antwortete er schnell und fügte nach einer kurzen Pause hinzu: „Hat man denn schon ein Gegenmittel gefunden?"

„Soviel ich weiß, nicht. Im Südosten sind ganze Landstriche zerstört worden. Es gibt kein Weingut, das nicht von der Reblaus befallen wäre."

„Dann können wir vielleicht sogar auf noch höhere Preise für unseren Wein hoffen."

Mister Bloomingdale lachte. „Sehr geschäftstüchtig, Emil. Louise meinte, du würdest in diesem Jahr die erste Ernte im Mathussi Valley einfahren?"

„Ja, das ist richtig. Wir haben dort ganz andere Rebsorten gepflanzt, die unsere bisherigen Cuvées ausgezeichnet ergänzen."

„Dann wünsche ich dir viel Glück bei der Ernte und dass ihr von dem Schädling verschont bleibt."

Mister Bloomingdale war schon längst gegangen, als Emil mit Louise auf der Terrasse saß und den Sternenhimmel bewunderte. Plötzlich zog eine Sternschnuppe über ihnen ihre helle Bahn. Sie war so groß und schön, wie Emil es schon lange nicht mehr gesehen hatte.

Er dachte daran, was Mister Bloomingdale gesagt hatte: Es gibt kein Weingut, das nicht von der Reblaus befallen wäre. Doch noch hatte Emil die Hoffnung nicht aufgegeben. Zärtlich drückte er Louise an sich. Schon häufig hatte er ihr von seinen Sorgen erzählen wollen, aber immer wieder hatte er es aus Rücksicht auf ihre Gesundheit unterlassen. Was hätte er ihr auch sagen sollen? Dass sein Weingut gerade von einer Laus gefressen wurde und er noch nicht einmal wusste, wie er seinem Feind beikommen konnte?

„Geht es dir gut?“, fragte er vorsichtig.

„Ja, abends fühle ich mich am wohlsten.“

Louise schaute in den Himmel. Dann nahm sie seine Hand und legte sie auf ihren kleinen Bauch. „Ich muss mich erst daran gewöhnen, dass ich jetzt nicht mehr nur auf mich alleine zu achten habe.“

Es entstand eine kleine Pause, und Louise dachte schon, dass Emil sie nicht verstanden hätte.

Doch der schaute sie mit großen Augen an. „Soll das heißen, wir bekommen ein Baby?“

Louise nickte langsam.

„Aber das ist ja wunderbar, Louise!“

„Freust du dich denn über das Kind?“, fragte sie unsicher.

„Ob ich mich darüber freue? Louise, natürlich freue ich mich!“

„Und ich hatte schon befürchtet, es könnte dich stören“, antwortete sie leise.

„Stören? Aber Louise, wie kommst du darauf? Das ist das schönste Geschenk, das ich jemals bekommen habe.“

Dicke Rauchschwaden zogen durch das Mathussi Valley und legten sich wie ein tödlicher Nebel auf die Weinberge. Der

Rauch war tiefschwarz und stammte von dem feuchten Holz, das in großen Haufen aufgeschichtet am Rande der Weinberge brannte.

Emil und Samuel hatten zum Schutz gegen den Rauch Tücher um Mund und Nase gebunden. „Hier, schau!"

Emil deutete auf die kleinen Punkte auf dem Boden. Sollten sie doch einen Weg gefunden haben, die Reblaus zu besiegen? Hoffnung keimte in ihm auf. Doch dann grub er mit der bloßen Hand einen Rebstock frei und untersuchte die Wurzel. Wieder sah er nur tote Läuse in der Erde liegen, aber je tiefer er grub, desto mehr Schädlinge fand er lebend vor.

„Verdammt! Die Läuse graben sich zum Schutz vor dem Rauch immer tiefer ins Erdreich. Wenn die Feuer aus sind, werden sie wiederkommen."

„Was können wir noch tun, Herr?", fragte Samuel, und man sah seinem Gesichtsausdruck an, wie verzweifelt er war.

„Ich weiß es nicht, Samuel. Ich weiß es nicht."

Zum ersten Mal in seinem Leben fühlte sich Emil hilflos. Er hatte jahrelang darum gekämpft, das Weingut zu dem zu machen, was es war; er hatte die besten Weine kreiert und dafür Prämierungen erhalten – aber was nützte das, wenn nun alles von diesem widerwärtigen, feigen Tier zerstört wurde. Plötzlich spürte er Samuels Arm auf seinen Schultern.

„Wir werden kämpfen, Herr. Immer weiter kämpfen, so wie wir es die vergangenen Jahre getan haben. Wir haben uns von niemandem von unserem Weg abbringen lassen, und jeder Rückschlag hat uns nur stärker gemacht. Glaubt mir, Herr, wir finden einen Weg."

Als Emil am späten Nachmittag den Garten der Villa betrat, sah er Louise auf einer Liege in einem Buch blättern. Sie hatte ihn noch nicht entdeckt, und so blieb er einen Augenblick stehen und genoss das Bild, das sich ihm bot. Louise hatte ein dünnes Kleid an, und ihre Haut schimmerte bronzefarben im Licht der untergehenden

Sonne. Wie stolz war er, der Mann dieser Frau zu sein, und wie glücklich wäre er erst, wenn er endlich Vater wäre.

Als Emil von der Schwangerschaft erfahren hatte, hatte er sich unglaublich gefreut. Mit dem Aufbau des Weinguts hatte er sich einen Traum erfüllt, die Geburt seines eigen Fleisch und Blutes aber wäre das größte Geschenk seines Lebens. Und obwohl er mit der Reblaus genug Sorgen hatte, drehten sich seine Gedanken nachts, wenn er neben Louise lag, doch nur um das Kind. Er erinnerte sich an seine eigene Kindheit, und plötzlich sah er sein Leben mit ganz anderen Augen. Hatten sich seine Eltern auch so gefreut, als sie erfuhren, dass sie ein Kind bekommen würden? Was hatte wohl sein Vater gedacht, als ihm Clara von der Schwangerschaft erzählte? Und hatte er bei seinem Tod irgendwo in Russland vielleicht an sein Kind gedacht, das er nie kennenlernen durfte? Emil war traurig, dass er auf all diese Fragen keine Antwort erhalten würde.

„Du riechst ja, als würdest du aus einer Räucherkammer kommen“, hörte er plötzlich Louises Stimme.

Emil verzog gequält die Mundwinkel und kam näher. „So fühle ich mich offen gestanden auch.“

„Willst du mir nicht sagen, was los ist?“, fragte sie. „Dir geht doch schon seit Tagen etwas durch den Kopf. Nachts schläfst du nicht, und tagsüber läufst du herum, als würdest du neben dir stehen.“

Emil setzte sich auf den Rand der Liege und legte den Kopf auf den Bauch seiner Frau. Als er ein Gluckern hörte, strahlte er wie ein kleiner Junge.

„Ich glaube, ich habe es gehört.“

Louise schüttelte lachend den Kopf. „Dass du eine wunderbare Nase hast, habe ich gewusst, aber dass du auch hören kannst wie ein Luchs, war mir neu.“

„Doch, glaube mir, da war ein Glucksen, als hätte mich das Kleine gehört und wollte sich bemerkbar machen.“

„Emil, was ist los mit dir?“, fragte Louise noch einmal mit sorgenvoller Stimme. Emil setzte sich wieder aufrecht hin und sein Blick ging in die Ferne, wo er schwarzen Rauch aufsteigen sah.

„Die Reblaus ist da", antwortete er schließlich mit ausdrucksloser Stimme.

„Aber du sagtest doch meinem Vater, bei uns wäre alles in Ordnung!"

„Ich dachte, ich würde ein Gegenmittel finden."

„Und?"

Emil schüttelte nur den Kopf.

„Und jetzt?"

„Ich weiß es nicht. Wir versuchen die Reblaus auszuräuchern, aber damit erreichen wir nur, dass sie sich noch tiefer in das Erdreich eingräbt."

„Heißt das, wir werden die Reben verlieren?"

„So sieht es wohl aus."

„Und was willst du tun?"

„Ich muss ein Gegenmittel finden. Das ist meine einzige Hoffnung."

„Du sprichst bereits so, als hättest du dich mit allem abgefunden."

Emil drehte sich zu Louise und legte seine beiden Hände auf ihren Bauch. „Seit ich weiß, dass wir ein Kind bekommen, ist vieles anders geworden. Wichtig ist, dass es dir und dem Kind gut geht. Ich werde schon einen Weg finden, um das Weingut zu retten."

„So kenne ich dich ja noch gar nicht. Dein Weingut war doch bislang immer dein Ein und Alles?"

„Ich freue mich einfach auf die Geburt unseres Kindes. Es gibt jetzt Wichtigeres in meinem Leben als nur den Wein. Vieles bekommt plötzlich eine andere Bedeutung."

Louise legte ihre Hände auf die seinen. „Ich liebe dich, Emil, und ich weiß, dass du auf uns aufpasst. Wir werden schon einen Weg finden, um mit der Reblaus fertig zu werden. Hab Vertrauen."

Emil legte seinen Kopf auf Louises Bauch, und dann spürte er, wie ihm Tränen über die Wangen liefen.

Emil stand im Weinberg, und allmählich wurde ihm klar, dass er das Mathussi Valley verloren hatte. Sämtliche Rebzeilen waren befallen, jetzt ging es nur noch darum, wenigstens das Walholla Valley vor dem Schädling zu retten. Die Arbeiter mussten ihre Gerätschaften im Mathussi Valley zurücklassen und ihre Arbeitskleidung wechseln, bevor sie zurückgingen in ihre Unterkünfte. Zu groß war die Angst, den Schädling ins Walholla Valley einzuschleppen.

„Was haben wir hier geschuftet, bis wir die Reben pflanzen konnten", sagte Emil lakonisch zu Samuel, der neben ihm stand und damit beschäftigt war, die Wurzeln von den Läusen zu säubern.

„Komm, lass gut sein, Samuel. Das hat doch keinen Sinn. Dieses mistige kleine, hinterhältige Vieh hat gewonnen."

„Wir könnten es doch noch einmal mit einer Tinktur probieren, die wir auf die Pflanzen spritzen."

„Nein, du weißt so gut wie ich, dass das nichts nützt. Die Laus sitzt an den Wurzeln."

„Was sollen wir denn sonst tun, Herr?"

„Wir können gar nichts mehr tun, das ist es ja, was mich so wütend macht. Gar nichts."

„Die Männer wissen Bescheid, und an jeder Zufahrt ins Walholla Valley stehen Posten, die darauf achten, dass niemand ungehindert das Tal betritt."

„Ich weiß, Samuel. Aber ob das helfen wird?"

Plötzlich sah Emil einen Arbeiter, der durch die Rebzeilen auf sie zugerannt kam.

„Herr, schnell, kommt", rief der Mann atemlos, als er endlich bei ihnen war. „Eurer Frau geht es nicht gut."

Als Emil die Villa betrat, war Dr. Brown schon da. Er saß am Bett von Louise. Nachdem der Arzt Emil bemerkt hatte, nahm er ihn mit ernster Miene am Arm und führte ihn aus dem Schlafzimmer nach draußen auf die Veranda.

„Ihrer Frau geht es nicht gut, Mister Jordan“, erklärte er sichtlich beunruhigt. Sein blütenweißes Hemd war von großen Schweißflecken durchnässt.

Emil schaute ihn überrascht an. „Wie kann das sein? Heute Morgen war sie noch bei bester Laune und hat mit mir gescherzt. Was ist mit ihr?“

Dr. Brown wiegte den Kopf. „Ich kann es nur vermuten: Ich denke, es ist das Kind, das Ihre Frau krank macht.“

Er zögerte, bevor er fortfuhr. „Ich konnte keine Herztöne mehr feststellen.“

„Oh mein Gott.“

Emil sank auf einen Stuhl und vergrub seinen Kopf in den Händen. Er dachte an die letzten Nächte zurück, in denen er mit Louise im Bett gelegen und sie sich Namen für das Kind ausgedacht hatten. Sie hatten sich doch so sehr auf das Kind gefreut, und nun sollte alles vorbei sein?

„Aber Louise hat das Kind doch noch vor wenigen Tagen gespürt. Kann es nicht sein, dass es noch lebt?“

„Möglich ist es“, antwortete Dr. Brown vorsichtig. „Ich habe sofort nach meinem Kollegen Dr. Robertson geschickt, der auf diesem Fachgebiet einen hervorragenden Ruf genießt. Er müsste jeden Moment eintreffen.“

„Was ist, wenn das Kind bereits tot ist?“, fragte Emil plötzlich und hob erschrocken den Kopf. „Wird Louise überleben?“

„Wenn das Kind tot ist, müssen wir Ihre Frau operieren. Ob sie den Eingriff überlebt, hängt auch von ihrem Willen ab.“

Als Emil das hörte, wurde er bleich. Die Vorstellung, das Kleine zu verlieren, war schon schwer genug, was aber, wenn auch Louise sterben würde? Mit leisen Schritten ging er in das Schlafzimmer zurück und setzte sich an ihr Bett. Er war nur wenige Stunden nicht dagewesen, aber in dieser kurzen Zeit war aus seiner lebenslustigen Frau ein todkranker Mensch geworden.

Louise lag im Bett und lächelte matt. Ihre Augen waren eingefallen und von dunklen Rändern umgeben. Sanft streichelte Emil ihr über die Wange und küsste sie auf die Stirn.

„Was macht mein Schatz denn für Dummheiten, wenn ich aus dem Haus bin?“, flüsterte er und zwinkerte ihr aufmunternd zu.

Louise nickte schwach. „Unserem Kleinen geht es nicht gut, nicht wahr?“

„Dr. Brown hat nach einem Spezialisten geschickt“, antwortete Emil und nahm ihre Hand. „Gemeinsam werden sie dich noch einmal untersuchen, und dann wollen sie entscheiden, wie sie dir helfen können.“

Aber Louise ließ die Antwort nicht gelten. „Dem Kleinen geht es nicht gut, Emil“, wiederholte sie und wandte ihren Kopf ab. Tränen rannen über ihre Wangen. „Warum lässt Gott uns unser Kind nicht? Warum straft er uns?“, klagte sie.

Emil beugte sich über Louise und legte seinen Kopf auf ihre Wange. Plötzlich vernahm er Stimmen aus dem Vorraum, und Dr. Brown erschien zusammen mit Dr. Robertson in der Tür.

Emil verließ das Schlafzimmer und ging wieder auf die Veranda hinaus. Es war ein schöner Sommertag, und nur die Rauchschwaden der brennenden Weinstöcke verdunkelten die Sonne. Noch am Morgen hatte er nur eines im Sinn gehabt: Einen Weg finden, um seine Weinberge zu retten. Und jetzt? Ihr gemeinsames Kind war vielleicht tot, und das Leben seiner Frau stand auf dem Spiel. Emil begriff, dass alles um ihn herum nur einen Sinn ergab, wenn Louise am Leben blieb. Mit wem sollte er am Abend sprechen, wenn er von den Weinbergen nach Hause kam? Mit wem sollte er seine Last teilen, wenn ihn Sorgen plagten? Und mit wem durfte er sich freuen, wenn die Welt seine Weine feierte?

„Mister Jordan?“

Emil zuckte zusammen.

„Wir haben ihre Frau noch einmal untersucht“, erklärte Dr. Brown mit gesenktem Blick. „Es tut mir leid, aber wir konnten leider kein Lebenszeichen mehr im Bauch feststellen.“

Dr. Robertson trat hinzu. „Es steht zu befürchten, dass das Kind die Mutter vergiftet. Deshalb ist es ratsam, den Fötus sofort zu entfernen.“

Dr. Brown räusperte sich. „Der Zustand ihrer Frau ist sehr besorgniserregend, Mister Jordan“, fügte er hinzu. „Wir wissen nicht, wie lange das Kind bereits tot ist. Ihre Frau ist schwach, und ihr Gemüt ist voller Trauer. Nur wenn sie den Willen hat weiterzuleben, wird sie diesen Eingriff überstehen."

Emil senkte den Kopf und nickte stumm. Warum musste er ausgerechnet jetzt, wo er gegen seinen größten Feind kämpfte und der Schädling jeden Tag mehr von seinen Reben fraß, auch noch sein Kind verlieren? Emil schüttelte verzweifelt den Kopf. Und Louise durfte nicht auch noch sterben.

„Ich werde mit ihr sprechen", antwortete er schließlich.

Louise lag mit halb geschlossenen Augen im Bett. Ihr Gesicht war aschfahl. Emil setzte sich neben sie und ergriff ihre Hand. Er wollte ihr möglichst schonend beibringen, was die Ärzte festgestellt hatten, aber dann versagte ihm plötzlich die Stimme. Er schluckte und kämpfte mit den Tränen.

„Es lebt nicht mehr, hab ich recht?", fragte Louise mit matter Stimme. Sie hatte gesprochen, ohne Emil anzusehen.

„Ich hatte mich so auf unser Kind gefreut" sagte Emil schluchzend. Er legte sich neben Louise und ließ seinen Tränen freien Lauf. Louise streichelte ihm mit schwacher Hand über den Kopf.

Als sich Emil wieder etwas gefasst hatte, sagte er: „Die Ärzte werden dir helfen, Louise. Aber du musst es wollen, verstehst du? Wir werden noch viele Kinder haben. Aber du darfst jetzt nicht aufgeben."

Die beiden Ärzte operierten den ganzen Nachmittag. Am Abend kam Dr. Brown schließlich erschöpft aus dem Schlafzimmer und blickte Emil mit ernster Miene an.

„Wir haben den Fötus entfernt. Ihrer Frau geht es den Umständen entsprechend, aber die nächsten Tage sind kritisch. Sie braucht jetzt noch etwas Ruhe nach der Operation, aber in etwa ein bis zwei Stunden können sie zu ihr und mit ihr sprechen." Dr. Brown reichte Emil die Hand. „Mein Beileid, Mister Jordan."

Emil war wie betäubt. Ganz allein ging er hinauf auf den nahen Hügel oberhalb der Villa, von dem aus man das ganze Tal überblicken konnte.

Als er zurückkam, durfte er wieder zu seiner Frau. Louise lag im Bett, und ihm fiel auf, dass ihre Finger ganz weiß waren. Er schaute sie an und vermisste den gewohnten Glanz in ihren Augen. Emil setzte sich neben das Bett und nahm ihre Hände in die seinen.

„Die Ärzte sagen, du warst sehr tapfer. Bald wird es dir wieder besser gehen."

Louise antwortete nicht. Sie nickte nur erschöpft und schlief ein. Die ganze Nacht verbrachte Emil neben ihrem Bett. Louise schlief unruhig, wachte mehrmals auf und rief nach ihm. Erst nachdem Emil beruhigend auf sie eingeredet und sie gestreichelt hatte, schlief sie wieder ein. Irgendwann fielen auch ihm vor Erschöpfung die Augen zu.

Am nächsten Tag erwachte er spät am Morgen und war erstaunt, dass Louise ihn offenbar schon eine ganze Weile beobachtete.

„Guten Morgen, mein Liebling", lächelte er sie an. „Du siehst blendend aus, wie neugeboren."

„Du Lügner", erwiderte sie sanft. Dann wurde sie wieder ernst und hielt sich ihren Bauch. „Was haben sie mit dem Kleinen gemacht?"

Emil schluckte. „Ich habe es beerdigt, oben auf dem Hügel."

„War es ein Mädchen?"

Emil nickte. „Wir werden bald wieder ein Kind haben, Louise. Wichtig ist jetzt, dass es dir bald wieder besser geht."

„Ich hatte mich so auf das Kind gefreut, und jetzt ist diese Leere in mir."

„Louise, du bist noch jung, wir werden noch viele Kinder haben, das verspreche ich dir!"

Traurig schaute sie aus dem Fenster und nickte. „Du musst jetzt gehen. Deine Arbeiter brauchen dich. Du hast nicht nur mich als Sorgenkind, sondern auch dein Weingut."

„Du bist das Wichtigste für mich. Aber jetzt ruh dich aus, mein Liebling, und versuche etwas zu schlafen", sagte Emil und küsste Louise.

Als er wenig später draußen in den Weinbergen stand, war es ihm, als wäre er jahrelang weggewesen, so fern war ihm plötzlich das Problem mit dem Schädling. Neben den Weinbergen brannten große Feuer, in die die Arbeiter die abgestorbenen Weinstöcke warfen.

Es war bereits spät in der Nacht, als Emil in die Villa zurückkehrte. Er ging in Louises Schlafzimmer, aber als er neben ihrem Bett stand, sah er, dass sich ihr Zustand verschlechtert hatte. Mit weit aufgerissenen Augen lag sie da und blickte wirr umher. Rosa kam zur Tür herein mit Tüchern auf dem Arm und einer Schüssel Wasser.

„Vor wenigen Minuten hat sie zu fantasieren begonnen, Mister Jordan. Sie hat den ganzen Tag geschlafen, und dann ist sie aufgewacht. Seitdem hat sie Schmerzen."

Emil setzte sich neben Louise, und ihm wurde auf einmal klar, dass auch seine Frau sterben könnte. Was sollte er dann tun? Plötzlich erinnerte er sich an die Worte von Mister Bloomingdale, die dieser ihm bei seinem letzten Besuch gesagt hatte: „Ich weiß, wie es ist, jemanden zu verlieren, den man liebt und dem man noch so viel zu sagen gehabt hätte."

Und es gab so viel, was er Louise noch erzählen wollte! Nun kämpfte sie mit dem Tod, und er war dazu verdammt, hilflos zuzuschauen.

Die ganze Nacht über blieb Emil bei Louise. Aber alles, was er tun konnte, war, den Schweiß von ihrer Stirn zu tupfen und ihr beruhigend zuzureden. Es war bereits Morgen, als Dr. Brown und Dr. Robertson wieder erschienen. Emil wartete eine halbe Ewigkeit, und er konnte die Anspannung kaum noch aushalten, als die Ärzte schließlich aus dem Schlafzimmer herauskamen.

„Ihrer Frau geht es nicht gut, Mister Jordan", meinte Dr. Robertson sichtlich betreten. „Sie hat Fieber, und ihr Unterleib hat sich entzündet. Wir können nur hoffen und beten, dass sie überlebt."

„Hoffen und beten?"

Seine Stimme brauste auf. „Ist das alles, was Sie anzubieten haben? Habe ich deshalb die zwei besten Ärzte von San Francisco kommen lassen, dass Sie hoffen und beten?"

Er war außer sich vor Wut und Schmerz. Dr. Robertson versuchte ihn zu besänftigen. „Mister Jordan, wir haben alles getan, was in unserer Macht steht, um Ihrer Frau zu helfen. Aber es gibt einen Punkt, an dem der liebe Gott entscheidet, wann er einen Menschen zu sich ruft."

„Immer wenn ich etwas vom lieben Gott höre, wird mir etwas genommen. Wann gibt der liebe Gott mir eigentlich etwas? Er stirbt mein Kind und nun vielleicht auch meine Frau. Sie ist doch das Wichtigste, was ich habe“, schluchzte Emil.

Er ging in das abgedunkelte Schlafzimmer, wo Louise auf dem Bett lag und mit halb geöffneten Augen vor sich hindämmerte. Ihr Atem war flach. Louise öffnete die Augen, und als sie Emil erkannte, lächelte sie ihm matt zu, so als wollte sie ihm Mut machen.

„Sind die Ärzte zufrieden mit mir?“, fragte sie leise.

„Sie sind sehr zufrieden“, antwortete Emil mit zittriger Stimme. „Du bist eine sehr tapfere Frau, und ich bin stolz auf dich. Du darfst jetzt nicht aufgeben, Louise. Du musst das Leben wollen. Du musst kämpfen. Bleib bitte bei mir. Ich brauche dich doch so sehr.“

„Ich weiß, dass du mich liebst, Emil, selbst wenn du es nicht oft gesagt hast. Ich hätte dir gerne ein Kind geschenkt. Lass mich bitte das Grab unserer Tochter sehen“, sagte Louise, und ihre Stimme ließ keinen Zweifel daran zu, wie ernst es ihr mit diesem Wunsch war.

Emil ging zum Fenster, zog die Vorhänge beiseite und öffnete es. Louise drehte den Kopf, sodass sie den Hügel oberhalb der Villa sehen konnte, den nun ein schlichtes Holzkreuz zierte.

„Es ist gut, dass sie so nahe bei ihren Eltern ist. Sie war die ganze Zeit über bei uns und hat uns doch nie gesehen.“

Emil legte sich neben Louise und spürte die Wärme ihres Körpers.

„Ich werde auch bald gehen, und ich möchte neben meiner Tochter begraben werden. Versprichst du mir das?“

Als Louise merkte, dass Emil zu weinen begann, fügte sie hinzu: „Sei nicht traurig. Deine Tochter und deine Frau werden bald wieder zusammen sein.“

Emil atmete den liebreizenden Duft Louises ein. Er roch ihren weichen Hals und spürte die Wärme ihrer Haut. Als sie einschlief, blieb Emil neben ihrem Bett sitzen und blickte hinaus auf den nahen Hügel, auf dem sich das kleine Holzkreuz schwach gegen den Himmel abzeichnete.

Mitten in der Nacht wachte Louise auf und blickte unruhig im Raum umher. Emil nahm ihre Hand und sprach beruhigend auf sie ein. Als Louise ihn erkannte, lächelte sie ihn an – und atmete ein letztes Mal.

Emil hielt die Hand seiner Frau in der seinen und spürte, wie sie kälter wurde. Auf einmal kam ihm alles so sinnlos vor. Wofür lohnte es sich noch zu kämpfen, wofür sollte er leben? Wie benommen stand er auf und trat auf die Veranda hinaus. Es war Vollmond, und vereinzelt schimmerten silbergraue Wolken am Himmel. Er schaute in das Tal hinab und sah den blutroten Feuerschein der brennenden Weinberge. Seine Arbeiter vernichteten die Reben. Tag und Nacht brannten die Feuer wie leuchtende Mahnmale einer verlorenen Schlacht.

Doch dann verengten sich seine Augen. Etwas war anders als an den Tagen zuvor. Erst glaubte er, sich getäuscht zu haben. Doch als er genauer hinschaute, wurde es zur Gewissheit. Es war ein Weinberg aus dem Walholla Valley, der brannte.

Er wusste, was dies bedeutete: Er hatte den Kampf verloren. Ihm wurde zum zweiten Mal alles genommen, was ihm lieb und teuer war. Erst hatte er seine Heimat verlassen müssen, die er über alles geliebt hatte, seine Eltern und Josefine. Und nun waren seine Frau und seine ungeborene Tochter gestorben, und er musste mit ansehen, wie ein Schädling sein Weingut vernichtete.

Plötzlich fühlte Emil eine seltsame Ruhe in sich. Sein Herz schlug wie bisher, aber er spürte, dass nichts mehr so sein würde wie zuvor. Es war zu Ende. Alles war zu Ende. Sein Traum von einem großen Wein, seine Hoffnung auf die Liebe und sein Glaube an die Zukunft. Er sog den Rauch der brennenden Reben ein und spürte, wie sich die Kälte in seinem Körper ausbreitete.

8. Spätes Glück

Das Zimmermädchen öffnete die Tür, holte tief Luft und lief mit angehaltenem Atem hinüber zum Fenster, das sie weit aufriss.

Mister Jordan saß noch immer in der gleichen Haltung im Sessel, wie sie ihn am Abend zuvor gesehen hatte. Sein Kopf lehnte an der Sesselstütze, und seine Hand hielt eine halb leere Flasche Weißwein.

Das Mädchen zählte fünf leere Weinflaschen. Sie wusste, dass es ein schwieriger Tag werden würde. Trank er in der Nacht mehr als drei Flaschen, wurde Mister Jordan unausstehlich und konnte sogar richtig böse werden. Dann rannte er wortlos durch das Varieté, ohne die Tänzerinnen auch nur eines Blickes zu würdigen. An solchen Tagen hatte er nur eines im Sinn: Möglichst schnell in den Keller zu gelangen, um sich dort mit Wein zu versorgen.

Das Zimmermädchen versuchte gerade, die angebrochene Flasche aus Emils Hand zu winden, als er aufwachte.

„Du hast es ja immer noch nicht aufgegeben, mich Jammerlappen zu pflegen", schnaubte er. „Warum lässt du mich nicht einfach in Ruhe sterben? Mehr will ich doch gar nicht. Das Einzige, was du kontrollieren musst, ist der Eichstab am Weinfass unten im Keller. Wenn der sich irgendwann einmal nicht mehr senkt, weißt du, dass ich es geschafft habe und tot bin."

Das Mädchen schüttelte missbilligend den Kopf. „Sie nehmen den Wein doch bestimmt noch mit in den Himmel. Oder wie wollen Sie es ohne Ihren geliebten Riesling aushalten?"

„Vermutlich gibt es dort oben gar keinen Wein", antwortete Emil und fuhr sich mit der Hand durch das verfilzte Haar. „Vielleicht ist der Himmel ja in Kontinente aufgeteilt. Im alten Kontinent gibt es Wein und Bier, und auf dem amerikanischen Kontinent haben sie Whiskey. Da ich nun einmal auf diesem verdammten Kontinent lebe, werde ich also die ganze Woche nichts anderes trinken als Whiskey, wenn ich überhaupt jemals in den Himmel kommen sollte. Das ist ja gerade der Grund, warum ich jede Sekunde nutze, meinen eigenen Wein zu trinken."

„Wenn Sie so weitertrinken wie bisher, werden Sie sich schneller an Whiskey gewöhnen müssen, als Ihnen lieb ist", erwiderte das Zimmermädchen ungerührt. Anstatt zu antworten, hob Emil die Flasche und nahm einen tiefen Schluck. Dann fiel sein Kopf in den Sessel zurück, und er schlief augenblicklich wieder ein.

Das Mädchen begann das Zimmer aufzuräumen, bis sie schließlich zu dem Schrank kam, auf dem eine Schatulle aus Silber stand. Daneben lag ein großes Bowiemesser, das in einer kunstvoll verzierten Lederscheide steckte. Vorsichtig schaute sich das Mädchen nach Emil um. Dann öffnete sie leise die Schatulle. Darin lagen eine Haarlocke und ein paar Blätter mit Kohlezeichnungen. Sie nahm das oberste Blatt heraus, auf dem das Bildnis einer Frau zu sehen war. Das Papier war bereits vergilbt, trotzdem waren die Schönheit und der Anmut der Frau unverkennbar.

„Das ist meine Mutter. Sie ist wunderschön, hmm?"

Das Mädchen fuhr erschrocken herum.

„Das Bild hat mein Vater gemalt", erklärte Emil mit geschlossenen Augen. „Er war französischer Soldat unter Napoléon. Irgendwann wurde er nach Russland abkommandiert, und dann hat man nie wieder etwas von ihm gehört."

„Was ist aus Ihrer Mutter geworden?"

„Sie ist bei meiner Geburt gestorben."

„Das tut mir leid."

„Ich habe es dennoch gut getroffen. Ich wurde vom Kellermeister und einer Magd großgezogen. Sie haben mich behandelt, als wären sie meine leiblichen Eltern. Ich war sehr glücklich bei ihnen."

„Leben sie noch?"

Anstatt zu antworten, nahm Emil noch einen Schluck aus der Flasche, rülpste, dann fiel sein Kopf erneut ins Kissen zurück. Vorsichtig verschloss das Zimmermädchen die Schatulle wieder und verließ das Zimmer.

Es war schon Nachmittag, als Emil mit einer leeren Flasche in der Hand hinunter in den Keller ging. Dort, im hinteren Teil, standen die Fässer, die er vor der Zwangsversteigerung hatte retten können. Er hatte damit gedroht, nicht ohne die Fässer zu gehen, und schließlich hatte Mister Stone ein Einsehen gehabt und ihn mitsamt den Fässern ins Varieté fahren lassen, wo er seitdem in einem kleinen Zimmer lebte.

Dass Mister Stone im Frühjahr nach der Reblausplage das Weingut mitsamt den Weinbergen hatte versteigern lassen, ärgerte

Emil nicht. Er konnte nur zu gut verstehen, dass sein Finanzier wenigstens einen Teil seines Geldes wiedersehen wollte, das er verliehen hatte. Viel hatte die Versteigerung nicht eingebracht, denn nicht nur Emils Weingut war von der Reblaus heimgesucht worden. Kaum ein kalifornisches Weingut war von der Plage verschont worden. Deshalb fand es Emil mehr als anständig, dass sich Mister Stone wenigstens um eine Unterkunft für ihn gekümmert hatte. Mehr noch, Mister Stone beglich – aus alter Freundschaft, wie er sagte – monatlich die Kosten für Emils Unterbringung im Varieté. Wäre es nach Emil selbst gegangen, dann hätte er auch auf der Straße leben können.

Das Einzige, was Emil geblieben war, waren der Wein und seine Erinnerungen. Seit dem Verlust des Weingutes waren mittlerweile vier Jahre vergangen, und in dieser Zeit hatte er drei viertel der Fässer leergetrunken. Noch ein Jahr, und auch das letzte Fass wäre leer. Bis dahin wollte Emil gestorben sein.

Mit schlurfenden Schritten trottete er in sein kleines Zimmer, setzte sich in den Lehnstuhl und schaute wie jeden Tag auf die Main Street hinab. Das Varieté befand sich schräg gegenüber dem neuen Hotel „Bristol“, das ein Engländer im Herbst vergangenen Jahres erbaut hatte. Es war vierstöckig, sehr luxuriös und bei der Eröffnung geradezu eine Sensation für San Francisco gewesen.

Der verschlafene Ort mit nicht einmal tausend Einwohnern und dem kleinen Hafen an der Bay, den Emil all die Jahre über kannte, war seit dem Frühjahr 1848 nicht mehr wiederzuerkennen. Die Entdeckung von Gold im American River nahe Sacramento hatte sich in Windeseile herumgesprochen, und aus dem ganzen Land, ja, aus der ganzen Welt strömten Monat für Monat Abertausende von Glückssuchern herbei, die hofften, auf den kalifornischen Goldfeldern zu schnellem Reichtum zu kommen. Binnen weniger Monate war der Hafen von San Francisco zum wichtigsten Umschlagplatz der amerikanischen Westküste geworden und waren tausende von Zelten und einfachen Hütten rund um die Bay und entlang der Hügel entstanden. Keine Woche verging, in der nicht mindestens ein Dutzend neue Geschäfte, Hotels und Saloons eröffnet und ganze Häuserzeilen neu angelegt wurden.

Doch während sich draußen die Stadt in rasendem Tempo veränderte, dämmerte Emil in seinem schäbigen Zimmer im Varieté teilnahmslos vor sich hin. Meist verbrachte er seine Tage damit, die Gäste des „Bristol" zu beobachten, wenn sie das Hotel betraten oder verließen. Etliche davon kannte er. Es waren vor allem Geschäftsleute aus San Francisco, die durch den Goldrausch reich geworden waren, ohne je auf den Goldfeldern gewesen zu sein. Sie alle hatten ihn im Walholla Valley besucht, damals, als es ihm noch besser ging.

Mister Stone war darunter gewesen, und einmal hatte Emil sogar Mister Bloomingdale entdeckt. Dieser hatte mit ihm seit Louises Beerdigung kein Wort mehr gewechselt und wich Emil aus, sobald er seiner nur von Weitem ansichtig wurde. Mister Bloomingdale hatte Emil damals die Schuld am Tod seiner Tochter gegeben, weil sich dieser seiner Meinung nach zu wenig um Louise und zu viel um das Weingut gekümmert hatte. Das hatte ihm Mister Bloomingdale niemals verziehen. An diesem Abend trank Emil noch mehr als sonst, und am nächsten Morgen fanden ihn die Mädchen bewusstlos im Keller.

Emil war schon lange eingedöst, als es spät am Abend an der Tür klopfte. Als er nicht gleich reagierte, pochte es lauter.

„Verdammt! Was soll das? Die Tür ist auf", knurrte Emil verärgert.

Langsam öffnete sich die Tür, und Emil schlug ein bellender Husten entgegen.

„Wer ist da? Wer bist du?"

Statt einer Antwort löste sich ein Schatten aus dem Dunkel des Flurs, und ein Mann betrat mit gebeugten Schultern das Zimmer. Er war in Lumpen gehüllt, sein Bart war ungepflegt und hing bis auf die eingefallene Brust hinunter. Wieder bekam der Mann einen Hustenanfall, und dieses Mal war das Bellen so stark, dass er mühsam nach Luft schnappen musste. Endlich richtete er sich japsend auf und schaute kopfschüttelnd zu Emil.

„Siehst mir nicht gerade aus wie ein Weinbauer. Eher wie ein verdammter Weinsäufer", hörte Emil eine spöttische, aber warme Stimme, die jäh vom nächsten Hustenanfall unterbrochen wurde.

„Wer bist du? Woher kennst du mich?"

Der Mann lächelte gutmütig. „Lange ist es her, Emil. Damals hattest du noch mehr Lebensmut als heute, zumindest kann ich mich nicht daran erinnern, dich je in einer so jämmerlichen Verfassung gesehen zu haben. Scheint, als hättest du dein Leben bereits hinter dir, mein Junge."

„Verdammt, was soll das? Scher dich raus aus meinem Zimmer!"

„Ah, jetzt kommt der alte Kampfgeist zurück. Schon besser."

Emil schaute den Mann mit einer Mischung aus Skepsis und Neugierde an und überlegte krampfhaft, woher er diesen struppigen Kerl vielleicht kannte.

„Kommst du immer noch nicht drauf?" Der Mann lächelte unbekümmert. „Gut. Dann will ich dir weiterhelfen. Wir haben eine lange Reise in unserem Leben gemeinsam unternommen, aber dann haben sich unsere Wege getrennt. Du bist hiergeblieben, und ich bin weiter nach Norden gezogen. Du wolltest die Welt mit deinem Wein beglücken, und ich wollte das Glück dieser Erde aus dem Boden schürfen."

Emils Augen weiteten sich. „Old Jack? Bist du es?"

Er erhob sich aus seinem Sessel und ging ungläubig auf den Mann zu. Er hatte Jack immer noch nicht erkannt. Erst als er in die Augen des Mannes sah, verschwanden alle Zweifel.

„Mein Gott, ist das möglich? Nach all den Jahren. Old Jack!"

Emil wollte Old Jack umarmen, aber der hielt ihn mit ausgestreckten Armen von sich fern. „Bleib besser auf Abstand. Ich hab's an der Lunge. Die löst sich auf, und mit jedem verdammten Husten kommt ein Stück mehr von ihr hoch."

Emil schaute Old Jack fassungslos an. Es waren vierzehn Jahre vergangen, seit sie damals von New York aus mit dem Treck der Siedler nach Westen gezogen waren.

„Willst du mir nicht endlich ein Glas Wein anbieten?", knurrte Old Jack. „Ich nehme an, es ist dein eigener, oder?"

„Woher weißt du das?"

„Haben mir die Leute erzählt. Aber du scheinst ja ein ganz seltsamer Vogel geworden zu sein."

Old Jack setzte sich in den Sessel, der gegenüber von Emil stand, und legte seufzend seinen Kopf auf das Kissen.

„Diese verdammte Lunge. Noch nicht einmal im Sommer lässt sie mich in Ruhe."

Emil schenkte ihm ein Glas Wein ein, aber als Old Jack davon trank, prustete er ihn in einer großen Fontäne wieder aus. Dann hustete er sich fast die Lunge aus dem Leib, und es dauerte eine halbe Ewigkeit, bis er den nächsten Satz sprechen konnte.

„Schmeckt ganz passabel, dein Wein", meinte er augenzwinkernd und legte seinen Kopf auf das Kissen zurück. Dann blickte er Emil scharf an.

„Man sagt, du verlässt das Zimmer nur noch zum Mittagessen und um dich mit Wein zu versorgen. Stimmt das?"

Emil war die Frage sichtlich unangenehm. „Als ich herkam, waren die Fässer im Keller noch allesamt voll. Jetzt sind drei viertel davon weg, und bevor das letzte Fass ganz leer ist, bin ich hoffentlich schon unter der Erde."

„Dann haben wir ja eines gemeinsam", stellte Old Jack lachend fest.

„Und das wäre?"

„Den Tod, der auf uns wartet. Allerdings wünschte ich, ich könnte den verfluchten Sensenmann noch umstimmen oder ihn wenigstens davon überzeugen, dass er mich noch ein Weilchen in Ruhe lässt. Du aber wünschst dir wohl nichts sehnlicher herbei als den Tod, dabei bist du noch gar nicht an der Reihe. Verkehrte Welt. Ich würde gerne mit dir tauschen, mein Junge."

Wieder überkam Old Jack ein Hustenanfall, und er krümmte sich vor Schmerzen. Emil stand auf und legte ihm noch ein Kissen in den Nacken.

„Wie hast du mich gefunden nach all den Jahren?"

„Das war ganz einfach. Ich bin zu der Stelle geritten, an der wir uns damals voneinander verabschiedet hatten, und zu meinem großen Erstaunen fand ich dort eine wunderschöne Villa vor. Der Aufseher, ein gewisser Samuel, wollte mich erst wegjagen, aber als ich nach dir fragte, hat er mich ins Varieté geschickt, nicht ohne mir einen Gruß von ihm und seiner Frau mit auf den Weg zu geben."

„Mein guter, alter Samuel“, lächelte Emil. „Er war mein treuester Mann. Es tut gut zu wissen, dass es ihn immer noch gibt.“

Old Jack hatten die letzten Sätze sichtlich angestrengt. Erschöpft schaute er auf die quirlige Main Street hinunter.

„Du siehst müde aus“, meinte Emil plötzlich. „Schlaf ein wenig, bis du dich erholt hast, dann gehen wir runter und lassen uns ein Abendessen zubereiten.“

Er breitete eine Decke über den Beinen von Old Jack aus, der augenblicklich einschlief. Emil setzte sich ihm gegenüber in seinen Sessel und beobachtete seinen einstigen Reisekameraden.

Trotz seiner ungepflegten Haare und seines zerzausten Barts war Old Jack noch immer eine würdevolle Erscheinung. Emil erinnerte sich an den Tag, als er sich von ihm getrennt hatte, um nach San Francisco zu reiten und seine Ansprüche auf das Walholla Valley eintragen zu lassen. Damals hatte er seinen Traum von einem eigenen Weingut verwirklichen wollen, war voll unbändiger Energie und Tatendrang gewesen. Doch was war nun aus seinem Traum geworden? Sein Weingut war verkauft, die Frau, die er so sehr geliebt hatte und ihm ein Kind schenken wollte, war tot, und er selbst wünschte nichts sehnlicher, als ebenfalls bald zu sterben.

Es war schon spät am Abend, als Old Jack nach einem Hustenanfall erwachte. Emil war begierig darauf zu erfahren, wie es ihm in den Jahren seit ihrem Abschied ergangen war.

„Warst du eigentlich erfolgreich im Norden? Hast du Gold gefunden?“, wollte er wissen. Old Jack lächelte vielsagend, und es kam Emil wie eine Ewigkeit vor, bis er endlich antwortete.

„Ja, ich war weit oben im Norden, am Yukon und am Klondike, und habe dort jahrelang nach Gold gesucht, immer in der Hoffnung, irgendwann einmal die ganz große Goldader zu finden. Wer hätte gedacht, dass ich einfach nur hier in Kalifornien hätte bleiben müssen, um reich zu werden?“

Old Jack lachte, bis ihn ein Hustenanfall zwang, japsend und röchelnd Luft zu holen. Als er wieder ruhiger atmen konnte, fuhr er fort: „Tagein, tagaus habe ich im eiskalten Wasser von Gebirgsbächen und Flüssen gestanden, unermüdlich den Sand in der

Pfanne gewaschen und nach den glitzernden Nuggets Ausschau gehalten. Aber ich hatte nie das ganz große Glück und konnte von der mageren Ausbeute gerade so leben. Als dann meine Lunge krank wurde und ich nicht mehr selbst waschen konnte, habe ich nur noch anderen Goldwäschern geholfen, habe mich hier und da ein bisschen nützlich gemacht. Und dann habe ich einen Reichtum entdeckt, der größer war als alles, was ich mir bis dahin erträumt hatte: die Liebe zu Gott."

Emil schaute Old Jack an, als wäre dieser von allen guten Geistern verlassen.

„Die Liebe zu Gott?", entfuhr es ihm. „Du fährst in die vielleicht unwirtlichste Gegend dieser Welt, schuftest jahrelang vergeblich in kalten Flüssen, ruinierst dabei deine Lunge und bist glücklich, weil du Gott gefunden hast?"

Jack lächelte noch immer und nickte. „Ja, so ist es. Ich habe meine Gesundheit und meine Kraft im Norden gelassen, und dass ich in der rauen Natur überlebt habe, grenzt an ein Wunder. Aber am Ende ist mir etwas gegeben worden, das ich niemals für möglich gehalten habe."

„Warum bist du denn überhaupt wieder hierher zurückgekommen?", fragte Emil verstimmt. „Willst du etwa auch auf die Goldfelder?"

„Meine Lunge verträgt das kalte Klima nicht mehr. Die verfluchten Winter da oben sind lang und unerbittlich und bringen dich um, wenn du zu schwach bist. Ich habe schon zweimal kurz vor dem Tod gestanden. Deshalb habe ich beschlossen, in den Süden zu ziehen, der Wärme und des angenehmen Klimas wegen. Leider hat sich meine Hoffnung nicht erfüllt. Im Gegenteil. Ich habe das Gefühl, es wird jeden Tag schlimmer. Nein, die Goldfelder sind nichts für mich. Gold interessiert mich nicht mehr."

Als sich Old Jack von einem neuerlichen Hustenanfall erholt hatte, blickte er Emil scharf an. „Und was ist mit dir?"

„Was soll mit mir sein?"

„Na ja, es muss doch irgendeine Erklärung dafür geben, dass du den Tod so sehr herbeisehnst."

Emil wurde ganz still und schaute nachdenklich aus dem Fenster. Dann erzählte er Old Jack von seinem Leben im Walholla Valley. Nur ab und zu wurde er unterbrochen, wenn der Husten von Old Jack gar zu arg wurde. Draußen brach bereits der nächste Tag an, als Emil vom Tod Louises und der Kleinen vor fünf Jahren erzählte.

„Das tut mir sehr leid für dich, mein Junge", meinte Old Jack schließlich. Beide schwiegen und hingen ihren Gedanken nach. Nach einer Weile fragte Old Jack: „Hast du denn gefunden, wonach du gesucht hast?"

„Wie meinst du das?"

„Damals bist du hiergeblieben, weil du dir den Traum von einem eigenen Weingut erfüllen wolltest. Nichts war dir wichtiger als dein Wein. Dann hast du ein Weingut aufgebaut, dessen Name in aller Munde war. Aber wie denkst du jetzt darüber?"

Emil beugte sich nach vorne und schaute Old Jack in die Augen. Seine Stimme bebte vor Zorn. „Glaubst du, nur weil irgendwelche Geschäftemacher sich billig mein Weingut unter den Nagel gerissen haben, hätten sie auch meinen Traum gekauft? Das Walholla Valley war einmal das beste und größte Weingut Kaliforniens, wenn nicht sogar ganz Amerikas. Und was ist daraus geworden? Sie machen dort heute einen Wein, der zu schlecht ist, um ihn zu Essig zu verarbeiten. Mag sein, dass sie mein Weingut gekauft haben, doch mein Können und meinen Wein haben sie nicht bekommen."

Emil stand verärgert auf und schlurfte zur Tür. „Komm, ich zeige dir dein Bett."

Old Jack hatte ein eigenes, kleines Zimmer bekommen, das gleich neben Emils lag. Trotz des nächtlichen Hustens von Jack, der ihn wachhielt, war Emil war froh, Gesellschaft zu haben. Einmal musste er sogar einen Arzt rufen lassen, weil er fürchtete, sein Freund könnte ersticken. Der Arzt hatte Jack nur kurz untersucht und noch nicht einmal seine Instrumente ausgepackt. Das Ergebnis war eindeutig: Old Jack litt an der Schwindsucht. Der Arzt hatte gemeint, es sei ein Wunder, dass er überhaupt noch am Leben sei, und hatte ihm höchstens noch ein paar Wochen gegeben.

Old Jack hingegen versuchte sich nichts anmerken zu lassen. Jeden Morgen ging er nach dem Frühstück in die Kirche und blieb dort bis zum Mittagessen. Danach zog er sich in sein Zimmer zurück und hielt seinen Mittagsschlaf.

Währenddessen ging Emil seinem gewohnten Tagesablauf nach. Den ganzen Tag über saß er in seinem Zimmer, trank Wein und schaute hinunter auf die Main Street. Und trotzdem hatte sich etwas verändert. Das Leben war ihm plötzlich nicht mehr egal. Er konnte sogar richtig zornig werden, wenn er mit Old Jack abends zusammensaß und dieser von Gottes Barmherzigkeit und Güte sprach.

Emil verdrehte die Augen. Für ihn war Old Jack ein Versager! Schluss! Aus! Old Jack war ausgezogen, um Gold zu suchen und war mittellos und krank zurückgekommen. Doch anstatt dass er sich dies eingestanden hätte, gab er vor, seinen Reichtum bei Gott gefunden zu haben.

Trotzdem war da etwas, was Emil verunsicherte. Denn Old Jack parierte seine gelegentlichen Wutausbrüche mit einem Lächeln, das ihn zur Weißglut bringen konnte. Außerdem brachte er ihn mit seinen Fragen häufiger ins Grübeln, als Emil lieb war. Einmal saßen sie wieder bis spät in der Nacht zusammen, und Old Jack fing wieder mit seinen Fragen an.

„Dann sag mir doch einmal, warum du nicht glücklich warst, als das Weingut so gut lief. Weißt du es? Nein? Ich will es dir sagen, mein Junge. Weil du immer mehr wolltest, als du bekommen hast. Weil du mit dem, was du hattest, nie zufrieden warst. Und weil du mit dir selbst und deinem Leben nie im Reinen warst. Das ist die verdammte Wahrheit. Und warum du seit Jahren in diesem elenden Dreckloch vor dich hinvegetierst, hat auch einen Grund: Weil du dir selbst nicht genug bist. Du bist ein Getriebener, kein Träumer. Ein Träumer hat seinen Traum, aber er lebt im Hier und Jetzt. Doch du willst immer mehr und immer noch mehr. Aber ist es denn wirklich dein Traum, den du da lebst? Macht er dich glücklich? Sieh dich doch einmal an! Ja, mein Junge, denk darüber nach, und du wirst sehen, dass es reicht, wenn du nur du selbst bist."

Old Jack wurde von einem furchtbaren Hustenanfall geschüttelt, holte mühsam Luft und sank erschöpft im Sessel zurück.

Emil wusste auf seine Vorhaltungen nichts zu erwidern und war froh, als Old Jack wenig später wieder in seinem Zimmer war. Die Fragen und Weisheiten ärgerten Emil mehr, als er sich eingestehen mochte. Denn sein alter Freund hatte recht. Wenn Emil in seinem Zimmer saß, dachte er viel über sich nach, und das tat weh. Er hatte immer für den Wein gelebt, doch nun sehnte er sein Ende herbei, obwohl er noch viel zu jung zum Sterben war. Er dachte an seine Heimat, an Anna und Louis und versuchte, sich an seine Gefühle und Gedanken zu erinnern, als er die Pfalz verlassen hatte. War er wirklich jemals glücklich gewesen?

Emil stand auf und ging zum Schrank, auf dem die silberne Schatulle seiner Mutter stand. Er holte die Kohlezeichnungen heraus und betrachtete gedankenversunken das Bild Claras, wie er es schon tausendmal zuvor getan hatte. Warum war sein Mutter bei seiner Geburt gestorben? Und warum hatte sein Vater irgendwo in Russland umkommen müssen, ohne jemals seinen Sohn gesehen zu haben?

Emil legte das Blatt behutsam zurück und nahm das Porträt Josefines, das er einst von ihr gemalt hatte, und betrachtete es. Josefine. Auch sie war aus seinem Leben gerissen worden, ohne dass sie eine Möglichkeit bekommen hatten, ihre gemeinsamen Träume zu leben. Und am Ende waren ihm auch noch Louise und die Kleine genommen worden. So viel Leid, so viel Schmerz. Und wofür?

Alles erschien Emil mit einem Mal völlig sinnlos, und dann hatte er plötzlich das Bowiemesser in der Hand. Er betrachtete den glänzenden Stahl. Was hatte Tatiki damals gesagt, als er es ihm geschenkt hatte? Es würde ihn beschützen und vor dem Tod bewahren. Was aber, wenn er das Leben nicht mehr wollte? Was, wenn er sein Leben nur noch als Qual empfand?

Sanft strich Emil mit dem Daumen über die Klinge. Erst vorsichtig, dann drückte er fester zu. Der Stahl durchtrennte die Haut und schnitt tief in das darunterliegende Fleisch. Es tat fast gar nicht weh. Blut quoll aus der Wunde und tropfte auf den Holzboden. Emil setzte die Klinge an seinen Unterarm und schloss die Augen.

Es würde schnell gehen, er würde einfach müde werden, dann einschlafen und nie mehr aufwachen. Doch als er schon bereit war für den kurzen, kalten Schnitt, hörte er Old Jack nebenan in seinem Zimmer husten. So als wäre er bei etwas Bösem ertappt worden, steckte er das Messer schnell wieder in die Scheide zurück.

Der nächste Tag war ein Sonntag, und Emil klopfte wie gewohnt an die Tür von Old Jack, um ihn zum Frühstück abzuholen. Als er von drinnen keine Antwort bekam, betrat Emil das Zimmer. Old Jack lag tot im Bett, die Hände auf der Bettdecke gefaltet, als hätte er noch ein letztes Gebet gesprochen, bevor er diese Welt verlassen hatte. Emil setzte sich neben seinen alten Freund und betrachtete ihn andächtig. Wie friedlich sein Gesicht aussah, als wäre es eine Erlösung für ihn gewesen, zu sterben. Er würde Old Jack vermissen. Es hatte ihm gutgetan, mit einem Freund sprechen zu können, und selbst wenn dessen hartnäckige Fragen nicht immer einfach für ihn gewesen waren, so hatten sie doch etwas in seinem Herzen angestoßen.

Emil erinnerte sich an Max, der ihm damals mit seiner direkten Art, auch unangenehme Wahrheiten auszusprechen, die Augen geöffnet und einen neuen Weg in seinem Leben gezeigt hatte. Max war schon lange tot, und nun war auch noch Old Jack von ihm gegangen.

Emil stand auf, um nach unten ins Varieté zu gehen, als er den Rucksack bemerkte, der auf dem Tisch stand. Neben dem Rucksack lag ein Kuvert, auf dem mit großen Buchstaben „Emil“ stand. Emil öffnete das Kuvert und zog ein Blatt Papier heraus, das in einer ungelenken Schrift beschrieben war.

Lieber Emil,

wenn Du diesen Brief findest, werde ich schon nicht mehr sein. Ich werde dann in einer Welt sein, die bisher nur in meinen Träumen existierte. Eine Welt voller Güte, Herzlichkeit und Liebe.

Als wir uns damals auf dem Hügel voneinander verabschiedeten, konnte ich nicht ahnen, wie mein Leben verlaufen würde. Ich habe tagein, tagaus geschuftet und war geblendet von der Vorstellung, durch Gold zu großem

Reichtum zu kommen. Meine Gier nach Gold war übermächtig und trieb mich dazu, über die Jahre meine Gesundheit zu ruinieren. Doch ich fand immer nur gerade so viel, dass ich mein Leben fristen konnte.

Als ich schließlich krank wurde und kein Gold mehr waschen konnte, habe ich etwas entdeckt, das viel wichtiger war als das, was ich bis dahin gesucht hatte: die Liebe zu Gott. Er lehrte mich, mich so anzunehmen, wie ich war, und fortan anderen Menschen zu helfen. Und dies gab mir mehr, als ich mir jemals erträumt hatte – Zufriedenheit, Gelassenheit und innere Ruhe. Ich war endlich kein Getriebener mehr, kein Sklave des Goldes.

Das Gold, das andere nun suchten und auch fanden, war mir egal geworden. Und nachdem ich bereits den Reichtum meines Lebens in Gott gefunden hatte, bekam ich endlich, wonach ich all die Jahre ebenso sehnsüchtig wie vergeblich gesucht hatte: Gold. Ich fand es in einem kleinen Creek nahe dem Klondike River und musste es nicht einmal waschen. Ich konnte die Nuggets mit der bloßen Hand aus dem Flussbett sammeln.

Emil, mir ist klargeworden, dass der wahre Reichtum unseres Lebens Gottes Liebe ist. Ich hoffe, auch Du wirst diesen Reichtum und damit endlich Dein Glück finden. Denn bedenke: Alles Geld, aller Ruhm und alle Ehre dieser Welt allein werden Dich niemals glücklich machen.

Dein alter Freund Old Jack.

PS: Meine letzte Ruhestätte soll dort sein, wo wir uns vor vierzehn Jahren verabschiedet haben.

Emil legte den Brief beiseite und durchsuchte den Rucksack, bis er einen schweren Lederbeutel fand, der mit einem Band verschnürt war. Er öffnete ihn und schüttelte fassungslos den Kopf. Der Beutel war bis zum Rand mit großen Nuggets gefüllt. Noch nie in seinem Leben hatte er so viel Gold auf einem Haufen gesehen. Es funkelte und glitzerte verführerisch in der Morgensonne. Er verschnürte den Beutel sorgfältig und legte ihn in die silberne Schatulle seiner Mutter.

Am nächsten Morgen ging Emil zum Leichenbestatter in der Main Street, kaufte einen Sarg für Old Jack und lieh sich einen einspännigen Karren. Dann fuhr er mit Old Jacks Leichnam hinauf zum Walholla Valley. Seitdem er das Weingut verlassen hatte, war er nicht mehr dort gewesen. Als Emil am Eingang des Tals vorbeifuhr und er auf der gegenüberliegenden Seite die Villa sah, war es ihm plötzlich, als wäre es erst gestern gewesen, dass er dort mit Louise gelebt hatte. Wie sinnlos waren doch die letzten fünf Jahre gewesen, und wie nutzlos war sein Leben. Er ertappte sich bei dem Gedanken, was Old Jack wohl dazu gesagt hätte.

Emil schaufelte den ganzen Vormittag, bis die Grube tief genug war. Dann setzte er sich auf einen Baumstumpf und schaute auf das Tal hinab. Die Reben standen dichter, als er die Weinberge damals angelegt hatte. Offensichtlich wurde die Villa nun als Quartier für die Arbeiter genutzt, denn überall hing Wäsche aus den Fenstern. Dann wanderte sein Blick zum Hügel, der oberhalb der Villa lag. Die beiden Holzkreuze hoben sich scharf gegen den blauen Himmel ab.

Keuchend vor Anstrengung ließ Emil den Sarg vorsichtig in die Grube gleiten, nahm die Schaufel und füllte Erde nach, bis sich über dem Grab eine kleine Erhöhung bildete. Er suchte zwei Äste und band ein Kreuz, das er auf den Erdhügel steckte.

Es war schon Abend, als Emil immer noch mit gefalteten Händen an Old Jacks Grab stand und es plötzlich aus ihm herausbrach: „Du da oben im Himmel, wenn jemand ein Anrecht auf einen Platz in deiner Nähe hat, dann ist es dieser Mann, der hier ruht. Ich wollte es zuerst nicht glauben, aber dieser Mann war beseelt von der Liebe zu dir. Es hat ihm nichts ausgemacht, zu sterben, und er hat sich darauf gefreut, vor dir Rechenschaft über sein Leben abzulegen. Und noch etwas steht fest: Mein Freund Old Jack hat einen guten Weg gefunden, und er hat darum gekämpft, nicht nur selbst den Weg zu dir zu finden, er hat auch versucht, anderen diesen Weg zu weisen. Mag sein, dass ich nicht immer seiner Meinung war. Aber die Frage nach mir selbst und die Frage nach dir hat er mir mit auf den Weg gegeben. Möge mein Freund Jack für immer in Frieden hier ruhen. Amen."

Old Jack war tot. Er, der so gerne noch weitergelebt hätte, war nicht mehr. Für Old Jack war ein Traum in Erfüllung gegangen, er hatte Frieden gefunden. Aber was war mit ihm, Emil?

Plötzlich erinnerte sich Emil an die Worte seines Freundes: „Lerne zu lieben und schüttle die Fesseln des Getriebenen ab." Emil schaute auf seine zitternden Hände, und plötzlich spürte er, wie sehr er sich selbst fremd war. Was war aus ihm geworden? Ein seelenloser Körper, der sich seinen eigenen Tod herbeisehnte. Doch wie sollte er lieben lernen, wenn er sich selbst Tag für Tag ein wenig mehr zerstörte? Emil dachte an Anna und Louis und an die Weinberge in seiner Heimat. Was konnte er dafür, dass ihn das Schicksal aus dem Kreis seiner Lieben gerissen hatte?

Emil sog die Luft ein, und zum ersten Mal, seit er das Walholla Valley verlassen hatte, konnte er wieder etwas riechen. Seine Kindheit zog an ihm vorüber, in seiner Nase prickelte das Meersalz, und schließlich roch er den Duft von Josefine. Was hatte er bloß verbrochen? Was konnte er dafür, dass der alte Bassermann gestorben war? Was konnte er dafür, dass er sich mit Carl überworfen hatte? War diese vermaledeite Nacht, in der er Josefine betrogen hatte, es tatsächlich wert, sich sein Leben lang zu bestrafen? Was hielt ihn nur davon ab, sich selbst zu vergeben und Barmherzigkeit zu zeigen?

Plötzlich wurde sein Herz ganz warm. Die Wärme strahlte in seinen Körper hinein, sein Blut pulsierte bis in die Spitzen seiner Finger. Emil holte tief Luft, dann atmete er befreit aus – und plötzlich war es gut. Alles war gut und eins. Seine Seele kehrte zurück, und ihm war, als würde er zum zweiten Mal geboren.

Emil fuhr hinüber zu dem Hügel, auf dem Louise und seine Tochter ruhten. Die beiden Gräber sahen aus, als wären seine Liebsten erst gestern gestorben. Vor den beiden Holzkreuzen stand eine flache Tonschale, in der Blumen lagen. Emil stand schon eine Weile regungslos da, als er Schritte hinter sich hörte und eine vertraute Stimme vernahm.

„Es ist schön, Euch wiederzusehen, Herr."

Emil schaute sich um und erkannte Samuel. „Mein guter, alter Samuel. Haben sie dir doch noch das Gnadenbrot gewährt."

Sie umarmten sich herzlich.

„Die Blumen sind von dir, nicht wahr?"

„Wir vermissen Mrs. Louise und Euch sehr. Es hat uns das Herz gebrochen, als Ihr damals gehen musstet. Alle waren sehr traurig."

Emil schwieg, und es entstand eine Pause, bis Samuel sich räusperte.

„Ich habe gesehen, dass Ihr einen Mann beerdigt habt, Herr. War er ein guter Freund von Euch?"

„Ja, er war ein sehr weiser Mann, der mir den Mut zum Leben zurückgegeben hat."

„Ihr seid ein guter Mensch, Herr. Was werdet Ihr jetzt tun?", fragte Samuel, und plötzlich war es Emil, als hätte die Antwort auf diese Frage schon lange in ihm geschlummert. Er hob den Kopf und ein Leuchten war in seinen Augen.

„Ich werde dorthin gehen, wo es mich vor vielen Jahren weggetrieben hat. Zurück in meine Heimat."

3. Buch

Die Pfalz

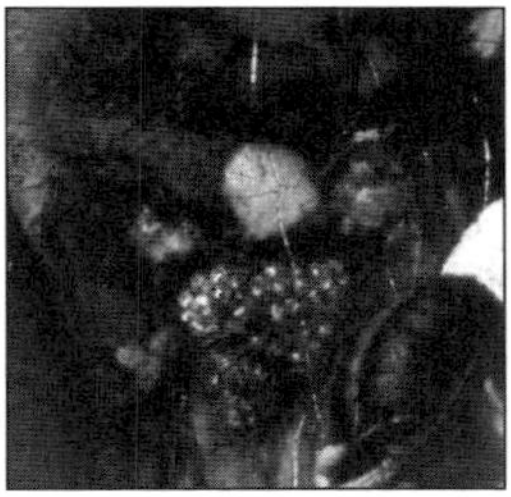

1. Zeiten des Wandels

Die Postkutsche jagte ratternd durch das eng gewundene Tal des Pfälzer Waldes. In der Nacht zuvor hatte es in Strömen geregnet, und die eisenbeschlagenen Laufräder hinterließen tiefe Spurrinnen im morastigen Boden. Auf einer Lichtung äste ein Rudel Hirsche, bis es, vom Klappern der Pferdehufe aufgeschreckt, in das Unterholz flüchtete.

Emil schaute gebannt aus dem Fenster. Vereinzelt lagen noch Nebelbänke in den Tälern, die von der aufgehenden Morgensonne allmählich aufgelöst wurden. Ein schöner Tag kündigte sich an, und bald schon würde die Kutsche an jener Poststation Halt machen, wo er vor zwanzig Jahren seine Reise begonnen hatte.

Sie fuhren in einen dunklen Tannenwald, dann öffnete sich ein breites, mit grünem Schilf bewachsenes Tal, durch dessen Mitte sich ein Bächlein schlängelte. Kinder saßen mit Weidenruten in den Händen am Ufer und angelten. Ihre Mütter schnitten frisches Schilf, und auf ihren Gesichtern spiegelte sich die Freude über den wonnigen Märztag.

Wie lieblich doch alles aussah! Als hätte ein Maler die Landschaft eigens für ein Gemälde arrangiert. Emil dachte an Amerika. Um wie viel größer und mächtiger dort alles war! Endlose Hügel, die bis zum Horizont reichten, reißende Flüsse, die tiefe Täler durchschnitten, und sogar die Wiesengräser wuchsen schneller und reichten den Rindern bis zu den Bäuchen.

Zwei Wochen war es her, dass er in Le Havre angekommen war, und noch immer warteten dort Tausende auf die Überfahrt ins verheißungsvolle Amerika. Seltsamerweise war Emil davon ausgegangen, dass die Menschen keinen Grund mehr hätten, ihre Heimat zu verlassen, aber offenbar hatte sich in den Jahren seiner Abwesenheit doch nicht so viel verändert. Wie war es sonst möglich, dass arbeitswillige, rechtschaffene Menschen noch immer um ihr täglich Brot kämpfen mussten und nur in der Flucht aus ihrer Heimat einen Ausweg aus ihrer Not sahen? Selbst das Passagehaus war noch so, wie er es in Erinnerung hatte, allerdings war es noch heruntergekommener als zu Zeiten seiner Überfahrt.

Dann aber erinnerte sich Emil daran, dass er bereits in Le Havre unzählige Plakate gesehen hatte, die in großen Lettern und mit Bildern von abenteuerlich aussehenden Goldschürfern für die Überfahrt nach Amerika warben. Die Nachrichten von den fantastischen Goldfunden in Kalifornien waren schnell auch nach Europa gedrungen, und obwohl auf den Goldfeldern längst schon alle Claims vergeben waren, hofften noch immer Tausende darauf, möglichst schnell in den Westen zu kommen, um dort reich zu werden. Emil hatte den Kopf geschüttelt, als er diese Plakate gesehen hatte. Und er hatte wieder an Old Jack denken müssen und was dieser ihm über die sinnlose Gier nach Gold erzählt hatte.

Emils Blick ging zu den beiden Mitreisenden, die ihm im Abteil gegenübersaßen. Der Dickere von beiden, ein vornehmer Bankier aus dem Hessischen, hatte seinen Zylinder sogar während der Fahrt aufbehalten. Die Herren waren Geschäftspartner und unterhielten sich über ein Projekt, das sie in der Pfalz zu verwirklichen gedachten. Mit einer Eisenbahn wollten sie Neustadt mit Bad Dürkheim verbinden.

Sie waren ganz begeistert von der Idee und von den Aussichten eines solchen Bauprojekts. Der Ingenieur, ein kleiner Mann mit einem großen, gezwirbelten Schnauzbart, pries die technischen Errungenschaften im Lokomotivbau an und war ganz aufgeregt.

„Stellen Sie sich das vor! In ein paar Jahren wird diese Schaukelei endgültig ein Ende haben. Die Fahrgäste werden in luxuriösen Abteilen sitzen und innerhalb von nur einer Stunde ihr Ziel erreichen", schwärmte er und strich sich aufgeregt mit den Fingern den Bart glatt. Die Begeisterung des Ingenieurs schienen nicht alle zu teilen. Seine Miene verfinsterte sich, als er empört von Gegnern der Eisenbahn berichtete, die den neuen Fortschritt fürchteten und behaupteten, eine Zugfahrt könne zu ernsthaften Beeinträchtigungen der Gesundheit führen. Der menschliche Körper, so behaupteten sie, sei für eine Fahrt bei derart hohen Geschwindigkeiten nicht geschaffen, und Zug fahren verursache Nasenbluten und führe zu Kopfschmerzen.

Die Kutsche geriet in ein Schlagloch, und das Wagenchassis schlug dumpf gegen den Holzrahmen. Emil konnte sich gerade noch am Fensterrahmen festhalten und wäre beinahe auf den Ingenieur geschleudert worden. Der nahm ihn sogleich ins Visier, als hätte er endlich einen dieser notorischen Nörgler ausfindig gemacht.

„Wo kommt Ihr eigentlich her?", fragte er Emil und fixierte diesen mit seinen kleinen Adleraugen. „Ihr seht aus, als hättet Ihr eine weite Reise hinter Euch."

Auf einmal schaute auch der Bankier ganz interessiert, nur der Weinhändler, mit dem sich Emil die Sitzbank teilte, schlief ungerührt weiter.

„Ich komme aus Amerika", antwortete Emil möglichst unbeteiligt.

„Ah, das dachte ich mir", grinste der Bankier triumphierend.

„Ich meine, wegen Eurer Kleidung", fügte er kleinlaut hinzu. Und wie zur Entschuldigung ergänzte er: „Die sieht man nämlich nicht alle Tage."

In der Tat konnte Emil nicht verhehlen, dass er etwas ungewöhnlich aussah. Er trug einen schwarzen Anzug, dessen silberne Knöpfe seine Initialen trugen. In fein gewundener Schrift waren die Buchstaben „EJ" eingraviert. Die sorgfältig gebügelten Bundfalten seiner Hosenbeine mündeten in üppig verzierten Cowboystiefeln.

Kurz vor dem Auslaufen des Schiffes hatte sich Emil diese Garderobe in New York zugelegt, und der Schneider hatte ihm hoch und heilig versichert, diese Mode sei der letzte Schrei. In Le Havre war er bei einem Frisör gewesen, der scheinbar nur einen Schnitt beherrschte, nämlich den ganz kurzen. Ehe sich Emil versah, waren auch schon die blonden Locken abrasiert, und nur ein kurzer Stoppelschnitt war von seiner einstigen Haarpracht übrig geblieben.

Beim Friseur hatte er sich das erste Mal seit Jahren wieder richtig im Spiegel angeschaut, und was er sah, war durchaus passabel. Mit seiner schlanken Figur wirkte er trotz seiner achtunddreißig Jahre immer noch jugendlich, und seine muskulösen Arme verrieten, dass er früher einmal hart zugepackt hatte. Trotzdem fühlte sich Emil älter. Die entbehrungsreiche, unermüdliche Arbeit in den Weinbergen und der selbstzerstörerische Lebenswandel im Varieté hatten ihre Spuren hinterlassen. Seine Wangen waren eingefallen, tiefe Falten zogen sich von den Mundwinkeln herab zum Kinn. Er lief leicht gebückt, und am Morgen brauchte er erst einmal ein Weilchen, bis er seine Knochen wieder sortiert hatte. Und auch im Kopf war er langsamer geworden. Sich längere Zeit zu konzentrieren, fiel ihm schwer.

Emil hatte die ganze Zeit über gedankenverloren aus dem Fenster geschaut, aber der Ingenieur schien sich mit seinen dürren Auskünften nicht zufriedengeben zu wollen.

„Was habt Ihr vor in der Pfalz? Stammt Ihr aus der Gegend?“

Emil überlegte, ob er sich schlafend stellen sollte, aber dann empfand er es doch als zu unhöflich, dem Ingenieur nicht zu antworten, schließlich hatten sie noch einige Stunden Fahrt vor sich.

„Ich bin dort geboren“, entgegnete er lapidar.

„Ah“, entglitt es dem Bankier eine Spur zu schrill. Sogleich hielt er sich die Hand vor den Mund, als sei es ihm peinlich, die Contenance verloren zu haben.

„Wissen Sie, in der Heimat ist es doch immer noch am schönsten“, gluckste er vergnügt. Er öffnete mit spitzen Fingern eine silberne Dose und sog mit lautem Schnauben eine Prise Schnupftabak ein, sodass rund um die Nasenlöcher ein schwarzer Tabakrand blieb, den er galant mit einem blütenweißen Tuch wegwischte.

„Ich kannte vor vielen Jahren mal einen Bürgermeister aus dem Hessischen“, besann er sich und tupfte dabei selbstverliebt an seiner Nase herum. „Der war auch ins verheißungsvolle Amerika ausgewandert. Und was ist geschehen? Wenige Jahre später kehrte er wieder zurück, ausgemergelt und krank, und seitdem lebt er in ärmlichsten Verhältnissen mit seiner Familie in einer Holzhütte und ist schon froh, wenn er sich das Brot für den nächsten Tag leisten kann.“

Geflissentlich nickte der Bankier zur Bestätigung, als würde niemand glauben wollen, von welch schrecklichem Schicksal er gerade eben berichtet hatte.

Emil schaute derweil schon wieder aus dem Fenster. Mächtige Kastanienbäume flogen an ihm vorüber. Rote Sandsteinfelsen türmten sich am Wegesrand auf. Die Landschaft kam ihm vertraut vor. Sie hatten das Lambrechter Tal erreicht, und nicht mehr lange, dann würde er wieder in seiner Heimat sein.

Emil dachte an seine Eltern, und sein Magen verkrampfte sich. Ging es Anna und Louis gut? Waren sie überhaupt noch am Leben? Hatten sie ihm verziehen, dass er sie in jungen Jahren verlassen und ihnen gar nichts von dem zurückgegeben hatte, was er durch ihre liebevolle Erziehung empfangen hatte? Emil versuchte sich an das Aussehen von Anna zu erinnern, doch so sehr er sich auch bemühte, es wollte ihm nicht gelingen. Dagegen tauchte das Gesicht von Louis sofort vor ihm auf. Er brauchte nur an die vielen Spaziergänge in den Weinbergen zu denken, und schon hatte er das von tiefen Falten durchzogene, gebräunte Gesicht mit den lachenden Augen vor sich. Wie würden Anna und Louis reagieren, wenn sie ihren Sohn nach all den Jahren wiedersehen würden?

Die Kutsche fuhr in eine lang gezogene Kurve, und Emil wurde an die Seitenwand des Wagens gepresst. Er schaute auf seine Mitreisenden, um sich zu vergewissern, dass er unbeobachtet war. Dann tastete seine Hand unter die Weste, und als er den breiten Ledergürtel zwischen den Fingern spürte, war er wieder beruhigt. In dem Gürtel war das Gold, das ihm Old Jack hinterlassen hatte. Für die Überfahrt hatte er ein Nugget in New York verkaufen müssen, und der Erlös hatte ausgereicht, um sich eine Passage in der ersten Klasse leisten zu können.

Emil hatte in einer komfortablen Kabine logiert, die er sich mit niemandem teilen musste und die täglich gesäubert wurde. Das Essen war nahrhaft, und der Koch schien sich alle Mühe geben zu wollen, die Passagiere bei Laune zu halten. Zu den Mahlzeiten gab es sogar Wein. Wie anders war doch damals die Überfahrt mit der „New Breeze“ gewesen! Eingezwängt in eine kleine Koje, die er sich mit einem anderen Matrosen teilen musste, war die Reise alles andere als angenehm gewesen, und doch dachte Emil mit etwas Wehmut an seine Kameraden zurück.

Auf einmal fuhr die Kutsche langsamer, und schließlich hielt sie vor einer kleinen Poststation.

„Noch eine Stunde bis Neustadt", ertönte die Stimme des Kutschers. Emil stieg aus dem Wagen, und noch ehe er in weitere Gespräche verwickelt werden konnte, lief er zum Fluss hinunter, der sich fröhlich gurgelnd durch die Wiesen schlängelte.

Plötzlich schoss ihm durch den Kopf, wie er damals von Jacques Hellmann den Zettel mit dem Namen von Tom Lance bekommen hatte. Im Nachhinein war es geradezu ein Wunder, dass er überhaupt in Amerika angekommen war. Was würde er dem alten Hellmann berichten? Durfte der Agent seine Auswanderung als eine jener Erfolgsgeschichten verbuchen, mit denen er um neue Kunden warb?

Emil war schon eine ganze Weile am Bach entlanggeschlendert, als er Schritte hinter sich hörte. Es war der Weinhändler, der die ganze Fahrt über schlafend neben ihm gesessen hatte. Eine knollige Nase prangte in seinem Gesicht, die mit roten Adern übersät war und darauf schließen ließ, dass er weltlichen Genüssen durchaus etwas abzugewinnen vermochte.

„Es tut gut, sich die Beine zu vertreten nach der holprigen Reise", meinte er fröhlich.

„Ja, das ist richtig. Man hat das Gefühl, als müssten die Knochen erst einmal wieder neu geordnet werden", antwortete Emil und musste lächeln. Der Weinhändler hatte seit Beginn der Reise geschlafen, und erst jetzt, als sie sich der Pfalz näherten, schien er zu neuem Leben erwacht.

„Ihr sagtet vorhin, Eure Heimat wäre die Pfalz? In welchem Weingut habt Ihr gelebt, wenn ich fragen darf?"

„Bei Bassermann. Mein Vater war dort Kellermeister."

„Ah, Bassermann ist mir ein Begriff. Ihr müsst wissen, ich handle vorwiegend mit Weinen aus der Pfalz. Ich kaufe sie in großen Mengen auf und verkaufe sie nach Amerika."

„Ich kenne Eure Weinhandlung", antwortete Emil und lächelte verschmitzt. Er hatte während der Fahrt einen Umschlag des Weinhändlers entdeckt, auf dem in großen Lettern „Progemann" zu lesen war. Der Weinhändler schaute ihn überrascht an.

„Darf ich nach Eurem Namen fragen?"

„Jordan. Emil Jordan."

Der Weinhändler runzelte die Stirn und dachte angestrengt nach. „Entschuldigt, aber ich kann Euren Namen nicht zuordnen."

„Sagt Ihnen das Walholla Valley etwas?"

Die Augen des Weinhändlers weiteten sich. „Aber natürlich", rief er aufgeregt. „Ein sehr guter Kunde von uns. Daher kenne ich auch das Weingut Bassermann. Der Kunde bestand darauf, von jedem Jahrgang aus dem Weingut Bassermann ausreichend viele Flaschen zu kaufen."

Der Weinhändler trat erstaunt einen Schritt zurück. „Seid Ihr etwa der Winzer, dem das Weingut gehört hat?"

Das Lächeln auf Emils Gesicht verschwand.

„Dann ist es mir eine besondere Ehre, Euch kennenzulernen" rief der Weinhändler unbeirrt. „Wenn ich mich recht entsinne, gab es kein Weingut in Amerika, das es mit dem Euren aufnehmen konnte. Eure Weine waren außergewöhnlich."

Seine Stimme wurde leiser. „Wie ist es Euch nach der großen Reblausplage ergangen? Plötzlich sind Eure Bestellungen ausgeblieben."

„Die Reblaus hat alle meine Weinberge vernichtet", antwortete Emil nach einer Weile und war selbst überrascht, wie sehr ihn diese Worte schmerzten. „Irgendwann konnte ich die Gläubiger nicht mehr befriedigen, und das Weingut wurde versteigert."

Der Weinhändler kam näher und legte den Arm auf seine Schulter. „Das tut mir leid, Herr Jordan", antwortete er mitfühlend. „Das muss ein schwerer Schlag für Euch gewesen sein."

Aber dann hellten sich seine Gesichtszüge wieder auf. „Und jetzt seid Ihr auf dem Weg in Eure Heimat?"

„Ja, ich will zu meinen Eltern. Ich habe sie das letzte Mal bei meiner Abreise gesehen."

„Eure Leute werden stolz auf Euch sein, Herr Jordan. Es gibt keinen Winzer, der in dieser kurzen Zeit so viel erreicht hat wie Ihr. Und dass Ihr von der Reblaus besiegt wurdet, kann Euch niemand vorwerfen."

Emil schaute den Händler dankbar an. Wie lange hatte er sich selbst Vorwürfe gemacht? Hatte sich überlegt, was er hätte anders machen können, und war doch immer wieder nur zu dem einen Schluss gelangt: Dass ihm das Schicksal einen üblen Streich gespielt hatte. Was konnte er dafür, dass die Reblaus in seine Weinberge eingefallen war? Warum machte er sich verantwortlich für den Niedergang seines Weinguts und den Tod von Louise? Er hatte sich häufig gefragt, was gewesen wäre, wenn die Reblaus sein Weingut nicht zerstört hätte. Wäre Louise noch am Leben? Mit solchen Fragen zermarterte er in den langen Nächten seinen Kopf. Wie gut tat es dagegen, die aufmunternden Worte des Weinhändlers zu hören.

Ja, er konnte stolz auf sich sein. Er hatte in wenigen Jahren das größte Weingut Amerikas erschaffen. Seine Weine gehörten zu den besten Gewächsen, die der amerikanische Boden hervorgebracht hatte. Er hatte Erfolg bis zu dem Augenblick, als die Reblaus sein Werk vernichtet hatte. Ein Schicksal, dass nicht nur ihn ereilt hatte. Viele Weingüter hatten nach der Reblausepidemie aufgeben müssen.

Plötzlich spürte er, dass er schon lange nichts mehr gegessen hatte.

„Habt Ihr auch Hunger?", fragte Emil.

„Ja, und wie", antwortete der Weinhändler und rieb sich seinen kugelrunden Bauch. „Wenn ich mich recht entsinne, dann sind wir bereits in der Pfalz, und die ist ja bekannt für ihre gute Küche."

Neben der Poststation befand sich eine Gastwirtschaft, die im Wesentlichen aus einer kleinen Stube bestand, deren Wände vom Kamin ganz eingerußt waren. Emil dachte an das Hotel „Bristol" mit seinem edlen Foyer und musste lächeln. Was für ein Unterschied! Er war sich sicher, dass die Gaststube zur Zeit seiner Abreise schon genauso ausgesehen hatte wie heute.

Die beiden Männer setzten sich in die Ecke des Raumes, und kurze Zeit später erschien eine ältere, wohlbeleibte Frau, deren karierter Küchenschurz über der Brust zusammengebunden war. Trotz der Hitze trug sie dicke Wollsocken und Holzgaloschen, die so ausgetreten waren, dass das dünne Holz bei jedem Schritt hell klapperte. Als Emil ihren pfälzischen Dialekt hörte, schlug sein Herz vor Freude höher. Alles klang so warm und herzlich, und ihm wurde wieder einmal klar, wie sehr er seine heimische Mundart in all den Jahren vermisst hatte. Jedes Wort berührte seine Seele.

Die Wirtin sah ihnen offensichtlich an, dass sie eine lange Reise hinter sich hatten, denn kurze Zeit später standen gut ein Dutzend Dampfnudeln auf dem Tisch. Emil hatte sein Lieblingsgericht zum letzten Mal bei seiner Mutter gegessen, und als er den Duft der Dampfnudeln roch, lief ihm das Wasser im Mund zusammen. Eine dicke, schwarze Salzkruste hob sich vom hellen Hefeteig ab. Beherzt griff er zu und stellte zu seiner Freude fest, dass die Dampfnudeln mindestens genauso gut schmeckten wie die seiner Mutter. Dazu gab es eine schaumig gerührte Weinsoße, in der so viel Riesling war, dass es ihm schon nach wenigen Löffeln ganz schummrig im Kopf wurde.

Die Sonne stand schon hoch am Himmel, als der Kutscher schließlich die Reisenden zur Weiterfahrt aufrief. Emil machte es sich in der Kutsche gemütlich, und es dauerte nicht lange, bis er in einen wohligen Schlaf fiel. Er träumte von Anna und Louis, und als er aufwachte, hatte er sein Ziel erreicht.

Noch ganz benommen stieg Emil auf dem Marktplatz von Neustadt aus. Er hatte geglaubt, dass er seine Heimat nach all den Jahren kaum noch wiedererkennen würde. Aber nichts schien sich verändert zu haben. Alles war noch genau so wie vor zwanzig Jahren. Im Brunnen plätscherte das Wasser, und Horden von Kindern spielten lärmend in den Gassen. Nur das Büro von Jacques Hellmann und das Plakat mit dem Auswandererschiff waren nicht mehr da.

Der Kutscher lud das Gepäck vom Wagendach, während sich die Reisenden artig voneinander verabschiedeten. Der Weinhändler gab Emil ein Billett von sich und bat ihn inständig, sich zu melden, wenn er sich wieder eingelebt hätte. Dann war Emil wieder sich selbst überlassen.

Auf der gegenüberliegenden Seite des Marktplatzes entdeckte er eine kleine Pension, die freundlich und gepflegt aussah. Unter den Fenstern hingen Blumenkästen, und die Hauswand war mit Weinreben zugewachsen. Er stemmte seine Reisetasche hoch und hatte die Pension noch nicht richtig erreicht, als auch schon der

Wirt am Eingang erschien. Er schob einen großen, runden Bauch vor sich her, und auf dem Kopf trug er eine Mütze, wie sie Emil von den Pfälzer Winzern her kannte.

„Kann ich Euch weiterhelfen, mein Herr?“, erkundigte sich der Wirt freundlich.

„Ja. Ich suche ein Zimmer. Ich will nur eine Nacht bleiben und dann weiter nach Deidesheim.“

„Gerne, mein Herr. Das Zimmer kostet drei Gulden. Bleibt doch ein wenig hier sitzen, ich bringe Eure Tasche nach oben“, schlug der Wirt vor und deutete auf eine bequeme Holzbank, die neben dem Eingang stand. Er wollte schon mit seiner Reisetasche in die Pension gehen, als Emil ihn noch einmal ansprach.

„Was ist denn aus dem Büro von Jacques Hellmann geworden?“

Der Wirt zuckte bedauernd mit den Schultern.

„Ich bin selbst nicht aus Neustadt. Meine Frau hat mir erzählt, dass dort Passagen nach Amerika verkauft wurden. Aber irgendwann haben sie das Büro geschlossen und den Mann hinter Schloss und Riegel gebracht.“

Armer Hellmann, dachte Emil. Hatten sie ihm also doch das Handwerk gelegt. Hätte es ihn nicht gegeben, wie wäre sein Leben wohl sonst verlaufen? Er hatte sich die ganzen Jahre über ausgemalt, wie er nach seiner Rückkehr dem alten Hellmann erzählen würde, auf welch abenteuerlichen Wegen er nach Amerika gelangt war, und nun hatte er das unbestimmte Gefühl, dass seiner Reise der Abschluss fehlte.

Emil setzte sich auf die Holzbank und schaute hinüber zur Poststation. Wie schmuck alles aussah, so adrett und ordentlich. Die Menschen standen in kleinen Gruppen auf dem Marktplatz zusammen und tratschten. Was für ein Unterschied zu dem quirligen Durcheinander in San Francisco, wo sich auf der unbefestigten Main Street, die sich nach jedem Regen in einen einzigen tiefen Morast verwandelte, jeden Tag Tausende von Glückssuchern aus aller Welt drängten, durcheinanderschrien, handelten und Geschäfte tätigten. Wo binnen nur zweier Jahre hunderte neuer Geschäfte und Häuser wie Pilze aus dem Boden geschossen waren, sodass sich Emil selbst kaum noch in der Stadt auskannte.

Als Emil wenig später in seinem Zimmer war, öffnete er die Fenster und legte sich erschöpft ins Bett. Eine kühle Brise blähte die Vorhänge. Er dachte an Louise. Sie hatten oft bei offenem Fenster im Bett gelegen und den Vögeln gelauscht. Manchmal hatte er ein richtig schlechtes Gewissen, dass er so selten an sie dachte.

Bei Josefine war das anders. All die Jahre in Amerika hatte er sich schrecklich nach ihr verzehrt, und sie hatte ihm schier den Verstand geraubt. Die Sehnsucht nach ihr hatte oft als Bürde auf ihm gelastet. Keinen Augenblick hatte er ruhig atmen können, ohne an sie zu denken.

Auf dem Tisch stand eine Flasche Wein, daneben lag ein Korkenzieher. Es war ein einfacher Pfälzer Riesling von einem Winzer aus Mußbach, den Emil nicht kannte. Vorsichtig zog er den Korken und schenkte den Wein in ein dickwandiges Glas, an dessen Rand der Kopf eines römischen Feldherrn eingeprägt war.

Er schloss die Augen, und dann roch er die wunderbaren, süßlichen Rispen der Weinreben und das satte Blattwerk der Kastanienbäume, und ein wohliges Kribbeln durchfuhr seinen Körper.

Carl Bassermann stand im Turmzimmer und starrte aus dem Fenster. Der Frühling hatte begonnen. Vögel zwitscherten, und in den Weinbergen schnitten die Arbeiter das Laub. Kleine, zarte Rispen trieben an den Weinreben aus. Doch an diesem Morgen hatte er keinen Sinn für die Schönheit der Natur.

Schweißperlen standen ihm auf der Stirn. Seine kleinen, verquollenen Augen flogen suchend über die Weinberge, als würde er jeden Moment den Teufel persönlich am Horizont erwarten. Achtlos kippte er den Wein hinunter und verzog dabei angewidert das Gesicht. Sogar der Frühschoppen wollte ihm an diesem Morgen nicht schmecken.

Schuld daran hatte allein diese vermaledeite Nachricht, die er am späten Abend empfangen hatte. Er hatte häufig darüber nachgedacht, was sein würde, wenn … Aber dann hatte er diesen Gedanken doch rasch wieder verdrängt.

Und nun war er zurück. War dabei beobachtet worden, wie er gestern in Neustadt in einer Pension abgestiegen war. Als Carl die Nachricht von dem seltsam gekleideten Fremden erfuhr, hatte er sofort gewusst, dass es nur Emil Jordan sein konnte, der da angekommen war.

Wütend presste er seine Lippen aufeinander, packte das Schoppenglas und schleuderte es mit einem „Verdammt!" wütend gegen die Wand. Wie hatte es Emil nur wagen können?

Carl schaute hinter sich auf die verschlossene Schranktür seines Sekretärs. Dort standen sie, vor den neugierigen Augen Fremder geschützt, die Weine aus dem Walholla Valley. Er nahm den Schlüssel aus seiner Westentasche und öffnete mit zitternden Fingern die Tür des Sekretärs.

Er nahm ein dickes Bündel Briefe heraus und blickte befriedigt darauf. Die Umschläge trugen die Handschrift Emils und waren an Louis Buché adressiert. Carl hatte sie alle abgefangen, und kein einziger von Emils Berichten über sein Leben in Amerika hatte jemals Anna und Louis erreicht. Carl legte das Bündel auf den Schreibtisch, griff erneut in den Schrank und holte eine Weinflasche hervor.

Schon ihr bloßer Anblick genügte, um ihn zur Weißglut zu treiben. Seine Lippen bebten, als er das Etikett las: „Walholla Valley 1840". Er hatte sie alle. Jeden Jahrgang hatte er sich besorgt und war so Zeuge eines atemberaubenden Aufstiegs geworden. Noch heute fragte sich Carl, wie es sein konnte, dass dieser verdammte Bastard innerhalb kürzester Zeit aus einem Stück Brachland einen Tropfen hervorgebracht hatte, der die Weinwelt in Atem hielt.

Die letzte Nachricht, die Carl im Sommer vergangenen Jahres von einem Weinhändler aus San Francisco erhalten hatte, war, dass Emil mit dem Leben abgeschlossen hätte. Er sei verwahrlost und trinke sich zu Tode. Doch jetzt war er plötzlich wieder hier. Zurück im Leben. Zurück in seinem Leben.

„Verdammt!"

Warum war er nicht längst tot? Warum nur war er zurückgekommen?

Diese Frage geisterte durch Carls Kopf, seit er von Emils Rückkehr erfahren hatte. Er musste unwillkürlich an die Weinversteigerung vor Emils Abreise denken. Der Ruin des Weingutes Bassermann schien damals bereits besiegelt, das Weingut war finanziell am Ende, und die Weine, die er hatte süßen lassen, waren bei den Händlern allesamt durchgefallen. Doch dann war dem staunenden Publikum die Auslese präsentiert worden, und ein neues Zeitalter hatte begonnen. Sie waren gar nicht mehr nachgekommen, die bestellten Weine herzustellen. Die Flaschen wurden ihnen aus den Händen gerissen, zu Preisen, die fast schon unanständig waren.

Es war auch der Beginn seines Aufstiegs. Er war der gefeierte Winzer, der bei keiner Prämierung fehlen durfte. Schon ein Jahr nach der Weinversteigerung war er von der Weinbruderschaft zum Präsidenten ernannt worden. Jenes Amt, auf das sein Vater sein Leben lang hingearbeitet und schließlich innegehabt hatte, war ihm angetragen worden, als könne nur er die erlauchte Gesellschaft führen.

Und auch seinen Traum, ein Soldat zu sein, hatte er verwirklichen können. In Zeiten der Unruhen und eines zunehmend liberaleren Zeitgeistes wusste es das bayerische Königshaus zu schätzen, wenn ein Untertan die Interessen des Königshauses so vehement vertrat. Und so hatte man ihm eine Kompanie in der Pfalz anvertraut, die er erfolgreich zu führen verstand. Bei seinen Männern war er berüchtigt für die Härte und Disziplin, die er einforderte, und es sprach sich bald herum, dass seine Kompanie in hervorragendem Zustand war. Oft war er wochenlang auf dem Exerzierplatz, und in dieser Zeit führte der Kellermeister die Geschäfte des Weinguts. War er wieder zurück, ging es schon an die Planung der nächsten Einsätze. Und überhaupt drehte sich sein Leben vor allem um militärische Angelegenheiten.

Seitdem die Auslese das Licht der Welt erblickt hatte, waren nun zwei Jahrzehnte vergangen, und längst waren die Weine aus dem Hause Bassermann wieder in der Mittelmäßigkeit versunken. Was jedoch blieb, war das Renommee eines Weingutes, das es geschafft hatte, zu den ganz großen Häusern dieser Welt zu zählen.

Carl dachte an seine Schwester, und ihm wurde ganz heiß. Der einzige Grund, weshalb Emil zurückgekehrt sein konnte, war Josefine. Seine Finger krallten sich um die Weinflasche, und dann warf er sie wutentbrannt auf den Holzboden, wo sind dumpf zerschellte.

„Ich hasse dich! Emil Jordan. Ich hasse Dich!"

Carl hatte die Worte herausgebrüllt. Sein Herz raste, und er hatte Mühe, sich unter Kontrolle zu halten. Seine Augen wurden kleiner, während sein Blick durchs Fenster hinüber ins Nachbardorf, nach Forst ging.

Josefine war der Schlüssel zu allem. Emil würde versuchen, sie wiederzusehen, und genau das musste verhindert werden. Wer wusste schon, ob es diesem Kerl nicht wieder gelingen würde, sich in ihr Herz zu schleichen?

Carl wurde ruhiger und lächelte kalt. Vor allen Dingen durfte nicht herauskommen, dass er es war, der hinter allem steckte. Aber was war ihm denn damals anderes übriggeblieben? Seine Schwester hatte Emil vor lauter Liebe ihre Unschuld geopfert, und noch nicht einmal seiner Mutter war es gelungen, sie von der Geburt des Kindes abzubringen.

Und dann sein Vater! Er hatte das Undenkbare gewagt, nämlich ihn, Carl Bassermann, vom Erbe auszuschließen. Und weshalb? Um diesem Bastard das Weingut in den Rachen zu werfen. Welch eine Genugtuung war es für ihn gewesen, zu erleben, wie schnell der Name seines Vaters in Vergessenheit geriet. Wer erinnerte sich heute noch an ihn? Nur einer würde in die Geschichte der Familie eingehen, und das war er: Carl Bassermann. Er hatte sich innerhalb kürzester Zeit ganz nach oben katapultiert, und niemals hatte es für ihn einen Zweifel gegeben, dass er diesen Platz nicht zu Recht beanspruchte. Keiner konnte ihm diesen Platz streitig machen. Keiner – bis auf Emil Jordan.

Carls Gesichtszüge verhärteten sich. Er hasste Emil vor allem für die Leichtigkeit, mit der ihm scheinbar alles gelang. Zwar wurde er unter denkbar schlechten Umständen geboren, aber was machte das? Ihm war alles in die Wiege gelegt worden. Schon bei seiner Geburt war vorherbestimmt, dass er nichts anderes werden würde als Winzer. Und als wäre das nicht genug, hatte ihn der Himmel noch mit Gaben gesegnet, die für zwei Winzerleben ausgereicht hätten.

Carl erinnerte sich daran, dass der junge Emil kein Zaudern und kein Zögern kannte. Nicht ein einziges Mal war er in seinem Leben gestolpert, alles war glatt gegangen. Jeder Schritt, den er tat, bedeutete einen Schritt nach vorne. Er war noch nicht den Kinderschuhen entwachsen, als er schon im ganzen Dorf für seine Weinkenntnisse gerühmt wurde. Sogar sein Vater Louis hatte gegenüber Gästen mit den außergewöhnlichen Fähigkeiten des Wunderknaben geprahlt: von seinem Wissen, von seinem Geschick für die Rebpflanzen und vor allem von seiner Nase. Ja, Emils Nase. Sie war ein Geschenk Gottes. Ein Werkzeug, um in dieser Welt etwas ganz Großes zu leisten. Und was war mit ihm, Carl Bassermann, Sohn eines berühmten Weingutsbesitzers?

Er hatte sich mühsam durch seine Kindheit gequält, war füllig und ungelenk. Sogar das Gehen fiel ihm schwer. Was Emil mit unglaublicher Leichtigkeit von der Hand ging, missriet ihm schon im Ansatz. Anfangs war er noch zornig auf seinen Körper gewesen, aber dann hatte er einsehen müssen, dass es einfach nicht besser ging. Für das Leben in einem Weingut steckte er im falschen Körper. Winzer waren klein und drahtig, er dagegen hatte schon in jugendlichem Alter Probleme, seine gewaltige Fleischmasse zwischen den Gärfässern hindurchzumanövrieren.

Schon im Kindesalter hatte Carl den Entschluss gefasst, Soldat zu werden. Er hatte seine Mutter solange angebettelt, bis sie ihm eine dunkelblaue Uniform hatte nähen lassen. Und siehe da: Der unförmige Junge verwandelte sich in einen stattlichen Hünen. Selbst sein Vater hatte seiner Erscheinung Respekt gezollt. Aber dann hatte er dem Jungen befohlen, die Uniform wieder auszuziehen. Man sei hier nicht im Krieg. Überhaupt würden die Soldaten den Winzern nur schaden. Carl aber hatte diesen einen Moment, als er mit stolzgeschwellter Brust durch das Weingut marschiert war, nie wieder vergessen und wollte fortan nur eines werden: Soldat.

Dann aber war etwas geschehen, was für immer sein Leben aus dem Tritt brachte. Es war ein warmer Sommertag gewesen, als er nach seiner Schwester gesucht hatte. Erst hatte er im Weingut geschaut, dann war er einer Eingebung folgend zur Michaeliskapelle gelaufen, wo er sie schließlich fand. Doch sie war nicht alleine, neben ihr lag ein Junge. Die beiden küssten sich innig und hatten nur Augen füreinander. Carl hatte dem frivolen Treiben eine Weile zugeschaut und wollte schon amüsiert ins Weingut zurücklaufen, als er zu seinem Schreck bemerkte, dass es Emil war, mit dem sich Josefine vergnügte. Ausgerechnet Emil! Sein einziger Freund, mit dem er so eng verbunden war, den er bis dahin mit niemandem hatte teilen müssen. Er hätte gar nicht sagen können, was ihn mehr verletzte: Dass sich seine Schwester unkeusch einem Mann hingab, oder dass er seinen besten Freund nun mit seiner Schwester teilen musste.

Nur kurze Zeit später starb sein Vater und kam der nächste Schlag: Heinrich Bassermann wollte das Weingut nicht auf ihn, sondern auf Emil übertragen. Was für eine Demütigung! Wie sehr musste ihn sein Vater verachtet haben, um sich über die Blutsbande und die Familientradition hinwegzusetzen!

Doch in jenem Augenblick hatte Carl einen Sinn in seinem Leben gefunden. So wenig er sich um das Weingut scherte, plötzlich erwachte in ihm ein Kampfeswille, den er zuvor noch nie gekannt hatte. Es mochte sein, das er nicht der beste Winzer war, aber eines konnte er: kämpfen! Für seine Rechte und für seine Ehre. Lieber wäre er gestorben, als das Weingut Emil zu überlassen.

Endlich hatte er es in der Hand, seinen Feind zu quälen, und er spürte, was es bedeutete, Macht über andere Menschen zu besitzen. Und so drangsalierte er Emil, wo es nur ging. Der gepanschte Wein kam ihm gerade gelegen. Ihm war es vollkommen gleich, ob der Wein mehr oder weniger süß war, aber mit ansehen zu dürfen, wie sich Emil daran aufrieb, bereitete ihm Vergnügen.

Von ihm aus hätte das Leben immerfort so weitergehen können. Jeder Tag, an dem er seinem Feind ein wenig mehr Verdruss bereitete, war ein guter Tag. Doch dann wurde Josefine schwanger, und einmal mehr musste er Emil fürchten.

Er hatte seiner Mutter befohlen, auf Josefine einzuwirken, dass sie das Kind nicht austragen dürfe. Vergebens. Er hatte sie beschimpft und angeschrien, sie solle sich ihre Tochter gefügig machen. Doch Josefine ließ sich nicht davon abbringen, und irgendwann hatte er einsehen müssen, dass er sich etwas anderes einfallen lassen musste.

Carl war immer noch erstaunt, wie einfach sich damals alles gefügt hatte. Emil war am Abend der Weinversteigerung schwer angeschlagen, denn nicht er, sondern Carl wurde als Entdecker der Auslese gefeiert. Doch sein eigentlicher Coup war es gewesen, an den Ring heranzukommen, den Emil seiner Schwester zum Zeichen seiner Liebe geschenkt hatte. Josefine legte den Ring nie ab, erst kurz vor der Geburt, als ihre Finger anschwollen, musste sie sich von ihm trennen.

Carl hatte den Ring von seiner Mutter entwenden lassen und ihn Emil nach der Abfahrt Josefines nach Straßburg triumphierend präsentiert. Und dann die Magd! Carl lächelte mitleidig. Er hätte Emil mehr zugetraut, als die erstbeste Schlampe, nur spärlich für den Liebesdienst bezahlt, zu besteigen. Und er, Carl, hatte es sich nicht entgehen lassen, sich nach der Weinversteigerung persönlich vom Beischlaf der beiden in der Kelterei zu überzeugen. Natürlich zusammen mit Josefine, die völlig verstört war. Was für ein Anblick! Emil mit strohverklebten Haaren in den Armen einer fettleibigen Magd, der sich nach dem Akt übergab. Und wie hatte sich Carl an Josefines Reaktion geweidet!

Als Emil am nächsten Morgen verschwand, hatte Carl noch geglaubt, er würde bald wieder auftauchen. Doch es vergingen Wochen und Monate, und Emil war immer noch verschwunden. Dann erfuhr er, dass er nach Amerika ausgewandert sei.

Auch wenn Amerika weit weg war, so war doch die Weinwelt klein, und mit Geld und einigen Beziehungen konnte man über die Weinhändler viel erfahren. Über fast jeden von Emils Schritten war Carl daher im Bilde. So hatte er hatte rasch davon Kenntnis bekommen, dass Emil in der renommiertesten Weinhandlung New Yorks bei Mister Jenkins Arbeit gefunden hatte und bald als Weinkenner geschätzt wurde. Der Zufall hatte es gewollt, dass kurz darauf Emils erster Brief an Louis und Anna auf seinem Schreibtisch gelandet war. Es war für Carl ein Leichtes gewesen, den Briefboten anzuweisen, fortan sämtliche Korrespondenz für das Weingut ausschließlich bei ihm abzuliefern.

Und so erfuhr Carl aus erster Hand, dass sich das Walholla Valley prächtig entwickelte, dessen Weine sogar in Europa für Furore sorgten. Der letzte Brief von Emil an Louis und Anna war im Sommer 1844 in San Francisco abgeschickt worden. Darin berichtete Emil, dass seine Frau Louise schwanger sei. Carl hatte Emil seinen beruflichen Erfolg und das private Glück geneidet. Doch dann hörte er von der Reblaus und dass es auch das Walholla Valley erwischt hätte. Was für eine Befriedigung war es für ihn gewesen, zu erfahren, dass das Weingut ein paar Monate später versteigert werden musste und Emil völlig verarmt in einem schäbigen Varieté gelandet war!

Carl schüttelte den Kopf. Nein, ein Kämpfer war Emil noch nie gewesen. Fing an zu saufen, anstatt sich wieder aufzurappeln. Was für ein jämmerlicher Mensch. Für ihn war das Kapitel Emil eigentlich schon lange abgehakt – bis zur letzten Nacht.

Carl stützte seinen massigen Kopf in die Hände und überlegte. Emil selbst stellte keine Gefahr für ihn dar. Selbst wenn er in alle Welt hinausposaunen würde, wie es sich damals wirklich zugetragen hatte – dass nicht der berühmte Carl Bassermann die Auslese kreiert hatte, sondern der kleine, unscheinbare Sohn eines Kellermeisters –, er würde ihn nur kraft seines Wortes, das Gewicht hatte in der Weinwelt, an die Wand schmettern und dafür sorgen, dass er für seine frechen Anschuldigungen ins Zuchthaus geworfen würde.

Nein. Mit Emil würde er fertig werden. Das schwächste Glied in seinem Plan war Josefine. Wenn Emil bei ihr wieder Gehör fände, dann wäre das sein Ende. Nicht auszudenken, wenn sie dahinterkäme, dass er derjenige war, der Emil mit seinem wohldurchdachten Plan aus Deidesheim vertrieben hatte. Das ganze Kartenhaus seiner raffinierten Intrigen würde mit großem Getöse in sich zusammenfallen, und er wäre vor aller Welt bloßgestellt. Er würde sich genauso fühlen wie damals, als er am Tisch seiner Eltern mit anhören musste, wie sein Vater von Emil schwärmte.

Carl ballte entschlossen die Fäuste. Er hatte zwei Jahrzehnte lang den Ruhm der Auslese genossen, und er würde alles tun, um es auch dabei zu belassen. Er war geachtet, seine Meinung war gefragt und zählte etwas. Sollte damit Schluss sein, nur weil ein kleiner dahergelaufener Vagabund alte Geschichten aufrührte? Nein!

Sein Blick ging hinüber zu seinem Waffenrock, der in der Ecke hing. An seinem Gürtel hing der lange Degen, den er während der Gefechtsübungen trug. Kalt glänzte die Klinge in der Morgensonne. Die späte Rückkehr seines Feindes war eine Kriegserklärung.

Noch hatte das erste Gefecht nicht begonnen, aber er würde alles daran setzen, die schwächste Flanke zu schließen. Er musste verhindern, dass Emil seine Schwester wiedersah, sonst wäre der Krieg verloren, noch bevor die Schlacht begonnen hatte.

2. Gustav

Emil hatte Neustadt schon früh am Morgen verlassen. Zu Fuß war er mit seiner Reisetasche durch die Weinberge unterhalb des Haardtrandes gewandert, und immer wieder war er stehengeblieben, so überwältigt war er von der atemberaubenden Schönheit der Landschaft.

Sanfte Hügel erstreckten sich bis zum Horizont, und das Laub der Weinreben strahlte in leuchtendem Grün. Einzelne Mandelbäume ragten aus dem unendlichen Rebenmeer hervor und zeigten mit ihren rosafarbenen Blütenkelchen bereits die ersten Vorboten des Frühlings. Wie lange hatte er auf diesen Augenblick gewartet?

Hinter Königsbach erklomm er eine letzte Hügelkette, und dann lag Deidesheim zu seinen Füßen. Beim Anblick des kleinen Weindorfes begann sein Herz zu jubeln. Er sah den Kirchturm und die efeubewachsene Stadtmauer, und ganz hinten entdeckte er schließlich das Weingut Bassermann. Es war ebenfalls März gewesen, als er damals das Dorf verlassen hatte. Genau zwanzig Jahre war das jetzt her. Noch einmal holte Emil tief Luft, bevor er die letzten Schritte nach Deidesheim hinunterging.

Als er den ersten Menschen begegnete, wäre er ihnen am liebsten um den Hals gefallen, so sehr freute er sich darauf, wieder zurück zu sein. Neugierig beäugten die Leute ihn und seine auffällige Erscheinung, und wenn er an ihnen vorüberging, drehten sie sich nach ihm um und tuschelten. Arbeiter fuhren auf Pferdegespannen in die Weinberge hinaus, um den Boden aufzulockern und das erste Laub zu schneiden.

Dann stand Emil endlich vor dem Tor, das er zwanzig Jahre zuvor zum letzten Mal durchschritten hatte. Noch immer prangte auf dem Rundbogen das Familienwappen und stand darüber in goldenen Lettern „Bassermann" geschrieben. Doch im Gegensatz zu dem strahlenden Glanz, den er in Erinnerung hatte, waren die Buchstaben matt und an einigen war bereits die Vergoldung abgeblättert.

Emil musste schon eine Weile so dagestanden haben, als ein Junge aus dem Gutshof gelaufen kam. Er war von zierlicher, ja fast graziler Statur. Zu seinen kurzen Hosen trug er eine blauweiß gestreifte Winzerjacke. Emil dachte schon, es wäre ein Bursche auf dem Weg hinaus in die Weinberge, doch dann fielen ihm die feinen, dunkelblauen Lederschuhe auf, die so gar nicht zur derben Kleidung eines Winzers passten.

Emil war dem Jungen ebenfalls aufgefallen. Mit wachen Augen musterte er ihn, und in seinem Kopf schien irgendetwas vor sich zu gehen. Gespannt wartete Emil darauf, was nun weiter geschehen würde, als sich der Junge plötzlich einen Ruck gab und dann geradewegs auf ihn zuging.

„Guten Tag, Mister. Sie kommen aus Amerika, stimmt's?", begrüßte er ihn mit einer Stimme, die sich reifer anhörte, als Emil es aufgrund seiner Körpergröße vermutet hätte. Er betrachtete das kluge Gesicht des Jungen, das von störrischen blonden Locken eingerahmt wurde.

„Woran erkennst du das?"

Ein verlegenes Lächeln huschte über das Gesicht des Jungen.

„Hier im Dorf hat fast jeder Verwandte in Amerika. Wenn die zu Besuch kommen, sehen die alle so aus wie Sie."

„Hast du auch Verwandte in Amerika?"

„Nein, leider nicht."

„Warum leider?"

„Na ja, als ich noch ein Kind war, haben die anderen Jungs immer Geschenke bekommen, Speere und so. Nur für mich ist nichts abgefallen. Stimmt es, dass man in Amerika ein Vermögen machen kann, wenn man sich nur anstrengt?"

Emil musste lachen.

„Na ja, ganz so einfach ist es nicht. Aber eines steht fest: Wenn du etwas willst, dann kannst du es auch erreichen. Aber du musst es wirklich wollen. Wenn du in Amerika keinen Erfolg hast, kann das Land sehr ungerecht und hart zu dir sein. Würdest du auch gerne nach Amerika gehen?"

Der Junge wiegte nachdenklich den Kopf uns sagte gedehnt: „Hm, ich weiß nicht. Die Überfahrt soll ja so gefährlich sein. Außerdem hätte da bestimmt meine Mutter etwas dagegen. Nein, ich glaube nicht."

„Wie alt bist du?"

„Zwanzig."

Zwanzig Jahre, dachte Emil. Zwei Jahre älter als er selbst, als er nach Amerika ausgewandert war. Wenn er das fast noch kindliche Gesicht des Jungen betrachtete, dann konnte er gar nicht glauben, wie er damals den Mut aufgebracht hatte, seine Heimat zu verlassen. Warum hatte er damals nicht die Bedenken des Jungen gehabt, sondern war im festen, unerschütterlichen Glauben aufgebrochen, dass er dort schon irgendwie ankommen würde, wenn er es nur wollte? Hatte er sich überhaupt Gedanken gemacht?

„Tante Anna und Onkel Louis haben auch einen Sohn in Amerika, aber den haben wir nie gesehen."

„Wie ist denn sein Name, vielleicht kenne ich ihn ja?"

„Emil Jordan heißt er."

Emil konnte ein Grinsen nicht unterdrücken.

„Vielleicht kommt er ja noch", versuchte er ernsthaft zu erwidern, doch anstatt ein freudiges Lächeln zu ernten, schüttelte der Junge nur traurig den Kopf.

„Nein, ich fürchte, er wird wohl gar nicht mehr kommen."

„Warum glaubst du das?“

„Weil es keinen Grund mehr gibt, dass er kommt.“

„Keinen Grund? Findest du nicht, dass es Grund genug ist, seine Eltern zu besuchen?“

„Ja, schon. Nur sind Anna und Louis bereits tot.“

Emil hatte die Worte zwar gehört, aber es dauerte eine Weile, bis er ihren Sinn verstanden hatte. Was hatte der Junge gerade gesagt? Seine Eltern waren tot? Wie konnte das sein? Anna und Louis waren doch noch gar nicht so alt gewesen. Nein das konnte nicht wahr sein!

„Bist du sicher?“, fragte Emil und konnte ein Zittern in seiner Stimme nicht unterdrücken.

Der Junge schien ihm anzusehen, wie sehr ihn die Nachricht erschütterte. Zaghaft nickte er.

„Louis ist bereits im Herbst letzten Jahres gestorben. Er hatte ein schwaches Herz, und Anna haben wir im letzten Monat beerdigt. Sie wollte nicht mehr. Nachdem Louis gestorben war, hat sie oft davon gesprochen, dass sie auch gehen will. Sie hat ihn sehr vermisst, und es hat ihr das Herz gebrochen, als er starb.“

Auf einmal spürte Emil nur noch Leere in sich. Sein halbes Leben war er in der Ferne gewesen und hatte nun seine Eltern um nicht einmal ein halbes Jahr verpasst. War das die Strafe dafür, dass er sie in jungen Jahren verlassen hatte? Wie musste sich seine Mutter gefühlt haben, als auch noch der Vater gestorben war?

„Sie sind der Sohn von Anna und Louis, stimmt's?“

Emil hatte die Nachricht zu sehr getroffen, als dass er gleich hätte antworten können.

„Ja, der bin ich“, sprach er schließlich mit erstickter Stimme.

„Anna und Louis haben immer sehr gut von Ihnen gesprochen, Mister Jordan. Sie waren sehr stolz auf Sie“, versuchte ihn der Junge zu trösten.

Emil nickte abwesend. Er schaute an dem Jungen vorbei in den Hof des Weinguts, und Tränen füllten seine Augen. Irgendwie wartete er darauf, dass seine Mutter an der Küchentür erschien und ihn zum Essen rief. Er schluckte. „Wohnst du hier im Weingut?“

„Nein, und seit Anna und Louis tot sind, bin ich auch nur noch selten hier."

Emil stand da, und ihm war ganz elend zumute. Was sollte er jetzt tun? Ohne Louis und Anna waren seine Wurzeln in der Heimat gekappt. Er war noch keine Viertelstunde in Deidesheim, und schon musste er begreifen, wie sinnlos seine Rückreise war. Jahrelang hatte er davon geträumt, in seine Heimat zurückzukehren, nur um jetzt feststellen zu müssen, dass die beiden wichtigsten Menschen in seinem Leben nicht mehr waren. Er hatte ein Wiedersehen mit ihnen verpasst. Um nicht einmal ein halbes Jahr.

Emil erinnerte sich an die Zeit im Varieté, als er jahrelang dort vor sich hinvegetierte. Zeit, die ihm nun gefehlt hatte, um Anna und Louis wiederzusehen. Tränen rannen über seine Wangen. Er konnte nichts dagegen tun, stand einfach nur da und weinte. Wie musste es seine Eltern geschmerzt haben, als er nach all den Jahren doch nicht zurückgekehrt war.

Als hätte der Junge seine Gedanken erraten, meinte er mit fester Stimme: „Ihre Eltern waren sehr stolz auf sie, Mister Jordan."

Emil nickte dankbar. „Meinst du, du könntest mich zu ihrem Grab begleiten?"

„Sehr gerne sogar, Mister Jordan", antwortete der Junge artig, aber als er die Turmuhr schlagen hörte, verzog er das Gesicht.

„Ich muss los. Meine Mutter wartet mit dem Tee auf mich, und wenn ich mich wieder verspäte, wird sie böse sein."

Zum Abschied drückte er Emils Hand. „Ich hole Sie morgen Vormittag hier ab, einverstanden?" Dann war er auch schon losgelaufen.

„Wie heißt du eigentlich?", rief ihm Emil hinterher.

„Gustav", antwortete der Junge und verschwand in einer Seitengasse. Emil schaute ihm noch eine Weile hinterher, dann ging sein Blick wieder zum Weingut zurück. Arbeiter waren damit beschäftigt, die Kelteranlage zu überarbeiten. Sie schauten ihn neugierig an, und er erkannte an ihren Blicken, dass sie nichts mit ihm anzufangen wussten. Das Weingut war einmal seine Heimat gewesen, doch jetzt kam er sich vor wie ein Fremder. Er überlegte noch, ob er hineingehen sollte, aber dann tat er es doch nicht – aus

Angst, irgendjemand könnte ihn ansprechen und fragen, was er hier verloren hätte.

Es war spät am Abend, als Emil die Pension betrat. Es war ein schönes, schmuckes Haus unmittelbar am Marktplatz von Deidesheim. Auf dem Tresen stand eine Glocke aus Messing, und nachdem er läutete, erschien ein alter Mann mit schlurfenden Schritten und einer lang geschwungenen Pfeife im Mundwinkel. Der Alte musterte ihn aufmerksam, bis sich ein breites Grinsen über beide Backen zog. „Ist er also wieder zurück, der kleine Emil."

Emil hatte den Mann erst gar nicht erkannt, aber dann erinnerte er sich, dass es sich um einen alten Freund seines Vaters handelte. Er hieß Antoine und war wie sein Vater aus dem Burgund in die Pfalz gekommen. Die beiden hatten oft bis spät in der Nacht zusammengesessen und bei der einen oder anderen Flasche Wein Anekdoten ausgetauscht. Er hatte manchmal dabeigesessen und den beiden Männern gelauscht, nur wenn sie ins Französische verfielen, konnte er nichts mehr verstehen. Emil fühlte sich plötzlich erleichtert. Er war nicht mehr ganz alleine.

„Mein guter alter Antoine, wie schön dich zu sehen. Wenigstens ist noch einer am Leben, den ich kenne."

„Ob das noch lange so bleibt, kann ich dir nicht versprechen", antwortete Antoine lachend. „Ich darf doch noch Emil zu dir sagen? Immerhin ist es ja schon einige Jahre her, dass wir uns das letzte Mal gesehen haben, und da warst du noch ein Junge."

„Aber natürlich. Ich bin noch immer der Emil für dich und nur ein paar Jahre älter geworden."

Antoine musterte ihn neugierig und sagte dann: „Du siehst ja wirklich aus wie so ein verdammter Amerikaner. Die Leute haben nicht übertrieben."

„Weiß denn jemand von meiner Rückkehr?"

Antoine lachte. „Natürlich wissen alle davon. Es hat sich wie ein Lauffeuer herumgesprochen, dass du zurück bist."

„Wissen die Leute auch von meinem Weingut und meinen Weinen?", meinte Emil ein wenig verunsichert.

„Du bist mir vielleicht einer! Aber natürlich. Jedes Kind hier kennt deinen Namen. Was glaubst du, wie stolz wir auf dich waren, als du den ersten Preis bei der ‚Golden Wine' in New York bekommen hast. Du, der Emil aus der Pfalz! In Deidesheim bist du ein Held."

Plötzlich hielt Antoine inne. „Du bist bestimmt müde. Möchtest du gleich hoch in dein Zimmer, oder hast du noch Lust, mit einem alten Mann wie mir ein Glas Wein zu trinken?"

Ohne eine Antwort abzuwarten, ging Antoine hinter den Tresen und holte eine Flasche Wein und zwei Gläser hervor. Dann führte er Emil zu einer gemütlichen Sitzecke.

„Hast du schon von deinen Eltern erfahren?", erkundigte er sich vorsichtig.

Emil nickte traurig. Antoine legte seine Hand auf Emils Arm und sprach mit weicher Stimme. „Louis hat immer gewusst, dass du wiederkommen würdest. Dein Vater war sehr stolz auf dich. Aber sein Herz war nicht mehr stark genug, um auf dich zu warten. Er ist in Frieden eingeschlafen, doch in seinen Gedanken war er immer bei dir."

„Ich mache mir schreckliche Vorwürfe, dass ich meine Eltern vor ihrem Tod nicht mehr gesehen habe. Vielleicht ist das der Preis, den ich zahlen musste, weil ich meine Heimat und meine Eltern verlassen habe."

Antoine schüttelte energisch den Kopf. „Nein, Emil. Es war richtig, dass du gegangen bist. Es wäre nicht gut gegangen zwischen dir und Carl Bassermann. Du musstest deinen eigenen Weg gehen. Seit du Deidesheim verlassen hast, hat sich viel verändert."

Antoine hielt einen Moment inne. Dann drückte er vorsichtig mit einem kleinen Messer die glimmende Glut in der Pfeife hinunter. „Kurz nachdem du gegangen bist, hatte dein Vater einen Unfall. Er geriet unter einen Pflug und verletzte sich so schwer am Bein, dass er nicht mehr arbeiten konnte. Daraufhin stellte der junge Bassermann einen neuen Kellermeister ein. Doch das war keine gute Wahl. Dann kam der nächste Kellermeister, und so ging es in einem fort. Das Weingut hat in dieser Zeit sehr gelitten, und Louis musste mit ansehen, wie die Weine mit jedem Jahr schlechter wurden."

Antoines Stimme wurde leiser. „Louis hat sich oft über Carl geärgert. Dem jungen Bassermann fehlt ganz einfach die Leidenschaft für Weine. Statt sich um das Weingut zu kümmern, hat er sich freiwillig zum Militär gemeldet. Wochen brachte er im Manöver zu. Der einzige Grund, warum das Weingut überlebt hat, war die Auslese. Mit ihrer Entdeckung hat der junge Bassermann das große Geld gemacht. Der Wein konnte noch so lieblos sein, sobald ‚Auslese' auf dem Etikett stand, verdiente er astronomische Summen damit."

Emil dachte an Carl, wie die Weinhändler ihm gehuldigt hatten, und Antoine schien seine Gedanken zu erraten. „Carl hat es geschafft, Bassermann innerhalb kürzester Zeit zu einem ganz großen Namen unter den Weingütern zu machen. Die Auslese war der Schlüssel zur Welt der berühmtesten Chateaus. Fortan wurde der Name Bassermann in einem Zuge mit den großen französischen Weingütern genannt."

Emil wurde unruhig.

„Ich weiß", kam ihm Antoine zuvor, „nicht Carl Bassermann war es, der die Auslese entdeckt hat, sondern du. Dein Vater hat es mir erzählt. Aber wem nützt das? Die ganze Welt glaubt, er habe die Auslese entdeckt."

Emil dachte daran, wie er mit den Logeln voller verfaulter Weintrauben durch die Weinberge gelaufen war.

„Weißt du etwas über Josefine?", rutschte es ihm heraus.

Antoine schien sich mit der Antwort schwerzutun. „Ich würde lügen, wenn ich dir nicht sagen würde, dass es Josefine schwer getroffen hat, als du gegangen bist. Sie hat mit niemandem darüber gesprochen, aber jeder, der sie kannte, konnte ihr ansehen, wie sehr es sie verletzt und wie sehr sie sich verändert hat. Aus dem unbeschwerten Mädchen von einst ist heute eine nachdenkliche Frau geworden. Sie hat ein paar Monate nach deiner Abreise einen Offizier geheiratet und ist mit ihm nach Forst gezogen. Ihr Mann war ein ehrenwerter Mensch und muss Josefine wirklich geliebt haben. Auch um ihren Sohn hat er sich sehr gekümmert. Aber nur ein paar Jahre später ist er gestorben. Seitdem lebt sie alleine mit dem Jungen in Forst."

Antoine legte seine Hand auf Emils Arm. „Nimm dich in acht vor Carl Bassermann“, sagte er eindringlich.

„Wie kommst du denn darauf?“

„Wie ich darauf komme?“

Antoine schüttelte ungläubig mit dem Kopf. „Du bist wie dein Vater. Der war auch immer so gutgläubig und hat nie das Böse in den Menschen gesehen. Carl Bassermann ist zu einer Berühmtheit aufgestiegen. Er gibt sich als der Entdecker der Auslese aus. Sein ganzes Leben, sein Ruhm und seine Ehre fußen auf dieser Lüge. Er weiß, dass du mit einem einzigen Wort dieses Lügengebilde zum Einstürzen bringen kannst. Deshalb wird er alles unternehmen, um dich zum Schweigen zu bringen. Hör auf mich, Emil. Pass auf Carl Bassermann auf!“

„Aber es interessiert mich nicht, ob er als der Entdecker der Auslese gefeiert wird oder nicht. Das ist doch alles schon viel zu lange her. Ich habe meine Erfolge in Amerika gefeiert, und mehr Ruhm und Ehre hätten mir auch nicht durch die Auslese zuteilwerden können. Ich habe nichts verpasst und bin ihm auch nicht gram. Er wird irgendwann einmal Rechenschaft ablegen müssen über diese Lüge, und dann wird er dafür zahlen.“

„Ich hoffe, Carl Bassermann sieht das genauso wie du“, antwortete Antoine mit zweifelndem Gesicht.

Es war schon spät am Abend, als Emil im Bett lag und den Mond durch das Zimmerfenster beobachtete. Nun war er also zurück. Zurück in seiner Heimat. Hatte er sich seine Ankunft so vorgestellt? Der Tag seiner Rückkehr war noch nicht zu Ende, und schon waren all seine Hoffnungen begraben. Er war nach Deidesheim gereist, um seine Eltern wiederzusehen, und musste stattdessen einsehen, dass er endgültig alleine war auf dieser Welt.

Und Josefine? Sie hatte geheiratet und lebte mit ihrem Sohn in Forst. Wie oft hatten sie damals davon geträumt, ein Kind zu haben und als Familie zusammenzuleben. Woran war dieser Traum nur gescheitert? Warum war Josefine nach Straßburg gefahren, und was hatte sie veranlasst, ihm den Ring zurückzugeben?

Emil seufzte. Warum stellte er sich diese Fragen erst jetzt? Warum hatte er sie sich nicht damals gestellt, bevor er abgereist war? Und dann Carl. Was hatte Antoine gesagt? „Nimm dich in acht vor Carl Bassermann." Hatte er seinen Freund aus Kindertagen wirklich zu fürchten? Er hatte Carl als runden, unglücklichen Jungen in Erinnerung, der niemals Winzer werden wollen, doch als sein Vater gestorben war, musste er ein schweres Erbe antreten.

Emil konnte sich noch an das erstaunte Gesicht Carls erinnern, als dieser nach der Weinversteigerung auf dem Tisch stand und die Händler ihn hochleben ließen. Emil hatte das tief getroffen, aber er hatte seinem Freund niemals Vorwürfe gemacht. Josefine schon eher. Sie hatte Carl noch beklatscht, obwohl sie wusste, dass Emil es war, der die Auslese entdeckt hatte.

Merkwürdig. In seinen Gedanken an die Heimat war Carl nie vorgekommen. Er hatte an seine Eltern gedacht und an Josefine, aber an Carl? Musste er ihn wirklich fürchten, oder waren das nur die Hirngespinste eines alten Mannes?

Auf einmal wurde Emil ganz unruhig, und er wusste, dass er in dieser Nacht nicht mehr würde schlafen können. Zu viele Gedanken gingen ihm durch den Kopf. Er stand auf, und ehe er wusste, wie ihm geschah, hatte er die Pension auch schon verlassen.

Es war weit nach Mitternacht, als er endlich die Michaeliskapelle erreicht hatte. Silberfarben schimmerte das Dach der Kapelle im Licht des Mondes. Hier auf der Wiese, unterhalb der Kapelle, hatten sie gelegen, hatten sich geküsst, miteinander gealbert und den Mond bewundert, der so nahe zu sein schien, als würde man ihn mit bloßen Händen greifen können. Emil drehte sich um und schaute nach oben auf das kleine Fenster. Ob es die Dachkammer immer noch gab?

Er ging um die Kapelle, und trat schließlich durch das kleine Holzportal ein. Seine Schritte hallten auf dem kalten Steinboden, und das Mondlicht ließ die bunten Glasmalereien funkeln. Emil ging hinter die Treppe und richtig – die Leiter stand noch immer an genau derselben Stelle wie damals.

Wenig später kniete er auch schon in der kleinen Dachkammer und staunte. Der Raum war viel kleiner, als er ihn in Erinnerung hatte, aber er war noch genauso, wie er vor zwanzig Jahren war. An der Seite stand ein Holzregal, das er gezimmert hatte, und darauf waren kleine Glasflaschen, in denen er und Josefine Blumen und Kräuter als Andenken gesammelt hatten. Emil nahm eine der Flaschen heraus, in der sich die Überreste getrockneter Blumen befanden. Wie oft hatten sie die Stunden ihres gemeinsamen Glücks so zu konservieren versucht.

Emil setzte sich vor das kleine Fenster und schaute ins Tal hinab, wie er es so oft mit Josefine getan hatte. Dann wanderte sein Blick hinüber nach Forst. Friedlich lag das kleine Weindorf in der Senke. Dort also lebte sie. Nachdem er Tausende von Meilen zurückgelegt hatte, war die Frau, die er so sehr begehrte, nur noch wenige Meilen entfernt. Sein Herz schlug heftig, und er spürte, dass es nichts geben würde, was ihn in dieser Nacht davon abhalten konnte, Josefine wiederzusehen.

Josefine saß im Salon ihres Winzerhauses. Eine milde Brise blähte die Vorhänge und blies sie in den Raum. Der Wind strich sanft über ihre Haut, während sie die Stille genoss. Plötzlich ging ihr Blick zur Wanduhr, und ihre Gesichtszüge wurden strenger.

Es war schon dunkel, und Gustav war nun bereits seit einer Stunde überfällig. Es war ihr gemeinsames Ritual, den Abendtee einzunehmen. Ein Ritual, das sie schon mit ihrer Mutter gepflegt hatte. Damals wäre es unvorstellbar gewesen, wenn sie sich auch nur um wenige Minuten verspätet hätte. Unruhig rückte sie auf ihrem Stuhl hin und her. Nein. Es war ungehörig und nicht hinnehmbar, wie sich ihr Sohn verhielt. Sie würde ihn zur Rede stellen müssen, und wenn er keinen guten Grund für sein ungebührliches Verhalten hätte, würde er dieses Mal um eine Bestrafung nicht umhin kommen.

Es kam selten genug vor, dass sie Gustav zur Ordnung rief. Josefine machte sich deshalb Vorwürfe, weil sie fürchtete, ihn zu nachsichtig erzogen zu haben. Oft hatte sie ihm Dinge durchgehen lassen, die sie nicht hätte dulden dürfen. Wie sehr hatte sie es sich gewünscht, einen Mann an ihrer Seite zu haben, der auf eine strengere Erziehung achtete. Aber es half nichts. Sie war alleine, und die Gründe, weshalb sie dem Jungen vieles durchgehen ließ, waren ihr durchaus bekannt. Sie konnte ihm einfach nicht böse sein. Wenn er sie mit seinen großen, braunen Augen anschaute, war es ihr unmöglich, ihm einen Wunsch zu verwehren.

Josefines Blick ging hinüber zu dem Bild, das neben der Wanduhr hing. Es war das Foto ihres verstorbenen Mannes. In Gardeuniform, auf einem schwarzen Hengst, den Degen in der Hand. Ein stattlicher Mann war Hans gewesen und ein feiner Mensch. Groß und stark und trotzdem einfühlsam. Obwohl sein Tod schon so viele Jahre zurücklag, erfüllte es Josefine noch immer mit Trauer, wenn sie an ihn dachte.

Hans hatte von Anfang an gewusst, wie sehr es sie verletzt hatte, dass ihre große Liebe sie verlassen hatte, und er wusste auch, dass sie diesen Verlust nie wirklich würde verwinden können. Und trotzdem hatte er ihr keine Vorwürfe gemacht. Im Gegenteil: Er liebte sie und gab ihr die Möglichkeit, offen über ihre Trauer zu sprechen. Mit ihm durfte Josefine ihre Wut und ihren Schmerz teilen. Als sie Hans schließlich von ihrem unehelichen Sohn in Straßburg erzählte, trug er ihr noch am selben Abend die Heirat an. Daraufhin durfte ihr Sohn wieder zu ihr zurückkehren, und sie konnte gar nicht beschreiben, wie glücklich sie war, den Kleinen wieder in ihren Armen zu halten. Sie hatte ihn zwar, so oft es ging, in Straßburg besucht, aber fortan konnte sie ihn jeden Tag sehen und konnte staunend erleben, wie sich der kleine Gustav entwickelte. Und sie war so unendlich dankbar, dass ihr Mann den Jungen wie seinen eigenen behandelte.

Richtig geliebt hatte sie Hans jedoch nie – vielmehr war er ein enger Freund, ein Mensch, dem sie voll und ganz vertraute. Josefine seufzte. Wie ungerecht das Leben doch war! Der Mann, der sie aufrichtig liebte, hatte nie eine Gelegenheit bekommen, ihr Herz zu erobern, und demjenigen, der es mit Füßen trat, hatte sie es nachgeworfen.

Ach, wie stolz war sie auf ihr kleines Familienglück gewesen! Doch nur ein paar Jahre später war Hans an der Schwindsucht gestorben, und sie war wieder alleine. Seitdem wohnte sie in Forst, in einem Anwesen, das viel zu groß war für sie und Gustav. Dieser war jetzt zwanzig Jahre alt, und immer drängender stellte sich die Frage, wie es mit ihm weitergehen sollte. Josefine hatte ihn dazu bewegen wollen, an einer Universität Medizin zu studieren oder in den Weinhandel einzusteigen. Aber er wollte partout Winzer zu werden. Etwas anderes kam für ihn nicht in Frage.

Er konnte stur sein, ihr Junge. Wenn er sich etwas in den Kopf gesetzt hatte, dann ließ er nicht eher locker, als bis er sich durchgesetzt hatte. Josefine kannte diesen Wesenszug, wusste, woher Gustav das hatte, und das beunruhigte sie. Denn sie war selbst ein Opfer dieser Besessenheit geworden, als der Mann, den sie so sehr geliebt hatte, Reißaus genommen hatte, ohne sich darum zu scheren, was aus ihr und ihrem Kind wurde. Sie hatte erfahren, in welches Verderben diese Besessenheit führen konnte. Und eben darum wollte sie Gustav dies ersparen. Sie wollte ihm begreiflich machen, dass es nicht gut war, allein seinen Neigungen zu folgen. Dass es noch etwas anderes gab außer Wein. Dass er andere Menschen zu achten hatte. Gerade auch seine Mutter.

Wie sollte sie sich gegenüber ihrem Jungen nur verhalten? Obwohl sie sich immer wieder vor Augen hielt, dass es Unrecht war, seine Mutter nicht zu respektieren, gab es in ihr auch eine Stimme, die ihr vorhielt, ob sie ihn nicht für etwas büßen ließ, für das er gar nichts konnte. Versuchte sie etwa, Gustav zur Verantwortung zu ziehen, und meinte in Wirklichkeit jenen Mann, der ihr diese Schmerzen zugefügt hatte? Sah sie bei ihrem Sohn gar Wesenszüge, die nur in ihrer Fantasie existierten?

Darüber dachte Josefine oft nach, und dann wurde sie traurig. Sie hatte versucht, Emil aus ihrem Gedächtnis zu verdrängen. Und doch genügte ein Blick in die Augen ihres Sohnes, und er war wieder bei ihr. Die großen, braunen Augen, in die sie als Mädchen so liebevoll geschaut hatte, die ihr verraten hatten, was in dem Mann ihrer Träume vorging, in eben diese Augen blickte sie nun, wenn sie Gustav ansah. Wie sehr erinnerte sie der Junge an ihn! Auch seine zierliche Figur unterschied ihren Sohn von den anderen jungen Männern im Dorf.

Josefine löste die Nadeln aus ihrem Haar und drehte mit energischen Handbewegungen die langen, schwarzen Locken erneut zu einem Zopf. Sie musste heute mit Gustav sprechen. Schritte waren im Flur zu hören, und wenig später öffnete sich die Tür.

„Ihr werter Herr Sohn ist soeben eingetroffen“, hörte sie die tiefe Stimme von Jules. „Darf ich Madame den Tee servieren?“

„Ja, bitte, Jules. Und bring auch noch etwas Gebäck für den Jungen.“

„Klärchen hat heute früh Kekse gebacken.“

„Gut. Und serviere auch die Feigenmarmelade. Du weißt doch, dass der Junge davon so gerne isst.“

„Sehr wohl, Madame“, antwortete Jules und verließ schmunzelnd den Raum.

Dann war es wieder still, bis es im Hausflur heftig polterte. Schon flog die Tür auf, und Josefine konnte gerade noch die Falten ihres Rockes glatt streichen, als Gustav auch schon vor ihr stand.

„Schau, Maman. Schau nur.“

Josefine blickte auf einen riesigen Blumenstrauß, und bevor sie noch etwas sagen konnte, wurde sie auch schon mit einem dicken Kuss bedacht.

„Hier, für dich. Hab ich dir gepflückt.“

„Gustav, bitte“, versuchte sie ihn abzuwehren, doch der Junge küsste sie schon wieder und lachte sie dabei so keck an, dass sich ihre ernste Miene in ein Lächeln verwandelte.

„Du bist doch nicht böse, dass ich zu spät komme, oder? Ich konnte nur einfach nicht an den Blumen vorbeigehen, ohne meiner geliebten Maman welche mitzubringen.“

Die Tür öffnete sich, und Jules erschien mit einem Tablett voller Kekse.

„Hmm, und wie das duftet.“

Noch bevor Josefine es verhindern konnte, war Gustav auch schon aufgesprungen und hatte sich auf das Tablett gestürzt.

„Gustav. Wo bleibt dein Benehmen?“

„Schon gut, Madame“, entgegnete Jules verständnisvoll. „Der junge Herr hat Hunger.“

Josefine versuchte wieder ernst zu sein und sagte streng: „Es würde mir noch besser gefallen, wenn der junge Herr seiner Mutter endlich auch den Respekt erweisen würde, den sie verdient hat.“

„Aber Maman, ich liebe dich doch. Ist das nicht Respekt genug?"

Josefine rückte sich aufrecht im Stuhl zurecht und schaute ihren Sohn ernst an. „Respekt und Liebe schließen sich nicht aus. Man kann seine Mutter lieben und trotzdem pünktlich nach Hause kommen, oder?"

Gustav runzelte die Stirn. „Warum stellst du so schwierige Fragen, die einen ganz durcheinanderbringen?"

Josefine schüttelte tadelnd den Kopf. Hatte er es also wieder geschafft, sie zu besänftigen. Es war immer das Gleiche. Aber dann dachte sie daran, dass sie mit ihrem Sohn ein ernstes Gespräch führen wollte und dass ihr Vorhaben bereits jetzt zum Scheitern verurteilt wäre, wenn sie nicht ernsthaft bliebe.

Sie räusperte sich und strich mit der Hand sorgfältig über die Haare, als wollte sie eine widerspenstige Strähne glätten.

„Bitte nicht", hörte sie die verdrossene Stimme Gustavs.

„Bitte was nicht?"

„Bitte nicht ernst werden."

„Wie kommst du darauf, dass ich ernst werden könnte?", erwiderte Josefine pikiert. „Mal abgesehen davon, dass das Leben manchmal auch ernst sein kann."

„Immer wenn du ernst wirst, tust du so, als müsstest du deine Haare ordnen und hüstelst."

„Ich hüstele?"

„Genau, du hüstelst."

Josefine versuchte böse zu schauen, aber weil ihr das nicht gelang, lachte Gustav vergnügt auf.

„Gustav! Lass das! Man lacht seine Mutter nicht aus."

„Aber ich lache dich doch gar nicht aus, Maman."

„Genug jetzt! Hörst du!"

Josefines Stimme klang nun härter, und auch Gustav schien verstanden zu haben, dass seine Mutter es heute Abend wirklich ernst meinte. Josefine griff zur Tasse, und als sie daran nippte, kam sie sich vor wie ihre eigene Mutter. Die hatte auch erst einen Schluck Tee getrunken, bevor sie mit ernsten Gesprächen anfing.

„Wie war's im Weingut?", versuchte sie wie nebenbei zu fragen.

„Maman? Du willst mit mir über meine Zukunft reden, stimmt's?"

„Wäre das so schlimm?"

„Nein, überhaupt nicht. Aber ich verstehe nicht, warum du immer wieder damit anfängst?"

„Gustav, wie sprichst du mit deiner Mutter?"

„Maman. Ich meine es doch nicht böse. Aber warum quälst du mich immer wieder damit?"

„Weil ich möchte, dass es dir gut geht", erwiderte sie sichtlich gekränkt. „Du sollst nicht enden wie dein Onkel, der ein Weingut übernommen hat, obwohl er eigentlich zum Militär wollte."

„Aber Maman, begreif doch. Ich bin nicht wie Onkel Carl. Ich will kein Soldat werden."

„Aber das war doch nur ein Beispiel. Es könnte doch auch sein, dass du Arzt werden willst? Oder vielleicht willst du Händler werden?"

„Maman! Ich will weder Arzt noch Geschäftsmann werden. Ich will einzig und allein Winzer werden."

„Aber was ist, wenn du in ein paar Jahren doch etwas anderes vorhast? Du bist doch noch viel zu jung, um zu wissen, was gut für dich ist. Und außerdem ..."

Josefine hielt inne und legte sich sorgfältig ihre Worte zurecht.

„Und außerdem?"

„Und außerdem ... Louis ist tot. Wer sollte dir nun das Winzerhandwerk beibringen? Du weißt, wie dein Onkel Carl über deine Ambitionen denkt."

Gustav hatte die Frage erwartet, und lange hatte er keine Antwort darauf gewusst. Nach dem Tod von Louis war sein Traum, ein Winzer zu werden, in weite Ferne gerückt. Wie oft hatte er darüber nachgedacht, ob es nicht doch besser wäre, seiner Mutter zu folgen und an der Universität zu studieren. Wie sollte ein Winzer aus ihm werden, wenn er im Weingut seiner Familie nicht erwünscht war? Wie sollte er jemals das Handwerk erlernen, wenn es niemanden gab, der es ihn lehrte? Aber dann hatte er sich an die Worte von Louis erinnert: Er wird kommen, er wird in seine Heimat zurückkehren.

Und heute war er da. Wie sehr hatte Gustav auf diesen Moment gehofft, dass er den Mann kennenlernen durfte, von dem Louis so oft gesprochen hatte! Er, der größte Winzer, den das kleine Weindorf Deidesheim jemals hervorgebracht hatte. Seine Erfolge in Amerika waren legendär. Seine Gewächse gehörten zu den größten Weinkreationen, die die Welt je gesehen hatte! Er war zu Lebzeiten zu einer Legende geworden, und ebendieser Mann war wieder zurück.

Ein erlöstes Lächeln huschte über sein Gesicht. „Wusstest du, dass Tante Anna einen Sohn hatte, der in Amerika lebt?“

Die Tasse in Josefines Hand erzitterte unmerklich. Sie setzte sich zurück und straffte den Rücken. „Ja, davon habe ich gehört.“

„Er ist zurück. Heute Mittag in Deidesheim angekommen.“

Mit weit geöffnetem Mund starrte Josefine ihren Sohn an.

„Maman? Geht's dir nicht gut?“

Vorsichtig stellte Josefine die Tasse auf den Tisch, faltete die Hände und blickte mit starrem Blick zur Wand.

„Maman?“

Es war nur der Bruchteil eines Augenblicks, aber in diesem Moment brachen Gefühle über Josefine herein, die sie nie für möglich gehalten hatte. In ihrem Kopf dröhnte es, als würde ein reißender Gebirgsbach hindurchströmen. Ihr wurde schwarz vor Augen, und von einem auf den anderen Moment stockte ihr der Atem.

Wie oft hatte sie sich vorgestellt, er würde an ihrer Tür klopfen. Mit einem Strauß Blumen in der Hand, mit einem Lächeln auf den Lippen und sie um Verzeihung bitten. Wie oft hatte sie davon geträumt, er würde sie überraschen. Nachts, wenn sie einsam in ihrem Bett lag. Und jetzt war er zurück.

Sie hatte ihn niemals vergessen. Nicht einen Atemzug lang. Er war in ihrem Herzen gewesen, auch in den innigsten Momenten. Wenn sie schlief, wenn sie träumte, wenn sie weinte. Sie hatte sich immer vorgestellt, wie es wäre, wenn er wieder bei ihr wäre. Und jetzt war er da!

Angst stieg in Josefine auf. Sie hatte den Verlust von Emil nur verwinden können, indem sie Mauern um ihr Herz errichtet hatte. Jedes Jahr war der Wall höher geworden, und dahinter gab es nur Raum für sie und Gustav. Sie lebte seit Jahren in einer Welt, in der alles seinen geordneten Weg ging. Und plötzlich tauchte Emil auf, und ihr Bollwerk kam ins Wanken. Keinen Hinweis hatte sie erhalten, dass er kommen würde, keine Ankündigung, die ihr Zeit gegeben hätte, sich darauf einzustellen. Sie spürte, wie es ihr das Herz zusammenzog. Aus der Ferne ertönte die Stimme ihres Sohnes, und dann sah Josefine in dessen sorgenvolles Gesicht.

„Maman, geht es dir nicht gut?"

Josefine brauchte eine Weile, bis sie Gustavs Frage verstand. Sie vermochte nicht zu antworten, nickte nur und hoffte, ihr Sohn würde nicht merken, was in ihr vorging. Aber wie lange konnte sie sich noch beherrschen? Sie musste weg von hier. Musste an einen Ort, an dem sie mit sich alleine war. Sie nahm ihre letzte Kraft zusammen.

„Du entschuldigst mich. Ich fühle mich im Augenblick nicht wohl."

„Maman, was hast du? Soll ich den Arzt rufen?"

„Nein, lass nur. Ich fühle mich gleich wieder besser. Es geht schon."

Es war spät am Abend, und Gustav war schon lange zu Bett gegangen, als Josefine wieder in demselben Sessel saß, in dem sie die Nachricht von Emils Rückkehr erhalten hatte. Die Fenster waren geschlossen, nur eine Kerze brannte auf dem Tisch.

Nachdem sie von seiner Rückkehr erfahren hatte, war sie in ihr Schlafzimmer gegangen, hatte sich aufs Bett geworfen und einfach nur geweint. Sie hatte in ihr Kissen geschrien, bis sie irgendwann völlig leer war. Es war ihr vorgekommen, als wäre sie das Mädchen von damals, das einfach nicht begreifen konnte, dass der Mann ihrer Träume aus ihrem Leben verschwunden war.

Sie hätte damals seine Hilfe so sehr gebraucht, als sie Gustav in Straßburg zur Welt gebracht hatte. Wie viel Kraft hatte es sie gekostet, sich gegen ihre Mutter zu stellen, die verlangt hatte, ihr Kind zu töten? Wie viel Mut hatte es erfordert, immer wieder Nein zu sagen, wenn ihre Mutter auf sie eingeredet hatte, es sei das Beste für alle, wenn das Kind nicht käme?

Er wird nicht bei dir bleiben, hatte ihre Mutter ihr damals prophezeit. Er ist zu jung für dich, kann keine Verantwortung übernehmen. Und hatte sie nicht recht behalten? Nur eine Nacht, und die Prophezeiungen ihrer Mutter waren eingetroffen.

Emil hatte sich davongeschlichen wie ein feiger Hund, als sie noch unter den Folgen der Geburt litt. Er hatte sie verstoßen, als sie schwach war und seine Hilfe am Nötigsten gebraucht hätte. Und warum? Warum verlässt man eine Frau, der man ewige Treue geschworen hat? Morgens, wenn sie aufstand und abends, wenn sie ins Bett ging, quälte Josefine diese Frage. Immer wieder nur diese eine Frage nach dem Warum.

Anfangs waren ihre Sinne durch den Schmerz wie betäubt gewesen, doch dann war eine unbändige Wut in ihr hochgestiegen. Was hatte sie verbrochen, dass er ihr solche Schmerzen zufügen durfte?

Josefine stand auf. Sie musste sich bewegen. Ihr Körper war gespannt wie der eines Tieres, das jeden Moment einen Angriff aus dem Hinterhalt erwartete. Emil war zurück. Wie würde er ihr in die Augen schauen können, ohne vor Scham im Boden zu versinken? Wie fühlte sich ein Mensch, der seine Frau so im Stich gelassen hatte? Warum war er nicht in Amerika geblieben? Josefine schüttelte verzweifelt den Kopf. Jahrelang hatte sie darauf gewartet, dass er wieder bei ihr sein würde und jetzt, als es endlich so weit war, verfluchte sie ihn dafür. Nachdem es ihr gelungen war, ihr Leben in geordnete Bahnen zu lenken, war er wieder zurück, um sie ein weiteres Mal zu zerstören?

Und was war mit Gustav? Er war heute zum ersten Mal seinem Vater begegnet. Was würde sie ihm sagen? Hatte er nicht ein Recht darauf, zu erfahren, dass Emil sein Vater war? Es gab vieles, worüber sie sich noch Gedanken machen musste, aber dazu brauchte sie Zeit. Sie durfte keinen Fehler begehen. Josefine ging am Fenster vorbei und plötzlich war ihr, als hätte sie draußen einen Schatten wahrgenommen, der sich bewegte. Sie blieb einen Augenblick stehen, doch dann nahm sie schon der nächste Gedanke gefangen.

Es war schon weit nach Mitternacht, als Emil in Forst ankam. Um nicht zufällig anderen Menschen zu begegnen, war er abseits der Weinstraße durch die Weinberge gelaufen, bis er schließlich im Schutz der Dunkelheit die Kirche erreicht hatte.

Er war die schmale Gasse hinuntergeschlichen, und als er unten auf der Dorfstraße das Winzerhaus von Josefine erblickte, war er auf einmal so durcheinander, dass er gar nicht mehr wusste, was er weiter tun sollte. Wie lange hatte er auf diesen Moment gewartet, hatte sich immer wieder vorgestellt, wie es sein würde, vor ihr zu stehen.

Er starrte auf das große, herrschaftliche Gebäude. Eine Sandsteinmauer umgab den Hof, der unmittelbar an die Weinstraße angrenzte. Auf der anderen Seite begannen die Weinberge, die durch eine mannshohe Hecke von der Straße getrennt waren. Emil schaute sich um, ob auch niemand in der Nähe war, der ihn beobachten könnte. Dann schlich er weiter, bis er sich schließlich in den Schatten einer Hecke duckte.

Sein Herz klopfte so heftig, dass er das Rauschen des Blutes in seinen Ohren hören konnte. Endlich war er bei ihr. Er dachte an das junge Mädchen von damals, das ihn angelacht hatte. Wie würde sie heute aussehen? Würde sie ihn überhaupt wiedererkennen? In einem Zimmer des Hauses brannte noch Licht. Die Vorhänge des Fensters waren nur halb zugezogen.

Emil blickte angestrengt nach oben. Dann sah er plötzlich den Schattenriss einer Frau. Er verfolgte die weichen Linien eines Gesichtes, die leicht gewölbte Nase, die vollen Lippen, das nach hinten gesteckte Haar, und es bestand nun kein Zweifel mehr: Es war Josefine.

Was hätte er in all den Jahren dafür gegeben, ihr einmal so nahe zu sein? Wie sinnlos kam ihm die Zeit vor, die er in der Ferne verbracht hatte. Gebannt schaute Emil nach oben. Was hielt ihn davon ab, an ihre Tür zu klopfen und sie um Verzeihung zu bitten? Was hielt ihn zurück, ihr zu gestehen, dass er nur sie geliebt hatte? In all den Jahren nur sie!

Emil starrte auf das Fenster. Der Schattenriss war verschwunden. Es war völlig still. Kein Windhauch regte sich, und doch hatte Emil das untrügliche Gefühl, beobachtet zu werden.

Carl Bassermann hatte ihn schon lange kommen sehen. In einer Seitenstraße war der Schatten an der Mauer entlanggeschlichen, hatte sich vorsichtig dem Haus seiner Schwester genähert, bis er gegenüber ihrem Fenster stehen blieb. Seinen Feind und ihn trennte nur die eine Hecke, hinter der er sich verschanzt hatte.

Am liebsten hätte er sich gleich auf Emil gestürzt. Es wäre ein Leichtes gewesen, ihm mit einem einzigen Schlag den Schädel zu spalten. Nur ein Schritt zur Seite, dann ein Hieb nach unten, und alles wäre vorbei. Aber als Soldat hatte Carl gelernt, den geeigneten Augenblick für den Angriff abzuwarten.

Der Schatten verharrte weiter reglos vor ihm. Noch einen Schritt, und er würde zuschlagen. Unter keinen Umständen durfte er zulassen, dass es Emil noch einmal gelänge, das Herz seiner Schwester für sich zu gewinnen. Wenn herauskäme, dass er es war, der sich zwischen die beiden gestellt hatte, wäre das sein Untergang. Das ganze Komplott würde auffliegen. Nein, auf keinen Fall durfte Emil seine Schwester wiedersehen. Noch einen Schritt weiter, und er würde ihm den Kopf vom Hals trennen, ohne dass Emil überhaupt mitbekommen würde, was geschah. Ein sauberer, schneller Schnitt, der die Vergangenheit endgültig beenden würde.

Mit der Entschlossenheit eines kampferprobten Soldaten hielt Carl den Griff seines Degens in der Hand. Endlich würden sich all die Jahre Übung im Feld auszahlen. Seine ganzen Erfahrungen wären in diesem einen Hieb vereint.

3. Erinnerungen

„Ich kann es einfach nicht begreifen, dass meine Eltern gestorben sind“, sprach Emil mehr zu sich selbst als zu Gustav. Er betrachtete das mit Ornamenten aus Rebstöcken und Traubenhenkeln verzierte Grabkreuz von Anna und Louis. Darüber schwebte, aus Eisen geflochten, der Schweif eines Kometen. Es war der Große Komet, der seinem Vater den größten Wein geschenkt hatte. Und nun blieb er ihm auch über den Tod hinaus verbunden.

„Louis und Anna kannten Ihre Weine, Mister Jordan“, hörte er Gustavs Stimme neben sich. „Einmal im Jahr bekamen wir Besuch von einem Weinhändler aus Bremen, der in Amerika Wein einkaufte. Im ersten Jahr hatte das Geld von Louis noch für eine ganze Kiste Wein aus dem Walholla Valley gereicht. Doch als Ihre Weine schon im nächsten Jahr so teuer wurden, musste sich Louis schließlich mit einer einzigen Flasche von jedem Jahrgang begnügen.“

Emil schüttelte traurig den Kopf. Wie gerne hätte er seinen Eltern von Amerika und von seinem Weingut erzählt. Abgesehen von den letzten vier Jahren in San Francisco, in denen er im Varieté lebte, hatte er ihnen all die Jahre über Briefe geschrieben, aber nie eine Antwort darauf erhalten. Warum, wusste Emil nicht. Er seufzte. Das letzte Mal, dass er Anna und Louis gesehen hatte, war bei seinem Abschied gewesen. Damals hatte ihm Louis einen Lederbeutel mit Geldstücken in die Hand gedrückt, damit sich Emil seinen Traum vom eigenen Weingut erfüllen konnte.

Andächtig holte Emil einen Trieb aus der Tasche. „Er stammt von einer Rebe aus dem Walholla Valley. Ich hatte ihn ganz am Anfang auf meinen ersten Weinberg gepflanzt. Er hat als einziger die Reblaus unbeschadet überstanden, Gott weiß warum.“

Emil grub ein kleines Loch in den Boden und setzte den Trieb hinein. Dann goss er Wasser darauf und säuberte gedankenverloren das Grab von den Blättern der umstehenden Bäume. Die Sonne stand schon hoch am Himmel, als er mit Gustav schließlich den Friedhof verließ.

„Anna hat mir erzählt, Sie waren ungefähr so alt wie ich, als Sie nach Amerika gegangen sind. Haben Sie keine Angst gehabt, alleine loszuziehen, Mister Jordan?"

Emil lachte laut auf. „Da fängst du ja gleich mit den einfachen Fragen an. Was hältst du davon, wenn wir ein wenig in den Weinbergen spazieren gehen? Dann kann ich dir mehr von Amerika erzählen. Und außerdem solltest du mich Emil nennen. Mister Jordan war einmal, jetzt bin ich wieder der Emil aus Deidesheim."

„Oh, das ist mir eine große Ehre, Mister Jordan, ähm … Emil natürlich."

Die beiden bogen lachend von der Dorfstraße in die Weinberge ab und spazierten am Kirchenstück entlang. Die Reben, an denen sie vorübergingen, waren in tadellosem Zustand, hüfthoch in ordentlichen Reihen ausgerichtet. Sie pflückten im Vorbeigehen ein paar Beeren, die ebenso gut schmeckten wie sie aussahen. Aber Emils Gedanken waren ganz woanders. Sein Gesicht war ernster geworden, als er über Gustavs Frage nachdachte.

„Manchmal läuft das Leben einfach nicht so, wie man sich das wünscht", antwortete er schließlich. „Man weiß nicht mehr ein noch aus und sieht als einzigen Ausweg die Flucht. Natürlich habe ich Angst gehabt. Oft sogar. Besonders nachts, wenn ich alleine war. Und auch bei der Überfahrt, als wir in einen furchtbaren Sturm gerieten. Aber dann geht es doch immer irgendwie weiter. Man lernt mit der Angst umzugehen, und irgendwann einmal wird es zur Gewohnheit, dass man alleine und auf sich selbst gestellt ist."

„Warst du nicht sehr traurig, als deine Eltern nicht mehr bei dir waren?"

„Doch das war ich. Es hat mir fast das Herz gebrochen. Ich habe mir in meinem Leben nie etwas anderes gewünscht, als mit meinen Eltern friedlich in der Pfalz zu leben. Vor meiner Abreise hat es keinen Tag gegeben, an dem ich nicht mit ihnen zusammen war, und plötzlich waren sie nicht mehr bei mir."

„Erzählst du mir von deiner Reise?"

Emil schmunzelte. „Das ist eine lange Geschichte."

Einen Augenblick besann er sich, dann begann er zu erzählen. Wie er nach Neustadt gelaufen war und sich nach Frankreich durchgeschlagen hatte. Als Emil davon erzählte, unter welch abenteuerlichen Umständen er in Le Havre an eine Passage nach New York gekommen war, war er selbst erstaunt, wie sich alles gefügt hatte. Wie viele Zufälle doch seine Reise nach Amerika erst ermöglicht hatten!

Emil und Gustav waren schon einige Zeit durch die Weinberge spaziert, als sie sich auf eine Bank oberhalb von Deidesheim setzten.

„Warum bist du eigentlich nicht in New York geblieben?", fragte Gustav plötzlich.

„Das ist eine gute Frage", sagte Emil nachdenklich. „Mein größter Traum war es, ein eigenes Weingut zu gründen. Ich wollte einen Wein schaffen, der einmalig sein sollte. Als ich von dem Boden in Kalifornien hörte, wusste ich sofort, dass ich nur dort meinen Traum verwirklichen konnte. Ich habe es nie bereut, nach Kalifornien gegangen zu sein, und wenn ich die Entscheidung noch einmal zu fällen hätte, dann würde ich wieder dorthin gehen."

Gustav zögerte einen Moment, und dann stellte er eine Frage, die ihm schon lange im Kopf herumzugehen schien: „Louis hat mir oft von dir erzählt und von deiner Auswanderung, aber eine Frage hat er mir nie beantwortet."

„Und die wäre?"

„Was der Grund war, dass du Deidesheim verlassen hast!"

Emil wiegte nachdenklich den Kopf, und es schien eine Ewigkeit zu vergehen, bis er schließlich antwortete. „So genau kann ich dir das gar nicht mehr sagen. Vielleicht kam nur zu einem bestimmten Moment zu viel auf einmal zusammen."

Auf seiner Stirn kräuselten sich kleine Falten, und er fuhr mit schwacher Stimme fort: „Vielleicht war es aber einfach nur, weil ich mich in ein Mädchen verliebt hatte."

„Und das war der Grund, warum du nach Amerika gegangen bist?"

Emil kam sich auf einmal entsetzlich albern vor. „Na ja, nicht ganz. Das Mädchen, in das ich mich verliebt hatte, war mein ein und alles. Wir hatten uns schon überlegt, wie es wäre, eine eigene Familie zu gründen. Wir wollten heiraten und wie ein gewöhnliches Paar das Leben gemeinsam verbringen. Doch dann kam alles anders. Eines Tages ist sie weggegangen, und als sie wiederkam, da wollte sie nichts mehr von mir wissen."

Emil spürte, wie er auf einmal unruhig wurde. Warum hatte sein Leben so verlaufen müssen? Nach dem Tod seiner Eltern gab es darauf noch weniger Antworten. Und Josefine? Sie wohnte nur ein Dorf weiter, und trotzdem war sie für ihn unerreichbar. Dabei war er ihr in der Nacht zuvor so nah gewesen.

Emil schaute nachdenklich auf die Weinberge hinunter und war verwundert, wie schnell die Zeit vergangen war. Die Sonne stand schon tief am Himmel, nicht mehr lange, und es würde dämmern.

„Was hältst du davon, wenn wir wieder ins Dorf zurückgehen? Nicht dass deine Mutter sich noch um dich sorgt. Wo wohnst du eigentlich?"

„Gleich in Forst."

Ein „Ah", entglitt Emil, und er schaute Gustav an, als läge ihm eine Frage auf den Lippen, doch dann war er auch schon aufgestanden, und die beiden liefen schweigend nebeneinander den Weinberg hinab. Sie waren schon einige Minuten gelaufen, als es schließlich aus Gustav herausbrach: „Ich möchte auch einmal ein so großer Winzer werden wie du. Louis hat mir erzählt, dass es nur einen gibt, der mir beibringen könnte, ein wahrhaft großer Winzer zu werden, und das bist du."

„Du hast meinen Vater sehr gemocht, stimmt's?"

Der Junge nickte ehrfürchtig. „Louis war wie ein Vater zu mir. Er war der Einzige, der zu mir gehalten hat. Wir haben uns jeden Tag getroffen, und dann sind wir durch die Weinberge spaziert, und er hat mir über den Weinbau erzählt. Nur mit Louis konnte ich über Weine sprechen."

„Und was ist mit deiner Familie? Warum arbeitest du nicht in einem Weingut?"

„Mein Vater ist tot und meine Mutter …"

„Das tut mir leid mit deinem Vater."

Die beiden liefen nachdenklich einen schmalen Pfad hinunter. Unvermittelt fragte Gustav: „Was hast du jetzt vor? Wirst du Deidesheim verlassen?“, wobei ein verzweifelter Ton in seiner Stimme lag.

Emil merkte daran, wie wichtig Gustav die Frage zu sein schien, und antwortete nachdenklich: „Ich weiß es noch nicht. Ich bin in meine Heimat zurückgekommen, weil ich meine Eltern noch einmal sehen wollte. Doch das Schicksal hat es anders gewollt. Meine Eltern sind tot, und jetzt scheint mir alles so zwecklos.“

Plötzlich dachte er an Josefine, und ein sanftes Lächeln umspielte seine Mundwinkel. Er blickte auf Gustav, der ihn erwartungsvoll anschaute.

„Ich glaube, ich sollte erst einmal in der Pfalz bleiben und den Frühling genießen“, sagte er schließlich und erntete ein dankbares Lächeln.

Josefine stand vor dem Spiegel und zupfte eilig ihre Frisur zurecht. Das letzte Mal, dass Carl sie in Forst besucht hatte, war, als Hans gestorben war. Seitdem hatte er sich nicht mehr blicken lassen.

Noch bevor sie Gustav zur Welt gebracht hatte, war das Verhältnis zu Carl schlagartig abgekühlt. Josefine hatte ihm nie verziehen, dass er sich auf die Seite ihrer Mutter gestellt hatte. Wie sehr hatten die beiden auf sie eingeredet, sie solle das Kind abtreiben. Als Emil dann abgereist war, hatte ihr Bruder zwar wieder die Nähe zu ihr gesucht, aber wirklich innig war ihr Verhältnis nicht mehr geworden. Man hatte sich arrangiert. Carl akzeptierte, dass der Junge bei ihr aufwuchs, und sie schwieg, wenn sich ihr Bruder der gefeierten Auslese rühmte.

Dass es Carl damals sehr schwergefallen war, die Auszeichnungen in ihrer Gegenwart entgegenzunehmen, wusste Josefine. Sie konnte die Zerrissenheit ihres Bruders geradezu spüren. Sie hatte nie ein Wort über die Auslese verloren, auch hatte sie ihn nie darauf angesprochen, wie er sich anmaßen konnte, das Werk seines besten Freundes als sein eigenes auszugeben. Aber vielleicht war es gerade dieses Schweigen, das Carl innerlich zerfraß.

Dabei wäre sie niemals auf die Idee gekommen, ihren Bruder bloßzustellen. Warum sollte sie für den Ruhm und die Ehre eines Mannes eintreten, der sie verlassen hatte? Nein. Die Auslese half ihrer Familie, und sie war in erster Linie immer noch eine Bassermann und räumte den geschäftlichen Interessen der Familie Vorrang ein.

Josefine betrat den Salon und sah Carl auf der Couch sitzen. Er trug einen gestreiften Anzug, und über der Weste hing die goldene Uhr ihres Vaters. Als Carl sie hereinkommen hörte, stellte er das Weinglas, ohne getrunken zu haben, mit zitternder Hand auf dem Tisch ab.

„Weißt du schon, dass er zurück ist?"

Carl hatte die Frage gestellt, ohne Josefine auch nur anzusehen. Mit verquollenen Augen stierte er auf das Weinglas, in dem der Wein schwappte. Josefine überlegte, ob sie ihn wegen seiner Unbeherrschtheit rügen sollte, doch stattdessen tat sie so, als hätte sie seine Gereiztheit überhört.

„Gustav hat es mir berichtet", antwortete sie möglichst unbeteiligt.

„Und?"

„Was und?"

„Na, du musst dir doch irgendetwas dabei gedacht haben, als du gehört hast, dass er zurückgekommen ist."

„Ja? Muss ich das? Die Geschichte mit Emil liegt jetzt zwanzig Jahre zurück. Was erwartest du?"

„Und was ist mit Gustav?"

„Was soll mit Gustav sein?"

„Na immerhin ist Gustav sein Sohn."

Carl biss sich nervös auf die Lippen. Die Frage schien ihm sichtlich schwerzufallen. „Weiß der Junge davon?", platzte es schließlich aus ihm heraus.

„Wovon?"

„Herrgott noch mal. Lass dir doch nicht jedes Wort einzeln aus der Nase ziehen. Ich will wissen, ob du dem Jungen erzählt hast, dass Emil sein Vater ist?“

Die Tür öffnete sich, und Jules erschien im Türrahmen. Mit fragenden Augen blickte er zu seiner Herrin. Josefine nickte ihm unmerklich zu, worauf er die Tür lautlos schloss.

„Nein, Gustav weiß noch nichts davon“, fuhr sie in ruhigem Ton fort.

„Noch?“

„Na ja, irgendwann werde ich ihm die Wahrheit sagen müssen.“

„Josefine! Ich möchte unter keinen Umständen, dass der Junge oder Emil etwas davon erfährt.“

„Es ist Gustavs Recht, zu erfahren, wer sein Vater ist.“

Carl schnaubte aufgeregt. „Recht hin oder Recht her. Ich möchte nicht, dass Gustav etwas davon erfährt. Von Emil ganz zu schweigen. Hast du ihn schon gesehen?“

„Wen?“

„Emil natürlich.“

„Warum sollte ich?“

„Gut. Und ich möchte nicht, dass du Gustav davon erzählst.“

„Willst du mir etwa Vorschriften machen?“

„Nenn es, wie du willst“, antwortete Carl ungerührt. „Es wäre auch für Gustav nicht gut.“

„Seit wann interessierst du dich für die Belange des Jungen?“, fragte Josefine mit einem gereizten Unterton in der Stimme.

Carl schnaubte missmutig. „Ich möchte, dass du deinem Sohn verbietest, dass er sich weiterhin mit Emil trifft.“

„Tut er das?“

„Ja, das tut er“, zischte Carl giftig. „Gerade heute Nachmittag sind sie durch die Weinberge gelaufen.“

„Carl, ich kann dem Jungen nicht verbieten, sich mit Emil zu treffen. Er hat von Louis so viel über Emil erfahren, dass es doch ganz natürlich ist, wenn er herausfinden will, wer Emil ist.“

Carl knallte das Glas auf den Tisch, dass der Wein in einer hohen Fontäne aus dem Glas spritzte.

„Ich dachte, wir hatten schon geklärt, dass der Junge etwas anderes werden soll als Winzer. Der Junge muss lernen, was seine Aufgaben und Pflichten sind. Ich möchte, dass du deinem Sohn ein für alle Mal verbietest, Emil zu sehen."

Fassungslos schaute Josefine ihren Bruder an. Sie selbst machte sich Vorwürfe, dass sie Gustav zu nachlässig erzog. Daher traf es sie umso mehr, dass Carl sie aufforderte, strenger mit ihrem Sohn umzugehen.

„Josefine! Hörst du, ich möchte, dass du mir versprichst, dass Gustav keinen Kontakt mehr mit Emil hat."

Josefine senkte den Kopf. War sie zu einfältig gewesen, als sie dachte, Gustav könnte seinen Vater durchaus einmal kennenlernen?

„Herrgott noch mal, Josefine, was ist bloß los mit dir? Möchtest du, dass alles wieder von vorne beginnt? Hast du vergessen, wie sehr du darunter gelitten hast, als dieser Bastard sich aus dem Staub gemacht und dich wie eine nutzlose Dirne zurückgelassen hat, nach allem, was er angerichtet hat?"

Josefine sprang wütend auf. „Carl! Ich möchte nicht, dass du so darüber sprichst."

„Nein? Das möchtest du nicht? Aber es ist die Wahrheit, und du weißt es. Du hättest besser auf unsere Mutter gehört, damals in Straßburg."

„Carl! Gustav ist mein Sohn, und ich liebe ihn."

„Trotzdem ist er auch sein Sohn."

„Und was ist mit dir? Was ist der Grund dafür, dass du mich in Forst besuchst, nachdem du uns jahrelang gemieden hast? Du hast Angst, Carl, das ist es. Angst, dass Emil dir den Ruhm streitig machen könnte, der eigentlich ihm zusteht."

„Josefine, wie kannst du so etwas sagen? Es war der Grund und Boden unserer Familie, auf dem die Auslese wuchs. Es war unser Wein, der Wein der Familie Bassermann."

„Das ist richtig. Aber es war Emil, der den Wein auf unserem Boden erst zur Auslese gemacht hat."

„Josefine, was redest du da?"

„Du weißt, dass ich recht habe. Nicht die Fürsorge treibt dich nach Forst. Du hast Angst, von Emil bloßgestellt zu werden."

Carl blickte Josefine wütend an und stieß wütend hervor: „Steckst du mit diesem Schweinhund etwa unter einer Decke? Hast du kein Ehrgefühl mehr im Leibe?“

„Doch das habe ich. Und deshalb habe ich auch die vergangenen Jahre geschwiegen. Du hast kein Wort von mir gehört, wenn du wegen der Auslese geehrt wurdest. Und es gibt auch keinen Grund, warum sich das ändern sollte. Warum sollte ich für die Rechte von Emil kämpfen? Er hat sich davongeschlichen, als ich ihn gebraucht habe. Er hat mich und meinen Sohn verraten. Nein, wegen mir brauchst du keine Angst zu haben. Aber schiebe nicht Gustav vor, wenn es deine Ängste sind, die dich Emil fürchten lassen.“

Dann wurde Josefines Stimme leiser. „Ich habe nichts vergessen, keinen einzigen Tag und keine einzige Stunde. Ich weiß, was mir Emil angetan hat, und dafür wird er büßen. Aber ich werde es sein, die den Zeitpunkt dafür wählt, und nicht Emil. Gustav ist mein Sohn, und er ist das größte Glück, das ich in meinem Leben habe. Aber ich möchte nicht, dass er in etwas hineingezogen wird, wofür er nichts kann.“

„Ich fürchte, der Junge ist schon tiefer drinnen, als du glaubst. Wenn sich Emil erst Gustavs Vertrauen erschlichen hat, dann steht der Junge zwischen uns und Emil. Das kann nicht gut sein, Josefine. Also sprich mit ihm.“

Carl griff zum Glas und trank gierig. Er beobachtete seine Schwester, die am Fenster stand und auf die Weinstraße hinausschaute. Genau dort hatte sie auch am Abend zuvor gestanden. Warum hatte er diesen Bastard nicht einfach getötet? Er hatte genau gewusst, dass es Emil Jordan nicht einen Abend aushalten würde, ohne zu versuchen, Josefine zu sehen. Doch gerade als er zum Schlag ausgeholt hatte, war sie am Fenster erschienen, als hätte sie geahnt, dass Emil ihre Hilfe brauchte. Und schon am nächsten Tag war genau das eingetreten, was er befürchtet hatte: Emil war mit Gustav durch die Weinberge spaziert, als würden sie sich seit ewigen Zeiten kennen.

Jahrelang hatte Carl darauf geachtet, dass der Junge dem Weingut möglichst fernblieb. Es war nicht allein sein Aussehen, das ihn so sehr an Emil erinnerte. Nein. Es wäre ihm auch wie ein später Sieg seines Widersachers erschienen, wenn der Junge irgendwann einmal die Geschicke des Weinguts gelenkt hätte. Selbst als der alte Louis auf ihn eingeredet hatte, er solle ihm doch eine Chance geben, hatte er das Ansinnen abgewehrt. Aber nun? Nicht mehr lange, und Gustav würde erfahren, wer sein Vater wäre, und dann gäbe es kein Halten mehr. All das musste verhindert werden.

Carl schaute Josefine an, und plötzlich wurde seine Stimme ganz weich. „Josefine, ich möchte doch nur das Beste für dich. Versteh doch. Ich möchte nicht, dass du noch einmal verletzt wirst. Ist das so schwer zu verstehen? Sprich bitte mit Gustav. Er ist ein vernünftiger Junge und wird es verstehen."

Carl war schon lange gegangen, als Josefine noch immer im Salon saß. Es dämmerte, und sie schaute unruhig zur Uhr. Wo blieb der Junge nur? Hatte Carl am Ende doch recht? War es nicht besser für alle Beteiligten, wenn das Kapitel Emil Jordan nicht mehr aufgeschlagen würde? Warum sollte sie sich erneut der Gefahr aussetzen, verletzt zu werden? Je enger sich Gustav an Emil band, desto schwieriger würde es werden, ihn davon zu überzeugen, dass es nicht gut war, sich mit Emil zu treffen.

Josefine wusste, was sie zu tun hatte: Sie musste mit ihrem Sohn sprechen.

Gustav schlenderte auf der Weinstraße entlang und hatte das Gefühl, die Vögel würden an diesem Frühlingstag noch fröhlicher singen als gewöhnlich. Dann und wann blieb er stehen, nahm die grünen Rispen zwischen die Finger und prüfte sie gewissenhaft.

An einem Tag wie diesem wurde ihm einmal mehr klar, warum es nur ein Handwerk gab, das ihn wirklich glücklich machen würde, nämlich das des Winzers. Er hatte sich nie damit abgefunden, dass er kein Winzer werden sollte, obwohl alle gegen ihn waren. Seine Mutter, die ihm in den Ohren lag, er solle Medizin studieren, und sein Onkel, der ihm klar und deutlich zu verstehen gab, dass er seine Anwesenheit im Weingut nicht wünschte.

Mit Louis' Tod war schließlich auch sein Traum von einem Leben als Winzer zu Grabe getragen worden. Doch selbst danach war Gustav noch jeden Morgen nach Deidesheim gelaufen. Jeder Tag, an dem er die Triebe der Reben wachsen sah, war für ihn ein Tag des Schmerzes. Die Spaziergänge mit Louis waren für ihn unersetzlich. Wie viel Wissen und Erfahrung hatte ihm der alte Winzer stets vermittelt. Und heute hatte er zum ersten Mal seit dessen Tod das Gefühl, die Zeit mit Louis wäre wiedererwacht. Sollte es ihm doch noch gelingen, seinen großen Traum zu leben?

Er war mit Emil denselben Pfad entlangspaziert, den er mit Louis gegangen war, und gierig hatte er jedes Wort Emils in sich aufgesogen. Louis hatte recht gehabt: Niemand wusste auch nur annähernd so viel über den Weinbau wie Emil. Jedes Wort, das er von sich gab, zeugte von einer Erfahrung, die einzigartig war.

Er hatte so viele Anekdoten über sein Winzerleben zu erzählen gewusst, dass Gustav ganz schwindelig wurde beim Zuhören. Besonders beeindruckte ihn, als Emil davon erzählte, wie er mit nicht viel mehr als einer Schaufel begonnen hatte, das Land im Walholla Valley zu roden. Was für einen unglaublichen Willen musste er gehabt haben, um nicht vor der Größe des Landes in die Knie zu gehen, dachte Gustav bewundernd. Monatelang den Busch abfeuern, Weinberge anlegen, neue Setzlinge pflanzen. All das war Arbeit für eine ganze Hundertschaft, und doch hatte Emil all das alleine mit einer Handvoll Leuten bewerkstelligt. Ja, dieser Mann war ein wahres Genie, und er war glücklich über jede Minute, die er mit ihm zusammen verbringen durfte.

Was hatte ihm Louis mit auf den Weg gegeben? „Es gibt niemanden, der dir mehr beibringen kann als Emil." Und er hatte recht behalten. Louis hatte oft über die Zeit nach seinem Tod gesprochen, und auf Gustavs Frage, wie es mit ihm dann weitergehen solle, hatte er lange keine Antwort gehabt. Doch kurz vor seinem Tod prophezeite er, dass Emil kommen würde, bald schon, das fühle er. Der arme Louis, dachte Gustav. Er hatte sich mehr um ihn gesorgt als um sein eigenes Leben.

Gustav hatte Forst erreicht, als er die Kutsche seines Onkels vor dem Winzerhaus erblickte. Den Vierspänner erkannte er schon von Weitem, denn wer, außer seinem Onkel, fuhr sonst noch mit einem solch monströsen Gefährt durch die engen und verwinkelten Straßen der Weindörfer? Er versteckte sich hinter einem Hauseingang, und wenig später wurde er Zeuge, wie Carl aus dem Haus stampfte, schnellen Schrittes zur Kutsche ging, einstieg und den Wagenschlag zuwarf, dass es nur so knallte.

Gustav konnte sich nicht daran erinnern, dass Onkel Carl jemals seine Mutter in Forst besucht hätte. Von Louis hatte er gehört, dass sich seine Mutter und ihr Bruder irgendwann zerstritten hatten und dass daran wohl auch seine Großmutter nicht unschuldig gewesen sein sollte.

Gustav hasste seinen Onkel. Warum verbot er ihm bloß, im Weingut mitzuarbeiten? Seine Mutter meinte, Onkel Carl habe Angst um ihn und wünsche, dass Gustav etwas Anständiges lerne. Aber warum sollte er Angst um ihn haben, wenn er sich doch sonst auch nicht um ihn kümmerte?

Die Kutsche war eben ratternd an ihm vorbeigefahren, als Gustav kurz darauf den Hof des Winzerhauses betrat. Jules saß auf einer Bank, und wie üblich schmauchte er eine Pfeife. Gustav wusste, dass Jules seinen Onkel nicht leiden konnte. Sicherlich würde er bei ihm am ehesten herausbekommen, was Carl in Forst zu suchen hatte. Doch als er ihn fragte, antwortete Jules nur mit einem Achselzucken und deutete auf das Haus.

„Komm schon, Jules. Du weißt doch auch sonst immer Bescheid“, versuchte sich Gustav bei ihm einzuschmeicheln.

Doch an diesem Abend hatte er keinen Erfolg. „Gib dir keine Mühe, mein Junge“, brummte Jules, wobei sich seine Stirnfalten kräuselten. „Deine Mutter erwartet dich bereits.“

Gustav schaute ratlos auf Jules, der sich selbstvergessen die Pfeife stopfte und ihn nicht mehr weiter zu beachten schien. Es würde ihm wohl nichts anderes übrig bleiben, als selbst herauszufinden, was sein Onkel bei seiner Mutter wollte. Mit klopfendem Herzen betrat Gustav den Salon.

„Woher kommst du?“, fragte Josefine ohne Umschweife und schaute ihm direkt in die Augen. Gustav senkte den Kopf, und bevor er antworten konnte, kam seine Mutter auf ihn zugelaufen.

„Du warst mit ihm zusammen. Ist das richtig?"

Gustav nickte nur.

„Ich heiße es nicht gut, dass du dich mit diesem Mann abgibst und verbiete dir jeden weiteren Umgang mit ihm."

„Aber Maman, was soll das? Warum soll ich mich auf einmal von Emil fernhalten? Was hat er dir getan?"

„Es geht nicht darum, was er mir getan hat, und ich möchte auch nicht, dass du alles hinterfragst, was ich dir verbiete. Ich wünsche nicht, dass du mit diesem Mann verkehrst, ein für allemal."

„Aber er will mir doch nur helfen. Es gibt niemanden, der mehr vom Wein versteht als er."

„Selbst wenn dem so wäre, möchte ich trotzdem, dass du dich von ihm fernhältst."

„Maman! Gestern war ich doch auch mit ihm zusammen, und du hattest nichts dagegen. Warum jetzt auf einmal?"

„Es ist vollkommen unwichtig, was gestern war. Ich möchte, dass du dich an meine Weisungen hältst."

Josefine rieb ihre kalten Handflächen aneinander und seufzte. Es war genau das eingetreten, was sie befürchtet hatte. Noch ehe sie Emil wiedergesehen hatte, war er zum Problem geworden. Gustav war am wenigsten an diesem ganzen Durcheinander schuld, und doch musste sie von ihm Respekt und Gehorsam verlangen.

„Es ist Onkel Carl, der dahintersteckt, stimmt's?"

„Wie kommst du darauf?"

„Weil ich gesehen habe, wie er eben das Haus verlassen hat."

„Selbst wenn es so wäre …"

„Also doch. Onkel Carl steckt dahinter. Warum will er mir verbieten, mich mit Emil zu treffen? Emil tut doch niemandem etwas zuleide."

„Es gibt Dinge, die kannst du nicht verstehen?", antwortete Josefine mit leiser Stimme.

„Maman, du weißt ebenso gut wie ich, dass ich bei Onkel Carl nur gelitten bin. Er hat sich noch nie um mich gekümmert, und was ich tue, ist ihm vollkommen gleichgültig. Und plötzlich interessiert er sich für mein Leben und will mich vor Emil schützen? Ausgerechnet vor jenem Mann, der mir als Einziger helfen könnte, ein guter Winzer zu werden? Wovor will er mich schützen, Maman? Oder wovon will er mich abhalten?"

„Gustav, das kannst du nicht verstehen."

„Hör auf damit. Ich bin alt genug, um zu begreifen, was eine große Ungerechtigkeit ist, und ich will wissen, warum!"

„Gustav, bitte!", sagte Josefine fast flehend. „Es liegt alles einfach schon zu lange zurück."

„Hat dir Onkel Carl verboten, mit mir darüber zu sprechen?"

Josefine antwortete nicht, doch Emil schaute unverwandt seine Mutter an. „Maman, wir waren bisher immer ehrlich und offen zueinander. Lass uns doch weiterhin so sein. Was ist der Grund, weshalb ich Emil nicht mehr sehen darf?"

Josefine schüttelte nur stumm den Kopf.

„Maman. Ich weiß nicht, was du gegen Emil hast, aber eines weiß ich ganz genau: Er will mir nichts Schlechtes."

Dann wurde Gustavs Stimme weicher, als er fortfuhr: „Warst du das Mädchen, dessentwegen Emil Deidesheim verlassen hat?"

Josefine fuhr auf. „Hat er dir das erzählt?"

„Ja, das hat er. Er hat mir von einem Mädchen erzählt, in das er einmal verliebt war."

Josefine starrte unverwandt ihren Sohn an. „Hat er dir noch mehr erzählt?"

„Nur, dass das Mädchen überraschend weggegangen ist, und als es zurückkam, hatte es sich von ihm losgesagt."

Als Josefine das hörte, begannen ihre Lippen vor Wut zu zittern. Was hatte Emil erzählt? Sie hätte sich von ihm losgesagt? Wie konnte ein Mensch nur so gemein sein? Er, der sich von heute auf morgen aus dem Staub gemacht hatte! Wie schlecht musste ein Mensch sein, um so zu lügen?

„Hat er dir auch davon erzählt, wie er sich aus dem Staub gemacht hat? Hat er dir auch gebeichtet, wie er die Menschen verraten hat, die ihm vertraut haben?"

„Ja, das hat er. Er hat zugegeben, dass er Fehler gemacht hat und dass er vieles gern ungeschehen machen würde. Aber Maman, was hat das alles mit mir zu tun?"

„Dein Onkel Carl glaubt, dass dieser Mann wieder versuchen wird, Unfrieden in unsere Familie zu tragen, und davor will er uns beschützen."

„Beschützen? Maman, glaubst du nicht, dass ich alt genug bin, um zu wissen, was mir gefährlich werden könnte?"

„Eben genau das kannst du nicht. Du bist ein kluger Junge, aber du kannst noch nicht verstehen, wozu Menschen fähig sind."

„Maman! Emil erzählt mir von seinen Erfahrungen als Winzer. Was kann daran falsch sein?"

„Ich möchte nicht, dass dieser Mann noch einmal Gelegenheit bekommt, Unfrieden zu stiften. Und genau das ist die Gefahr, die auch dein Onkel Carl sieht. Dass er dich dazu missbraucht. Woher willst du wissen, dass er dich nicht schon längst in seine Pläne eingespannt hat?"

Gustav schwieg.

„Weiß er, dass du mein Sohn bist?"

Gustav schüttelte stumm den Kopf.

„Bist du dir sicher?"

Als Gustav zögerte, sagte Josefine entschieden: „Wie dem auch sei. Ich möchte nicht, dass du weiter mit diesem Mann Umgang pflegst."

„Aber Maman …"

„Schluss jetzt, Gustav! Ich möchte, dass du mir gehorchst. Du wirst diesen Mann nicht noch einmal treffen, hast du mich verstanden?"

„Du willst doch nur, dass ich kein Winzer werde. Du hast doch schon immer etwas dagegen gehabt. Ich weiß nicht, was zwischen dir und Emil ist, aber ich werde nicht zulassen, dass du mich daran hinderst, Winzer zu werden."

„Gustav! Wie sprichst du mit deiner Mutter!"

„Ich will endlich wissen, was zwischen euch vorgefallen ist. Und ich möchte auch wissen, warum Onkel Carl mir verbieten will, mich mit Emil zu treffen. Und wenn du es mir nicht sagst, werde ich es selbst herausfinden."

4. Briefwechsel

Es war ein wunderschöner Frühlingsmorgen, und Emil wollte gerade die Pension verlassen, als er die Stimme von Antoine hinter sich hörte.

„Emil, komm doch bitte noch einmal. Ich habe vergessen, dir etwas zu sagen."

Antoine nahm Emil bei der Hand und führte ihn zum Eingang des Weinkellers. Dort entzündete er eine Fackel, und nachdem sie unten angekommen waren, bemerkte Emil, dass der ganze Keller voller Weinregale stand. Hunderte von Flaschen Wein stapelten sich in den Gängen.

„Ich wusste gar nicht, dass du ein solcher Weinsammler bist", meinte er anerkennend.

„Bin ich auch nicht. Mein Vorgänger hatte ein Faible für alte Weine. Als er Hals über Kopf die Pension verließ, weil ihn die Schuldenlast zu erdrücken drohte, hinterließ er mir diesen Weinkeller. Komm, ich zeig dir was."

Antoine führte ihn in eine Ecke, in dem ein Regal stand, das mit schweren schmiedeeisernen Türen gesichert war, und holte einen Schlüssel hervor.

„Wenige Wochen, bevor Louis gestorben ist, hat er seinen Wein hierhergebracht. Er hat mich gebeten, ihn dir nach seinem Tod zu übergeben."

Emil seufzte. Sein guter Vater. Louis hatte niemals den Glauben aufgegeben, dass er wieder zurückkommen würde. Er ging näher an das Regal heran und sah, dass die Regalböden zweigeteilt waren. Oben waren die Weine aus dem Weingut Bassermann gelagert. Sie stammten aus der Zeit, als Louis noch Kellermeister war. Ein ganzer Regalboden war ausschließlich mit dem Kometenwein von 1811 bestückt. Emil hatte nicht gedacht, dass noch so viele Flaschen davon existierten. Sie mussten ein Vermögen wert sein.

Dann untersuchte er die unteren Regalteile, und zu seinem Erstaunen lagerten dort alle vier Jahrgänge aus dem Walholla Valley.

„Oh, mein Gott", entfuhr es Emil.

Er nahm eine der Weinflaschen heraus und las halblaut die Aufschrift des Etiketts: „Walholla Valley 1840". Es war sein erster Jahrgang, und er konnte sich noch genau daran erinnern, wie er den Wein an einen Weinhändler verkauft hatte. Ein paar Flaschen hatten also ihren Weg bis in die Pfalz gefunden.

„Dein Vater hat alle Weine für dich aufbewahrt. Er wollte, dass du immer daran erinnert wirst, was für großartige Weine du geschaffen hast."

„Mein armer Vater. Wie konnte ich ihm das antun? Wie sehr muss er mich vermisst haben."

Emil spürte die Hand von Antoine auf seiner Schulter. „Du brauchst dich nicht zu grämen. Mit deinen Weinen warst du immer bei deinem Vater. Wir haben oft hier unten zusammengesessen, und an manchen Festtagen haben wir eine Flasche Wein aus deinem Weingut gekostet. Für ihn war es, als würdest du mit am Tisch sitzen. Komm mal hier herüber."

Antoine führte Emil zu einem Probiertisch, auf dem eine Flasche Wein stand. Es war eine Flasche Kometenwein, wie er unschwer an dem Etikett erkennen konnte.

„Komm setz dich."

Antoine nahm die Flasche liebevoll in die Hand. „Gestern Vormittag war ein Junge hier, der dich zum Grab deiner Eltern begleitet hat. Weißt du, wer der Junge war?"

Emil schüttelte den Kopf. „Ich weiß nur, dass er Gustav heißt."

„Ja, und er ist Josefines Sohn."

Emils Augen weiteten sich. Auf einmal wurde ihm ganz schwindlig. Er war in seine Heimat zurückgekehrt, um seine Eltern wiederzusehen, doch statt seiner Eltern traf er ausgerechnet den Sohn von Josefine.

„Louis hatte ein gutes Verhältnis zu Gustav", hörte er Antoine sagen. „Seine ganzen Hoffnungen ruhten auf dem Jungen. Gustav hat Talent, aber er ist noch zu jung, um ein ganz Großer seiner Zunft zu werden. Der Junge liebt den Weinbau über alles. Doch bei seinem Onkel und seiner Mutter stößt sein Talent auf keine Gegenliebe. Sie wollen, dass er studiert, und unternehmen alles, um ihn von seinem Weg abzubringen."

Antoines Stimme wurde auf einmal ganz traurig.

„Louis hat alles getan, um Gustav das Winzerhandwerk beizubringen. Für ihn gab es nur einen, der das Zeug zu einem wirklichen Winzer hatte, und das war Gustav. Deshalb konnte er auch nicht verstehen, warum Carl seinen Neffen so schlecht behandelte. Carl hat den Jungen nie gemocht, und das hat er Louis auch spüren lassen. Er hat ihnen sogar verboten, sich zu sehen. Zum Schluss konnten sich die beiden nur noch heimlich treffen. Das hat Louis sehr weh getan. Ich glaube, sein Tod hatte auch etwas damit zu tun, dass er es einfach nicht mehr ertragen konnte, dass der einzige Hoffnungskeim des Weingutes so sträflich vernachlässigt wurde."

Antoine wischte sich mit dem Handrücken die Tränen aus den Augen. „Als Louis im vergangenen Herbst starb, war das ein richtiger Schock für den Jungen. Ich glaube, er hat in Louis auch immer seinen Vater gesehen. Seinen eigenen hat er ja nie kennengelernt. Seit dem Tod von Louis ist er auf sich allein gestellt."

Als Emil hörte, wie Carl seinen Vater behandelt hatte, wurde er auf einmal ganz traurig. Wie schwer musste es Louis gefallen sein, sich mit Carl Bassermann zu arrangieren? Emil musste an seine eigene Kindheit denken und an die vielen Stunden, die er unbeschwert mit seinem Vater verbringen durfte. Was hatte Carl gegen seinen Neffen, dass er ihn so schlecht behandelte? Gustav war ein aufgeweckter Junge, und dass er Interesse am Weinbau hatte, war doch nur verständlich. Warum förderte Carl ihn nicht, sondern tat alles, um ihn vom Weinbau abzubringen?

„Jetzt verstehe ich auch, warum der Junge wissen wollte, ob ich in der Pfalz bleibe."

„Gustavs einzige Hoffnung bist du. Nur du kannst ihm beibringen, ein guter Winzer zu werden. Von seinem Onkel hat er nichts zu erwarten."

„Warum setzt sich Josefine nicht für den Jungen ein?"

„Ich weiß es nicht. Sie liebt ihren Sohn, vielleicht will sie ihm eine bessere Zukunft bieten."

Emil schüttelte niedergeschlagen den Kopf. „Wie sehr muss Gustav unter dem Tod meines Vaters gelitten haben!"

„Dein Vater hat alles getan, was in seiner Macht lag. Als er spürte, dass er schwächer wurde, da war seine größte Sorge, wie es mit dem Jungen weitergehen würde. Irgendwann einmal ist er zu mir gekommen und hat über das ganze Gesicht gestrahlt. Und dann hat er mir von seinem Traum erzählt. Er hat geträumt, dass du wiederkommen würdest. Und von da an hatte er die Hoffnung, dass du das vollenden könntest, was ihm nicht mehr gelang, nämlich aus dem Jungen einen guten Winzer zu machen."

Antoine nahm die Flasche Kometenwein und schob sie vorsichtig zu Emil hinüber. „Diese Flasche Wein wurde an dem Tag gekeltert, als du das Licht der Welt erblickt hast. Louis war es wichtig, dass ich sie dir persönlich gebe. Er sagte, du würdest dann schon verstehen, was es bedeuten würde."

Es war ein klarer, sonniger Tag, und von der Michaeliskapelle aus sah man bis ins ferne Heidelberg. Emil und Gustav saßen auf einer Holzbank und beschauten das muntere Treiben im Paradiesgarten, einem Weinberg, der genau unterhalb ihres Platzes lag. Die Arbeiter waren gerade dabei, den Boden aufzuhacken. Um sich die Zeit zu vertreiben, sangen sie Lieder, und bei den Refrains klopften sie mit den Stielen ihrer Rechen an das Holz der Rebpfähle, sodass ein dumpfer Ton in den Hängen erschallte.

Die beiden hatten sich Brot und Hausmacherwurst mitgenommen, die sie auf einem weißen Tuch ausbreiteten. Daneben lag die alte Sesel, die Emil einst als Junge von Louis geschenkt bekommen hatte. Das Messer hatte ihn überallhin begleitet, und in den Anfangszeiten des Walholla Valleys hatte er die Reben noch selbst damit zurechtgestutzt. Emil nahm den dunklen Eichenschaft liebevoll in die Hand und schnitt ein dickes Stück Brot ab, das er mit einer fingerdicken Schicht Leberwurst bestrich.

„Das habe ich da drüben am meisten vermisst. Schwarzbrot und die gute Pfälzer Wurst. In San Francisco gab es einen Metzger aus Speyer. Er hieß Franz und war ein lausiger Mensch, immer besoffen und auf Schlägereien aus. Er musste seinen Laden bald schließen, weil er das eingenommene Geld sofort versoff und die Schlachttiere nicht mehr zahlen konnte. Immer wenn mein Heißhunger auf Pfälzer Wurst zu groß wurde, habe ich bei ihm ein Schwein gekauft, und dann haben wir es von einem Metzger in meiner Villa auf dem Weingut schlachten lassen. Ich habe für das Schlachten sogar eigens einen Keller bauen lassen."

Gustav lächelte, während Emil versonnen sagte: „Ich habe oft davon geträumt, wieder hier vor der Michaeliskapelle zu sitzen."

„Hast du auch mit meiner Mutter hier gesessen?"

Emils Augen hielten für einen Moment lang den Horizont gefangen. „Ja, oft sogar", antwortete er schließlich. „Wir haben uns hier verabredet, wenn wir allein sein wollten."

„Seit wann weißt du, dass Josefine meine Mutter ist?"

Es war nicht zu überhören, wie viel Misstrauen in Gustavs Stimme mitschwang.

„Ich habe es heute Morgen von Antoine erfahren."

„Als ich meiner Mutter vorgestern von dir erzählt habe, hat sie darauf in einer Weise reagiert, wie ich sie noch nie erlebt habe. Die Nachricht hat sie vollkommen aus der Fassung gebracht. Sie hat gar nicht gewusst, was sie antworten sollte. Das Entsetzen stand ihr ins Gesicht geschrieben."

„Hat sie etwas über mich gesagt?"

„Nein, sie hat sich entschuldigt und ist in ihr Zimmer. Erst nach ihrem Gespräch mit meinem Onkel Carl hat sie mir gesagt, dass du sie und die Familie ins Unglück gestürzt hättest. Und sie hat mir verboten, dass ich mich mit dir treffe."

„Hat sie dir einen Grund dafür genannt?"

„Nein. Sie meinte nur, du könntest mir gefährlich werden und Unfrieden in der Familie stiften."

„Und wie denkst du darüber?"

„Onkel Carl hat meine Mutter gestern Nachmittag besucht. Soweit ich mich erinnere, war es das erste Mal, dass er sich in Forst hat blicken lassen. Jules hat mir erzählt, dass er meine Mutter sogar angeschrien hat."

Carl! Zum ersten Mal zeigte er also sein wahres Gesicht. Hatte Antoine am Ende doch recht?

„Sag mir, Gustav: Warum möchten deine Mutter und dein Onkel nicht, dass du Winzer wirst?“

„Ich weiß es nicht. Meine Mutter will, dass ich Medizin studiere oder Händler werde. Und mein Onkel tut alles, um mich vom Weingut fernzuhalten.“

„Aber warum? Es könnte Carl doch nur recht sein, wenn du in seine Fußstapfen trittst. Ich verstehe das nicht. Er selbst hat keine Familie. Nach seinem Tod würde das Weingut verwaisen.“

Gustav schüttelte ratlos den Kopf.

„Ich hasse meinen Onkel“, sagte er schließlich und wandte seinen Blick wieder Emil zu. „Was ist der Grund, dass meine Mutter so schlecht auf dich zu sprechen ist?“

„Ich kann es dir nicht sagen. Ich weiß es nicht.“

„Aber es muss doch irgendeinen Grund geben, dass sie nichts von dir wissen will?“

Emil seufzte schwermütig und rückte sichtlich unwohl auf der Bank hin und her.

„Ich habe ein Recht darauf, die Wahrheit zu erfahren“, rief Gustav, als Emil nicht antwortete.

„Das ist eine lange Geschichte, und vielleicht ist es für alle besser, dass ich sie für mich behalte.“

Gustav stampfte plötzlich wütend mit dem Fuß auf. „Verdammt, ich möchte endlich wissen, was hier gespielt wird! Warum möchte Onkel Carl, dass du Deidesheim verlässt? Und fang jetzt bitte nicht auch noch so an wie meine Mutter, die sich ahnungslos gibt.“

Emil schaute Gustav überrascht an. Er sah entschlossen aus und würde nicht so schnell lockerlassen. Mit leiser Stimme begann Emil zu sprechen.

„In den letzten vier Monaten vor der Weinversteigerung war Josefine mit ihrer Mutter in Straßburg. Sie hatte Deidesheim verlassen, ohne mir einen Grund dafür zu nennen. Dein Onkel Carl erzählte mir schließlich, dass einen anderen Mann heiraten würde, und gab mir zu verstehen, dass ich mich künftig von ihr fernhalten sollte. Zu dieser Zeit stand es wohl nicht gut um das Weingut. Carl wollte lieblichere Weine anbauen, was ich abgelehnt habe. Daraufhin hat er die Weine mit Zucker panschen lassen. Wir bekamen Streit. Dein Onkel bot die Weine auf der Versteigerung an, doch die Händler haben die gesüßten Weine verhöhnt. Dann kam die Auslese. Ich hatte die verschimmelten Trauben mit deiner Mutter in einem Weinberg im Mußbacher Tal entdeckt. Sie waren bei der Ernte vergessen worden. Doch ich vertraute meiner Nase und begriff, welches Potenzial in den Trauben steckte. Das war die Geburt der Auslese."

Gustav schaute ihn mit großen Augen an. „Aber ich dachte, Onkel Carl hätte die Auslese geschaffen?"

„Dein Onkel lügt. Ich habe die Auslese entdeckt, und deine Mutter kann es bezeugen. Bei der Weinversteigerung wurde der Wein zum ersten Mal verkostet. Dein Onkel ließ sich noch in der Nacht als Held feiern. Bei mir hat er sich dafür nicht einmal bedankt. Er hat meinen Ruhm gestohlen, und genau deshalb fürchtet er sich vor mir. Er hat Angst, dass ich ihn verrate. Dass ich der Welt erklären könnte, wer die Auslese eigentlich geschaffen hat, nämlich ich und nicht Carl Bassermann."

„Und wie ging es weiter? Warum bist du gegangen? Und was war mit meiner Mutter?"

„Josefine war erst kurz vor der Weinversteigerung aus Straßburg zurückgekommen. Sie hat es zugelassen, dass ihr Bruder sich feiern ließ und dabei auch noch Beifall geklatscht. Dabei hat sie es doch besser gewusst!"

Emil stockte, und seine Stimme wurde auf einmal ganz leise. „Deine Mutter und ich haben uns immer hier oben an der Michaeliskapelle getroffen. Zum Zeichen meiner Liebe habe ich ihr einen Ring aus altem Rebenholz geschnitzt. Deine Mutter hatte mir versprochen, den Ring niemals abzulegen. Doch kurz nachdem sie nach Straßburg gefahren war, hat mir Carl den Ring zurückgegeben und mich dazu noch verhöhnt. Dann kam die Weinversteigerung. Ich sah deine Mutter das erste Mal wieder, und als sie so teilnahmslos dasaß und dann auch noch ihren Bruder feierte, hat es mir das Herz gebrochen. In dieser Nacht habe ich mich aus lauter Verzweiflung betrunken, und am nächsten Morgen habe ich Deidesheim verlassen."

„Und was wirst du jetzt tun?"

„Wie meinst du das?"

„Aber du kannst doch nicht zulassen, dass mein Onkel sich weiterhin als der Entdecker der Auslese ausgibt?"

„Weißt du, mein Junge, ich habe gut die Hälfte meines Lebens in Amerika zugebracht und habe dort mehr erreicht, als ich je zu träumen wagte. Warum sollte ich deinem Onkel den Erfolg neiden? Mein Leben fand in Amerika statt. Meine Weine kann mir niemand mehr nehmen."

„Aber es ist nicht sein Erfolg, es ist nicht seine Auslese. Du hast sie erfunden. Er tut dir Unrecht. Er schmückt sich mit deinen Federn und lügt. So etwas ist nicht recht."

„Das mag sein. Aber wem nützt es, wenn jetzt nach zwanzig Jahren herauskommt, dass ich die Auslese entdeckt habe und nicht dein Onkel?"

„Wem es nützt? Der Gerechtigkeit! Die Welt würde endlich verstehen, was für ein verlogener Mensch mein Onkel Carl ist. Er ist ein gemeiner Betrüger. Er belügt die Menschen, und du schaust zu, obwohl du es besser weißt."

„Aber was würde ich damit bewirken? Ich würde dem Weingut Bassermann und damit deiner Mutter nur Schaden zufügen. Und außerdem würde sich dein Onkel sicherlich nicht kampflos ergeben."

„Ich glaube dir nicht, Emil. Es ist nicht so, dass du aus Respekt vor unserem Weingut nichts gegen meinen Onkel unternimmst. Gib zu, du hast Angst!"

„Vielleicht. Aber wenn ich tatsächlich Angst hätte, dann nicht nur um mich. Deine Mutter hat dir verboten, dass wir uns treffen, weil dein Onkel es so will. Wenn er uns zusammen sehen oder ich den Ruhm der Auslese für mich beanspruchen würde, dann würde sein Zorn auch dich treffen."

„Hört mir auf mit eurer Angst!", sagte Gustav erregt. „Ich kann es nicht mehr hören. Ich bin alt genug, dass ich mich um mich selbst kümmern kann. Dafür brauche ich niemanden. Weder dich noch meine Mutter oder etwa Onkel Carl. Aber du und meine Mutter, ihr seid Feiglinge. Mein Onkel stiehlt dir den Ruhm, und du lässt dir das gefallen, als wäre es das Normalste auf der Welt. Und meine Mutter kommt nicht auf den Gedanken, sich gegen ihren Bruder aufzulehnen. Wovor habt ihr beide eigentlich Angst? Es ist mein größter Traum, ein großer Winzer zu werden, aber ich möchte nicht den gleichen Weg gehen wie du. Ich möchte nicht auswandern, ich möchte hier in der Pfalz bleiben. Ich möchte Winzer werden – und genau daran hindert mich mein Onkel mit aller Macht. Er tut alles, um mich von meinem Weg abzubringen. Er hat damals Louis verboten, sich mit mir zu treffen, und er hat seinen Kellermeister angewiesen, mich fortzuschicken, da ich auf dem Weingut nicht erwünscht bin. Und warum? Was ist der Grund, dass mein Onkel verhindern möchte, dass ich Winzer werde?"

Als Emil schwieg, sprach Gustav mit leiser Stimme weiter. „Ich weiß nicht, warum das alles so ist. Aber eines ist mir klar: Weil weder du noch meine Mutter die Wahrheit ans Licht bringen will, kann Onkel Carl schalten und walten, wie er will, ohne Rechenschaft ablegen zu müssen für das, was er anderen angetan hat und noch immer antut. Wenn jetzt wieder alle vor ihm kuschen, dann ist es vorbei mit meinem Traum, und Onkel Carl hat seinen Willen durchgesetzt."

Gustav schaute auf, und sein Blick wurde hart. Die Haut über seinen Wangenknochen spannte sich.

„Es wird endlich Zeit, meinen Onkel in die Schranken zu weisen. Und wenn du und meine Mutter zu feige dazu seid, werde ich es tun."

Noch ehe Emil etwas erwidern konnte, war Gustav auch schon aufgesprungen. Emil wollte noch etwas sagen, aber Gustav ließ sich nicht aufhalten. Er rannte den schmalen Weg von der Michaeliskapelle zu den Weinbergen hinab und lief weiter in Richtung Deidesheim.

Gustav rannte, so schnell er konnte, und er wusste gar nicht, wohin ihn seine Beine trugen. Er wusste nur, dass er seinem Onkel endlich sagen wollte, was er von ihm hielt. Er hatte das Weinschloss erreicht, und noch ehe er sich versah, war er an dem verdutzten Zimmermädchen vorbei die Treppen nach oben gestürmt, bis er schließlich im Turmzimmer seines Onkels stand. Die Luft war rauchgeschwängert, dass es ihm fast den Atem raubte. Gustav sah Carl hinter seinem Schreibtisch sitzen, in der einen Hand eine Zigarre, in der anderen ein Schoppenglas haltend. Der kleine, rote Kopf auf seinem massigen Körper lehnte am schweren Ledersessel.

„Was ist so wichtig, dass du unangemeldet hier auftauchst?", schnauzte Carl seinen Neffen missmutig an.

„Warum verbietet ihr mir, ihn zu sehen?"

„Von wem sprichst du?", erwiderte Carl und kniff angriffslustig die Augen zusammen.

„Du weißt, von wem ich spreche."

„Du scheinst dich ja richtig um ihn zu sorgen?"

„Ich sorge mich nicht um Emil. Ich will nur wissen, warum ich ihn nicht mehr sehen darf!"

Carl sog langsam an seiner Zigarre und schien nicht gewillt zu sein, auf die Frage seines Neffen eine Antwort zu geben. Er verfolgte mit aufmerksamem Blick die Glut, die an der Spitze der Zigarre langsam zu grauer Asche wurde.

„Stimmt es, dass nicht du die Auslese erfunden hast, sondern Emil es war?"

Gustav fürchtete schon, sein Onkel könnte sich auf ihn stürzen, so rot lief sein Kopf an. Doch dann begann Carl laut loszuprusten. „Hat er dir das erzählt?"

„Ich will wissen, ob es stimmt?"

„Wie wagst du es, mit deinem Onkel zu sprechen?", polterte Carl plötzlich los und schaute Gustav mit funkelnden Augen an. Dieser hielt ungerührt dem Blick seines Onkels stand. „Mir kannst du keine Angst einjagen."

Carl rutschte nervös auf seinem Stuhl hin und her. „Sag mir endlich, was du willst."

Gustav ging langsam auf seinen Onkel zu. „Du fürchtest dich vor Emil, oder? Das ist auch der Grund, warum er gehen soll. Du hast Angst vor der Wahrheit. Dass er es war, der die Auslese erfunden hat und nicht du."

Carl Bassermann war aus seinem Sessel aufgesprungen und schaute seinen Neffen mit hasserfüllten Augen an. „Was fällt dir ein, du Nichtsnutz! Deine Mutter hat wohl versäumt, dir eine ordentliche Tracht Prügel auf den Hintern zu geben."

„Lass meine Mutter aus dem Spiel. Ihr kannst du vielleicht Angst einjagen, mir aber nicht. Du bist ein Lügner. Du hast dich als derjenige ausgegeben, der die Auslese erfunden hat. Und jetzt fürchtest du, von Emil entlarvt zu werden."

„Wie kommst du darauf, dass dein generöser Freund Emil die Wahrheit sagt?"

„Warum? Weil Emil nicht lügt. Weil er der beste Winzer ist, den ich je gesehen habe. Und weil du überhaupt nicht fähig wärst, eine Auslese zu erschaffen."

Carls Finger krallten sich in die Armlehne des Sessels, und Gustav befürchtete schon, er würde sich gleich auf ihn stürzen. Doch dann legte sich ein breites Grinsen auf Carls Gesicht.

„Hat er dir auch erzählt, wie er deine Mutter verlassen hat?"

„Ja, das hat er."

„Und was sagt dein Freund, warum er sich aus dem Staub gemacht hat?"

Gustav antwortete zögerlich: „Weil du ihm den Ruhm gestohlen hast."

„Ach ja?", heulte Carl triumphierend auf. „Soll ich dir sagen, weshalb sich dein Freund davongemacht hat? Er hat in der Nacht nach der Weinversteigerung eine Magd geschwängert. Das ist der wahre Grund. Das Mädchen ist kurze Zeit später an den Folgen der Schwangerschaft gestorben. Hat er dir das auch erzählt, dein ehrenwerter Emil Jordan?"

Gustav starrte ungläubig seinen Onkel an.

„Das denke ich mir, dass er dir das nicht erzählt hat", sagte Carl befriedigt und lehnte sich wieder gemütlich in den Sessel zurück. Er hat deine Mutter mit einer Magd betrogen. Deshalb ist er gegangen. Er konnte ihr nicht mehr in die Augen blicken. Das, mein lieber Neffe, ist die Wahrheit."

Gustav war bestürzt. Hatte Emil am Ende doch gelogen? War das der Grund, weshalb seine Mutter nicht wollte, dass er ihn traf? Ohne seinen Onkel noch einmal anzusehen, stürzte er aus dem Turmzimmer.

Josefine saß am Tisch im Speisesalon ihres Winzerhauses und säuberte das Silbergeschirr. Sie tat das immer, wenn sie sich beruhigen wollte. Draußen auf der Straße hörte sie das Lärmen der Kinder, und plötzlich erinnerte sie sich daran, als Gustav noch ein Kind war. Er war ein lebhafter Junge gewesen. Mehr als einmal waren Mütter bei ihr gewesen und hatten sich darüber beschwert, dass er ihre Söhne verdroschen hatte.

Gustav war verbissen. War er von seinem Recht überzeugt, wich er keinen Deut von seiner Meinung ab. Josefine machte sich nichts vor. Wenn ihr Sohn nicht von selbst einsah, dass ihm Emil schadete, dann würde er sich auch nichts verbieten lassen.

Es war jetzt erst drei Tage her, seit Emil nach Deidesheim zurückgekehrt war, und ihr Leben stand Kopf. Sie ging viel allein spazieren, meist schon vor Sonnenaufgang. Die erwachende Natur brachte sie auf andere Gedanken, aber irgendwann einmal drehten sich ihre Gedanken doch wieder nur um die Frage, wie es weitergehen sollte.

Seit er da war, fühlte sie sich in ihrem Haus wie in einem Gefängnis. Sie traute sich tagsüber nicht mehr aus der Tür, weil sie Angst hatte, ihm zu begegnen, und nachts verdunkelte sie die Fenster, um nicht von draußen gesehen zu werden. Nach all den Bitternissen und Schicksalsschlägen, die sie nach Emils Abreise hinnehmen musste, hatte Josefine die letzten Jahre wieder ein wenig Ruhe in ihr Leben gebracht. Sie hatte sich mit ihrem Schicksal abgefunden. Mit dem Tod ihres Vaters, den sie so sehr geliebt hatte, mit ihrer Mutter und ihrem Bruder, die sie dazu bringen wollten, das Kind abzutreiben, und schließlich auch mit dem Tod ihres Mannes. Das alles war ihr nahegegangen, und manchmal hatte sie geglaubt, an ihrem Schmerz ersticken zu müssen.

Und dann war da immer auch noch Emil. Er hatte sich in ihrem Herzen festgekrallt, und so sehr sich Josefine auch mühte, ihn daraus zu verbannen, es war ihr nicht gelungen. Aber auch damit hatte sie zu leben gelernt. Der Mensch will überleben, und die Zeit heilt alle Wunden. Das war auch bei ihr nicht anders. Es hatte lange gedauert und war schmerzhaft gewesen, bis sie ihr seelisches Gleichgewicht wiederfand. Sie lebte in ihrer eigenen kleinen Welt, und nur ihrem Sohn gewährte sie Eintritt in das Reich ihrer Gefühle.

Ihr Sohn! Gustav war der Mittelpunkt ihres Lebens. Für ihn hatte sie all die Opfer auf sich genommen, doch nun holte sie die Vergangenheit wieder ein. Gustav hatte so sehr davon geträumt, Winzer zu werden, und als Louis plötzlich gestorben war, war auch er in ein tiefes Loch gefallen. Er war enttäuscht und hatte die Hoffnung verloren, seinen Traum jemals verwirklichen zu können.

Doch seit Emil zurückgekehrt war, war er wie verwandelt. Er war wieder zuversichtlich, lachte und scherzte, wenn er zu Hause war. Wie glücklich war Josefine, ihn so zu erleben. Zugleich aber hatte sie Angst. Angst, dass er genauso verletzt werden würde wie sie. Dass er sich auf Emil einlassen würde und am Ende für seine Gefühle bezahlen müsste.

Aber konnte sie ihrem Sohn gram sein? War es unrecht, dass er Winzer werden wollte? Sein Vater war Winzer und stammte aus einer angesehenen Winzerfamilie, da war es doch nur natürlich, wenn auch er den Wunsch zum Winzerhandwerk in sich trug! Und doch war da etwas, was Josefine große Sorgen bereitete.

Ihr Bruder Carl war es, der sich vehement dagegen sträubte, dass Gustav auch nur in die Nähe des Weinguts kam. Er war es, der ihm Steine in den Weg rollte und alles tat, um den Jungen von seinem Weg abzubringen. Sie hatten noch nie darüber gesprochen, aber Josefine wusste, warum ihr Bruder so handelte.

Der Grund, weshalb Carl Gustav so behandelte, war, dass er der Sohn von Emil Jordan war. Es schien ihren Bruder schon wild zu machen, wenn er ihn nur sah, denn Gustav war seinem Vater wie aus dem Gesicht geschnitten. In den vergangenen Jahren hatte Josefine geglaubt, dies sei der einzige Grund, weshalb ihr Bruder den Jungen mied. Aber war das tatsächlich so? Warum nur hasste Carl Emil so sehr, dass sich sein Hass sogar auf dessen Kind übertrug? Waren es tatsächlich nur die Blutsbande, die ihn störten? Oder war es mehr?

Und was war gestern? Seit Gustav am Abend nach Hause gekommen war, war er wie verwandelt. Josefine hatte kein Ton aus ihm herausgebracht, nur von Jules wusste sie, dass er bei Carl gewesen war. Worüber hatten sie gesprochen, dass ihr Sohn plötzlich so neben sich stand?

Sollten sich ihre Ängste schon nach so kurzer Zeit bewahrheiten, dass ihr Sohn zwischen Carl und Emil geraten war? Und all das nur, weil Emil zurückgekehrt war? Warum hatte er nicht wegbleiben können? Was trieb ihn in seine Heimat zurück, obwohl seine Eltern gestorben waren?

Josef fand keine Antworten auf diese Fragen. Der Einzige, der ihr darüber Auskünfte geben konnte, war Emil.

Emil lag seit Stunden im Bett seiner Pension und konnte nicht einschlafen. Immer wieder gingen ihm die Worte Gustavs durch den Kopf. Josefine sei voller Zorn und Wut gewesen, als Gustav von ihm erzählt hatte. War er zu blauäugig gewesen, als er beschlossen hatte, in die Pfalz zurückzukehren? Hatte er tatsächlich geglaubt, er könne einfach so bei Josefine anklopfen, und schon werde sie ihn empfangen und alles wäre so wie vor seiner Abreise?

Es war schon spät in der Nacht, als Emil schließlich aufstand. Er dachte an Gustav und musste lächeln. Wie sehr der Junge ihn an seine eigene Jugend erinnerte. Auch er hatte damals den sehnlichsten Wunsch, Winzer zu werden. Er liebte den Weinbau. Doch im Gegensatz zu ihm, der von Louis in die Geheimnisse des Handwerks eingeweiht worden war, hatte Louis bei Gustav sein Werk nicht mehr vollenden können.

Wie ähnlich die Schicksale von ihm und Gustav doch waren! Auch er hatte mit Widerständen zu kämpfen gehabt. Doch im Gegensatz zu Gustav hatte er die Lösung seiner Probleme darin gesehen, seine Heimat zu verlassen. Und der Junge? Er wollte in der Heimat bei seiner Mutter bleiben. Emil kam sich auf einmal ganz elend vor. Warum war er gegangen? Warum hatte er seine Eltern verlassen?

Emil blickte gedankenverloren nach draußen, wo der Mond über dem Pfälzer Wald schimmerte. Was sollte er jetzt tun? Sollte er hierbleiben? Das Einzige, was ihn noch in der Pfalz hielt, war Josefine. Sie war in Gedanken immer bei ihm gewesen, selbst als er mit Louise verheiratet war. Und nun war er nur wenige Meilen von ihr entfernt, und doch stand eine unsichtbare Wand zwischen ihnen.

Emil schaute auf seinen Rucksack. Im Nu wären seine Sachen gepackt, und er hätte Deidesheim ein zweites Mal verlassen. Aber war das die Lösung? Vor zwanzig Jahren war er geflohen, weil seine Ehre gekränkt worden war. Und heute? Sollte er abermals die Flucht ergreifen? Aber was würde sich dadurch ändern? Wie sollte sein Leben weitergehen? Sollte er einsam auf den Tod warten, ohne Josefine wiedergesehen zu haben?

Emil wurde unsicher. Wenn er jetzt ginge, dann böte sich ihm niemals mehr die Gelegenheit, Josefine zu sehen. Aber wie sollte er um sie kämpfen, wenn er sich nicht einmal traute, sie zu besuchen? Lag hierin seine Prüfung? Sollte es seine Aufgabe sein, zu warten, bis sie ihn erhörte?

Nein! Er durfte nicht gehen, ansonsten wäre alles vergebens gewesen. Die langen Jahre in der Fremde, die Schicksalsschläge und Enttäuschungen, die einsamen Nächte und schließlich die Rückkehr in seine Heimat. Nein, er würde bleiben, bis Josefine bereit war, ihn anzuhören. Sie konnte ihn nicht ewig missachten. Irgendwann würde sie mit ihm sprechen.

Emil ging an den Sekretär, der in der Ecke des Zimmers stand, und holte einen Bogen Papier hervor. Es dauerte eine Weile, bis er die ersten Worte fand, doch dann füllte sich das Papier. Erst am Morgen legte er sich erschöpft zum Schlafen nieder.

5. Wirrungen

Emil machte sich Sorgen. Normalerweise besuchte ihn Gustav bereits kurz nach Sonnenaufgang, doch seit Tagen fehlte von dem Jungen jede Spur.

Er ging in die Weinberge zum Paradiesgarten, wo die Arbeiter dabei waren, das Blattwerk zurechtzuschneiden, und hielt nach Gustav Ausschau. Vergebens. Schließlich fragte er einen der Arbeiter, und der berichtete ihm, dass er Gustav schon längere Zeit nicht mehr gesehen hatte.

Emil war beunruhigt. Was war los mit dem Jungen? Hatten ihm Josefine und Carl den Kontakt mit ihm endgültig verboten? Er ging den Weinbergspfad hinab, aber anstatt nach Deidesheim abzubiegen, wählte er den Weg nach Forst. Er musste herausfinden, was es mit dem Verschwinden des Jungen auf sich hatte. Als Emil wenig später durch die Weinstraße von Forst lief, spürte er sein Herz heftig pochen. Was wäre, wenn er jetzt Josefine begegnen würde?

Vorsichtig lief er die Straße entlang, immer gewahr, er könnte sie zufällig treffen. Doch dann stand er vor ihrem Winzerhaus. Das Hoftor war geöffnet, und Emil ließ verstohlen den Blick über den Innenhof schweifen. Von Gustav war weit und breit nichts zu sehen. Nur ein älterer Mann saß auf einer Bank und schälte Gemüse.

Niedergeschlagen ging Emil weiter. Er dachte noch einmal darüber nach, ob er wieder zurückgehen sollte, um den Mann nach Gustav zu fragen, aber dann brachte er doch nicht den Mut dazu auf.

Er war schon auf dem Rückweg nach Deidesheim, als er Gustav endlich in den Weinbergen sah. Dieser hatte ihn ebenfalls bemerkt, aber anstatt Emil zu grüßen, lief er mit schnellen Schritten in die entgegengesetzte Richtung.

„Gustav!“

Emil winkte dem Jungen zu. „Gustav, so warte doch.“

Sie waren schon fast in Deidesheim angelangt, als Emil ihn endlich eingeholt hatte. „Gustav, so bleib doch endlich stehen. Ich habe mir Sorgen gemacht!“

„Du gemeiner Lügner“, zischte Gustav grimmig und lief weiter, ohne Emil überhaupt nur anzusehen.

„Gustav, bitte, bleib doch stehen. Wie kommst du denn darauf?“

„Weil du mich von Anfang an belogen hast."

„Gustav, bitte, so warte doch. Ich bin kein Lügner. Alles, was ich dir erzählt habe, ist wahr."

„Ach ja? Und was ist mit der Magd, mit der du meine Mutter betrogen hast?"

„Gustav, bitte. Lass es mich doch erklären."

„Ich will nichts mehr von dir hören. Du bist ein gemeiner Lügner."

Er lief immer schneller, und Emil hatte Mühe, ihm auf den Fersen zu bleiben.

„Gustav, ich habe dich nicht angelogen."

„Ach ja? Hast du nun meine Mutter betrogen, oder nicht?"

Emil blieb stehen und schaute betroffen zu Boden. „Ja, es stimmt, ich habe deine Mutter betrogen."

„Also bist du doch ein Lügner."

„Gustav, so lass es mich doch erklären."

„Ich will keine Erklärungen. Du hast mich angelogen, und das genügt."

Gustav lief wieder weiter.

„Gustav, bitte. Ich wollte es dir nicht erzählen, weil ich Angst hatte, ich könnte dich damit verletzen."

„Ach? Und das soll ich dir jetzt glauben?"

„Entschuldige, Gustav. Es tut mir leid. Aber ich kann alles erklären."

Gustav verlangsamte seinen Schritt. „Erklären? Was willst du mir erklären? Dass du meine Mutter betrogen hast, um dich dann aus dem Staub zu machen?"

„Aber das stimmt so nicht. Bitte höre doch."

„Ach ja? Wie war es denn?"

„Ich war verzweifelt!"

Emil schluckte. Er senkte den Blick und begann mit leiser Stimme zu sprechen.

„Ich habe damals vor zwanzig Jahren keinen anderen Ausweg gesehen, als Deidesheim zu verlassen. Erst hat mir dein Onkel Carl den Ring übergeben, den ich deiner Mutter als Zeichen meiner Liebe geschenkt habe und von dem sie behauptete, dass sie ihn nie wieder ablegen würde. Und als sie am Tag der Weinversteigerung zurückgekehrt war und sich Carl als der Entdecker der Auslese feiern ließ, da habe ich mich aus lauter Verzweiflung betrunken, bis ich in den Armen dieser Magd gelandet bin. Am Morgen bin ich neben ihr aufgewacht, und da habe ich begriffen, was ich angerichtet hatte. Ich hatte deine Mutter, die Frau, die ich über alles liebte, betrogen. Ich bin in mein Zimmer, habe meinen Rucksack gepackt und bin gegangen."

Gustav hatte Emil zugehört, und ihm war anzusehen, dass er mit sich kämpfte, ob er ihm glauben sollte oder nicht. „Und warum hast du mir das nicht gleich gesagt?"

„Weil ich Angst hatte, du könntest dich von mir abwenden. Außerdem habe ich befürchtet, du würdest deiner Mutter davon berichten."

„Und das soll ich dir nun glauben?"

„Gustav, bitte. Es tut mir leid, dass ich dir nicht gleich die ganze Wahrheit gesagt habe. Aber ich hatte einfach Angst."

„Weiß meine Mutter von der Magd?"

„Ich glaube nicht."

„Aber woher weiß mein Onkel Carl davon?"

Emil sah Gustav überrascht an. „Ich habe keine Ahnung."

„Mein Onkel hasst dich. Ich bin mir sicher, er hat meiner Mutter davon erzählt. Was wirst du jetzt tun?"

Emil hob nachdenklich den Kopf und schaute Gustav mit festem Blick in die Augen.

„Ich werde bleiben. Ich bin schon einmal davongerannt und habe damit andere Menschen verletzt. Das darf sich nicht noch einmal wiederholen. Ich möchte deiner Mutter zeigen, dass ich aus meinen Fehlern gelernt habe. Vor zwanzig Jahren habe ich ihr keine andere Wahl gelassen, als ich Deidesheim verließ. Nun werde ich auf sie warten, so lange, bis sie mich anhört und ich ihr alles erklären kann."

Erleichtert schüttelte Gustav den Kopf. „Ihr seid schon ein seltsames Paar, ihr beiden."

Carl Bassermann saß in seinem Arbeitszimmer und hatte allen Grund zu feiern. Endlich schien sich das Blatt zu seinem Vorteil zu wenden. Er griff nach dem dickwandigen Schoppenglas und trank einen großen Schluck Rieslingschorle. Dann ging sein Blick zurück zu dem Brief, der vor ihm lag.

Es war der Brief, den Emil an Josefine geschrieben hatte. Emil hatte ihn einem Boten übergeben, und wenig später war er auch schon auf seinem Schreibtisch gelandet. Diesen Gefallen hatte sich Carl einiges Geld kosten lassen, aber das war es ihm wert. Je mehr er wusste, was in seinem Feind vorging, desto einfacher würde es werden, ihn zu bekämpfen. Und wie herzzerreißend Emil seine Lage beschrieben hatte! Ihm kamen beinahe selbst die Tränen!

Carl lächelte triumphierend. Auf all die Fragen hatte auch Josefine keine Antwort. Denn nur er wusste, wie es sich tatsächlich verhielt. Dass er es war, der den Ring damals aus Josefines Zimmer hatte stehlen lassen. Dass er es war, der die Magd dafür bezahlt hatte, mit Emil zu schlafen.

Carl hatte sich zunächst große Vorwürfe gemacht, Emil nicht getötet zu haben, als er ihm in Forst vor Josefines Haus aufgelauert hatte. Aber vielleicht hatte er es nun in der Hand, seinen Feind auf eine weitaus elegantere Weise aus dem Feld zu schlagen.

Carl lächelte amüsiert. Fast hatte er Mitleid mit Emil. Was stand da geschrieben? Er habe in all den Jahren nur Josefine wirklich geliebt. Was für ein Fantast! Hätte er sie wirklich geliebt, dann hätte er um sie gekämpft, anstatt sich aus dem Staub zu machen.

Er nahm noch einmal den Brief in die Hand, und plötzlich legte sich ein Schatten auf sein Gesicht. Er hatte das Leben zweier Menschen zerstört, das wusste er, und darüber machte er sich auch keine Illusionen. Aber musste er deswegen auch ein schlechtes Gewissen haben?

Vielleicht war Emil und ihm dieses Schicksal ja schon in die Wiege gelegt geworden? Er, der Sohn eines Winzers und Weingutsbesitzers, der Zeit seines Lebens nie Winzer werden wollte, und Emil, ein begnadeter Winzer, der sich in die Tochter des größten Weinguts der Pfalz verliebt hatte. Das war doch alles von Anfang an zum Scheitern verurteilt.

Carl schüttelte missmutig den Kopf. Emil hatte in dem Brief all seine verletzten Gefühle offenbart. Und was war mit ihm? Hatte es ihn etwa glücklich gemacht, dass er seinen einstigen Freund damals aus Deidesheim vertrieben hatte? Sicher nicht. Carl straffte den Rücken. Aber er konnte jetzt auch nicht mehr zurück, er war dazu verdammt, den einmal eingeschlagenen Weg auch zu Ende zu gehen.

Wenn er es sich genau überlegte, dann saßen er und Emil im selben Boot. War nicht auch er ein Opfer seines Schicksals? Auch er war daran gehindert worden, das zu tun, wovon er immer geträumt hatte, nämlich Soldat zu sein. Er hatte für diesen Traum gekämpft, gegen seinen Vater, der doch ganz andere Pläne mit ihm hatte. Dann aber war sein Vater gestorben, und als er dessen Testament gelesen hatte, war nichts mehr wie zuvor.

Deutlicher hätte ihm sein Vater nicht sagen können, was er von seinem Sohn hielt, nämlich gar nichts. Was konnte er dafür, dass sein Vater ihn verstoßen hatte? Auch sein Leben hätte anders verlaufen können, erfüllter und glücklicher. Aber wer fragte schon danach, ob ein Carl Bassermann glücklich war?

Das Leben war eine große, tosende Schlacht, und am Ende ging es darum, wer überlebte. Und er wollte weiterleben, selbst wenn Emil Jordan dafür sterben müsste.

Es war eine Woche vergangen, seit Emil den Brief an Josefine geschrieben hatte, doch nichts mehr war so, wie es einmal war.

Er saß im Weinkeller der Pension, und ein letzter Rest Kometenwein stand vor ihm. Sein Blick ging wieder hinüber zu dem Brief, der neben ihm lag. Es war der Brief, den er Josefine geschrieben hatte. Gestern war er zurückgekommen. Geöffnet und ohne den geringsten Kommentar versehen. Antoine hatte ihn auf dem Tresen gefunden. Sie hatte keine Zeile geschrieben. Aber war das nicht mehr als eine Antwort?

Emil hatte Josefine in dem Brief seine intimsten Gefühle preisgegeben, er hatte sich für alles entschuldigt, was er ihr angetan hatte, und sie hatte sich noch nicht einmal die Mühe gemacht, darauf zu antworten, geschweige denn ihn persönlich zurückzugeben.

Gerade erst hatte Emil neuen Mut geschöpft, dass es vielleicht doch einen Sinn hatte, dass er in die Heimat zurückgekehrt war. Seine Eltern hatte er nicht mehr gesehen, dafür aber hatte er Gustav kennengelernt. Er mochte den Jungen, der die gleichen Träume hatte wie er. Doch nun war alles zu Ende. Vielleicht wäre es tatsächlich das Beste, endlich einzusehen, dass er unerwünscht war. Schließlich hatte er alles versucht, Josefine wiederzusehen, und wenn er jetzt gehen würde, dann hätte er zumindest mit seiner Vergangenheit abgeschlossen.

„Hier steckst du also?", hörte er Gustavs Stimme hinter sich. „Was machst du hier? Ich hatte dich schon in deinem Zimmer gesucht!"

„Ich trinke, das siehst du doch", antwortete Emil unwirsch.

„So früh am Morgen?"

„Ich sitze schon die ganze Nacht hier."

„Du klingst so anders. Was ist los mit dir?"

Emil zögerte erst, dann gab er sich einen Ruck. „Ich werde abreisen."

Gustav schaute ihn erstaunt an. „Aber du hast mir doch versprochen, du würdest bleiben."

„Ich habe noch einmal über alles nachgedacht. Ich habe das Gefühl, ich bin hier nicht willkommen."

„Wie kommst du darauf?", fragte Gustav überrascht.

„Ich bin in meine Heimat zurückgekehrt, um meine Eltern wiederzusehen und wegen …"

Emil zögerte. Er spürte einen Kloß im Hals sitzen, als er den Satz vervollständigte; „… wegen deiner Mutter. Meine Eltern sind gestorben, ohne dass ich sie noch einmal gesehen habe und Josefine …"

Er nahm noch einen Schluck Wein und sprach dann weiter. „Irgendwann muss ich aber akzeptieren, dass es das Schicksal wohl nicht mehr will, dass deine Mutter und ich in diesem Leben zusammenfinden. Ich habe sie geliebt, und ich liebe sie noch immer. Aber zur Liebe gehören nun einmal zwei. Und deine Mutter hat meinetwegen viel zu leiden gehabt. Ich kann verstehen, wenn sie mich nicht mehr sehen möchte."

„Aber wie kommst du denn darauf, dass sie dich nicht mehr sehen will?"

„Ich weiß es, Gustav. Ich weiß es."

„Was ist das für ein Brief?" Gustav deutete auf das geöffnete Kuvert auf dem Tisch. Emil suchte nach Worten, aber schließlich gab er auf und meinte resigniert: „Es ist ein Brief an deine Mutter."

„Und warum liegt er hier bei dir? Warum lässt du ihn nicht zustellen?"

„Das habe ich bereits getan. Vor einer Woche. Doch gestern hat ihn Antoine auf dem Tresen gefunden." Resigniert fügte er hinzu: „Deine Mutter wollte ihn mir noch nicht einmal persönlich zurückgegeben."

„Und deshalb gehst du? Hast du mir nicht erzählt, du wolltest so lange warten, bis sie dich endlich erhört hat?"

„Das ist richtig. Aber schau, Junge …"

„Sag nicht immer Junge zu mir! Ich bin zwar jünger als du, aber niemals würde ich an deiner Stelle aufgeben. Woher willst du wissen, dass sie den Brief tatsächlich gelesen hat?"

„Gustav! Sie hat ihn gelesen. Wer sonst sollte mir denn den Brief zurückbringen? Versteh doch. Es hat einfach keinen Sinn für mich, hierzubleiben. Alleine meine Anwesenheit ist eine Belastung für deine Mutter. Sie will mich nicht sehen, und ich kann ihre Gefühle nicht erzwingen. Wenn ich länger bleiben würde, dann müsste ich sie vor vollendete Tatsachen stellen. Erst bin ich gegangen, und sie konnte nichts dagegen unternehmen, und jetzt bin ich hier, und sie muss es wieder ertragen. Außerdem habe ich das Gefühl, dass ich dich da in etwas hineingezogen habe, für das du nichts kannst. Du stehst zwischen deiner Familie und mir, und das ist nicht gut. Es ist für alle einfacher, wenn ich gehe."

„Du bist ein Feigling, Emil Jordan. Wenn du wirklich meine Mutter liebst, dann würdest du um sie kämpfen. Ich glaube dir kein Wort. Der Grund, dass du gehen willst, ist nicht, dass du uns schützen willst. Du bist feige, das ist es.“

Gustav stand da und schaute Emil verächtlich an. „Ich habe mich in dir getäuscht.“

„Gustav, hör mir bitte zu. Versteh mich doch richtig …“

„Ich habe dich richtig verstanden. Du willst gehen, und dein Versprechen gilt nicht mehr. Wolltest du mich nicht in die Geheimnisse des Weinbaus einweihen? Hast du mir nicht versprochen, du würdest mir all das Wissen weitergeben, das dir Louis vermacht hat? Und jetzt machst dich so einfach aus dem Staub?“

Gustav schüttelte verächtlich den Kopf. „Aber glaube mir, ich werde schon einen Weg finden, ein guter Winzer zu werden, darauf kannst du dich verlassen!“

„Gustav, bitte.“ Emil stand auf. „Warte noch einen Augenblick. Ich möchte dir noch etwas geben.“

Emil blickte suchend im Weinkeller umher.

„Du brauchst mir nichts zu geben. Ich habe alles was ich brauche, und das, was ich mir wünsche, kannst mir nicht geben.“

Emil hatte endlich gefunden, wonach er gesucht hatte, doch als er sich umwandte, war Gustav schon weg. Nachdenklich schaute er auf das Bowiemesser mit den indianischen Verzierungen auf dem Schaft, das ihm einst Tatiki geschenkt hatte. Für ihn waren das Messer und sein Zauber nutzlos. Warum sollte er sich vor dem Tod schützen wollen? Mutlos legte Emil das Messer auf den Tisch zurück und seufzte.

6. Die Entscheidung

Josefine saß im Salon beim Nachmittagstee, als sie den Brief auf dem Beistelltisch entdeckte. In großen Lettern stand ihr Name darauf geschrieben. Neugierig betrachtete sie das Kuvert, bis sie bemerkte, dass es bereits geöffnet war. Sie nahm den Brief aus dem Umschlag und begann zu lesen. Nach wenigen Zeilen fiel ihr die Hand in den Schoss, und ihre Finger zitterten.

Es dauerte eine Weile, bis sie sich beruhigt hatte. Dann las sie weiter. Sie las die Zeilen eines Menschen, der ihr einst so vertraut und dann jäh aus ihrem Leben verschwunden war. Jetzt, nach zwanzig Jahren, hielt sie einen Brief von ihm in ihren Händen, und ihr war, als wäre er nie weg gewesen. So nah waren seine Gedanken, so sehr konnte sie sich in ihn hineinversetzen.

Als Josefine den Brief zu Ende gelesen hatte, begann sie wieder von vorne. Sie sog die Sätze in sich auf, und von Mal zu Mal war ihr, als würde sie ihm näherkommen. Der Brief beantwortete alle ihre Fragen, die sie sich in den letzten Jahren gestellt hatte. Es war ein Fenster zu einem Menschen, der wie sie unter ihrer Trennung gelitten hatte. Gleichzeitig spürte sie, wie es in ihr brodelte. Warum hatte Carl ihr das angetan?

Die Tür öffnete sich. Gustav trat vorsichtig ein und warf einen vielsagenden Blick auf den Brief in Josefines Hand.

„Der Brief war geöffnet“, sagte sie.

„Ja, Onkel Carl hat ihn abgefangen.“

„Und wie bist du an den Brief gekommen?“

„Ich habe Emil heute Morgen besucht.“

Gustav schaute unsicher zu Boden. „Er hatte den Brief einem Boten gegeben mit der Bitte, ihn dir persönlich zu überreichen. Aber eine Woche später war der Brief geöffnet und unkommentiert in der Pension abgegeben worden, und Emil dachte, du hättest den Brief gelesen und kommentarlos wieder zurückgesandt.“

„Wie kommst du darauf, dass Carl den Brief abgefangen hat?“

„Der Bote war ein Nachbarsjunge. Ich kenne ihn. Er hat damit geprahlt, dass er zu richtig viel Geld gekommen sei, und als ich ihn auf den Brief angesprochen habe, hat er zugegeben, dass er ihn bei Onkel Carl abgegeben hatte.“

Zaghaft fragte Gustav: „Hätte ich den Brief liegen lassen sollen?“

„Nein, mein Sohn. Es war gut, dass du ihn mir gegeben hast.“

„Was wirst du jetzt tun?“

„Ich weiß es noch nicht.“

Josefine nahm bedächtig die Tasse Tee in die Hand und trank. Dann schaute sie auf ihren Sohn, und in ihren Augen begann es zu funkeln.

„Sag Jules, er soll die Kutsche anspannen. Jetzt gleich."

Emil lag in seinem Bett und schaute müde aus dem Fenster. Er hatte den ganzen Tag über seinen Rausch ausgeschlafen, doch noch immer erinnerte ihn ein leichtes Pochen in den Schläfen an die letzte Nacht.

Draußen dämmerte es bereits, und bald würde die Sonne untergegangen sein.

„Du bist ein Feigling", hatte Gustav zu ihm gesagt. Worte, die Emil ins Mark getroffen hatten. Hatte er nicht alles versucht, um Josefine wiederzusehen? Wie sollte er um eine Frau kämpfen, die ihn nicht mehr liebte und ihn nicht mehr sehen wollte?

Er stand auf und ging zum Sekretär. Vielleicht wartete ja doch eine versteckte Botschaft von Josefine in dem Brief? Dann erinnerte er sich daran, dass er das Kuvert mit in den Keller genommen hatte.

Als er kurz darauf unten im Weinkeller stand, sah er auf dem Tisch das Glas Wein und die Flasche stehen, doch von dem Brief fehlte jede Spur. Er war sich sicher, dass er ihn auf den Tisch gelegt hatte. Hier, neben der Flasche, hatte er gelegen. Emil schaute unter den Tisch. Nichts.

Was hatte das zu bedeuten? Wo war der Brief?

Zurück in seinem Zimmer, suchte Emil noch einmal alles ab, doch das Kuvert blieb verschwunden. Ratlos schaute er aus dem Fenster. Die Sonne stand als leuchtend roter Ball über dem Pfälzer Wald. Dann blickte er hinüber zur Michaeliskapelle. Heute war der Tag, an dem sie sich dort vor vielen Jahren zum ersten Mal geküsst hatten.

Vielleicht war auch das der Grund, weshalb er in der Nacht zuvor nicht hatte schlafen können. Er hatte immer wieder an diesen großartigen, magischen Moment denken müssen, als er zum ersten Mal Josefines Lippen berührt hatte.

Sein Blick ging zum Sekretär zurück. Wo war nur der Brief geblieben? Plötzlich wurde Emil ganz unruhig. Es war eigentlich undenkbar, und doch war es die einzige Möglichkeit. Gustav! Er war der Letzte, dem er den Brief gezeigt hatte. Sollte er ihn mitgenommen haben? Emil starrte ungläubig zur Michaeliskapelle, und plötzlich wurde sein Mund ganz trocken. Sollte Gustav tatsächlich seiner Mutter den Brief gegeben haben?

Aber warum sollte er das getan haben? Er hatte ihm doch gesagt, dass Josefine den Brief unkommentiert hatte zurückgehen lassen. Aber vielleicht hatte Gustav ja nicht daran geglaubt.

Ganz langsam liefen die Gedanken durch Emils Kopf. Sein Blick ging zur Michaeliskapelle. Was wäre, wenn …?

Ihm stockte der Atem, so schwer fiel es ihm, das Unfassbare weiterzudenken. War es möglich, dass Josefine dort oben auf ihn wartete?

Carl Bassermann saß in Uniform an seinem Schreibtisch, als eine Kutsche im Hof vorfuhr. Er ging zum Fenster und beobachtete Josefine dabei, wie sie aus der Kutsche stieg. Sie war wie immer schwarz gekleidet, das Gesicht von einem Schleier verhüllt.

Wenig später klopfte das Dienstmädchen an der Tür. „Die gnädige Frau, Eure Schwester, möchte Euch gerne sprechen."

Carl Bassermann nickte. „Soll reinkommen."

Das Mädchen senkte den Kopf. „Sie erwartet den gnädigen Herrn unten im Salon."

Mit ausdruckslosem Gesicht schaute Carl das Mädchen an. Schließlich zuckte er gelangweilt mit den Schultern. „Gut, dann eben im Salon."

Wenig später knallten seine eisenbeschlagenen Stiefel auf den Holzboden. Josefine saß vor dem Kamin in demselben Sessel, in dem früher ihre Mutter zu sitzen pflegte, und wie ihre Mutter hatte sie ebenfalls die Haare streng nach hinten gekämmt. Carl fiel auf einmal auf, wie ähnlich Josefine ihrer Mutter doch war.

„Was verschafft mir die Ehre deines überraschenden Besuchs?", begrüßte er seine Schwester förmlich. Dann entdeckte er den Brief auf ihrem Schoß. Er hüstelte verlegen, und als er Atem holte, spannte sich sein Uniformrock.

„Warum hast du das getan?", hörte er plötzlich eine Stimme, die von ganz fern zu kommen schien.

Carl setzte sich Josefine gegenüber auf die Couch und schwieg.

„Ich möchte wissen, warum du das getan hast?"

Carl kaute nervös auf den Lippen herum. „Was hätte ich tun sollen?", antwortete er schließlich. „Du weißt, dass er nur darauf aus war, unsere Familie zu zerstören. Ich wollte dich und den Jungen beschützen."

„Du lügst. Darum ging es dir noch nie. Es war deine Eitelkeit, die dich getrieben hat. Du konntest es nicht ertragen, dass es jemanden gab, der besser war als du. Von Anfang an war dir Emil ein Dorn im Auge. Er war dein bester Freund, bis zu dem Augenblick, als du das Weingut übernommen hast und merktest, dass du niemals die Größe haben würdest, die er schon hatte. Alles, was du versucht hast, misslang dir, und alles, was er tat, war gut. Warum hast du es so weit kommen lassen? Du hast vor nichts zurückgeschreckt. Deine Eitelkeit hatte dich aufgefressen. Und dabei hatte ich einmal geglaubt, es ginge dir wirklich um mich. Schließlich warst du es, der mich getröstet hat, als ich nach der Geburt aus Straßburg zurückgekommen bin. Aber es war nicht deine brüderliche Liebe, die dich zu mir geführt hat. Es war dein schlechtes Gewissen, das dich meine Nähe suchen ließ. Du wusstest, was du mir angetan hast."

Josefine holte erschöpft Luft. „Du hast damals den Ring, den mir Emil als Zeichen seiner Liebe geschenkt hat, gestohlen und ihn Emil gegeben. Du hast am Abend der Weinversteigerung die Huldigungen der Händler entgegengenommen, obwohl du wusstest, dass der Ruhm nicht dir gebührt. Du bist so schäbig, so niederträchtig, so gemein."

Josefine stand auf und blickte auf ihren Bruder herab. „Ich verachte dich, Carl Bassermann. Du hast mir die schönsten Jahre meines Lebens geraubt. Du hast eine Liebe zerstört, von der du gar nicht ahnen kannst, dass es so etwas gibt. Du hast dich immer klein und hässlich gefühlt – und Carl, du bist es auch. Du bist ein kleiner, hässlicher Mensch, dem nichts Gutes gelingt!"

Carl saß auf der Couch, biss sich unentwegt auf die Lippen und trommelte nervös mit den Fingern auf dem Tisch.

„Lass es mich erklären, Josefine", wollte er beginnen, aber sie winkte barsch ab.

„Ich will nichts hören. Jahrelang habe ich gelitten, weil du den Mann vertrieben hast, den ich geliebt habe. Du hast mir mein Leben genommen. Wage es nicht, dich mir und meinem Sohn noch einmal zu nähern. Wenn wir uns auf der Straße begegnen, wirst du mir ausweichen, und nie wieder wirst du ein Wort an mich richten. Du bist ein Versager, ein kleiner, nichtsnutziger Versager."

Als Josefine später in der Kutsche das Weingut ihrer Familie verließ, war ihr, als wäre ein Stück ihrer Seele gestorben. Nach ihrem Vater und ihrer Mutter hatte sie nun auch ihren Bruder verloren. Ihre Mutter hatte sie zur Abtreibung ihres Kindes zwingen wollen, und ihr Bruder hatte sie verraten. Wie anders, wie glücklich hätte ihr Leben verlaufen können. Sie war jetzt achtunddreißig Jahre alt, und ihr Leben schien bereits zu Ende zu sein. Das Einzige, was ihr nun noch blieb, war ihr Sohn Gustav. Nur für ihn lohnte es sich weiterzuleben.

Die Kutsche fuhr über die Weinstraße in Richtung Forst. Es war ein schöner Sommerabend. Keine Wolke zeigte sich am Himmel. Plötzlich ging Josefines Blick hinüber zur Michaeliskapelle. In den Strahlen der bereits tief stehenden Nachmittagssonne schimmerte sie in einem goldenen Ton. Seit Emil vor zwanzig Jahren Deidesheim verlassen hatte, war Josefine nicht mehr oben bei der Kapelle gewesen.

Dann dachte Josefine an den Brief. Sie kannte ihn auswendig. Jedes Wort hatte sie Dutzende Male gelesen, und immer, wenn sie glaubte, es wäre doch nicht wahr, was Emil geschrieben hatte, nahm sie den Brief heraus, um seine Zeilen erneut zu lesen. Was hatte er geschrieben? Am Tag ihres ersten Kusses wollte er sie wiedersehen. Ein Lächeln huschte über Josefines Gesicht. Wie weich waren seine Lippen damals gewesen, und wie sehr hatte sie sich nach seiner Wärme verzehrt.

Sie schaute wieder hoch zur Michaeliskapelle. Dann wurden ihre Augen ganz weit.

Am Tag ihres ersten Kusses!

Sie überlegte einen Moment, und dann schoss es ihr plötzlich durch den Kopf. Es war genau heute vor dreiundzwanzig Jahren gewesen, als sie sich zum ersten Mal geküsst hatten. Oben an der Michaeliskapelle, kurz vor Sonnenuntergang.

„Jules, halt an!

Josefine hatte die Worte schrill herausgeschrien. Die Kutsche hatte noch nicht richtig angehalten, als sie auch schon herausgesprungen war.

„Ich muss gehen, Jules. Warte nicht auf mich. Fahr nach Hause. Ich komme später."

Josefine raffte den Saum ihres Kleides vom staubigen Weg, und ohne eine Antwort von Jules abzuwarten, lief sie in die Weinberge hinein.

Es dauerte über eine Stunde, bis sie die Kapelle erreicht hatte. Die Sonne versank gerade wie ein glutroter Ball hinter den Bergen. Sie setzte sich auf eine Bank und dachte an den Moment, als Emil sie zum ersten Mal geküsst hatte, und es schien ihr, als wäre es eben erst gewesen. Sie spürte seine Lippen, seinen Atem und seine weiche Haut. Dieser Kuss hätte sie für immer verbinden sollen.

Dann hörte Josefine hinter sich ein Knacken. Ängstlich schaute sie sich um. Fragen schossen durch ihren Kopf. Was sollte sie Emil sagen, wenn er vor ihr stand? Sie war damals ein junges Mädchen gewesen, als er sie das letzte Mal gesehen hatte. Und heute? Sie war noch immer eine hübsche Frau, aber die Zeit und das Schicksal hatten dennoch ihre Spuren hinterlassen. Wie sollte es weitergehen, würde es überhaupt eine gemeinsame Zukunft für sie beide geben?

Wieder hörte Josefine ein Geräusch, und sie war fast erleichtert, als sie sah, dass es nur eine Katze war. Noch bevor sie begreifen konnte, was sie tat, war Josefine aufgestanden und lief in den Wald.

Carl Bassermann saß auf dem Hochstand und beobachtete die unter ihm liegende Michaeliskapelle. Hatte es dieser Bastard also doch geschafft! Das Band der Geschwister war zerrissen. Endgültig. Seine Schwester hatte sich von ihm abgewandt, und dass nur, weil dieser Hund sie wieder einmal auf seine Seite gezogen hatte. Wie damals, als er sie geschwängert hatte, um sie völlig abhängig von sich zu machen. Aber er würde Emil dafür zur Rechenschaft ziehen, und dieses Mal würde er ihm nicht entkommen. In dem Brief stand zwar nicht, wo er sich mit ihr treffen würde, aber das wusste Carl auch so.

Josefine hatte vorhin fluchtartig das Weingut verlassen. Ihre Kutsche war durch die Weinberge in Richtung Forst gefahren, aber dann hatte sie zu seinem großen Erstaunen unterhalb der Michaeliskapelle angehalten. Mit eigenen Augen hatte er gesehen, wie Josefine ausgestiegen und zum Wald geeilt war.

Carl hatte daraufhin sofort das Weingut verlassen. Er hatte einen anderen Weg zur Michaeliskapelle gewählt und war kurz vor Josefine dort angekommen. Nun saß er auf dem Hochstand und wartete.

Unterhalb der Kapelle erstreckten sich die dunkel schimmernden Weinberge. Diesen Weg würde Emil nehmen müssen, wenn er Josefine wiedersehen wollte. Aber wo blieb er nur? Die Sonne versank gerade hinter den Bergen, und es dämmerte. Carls Gesicht verzerrte sich zu einer grinsenden Grimasse. Wenn sich Josefine und Emil in der Nacht treffen würden, dann sollte es noch einfacher sein, das zu vollenden, was er eigentlich schon lange hätte tun sollen: Emil zu töten.

Carl schaute angestrengt auf die Rebzeilen. Irgendwann musste Emil doch kommen. Er wusste, dass er kommen würde. Plötzlich entdeckte er ihn in den Weinbergen. Emil lief zum Waldrand hoch, und als er ihn erreicht hatte, verharrte er dort einen Moment. Carl lächelte vergnügt. Lauf nur! Es wird dir nichts nützen. Du wirst mir nicht noch einmal entkommen. Lauf und ich werde dich kriegen! Sanft streichelte er den Stahl des Degens, der auf seinem Schoß lag.

Carl hatte Emil fest im Blick, als er plötzlich bemerkte, wie Josefine aufstand. Erst dachte er, sie würde Emil entgegeneilen, doch dann bemerkte er zu seinem Erstaunen, dass sie in die entgegengesetzte Richtung lief und im Wald verschwand.

Wieder musste Carl grinsen. Ohne dass er irgendetwas tun musste, würden sich die beiden also wieder verpassen. Die Ärmsten. Nach Jahren der Trennung würde es ihnen auch dieses Mal nicht gelingen, zueinander zu finden. Welch ein Schicksal!

Er wäre nicht davor zurückgeschreckt, Emil vor den Augen seiner Schwester zu töten. Ja, vielleicht hätte ihr das endlich begreiflich gemacht, wohin es führen konnte, wenn man ihn, Carl Bassermann, herausforderte. Aber nun würde er alleine mit ihm sein. Und dadurch würde vieles einfacher.

Emil war am Waldrand angekommen und so völlig außer Atem, dass er sich erst einmal an einem Baum abstützen musste. Nur noch diese letzte Steigung, und er hätte die Michaeliskapelle erreicht. Würde sie dort tatsächlich auf ihn warten? Würde er sie endlich wiedersehen, nach all den Jahren? Er holte noch einmal Atem, dann lief er weiter.

Als er wenig später in der Dämmerung vor der Kapelle stand, stieg die Enttäuschung in ihm hoch. Von Josefine fehlte jede Spur. Hatte vielleicht doch nicht Gustav den Brief genommen und ihn ihr gegeben?

Niedergeschlagen setzte sich Emil auf die Bank und schaute auf die Rheinebene hinab. Als er hinter sich das Knirschen von nahenden Schritten auf dem Kies hörte, kehrte seine Hoffnung zurück. War Josefine also doch gekommen? Emil wagte nicht, aufzusehen und hielt den Atem an. Plötzlich hörte er eine schneidende Stimme, die er sofort wiedererkannte: die Stimme von Carl Bassermann.

„Sie war hier, Emil. Noch vor Kurzem. Saß dort, wo du jetzt sitzt. Aber dann ist sie gegangen. Ihr habt euch verpasst. Wieder einmal. Ihr wart zwanzig Jahre getrennt und habt euch doch nur um eine Viertelstunde verpasst. Ist das nicht tragisch?"

Emil fuhr auf und starrte in das breit grinsende Gesicht Carls, der breitbeinig vor ihm stand, in seinem Waffenrock, den Degen an der Seite, den Kurzdolch am Gürtel.

„Ich habe mich dir zu Ehren in den Farben meiner Kompanie gekleidet. Gefällt dir die Uniform? Wenn du stirbst, dann sollst du durch die Waffe eines Soldaten sterben, der seinen Feind richtet."

„Feind?", fragte Emil ungläubig. „Sterben? Aber Carl, wir waren einmal Freunde!"

Carl lachte auf. „Freunde? Als wüsstest du, was Freundschaft bedeutet."

„Was ist nur geschehen, dass du mich so sehr hasst?"

„Ist das für dich so wichtig zu wissen, Emil? Es braucht dich nicht zu interessieren, denn es sind Gründe, die du nicht zu vertreten hast. Genügt dir das?"

„Warum willst du mich töten, wenn ich dir nichts getan habe?"

„Muss man immer einen Grund haben, um einen anderen Menschen zu töten? Das Leben ist ungerecht, und manchmal spielen Zufälle die größte Rolle. Ich bin ehrlich zu dir, Emil: Du kannst nichts dafür, dass du sterben musst. Das alles ist eine Geschichte, die du nicht verstehen kannst. Eine Geschichte unserer Familie."

„Findest du nicht, dass ich vor meinem Tod zumindest ein Anrecht darauf habe, zu erfahren, warum ich sterben muss?"

Carl grinste über beide Backen. „Vielleicht hast du recht. Jeder Delinquent hat das Recht, einen letzten Wunsch erfüllt zu bekommen. Warum nicht auch du? Gut, Emil, du sollst deine Erklärung haben. Erinnerst du dich noch an meinen Vater, diesen Weichling? Als er starb, hinterließ er ein Testament. Ich habe es in seinem Schreibtisch gefunden. Nur ich habe es gelesen, sonst niemand. Darin stand, dass du im Falle seines Todes das Weingut führen sollst und nicht ich."

Carl lachte bitter auf und fuhr fort: „Kannst du dir das vorstellen? Der Alte enterbt seinen eigenen Sohn, um dich, einen dahergelaufenen Bankert, an die Spitze unserer Familie zu setzen? Hätte ich das zulassen dürfen? Nein! Ich habe meinen Vater gehasst. Ich habe ihn schon immer gehasst. Aber nachdem ich sein Testament gelesen hatte, war mein Hass grenzenlos. Doch mein Vater war tot. Ihn konnte ich nicht mehr zur Rechenschaft ziehen. Aber du warst ja noch da."

„Aber ich wusste doch nichts von dem Testament, Carl!"

„Das glaube ich dir sogar. Aber spielt das eine Rolle? Entscheidend ist, dass du es warst, der in dem Testament als Erbe benannt war. Du hättest dir im Handumdrehen unser Weingut unter den Nagel reißen können."

„Aber Carl! Hätte ich davon gewusst, ich hätte es abgelehnt. Ich wollte nie etwas anderes, als draußen in den Weinbergen als Winzer zu arbeiten."

„Du Heuchler! Du hast doch immer nur im Sinn gehabt, dich in meine Familie einzuschleichen. Meine Schwester hast du als Geliebte benutzt, und sogar meinen Vater hast du blenden können. Nur bei mir ist dir das nicht gelungen. Mich hast du nicht täuschen können. Ich wusste, worauf es dir ankam, und deshalb habe ich meiner Schwester die Augen geöffnet."

„Was hast du ihr erzählt, dass sie sich von mir abgewandt hat?"

„Abgewandt? Josefine? Meine Schwester war Feuer und Flamme für dich. Warum sollte sie sich von dir abgewandt haben? Du warst doch derjenige, der gegangen ist."

Emil schaute Carl verstört an. „Aber der Ring? Sie hat mir doch den Ring durch dich zurückgeben lassen."

„Josefine? Du Naivling. Als wäre sie in der Lage gewesen, dir den Ring zurückzugeben."

„Dann warst du es also, der sich den Ring besorgt hat?"

„Schon besser, Emil, schon besser. Und den nächtlichen Liebesdienst mit der Magd habe auch ich dir besorgt."

Carls Stimme nahm einen heuchlerisch-besorgten Ton an. „Das war wohl zu viel für unseren armen, kleinen Emil. Und flugs ist er auch schon davongeflogen über den großen Teich."

„Dann steckst du also hinter allem?" Emil starrte Carl an und schüttelte ungläubig den Kopf. „Wie kann ein Mensch nur so abscheulich sein wie du. Du hast das Leben zweier Menschen auf dem Gewissen. Du warst mein Freund, dem ich alles anvertraut habe. Was für ein schäbiger Mensch du doch bist, Carl. Du zerstörst alles, was in deiner Nähe ist, sogar deinen Neffen lässt du nicht in Ruhe."

„Du Träumer, du ahnungsloser Träumer! Eigentlich spielt es jetzt keine Rolle mehr, ob du es weißt oder nicht, da du eh gleich sterben wirst."

Emil sah, wie Carl seinen Degen aus der Scheide zog und damit ausholte.

„Es ist ein guter Tag zum Sterben, Emil Jordan. Es ist der Jahrestag, als du zum ersten Mal gewagt hast, meiner Schwester zu nahe zu kommen, und es soll der Tag sein, an dem du von mir gerichtet wirst."

Er trat einen Schritt auf Emil zu. „Steh auf! Ich möchte, dass du stehst, wenn ich dich töte."

Emil tat so, als würde er aufstehen, doch stattdessen sprang er mit einem Satz hinter die Bank. Im selben Augenblick schlug Carl zu. Der Stahl fuhr mit einer solchen Wucht in das Holz hinein, dass er steckenblieb. Vergebens versuchte Carl, den Degen aus der Bank herauszuziehen.

Emil stand noch immer hinter der Bank, und überlegte, ob er Carl entkommen könnte, als dieser blitzschnell seinen Dolch zog und unvermittelt zustieß. Emil dachte schon, er würde gleich den kalten Stahl der Klinge zwischen seinen Rippen spüren, doch es gelang ihm gerade noch, dem Dolch auszuweichen. Nur die Bank trennte die beiden voneinander. Erneut versuchte Carl, Emil mit dem Dolch zu treffen. Vergeblich. Plötzlich sprang er mit einer Schnelligkeit und Leichtigkeit, die ihm Emil niemals zugetraut hätte, über die Bank und stand Emil nun von Angesicht zu Angesicht gegenüber.

Emil wusste, dass er nun keine Chance mehr hatte. Er hatte den Moment zur Flucht verpasst. Schritt für Schritt wich er vor Carls Dolch zurück, bis er schließlich mit dem Rücken zur Kapelle stand und jeden Augenblick den nächsten Angriff erwartete. Da spürte er die Sesel seines Vaters in der Hosentasche. Unbemerkt von Carl, der sein Gesicht fixierte und ihn belauerte, glitt seine rechte Hand in die Hosentasche. Das einhändige Öffnen der Klinge beherrschte er wie im Schlaf. Wie oft hatte er nachts wach gelegen und zum Zeitvertreib die Sesel geöffnet und wieder einschnappen lassen. Entschlossen packte Emil den Griff der Sesel.

Carls Gesicht war von Wut verzerrt. „Es ist aus mit dir, Emil Jordan! Du wirst niemals wieder meine Familie stören. Fahr zur Hölle.“

Carl ließ sich nach vorn fallen, um ihm den Dolch in die Rippen zu stoßen, doch Emil drehte sich geschickt nach rechts weg und riss seine Hand aus der Hosentasche. Im selben Augenblick, als sein Arm nach oben schoss, schnappte die Klinge der Sesel heraus.

Carl bäumte sich kurz auf und schaute Emil ungläubig an. Die Sesel hatte sich mitten in sein Herz gebohrt. Der Dolch entfiel Carls Hand, und sein massiger Körper glitt an Emil hinab.

Dieser stand, die blutige Sesel in der Hand, da und schaute benommen auf Carl, der reglos vor ihm lag und blicklos in den Abendhimmel starrte. Emil war unfähig, sich zu bewegen. Wirre Gedanken schossen durch seinen Kopf. Was war nur los mit seinem Leben? Es war erst zwei Wochen her, dass er in die Pfalz zurückgekehrt war, und nun lag Carl tot vor ihm. Getötet durch seine Hand. Warum hatte alles so kommen müssen? Schuld an allem war nur dieses Testament, das Geheimrat Heinrich Bassermann verfasst hatte. Aber was konnte er dafür, dass der alte Bassermann ihn im Testament zum Nachfolger bestimmt hatte? Warum hatte sich Carl ihm nicht anvertraut? Wie sehr musste sein Stolz verletzt gewesen sein, dass er sein und Josefines Glück zerstört hatte und selbst nach all den Jahren sogar seinen einstigen Freund töten wollte?

Als Emil schlagartig bewusst wurde, was passiert war, schaute er sich verzweifelt um. Wer würde ihm glauben, dass er Carl in Notwehr getötet hatte? Plötzlich schienen von überall her Geräusche zu kommen. Er musste weg von hier. Wenn herauskäme, dass er Carl auf dem Gewissen hatte, stünde er als Mörder da, der sich an der Familie rächen wollte. Emil überlegte noch, ob er

Carls Leichnam im Wald verbergen sollte, aber dann rannte er, so schnell er konnte, den Waldweg hinab.

Was sollte er nur tun? Wo sollte er hin? In die Pension gehen, seinen Rucksack packen und fliehen?

Emil war an der Weinstraße angekommen, aber anstatt nach Deidesheim zu laufen, bog er nach Norden ab. Er brauchte Hilfe, und der einzige Mensch, der ihm in seiner Lage helfen konnte, war Josefine. Es war ihr Bruder, der ihn hatte töten wollen. Sie hatte ein Recht darauf, den Tod ihres Bruders und die Umstände die dazu geführt hatten, aus seinem Munde zu erfahren.

Emil hatte Forst erreicht, und als er vor dem Weingut stand, sah er, dass im Salon noch Licht brannte. Er klopfte an das Tor, und als niemand öffnete, schlug er verzweifelt mit seinen Fäusten dagegen.

„Mach auf, Josefine", flehte er und hämmerte, so fest er konnte, gegen das Holztor. Es kam ihm wie eine Ewigkeit vor, bis er schließlich den Schein einer Fackel im Hof bemerkte. Wenig später öffnete sich das Tor, und Jules erschien.

„Ich muss Josefine sprechen."

„Die gnädige Frau schläft bereits. Kommen Sie bitte morgen früh wieder", antwortete Jules mit ruhiger, aber bestimmter Stimme und wollte das Tor schon wieder schließen, aber Emil lehnte sich mit aller Kraft dagegen.

„Ich muss Josefine sprechen! Jetzt. Sofort."

Jules schaute Emil argwöhnisch an und war nicht gewillt, ihn einzulassen.

„Jules! Es ist gut", ertönte eine Frauenstimme. Jules ließ das Tor los, das sich ein Stück weiter öffnete. Und dann sah Emil sie.

Josefine stand in der Tür des Hauses. Im Licht des Mondes waren nur ihre Konturen zu erkennen, doch Emil sah sofort, dass sie noch immer eine wunderschöne Frau war. Nach zwanzig Jahren stand er endlich wieder vor der Frau, die er einst so sehr geliebt hatte, und nun musste er ihr die Nachricht vom Tod ihres Bruders überbringen.

„Er ist tot", stieß er hervor.

Josefine zeigte keine Regung.

„Josefine!“, sprudelte Emil hervor. „Hörst du? Carl ist tot. Er hat mir an der Michaeliskapelle aufgelauert. Er wollte mich töten. Er hat erst mit dem Degen nach mir geschlagen, und danach hat er versucht, mich mit seinem Dolch zu töten. Es war Notwehr, glaube mir, Josefine, ich wollte ihn nicht töten.“

Doch Josefine gab keine Antwort und stand noch immer unbeweglich in der Tür. Emil war verzweifelt und trat ein paar Schritte auf sie zu. Er versuchte, in ihrem Gesicht zu lesen, was sie empfand, doch er sah darin keine Anzeichen von freudigem Wiedererkennen, kein Lächeln. Nichts.

„Josefine, was soll ich nur tun? Ich wollte ihn doch nicht töten. Er hat mich angegriffen. Wenn sie ihn finden, wird jeder denken, ich hätte ihn getötet. Niemand wird mir glauben.“

Es entstand eine Pause, während der Emil mit gesenktem Kopf vor Josefine stand.

„Ich glaube dir.“

Jedes ihrer Worte traf Emil tief ins Mark. Josefines Stimme hatte nichts Verspieltes oder Weiches. Sie war nicht unangenehm, nur viel klarer und bestimmter, als er es in Erinnerung hatte. Er starrte sie an und hoffte darauf, dass sie weitersprechen würde. Doch Josefine schaute ihn nur unverwandt an.

„Was soll ich jetzt tun, Josefine? Sie werden nach mir suchen.“

„Geh jetzt. Jules wird sich um alles kümmern.“

Dann wandte sich Josefine ab, und noch ehe Emil etwas erwidern konnte, war sie im Haus verschwunden. Emil starrte noch einen Moment auf die Tür, die hart hinter ihr ins Schloss gefallen war. Als er sich umdrehte und den Hof verließ, konnte er nicht ahnen, wie lange es dauern würde, bis er Josefine wiedersehen würde.

7. Im Dienste der Familie

Emil war früh aufgestanden. Er ging am Gutshof vorbei und lächelte. Hier war er als Kind tagtäglich ein- und ausgegangen. Hatte morgens das Weingut verlassen, um in den Weinbergen zu arbeiten, und war abends nach Hause zurückgekehrt, um mit Anna und Louis den Feierabend zu verbringen. Er ging weiter, bis er schließlich vor dem großen, geschwungenen Eingangsportal zum Weinschloss stand.

Stolz prangten das Wappen der Familie und der vergoldete Schriftzug „Bassermann“ auf dem Torbogen. Emil öffnete die schwere Eisentür und betrat den Park. Der Brunnen plätscherte nicht mehr wie früher, und Emil fiel wieder einmal auf, in welch verwahrlostem Zustand das Anwesen war. Charlotte Bassermann hatte einst den Garten liebevoll angelegt, und er konnte sich noch gut daran erinnern, wie oft sein Vater Louis die Leidenschaft der Frau Geheimrat verflucht hatte, die sogar während der Weinlese Arbeiter für die Gartenpflege abzog.

Er ging die Stufen zum Schloss hinauf. Die Tür war nicht verschlossen, und als er eintrat, hallten seine Schritte auf den Steinfliesen im Hausflur. Wie verlassen alles aussah. Früher war das Haus ein Hort der Fröhlichkeit gewesen. Er erinnerte sich daran, wie er als Kind bei den Festen der Hausherrin ausgeholfen hatte.

Schritte ertönten im Gang, und Mathilde erschien. Sie war die einzige Hausangestellte, die nach dem Tod von Carl Bassermann im Schloss verblieben war.

„Guten Morgen, Herr Jordan.“

„Guten Morgen, Mathilde.“

Sie trat näher und half Emil beim Ablegen des Mantels.

„Einsam ist es hier, Mathilde.“

„Ja, Herr Jordan, sehr einsam. Nur wenn der Junge kommt, wird es lebhaft.“

„Das stimmt, Mathilde. Wir sollten gut durchlüften, wir brauchen frische Luft hier drinnen.“

„Ja, Herr Jordan, frische Luft.“

Emil ging die Stufen zum Turmzimmer hinauf. Als kleiner Junge war er hier einmal im Jahr gewesen, um sich zu Weihnachten beim alten Bassermann ein Geschenk abzuholen. Emil erinnerte sich gerne an den Geheimrat. Er war ein guter, warmherziger Mensch gewesen, der leider viel zu früh gestorben war. Heute, fast zweieinhalb Jahrzehnte später, war er es, der die Geschicke des

Weinguts lenkte. Auf seinen Schultern lastete jene Verantwortung, an der der alte Bassermann so schwer trug, dass irgendwann sein Herz versagte.

Nach dem Abend, an dem er Carl in Notwehr getötet hatte, hatte Emil zwei Tage und drei Nächte in der Pension in lähmender Angst und Ungewissheit verbracht. Als am Morgen des dritten Tages an seine Tür geklopft wurde, dachte er bereits, dass man ihn abholen und des Mordes anklagen würde. Zu seiner grenzenlosen Erleichterung war es nur Jules, der ihm mit einem wissenden Lächeln die Nachricht überbrachte, dass die polizeilichen Untersuchungen zum Tode des Deidesheimer Weingutsbesitzers Carl Bassermann mit dem lapidaren Ergebnis „Raubmord durch einen Unbekannten" ergebnislos eingestellt worden waren.

Mehr noch: Jules hatte Emil ausgerichtet, dass seine Herrin wünsche, dass er das Weingut leite, bis der junge Gustav Bassermann erfahren genug sei, das Erbe der Familie anzutreten. Emil war erfreut darüber, dass Josefine nun nichts mehr dagegen hatte, Gustav Winzer werden zu lassen. Er hatte ihr ausrichten lassen, dass er ihrem Wunsch entsprechen werde, doch der eigentliche Grund hierfür war, dass er gehofft hatte, sie endlich wiederzusehen.

Das war nun zwei Jahre her. Gustav war mittlerweile zweiundzwanzig Jahre alt, und es würde nicht mehr lange dauern, bis aus ihm ein richtiger Winzer geworden war. In einem Punkt aber hatte Emil seine Hoffnung getrogen: Seitdem er das Weingut führte, hatte er Josefine kein einziges Mal zu Gesicht bekommen.

Emil nahm die letzten Stufen, als er auch schon im Turmzimmer stand. Nichts hatte sich seit dem Tod von Carl Bassermann verändert. Sogar der kalte Rauch der Zigarren hing noch immer in den Stoffen. Er öffnete die Fenster und schaute auf die Weinberge hinaus. Die Sonne ging über dem Odenwald auf und ließ den Tau auf den Weinreben wie Tausende von Diamanten aufblitzen. Emil war, als würde sich das Paradies vor ihm auftun. Nur der Morgennebel lag noch in den tiefer gelegenen Senken und wartete darauf, von der Sonne aufgelöst zu werden.

Emil betrachtete die Ahnengalerie der Familie Bassermann an der Wand. Ganz außen hing das Bild des alten Bassermann, der ihn, die Pfeife im Mundwinkel, anzublicken schien. Nur das Bild von Carl fehlte noch. Was würde wohl von seinem einstigen Ruhm übrig bleiben, dachte Emil.

Deidesheim hatte Carl Bassermann bei dessen Beerdigung als einen seiner ganz großen Winzer gefeiert. Er war als derjenige gerühmt worden, der die legendäre Auslese kreiert hatte, die dem Weingut Bassermann und damit auch den pfälzischen Weinen zu großem Renommee verholfen hatte. Emil hatte das nicht weiter gestört.

Er war mit sich im Reinen. Er hatte darunter gelitten, dass er von Carl hintergangen worden war, aber er verspürte keine Rachegedanken mehr. Carl Bassermann hatte seine gerechte Strafe ereilt. Er hatte das Leben zweier Menschen zerstört und dafür mit seinem eigenen bezahlt.

Emil schaute auf den Schreibtisch und rückte ein Bild zurecht, das Josefine gemeinsam mit Gustav zeigte. Ein Lächeln huschte über sein Gesicht. Er war dem Wunsch Josefines auch gefolgt, weil er den Jungen mochte. Gustav brannte darauf, Winzer zu werden, und er, Emil, hatte sich geschworen, das Erbe seines Vaters fortzusetzen. So wie es Louis einst bei ihm getan hatte, würde er nun an Gustav das Winzerhandwerk und das Wissen seiner Familie weitergeben. Aber würde es das Weingut Bassermann noch geben?

Emil hatte das Weingut in einem denkbar schlechten Zustand übernommen. Sogar die alte Holzkelter war noch immer in Gebrauch, obwohl es mittlerweile Eisenspindeln gab, die einem viel höheren Druck standhielten. Mit der Auswahl der Kellermeister hatte Carl kein Geschick bewiesen. Die Weine waren in den vergangenen zwei Jahrzehnten ordinär und lustlos gemacht worden, und die Händler waren schließlich nicht mehr bereit gewesen, sie zu den früher üblichen Preisen einzukaufen. So wurden die Bassermann'schen Weine als billige Pfälzer Massenware verhökert.

Emil hatte versucht, den beiden letzten Jahrgängen seinen Stempel aufzudrücken. Aber wie sollte er einen Wein zaubern, wenn es an allem fehlte? Ganze Weinberge waren von den Regenfällen weggeschwemmt worden, weil es an Drainagebecken fehlte.

Sein Vater hatte damals die Weinberge sortenrein angepflanzt. Da es aber in den letzten Jahren unter Carls Leitung an Geld mangelte, waren die Kellermeister dazu übergegangen, fehlende Rebstöcke zu ersetzen, ohne auf die Sorte zu achten. Hauptsache, die Lücken in den Rebzeilen waren geschlossen.

Kurzerhand hatte sich Emil entschieden, nur einen Teil der Weinberge abzuernten. Er hatte sich vorgenommen, wieder stärker auf die Güte der Weine zu achten. Wenn sich erst herumspräche, dass im Weingut Bassermann erneut hochwertige Weine produziert würden, dann könnten sie auch wieder höhere Preise erzielen. Aber bis dahin würden sie erst einmal weniger Weine verkaufen, was die finanzielle Situation des Weinguts nicht gerade einfacher machte.

Emil konnte sich noch gut an den Besuch von Bankier Mayerhofer von der Rheinischen Amtsbank erinnern. Das war kurz nach der Beerdigung von Carl gewesen. Mayerhofer hatte ihm geradeheraus erklärt, dass das Weingut Bassermann praktisch bankrott sei, und ihm erzählt, dass Carl Bassermann zu seinen Lebzeiten immer aus dem Vollen geschöpft habe. Er hatte das Geld nicht in das Weingut investiert, sondern in die Unterstützung des bayrischen Heeres. Er hatte in großem Stil Kriegsanleihen gekauft, die vor allem durch Kredite finanziert waren. Carl hatte der Bank als Sicherheit für die Kriegsanleihen das Weingut verpfändet. Nach langem Drumherumreden war Bankier Mayerhofer endlich auf den Punkt gekommen und hatte Emil gefragt, ob er das Weingut kaufen wolle, um die Kredite zurückzuführen. Emil hatte es erst nicht glauben können. Jahrzehntelang hatte die Bank gute Geschäfte mit der Familie Bassermann gemacht, und gerade jetzt, wo die Familie größtmögliche Unterstützung gebraucht hätte, fiel man ihr in den Rücken.

Dabei konnte Emil den Bankier gut verstehen. Das Weingut war tatsächlich in einem jämmerlichen Zustand. Der Fasskeller war völlig überaltert. Die Kelter müsste ausgetauscht werden. All das kostete Geld. Viel Geld. Emil hatte versucht, Mayerhofer davon zu überzeugen, weiteres Kapital zu geben. Vergebens. Die Bank wollte unter keinen Umständen noch mehr Risiko eingehen. Dann war Emil noch einmal auf die Kriegsanleihen zu sprechen gekommen und hatte dem Bankier den Vorschlag gemacht, die Anleihen zu kaufen. Mayerhofers Augen hatten zu leuchten begonnen, bis Emil den Preis nannte, den er zu zahlen gewillt war. Er wollte nur die Hälfte des ursprünglichen Ausgabepreises bezahlen, und dafür sollte die Bank auch noch auf alle Sicherheiten verzichten. Emil musste noch heute schmunzeln, wenn er an Mayerhofers Reaktion dachte. Dieser war empört und richtig böse geworden, aber dann hatte er eingesehen, dass es für die Bank keine Alternative gab. Niemand hätte das Weingut Bassermann im damaligen Zustand kaufen wollen.

Es war bereits spät am Abend, als Emil über den Gutshof ging. Es war nun der dritte Jahrgang, den das Weingut Bassermann unter seiner Ägide ernten würde, und Emil hätte nicht gedacht, dass er noch einmal so aufgeregt sein würde vor einer Weinernte. Es war wie in den Anfangszeiten des Walholla Valleys, als er zusammen mit Max über die Lagerung des Weins gegrübelt hatte. Auch da hatte er vor der ersten Weinlese nächtelang nicht schlafen können. Zwölf Jahre war das jetzt bereits her.

In der Kelterei sah Emil, wie Gustav gemeinsam mit einem Arbeiter die hölzerne Spindel einfettete.

„Bereitet ihr schon die Kelter für die Weinlese vor?“, begrüßte Emil die beiden.

„Vorbereiten ist gut“, antwortete Gustav. „Wir können froh sein, wenn die Kelter die nächste Pressung schadlos übersteht.“

Emil kam näher und untersuchte mit fachmännischem Blick den Kelterbaum und die Spindel. „Du hast recht, die Spindel ist wirklich in keinem guten Zustand.“

„Das ist noch nicht das Schlimmste“, antwortete Gustav und deutete auf die Kelterwanne. „Durch die vielen Pressungen hat sich die Kelterwanne verschoben. Wir haben uns in den letzten Jahren damit beholfen, Keile unterzulegen, aber damit dürfte es in diesem Jahr zu Ende sein. Wenn wir Pech haben, bringen wir nicht genügend Druck auf die Trauben.“

„Hast du eine Lösung?“

„Eine Lösung? Natürlich gibt es eine Lösung. Wir brauchen eine neue Kelter. Warst du schon im Keller?“, fragte Gustav ernst.

Emil schüttelte den Kopf.

„Wir haben noch nicht einmal genügend Fässer, um den Most einzulagern."

„Und was sollen wir jetzt tun, Gustav?"

„Ich weiß es nicht. Ich habe schon beim Fasshändler in Neustadt nachgefragt, aber der meinte, neue Fässer wären absolute Mangelware. Die Winzer haben nach dem schönen Frühling und dem langen Sommer Fässer bestellt wie nie zuvor."

„Dann müssen wir uns die Fässer eben woanders besorgen."

„Du hast gut reden, Emil. Wo, bitte schön, sollen wir uns die Fässer besorgen? Wir sind hier nicht in Amerika. Die Handwerker haben feste Verträge mit den Weingütern."

Emil schaute etwas ratlos drein.

„Wir brauchen Geld", meinte Gustav ernüchtert. „Die Kelter kann jeden Tag zusammenbrechen, wir haben zu wenig Fässer, und eigentlich müssen dringend zwei Weinberge neu aufgeforstet werden, von den Drainagearbeiten mal ganz abgesehen, ohne die uns der beste Weinberg abzurutschen droht. Wir müssen etwas tun."

„Und was wäre dein Vorschlag?"

Gustav zuckte mit den Schultern. „Ich habe keinen."

„Vielleicht gibt es ja noch eine andere Lösung?"

„Wie meinst du das? Wer sollte uns sonst Geld geben?"

„Ich."

„Du?" Gustav riss die Augen auf. „Warum solltest du dein mühsam erarbeitetes Geld in unser Weingut stecken?"

Emil schwieg. Wie sollte er dem Jungen erklären, was der eigentliche Grund war? Konnte er ihm die Wahrheit sagen? Dass er etwas gutzumachen hatte, dass er Josefine zeigen wollte, dass er es bereute, sie verlassen zu haben? Er war zwar nicht ihr Ehemann, aber er fühlte sich für sie verantwortlich.

„Dein Angebot ehrt dich", hörte er plötzlich Gustav sagen. „Aber du weißt so gut wie ich, dass meine Mutter niemals zustimmen würde."

Gustav wandte sich wieder ganz geschäftig der Spindel zu, als Emil ihn noch einmal ansprach. „Gustav, hast du später etwas Zeit für mich? Ich muss noch einmal mit dir reden."

Gustav verzog das Gesicht zu einer Grimasse, und plötzlich begann der Arbeiter hinter der Spindel lauthals zu lachen.

„Halt den Mund, verdammt“, fauchte Gustav den Arbeiter an, der sich prustend in die hintere Ecke der Kelterei begab.

Emil schaute Gustav überrascht an. „Was ist mit dir?“

Gustav druckste herum und schaute zu Boden.

Doch dann lächelte Emil. „Ist es wegen eines Mädchens?“

Gustav lief rot an und nickte nur.

„Aber das ist doch großartig.“

„Großartig?“, fragte Gustav überrascht.

„Ja, natürlich ist das großartig, und ich freue mich für dich von ganzem Herzen. Was gibt es Schöneres, als in ein Mädchen verliebt zu sein?“

„Ja schon, nur …“

„Was nur?“

„Meine Mutter meint, es wäre nicht gut, wenn man sich so früh verliebt. Ehe man etwas geschaffen hat.“

„Deine Mutter“, antwortete Emil kopfschüttelnd. „Deine Mutter hat auch an allem etwas auszusetzen. Sie und ich waren damals, als wir uns kennengelernt haben, viel jünger als du jetzt.“

„Eben“, antwortete Gustav. „Das meinte sie auch.“

Es entstand eine kurze Pause, und Emil wusste nicht recht, was er darauf antworten sollte.

„Wie heißt sie denn?“, fragte er schließlich.

„Marie.“

„Marie? Das ist ein schöner Name.“ Emil lächelte und zwinkerte Gustav zu. „Also, dann lass mal die Spindel Spindel sein und lauf los. Du kannst es ja kaum erwarten, deine Marie wiederzusehen.“

Josefine saß im Hof ihres Hauses und genoss die letzten warmen Sonnenstrahlen des Herbstes. Die Blätter der Weinreben, die an den Wänden des Weinguts emporwuchsen, waren schon verfärbt, und bald würden die Winzer die neue Ernte einfahren. Es war

Emils dritte Lese seit seiner Rückkehr aus Amerika, und Josefine stellte verwundert fest, dass sie noch nie einen Wein von ihm getrunken hatte.

Der Entschluss, Emil nach Carls Tod mit der Führung des Weinguts zu betrauen, war ihr nicht schwergefallen. Es war das Mindeste, was sie Gustav schuldig war. Wenn ihr Sohn schon Winzer werden wollte, dann sollte er auch die beste Ausbildung erhalten, die er bekommen konnte. Die Vorstellung, dass Emil auf dem Weingut ihrer Familie nur ein Dorf weiter arbeitete, fiel Josefine nicht schwer, solange sie nur Ruhe vor ihm hatte. Sie war noch nicht dazu bereit, ihn wiederzusehen, und ob sie jemals so weit sein würde, wusste sie nicht. Auf keinen Fall durfte sie überstürzt handeln.

Sie hatte nach Emils Auswanderung ihr Leben mühsam wieder ins Lot gebracht, und sie würde es nicht zulassen, dass er es erneut durcheinanderwirbelte. Liebte sie ihn überhaupt noch? Josefine hatte lange darüber nachgedacht, aber zu einer Antwort war sie nicht gekommen. War das nicht ohnehin eine alberne Frage?

Abgesehen von dem Abend, als Emil auf dem Hof erschienen und ihr die Nachricht vom Tode Carls überbracht hatte, hatte sie ihn vor zweiundzwanzig Jahren das letzte Mal gesehen. Trotz seiner achtzehn Jahre war er damals eigentlich noch ein Junge gewesen und sie ein Mädchen. Sie hatte nach seinem Weggang Schicksalsschläge verkraften müssen, die andere Menschen zur Verzweiflung gebracht hätten. Doch sie hatte überlebt. Aber zu welchem Preis? Sie war damals ein fröhliches, unbekümmertes Mädchen von achtzehn Jahren gewesen. Und heute? Ängstlich war sie geworden und misstrauisch. Wich Entscheidungen aus, besonders wenn sie ihren Sohn betrafen. Denn bei Gustav war sie doppelt vorsichtig. Er war in einem Alter, das die ganze Aufmerksamkeit einer Mutter erforderte. Er musste verstehen, dass der Ernst des Lebens für ihn begonnen hatte. Und schließlich müsste sie Gustav auch irgendwann einmal sagen, dass Emil sein Vater war.

Josefine hörte draußen auf der Weinstraße Schritte. Das schwere Holztor öffnete sich, und Gustav kam auf den Hof gelaufen. Er lief mit gesenktem Kopf herein und hätte beinahe seine Mutter übersehen.

„Guten Abend, Gustav."

„Guten Abend, Maman."

Gustav ging zu Josefine und gab ihr einen Kuss auf die Wange.

„Habt ihr schon mit der Ernte begonnen?"

„Wir warten noch bis nächste Woche. Das Wetter ist noch stabil, und ein wenig mehr Herbstsonne dürfte den Reben nicht schaden."

Gustav hatte leise gesprochen, und Josefine kannte ihren Sohn gut genug, um zu wissen, dass irgendetwas nicht stimmte.

„Wie wird der Jahrgang?"

„Gut. Wir hatten in diesem Jahr keinen Frost und ausreichend Niederschläge. Die Trauben haben sich prächtig entwickelt. Aber der gute Jahrgang wird uns nichts nützen."

Josefine schaute ihren Sohn überrascht an. „Wie meinst du das?"

„Die Kelter ist zu alt. Wenn wir viel Glück haben, wird sie noch diese eine Ernte durchhalten."

„Und wenn nicht?"

Gustav zog die Schultern hoch. „Dann müssen wir warten, bis die anderen Winzer gekeltert haben und unseren Most bei ihnen keltern."

Josefine senkte den Kopf. Sie wusste, was Gustav damit sagen wollte. Sie brauchten Geld. Dringend. Aber woher sollte sie es nehmen? Sie war erst letzten Monat bei der Bank in Neustadt gewesen, um dort wegen eines Kredits vorzusprechen. Es war ein seltsames Gespräch gewesen, aus dem Josefine nicht schlau wurde. Sie hatte sich nach den finanziellen Belastungen des Weinguts erkundigt, aber der Bankier hatte lächelnd abgewunken und liebenswürdig gemeint, dass das Weingut Bassermann keine Schulden mehr habe. Selbst als Josefine nachgefragt hatte, was denn mit den Kriegsanleihen ihres Bruders sei, hatte der Bankier ebenso zuvorkommend geantwortet, dass es keine Kredite gäbe. Die Kriegsanleihen seien seinerzeit auf Wunsch ihres Bruders verkauft und damit alle Kredite abgelöst worden.

„Außerdem fehlen uns Fässer", unterbrach Gustav Josefine bei ihren Gedanken. „Selbst wenn die Lese nicht so gut ausfiele, wie wir es momentan erwarten, können wir nicht die gesamte Ernte lagern."

Josefine dachte nach. Sollte sie noch einmal nach Neustadt fahren? Vielleicht hatte der Bankier ihr Anliegen und die Dringlichkeit ihrer Bitte nur nicht richtig verstanden?

„Maman, wir brauchen dringend neues Geld!"

„Ich weiß, mein Junge. Ich werde morgen noch einmal nach Neustadt fahren."

„Aber Maman, du weißt doch selbst, dass das aussichtslos ist. Du warst schon einmal dort."

„Vielleicht hat man mich nicht richtig verstanden."

„Maman! Natürlich hat man das."

„Immerhin haben wir keine Schulden mehr bei der Bank. Der Bankier meinte, Carl hätte alle Kriegsanleihen verkauft und damit die Kredite abgelöst."

Gustav schwieg.

„Was ist, Gustav? Weißt du etwa mehr darüber?" Josefine blickte Gustav an.

„Nein, Maman."

Gustav wollte sich umdrehen und ins Haus gehen.

„Gustav, bleib hier!", sagte Josefine streng. „Was ist mit den Kriegsanleihen? Sprich. Sofort."

Gustav versuchte seine Mutter nicht anzuschauen, aber er wusste, dass sie nicht eher aufhören würde ihn auszufragen, bis er die Wahrheit gesagt hätte.

„Hat er die Kriegsanleihen gekauft?"

Gustav zögerte und blickte nervös zur Seite.

„Gustav! Hat er die Kriegsanleihen gekauft?"

Gustav hatte den Blick gesenkt und nickte nur stumm.

„Wie konntest du mir das verschweigen?", rief Josefine empört. „Komm her, Gustav. Setz dich zu mir."

Widerwillig setzte sich Gustav zu seiner Mutter auf die Bank. Josefine sah ihren Sohn eindringlich an und sagte mit entschiedener Stimme: „Gustav, ich möchte nicht, dass dieser Mann uns Geld gibt. Verstehst du mich?"

„Aber warum? Ohne seine Hilfe wären wir schon längst bankrott."

„Glaubst du denn wirklich, dass er uns das Geld umsonst anbietet?"

„Mutter! Er macht das für unser Weingut und für mich. Er möchte, dass wir gute Weine anbauen. Mehr nicht."

„Aber das ist doch naiv, Gustav! Für wie einfältig hältst du ihn? Was ist denn mit den Kriegsanleihen, die er der Bank abgekauft hat? Er kann jederzeit unser Weingut pfänden lassen. Wir haben mit dem Weingut gebürgt."

„Nein, das kann er nicht."

Josefine schaute Gustav erstaunt an. „Was?"

„Er hat die Bürgschaften aus dem Grundbuch streichen lassen."

„Aber er wird versuchen, Einfluss auf unsere Familie zu nehmen."

„Maman, ich weiß nicht, warum du so ungerecht bist. Emil will uns helfen. Er hat die Kriegsanleihen aufgekauft, weil wir ansonsten schon nach Onkel Carls Tod am Ende gewesen wären. Wir brauchen seine Hilfe. Wir brauchen eine neue Kelter und neue Fässer. Ohne die …"

Josefine unterbrach ihn unwirsch. „Du willst doch damit nicht etwa andeuten, dass wir bei diesem, diesem … neureichen Amerikaner auch noch Schulden machen sollen! Bist du denn vollkommen irre, Gustav? Siehst du denn nicht, in welche Falle wir laufen?"

„Maman, du redest schon wie Onkel Carl. Emil will nichts anderes, als uns helfen. Wir brauchen eine neue Kelter und neue Fässer, ohne die wir keinen Wein ernten können."

„Gustav, ich verbiete dir, Geld von diesem Mann zu nehmen. Das wirst du nicht wagen. Die Familie Bassermann war noch immer stark genug, um aus eigener Kraft mit Schwierigkeiten fertig zu werden. Und das wird auch dieses Mal so sein."

„Maman, warum bist du nur so starrsinnig?", fragte Gustav mit verzagter Stimme. „Wir haben keine andere Wahl. Wir müssen investieren. Wir brauchen Geld."

„Und ich sage dir: Es bleibt dabei. Du wirst kein Geld von diesem Mann annehmen."

8. Alte Bekannte

Gustav ging nachdenklich durch die Rebzeilen. Hie und da blieb er stehen, überprüfte mit fachmännischem Blick die Weinreben, nahm ein paar von den Trauben in die Hand, drückte mit sanftem Druck die Traubenschalen. Er war zufrieden. Wenn kein Unwetter mehr über sie hereinbrechen würde, dann sollten sie in diesem Jahr einen ordentlichen Jahrgang erleben, keinen besonders guten, aber auch keinen schlechten.

Für Gustav war das eine gute Nachricht. Gerade bei den mittelmäßigen Jahrgängen konnte ein Winzer wahre Größe zeigen. Denn dann galt es, die unverwechselbaren Merkmale eines Jahrgangs hervorzulocken und die schönen Eigenarten wie bei einem Diamanten herauszuschleifen. Das gelang den wenigsten Winzern, denn dazu gehörten viel Erfahrung und noch mehr Gefühl. Bei einem guten Jahrgang dagegen war die Chance groß, dass auch ein mittelmäßiger Winzer einen guten Wein hervorbrachte.

Die wenigsten Winzer dachten so wie er, auch Emil nicht, der schwer getroffen war, wenn sich wieder einmal nur ein durchwachsener Jahrgang ankündigte. Emil war noch immer auf der Suche nach dem ganz großen Wein, und Gustav zweifelte schon an sich, ob er womöglich zu wenig Leidenschaft mitbrachte, weil er sich mit weniger zufriedengab.

Er ging weiter die Rebzeilen hinauf, als er plötzlich stehen blieb. Auf dem Boden um ihn herum waren kleine Flecken zu erkennen. Gustav ging auf die Knie, um sich das genauer anzusehen. Eigenartigerweise waren die Punkte lediglich auf dem Boden rund um die Reben, nicht aber auf den Pflanzen selbst. Gustav nahm sich vor, so bald wie möglich mit Emil darüber sprechen, als er ihn auch schon am Fuße des Weinbergs entdeckte. Tief nach unten gebeugt ging er durch die Rebzeilen, und es schien, als würde er etwas suchen.

Gustav war froh, nicht mehr alleine zu sein. Beschwingt lief er den Weinberg hinab.

„Hast du etwas verloren?“, begrüßte er Emil freundlich, der jäh aufschreckte und ganz verwirrt dreinschaute.

„Nein, äh, natürlich nicht. Ich möchte nur wissen, wie der nächste Jahrgang wird.“

„Und deshalb läufst du fast bis nach Mußbach, in den entferntest gelegenen Wingert?“

„Es hat mich einfach interessiert“, antwortete Emil knapp.

Gustav lächelte. Er glaubte Emil nicht, aber irgendeinen Grund würde dieser alte Fuchs schon haben, wenn er hier durch die Rebzeilen ging. Plötzlich fielen ihm wieder die Punkte ein, die er gesehen hatte.

„Hast du die Flecken im Weinberg bemerkt?“

Emil erschrak. „Ja, gewiss. Waren es viele?“

„Alles voll davon. Was hat das zu bedeuten?“

„Hmm, ich muss das erst noch weiter beobachten. Sag, haben wir da oben vor Kurzem neue Setzlinge eingepflanzt?“

Gustav dachte einen Moment nach. Dann fiel es ihm wieder ein.

„Ja, letztes Frühjahr. Das war in dem Jahr, als es uns den Hang weggeschwemmt hat. Warum fragst du? Was hat das mit den Flecken zu tun?“

„Na ja, es könnte einen Zusammenhang geben.“

„Und welchen?“

„Ich glaube, das Ungeziefer, das du da oben entdeckt hast, sind Rebläuse.“

„Rebläuse?“

Gustav schaute ihn mit großen Augen an. „Aber ich dachte, die gibt es nur in Amerika?“

„Das dachte ich bis vor zwei Wochen auch.“

„Und ist es die gleiche Reblaus, die du von Amerika kennst?“

„Ich fürchte, ja. Ich beobachte dieses Ungeziefer schon eine ganze Weile.“

„Aber warum hast du mir nichts davon erzählt?“

Emil zuckte mit den Schultern. „Ich wollte einfach sichergehen, bevor ich dich beunruhige."

„Beunruhige? Wenn das stimmt, was du mir da erzählst, dann werden hier bald keine gesunden Reben mehr stehen. Was wird aus der Ernte?"

„Ich weiß es nicht."

Gustav stand da und starrte mit versteinerter Miene auf die Reben, während Emil auf dem Boden kniete und mit der bloßen Hand die Wurzel einer Rebpflanze ausgrub.

„Hier, schau! Alles befallen."

Gustav sah, dass auf der Wurzel lauter Rebläuse klebten. Zu seinem Schrecken war das Rebholz bereits mit kleinen Löchern übersät.

„Noch ein paar Monate, und die Rebe ist so schwer geschädigt, dass sie im Winter erfriert, und dann steht das Ende bevor."

„Aber das kann doch nicht wahr sein!", rief Gustav erschrocken. „Gibt es denn kein Gegenmittel?"

„So viel ich weiß, nicht."

„So viel du weißt?", fragte Gustav entgeistert. „Soll das heißen, wir werden tatenlos zusehen müssen, wie unsere Weinberge absterben?"

„Ich kann deine Wut gut verstehen", antwortete Emil mit trauriger Stimme. „Mir ging es damals wie dir heute. Es ist schrecklich, mit anschauen zu müssen, wie die Reben absterben. Aber es gibt keine Hoffnung."

„Und was sollen wir deiner Meinung nach jetzt tun?"

„Abholzen, und zwar sofort."

„Du meinst, wir sollen alle befallenen Reben abholzen?"

„Nein, nicht nur alle befallenen Reben. Wir müssen breite Schneisen in die Weinberge schlagen, damit sich die Reblaus nicht weiterverbreiten kann. Aber ob das helfen wird, kann ich dir nicht versprechen."

„Mehr können wir nicht tun?"

„Ich fürchte, nein. Aber ich habe bereits letzte Woche eine telegrafische Depesche nach San Francisco geschickt. Vielleicht hat man ja dort inzwischen ein Gegenmittel gefunden."

„Mein Gott, warum ausgerechnet jetzt! Was soll nur aus uns werden?“

Es war Sonntag, und wie immer zu dieser Zeit war Gustav bei seiner Mutter in Forst zum Tee. Sie saßen draußen im Hof unter der Veranda, während Jules kleine Holzfiguren für die Kinder im Dorf schnitzte. Er saß dort oft stundenlang, und am Ende des Tages war eine kleine Winzerfigur entstanden.

Gustav nahm sich noch ein Stück Hefezopf und knabberte nachdenklich daran herum. Es war für ihn immer wieder ein seltsames Gefühl, wenn er bei seiner Mutter saß. Es war, als wäre die Zeit stehen geblieben, als wäre er noch immer ein kleiner Junge und Emil im fernen Amerika. Obwohl dieser nun schon seit zwei Jahren dem Weingut Bassermann diente, hatte Josefine Emils Namen nicht ein einziges Mal in der Gegenwart ihres Sohnes ausgesprochen. Gustav gegenüber sprach sie stets nur von „ihm“ und „diesem Mann“. Und so sehr Gustav sich auch mühte, das Gespräch auf Emil und die Gründe zu lenken, die seine Mutter bewogen, ihm aus dem Weg zu gehen, so wich Josefine ihrem Sohn stets aus.

Die ersten paar Monate, nachdem Emil die Leitung des Weingutes übernommen hatte, war er noch darauf erpicht gewesen zu erfahren, was Josefine mit Gustav besprochen hatte. Es war ihm anzumerken, dass er darauf wartete ein Signal von ihr zu bekommen. Doch vergeblich. Josefine nahm in keiner Weise von ihm Kenntnis, und Gustav wunderte sich manchmal, ob seine Mutter überhaupt noch wusste, dass Emil das Weingut Bassermann leitete.

Und in einem weiteren Punkt konnte seine Mutter ebenfalls äußerst eigen sein. Er hatte Marie ein Jahr zuvor beim Weinfest kennengelernt. Sie war Weinprinzessin gewesen und stammte aus einem kleineren Weingut aus Forst. Gustav hatte sich sofort in sie verliebt. Immer wenn sie einen Auftritt als Weinprinzessin hatte, war er zur Stelle und hing an ihren Lippen.

Gustav liebte Marie, doch für Josefine schien sie nicht zu existieren. Er hatte schon mehrere Male versucht, ihr Marie vorzustellen. Vergeblich. Josefine fand immer wieder einen anderen Vorwand, um ihr nicht begegnen zu müssen. Jules, den Gustav deswegen fragte, konnte sich das Verhalten Josefines nur so erklären, dass es schwierig für sie war, Gustav mit anderen Menschen teilen zu müssen. Irgendwann schließlich nahm Gustav diese Schrulligkeiten seiner Mutter als gegeben hin.

Gustav kaute noch immer auf seinem Hefezopf herum und dachte an das Gespräch mit Emil. Er war hin- und hergerissen, denn er konnte sich immer noch nicht damit abfinden, die Weinreben abzuholzen, obwohl noch gar keine Schäden an den Pflanzen zu sehen waren. Sollte er Emils Rat tatsächlich befolgen? Das würde bedeuten, dass er breite Schneisen in die Weinberge schlagen müsste. Rund ein Viertel aller Rebzeilen würden dem Kahlschlag zum Opfer fallen. Konnte es nicht doch sein, dass Emil Unrecht hatte? Und was war, wenn das Abholzen der Reben nicht zum gewünschten Erfolg führte? Dann müssten sie alle Weinberge neu aufforsten. Aber mit welchen Reben? Was würde passieren, wenn die Reblaus in zwei Jahren wiederkäme und die Reben erneut befiel?

„Stimmt es, dass ein seltsamer Schädling unsere Weinberge befallen hat?", fragte Josefine plötzlich, als hätte sie erraten, was im Kopf ihres Sohnes vor sich ging.

Plötzlich hörte auch Jules auf zu schnitzen und schaute überrascht zu Gustav hinüber.

„Ja, Maman, es stimmt. Es ist die Reblaus. Emil hat sie oben in den Weinbergen entdeckt."

„Kann man etwas dagegen unternehmen?"

„Nein, noch gibt es kein Gegenmittel."

„Aber das kann doch nicht sein. Seit Jahrtausenden wird Wein angebaut, da wird man doch ein Mittel gegen so einen Schädling gefunden haben?"

„Die Reblaus ist erst vor ein paar Jahren in Amerika zum ersten Mal aufgetreten."

„Und was willst du jetzt unternehmen?"

„Ich weiß es noch nicht. Emil rät uns …“

Gustav machte eine Pause. Er musste jetzt vorsichtig sein und durfte auf keinen Fall seine Mutter verärgern, denn ansonsten würde er gar nichts bei ihr erreichen.

„Wir müssen womöglich Schneisen in die Weinberge schlagen, um die Reblaus aufzuhalten.“

„Schneisen? Was ist, wenn die Reblaus sich von den Schneisen nicht aufhalten lässt?“

„Dann werden alle Rebstöcke vernichtet.“

„Und wer sagt uns, dass die Reblaus nächstes Jahr nicht wiederkehrt?“

„Das kann niemand sagen, Maman.“

„Und was schlägst du vor?“

„Ich werde morgen noch einmal in die Weinberge gehen und mir den Schaden anschauen. Wenn es mir sinnvoll erscheint, werden wir damit beginnen, Schneisen zu schlagen.“

„Und wenn nicht?“

„Dann werden wir alle Rebstöcke abholzen müssen.“

Josefine schaute überrascht auf. „Alle?“

„Ja, alle.“

„Und wie willst du die Weinberge wieder bepflanzen?“

„Du meinst, woher das Geld kommen soll, um die Weinberge aufzuforsten? Ich weiß es nicht.“

Josefine schüttelte missmutig den Kopf. „Also das kommt gar nicht in Frage. Wir können doch nicht alle Rebstöcke abholzen, nur weil ein …“ Josefine stockte kurz und fuhr dann fort: „… dahergelaufener Winzer schon einmal eine Reblaus in Amerika gesehen hat! Du lässt dich aber auch immer so leicht an der Nase herumführen.“

„Maman! Mir ist nicht nach Scherzen zumute. Hier geht es um unser Überleben. Um die Zukunft des Weingutes Bassermann!“

„Eben, und deshalb verstehe ich auch nicht, wie du auf die Idee kommen kannst, unsere Rebstöcke zu vernichten. So etwas kommt gar nicht in Frage!“

„Aber Maman, wir haben keine andere Wahl!“

„Ach nein? Woher willst du denn wissen, dass es richtig ist, was er sagt?“

„Mutter, Emil ist der Einzige, der mit der Reblaus schon Erfahrungen hat.“

„Und was ist, wenn er uns schaden will?“

„Maman, bitte!“

„Dann sag mir doch einmal, mit welchem Geld du die Weinberge wieder aufforsten willst, wenn du alles abgeholzt hast?“

Gustav zögerte.

„Bitte? Ich höre?“

„Ich weiß es nicht“, sagte Gustav leise und blickte zu Boden.

„Siehst du! Und so lange du das nicht weißt, brauchen wir auch keinen Gedanken daran zu verschwenden, die Weinberge abzuholzen.“

„Aber Maman, uns bleibt nichts anderes übrig!“

„Ach nein? Und am Ende wird dieser Amerikaner uns das Geld geben, hmm? Und wer sagt uns, dass dein Plan aufgeht? Gustav, am Ende haben wir die Weinberge abgeholzt, und die Reblaus kommt wieder. Dann sind wir in seiner Schuld und haben nicht nur unsere Reben verloren, sondern auch noch unsere Weinberge.“

„Maman, Emil will doch nur…“

„Hör mir mit diesem Mann auf. Ich kenne ihn besser als du. Er hat mich schon einmal im Stich gelassen. Von ihm haben wir nichts zu erwarten. Er soll seine Pflicht tun, das ist er unserer Familie schuldig, nach alldem, was er uns angetan hat. Aber er soll sich unterstehen, uns solche Ratschläge zu erteilen.“

„Es ist schlimmer, als ich dachte“, meinte Gustav bitter und blickte auf die Rebzeile hinab.

„Ja, das ist es“, pflichtete ihm Emil bei und ergänzte: „Das milde Klima begünstigt die Reblaus.“

„Wie kommt es, dass sie sich an mehreren Stellen gleichzeitig ausbreitet?“

„Sobald du mit deinen Schuhen durch die Weinberge läufst, nimmst du den Schädling mit. Wenn er dann woanders auf den Boden fällt, bildet er weitere Herde."

Gustav schaute verzweifelt die Hänge hinab. Überall hatten sich große, ausgeblichene Fleckenteppiche gebildet.

„Meine Mutter möchte nicht, dass die Reben abgeholzt werden."

Emil schaute Gustav erstaunt an. „Bald brauchen wir sie auch nicht mehr abholzen, dann sind die Reben von alleine abgestorben."

„Das Problem ist, dass sich meine Mutter fragt, wie es weitergehen soll nach der Reblaus."

„Was meint sie damit?"

„Na ja, mit dem Abholzen ist es doch nicht getan. Schließlich müssen wir mit irgendeinem Geld die neuen Setzlinge kaufen."

„Ah, jetzt weiß ich, woher der Wind weht. Deine Mutter hat mal wieder Angst, ich könnte eurer Familie das Weingut wegnehmen."

Gustav schaute betroffen zu Boden.

„Du brauchst dich nicht dafür zu schämen, Gustav. Du kannst nichts dafür."

„Sie hat Angst, dass wir die Reben abholzen, neue Setzlinge pflanzen, und im nächsten Jahr kommt die Reblaus wieder. Wer gibt uns die Sicherheit, dass das nicht passiert?"

„Niemand. Aber ich kann die Bedenken deine Mutter nur zu gut verstehen, und es wäre schön, ich hätte eine Lösung für unser Problem."

Emil schaute mit finsterer Miene den Hang hinunter. Josefine hatte recht. War es nicht irrsinnig, die Weinberge abzuholzen? Warum ließen sie nicht die Reben stehen und ernteten diejenigen ab, die noch gesund waren? Was war, wenn die Reblaus im nächsten Jahr zurückkehrte? Warum nur bestrafte ihn das Schicksal schon wieder? Sicher, es waren nicht seine Weinberge, die da litten, aber ihm war, als wären es seine eigenen. Er hatte das Weingut Bassermann zu treuen Händen von Josefine anvertraut bekommen, um es in einem geordneten Zustand an Gustav übergeben zu können. Dass er nun noch einmal Opfer der Reblaus wurde …

In Amerika war es sein eigenes Weingut gewesen, das vernichtet wurde, heute aber stand die Existenz von Gustav und Josefine auf dem Spiel. Vor allem vor Josefine wollte sich Emil diese Niederlage nicht eingestehen. Es war seine große Hoffnung gewesen, ihre Anerkennung zu gewinnen, und heute stand er erneut vor den Trümmern seiner Arbeit.

Sein Vater Louis hatte damals die Hoffnungen für den Wiederaufstieg des Weinguts Bassermann in Gustav gesetzt, und nun war er es, der tatenlos mit ansehen musste, wie dem Jungen alles aus den Händen gerissen wurde.

Es war tiefe Nacht, als Emil am Grab von Anna und Louis saß. Er war oft hier, besonders wenn er den Rat seines Vaters suchte. Und seit die Reblaus aufgetaucht war, war das häufiger der Fall.

Die Reblaus hatte ganze Arbeit geleistet. Mittlerweile waren die gesamten Rebzeilen der Bassermann'schen Weinberge beschädigt. Es gab keine einzige Pflanze, die von der Reblaus verschont worden wäre. Emil zermarterte sich das Hirn. Es musste etwas geschehen, aber was? Konnte er Josefine böse sein, die sich dagegen wehrte, dass die Reben abgeholzt wurden? Mittlerweile war gar nicht mehr daran zu denken, dass durch das Schlagen von Breschen die Rebstöcke vor der Reblaus geschützt werden könnten. Dazu war es bereits zu spät.

Jetzt ging es nur noch darum, ob sie in ein paar Jahren überhaupt wieder Wein würden ernten könnten. Dazu müssten sie aber die Weinberge abholzen und neue Setzlinge pflanzen. Aber wer sagte, dass Josefine nicht recht hatte, die fürchtete, dass die Reblaus wiederkäme, sobald die Setzlinge gepflanzt wären?

Emil säuberte das Grab und schaute auf das Grabkreuz, das matt im fahlen Mondlicht schimmerte und von einer Weinrebe umrankt wurde. Emil hatte den Trieb aus Amerika mitgebracht und vor zwei Jahren hier eingepflanzt, als ihm Gustav das Grab seiner Eltern gezeigt hatte. Mittlerweile war eine stattliche Pflanze daraus geworden.

Sein Vater Louis! Gerade jetzt, wo er so dringend seinen Rat gebraucht hätte, vermisste ihn Emil besonders. Was würde er ihm wohl geraten haben? Er schaute flehend auf das Grabkreuz, als plötzlich ein Windstoß kam und die Rebblätter sich bewegten. Sie glänzten silbern im Mondlicht. Wie sollte es nur weitergehen, wenn die Reben zerstört waren? Würde die Reblaus nun jedes Jahr wiederkommen? Das Einzige, was ihnen helfen konnte, war ein Mittel gegen den Schädling, oder eine Weinrebe, die den Angriffen der Reblaus standhalten konnte. Plötzlich stahl sich ein Lächeln auf Emils Gesicht.

Vorsichtig nahm er die Blätter der Rebe in die Hand und betrachtete sie aufmerksam. Alle Rebpflanzen in der Umgebung von mehreren dutzend Meilen waren von der Reblaus befallen, bis auf diese Rebe, die er aus dem fernen Amerika an das Grab seiner Eltern mitgebracht hatte. Warum war das so? Emil konnte sich nicht erklären, was diese Rebe von den anderen unterschied. Allein, dass sie von der Reblaus nicht befallen war, machte den Unterschied aus.

Emil holte die Sesel seines Vaters aus der Hosentasche und schnitt damit einen Trieb von der Rebe. Dann verließ er den Friedhof und ging in den nächsten Weinberg. Dieser war als einer der ersten von der Reblaus befallen worden, und die meisten Reben waren bereits abgestorben. Wenige Stunden würden ausreichen, um herauszufinden, ob die Rebe tatsächlich den Schädling überleben würde, oder ob es nur ein glücklicher Zufall war, dass die Pflanze der Reblaus widerstanden hatte. Emil grub mit bloßen Händen ein kleines Loch in den Boden, setzte den Trieb hinein und bedeckte ihn mit der Erde der befallenen Reben.

Emil war schon auf dem Weg zurück ins Weingut, als er einer inneren Stimme folgend nicht nach Deidesheim abbog, sondern der Weinstraße weiter nach Forst folgte. Er war so tief in Gedanken versunken, dass er noch nicht einmal bemerkte, dass ihm singende Zecher entgegenkamen. Endlich hatte er das Winzerhaus erreicht, in dem Josefine und Gustav lebten. Emil hob ein paar kleine Steinchen auf und warf sie gegen das Fenster von Gustavs Zimmer. Kurz darauf wurde das Fenster geöffnet und Gustavs zerzauster Haarschopf wurde sichtbar.

„Gustav! Ich habe sie gefunden!"

„Was hast du gefunden?", erwiderte Gustav verschlafen und rieb sich die Augen.

„Die Rebe."

„Welche Rebe?"

„Na die Rebe, die nicht von der Reblaus befallen ist."

Gustav war mit einem Male munter. „Und wo ist sie?"

„Im Weinberg. Ich habe sie am Deidesheimer Kirchenstück eingegraben. Morgen früh wissen wir ganz genau, ob das die Rebe ist, mit der wir künftig weiterarbeiten können."

„Und wie kommst du darauf, dass die Rebe nicht von der Reblaus zerstört werden kann?"

„Weil sie völlig unbeschädigt ist. Erinnerst du dich noch an den Trieb, den wir damals am Grab meiner Eltern eingepflanzt haben?"

Gustav nickte.

„Die Rebe ist vollkommen gesund."

„Vielleicht liegt das einfach nur daran, dass sie zu weit weg stand von den Weinbergen?"

„Nein, das glaube ich nicht. Ich war fast jeden Abend am Grab. Die Rebe wäre schon lange von der Reblaus befallen worden."

„Und was ist der Grund, weshalb sie gegen die Reblaus resistent ist?"

„Ich weiß es nicht. Ich habe die Rebe damals mitgenommen, als ich Amerika verlassen habe. Sie stand am Grab meiner Frau und meiner Tochter."

„Emil! Wenn das tatsächlich so ist, wie du sagst, dann wäre das unsere Rettung. Wir könnten unbesorgt die Weinberge abholzen und neue Setzlinge pflanzen, ohne Angst haben zu müssen, dass die Reblaus schon im nächsten Jahr wieder zuschlägt."

„Ja, wir werden sehen, ob wir vielleicht die Lösung gefunden haben. Wir treffen uns morgen früh am Deidesheimer Kirchenstück."

Emil zwinkerte Gustav vergnügt zu, dann machte er sich auf den Weg zurück nach Deidesheim. Er lief erst an der Straße entlang, dann bog er in die Weinberge ab. Seine Beine trugen ihn immer weiter, bis er irgendwann an der Michaeliskapelle ankam. Dort setzte er sich auf die Bank und schaute auf die vom Mondlicht beleuchtete Rheinebene hinab. Wie friedlich die Pfalz vor ihm lag. Davon hatte er in Amerika immer geträumt. Würde er die zweite Hälfte seines Lebens nun hier endlich genießen können?

Als sich der Himmel über dem Odenwald zaghaft zu röten begann, verließ Emil die Michaeliskapelle und lief den schmalen Waldpfad hinunter zu dem Weinberg, der gegenüber dem Friedhof lag. Er brauchte die Stelle, an der er die Rebe vergraben hatte, nicht lange zu suchen. Der Geruch der frischen Erde reichte aus, um ihn zu der Pflanze zu führen. Würde die Rebe die Rebläuse unbeschadet überstanden haben, oder war sie ebenfalls ein Opfer des heimtückischen Schädlings geworden?

Plötzlich durchfuhr ein lautes Dröhnen Emils Kopf. Ihm wurde schwindelig, und dann ging er plötzlich in die Knie.

Die ersten Sonnenstrahlen erhellten die Rheinebene, fanden ihren Weg durch das gelbe Laub der abgestorbenen Weinreben und beleuchteten die Rebe aus Amerika. Der Trieb strahlte so hell, als wollte er Emil zeigen: Sieh her, ich habe überlebt. Ich war stärker. Ich bin eure Zukunft.

Emil schaute auf die leuchtend grüne Pflanze und versuchte den Trieb am Stil zu packen. Aber eigenartigerweise musste er mehrmals zugreifen, bis er ihn endlich richtig hatte und aus dem Erdreich ziehen konnte. Emil holte die Rebe ganz nahe zu sich heran, bis er sie riechen konnte. Sie war gesund. Emil strahlte voller Glückseligkeit.

Dann spürte er in seinem Kopf einen Schlag, und es war plötzlich ganz still. Er roch die Erde, aber dann wurde ihr Duft schwächer und schwächer und verlor sich schließlich im Einerlei.

9. Lähmendes Entsetzen

Ein großer Kupferkessel stand auf dem gusseisernen Herd, und aus seiner Tiefe erklang ein regelmäßiges, dumpfes Blubbern.

Josefine rührte mit einem armlangen, hölzernen Löffel in der zähen, schwarz glänzenden Masse. Dann kostete sie vom Brei und lächelte. Sie war zufrieden. Noch eine Prise getrocknete Nelken, und das Lattwerk wäre fertig.

Sie liebte die Pflaumenmarmelade. Ihr alles durchdringender Geruch war für sie der Inbegriff ihrer Kindheit. Emils Mutter Anna hatte das Lattwerk oft gekocht. So oft es ging, hatte Josefine bei ihr am Herd gesessen, hatte Anna beim Kochen zugeschaut und ihren Geschichten gelauscht.

Josefine ging um den Herd und öffnete eine der mit schnörkeliger Schrift bemalten Porzellandosen. Sie schnupperte und lächelte versonnen. Seit sie vor fünf Jahren in das Weingut ihrer Eltern gezogen war, hatte sie ihre Liebe fürs Kochen und Backen neu entdeckt. In Forst hatte sie nicht ein einziges Mal die Küche betreten und die Küchenarbeiten ihren Angestellten überlassen. Doch hier in Deidesheim verbrachte sie viele Stunden am Herd und war sehr glücklich dabei.

Sie lebte mit Gustav und Jules im ehemaligen Gesindehaus, dort wo Anna und Louis bis zu ihrem Tod gewohnt hatten. Die Räumlichkeiten waren viel kleiner als im Weinschloss, aber das störte sie nicht. Im Gegenteil. Vielleicht war es gerade die Enge der Räume, die ihr ein Gefühl von Geborgenheit gab.

Im herrschaftlichen Weinschloss hätte sie nicht einen Tag wohnen können. Das Schloss stand für die Ungerechtigkeit, die ihr durch ihre Mutter und ihren Bruder widerfahren waren. Selbst die liebevollen Erinnerungen an ihren Vater konnten das nicht aufwiegen.

Josefine hatte die gestoßenen Nelken zum Lattwerk gegeben, als sie plötzlich innehielt und sich langsam umdrehte.

„Du brauchst dich nicht zu verstellen. Ich weiß, dass du wach bist“, sagte sie schließlich und wandte sich wieder dem Topf zu.

Emil saß in einem großen roten Ohrensessel am Küchentisch und grinste wie ein ertapptes Kind. Erst als er hörte, dass Josefine wieder mit dem Lattwerk beschäftigt war, wagte er die Augen zu öffnen und beobachtete mit genüsslichem Staunen, wie sich Josefines Hüften rhythmisch zum Rühren im Kessel bewegten.

Ihr Körper war in den vergangenen Jahren runder geworden, was daran lag, dass sie gerne aß und dazu auch das ein oder andere Gläschen Wein trank. Emil gefiel das. Sehr sogar. Er konnte stundenlang dasitzen und Josefine zuschauen, und manchmal stellte er sich schlafend, weil er nicht in ein Gespräch verwickelt werden wollte, das ihn von diesem Anblick hätte ablenken können.

Was sich zu seinem Leidwesen nicht verändert hatte, war Josefines Frisur. Ihre Haare waren immer noch zu einem strengen Dutt nach hinten gebunden. Emil hätte es gerne gesehen, wenn sie ihre Haare offen, wie zu ihren Mädchenzeiten, getragen und zur Abwechslung auch einmal fröhlichere Kleider angezogen hätte, aber Josefine wollte das nicht. Sie trug Schwarz, obwohl ihr Mann nun bereits über zwanzig Jahre tot war.

„Bist du zufrieden mit dem Lattwerk?“, fragte Emil.

„Ja, sehr. Am Wochenende werde ich eine große Linzertorte backen. Mit dem frischen Lattwerk wird das ein Genuss.“

Emil lächelte. Das eingekochte Lattwerk wurde durch das Backen im Ofen noch zäher und verband sich herrlich mit dem nussigen Teig.

„Du bist eine fantastische Köchin. Sogar meine Mutter hätte von dir lernen können.“

„Du nimmst mich auf den Arm.“

„Nein, im Ernst. Es gibt keine Frau, die beim Backen so schön mit dem Hintern wackelt wie du.“

„Also doch! Ich wusste es. Es ist immer das Gleiche mit dir. Man kann dich nie ernst nehmen.“

„Sei doch nicht gleich eingeschnappt, Josefine. Man isst auch mit den Augen. Und bei dir ist eben mein Appetit besonders groß.“

Josefine schnaufte erbost. „Du solltest dich was schämen. Wie kannst du dich unterstehen, eine Witwe dermaßen zu kompromittieren? Manchmal bereue ich es richtig, dass ich dir das Sprechen beigebracht habe. Vielleicht wäre es besser gewesen, ich wäre dem Rat der Ärzte gefolgt, die dich bereits aufgegeben hatten. Dann hättest du wenigsten keinen solchen Unsinn erzählen können."

„Warte ab, bis ich erst wieder laufen kann. Dann ist dein süßer Hintern auch vor meinen Händen nicht mehr sicher."

„Emil! Genug jetzt. Deine Reden lassen sich vielleicht amerikanische Bäuerinnen gefallen, ich aber nicht."

„Da hast du recht. Andere Frauen wehren sich jedenfalls nicht gegen meine Komplimente."

Emil lächelte, aber dann tat es ihm auch schon leid, was er gesagt hatte. Schließlich war es ja wirklich das Werk von Josefine, dass er wieder sprechen konnte. Ja, er verdankte ihr nicht weniger als sein Leben.

Josefine hatte ihm erzählt, dass Gustav ihn morgens am Deidesheimer Kirchenstück gefunden hatte. Emil hatte auf dem Boden gelegen, und sein Körper war eigenartig gekrümmt. Seine Finger waren verdreht und sein Gesicht … Es schien, als wäre es in der Mitte getrennt. Die eine Gesichtshälfte war nach oben gezogen, die andere hing nach unten.

Die Ärzte hatten ihn untersucht, und ihr Urteil fiel einmütig aus. Emil hatte einen Hirnschlag erlitten, einen schweren Hirnschlag. Die Aussichten auf Heilung seien gering, ließen sie Josefine wissen. Es wäre nur noch eine Frage der Zeit, bis Emil sterben würde. Alle hatten ihn aufgegeben. Nur sie nicht, und am Ende hatte sie recht behalten.

Emil war nicht gestorben. Zunächst hatte er monatelang vor sich hingedämmert, ohne wirklich zu wissen, was mit ihm geschehen war. In seinem Gehirn hatte es gedröhnt, als wäre sein Kopf in eine Weinpresse geraten. Er hatte eine unendliche Leere in sich gespürt. Kein Gedanke war greifbar, nichts hatte einen Anfang oder ein Ende. Irgendwann wurden die Momente in denen er verstand, was um ihn herum geschah, länger, und eines Morgens wachte er auf, und Josefine saß bei ihm.

Er sah sie, hörte ihre Stimme und begriff, wovon sie sprach. Er konnte sich sogar noch daran erinnern, wovon sie erzählt hatte. Sie sprach vom Frühling, wie schön die Blumen blühten. Sie hatte ihm einen Blumenstrauß mitgebracht. Dass Emil nie wieder würde riechen können, wusste Josefine zu diesem Zeitpunkt nicht.

An jenem Morgen hatte Emil versucht, ihr zu antworten. Doch aus der Tiefe seines Brustkorbes kam nur ein dumpfes Röcheln. Seine Gesichtsmuskeln gehorchten ihm nicht. Er hatte versucht, seine Gedanken zu sammeln, atmete ruhig, aber je mehr er sich anstrengte, desto wilder zuckten seine Muskeln. Es war ein gespenstisches Gefühl. Der eigene Körper wollte ihm nicht mehr gehorchen.

Er hätte sich am liebsten aufgegeben. Es wäre ihm lieber gewesen, nicht mehr zu sein. Das Einzige, was ihn antrieb, war der Klang von Josefines Stimme. Sie sprach mit ihm in einem ruhigen, warmen Ton, der ihn ablenkte von den Schmerzen und Beklemmungen seines Daseins. Die Nacht konnte noch so schrecklich sein, hörte Emil am Morgen Josefines Stimme, ging in seinem Herzen die Sonne auf.

Irgendwann bemerkte Emil auch, dass sie ihn pflegte. Was ihm als gesunder Mann unendlich peinlich gewesen wäre, war ihm nun nicht nur eine Notwendigkeit, es war ihm ein Bedürfnis. Josefine drehte ihn jeden Tag auf den Bauch und rieb ihn mit Weinessig ein. Wie schön sich das anfühlte, ihre Handfläche auf seinem wundgelegenen Rücken zu spüren!

Plötzlich schreckte Emil in seinem Ohrensessel auf. Ein Stechen durchfuhr seinen Arm. Er versuchte sich aufzurichten und zur Seite zu drehen, doch die Schmerzen wollten nicht weichen. Das Stechen überfiel ihn häufig, meist nachts. Josefine hatte alles versucht, die Schmerzen zu lindern. Sie massierte ihn, trug Cremes auf und versuchte den Arm zu wärmen. Vergeblich. Vielleicht sollten die Schmerzen Emil ja daran erinnern, wie schlecht es um seinen Körper noch vor wenigen Jahren bestellt war und wie viel sie schon erreicht hatten. Aber alles hatte eben auch seine Grenzen. Emil versuchte mühsam, seinen Oberkörper zur Seite zu bewegen.

„Ist es wieder der Arm?“, hörte er Josefines besorgte Stimme.

Emil nickte gequält, während sie missbilligend den Kopf schüttelte. „Kleine Sünden straft Gott sofort“, meinte sie lakonisch.

„Dann bin ich gespannt, wie ich von ihm für meine großen Sünden bestraft werde“, knurrte Emil.

„Vielleicht hat er das ja schon getan“, antwortete Josefine, aber dann trat sie zu Emil und legte wie zur Entschuldigung die Hand auf Emils Schulter.

„So war es nicht gemeint.“

„Schon gut“, antwortete Emil nachdenklich. „Vielleicht hast du ja recht. Das ist die gerechte Strafe dafür, dass ich in all den Jahren nur an mich gedacht habe.“

„Entschuldige bitte. So habe ich das wirklich nicht gemeint.“

„Aber ich. Nichts geschieht zufällig. Alles hat einen Sinn. Der liebe Gott wird sich schon etwas dabei gedacht haben, dass er mich so hilflos gemacht hat.“

„Vielleicht war ja dein Unfall auch für mein Schicksal gedacht?“

„Wie meinst du das?“

„Möglicherweise war für uns beide dieser Hirnschlag von Bedeutung. Hätten wir ansonsten wieder zueinandergefunden?“

Emil lächelte gequält. „Wäre das nicht auch einfacher gegangen?“

„Ich weiß es nicht. Womöglich hätten wir bis zu unserem Lebensende getrennt gelebt, du in Deidesheim und ich in Forst.“

Josefine griff mit der Hand in Emils Nacken und richtete seinen Oberkörper ruckartig auf. Es tat ihr weh, ihn so hilflos zu erleben, und doch hatte er riesige Fortschritte gemacht im Vergleich zu den ersten Jahren nach seinem Hirnschlag. Es war ein Wunder, ein unendlich großes Wunder.

Josefine konnte sich noch gut daran erinnern, wie sie ihn das erste Mal nach seinem Unfall gesehen hatte. Gustav hatte ihr zwar erzählt, in welch bedauernswertem Zustand sich Emil befand. Aber als sie ihn dann in seiner Stube zum ersten Mal besuchte, war sie doch erschrocken. Er hatte in seinem Bett gelegen, die Augen weit geöffnet, Speichel rann ihm aus dem Mund. Seine Gliedmaßen waren steif, und wie Stacheln ragten seine Arme mit den bizarr gekrümmten Fingern unter der Bettdecke hervor.

Josefine hatte versucht, ihn anzusprechen, doch vergebens. Sie war sich immer noch nicht sicher, wie sie zu ihm stand. Sie hatte ihr Leben gemeistert, auch ohne ihn. Warum sollte sie diese Sicherheit wieder aufgeben? Wegen eines Mannes, den sie bereits aus ihrem Leben verbannt hatte? Wegen eines Lebens, das schon weitgehend gelebt war? Sie war dennoch die ganze Nacht bei ihm geblieben. Irgendwann war Emil aufgewacht, hatte sich ängstlich umgeschaut und gestöhnt. Wie ein verletztes Tier hatte er in seinem Bett gelegen.

In dieser Nacht beschloss Josefine, zu verzeihen. Sie wollte Frieden schließen mit Emil, mit sich und der Welt. Sie hatte schon so lange ein Leben gelebt, das sie so niemals hatte leben wollen. Sie selbst konnte nicht mehr unterscheiden, ob der Hass, den sie in sich trug, Emil galt oder ihr normaler Seelenzustand war. Und war nicht Emil auch ein Opfer ihrer Familie gewesen? War er nicht Leidtragender, genauso wie sie? Schließlich war es ihr Bruder Carl, der ihm den Ruhm der Auslese gestohlen, ihn aus seiner Heimat vertrieben und mit einem geschickten Plan dafür gesorgt hatte, dass ihre Liebe zerstört wurde.

Aber half ihr das? War es wirklich wichtig, ob Emil an ihrem Schicksal keine Schuld trug? Josefine hatte jahrelang nur deshalb überleben können, weil sie all ihre Wut und ihren Hass auf ihn gerichtet hatte. Wäre Emil nicht gewesen, den sie in ihren schlaflosen Nächten anschrie und verfluchte, dann wäre sie an ihren zerstörerischen Gefühlen erstickt. Der Hass hatte sich über Jahre in ihr festgesetzt, hatte an ihrer Seele genagt. Da half es auch nicht, dass der Verstand ihr sagte, dass sie ungerecht sei.

Als Emil Deidesheim verlassen hatte, war in Josefine etwas zerbrochen – für immer. Josefine war es, als hätte ihr Emil das Herz aus der Brust gerissen, es auf den Boden geworfen und darauf herumgetrampelt. Wie sollte sie das jemals vergessen? Wie sollte sie zu diesem Mann jemals wieder Vertrauen gewinnen? Der Hass hatte sich über zwanzig Jahre so tief in ihre Seele hineingefressen, als dass sie so einfach hätte verzeihen können. Das brauchte Zeit, und sie wusste es.

Als Josefine von Emils Unfall hörte, war sie für eine Begegnung eigentlich noch nicht reif gewesen. Aber vielleicht wäre ohne den Unfall der rechte Zeitpunkt niemals gekommen. Doch als sie in jener Nacht neben seinem Bett saß, war alles anders. Dieser Mann war hilflos wie ein Kind, und wenn sie ihm nicht helfen würde, müsste er sterben. Alles hing nur von ihr ab. Sie bestimmte, wie weit sie gehen wollte. Sie war es, die das Heft des Handelns in der Hand hielt. Emil brauchte sie.

Als die Sonne an jenem Morgen aufging, öffnete sie das Fenster und ließ die ersten herbstlichen Sonnenstrahlen in die Stube. Sie legte ihre Hand auf Emils Gesicht und streichelte seine Wange, wie sie es früher als Mädchen so häufig getan hatte. Er hatte über zwei Jahre lang vergeblich den Weg zu ihr gesucht, nun lag es in ihrer Hand, ob sie und er noch einmal zueinanderfinden würden.

In den folgenden Monaten dachte Josefine viel über sich und Emil nach. Sie wusch und pflegte ihn, sie rasierte ihn und cremte ihn ein, und bald schon kehrte die verloren geglaubte Vertrautheit zurück. Sie war ihm so nahe, wie sie nicht einmal ihrem Mann nahe gewesen war. Und irgendwann einmal war Emil aufgewacht, hatte sich zu ihr umgedreht und sie mit wachen Augen angeschaut.

Vor diesem Moment hatte sich Josefine gefürchtet, aber dann ging ein Lächeln über ihr Gesicht, und sie wusste, dass sie sich richtig entschieden hatte. Seit diesem Tag war sein Wachsein immer länger geworden, und schließlich hatte Emil zu sprechen versucht. Aber was waren das für Laute, die seinen Mund verließen? Sie hörten sich an wie ein tierisches Grunzen. Josefine wollte ihm helfen, doch wie? Sie konsultierte Ärzte, aber die nahmen ihr jede Hoffnung, dass er jemals wieder verständlich sprechen würde. Es sei ein Wunder, dass er überhaupt überlebt habe. Doch Josefine ließ nicht locker. Warum sollte ihr nicht ein zweites Wunder gelingen?

Sie holte sich Ratschläge bei einem Lehrer, von dem sie wusste, dass er schon einmal einem Mädchen das Sprechen beigebracht hatte, das durch einen Pferdeunfall schrecklich zugerichtet worden war. Der Lehrer empfahl ihr, mit einem Spiegel zu arbeiten. Emil müsse lernen, seinen Mund bei den einzelnen

Lauten zu bewegen. Und so saßen sie jeden Morgen vor dem Spiegel, und trainierten seine Muskeln. Jeden Tag machte Josefine mit Emil die Übungen, bis er schließlich wieder einigermaßen kontrolliert seinen Mund bewegen konnte. Dann begann sie mit den Sprechübungen.

Emil war ein gelehriger Schüler, der willens war, über sich hinauszuwachsen. Nach dem Unterricht schlief er regelmäßig ein, aber dann war er wieder bereit und wollte weiterarbeiten. So vergingen Wochen und Monate. Aus den einzelnen Lauten wurden Wörter, und aus den Wörtern ergaben sich Sätze, bis er schließlich wieder richtig sprechen konnte.

„Josefine, du weißt, dass ich dir unendlich dankbar bin."

„Du brauchst das nicht zu sagen."

„Ich weiß. Aber ich möchte, dass du das verstehst. Es klingt seltsam, aber erst seitdem ich krank und hilflos bin, habe ich das wahre Glück gefunden. Ich habe dich geliebt, und mein einziger Wunsch war es, mit dir mein Leben zu verbringen. Und doch kam alles anders. Viele tausend Meilen waren wir voneinander getrennt. Wirklich glücklich war ich nie. Und jetzt bin ich hier bei dir."

Josefine ging wieder zum Herd zurück und nahm den Kochlöffel in die Hand. Sie wusste, was jetzt kommen würde, und davor fürchtete sie sich.

„Josefine? Sag mir, was ist der Grund, dass du dich um mich kümmerst?"

„Seit wann ist etwas daran auszusetzen, wenn man sich um seine Mitmenschen kümmert?"

„Du weißt, dass das nicht der wahre Grund ist."

Josefine rührte das Lattwerk und antwortete nicht. Was sollte sie auf diese Frage auch antworten? Sollte sie Emil sagen, dass sie es nicht über sich gebracht hätte, ihn sterben zu lassen, weil er Gustavs Vater war? Nein, dazu war sie nicht bereit. Noch nicht.

Irgendwann musste sie ihm die Wahrheit sagen, aber nicht jetzt.

Gustav schaute aus dem Turmzimmer des Weinschlosses, und was er sah, ließ sein Herz frohlocken. Es war erst Anfang März, aber schon war ein grüner Blätterteppich an den Reben gewachsen. Das Jahr hatte früh begonnen, und warum er glaubte, dass dies ein besonderer Jahrgang werden würde, darüber wollte er nicht sprechen. Sogar das Denken darüber verbot er sich, weil er befürchtete, er könne damit das Schicksal herausfordern.

Aber war es nicht seltsam, dass ausgerechnet in diesem Jahr 1858, das so schön begann, wie er es in seinem Leben noch nie erlebt hatte, ein großer Komet die Erde besuchen würde, gerade so, als würde sich die Geschichte wiederholen? Wie oft hatte er damals als kleiner Junge Louis gelauscht, als dieser ihm vom Großen Kometen von 1811 und dem fantastischen Weinjahrgang erzählte. Und nun hatte ein italienischer Astronom namens Giovanni Battista Donati einen Kometen entdeckt, von dem man annahm, dass er im Herbst, genau zur Zeit der Weinlese, seine größte Helligkeit erreichen würde. Ob er wohl die gleichen Zeichen setzen würde wie jener sagenhafte Komet von 1811?

Gustavs Blick schweifte von den Weinbergen zur Bassermann'schen Ahnengalerie an der Wand und konnte sich ein Lächeln nicht verkneifen. Sein Onkel Carl war nun ebenfalls mit einem Gemälde verewigt. Gustav hatte einen ortsansässigen Maler damit beauftragt. Der Maler war noch jung, und selbst Gustav konnte unschwer erkennen, dass die Perspektiven in dem Bild vollkommen falsch geraten waren.

Er hatte dem Maler aufgetragen, seinen Onkel in einem blauweiß gestreiften Winzeranzug zu malen. Wer seinen Onkel gekannt hatte, wusste, wie sehr er diesen Aufzug hasste. Nie hatte er einen solchen Anzug getragen, die Uniform war sein liebstes Kleidungsstück, aber gerade als stolzen Soldaten sollte ihn die Nachwelt nicht in Erinnerung behalten.

Gustav wollte sich gerade an den Schreibtisch setzen, als er bemerkte, wie Emil über den Gutshof ging. Gustav staunte. Es waren jetzt sechs Jahre vergangen, seit Emil den Unfall hatte, und er hätte es nicht für möglich gehalten, dass er je wieder sprechen und gehen könnte.

Aus dem einst so agilen Emil war durch den Hirnschlag ein hilfloses Wesen geworden. Er konnte zwar wieder sprechen, aber das Laufen fiel ihm noch sehr schwer. Gustav hatte ihm darum eine Gehhilfe gebaut, ein einfaches Holzgerüst auf kleinen Rädern, auf das sich Emil beim Gehen stützen konnte. Damit hatte er im letzten Jahr seine ersten Schritte gewagt. Doch sein rechtes Bein war eigenartig nach innen gekrümmt. Bei jedem Schritt stieß es an das linke Bein an. Emil musste den Körperschwerpunkt stets weit zur rechten Seite versetzen, um nicht über seinen eigenen Fuß zu stolpern.

Doch Emil bewies Kampfgeist. Er wollte seine Krankheit besiegen, und an seiner Gesundung hatte Josefine einen nicht unbeachtlichen Anteil. Nicht nur, weil sie ihn pflegte und ihm unter großen Mühen das Sprechen beigebracht hatte; Emil schien den festen Willen zu haben, noch möglichst viele Jahre mit ihr zu verbringen.

Als Emil der Hirnschlag getroffen hatte, war das für Gustav ein schrecklicher Verlust gewesen. Emil war mehr als nur ein guter Freund für ihn. Seinen Erfahrungen verdankte er die Kunst des Weinbaus. Der Hirnschlag kam zu einem denkbar ungünstigen Zeitpunkt. Die Reblaus war über die Weinberge hergefallen und hatte innerhalb kurzer Zeit große Schäden angerichtet.

Die erste Entscheidung, die Gustav daraufhin für das Weingut zu fällen hatte, war auch seine wichtigste. Sollte er Emils Rat folgen und die Weinberge abholzen, um der Reblausplage Herr zu werden? Dieser Weg erforderte viel Mut und noch mehr Geld. Und er war gefahrenreich. Denn wer gab ihm die Gewähr, dass es nicht bloß ein Zufall war, dass die Rebe, die Emil am Grab seiner Eltern gepflanzt hatte, die Plage überstanden hatte? Würde sie tatsächlich auch dauerhaft der Reblaus widerstehen?

Gustav war froh gewesen, dass er damals Marie an seiner Seite hatte. Stundenlang hatten sie zusammengesessen und alle Möglichkeiten gegeneinander abgewogen. Marie war eine hervorragende Zuhörerin, und selbst wenn sie nicht viel sagte, brachten Gustav ihre Fragen weiter.

Schließlich entschied sich Gustav, dem Rat Emils zu folgen. Und es gelang ihm schließlich nach mühevollen Überredungsversuchen, seine Mutter von der Notwendigkeit, die Weinberge völlig neu anzulegen, zu überzeugen. Er konnte sich noch gut an diesen Tag erinnern, denn es war der Tag, an dem er Marie und Josefine einander vorstellte. Irgendwann hatte offenbar selbst seine Mutter eingesehen, dass es nichts nützte, wenn sie die Freundin ihres Sohnes nicht beachtete.

Gustav hatte seinen Entschluss, die Weinberge abzuholzen und mit den neuen amerikanischen Reben zu bepflanzen, nie bereut. Gewiss, die ersten Jahre waren hart für das Weingut gewesen. Es hatte lange gedauert, bis die Rebsetzlinge herangewachsen waren. Doch er hatte die Zeit nicht ungenutzt verstreichen lassen. Er legte ein weit verzweigtes Netz von Drainagebecken an und fasste die kleinen Weinbergparzellen zu größeren Weinbergen zusammen.

Die Weinberge bepflanzte er ausschließlich sortenrein, und von Anfang an nahm er dafür die Weinrebe, die aus seiner Sicht am Besten zu den Böden im Weingut Bassermann passte: den Riesling.

Und noch etwas hatte sich geändert: Gustav ließ eine neue Kelteranlage bauen, denn die alte hatte endgültig ausgedient. Anstatt mit nur einer Spindel zu arbeiten, pressten nunmehr zwei Stahlspindeln das Lesegut – viel gleichmäßiger und schonender, als bei der alten Kelteranlage.

Als sie den ersten Wein von den neuen Rebstöcken geerntet hatten, zeigte sich, wie richtig die Überlegungen von Emil waren. Obwohl die Reben noch immer unreif waren, brachten sie einen Wein hervor, der das Potenzial erahnen ließ, das in ihnen steckte. Mittlerweile war der Riesling aus dem Hause Bassermann zu einer Güte gereift, die bis dahin unbekannt war.

Wer von den Winzern auf den Rat von Emil Jordan gehört und die Reben neu angepflanzt hatte, dem ging es heute wieder gut. Wer aber darauf gehofft hatte, man werde schon ein Mittel gegen die Reblaus finden, den holte die Plage immer wieder ein. Jedes Jahr kam die Reblaus und stürzte sich von Neuem auf das, was von den alten Weinreben noch übrig geblieben war.

Das Weingut Bassermann aber war gestärkt aus der Katastrophe hervorgegangen. Viele Weingüter hatten aufgeben müssen, und Gustav kaufte die umliegenden Weinberge für wenig Geld. Er konnte sich die besten Weinberge aussuchen, und so war die Anbaufläche des Weinguts in wenigen Jahren auf das Doppelte angewachsen.

Gustav setzte sich an den schweren Schreibtisch und seufzte erleichtert auf. Das letzte Erinnerungsstück an seinen Onkel Carl würde schon bald ausgedient haben. Gustav hatte sich beim Tischler einen neuen Schreibtisch für das Turmzimmer bestellt. Er würde froh sein, wenn das Zimmer nach seinen Vorstellungen umgestaltet war, denn noch immer hing der Geruch der Zigarren seines Onkels in den alten Stofftapeten. Außerdem hasste Gustav das wuchtige Mobiliar. Einst sollte es Autorität vermitteln und möglichst viel Abstand zwischen die Besucher und Carl Bassermann bringen. Gustav brauchte derlei Barrikaden nicht. Seine Besucher sollte spüren, worum es ihm ging: um den Wein und ausschließlich darum. Schon morgen sollten die neuen Möbel angeliefert werden. Bis dahin müsste er alle wichtigen Dokumente aus dem Schreibtisch aussortiert haben.

Gustav war gerade dabei, die Schublade auszuräumen, als er unter vielen ungeordneten Papieren ein Kuvert entdeckte. Es war schon vergilbt, und er hätte es bestimmt ungeöffnet zur Seite gelegt, wenn er nicht die wunderschöne, fein geschnörkelte Handschrift seines Großvaters entdeckt hätte.

Gustav öffnete neugierig das Kuvert, und plötzlich weiteten sich seine Augen. Er hielt nichts Geringeres in den Händen als das Testament seines Großvaters. Er hatte gar nicht gewusst, dass es überhaupt ein Testament von Geheimrat Heinrich Bassermann gab. Mit pochendem Herzen starrte er auf das Vermächtnis seines Großvaters. Als er es zu Ende gelesen hatte, legte er das Testament vor sich auf den Schreibtisch und holte tief Luft.

Was er soeben gelesen hatte, war so ungeheuerlich, dass er gar nicht wusste, was er jetzt tun sollte. Unzählige Fragen schossen ihm durch den Kopf. Wie war das möglich? Warum hatte er davon nicht vorher erfahren? Im Testament seines Großvaters stand nichts weniger, als dass Emil der rechtmäßige Erbe des Weinguts Bassermann war.

Gustav stand auf und ging ans Fenster. Er starrte auf den Hof hinaus, wo Arbeiter gerade die neu eingetroffenen Fässer in den Keller brachten. Hatte Onkel Carl das Testament gekannt? Natürlich hatte er davon gewusst! Und plötzlich wurde Gustav auch klar, warum Carl Emil dermaßen gehasst hatte, dass ihm sogar die Liebe seiner Schwester zu Emil gleich war und er seinen Nebenbuhler möglichst weit von sich wissen wollte.

Wäre Emil rechtmäßiger Erbe seines Großvaters geworden, dann hätte sein Onkel seine Großmannssucht, seine Überheblichkeit und Arroganz ablegen müssen. Und wie viel anders wäre das Leben seiner Mutter und auch das von Emil verlaufen?

Gustav schüttelte den Kopf und blickte erneut auf die Zeilen. Fast dreißig Jahre lang hatten sie hier im Verborgenen geruht. Wie mussten sie damals auf seinen Onkel gewirkt haben? Was für eine bittere Überraschung musste das für ihn gewesen sein, vom eigenen Vater enterbt zu werden! Sein Großvater hatte wohl Angst gehabt, die Zukunft des Weingutes in die unbeholfenen Hände seines Sohnes zu legen, der niemals Winzer werden wollte. Aus den Erzählungen seiner Mutter wusste Gustav, dass Carl eigentlich immer Soldat hatte werden wollen. Aber das war eine Sache. Denn sicherlich war es etwas ganz anderes, wenn plötzlich der eigene Vater kein Vertrauen mehr in die Fähigkeiten seines Sohnes hatte.

Und was war mit seiner Mutter? Wusste sie davon? Gustav war sich nicht sicher. Sie war als Bassermann erzogen worden, und die Familie stand für sie immer an erster Stelle. Aber hätte sie von diesem Testament gewusst, dann hätte sie sich zur Komplizin ihres Bruders gemacht, und das wiederum konnte sich Gustav beim besten Willen nicht vorstellen.

Selbst wenn das Testament schon fast drei Jahrzehnte alt war und Emil zwanzig Jahre in Amerika zugebracht hatte, so hatte er doch immer noch einen Anspruch auf sein Erbe. Gustav überlegte. Was war mit ihm? Ursprünglich war geplant, dass Emil so lange das Weingut Bassermann führen sollte, bis Gustav alt und erfahren genug war, dessen Leitung zu übernehmen. Durch Emils Hirnschlag war Gustav diese Aufgabe früher zugefallen, als alle gedacht hatten. Angesichts dieses Testaments schien es jedoch so, als würde Gustav das Weingut so lange leiten, bis Emil die Folgen seines Unfalls überwunden hatte und bereit war, das Erbe von Geheimrat Heinrich Bassermann anzutreten.

Gustav konnte nur zu gut verstehen, warum sein Onkel Carl das Testament niemals öffentlich gemacht hatte. Es war ein Sprengsatz für die Familie Bassermann. Obwohl es bislang niemand kannte, hatte es doch bereits die Liebe zweier Menschen zerstört.

Gustav sah hinaus auf die Weinberge. Wie sollte er sich jetzt verhalten? Sollte er, wie sein Onkel, das Testament versteckt halten? Oder war es nicht seine Pflicht, Emil zu seinem rechtmäßigen Erbe zu verhelfen? Aber wenn Emil tatsächlich das Erbe seines Großvaters antreten würde, wie sollte es dann mit ihm weitergehen? Was würde aus seinem Traum werden?

10. Alte Vermächtnisse

„Oh, was verschafft mir die Ehre deines Besuchs um diese Uhrzeit?“, begrüßte Josefine Gustav mit einem leicht vorwurfsvollen Unterton. „Normalerweise kommst du doch erst kurz vor Sonnenuntergang aus den Weinbergen zurück.“

Gustav setzte sich an den Küchentisch und schenkte sich ein Glas Wein ein. „Ich habe im Schreibtisch von Onkel Carl etwas gefunden.“

Er holte ein Kuvert aus der Innentasche seiner Weste und legte es auf den Tisch. „Kennst du das Dokument?“

Josefine wandte sich vom Herd um, schaute auf das braune Kuvert und schüttelte den Kopf.

„Sicher?“

„Ja, doch. Ich habe das Kuvert noch nie gesehen.“

„Es ist das Testament von Großvater.“

Josefine setzte sich neben Gustav, und ihre Augen strichen liebevoll über das geschnörkelte Wort „Testament“. Dann öffnete sie die Lasche und holte das Blatt heraus.

„Weißt du, was darin steht?“, fragte sie, ohne ihre Augen von dem Papier zu lassen. Gustav nickte.

Josefine las Wort für Wort, Zeile für Zeile des Testaments. Dann stand sie auf, legte das Blatt auf den Tisch zurück und ging zum Herd.

„Wusstest du von dem Testament?“

„Nein, ich wusste überhaupt nicht, dass mein Vater ein Testament geschrieben hat.“

„Bist du nicht schockiert von dem, was in dem Testament geschrieben steht?“

„Nein, warum sollte ich?“, fragte Josefine gleichgültig.

„Warum? Ja, begreifst du denn nicht, dass Emil der rechtmäßige Erbe des Weinguts Bassermann ist?“

„Was hat das schon zu bedeuten? Emil wäre gar nicht in der Lage, das Weingut zu führen.“

„Maman! Darum geht es doch gar nicht. Er hat einen Anspruch auf das Erbe. Außerdem ist Emil sehr wohl in der Lage, das Weingut zu führen. Das weißt du so gut wie ich.“

„Aber er ist doch schon viel zu alt. Warum sollte er das tun wollen?“

„Ob er will oder nicht, ist doch vollkommen gleichgültig. Entscheidend ist, dass es ihm gehört.“

„Aber Gustav, was will ein kranker Mann wie Emil mit einem Weingut?“

„Ich verstehe dich nicht, Maman. Was ist bloß in dich gefahren? Darauf kommt es doch gar nicht an. Emil ist der Erbe des Weingutes und nicht ich. Weiß er denn von dem Testament?“

„Nein, ich glaube nicht.“

„Du glaubst nicht? Maman! Ihr hättet doch sicherlich darüber gesprochen, wenn Emil von dem Testament gewusst hätte, oder?“

„Kann schon sein.“

„Also, ich bin gespannt, was Emil dazu sagt.“

„Wozu?“

„Na, zu dem Testament.“

„Warum sollte er etwas davon erfahren?“

„Aber Maman! Emil hat ein Recht darauf, zu erfahren, dass er der rechtmäßige Erbe ist."

„Ja, hat er das?", fragte Josefine so beiläufig, als würde sie gerade ein Kochrezept kommentieren.

„Maman, ich verstehe nicht ganz, was du mir gerade sagen willst. Ich soll Emil nichts von dem Testament sagen, verstehe ich das richtig?"

„Genau. Nichts sagen."

„Und warum sollte ich ihm nichts von dem Testament erzählen?"

„Weil es nur unnötig Wirbel verursachen würde."

„Das kann doch nicht dein Ernst sein!"

Aber Josefine schien nichts mehr hören zu wollen. Abrupt drehte sie sich um uns sagte leicht gereizt: „Das Testament hat all die Jahre unbemerkt vor sich hingeschlummert, warum sollte man daran jetzt etwas ändern? Wem würde es nützen?"

„Wem es nützen würde? Emil, zum Beispiel."

„Das weiß ich nicht. Es kann auch gut sein, dass er davon gar nichts wissen will."

„Aber das müssen wir doch ihm überlassen."

„Findest du?"

Gustav blickte sprachlos auf seine Mutter, die sich nun wieder dem Herd zugewandt hatte, mit dem Finger in den Topf fasste und ein wenig von der Suppe probierte.

„Ich finde, Emil hat schon für genug Unruhe gesorgt", sagte Josefine. „Es muss nicht sein, dass er auf seine alten Tage noch weitere Verwirrung stiftet."

„Findest du nicht, dass du ungerecht bist? Schließlich kann Emil nichts dafür, dass ihn Onkel Carl aus Deidesheim vertrieben hat."

„Jetzt fängst du auch noch so an. Vertrieben, vertrieben! Emil hätte auch nicht mit der Magd schlafen müssen. Dazu hat ihn niemand gezwungen."

„Aber Maman. Das ist doch etwas ganz anderes."

„Etwas anderes? So können auch nur Männer reden. Etwas anderes ist es, seine Frau zu verlassen, die gerade erst das gemeinsame Kind zur Welt gebracht hat."

Josefine wandte sich wieder ihrer Suppe zu. Gustav schüttelte den Kopf. So würde er nicht weiterkommen. Seine Mutter hatte ihre feste Meinung und würde davon kein Stück abrücken.

Er nahm noch einen Schluck Wein. Dann starrte er aus dem Fenster hinaus in den Hof. Die Arbeiter kamen gerade vom Laubschnitt aus den Weinbergen zurück. Bisher hörten sie noch auf ihn. Würde das auch weiterhin so bleiben? Sollte er Emil von dem Testament erzählen oder dem Rat seiner Mutter folgen und das Dokument wieder dort verschwinden lassen, wo es niemand finden würde?

„Das Kuvert lag in einer Schublade, in der Onkel Carl seine persönlichsten Sachen aufbewahrte. Er hat also von dem Testament gewusst. Und das war wohl auch der Grund, weshalb er Emil so gehasst hat."

Josefine drehte sich wieder zu Gustav um. „Es muss meinen Bruder fürchterlich getroffen haben, als er das Testament las. Er hatte sich nichts sehnlicher gewünscht, als Soldat zu werden. Doch das hatte ihm mein Vater verboten. Und dann musste er begreifen, dass ihm mein Vater noch nicht einmal zutraute, das Weingut zu führen."

„Es scheint, als würdest du Onkel Carl verzeihen?"

„Verzeihen? Keinesfalls. Aber ich versuche zu verstehen, warum er so gehandelt hat. Das heißt nicht, dass ich gutheiße, was mein Bruder getan hat. Er hätte sich auch anders entscheiden können. Er hätte mit mir sprechen können, er hätte sich meiner Mutter anvertrauen können, aber er hat sich für einen anderen Weg entschieden – nämlich die Liebe zweier Menschen zu zerstören, nur um sich selbst keine Blöße zu geben. Das war nicht richtig, und dafür hat er mit seinem Leben bezahlt. Aber müssen deshalb alte Geschichten ausgegraben werden? Was würde das Testament bewirken? Würde damit irgendetwas geheilt? Ganz sicher nicht. Wir haben alle lange genug unter dem Fluch dieses Testaments gelitten. Es sollten nicht noch mehr Tränen fließen. Das Testament war von meinem Vater gut gemeint. Es sollte das Werk von Generationen erhalten. Es sollte das Familiengut zusammenhalten. Aber es hat genau das Gegenteil bewirkt: Es hat unsere Familie gespalten, und es hat

Zwietracht gesät, wo zuvor Eintracht herrschte. Es hat Geschwister entzweit und eine große Liebe zerstört. Du bist jetzt der Nachfolger im Weingut Bassermann, und mein Vater hätte nichts anderes gewollt. Er wäre glücklich gewesen, dich heute hier zu sehen. Nein, Gustav. Das Testament hat genug Unglück angerichtet. Es war der letzte Wille meines Vaters, einen Nachfolger zu finden, der unserer Familie würdig ist. Und genau das ist geschehen. Du bist die neue Generation von Bassermann, und wir können uns alle glücklich schätzen."

„Aber Maman! Verstehst du denn nicht? Ich habe kein Recht dazu, das Weingut zu führen."

„Du hast ein Recht darauf, weil …" Josefine stockte.

„Weil was?", fragte Gustav.

„Du würdest das Weingut sowieso erben", antwortete Josefine schließlich.

„Maman, ich verstehe nicht."

Josefine holte tief Luft. „Emil ist dein Vater."

Gustav starrte seine Mutter mit großen Augen an und musste sich erst einmal besinnen. Dann sagte er ungläubig: „Emil ist … mein Vater? Aber warum hast du mir das nicht früher gesagt? Wie konntest du mir das so lange verschweigen?"

„Ich weiß es nicht. Ich habe schon häufiger versucht es dir zu sagen, aber ich hatte dann doch nie den Mut dazu."

„Weiß Emil davon?"

Josefine schüttelte den Kopf.

„Aber Maman! Warum sagst du ihm nicht, das er mein Vater ist?"

„Das ist schwer zu erklären. Vielleicht kann das ein Außenstehender gar nicht begreifen."

Gustav bemerkte, wie sich seine Mutter mit ihrem Küchenschurz Tränen aus den Augenwinkeln wischte.

„Emil hat mich damals zu einem Zeitpunkt verlassen, als ich ihn besonders gebraucht hätte. Ich hatte damals gerade in Straßburg entbunden und habe dich dort bei der Frau von Jules untergebracht. Dann bin ich wieder in die Pfalz zurückgekehrt. Es war am Abend der Weinversteigerung. Die Händler bejubelten die

Auslese, die Emil kreiert hatte, und als ich ihn suchte, sah ich ihn auf dem Hof in den Armen einer Magd. Er küsste sie und grapschte an ihrem Busen. Es war abscheulich. Auf dem Weg zurück ins Weingut traf ich dann auf meinen Bruder. Carl tröstete mich, und als ich ihm erzählte, dass ich Emil mit einer Magd gesehen hatte, hat er mich ins Kelterhaus geführt. Dort sah ich Emil mit der Frau, wie er mit ihr das Gleiche tat, was er Monate vorher mit mir getan hatte. Es war schrecklich. Ich fühlte mich beschmutzt und so erniedrigt."

„Aber du weißt doch, dass es Onkel Carl war, der Emil an den Rand der Verzweiflung getrieben hat."

Josefine fuhr aufgebracht herum. „Aber musste er sich deshalb der erstbesten Magd in die Arme werfen? Er hat mich verlassen, nicht weil er meinen Ring vorgefunden hatte, sondern weil Carl seine Eitelkeit verletzt hatte. Er konnte es nicht verwinden, dass die Händler meinen Bruder als den Erfinder der Auslese gefeiert haben. Das ist der wahre Grund."

„Maman! Emil hat dich geliebt. Er war verzweifelt."

„Verzweifelt? Dein Vater hat immer nur an sich gedacht. Es ging ihm nur um sich und seinen Wein. Der Wein war der einzige Grund, warum er Deidesheim verlassen hat."

„Hast du mit ihm jemals darüber gesprochen?"

„Nein, warum sollte ich? Es ist vorbei. Abgeschlossen."

„Aber du musst ihm doch die Gelegenheit geben, sich zu verteidigen."

„Ja, muss ich das? Wer hat mich denn gefragt, als ich jahrelang auf ihn gewartet habe? Wer hat sich denn um mich gekümmert? Um mich und meinen Sohn? Wo war dein Vater, als es uns schlecht ging? Er war weit weg in Amerika und hat sich seinen Traum von einem eigenen Weingut erfüllt."

„Maman, du musst Emil sagen, dass er mein Vater ist."

Gustav ging zu Josefine an den Herd und umarmte sie. „Maman, bitte sprich mit ihm, bevor es zu spät ist. Ich möchte, dass er weiß, dass ich sein Sohn bin. Tu es für mich, bitte."

Josefine drehte sich um, umarmte Gustav und begann bitterlich zu weinen.

Es war ein Frühlingstag, wie er schöner nicht hätte sein können. Emil und Gustav saßen auf einer alten Holzbank unter einem rosafarbenen Dach aus Mandelblüten. Die Vögel zwitscherten fröhlich. Gustav öffnete eine Flasche Wein und schenkte ein Glas ein, das er zu Emil hinüberreichte.

„Wie war das damals, als der Große Komet gekommen ist?", fragte er plötzlich. „Hat Louis gleich gespürt, was der Große Komet für ihn bedeuten würde?"

Emil lächelte versonnen. „Als mein Vater von dem Großen Kometen hörte, wusste er sofort, dass ihn etwas ganz Großes erwartete. Die vorangegangenen Jahrgänge waren allesamt schlecht, und die Winzer mit ihren Familien hungerten. Seit Jahren schon hatte man keine gute Ernte eingefahren, und dann kam plötzlich die Nachricht vom Großen Kometen. Er hat geahnt, dass etwas geschehen würde. Trotzdem hat er seine Erwartungen gezügelt, weil er Angst hatte, er könnte Rückschläge erleben wie in den Jahren zuvor, als Hagel und Sturm die Ernte vernichteten."

Gustav lächelte. „Es ist ein neuer Komet angekündigt."

Emils Augen weiteten sich. „Wann?"

„Nächsten Monat, sagen die Astronomen. Er soll noch gewaltiger sein als der Große Komet von 1811."

„Und was spürst du?"

„Ich glaube, wir werden in diesem Jahr einen großartigen Wein ernten."

„Es gibt niemanden, dem ich das mehr wünschen würde als dir, das kannst du mir glauben."

Gustav schlug Emil kameradschaftlich auf die Schulter. „Es wäre auch dein Verdienst, denn ohne dich wäre ich heute nicht hier."

„Es ist lieb, dass du das sagst, aber es sind deine Trauben, die hier draußen heranreifen. Ich war immer auf der Suche nach einem großen Wein und hatte gehofft, mir würde etwas Ähnliches widerfahren wie meinem Vater, nämlich einen Jahrhundertjahrgang ernten zu können. Ich habe alles für diesen Traum aufgegeben, meine Heimat, meine große Liebe. Und vielleicht hätte ich sogar mein Leben dafür gegeben, um nur einmal einen wahrhaft großen Wein in den Händen zu halten. Doch das Schicksal wollte es anders. Ich habe gekämpft und geschuftet, ich habe alles getan, um mein Glück zu erzwingen. Vergeblich. Das Schicksal lässt sich nicht erzwingen. Stattdessen wirst nun du diesen Jahrhundertwein erleben, und das ist gut so. Ich gönne ihn dir, so wie ich meinem Vater den Kometenwein gegönnt habe."

„Aber hast nicht du die höchsten Prämierungen für deine Weine erzielt, die die Weinwelt zu vergeben hat? Wie kannst du behaupten, du hättest einen Jahrhundertwein verpasst?"

„Ja, du hast recht. Ich habe in meinem Leben fantastische Weine kreiert. Weine, denen die Weinkenner weltweit Respekt gezollt haben. Und doch gibt es einen Unterschied zu einem Jahrhundertwein. Ein Jahrhundertwein ist gottgegeben. Er lässt sich nicht erzwingen. Alles stimmt bei diesem Jahrgang. Die warmen Nächte, die heiteren Tage, das gedämpfte Licht der Sonne, die feuchte Erde – alles ist in Harmonie. Dem Winzer scheint dann alles zu gelingen mit einer Leichtigkeit, als würde seine Hand von Gott geführt. Vom Menschen erfordert ein solcher Jahrhundertwein nur noch Liebe und Demut.

Meine Weine waren nie so. Es waren keine Jahrhundertweine. Es waren Weine, die von der Unvollkommenheit der Natur gelebt haben. Denen die Natur ihren ganz eigenen Stempel aufgedrückt hat. Aus denen man herausschmecken konnte, was ihnen zum ganz großen Glück gefehlt hat. Ich habe die Güte meiner Weine erzwungen, ich habe das Menschenmögliche getan, um aus dem Boden und den Pflanzen einen Wein zu pressen, der vor Gott bestehen kann. Das ist der Unterschied zwischen einem Jahrhundertwein und meinen Weinen."

Emil lächelte traurig. „Es ist seltsam, aber immer, wenn ich in meinem Leben etwas erzwingen wollte, habe ich verloren. Habe ich jedoch auf mein Schicksal gehört, dann wurde ich für meine Geduld belohnt. Wenn ich es recht bedenke, ist es mir in der Liebe nicht anders ergangen. Ich habe alles getan, um das Glück in der Liebe zu erzwingen. Ich hatte eine Frau in Amerika und beinahe auch eine Familie. Doch das Glück hat sich von mir abgewandt. Erst als das Schicksal zuschlug, als mir durch den Gehirnschlag das Heft des Handelns aus der Hand genommen wurde, da habe ich mein Glück gefunden. Es hört sich vielleicht seltsam für dich an, aber die glücklichste Zeit meines Lebens erlebe ich seit meinem Gehirnschlag. Ich genieße jeden Tag mit deiner Mutter, wir haben gemeinsam gegen meine Krankheit gekämpft, und das hat uns zusammengeschweißt.

Josefine und ich hatten uns weiß Gott ein anderes Leben erträumt, aber so wie es heute ist, ist es gut. Ich bin glücklich. Sehr sogar, und ich möchte keinen Augenblick meines Lebens versäumen. Dass du nun einen großen Jahrhundertwein ernten wirst, macht mich stolz und glücklich. Es ist, als würde mir selbst ein großer Wein geschenkt."

Gustav schaute betroffen zu Boden. Plötzlich fasste er sich ein Herz, und dann sprudelte es aus ihm heraus: „Vielleicht ist es ja doch dein Wein, der hier heranreift, ich meine, vielleicht sind es ja deine Weinberge, die du hier siehst?"

„Wie meinst du das?"

„Ich habe das Testament meines Großvaters gefunden."

Emil schwieg.

„Ja, interessiert dich denn nicht, was in dem Testament stand?"

„Ich weiß es bereits."

„Du weißt es bereits?"

„Ja, dein Onkel Carl hat es mir erzählt, kurz bevor er starb. Er sprach von dem Testament seines Vaters, das er gefunden hatte. Das war wohl auch der Grund, warum er mich so hasste. Er hatte mir damals, als er es fand, nicht geglaubt, dass ich von dem Testament nichts wusste."

„Und davon hast du mir nichts erzählt?"

Emil wiegte nachdenklich seinen Kopf. „Gustav, warum sollte ich? Es sind alte Geschichten. Du bist jetzt derjenige, der das Weingut führt, und nicht ich, und darüber bin ich überglücklich.

Es gibt niemanden auf dieser Welt, der das Weingut besser führen könnte."

Gustav lachte laut auf.

„Was amüsiert dich so?", fragte Emil.

„Ich muss darüber lachen, weil meine Mutter das Gleiche gesagt hat."

„Was hat sie gesagt?"

„Na ja, dass ich nicht an alten Geschichten rühren soll."

„Apropos, hast du deiner Mutter schon gesagt, dass ihr heiraten wollt?"

Gustav schüttelte gequält den Kopf.

„Du solltest es ihr sagen. Marie ist ein wundervolles Mädchen, und es gibt keine Schwiegertochter, die man sich mehr wünschen könnte. Deine Mutter meint es nicht böse. Sie hängt eben sehr an dir. Vielleicht ernten wir ja nicht nur einen Kometenwein, sondern deine Mutter bekommt auch noch ein Enkelkind im Jahrgang des Kometen."

Im Dorf schlug die Kirchenuhr zur vollen Stunde, und Emil lächelte. „Deine Mutter wird bald ungeduldig werden, wenn ich nicht pünktlich im Weingut bin. Schließlich brauche ich ja noch ein Weilchen, bis ich unten im Dorf bin.

Emil erhob sich schwerfällig, stützte sich auf die Gehhilfe und ging langsam seines Weges.

Es war Abend, als Josefine und Emil zusammen am Esstisch saßen.

„Ich habe noch nie in meinem Leben eine solche Linzertorte gegessen", schwärmte Emil und lächelte.

„Du Lügner", sagte Josefine.

„Nein, im Ernst. Wenn ich sterbe, dann wird mir deine Linzertorte im Himmel fehlen."

„Im Himmel?"

„Na ja, in der Hölle wird es sicher keinen Kuchen geben. Im Himmel vielleicht schon."

„Du bist unverbesserlich", meinte Josefine lächelnd. Dann wurde ihr Gesicht ernster. „Du solltest nicht so oft davon sprechen, dass du stirbst. Das ist kein gutes Omen."

„Kein gutes Omen? Du bist lustig. Es wäre doch seltsam, wenn ich nicht ans Sterben denken würde. Schließlich war ich schon vor einigen Jahren dem Tod näher als dem Leben."

„Ja, das ist aber schon einige Jahre her. Und ich habe dich nicht gepflegt, dass du mir jetzt schon wegstirbst."

„Du scheinst mich ja schon jetzt zu vermissen."

Es entstand eine kleine Pause. Dann sagte Emil plötzlich mit beschwingter Stimme: „Gustav hat mir von dem Testament erzählt."

„Das habe ich mir gedacht."

„Was hast du dir gedacht?"

„Dass er dir vom Testament erzählt. Ich habe ihm davon abgeraten."

„Warum das?"

„Weil ich finde, dass nicht noch mehr alte Geschichten aufgewühlt werden sollten."

„Aber das Testament gehört doch zu unserer Geschichte."

„Spielt das denn eine Rolle? Deshalb wird die Vergangenheit auch nicht besser."

„Da hast du recht. Aber du wolltest mir doch etwas anderes sagen, oder?"

Josefine schaute erstaunt auf.

„Ich meine, warum du Gustav geraten hast, nicht mit mir über das Testament zu sprechen. Du hast immer noch Angst, ich könnte mir euer Weingut unter den Nagel reißen, oder?"

„Wie kommst du darauf, so etwas zu behaupten?"

„Also doch. Du kannst mir nichts vormachen, Josefine, ich kenne dich schon zu lange."

Emil schaute Josefine durchdringend an. „Was habe ich dir angetan, dass du mir immer noch so wenig vertraust?"

„Ich weiß es nicht."

„Aber es muss doch einen Grund geben. Was steht zwischen uns, dass du so misstrauisch bist?"

Statt einer Antwort begann Josefine plötzlich zu weinen und verließ schluchzend die Küche.

11. Vereint

„Das Kleid steht dir fabelhaft", frohlockte Emil und strahlte Josefine mit einem breiten Lächeln an.

„Weißt du, wann ich dich zum ersten Mal darin gesehen habe?"

Josefine nickte nur. Dann wandte sie sich von Emil ab, sodass dieser nicht sehen konnte, wie sehr sie diese Frage berührte.

„Es war die schönste Nacht meines Lebens", schwärmte er. „Nie wieder habe ich so etwas Wunderbares erlebt."

Josefine wollte bereits etwas erwidern, doch stattdessen legte sie Emil ein weißes Hemd auf den Stuhl.

„Hier, zieh das an. Ich habe es frisch gestärkt."

Sie beobachtete ihn dabei, wie er mit ungelenken Fingern die Knöpfe seines Hemdes zu öffnen versuchte.

„Schon gut. Ich helfe dir", meinte Josefine schließlich ungeduldig und nahm ihm das Hemd ab.

„Die beiden sind ein schönes Paar", sagte Emil gerührt. Dann lächelte er Josefine liebevoll an. „Wir waren auch ein schönes Paar."

„Wir waren niemals ein Paar und werden es auch nicht mehr sein", antwortete sie schroff. „Und jetzt beeile dich mit dem Anziehen."

„Was ist bloß los mit dir?"

„Wir sind spät dran. Wir müssen endlich gehen. Soll die ganze Kirche auf uns warten?"

„Aber wir haben noch eine geschlagene Stunde Zeit bis zur Trauung."

„Eben. Aber bis wir in der Kirche sind, dauert es noch eine ganze Weile."

„Du übertreibst. Ich bin doch schon viel besser im Laufen."

Josefine legte Emil die Manschettenknöpfe auf den Nachttisch, und im Wegdrehen wischte sie sich die Tränen aus den Augen.

„Was ist mit dir, Josefine? Freust du dich denn gar nicht, dass dein Sohn heute heiratet?"

„Natürlich freue ich mich darüber. Vielleicht ist es einfach nur so schwer, loszulassen", antwortete Josefine, doch sie wusste sehr genau, dass das nicht die ganze Wahrheit war.

Sie hatte die letzten Wochen Marie dabei geholfen, die Hochzeitsfeierlichkeiten vorzubereiten, und je länger sich die Vorbereitungen hinzogen, desto mehr hatte sie gespürt, wie sehr es sie schmerzte, dass nicht sie es war, die heiratete. Ihre Heirat hatte damals im Verborgenen stattgefunden. Ihre Mutter hatte ihr sogar verboten, ein weißes Kleid anzuziehen. Hier eine Unterschrift im Rathaus, dort eine Segnung durch den Pfarrer in der Kirche, und schon hatte sie der Alltag wieder.

Das Schönste an ihrer Heirat war damals gewesen, dass sie Gustav wieder zu sich holen durfte. Gegen den Rat ihrer Mutter zwar, die versucht hatte, ihr einzureden, das würde zu üblem Gerede führen und sich schlecht auf den Jungen auswirken. Nach ihrem Willen sollte Josefine Gustav in Straßburg lassen, schließlich würde er dort niemanden stören. Doch Josefine hatte sich nicht um das Gerede der Leute geschert, obwohl für jeden offensichtlich war, dass Gustav nicht von ihrem neuen Mann sein konnte.

Ihr Mann! Hans war ein feiner, sensibler Mensch gewesen. Mit ihm hatte sie über alles sprechen können. Er nahm Rücksicht auf sie, die so weit ging, dass er noch nicht einmal seine ehelichen Rechte im Bett einforderte. Selbst als ihm Josefine schüchtern zu verstehen gab, dass sie ihn durchaus nicht zurückweisen würde, sollte er sich ihr nähern, schlief er nicht mit ihr. Josefine war zu durcheinander, um zu verstehen, woran das liegen könnte. Sie nahm die Enthaltung ihres Mannes als Teil ihres unausgesprochenen ehelichen Abkommens hin, und schließlich war ihr diese Art von Zweisamkeit auch nicht mehr so wichtig gewesen.

Josefine schalt sich selbst für den Neid, den sie gegenüber Marie und Gustav verspürte. Sie wusste, wie ungerecht das war, und doch konnte sie nichts dagegen tun. Warum hatte sie nicht so heiraten können wie Marie? Warum war sie von Emil nicht zum Altar geführt worden, so wie sie sich das immer wieder ausgemalt hatte? Der größte Wunsch ihres Lebens, den Mann ihrer Träume zu heiraten, hatte sich nicht erfüllt. Sie hatte ihr Leben gelebt, und das Rad der Geschichte ließ sich nicht zurückdrehen. Das war das Schlimmste von allem. Es gab kein Zurück mehr.

Als Josefine und Emil wenig später die Kirche von Deidesheim erreichten, war die Festgemeinschaft bereits versammelt. Gustav kam ihnen auf der breiten Steintreppe entgegengelaufen. „Ich dachte schon, ihr würdet gar nicht mehr kommen", rief er aufgeregt.

„Jetzt fängst du auch noch damit an. Wir haben doch noch jede Menge Zeit. Die Braut ist ja noch nicht mal da."

„Die Braut ist aber auch die Einzige, die noch fehlt", antwortete Gustav kopfschüttelnd. „Kommt rein. Die Gäste sitzen bereits."

Gustav begleitete sie in die Kirche, und als Emil neben Josefine durch die Reihen ging, hatte er das Gefühl, er selbst wäre der Bräutigam und würde Josefine zum Traualtar führen. Die beiden nahmen in der vordersten Reihe Platz, dann eilte Gustav auch schon davon, um Marie vor der Kirche zu empfangen.

Emil saß auf der Kirchenbank und schaute auf den festlich geschmückten Altar. Wie gerne hätte auch er in dieser Kirche geheiratet! Er schaute Josefine an und betrachtete sie in ihrem roten Kleid. Sie war noch immer eine wunderschöne Frau, obwohl sie schon in einem Alter war, in dem andere Frauen bereits längst Enkelkinder hatten.

Gustav hatte sich mit der Heirat Zeit gelassen. Er war schon einundzwanzig Jahre alt gewesen, als er Marie kennengelernt hatte, und dann hatten es die beiden auch nicht eilig gehabt mit der Hochzeit.

Emil schaute sich um. Die Kirche war liebevoll ausgeschmückt. Blumen und Girlanden standen zwischen den Kirchenbänken. Josefine hatte sich viel Mühe mit den Heiratsvorbereitungen gegeben, und manchmal hatte Emil den Eindruck gehabt, als würde sie ihre eigene Hochzeit planen.

„Du bist eine wunderschöne Frau, Josefine", meinte er plötzlich und lächelte sie liebevoll an.

„Es ist schön, dass du das sagst", antwortete sie artig.

„Ich meine das auch so", antwortete Emil gespielt eingeschnappt.

Josefine tätschelte ihm nachsichtig auf den Oberschenkel. „Das weiß ich doch."

Es entstand eine kleine Pause, bis er sich plötzlich zu ihr hinüberbeugte. „Ich hätte dich auch gerne geheiratet."

Josefine nickte traurig. „Hast du aber nicht, und deshalb habe ich einen anderen Mann geheiratet und du eine andere Frau."

„Das ist aber nicht dasselbe."

„Nein, das ist es nicht."

„Ich hätte mir damals keine andere Frau vorstellen können als dich, und …"

„Psst. Genug jetzt. Schließlich sind wir auf der Hochzeit von Gustav und Marie."

„Josefine?" Emil drehte sich herum und schaute ihr ernst in die Augen. „Was ist der Grund, dass ich hier neben dir sitze?"

„Warum solltest du nicht neben mir sitzen? Schließlich sitzt du zu Hause auch neben mir."

„Du weißt, dass ich das nicht meine. Du hast dich noch nie mit mir in der Öffentlichkeit gezeigt. Warum ausgerechnet heute, bei der Hochzeit deines Sohnes?"

Plötzlich ging ein Raunen durch die Menge, und die Gäste erhoben sich von ihren Bänken. Emil stütze sich schwerfällig auf seinen Gehstock, und als er sich mit seinem steifen Rücken umgedreht hatte, sah er, wie Gustav und Marie in die Kirche schritten, gefolgt von Mädchen in rosafarbenen Kleidern, die die Schleppe der Braut trugen.

Marie war eine wunderschöne Braut. Sie schritt an Gustavs Arm lächelnd durch das Spalier der Hochzeitsgäste. Emil musste an seine Hochzeit mit Louise zurückdenken. Wie lange lag das bereits zurück! War er damals auch so stolz gewesen wie Gustav heute?

Die Trauung zog an ihm vorbei wie im Traum. Alles war seltsam gedämpft, und er war froh, als die Orgel ertönte und sie die Kirche verlassen durften. Josefine und Emil ließen es sich nicht nehmen, den Weg von der Kirche ins Weingut zu Fuß zurückzugehen, und als sie wenig später das Portal zum Weinschloss durchschritten, kam es Emil vor, als wäre er zurückversetzt in seine Kindheitstage. Der Garten war festlich geschmückt, und sogar der Brunnen sprudelte wieder vergnügt. Überall standen Menschen mit Sektgläsern in den Händen und unterhielten sich gut gelaunt.

„Das erinnert mich an die Feste deiner Mutter", sagte Emil lächelnd.

„Ja, meine Mutter war eine glänzende Gastgeberin", stimmte Josefine zu. „Es ist schön, dass wieder Leben ins Schloss einzieht."

„Ja, das ist es. Es wäre schade um das Weinschloss gewesen, wenn es verwaist wäre."

„Trotzdem hat es mich verwundert, dass die beiden ins Schloss ziehen wollen."

„Warum das?", fragte Emil überrascht.

„Nun ja, die Erinnerungen an seinen Onkel müssen für Gustav schrecklich sein."

„Das ist richtig. Aber Carl ist nur ein Teil eurer Familiengeschichte. Es ist Gustavs Pflicht, wieder an die Erfolge von Geheimrat Bassermann anzuknüpfen. Das ist er der Tradition und dem Weingut schuldig, und ich bin mir sicher, er wird ein weiteres gutes Kapitel eurer Familiengeschichte schreiben."

„Du sprichst, als hättest du niemals Gram gegen unsere Familie verspürt."

„Das habe ich auch nicht. Ich habe deinen Vater sehr gemocht, Josefine. Ohne ihn wäre ich nicht von Anna und Louis großgezogen worden. Erst als er starb, hat sich das Schicksal gegen mich gewandt. Es war alleine Carl, der es nicht ertragen konnte, dass wir beide glücklich waren. Außerdem hat unsere Familie dem Weingut Bassermann so viel gegeben, dass es mir manchmal so vorkommt, als wäre es ein Teil meiner selbst."

„Wir sind dir sehr zu Dank verpflichtet, Emil, das weißt du", antwortete Josefine ernst.

„Oh, das meine ich gar nicht. Das habe ich für deinen Jungen getan. Ich denke da eher an meinen Vater. Er hat sich für das Weingut aufgeopfert. Er hat es in der Hoffnung getan, dass irgendwann einmal wieder ein Bassermann kommen würde, der den Namen mit Stolz trägt, und dieser Bassermann ist jetzt da. Gustav wird das Weingut wieder dorthin zurückführen, wo es einmal war: ganz nach oben."

Sie gingen durch die Menge hindurch, bis sie an den Tisch des Brautpaares kamen.

„Da seid ihr ja endlich", wurden sie von Gustav herzlich begrüßt. „Wir warten schon auf euch. Kommt, nehmt Platz."

Dann drehte er sich zur Seite und zwinkerte Emil schalkhaft zu. „Um ein paar Worte werde ich heute wohl nicht herumkommen, oder?"

„Das fürchte ich auch", erwiderte Emil.

Gustav ergriff das Wort, und Emil hörte aufmerksam zu. Er mochte es, wenn Gustav sprach. Seine Stimme war so klar und präzise, so ohne Zweifel, und das, was er sagte, war auch genau das, was er meinte. Plötzlich hörte Emil seinen Namen und sah, wie Gustav auf ihn zukam.

„Lieber Emil, jeder hier weiß, wie sehr ich dich schätze, aber es ist mir ganz besonders wichtig, dir noch einmal dafür zu danken, was du für mich getan hast. Ohne dich stünde ich nicht hier, ohne dich wäre ich heute kein Winzer, und ohne dich wären die Weine aus dem Hause Bassermann nicht jene, die die Weinkenner aus aller Welt so sehr schätzen. Das Weingut Bassermann besteht nun schon seit über 150 Jahren, und in dieser Zeit hat jedes Mitglied unserer Familie seinen Beitrag geleistet. Aber es gibt einen Mann, der mehr geleistet hat. Ohne ihn gäbe es heute kein Weingut Bassermann mehr."

Gustav legte seine Hand auf Emils Schultern. Dann holte er einen Bogen Papier aus der Innentasche seines Anzugs, bevor er fortfuhr.

„Das hat auch schon mein Großvater erkannt. Ich habe in seinem Schreibtisch dieses Dokument gefunden." Gustav hob das Testament von Heinrich Bassermann in die Höhe. „Es ist sein Testament. Er hat wohl seinen bevorstehenden Tod geahnt, und es war ihm wichtig, sein Erbe in guten Händen zu wissen. Er hat sich reiflich Gedanken gemacht, wie es weitergehen sollte mit dem

Weingut, und hat einen Jungen zu seinem Nachfolger benannt, der damals gerade einmal siebzehn Jahre alt war, aber schon mehr vom Wein verstand als mancher hochbetagte Winzer. Und dieser junge Mann hieß Emil Jordan."

Im Park wurde es unruhig. Emil spürte dutzendfache Blicke auf sich gerichtet. Auf was wollte Gustav hinaus? Mit fragendem Blick schaute er zu Josefine hinüber. Aber die zuckte nur mit den Schultern, und er sah, dass auch sie nicht wusste, was vor sich ging.

„Lieber Emil. Dass es nicht so gekommen ist, wie mein Großvater sich das gewünscht hat, wissen wir alle. Aber nicht alle wissen, dass du es warst, der dem Weingut ein Geschenk gemacht hat, das dessen Überleben erst ermöglicht und viele Tausende Weinkenner glücklich gemacht hat. Es ist mir wichtig, an dieser Stelle mit einer Lüge aufzuräumen, die mein Onkel Carl in die Welt gesetzt hat: Nicht er hat die Auslese erfunden, sondern Emil Jordan war es! Mein Onkel wäre zu solch einer Leistung gar nicht fähig gewesen. Meine Familie hat Emil Jordan viel angetan. Man hat ihm den Ruhm gestohlen und ihn so schlecht behandelt, dass er keinen anderen Ausweg mehr wusste, als in der Fremde sein Glück zu suchen. Dafür möchte ich mich bei ihm im Namen unserer Familie entschuldigen."

Die Gäste standen von ihren Tischen auf und applaudierten in Emils Richtung. Diesem war das ganze Spektakel eher peinlich, aber höflich nickte er zurück.

Dann ergriff Gustav wieder das Wort. „Und ich möchte noch etwas klarstellen: Ohne Emil Jordan gäbe es dieses Weingut schon lange nicht mehr, und dafür hat er Opfer auf sich genommen wie kein Zweiter. Ich möchte ihm darum heute ein Stück von dem zurückgegeben, was er unserer Familie geschenkt hat. Ab heute wird das Weingut Bassermann-Jordan heißen."

Plötzlich erschallte aus dem ganzen Park Applaus, und die Gäste ließen Emil hochleben. Dieser schaute erschrocken zu Josefine hinüber und sah, dass auch sie vollkommen überrascht war. Er saß da und wusste gar nicht, wie ihm geschah. Dann kam Gustav auf ihn zu und umarmte ihn. Emil war viel zu durcheinander, um die Frage zu stellen, die ihm auf den Lippen lag: Warum tat der Junge das alles?

An diesem Abend schüttelte Emil unzähligen Menschen die Hand und musste immer wieder die gleichen Fragen beantworten. Er war froh, als er schließlich mit Josefine ins Weingut zurückgehen konnte. Er lief auf den Stock gestützt neben ihr durch den Park. Sie liefen über den Kiesweg am Brunnen vorbei, bis sie an die Tür kamen, die das Weinschloss vom Weingut trennte. Wie oft hatten sie in ihrer Kindheit das Tor passiert, und heute durchschritten sie es wieder gemeinsam. Sie betraten den Hof, der von der Gaslaterne mit einem gelblichen Licht ausgeleuchtet wurde.

„Ich wollte das nicht", platzte es plötzlich aus Emil heraus. „Mein Vater und ich, wir wollten dem Weingut dienen, mehr nicht."

„Du brauchst dich nicht zu rechtfertigen", sagte Josefine. „Ich weiß, dass …"

„Nichts weißt du", unterbrach Emil sie verärgert. „Du hast doch immer nur Angst gehabt, ich wollte mir euer Weingut unter den Nagel reißen."

Josefine nickte betroffen und sagte leise: „Ich habe damals einen Fehler gemacht, und das tut mir leid. Wir alle haben Fehler gemacht, schreckliche Fehler. Aber es gibt niemanden, dem das Weingut mehr zu verdanken hätte, als dir."

Emil schüttelte nachdenklich den Kopf.

„Ich verstehe das nicht. Warum macht der Junge das? Ich bin ein alter Mann. Warum benennt er das Weingut nach mir um? Es hätte doch völlig ausgereicht, sich bei mir zu entschuldigen. Schon das war mir peinlich genug. Gerade Gustav, der wie kein Zweiter unter Carl gelitten hat, muss sich doch nicht wegen seines Onkels entschuldigen."

„Er ist dir dankbar, Emil, und wollte dir zeigen, dass du mehr bist als nur ein …"

„Dass ich mehr als was bin?"

„… dass du mehr als nur ein guter Freund bist."

„Ich verstehe nicht. Was meinst du damit?"

Josefine ging weiter zur Veranda, wo schon Emils Mutter die heißen Sommernächte verbracht hatte. Gedankenverloren sank sie auf die Bank nieder.

Sollte dies der Moment sein, um das Geheimnis zu lüften, das sie schon so viele Jahre mit sich trug? Sollte sie Emil endlich die Wahrheit offenbaren? Sollte sie ihm heute preisgeben, was tatsächlich geschehen war? Sie hatte bisher geschwiegen, weil sie Angst davor hatte, sie würde wieder alte Wunden aufreißen. Ihre Wunden. Und heute?

„Sag schon, Josefine. Was quält dich?", fragte Emil, der zu spüren schien, wie schwer ihr das Sprechen fiel.

„Was ist so schwer, dass du all die Jahre, die wir nun schon zusammen verbringen, mit dir herumträgst, ohne darüber zu sprechen? Was ist es, das zwischen uns steht, als würden unsere Seelen immer noch auf zwei verschiedenen Kontinenten leben?"

Josefine spürte, wie es ihr das Herz zusammenzog. Ihr wurde schwindlig, doch dann fasste sie sich wieder und begann mit leiser Stimme zu erzählen: „Du weißt, dass dich Gustav verehrt, und dass du viel für das Weingut getan hast. Aber es gibt noch einen Grund, weshalb Gustav das Weingut nach dir umbenannt hat. Erinnerst du dich noch, als ich damals nach Straßburg gereist bin?"

„Natürlich erinnere ich mich daran. Wie könnte ich das vergessen haben? Du warst fast ein halbes Jahr lang verschwunden."

„Du dachtest damals, ich sollte dort mit einem anderen Mann verheiratet werden, aber so war es nicht. Der Grund, warum ich nach Straßburg gefahren bin, war, dass ich schwanger war."

Emil schaute Josefine mit großen Augen an. Noch bevor er eine Frage stellen konnte, sprach sie wie in Trance weiter.

„Meine Mutter wollte mich dazu überreden, das Kind abzutreiben, doch ich wollte nicht. Sie hat alles versucht, um mich vom Gegenteil zu überzeugen. Doch ich blieb standhaft. Ich wollte das Kind."

Plötzlich fing Josefine an zu weinen, und es platzte aus ihr heraus: „Es war doch unser Kind!"

Emil starrte sie mit leerem Blick an. Ungläubig schüttelte er den Kopf und murmelte: „Oh Gott, Josefine."

Josefine schluchzte und wischte sich die Tränen aus den Augen.

„Ich habe das Kind gegen den Willen meiner Mutter in Straßburg zur Welt gebracht. Meine Mutter verbot mir, den Jungen mit nach Deidesheim zu nehmen, und so suchte ich eine Pflegemutter. Sie sollte das Kind so lange bei sich behalten, bis ich es zu mir nehmen konnte. Schließlich fand ich Jules und seine Frau, die sich bereitwillig um das Kind kümmerten. Am Tag der Weinversteigerung bin ich dann nach Deidesheim zurückgekommen."

„Oh Gott, Josefine! Warum hast du mir nichts davon erzählt?"

„Wie hätte ich? Am Abend der Weinversteigerung habe ich meine Familie begleitet. Mir ging es nicht gut. Ich hatte Sehnsucht nach meinem Kind und nach dir. Außerdem litt ich noch unter den Folgen der Geburt. Ich saß im Rathaussaal und war in Gedanken doch so weit weg. Von der Weinversteigerung habe ich gar nichts mitbekommen. Irgendwann ist Carl aufgestanden, und dann applaudierten die Händler. Erst viel später habe ich erfahren, dass mein Bruder für die Auslese geehrt wurde."

„Josefine, und ich dachte ..."

„Du dachtest, ich hätte mich gegen dich gewandt? Nein, ich habe immer an unsere Liebe geglaubt. Ich habe die Geburt unseres Sohnes gegen den Widerstand meiner Mutter durchgesetzt. Sie hat nichts unversucht gelassen, mich umzustimmen. Sie hat mir vorgeworfen, ich würde unverantwortlich handeln. Ich könnte nicht für das Kind sorgen. Wir beide wären ja noch nicht einmal verheiratet. Wir könnten keine Verantwortung für das Kind übernehmen. Wir seien beide ja fast noch selbst Kinder. Sie hat geschrien und gedroht. Wie ich ihr das habe antun können, mich mit einem Mann wie dir einzulassen. Sie hat mich beschimpft und eine Dirne genannt. Ich könne gar nicht so schnell schauen, wie du mich wegen einer anderen verlassen würdest, hat sie gesagt."

Josefine blickte erschöpft zu Boden.

„Aber ich war stärker. Ich habe an unsere Liebe geglaubt. Ich habe daran geglaubt, dass wir beide stark genug sind, gemeinsam unseren Weg zu gehen. Aber hat meine Mutter nicht recht behalten? War es nicht genauso, wie sie es vorausgesagt hatte? Ich war noch keinen Tag zurück in Deidesheim, als du mich betrogen hast. Mit einer Magd aus unserem Weingut."

„Josefine, bitte. Ich wusste doch nicht …"

„Du hast es noch nicht einmal als notwendig empfunden, das Mädchen irgendwo anders zu nehmen. Nein, in unserem Weingut hast du mit ihr geschlafen! Schon als ich die Weinversteigerung verlassen habe, hast du mit ihr am Brunnen gestanden und sie begrapscht. Und als wäre das nicht genug, hast du dich dann mit ihr auch noch in der Kelterei vergnügt."

„Aber Josefine! Es war dein Bruder Carl, der hinter allem gesteckt hat."

„War es auch mein Bruder, der dich dazu gezwungen hat, mit ihr zu schlafen? Meine Mutter hatte recht gehabt. Als ich am Morgen nach der Weinversteigerung aufgewacht bin, da wusste ich, dass du mich verlassen hast. Ich war zu schwach, um das Bett zu verlassen, aber in diesem Augenblick spürte ich, dass ich dich verloren hatte. Nur einen Tag, nachdem ich nach Deidesheim zurückgekehrt war, nur eine Woche, nachdem ich unser Kind zur Welt gebracht hatte."

Josefine versagte die Stimme. Sie schluchzte.

„Die nächsten Tage waren schrecklich. Ich habe gelebt, als würde sich meine Seele in einem fremden Körper befinden. Ich habe vor mich hinvegetiert und wollte nur noch sterben. Mein Kind war in Straßburg, und der Mann, den ich über alles liebte, hatte mich verlassen. Nicht eine Zeile hast du mir zurückgelassen. Bist gegangen, als wäre ich eine billige Dirne, die es nicht wert ist, dass man sich weiter mit ihr abgibt."

Josefine holte tief Luft und sprach dann mit erstickter Stimme weiter.

„Und dabei hätte ich dich so sehr gebraucht! Ich war doch noch so schwach nach der Geburt. Ich hatte gedacht, du würdest uns beschützen, mich und meinen Sohn. Wir hätten deine Hilfe so sehr gebraucht. Stattdessen bist du gegangen. Hast dich aus dem Staub gemacht. Die Tage nach deiner Abreise waren die schwersten meines Lebens. Immer wieder bin ich nachts hochgeschreckt, habe gehofft, du würdest wiederkommen, würdest dich um deine Frau und dein Kind kümmern. Ich habe gebetet und gefleht, Stunde um Stunde, Tag um Tag, Woche um Woche. Aber du bist nicht wiedergekommen, all die Jahre nicht."

Das Gesicht von Josefine wurde härter.

„Irgendwann musste ich mich entscheiden, ob ich weiterleben wollte oder nicht. Aber hatte ich wirklich eine Wahl? Ich hatte einen kleinen Sohn, der mich brauchte. Was hätte ich tun sollen? Mein Herz war gebrochen, aber sollte mein Sohn darunter leiden müssen? Irgendwann habe ich mich für das Leben entschieden. Nicht weil es lebenswert war, sondern weil mein Sohn mich brauchte. Ich war nicht mehr alleine auf dieser Welt. Was konnte Gustav dafür, dass sein Vater uns verlassen hatte? Ich habe in den Jahren nach deiner Flucht immer nur daran gedacht, warum du mir so etwas angetan hast. Ich habe mich gefragt, was ich falsch gemacht habe, dass du mich weggestoßen hast. Irgendwann einmal habe ich die Entscheidung getroffen, nicht mehr weiter darüber nachzudenken, weil ich sonst irre geworden wäre. Ich musste zu mir selbst finden, sonst hätte ich meinen Sohn nie wiedergesehen. Dann erfuhr ich, dass du nach Amerika ausgewandert warst."

Josefine schüttelte den Kopf.

„Mein Gott, wie tat das weh. Wir haben uns die ewige Liebe geschworen, und nachdem ich unseren gemeinsamen Sohn auf die Welt gebracht habe, verlässt du mich, um in der Ferne dein Glück zu suchen. Ein paar Monate später wurde ein Offizier in unserem Hause untergebracht. Hans war ein netter und feinfühliger Mensch. Mit ihm konnte ich über alles reden. Ich erzählte ihm von dir und von Gustav, und da hat er mir einen Heiratsantrag gemacht. Er wollte mir dabei helfen, meinen Sohn zu mir zu nehmen, und ich konnte mein Glück kaum fassen. Zum ersten Mal wollte sich ein Mann um mich kümmern, wollte Verantwortung übernehmen. Hans war ein guter Mensch, und es stimmt mich heute noch traurig, dass ich ihm nicht das geben konnte, was er verdient hätte: mein Herz. Ich habe ihn geachtet und respektiert, aber mein Herz blieb für immer verschlossen, weil es so sehr verletzt war, dass es sich nicht mehr öffnen ließ. Ein paar Jahre später starb er, und seitdem lebte ich mit Gustav und Jules allein in Forst."

Emil brauchte einen Moment, um seine Gedanken zu sammeln, bevor er antworten konnte.

„Mein Gott, Josefine. Es tut mir so schrecklich leid. Ich konnte doch nicht ahnen, dass …“

„Nein, das konntest du nicht, und deswegen mache ich dir auch keine Vorwürfe. Wir waren beide Figuren in einem grausamen Spiel. Das Schicksal hat es nicht gut mit uns gemeint. Manchmal ist das so. Man kann sich sein Leben nicht aussuchen. Aber was nützt mir diese Einsicht? Ich habe die Jahre nach deiner Auswanderung nur deshalb überleben können, weil ich dich gehasst habe für das, was du mir angetan hast. Ich habe dich gehasst, abgrundtief gehasst. Und als du dann wiedergekommen bist, habe ich dich noch mehr gehasst, denn ich habe in all den Jahren nichts mehr gefürchtet, als den Tag, an dem du zurückkommst – und oft genug habe ich dir in all den Jahren den Tod gewünscht. Ich wollte endlich frei sein von der Furcht, du könntest wiederkommen.

Ich habe nur deshalb überleben können, weil ich meine Gefühle abgeschirmt habe, und ich hatte nicht vor, daran etwas zu ändern. Ich wollte nicht noch einmal von dem Mann verletzt werden, der mir schon einmal solche Schmerzen zugefügt hatte. Aber dann kam dein Hirnschlag. Ich habe von Anfang an gewusst, dass das ein Zeichen ist. Ich spürte, dass ich dir helfen musste. Ich sah, wie schrecklich dich der Hirnschlag zugerichtet hatte und wusste, dass niemals wieder eine Gefahr von dir ausgehen würde. Du warst nicht mehr dazu fähig, mir noch einmal wehzutun, und deshalb legte sich meine Angst. Wir beide hatten in den Jahren nach deinem Hirnschlag genug zu tun. Du musstest lernen, wieder zu sprechen, und ich musste lernen, das Vertrauen zu einem Menschen zurückzugewinnen, der mich einmal so tief enttäuscht hatte. Und ich weiß nicht, wer von uns beiden schneller gelernt hat.“

Emil schaute Josefine ungläubig an. „Aber warum erzählst du mir erst heute, dass Gustav mein Sohn ist?“

„Weil ich fürchtete, wieder verletzt zu werden. Weil es das letzte Geheimnis war, das mich vor dir schützte. Weil ich keine Möglichkeit mehr gehabt hätte, mich von dir zurückzuziehen.“

„Weiß Gustav, dass ich sein Vater bin?“

„Ja, er weiß es. Er hat mich in den letzten Monaten immer wieder gedrängt, dir zu sagen, dass du sein Vater bist, aber ich habe erst heute die Kraft dazu aufgebracht."

Emil blickte starr geradeaus und schluckte.

„Ich verstehe das alles nicht. Was haben wir beide verbrochen, dass uns das Schicksal so bestraft? Ich hätte mir nichts sehnlicher gewünscht, als dich zu heiraten, und habe dich doch nie zu meiner Frau machen dürfen. Ich wollte nichts mehr, als glücklich in meiner Heimat zu leben, und doch hat es mich auf einen anderen Kontinent vertrieben. Ich hatte den großen Traum, mit dir eine Familie zu gründen, und wäre so stolz gewesen, einen Sohn zu haben. Und erst jetzt erfahre ich, dass ich Gustavs Vater bin. Was ist das nur für ein Leben?"

Emil schüttelte niedergeschlagen den Kopf. Dann richtete er seine Augen in den dunklen Nachthimmel.

„Aber vielleicht ist das nur die eine Hälfte der Wahrheit. Die andere ist, dass ich nichts sträflicher vernachlässigt habe, als meine Liebe zu dir. Ich wollte einen großen Wein schaffen und hätte alles gegeben, um diesen Traum zu verwirklichen. Aber war unsere Liebe diesen Preis wert? War dieser Traum es wert, dass ich dafür meine Heimat, meine Frau und mein Kind verloren habe? Ich war nie bereit, mich meinem Schicksal zu beugen, wollte immer mehr. Aber geht das? Es war mir nicht vergönnt, einen wahrhaft großen Wein in den Händen zu halten. Dafür war ich zu ungeduldig. Ich wollte alles, am besten sofort und zur selben Zeit, und anstatt mich mit den Prüfungen des Lebens abzufinden, habe ich es herausgefordert. Meine Eitelkeit war gekränkt, als mir Carl den Ruhm und die Ehre gestohlen hat. Ich bin mit verletztem Stolz davongerannt und habe nicht begriffen, dass ich für diese Eitelkeit einen viel höheren Preis zu zahlen hatte, nämlich unsere Liebe. Aber damals habe ich das noch nicht verstehen können. Ich habe nur gesehen, dass mir jemand etwas wegnehmen wollte. Nämlich meine Ehre. Aber ich vergaß, dass da jemand war, der mir viel mehr gab als mir jemals weggenommen werden konnte, und das warst du. Du warst die einzige Frau in meinem Leben, die ich wirklich geliebt habe, und diese Frau habe ich verlassen."

Emil hielt einen Moment inne, dann drehte er sich zu Josefine und schaute ihr in die Augen.

„Ich habe nur dich wirklich geliebt. Und für das, was ich dir angetan habe, möchte ich mich entschuldigen. Du brauchst dich nicht zu grämen, dass du mir erst so spät gesagt hast, dass Gustav mein Sohn ist. Du hast durch mich mehr ertragen müssen, als ein Menschenleben normalerweise aufgebürdet bekommt. Verzeih mir, Josefine, bitte verzeih mir. Ich stehe tief in deiner Schuld."

Es war spät in der Nacht, als Josefine Emils Schritte auf der Treppe hörte. Sie lag in ihrem Bett und seufzte erleichtert. Nachdem er erfahren hatte, dass er der Vater von Gustav war, hatte er wortlos das Weingut verlassen und war viele Stunden alleine in der dunklen Nacht gewesen.

Sie horchte. Die Schritte kamen näher. Emils Kammer lag genau neben der ihren. Es war die Stube, in der er als Junge gewohnt hatte. Doch anstatt nebenan ein Knarren zu hören, sah Josefine, wie sich plötzlich ihre Zimmertür öffnete.

Sie hielt den Atem an und wagte sich kaum zu rühren. Emil war in das Zimmer getreten und schloss leise die Tür. Ein dunkler Schatten bewegte sich um ihr Bett herum, bis er sich schließlich neben sie ins Bett legte.

Josefine wartete gespannt darauf, was weiter passieren würde, da bemerkte sie, wie Emils Hand vorsichtig zu ihr hinübertastete und in der Mitte des Bettes liegen blieb. Ihr Herz schlug höher. Sollte sie seine Hand ergreifen? Es wäre die erste Nacht, die sie nach ihrer Trennung gemeinsam verbringen würden. Die erste Nacht nach neunundzwanzig Jahren.

Josefine horchte tief in sich hinein, und endlich spürte sie die Ruhe in sich, die sie so lange herbeigesehnt hatte. Sollte sich nun ihr Traum von einem gemeinsamen Leben mit Emil erfüllen? Langsam, ganz langsam tastete ihre Hand nach seiner. Sie hätte sie jederzeit wieder zurückziehen können und war sich nicht sicher, ob der Verstand ihr nicht doch noch einen Strich durch die Rechnung machen würde. Doch in diesem Augenblick griff Emil nach ihrer Hand und drückte sie ganz fest an sich. Josefine seufzte erleichtert. Niemals wieder würden sie voneinander getrennt werden. Niemals wieder sollte ihnen das Schicksal einen Streich spielen.

Es war schon spät am nächsten Morgen, als Josefine erwachte. Eine leichte Brise wehte durchs Zimmer. Sie drehte sich zur Seite und lächelte glücklich. Endlich hatte sie das Glück gefunden, von dem sie so lange geträumt hatte.

Emil hielt noch immer ihre Hand fest umschlossen. Er lag mit geöffneten Augen neben ihr, ein Lächeln auf den Lippen. Vorsichtig löste Josefine ihre Hand aus der seinen. Dann beugte sie sich über ihren Mann und schloss ihm sanft die Augen, denn Emil Jordan war tot, gestorben in ihrer ersten gemeinsamen Nacht.

Ende

Das „Bouquet der Leidenschaft" ist ein Roman, dessen Geschichte in eine reale Epoche pfälzischer und amerikanischer Historie eingebettet wurde. Teilweise fanden dafür tatsächlich existierende Orte, Namen und Ereignisse Verwendung, sofern sie der Geschichte dienlich sind.
Dennoch sind die Handlung des Buches, die Personen und deren Handlungen frei erfunden. Jede Ähnlichkeit mit toten oder lebenden Personen ist nicht beabsichtigt und wäre rein zufällig.

Speyer am Rein
Ein historischer Bilderbummel

B. Kukatzki, B. Steigner, D. Menrath, K. Hopstock

ISBN 978-3-89702-480-9
17,90 € [D]

Buchhinweise

Zeitsprünge Neustadt an der Weinstraße

Helmut Hoffmann und Josef Salamon

ISBN 978-3-89702-521-9
17,90 € [D]

Buchhinweise

Germersheim 1945 bis 1975

Ludwig Hans

ISBN 978-3-86680-622-1
17,90 € [D]

Buchhinweise

Ludwigshafen am Rhein 1945 bis 1975

Klaus J. Becker und Bernhard Kukatzki

ISBN 978-3-86680-199-8
17,90 € [D]

Buchhinweise

Das königlich-bayerische Ludwigshafen

Klaus J. Becker und Bernhard Kukatzki

ISBN 978-3-86680-625-2
17,90 € [D]

Buchhinweise

Leben in der Pfalz

Bernhard Kukatzki und Klaus J. Becker

ISBN 978-3-86680-380-0
19,90 € [D]